POLNISCHE BIBLIOTHEK
Begründet und herausgegeben von Karl Dedecius
Deutsches Polen-Institut Darmstadt
Gefördert von der Robert Bosch Stiftung
Redaktion: Andreas Lawaty
und Wolfram Schäfer

JÓZEF WITTLIN
DIE GESCHICHTE VOM GEDULDIGEN INFANTERISTEN

DAS SALZ DER ERDE
ROMAN

EIN GESUNDER TOD
FRAGMENT

ESSAYS

GEDICHTE

SUHRKAMP VERLAG

Aus dem Polnischen von Izydor Berman/Marianne Seeger, Karl Dedecius, Friedrich Griese. Das Romanfragment »Ein gesunder Tod«, die Essays und das »Postscriptum« erscheinen hier erstmals in deutscher Sprache.

Mit einem Vorwort von Peter Härtling. Die Anmerkungen am Ende des Bandes und die Biographie wurden von Andreas Lawaty verfaßt.

Die Umschlagillustration stammt von Frans Masereel.

Erste Auflage 1986.
Satz: LibroSatz, Kriftel
Druck: Nomos Verlagsgesellschaft, Baden-Baden
Printed in Germany

DIE GESCHICHTE VOM GEDULDIGEN INFANTERISTEN

HYMNE ÜBER EINEN LÖFFEL SUPPE

Aus dem Polnischen von Karl Dedecius

Laß dir einen Löffel Suppe geben,
Mein erfrorner Bruder in der Fremde,
Der sich schleppte durch drei lange Winter,
Der gewandert durch drei schwüle Sommer
Über unbestelltes Feld –
Ging und ging,
Endlos immer weiter ging
Und auf nasser Scholle schlief,
Faulte in den Viehwaggons,
Brot, verschimmeltes, im Graben aß,
Tabak kaute, der aus Kuhmist war,
Und aus stinkenden Morästen trank
Und ging und ging –
Rote Läuse nagten an dir,
Bleigeschosse bissen dich so lang,
Bis der Durst des Todes dich verschlang.

Oh, er trank dich bis zur Neige aus,
Der du in der Julihitze dreifach durstig warst,
Ausgetrocknet wie der schöne Teich
Voller Dunkelheit bei Sonnenuntergang.

Laß dir einen Löffel Suppe geben!
Vielleicht weckt sie dich aus dumpfem Tod,
Den im Schützengraben Frosterstarrten,
Welchen niemand von der Wache abgelöst!

Sag, mein Bruder, worum schlugst du dich,
Wofür fraßen dich die roten Läuse,
Wofür schlepptest du dich fort im Trott,
Unkraut essend,
Jauche trinkend –
Niemand weiß es, weder du noch ich,
Vielleicht sagt es dir einmal dein Gott.

Aber eines, eines weiß ich doch,
Daß im Augenblick, da dich der Tod
In dem Panzerkleid aus Eis ereilte,
Auf den Zehen, leise – auf den Zehen,
Riefst du weder deine Mutter,
Deinen Vater nicht, noch deine Frau,
Sondern hast aus Leidensbrunst verlangt,
Hast gerufen mit dem Krampf der Glieder
Und mit Augen, die ins Dunkel starrten,
Mit dem kalten Blut in deinen Adern:
»Einen Löffel Suppe!« Löffel warmer Suppe,
Die ich heute dir vergeblich reiche.

1920/1921

DIE GESCHICHTE VOM GEDULDIGEN INFANTERISTEN

Erster Teil

DAS SALZ DER ERDE

Aus dem Polnischen von Izydor Berman, durchgesehen von Marianne Seeger

DIE KINDHEIT DES EUROPÄISCHEN MENSCHEN

Ein Vorwort von Peter Härtling

Dieses Buch über den Krieg ist nicht zu vergleichen mit anderen Büchern über den Krieg. Es spricht nicht für den Krieg, nicht gegen den Krieg, es erzählt vom Anfang eines Krieges, des Ersten Weltkrieges, vom Anfang der Angst. Ludwig Renn und Erich Maria Remarque haben der ohnmächtigen Verzweiflung Denkmäler geschrieben, aber das Bildnis Piotr Niewiadomskis ist stärker als diese Mahnungen. Der Bursche aus dem Huzulenland, im Osten Polens, der zu den österreichischen Waffen gerufen wird, taucht nicht in Schlachten unter, hört kein Trommelfeuer, schleppt keine Verwundeten und Toten in den morastigen Graben. Für ihn beginnt der Krieg erst. Er wird eingekleidet, bekommt eine Nummer, wird namenlos, Teil des Regiments. Im Anfang steckt hier schon das Ende: die Verwüstung und die brutale Anonymität, aus der sich die Erinnerungen nicht mehr befreien können. Józef Wittlin hat seinen Roman zwanzig Jahre nach dem Kriegsbeginn geschrieben. Die Entfernung ist groß, sie macht die Geschichte leise, oft tonlos, nimmt ihr das blinde Erbarmen der Gegenwart. Joseph Roth hat diesen Roman bewundert. Das ist verständlich. Wie in seinen Büchern wird auch hier noch einmal die Landschaft des Habsburgischen Imperiums sichtbar, ihre Vielstimmigkeit, ihre verdeckten Abgründe. Es brannte lange, bevor das Feuer hochschlug. Davon weiß der armselige Bahnarbeiter Niewiadomski nichts. Er ist genügsam. Seine Hoffnungen reichen kaum bis zur nächsten Station; seine Freuden drücken sich in drei Sätzen aus. Sobald der Horizont aufreißt, die Drohung aus der Ferne sich nähert, wird Niewiadomski noch kleiner, noch hilfloser. Was ihn dennoch mächtig macht, ist sein verwunderter

Blick. Von ihm lebt die Sprache dieser Erzählung. Es ist die Verwunderung, die den Gepeinigten wappnet.
Wittlin treibt seiner Gestalt diese Haltung nicht aus, er redet ihr nicht herein. Er läßt sich von ihr aber auch nicht bestimmen. Das Buch hätte eine Legende vom einfachen Mann werden können, die Saga vom Unterdrückten. Es wurde die Geschichte von Niewiadomski.
Mitunter brechen Visionen in die Erzählung; der Prolog ist eine, das Kapitel von der Sonnenfinsternis eine andere. Aber die Perspektive Niewiadomskis wird eingehalten, der Blick von unten, der nie eingeschüchtert ist, der wenig begreift, der aber lehrt, daß einer, der so schauen muß, sich wehrt, indem er seine Erfahrungen in die vorgeschützte Größe dieser sterbenden Welt schleppt. Wer langsam liest, glaubt einen Trauermarsch zu hören, in dem immer wieder eine aufsässige bäurische Musik mitklingt, Rebellion des Überstehens. Ein solcher Mann kann kein Aufrührer sein. Er ist stolz, daß er, den Uniformierte unter Kuratel hatten, endlich eine Uniform tragen kann; und er fürchtet sich vor ihrem Anspruch. Er macht mit. Er beugt sich jeglichem Befehl, an Befehle gewöhnt. Doch er wird zu denen gehören, die aus den Befehlen ausbrechen, wenn sie deren Nutzlosigkeit in der tausendfachen Wiederholung begriffen haben. Kein Revolutionär, sondern einer, der der Vernunft der einfachsten Sachen traut, der es gelernt hat, mit ihnen umzugehen.

Wittlin beschreibt, so könnte man sein Buch resümieren, die Kindheit des europäischen Menschen im Jahrhundert der Technologen und den Anfang seiner Jugend. Kindheit und Jugend waren behelligt, gefährdet, in Frage gestellt von den eifernden Träumen einer alternden Generation ohne Güte und voller Wirrnis, von Anfang an verletzt durch Lügen und beschädigt durch einen frivolen Geist, der Krieg und Zerstörung als Zukunft ausgab.

Ihr seid das Salz der Erde. Wo
nun das Salz dumm wird, womit soll
man's salzen? Es ist hinfort zu nichts
nütze, denn daß man es hinausschütte
und lasse es die Leute zertreten.

Matthäus V, 13

PROLOG

I

Der schwarze doppelköpfige Vogel, der Adler mit den drei Kronen, umklammert mit seinen Klauen krampfhaft den goldenen Apfel und das blanke Schwert. Weshalb erschien er plötzlich über uns? Weshalb verhüllte er den Himmel mit seinem schwarzen Gefieder? Mit rauschenden Flügeln, mit klirrenden Ketten, an denen Wappen hingen, entwich er dem schwarzgelben Schild über dem Tabakladen, in dem mein Bruder seine Zigaretten einzukaufen pflegte. Wie ein aufgescheuchter Hahn riß er sich plötzlich los von dem blechernen Schild über dem Haupteingang der Post, gerade in dem Augenblick, als ich meiner Mutter ein Telegramm ins Dorf schickte, eine Botschaft, daß ich einen Sohn bekommen habe. Seine bequemen Nester, gebaut vor vielen Jahren über den Toren der Schule, des Gerichts und des Gefängnisses, ließ der Adler hinter sich. Weg flog er von den roten runden Siegeln der Tauf-, Trau- und Totenscheine. Jäh verschwand er von meiner zerfetzten Staatsangehörigkeitsurkunde. Reißaus nahm er von dem Urteil, das mich zu zehn Kronen Strafe verurteilte für eigenmächtiges Überschreiten der Eisenbahnschienen. Er floh von den messingnen Knöpfen des Briefträgers, von der Mütze des Finanzbeamten, vom Helm des Gendarmen. Also wiegte er sich über unseren Köpfen, mit dem Schwert zwischen den Klauen, ein riesiges schwarzgelbes Flugzeug.

Mein Bruder: er ist Leser eines Lokalblättchens. Mein anderer Bruder: er ist Angestellter in einem Handelsbüro. Alle meine Brüder sehen den Adler, wie er so in der Luft kreist und die Kralle mit dem heraldischen Schwert bedrohlich vorstreckt. Wie ein göttlicher Blitz schimmert das scharfe Schwert in seinen geschliffenen Fängen, bis es unerwartet

aus der Höhe stürzt, und seine Spitze durchbohrt das Herz meiner fernen Mutter, unserer Mutter, der alten Bäuerin, während sie, zur Erde gebeugt, ihr mit der Forke die letzte Frucht dieses Jahres entreißt: die Kartoffel.
Mein Bruder ist ein gewöhnlicher Mensch. Meine Brüder: das sind gewöhnliche Leute: Barbiere, Schuster, Eisenbahner, Straßenbahnschaffner, Eisengießer, Büroangestellte, Kellner, Bauern. Ja, Bauern.
Meine Schwester ist eine einfache Frau. Alle sind sie so: einfach und geschwätzig. Marktfrauen, Büglerinnen, Modistinnen, Näherinnen, ›Mädchen für alles‹, Ammen für Kinder, die besser dran sind als meine.
Sie sahen, hörten, lasen in ihren Blättchen, betrachteten die bunten Ansichtskarten. Ich selbst sah, hörte, las vielleicht.

II

Alle erhoben sich. Alte Rokokofauteuils seufzten erleichtert auf, mit einemmal befreit vom Druck der würdigen Körper.
Unten, vor dem Portal, schlugen die Stiefel der Schloßwache zusammen. Soldaten des 99. mährischen Infanterieregiments hatten das uralte Privileg, diesen heiligen Ort zu bewachen.
»Präsentiert das Gewehr!« rief jammernd der Posten die Wache an wie eine Lokomotive, die den Opfern einer Katastrophe die letzten Ehren erweist. Die Wache präsentierte das Gewehr. Der kahle, hagere Elegant, ein kaltes Lächeln unter dem schwarzen Schnurrbart, räusperte sich. Ihm fällt heute die wichtigste Rolle zu. Schon in seiner Kindheit hatte er eine außerordentliche Vorliebe für Geschichte. Einen herausfordernden Blick warf er noch einmal auf die Minister, die in Erwartung erstarrt waren. Ihre Galagesichter, an Wochentagen eher sauer und übelgelaunt, verrieten eine bereits fortgeschrittene Arterienverkalkung.

Nur mit Mühe führten abgebrauchte Pumpen den Herzen dieser Herren blaues Blut zu. Es ist allgemein bekannt, für wen diese Herzen schlagen. Die Geschichte selbst wird es bezeugen, wem sie ihren ›letzten Tropfen Bluts‹ zu opfern gelobt haben. (Besonders, da niemand nach ihm verlangt hatte.) Unterdessen kämpfte dieses Blut gegen seine eigene Entartung.

Der Blick des höflichen Elegants verharrte schließlich auf der silbernen Perücke der Maria Theresia, die aus dem enormen Rahmen mit großen, unbestechlich männlichen Augen auf die Glatzen und Bärte rings um den Tisch heruntersah. Oberhalb ihrer Perücke, über dem vergoldeten Rahmen, brannte das rote, grüne, violette Feuer großer Edelsteine, die in der Krone des heiligen Stephan eingefaßt waren, auf deren Spitze ein Kreuz sich beugte. Die Krone glitzerte im Glanz der untergehenden Sonne, und farbige Tränen tropften von ihr. Aber noch stärker glühten die Augen der Herrscherin. *Sie* hatte nie an Sklerose gelitten.

Ein Wagen fuhr ratternd vor das Tor. Ein trockener Aufprall der Gewehrkolben. Irgendwo unten ein hartes Husten. Und die prächtigen Türflügel sprangen auf. Zwei straffe Gardeoffiziere pflanzten sich reglos zu beiden Seiten des Eingangs auf, zwei Statuen im Foyer des Hoftheaters ähnlich. Ein geheimnisvoller Ritus mauerte blitzschnell zwei lebendige Figuren in die trübe Stille hinein wie in das leere Innere kalter Marmornischen. In dieser Stille verlor sich der splitternde, klirrende, gläserne Klang der Sporen. Rasch legten die Gesichter der Herren Gala an. Der kleine, gedrungene Generalstabschef runzelte die buschigen Brauen. Sein ergrauender Kopf, auf ›Igel‹ geschoren, neigte sich leicht seitwärts über die linke Brust, an der bald die höchsten Sterne und Orden aufblühen sollten. Der kahle und elegante ›Minister des kaiserlichen Hauses und der äußeren Angelegenheiten‹ trat ungeduldig von einem Fuß auf den anderen. Er hatte Hühneraugen von den allzu

engen Lackstiefeln, die er in seiner Position so oft anlegen mußte. Es geht darum, die Gesandtschaften zu faszinieren! Er, als einziger in dieser Gesellschaft, war parfümiert. Sehr diskret übrigens. Die Parfüms pflegte er direkt aus Paris zu beziehen. Er traute den heimatlichen nicht.
Auf einmal erschienen zwei Alte in Generalsuniformen, dottergelbe Schärpen über der Brust, einen dritten Greis mit himmelblauem Rock in der Mitte. Er ging gebückt und stützte sich auf einen Stock mit silbernem Griff. Alle drei trugen graue Backenbärte und waren einander ähnlich wie drei Briefmarken. Ein gemeinsames Leben, die gleiche Langeweile und die gleichen Freuden hatten ihnen das gleiche Aussehen gegeben. Und wenn nicht das Goldene Vlies unter dem dritten Knopf an der Brust der gebückten Gestalt gewesen wäre, hätte ein Fremder nicht erkannt, wer von den drei Greisen Österreichs Kaiser von Gottes Gnaden war: apostolischer König von Ungarn, König von Böhmen, König von Dalmatien, Kroatien und Slavonien, König von Galizien und Lodomerien, König von Illyrien, Erzherzog von Ober- und Niederösterreich, Großherzog von Krakau, Großherzog von Siebenbürgen, Herzog von Lothringen, Kärnten, Krain, Bukowina, Ober- und Niederschlesien, gefürsteter Graf auf Habsburg und Tirol, Markgraf von Mähren, König von Jerusalem usw. usw., und welche die Adjutanten sind: der Graf Paar und der Baron Bolfras.
Die Minister und die Generäle neigten die Häupter. Nur einer, diesmal der dritte backenbärtige Doppelgänger Seiner Majestät, stand aufrecht. Dazu war er befugt. An seiner Brust – sie war bedeutend jünger als die kaiserliche – trug auch er das Goldene Vlies. War er doch der Enkel des Siegers von Aspern, des Erzherzogs Karl.
Der Sessel, auf dem sich der Kaiser niederließ, war rot und aus Plüsch und stand dicht unter dem großen Porträt der Maria Theresia. Eine Weile lang schien es, als ob die Augen

der Kaiserin, über den Kopf Franz Josephs hinweg, nach den buschigen Brauen des kleinen Barons Conrad spähten, dem Chef des Generalstabs, wie um ihn zu erinnern, daß die höchste Auszeichnung für einen Offizier der kaiserlichen und königlichen Armee ihr Orden, der Maria-Theresien-Orden, war, ist und bleiben wird. Conrad weiß, wofür man ihn bekommt. Den »Prinzen von Homburg« des Heinrich von Kleist kannte er fast auswendig.

In diesem Augenblick begann die Dämmerung die Konturen der alten Porträts mit einem grauen Schleier zu überziehen und sie zu vergrößern. Die Porträts wuchsen, wuchsen, bis sie mit den Tapeten und Täfelungen des prächtigen Saales in ein einziges Grau verschmolzen. Prinz Eugen von Savoyen versank schon mit einem letzten Blitz des schwarzen, spiegelglatten Panzers im Dämmer, aus dem sich nur noch für eine Weile das goldene Zepter und der Siegelring abhoben. Die Krinoline der Maria Theresia blähte sich wie ein riesiges, schwellendes, wassergefülltes Polster. Man hätte meinen können: bald steigt die alte Stammutter der Habsburger aus dem goldenen Rahmen, drängt mit mächtigen Ellbogen die Sklerotiker auseinander und setzt sich vertraulich neben die welke Frucht ihres satten Blutes. Sie legt ihren nackten, schwellenden Arm um den Alten, flößt Kraft in seine blutlose Dürre und bricht in ein starkes, lebensvolles Gelächter aus. Aber schon erlöschen die Lichter an der Krone des heiligen Stephan; und auch das Feuer ihrer Augen.

Ein Lakai tritt ein. Er entzündet das elektrische Licht in den kristallenen Kronleuchtern. Aber nicht alle Birnen, denn Seine Majestät verträgt kein starkes Licht. Mit zitternder Hand setzt der Kaiser seine Brille auf. Dann nimmt er sie wieder ab und putzt sie lange mit dem Taschentuch. Nun ist die Geduld des kahlen Außenministers, des Grafen Berchtold, erschöpft. Er entnimmt der Aktentasche Papiere und blickt streng und dennoch dienstbeflissen zum Kaiser hin. Das Pariser Parfüm steigt seinem Nachbarn, dem Kriegsminister Exzellenz Krobatin, lieblich in die Nase. Dieser Duft um die Dämmerstunde weckt Erinnerungen aus den Zeiten der Jugend. Wundervoll küßt man in Ungarn! ...

Der Kaiser putzt nicht mehr die Brille. Die hölzernen Gesichter der höchsten Würdenträger des Staates beleben sich – keine Spur mehr von Sklerose. Der Kaiser spricht. Mit matter Stimme dankt er für irgend etwas. Das, wovon gestern der liebe Graf Berchtold sprach, hat ihn sehr traurig gemacht. Wenn er sich nicht irrt, das heißt – wenn sein Gedächtnis nicht irrt: Belgrad? – Mit Befriedigung nimmt der Kaiser die ungeheure Erbitterung seiner geliebten Völker zur Kenntnis, die fordern – fordern –, der Kaiser kann sich nicht erinnern, was sie fordern – die geliebten Völker. Also fingen sie an, ihm zu erklären. Etwas, was der Kaiser dennoch um keinen Preis verstehen wollte. Zuerst setzten sie es ihm ruhig auseinander, wie eine Mutter ihrem Kind, bis sie die Selbstbeherrschung verloren und zu gestikulieren anfingen. Als er endlich begriff, begannen sie schon mit ihm zu handeln. Der Kaiser wehrte sich, sträubte sich, zögerte lange, hustete, erinnerte an die ermordete Kaiserin Elisabeth. Einmal erhob er sich sogar, aus eigener Kraft, und schlug mit dem silbernen Griff des Stockes auf den Tisch, daß die lebendigen Statuen der Gardeoffiziere erbebten, daß die Augen der Maria Theresia wieder aufflackerten. Erzherzog Friedrich sprang auf, der Enkel jenes von Aspern. Er näherte sich der Majestät, beugte sich über das rosige Ohr, in dem ein Klümpchen grauer Watte steckte, und streute lange Zeit irgendwelche schweren Worte hinein. So begegneten einander die beiden Goldenen Vliese an der Brust der Habsburger und baumelten einige Minuten friedlich nebeneinander. Und nun gab der Kaiser nach. Er fügte sich dem Willen seiner geliebten Völker.

Er hatte noch einen Wunsch: sie möchten, getreu der Tra-

dition, Eichenblätter auf ihre Tschakos stecken. Und singen sollen sie.
An dieser Stelle unterbricht der Erzherzog den Monarchen wiederum und bemerkt laut, daß das Heer im zwanzigsten Jahrhundert im Krieg keine Tschakos mehr trage, sondern einfache, leichte Feldkappen. Der Kaiser bittet um Entschuldigung: er hat lange keine Manöver mitgemacht.
An seinen Augen ziehen die alten Köpfe der Veteranen von Novarra vorbei, von Mortara und von Solferino, die Panduren und Radetzky . . . Verschämt wendet er sich an den Kriegsminister, so wie ein Schüler an seinen Lehrer: »Vielleicht könnten Sie es mir in Erinnerung bringen, Exzellenz, wieviel Soldaten ich habe?«
»Achtunddreißig Divisonen in Friedensstärke, die Honveds und die Landwehr nicht eingerechnet!«
»Danke. Ich habe achtunddreißig Divisionen!« Achtunddreißig Divisonen! Franz Joseph sieht jede einzelne Division vor sich, die ihm auf Leben und Tod vereidigt ist, er vergnügt sich an der Vielfalt und den bunten Farben dieser Ziffern. Er beschwört die letzten Paraden herauf, an denen er teilgenommen hat, die letzten fiktiven Kämpfe, in denen der Feind durch ein rotes Band an der Mütze kenntlich gemacht war. Er selbst, der Kaiser zu Pferd, führte damals eine der kämpfenden Armeen, und sein Gegner war kein anderer als der vor vier Wochen ermordete Franz Ferdinand, der Thronfolger. Hier täuscht ihn das Gedächtnis nicht! Das vergißt man nicht! Die alte Leidenschaft erwachte. Für eine Weile verspürte der Greis von neuem den alten Unwillen gegen diesen fiktiven Feind aus den Manövern, dessen wirklichen Tod er jetzt zu rächen hat, er und das ganze kaiser- und königliche Heer. Das Blut stieg dem alten Kaiser zu Kopf bei dem Gedanken, daß ihm dieser hartnäckige Franz Ferdinand nicht einmal nach dem Tode Ruhe gebe, der Thronfolger, der so viele Jahre auf des Kaisers natürlichen Tod vergeblich gewartet hatte. Irgend

etwas in dem Alten rief: Und ich habe ihn überlebt! – Aber auch dieser Gedanke verlor sich sogleich im Nebel der Trauer um den unvergeßlichen, einzigen Sohn Rudolf, dem es auch nicht vergönnt gewesen war ... »Mir bleibt nichts erspart!«

Eine peinliche Stille senkte sich über den Saal. Wie Weihrauch über den Leichen Ermordeter schwebte der süßliche Duft Berchtoldscher Parfüms. Adieu, Pariser Parfümerien! Der Weg ist verschlossen: hier – Dreibund, dort – Triple-Entente! Das begriff Berchtold sehr wohl. Er wußte, wonach die neue Geschichte roch. Sie roch nach Beschränkung auf heimatliche Erzeugnisse. Aber jetzt, in dieser gespenstischen Stille, nahm nicht einmal der joviale Krobatin Berchtolds Parfüms zur Kenntnis. Pulver hatte er zwar auch niemals gerochen, aber immerhin, er war Kriegsminister.

Der Kaiser dachte nach. Seine blauen, feuchten Augen trübten sich hinter den Gläsern. Das glattrasierte Kinn versank im goldenen Kragen, aus dem nur noch die Watte des Backenbarts hervorkam. Das glitzernde Kreuz auf der Krone des heiligen Stephan neigte sich noch tiefer, als drohte es auf das Haupt des Greises zu fallen. Er schwieg weiter, versunken in den düsteren Katakomben seiner Erinnerung: lauter Tote ...

Die Atmosphäre um den runden Tisch verdichtete sich immer mehr. Die alten Sessel stöhnten. Die Sklerose in den Adern der Paladine schritt vor. Bis die Ungeduld des Kronrats stärker wurde als die Etikette. Die Generäle fingen an zu flüstern. – Höchste Zeit! Er muß unterzeichnen! – Krobatin konnte ohne eine Zigarette nicht länger sitzen bleiben. Da stieß Graf Berchtold den Grafen Paar an. Der schob dem Kaiser einen länglichen Bogen Papier hin. Der andere von den Doppelgängern des Kaisers hielt in der Hand einen Federhalter mit einer neuen, noch nicht gebrauchten Stahlfeder, wie es das Hofzeremoniell befiehlt. Die Augen aller richteten sch auf die trockene, feinnervige Hand des Kai-

sers. Endlich raffte er sich auf und rückte die Brille zurecht. Alle atmeten auf. Einige Minuten lang schritt der kalte Blick des Monarchen die schwarzen, steifen Reihen der Buchstaben ab. Er hielt strenge Musterung über jeden Ausdruck, über jedes Komma. Aber nach der Durchsicht der ersten Sätze röteten sich die Augenlider, und etwas fing in den Augen zu brennen an. Seine Brille beschlug. In der letzten Zeit ermüdete den Greis das Lesen schon sehr, besonders bei künstlichem Licht. Er riß seinen Blick vom Bogen los, und da er die Ungeduld des Kronrats sah, führte er die Feder mit zitternder Hand an den offenen, schwarzen Schlund des Tintenfasses. Die Hand kehrte zurück mit der Feder, feucht von der giftigen Flüssigkeit, und bebend fiel sie auf das Papier. Bald kam die Linke zu Hilfe und hielt das Papier fest.
Der Kaiser setzte seinen Namen darunter, auf den die Minister so lange gewartet hatten. Kaum aber stand das Wort ›Franz‹ auf dem Papier, versagte die Feder, die Tinte reichte nicht. Der Kaiser griff zum zweitenmal nach dem Tintenfaß und ritzte sich leicht mit der zitternden Feder den Daumen der linken Hand. Aus dem Finger quoll ein winziger Tropfen Blut. Er war rot. Niemand hatte es bemerkt. Der Kaiser trocknete schnell den Finger und schrieb mit einem kräftigen Zug ›Joseph‹ dazu. Die Tinte war blau.
Graf Berchtold nahm das Schriftstück entgegen. Am nächsten Tag wurde es in alle Sprachen der Monarchie übersetzt. Es hing gedruckt an allen Ecken der Städte und Städtchen, der Dörfer und begann mit den Worten: »An meine Völker«. Denen, die nicht lesen konnten, lasen die Trommler der Gemeinden das Manifest vor. Der Kaiser erhob sich mit Hilfe der Adjutanten. Während des Dienstes gab er niemandem die Hand. Diesmal drückte er nur die Hand des Ministerpräsidenten. Noch einmal wandte er sich an der Schwelle um und sagte – niemand wußte, zu wem: »Wenn ich mich nicht irre ... Blut wird fließen!« Dann ging er

hinaus. Der Erzherzog Friedrich bot dem Finanzminister Biliński eine Havanna an.
Unten schlugen die Absätze der Stiefel der Infanteristen vom 99. Regiment zusammen. Ein trockener Aufschlag der Gewehrkolben. In den nahen Kasernen blies man zum Zapfenstreich: die neunte Stunde.
Die Soldaten der ganzen Monarchie gehen um neun Uhr schlafen . . .

III

Die Hausmeister schlossen, wie gewöhnlich, um zehn Uhr die Tore und öffneten sie verspäteten Mietern gegen das übliche Sperrgeld von zwanzig Hellern. Mechanisch stopften sie die Nickelmünzen mit dem abgenutzten Adler in ihre Taschen. Aber niemand eilte nach Hause. Sogar die Betten der solidesten Wiener blieben noch lange nach Mitternacht leer. Nur die Kinder schliefen. Nur die Arbeiter aus den Fabriken schnarchten, abgerackert, gleichgültig gegen alles, zu allem bereit. Schon um acht Uhr nämlich löste die Nachtschicht sie ab. Es schliefen die Verkäufer, die täglich im grauen Morgenlicht auf den Marktplatz ziehen, es schliefen die Briefträger, die den ganzen Tag auf den Beinen waren, treppauf, treppab, Stufen hinauf und Stufen hinunter. Es schliefen die Sträflinge in den Zellen, oder sie täuschten vor, daß sie schliefen. In Spitälern, in Kliniken, in den noblen Sanatorien lagen eingeschlafen all diejenigen, die von Krankheiten des Friedens befallen waren. Ihnen hatte man Schlafmittel gegeben. Auf den Friedhöfen schliefen die Verstorbenen. Irgendwo in der Ferne schlief der Kaiser.
Die wachgebliebene Stadt aber kochte von Leben. Gleichgültig gab sie ihren mächtigen Leib den nächtlichen Lüsten hin. In billigen Buden trank sie zufrieden Limonade und aß Knackwürste. Oder sie vergeudete ihre Überschüsse in den kostspieligen Palästen ausgesuchter Freuden.

Die Arbeit ging, wie gewöhnlich, in den Bäckereien und Druckereien ihren Weg. Brot und Zeitungen stellt man in der Nacht her. Die Bäcker, entblößt bis zum Gürtel, schieben auf langen Schaufeln Klumpen Teig in den Ofen. Später ziehen sie dampfende Laibe Brot hervor, von einer braunen Glasur überzogen.

Über die Kästen gebückt, stehen die Setzer und backen gleichgültig das morgendliche Brot für die Seele des Volkes. Dampfende, stinkende Worte. Als die ersten in dieser Nacht erzitterten die Setzer. Aus den unermeßlichen Vorräten bleierner Mikroben, in denen, zerschlagen in Atome, die Weltgeschichte ruht, griffen die Setzer auf einmal fünf Buchstaben heraus. Jeder dieser fünf Buchstaben – jeder für sich ohne Bedeutung – ergibt zusammen mit den anderen das chemische Zeichen des Unheils. Während des Setzens zitterte die Hand eines Setzers. Dann versagte für einen Moment sein Verstand. Und als er nach einer Weile das Bewußtsein wiederfand, rieb er sich die Augen und begriff, daß er ein Wort ohne Sinn zusammengesetzt hatte: *Klieg*. Mit Bedauern klaubte er den Buchstaben l heraus und warf ihn wieder in das Gefach zurück, in dem Hunderte von brüderlichen l schlummerten. Mit dem Gefühl einer Schuld, mit irren Fingern nahm er die richtige Type heraus und gab Zeugnis einer Wahrheit, an die er nicht glaubte. Dann wusch er sich die Hände.

Der Satz fiel schief aus und wanderte so in die Maschine. Das schreckliche Wort ging aus der Presse in die Welt und schleppte den Trauerflor der Druckerschwärze hinter sich her.

Die Gesellen in den Bäckereien, die den Teig in den langen Trögen kneteten, hörten plötzlich auf zu arbeiten. Sie unterbrachen die Arbeit. Mit Messern kratzten sie die klebrigen Teigreste von den Fingern und liefen auf die Straße. Plötzlich fuhren die Trambahnen an den belebtesten Punkten der Stadt nicht weiter. Grünliche Funken zischten unter den Oberleitungen wie bei Kurzschluß. Der Strom floß durch die Nerven der Fahrgäste, Schaffner und Wagenführer. Es hielt sie nicht einmal bis zur nächsten Haltestelle. Sie stiegen aus und stürzten über die Zeitungen her. Zum erstenmal schienen sie zu merken, wie schwarz die Buchstaben sind.

Herr M. Rosenzweig aus Drohobycz, Hauptaktionär der ›Anglo-Rosenzweig Oil Company‹, der, auf der Durchreise nach Venedig, in einem der ersten Hotels am Platze gerade im Begriff war, seine Hochzeitsnacht zu verbringen, erhob sich plötzlich aus dem Bett, zog sich provisorisch an und rannte, ohne Kragen, so schnell er konnte, in die Halle, um die Extraausgabe des ›Neuen Wiener Journals‹ zu kaufen.

Sogar Liebespaare, aneinandergeschmiegt auf den Bänken städtischer Anlagen oder betäubt und berauscht in den Auen des Praters, trennten sich plötzlich. Die Liebe, aufgescheucht vom frostigen Hauch des Todes, verließ ihre parfümierten und übelriechenden Schlupfwinkel und begab sich ins Gewühl der Boulevards. Die alte Großmutter Donau rauschte hinter dem Prater, wie gewöhnlich, und trug ihre ewige Ruhe ins Schwarze Meer, um sie dort gleichsam zu bewahren. Ihre letzte Welle nahm für immer die bezaubernde Melodie dieser Stadt mit, eine Melodie, die nie mehr zurückkehren wird.

Von Mund zu Mund ging die Neuigkeit. Die Münder nagten, kauten, sogen an ihr, kneteten sie, zerrieben sie, bis auf einmal eine Million Lippen ein Wort aufs Pflaster ausspuckte wie eine bittere Mandel. Der Krieg erfüllte schon alle Kaffeehäuser, Bars, Restaurants. Schon stimmten überall die Orchester die Kaiserhymne des alten Meisters Haydn an. Kronenstücke, Zweikronenstücke, Fünfkronenstücke: den Adler auf der einen, den Kopf des Kaisers auf der anderen Seite, klirrten anders als sonst, metallischer als sonst auf den geäderten Marmorplatten, sobald die alarmierten

Offiziere »Zahlen!« riefen. Der Krieg beherrschte die Lokale. Er hüpfte über die Zäune der Villen, die im Mondlicht auf den Weinhängen Gersthofs schliefen. Er zwängte sich durch die Ritzen alter Mauern der Innenstadt, geil wie eine Katze im März, tummelte er sich auf dem kupfernen Dach der Hofoper. Er lauerte in den Garderoben der Kabaretts und sprang den lustigen, nichts ahnenden Gästen an den Hals, als sie mit den Garderobenummern kamen, um ihre Mäntel abzuholen. Wie eine plötzliche Seuche fing er an, die lästige Phantasie des Kleinbürgers aufzurühren. Das geheimnisvolle Kriegsgespenst verdunkelte selbst das Bewußtsein der behäbigen Liebhaber des Pilsner Bieres. Ein seliger und tödlicher Schauer drang in die Herzen jener, denen der Schlaganfall drohte. Irgendwelche verschwommenen und krassen Bilder erhoben sich aus alten, vergessenen Schulbüchern; losgelöste Visionen alter Schlachten, die von billigen Öldrucken her bekannt waren, aufgehängt in Friseursalons, von Fliegen besprenkelt, fingen an, in das Innere bürgerlicher Seelen einzudringen und ihnen stürmisch ihre langjährige Ruhe zu rauben. Vor den Augen erstand plötzlich jenes Ideal der Ammen: der martialische Husar-Stiefelputzer mit dem aufgezwirbelten schwarzen Schnurrbart, bekannt von den Reklameschildern für Schuhcreme. Irgend etwas zerbrach in den Hirnen aller.

Aus den Fenstern der Kasernen sickert Licht. Das war seit Jahren nicht geschehen: nach Mitternacht volles Licht in den Kasernen! Die Soldaten rollen Mäntel, schnüren Tornister, packen Patronen, putzen die Eßgeschirre, schmieren die Bajonette. In den Ställen striegeln die Kavalleristen die glänzenden Flanken der Hengste und kämmen die Mähnen; die braven Gäule wiehern und kauen hörbar den Hafer. Die Unteroffiziere prüfen Sättel, Gurte, fluchen auf die Dragoner wegen fehlender Knöpfe. Die Wachtmeister rennen aufgescheucht von Kanzlei zu Kanzlei. In den Quartieren

der Offiziere stopfen die Leutnantsfrauen wasserdichte Socken und füllen Thermosflaschen mit warmem Tee. So ist es in allen Städten.
Es schläft nur das Dorf, das ewige Reservoir alles Soldatenmaterials, der unerschöpfliche Quell der physischen Kraft. Es schlafen die Dörfer an den Auen der Donau, es schlafen die Dörfer an der Weichsel, am Dnjestr, am Inn. Es schlafen die versteckten Dörfer der Alpen, Siebenbürgens, der Sudeten. Überall liegen die rothäutigen Knechte neben ihren Pferden auf Stroh, die Bäuche gefüllt von Kartoffeln und Roggenbrot. Sie schlafen und dampfen. In den Ställen atmet das Vieh, hörbar, wie immer, ruhig . . .
Der erstaunte Bahnwärter in der fernen Huzulei reibt sich von Zeit zu Zeit die Augen, wacht auf, zieht seine Hose zurecht, drückt die Mütze über die Ohren, nimmt das rote Fähnchen in die Hand. Immer wieder muß er die Bahnschranken schließen. So viele Züge in dieser Nacht, und alle nach Ungarn! »Was ist los?« fragt er den Lokomotivführer des haltenden Güterzuges.
»Krieg!«
»Krieg?« wiederholt der Bahnwärter und reißt den Mund weit auf. Hat er recht gehört, soll er's glauben? Stramm dastehend, salutiert er mit der Fahne den blinden Waggons, die Munition und Schweine dahinführen.

Beim Morgengrauen fielen Heuschreckenscharen auf alle Städte. Die Finsternis dieser letzten Nacht hatte bläuliches Gewürm ausgebrütet. Tausendfüßler, die mit Bajonetten stechen, Wespen, mit tödlichen Stacheln bewaffnet. Sind das etwa die gleichen Soldaten, an deren schöne Parade wir uns noch am vergangenen Sonntag nicht satt sehen konnten?
Die Generäle rasen mit ihren Autos durch die Straßen. Die roten Generalsstreifen ihrer Uniform zucken vor den Augen der Gaffer auf wie das Rot des Toreros.

IV

Schneller! Keine überflüssigen Rührseligkeiten! Näherinnen, hört auf, eure Liebsten zu küssen, drückt ihnen zerknitterte Fotografien in die Hände und – auf Wiedersehen! Köchinnen, trocknet mit den fettbefleckten Schürzen eure Augen und streichelt mit euren ungelenken Fingern, die nach Einbrenne duften, die glattrasierten Nacken eurer Gefreiten. Jeder Mensch hat etwas, wovon er sich trennen muß. Frauen haben Männer, Mütter haben Söhne. Kinder, begeistert vom ungewohnten Aussehen ihrer Väter, trennen sich von ihnen; besonderen Spaß machen den Kindern die Pfeife und der Kompaß an dem blauen Schnürchen. Endlich haben die Kinder begriffen, daß die Eltern auch Kinder sind, besonders, wenn sie weinen. (Sicherlich sind sie von jemandem verprügelt worden oder sollen noch verprügelt werden.) Es gibt Kinder, die sich darüber freuen, daß der Vater ins Feld geht. Jetzt wird es niemanden geben, der sie haut. Wo mag bloß dieses Feld sein?
Die Gerichtsratswitwe eilt zum Magistrat, dem Staat ihr einziges Andenken abzuliefern: ihren goldenen Ehering, um dafür einen eisernen zu kriegen. Es muß eben jeder etwas besitzen, wovon er sich trennen kann.
Die duftende Komtesse Lilli läßt sich ihr Haar schneiden und legt eine weiße Haube an. Sie geht in einem weißen Mantel in die Kunstakademie, über der eine Fahne des Roten Kreuzes flattert. Es verlangt sie danach, mit ihren Mädchenhänden die Nachttöpfe der Verwundeten hinauszutragen. Noch ist die Jungfräulichkeit dieses Krieges unberührt. Noch sind die Spitäler leer.
Die Brücken über den Flüssen dröhnen. Schon rückt der Landsturm von den Bahnhöfen her in die Kasernen. Schwarze, hölzerne Koffer auf den Rücken, Blumen an den Mützen. Schon rauchen die kleinen Kessel der Feldküchen – in den Schulhöfen. Ein junger Einjähriger, Student der

Philosophie, ißt zum erstenmal in seinem Leben Fleisch mit einem Löffel. Ein alter Landsturmmann, Versicherungsagent der ›Providentia‹, liegt zum erstenmal im Leben auf der nackten Erde. Noch wurden die Monturen nicht verteilt, noch stecken alle in der eigenen Haut. Ein Monteur der Siemenswerke ist unzufrieden. Zwar weiß er, daß er zu den technischen Truppen kommt, aber auch das ist Militär. Vorläufig schmecken ihm die Zigaretten, die er auf dem Bahnhof von irgendeinem hübschen Fräulein bekommen hat.

Es geht los. Die Rekruten trennen sich von ihrer eigenen Persönlichkeit. Das ist der schwerste Abschied. Mit Verachtung und Trauer werfen sie zugleich mit ihrem Zivilanzug ihren alten Menschen in die Ecke und verabschieden sich im würdigen Rock des Kaisers von ihrer Gesundheit und ihrem Leben.

Schon kleiden sich die Ochsentreiber von der Theiß, die Schweinehirten aus der Pußta, die Hirten aus den Karpaten in blaue Uniformen. Vor allem – in die Kantine! Schon sind die Bauern in Galizien, in Mähren, in der Steiermark in eine einzige Farbe gekleidet. Die Bosniaken setzen die Feze auf ihre kurz geschorenen Köpfe, ein Entgegenkommen des katholischen Staates gegenüber dem Islam. Der Einjährige, Student der Philosophie, sieht zum erstenmal in seinem Leben Fußlappen. Er tröstet sich damit, daß wahrscheinlich auch Napoleon welche getragen hat. Die Dragoner setzen die Helme mit blitzenden Adlern auf, doch müssen sie diese unter graublauen Futteralen bergen, damit sie aus der Ferne nicht in der Sonne glänzen und sie nicht den feindlichen Karabinern verraten. Aus demselben Grunde verhüllen die Chargen ihre Rangabzeichen auf den Kragen. Nur die Husaren verzichten nicht auf ihre Roßhaarpinsel, obwohl auch sie ihre Husarentschakos in graue Wachsleinwand stecken müssen. Vergeblich sucht man nach den stolzen Hahnenfedern auf den Hüten der Jäger. Wie gewöhnliche

Infanterie werden sie abmarschieren. Auch der Pfarrer verkleidet sich. Er trägt zwar sein Priestergewand, aber er wurde Hauptmann und wird, mit einer Offiziersmütze geschmückt, das ins Feld rückende Regiment mit Weihwasser besprengen. Er wird Gott geben, was Gottes ist, und dem Kaiser, was des Kaisers. Er wird die Erschlagenen begraben und die Schwerverwundeten von der Todsünde des Mordes entsühnen. Er wird in den Lazaretten Erbauungsschriften verteilen.
Schon formieren sich die Korps, die Divisionen, die Brigaden und die Regimenter. In der ersten Kompanie eines jeden Regiments tragen die Fähnriche die Fahnen. Ungeheure Reihen in merkwürdigen Kostümen warten gehorsam auf das Kommando ihrer Führer. Nur die Gesichter tragen keine Masken. Aber die Gesichter haben ja sowieso keine Bedeutung mehr. Heute gelten nur Rümpfe, Gliedmaßen und außerdem der Wert der Sterne und Knöpfe, die dem Menschen angenäht sind. Knöpfe! Knöpfe vor allem müssen in Ordnung sein! Und die Zeit für Masken wird übrigens auch noch kommen – für Gasmasken!
Die Soldaten der kaiser- und königlichen Armee stecken nach alter Tradition Eichenblätter an ihre Mützen. In der Hose jedes Soldaten nistet eine diskrete Erkennungsmarke, die ›Totenkapsel‹, wie ein Kassenzettel mit Nummer und Preis. Nach der Schlacht wird sie von den Sanitätern den Leichen abgenommen. Dann ist die Transaktion mit dem eroberten Gebiet definitiv.
Habt acht! Schon führen die Leutnants, Feldstecher und Landkarten auf der Brust, ihre Kompanien. Die Hauptleute reiten an der Spitze der Bataillone. Hinter ihnen die Adjutanten und Hornisten. Die Regimentskommandeure zu Pferde salutieren mit Säbeln dem Publikum, das patriotische Rufe ausstößt und Blumen streut, die von den Hufeisen der Gäule zertreten werden. Die Regimentskapelle spielt den Radetzky-Marsch. Die Gesichter der Tschechen,

die mächtige messingne Helikone und Posaunen blasen, triefen von Schweiß. Ein kleiner Tambour, ein uniformiertes Kind, haut aus allen Kräften auf das Kalbfell der Trommel. Die große Pauke zieht ein kleiner Esel.
Aufbruch! Aufblitzen die Säbel der Offiziere und Fähnriche. Ihr werdet nicht mehr lange in den Strahlen der Sonne glänzen! Bald wird ein Befehl Seiner Exzellenz des Herrn Kriegsministers euch aus der Welt schaffen, damit der Feind den Offizier vom einfachen Soldaten nicht unterscheide. Ein Bajonett wird euch vertreten. Ein gewöhnliches, gemeines Bajonett!
Aufbruch! Die Kompaniebläser setzten an, die Tambours ließen die Trommeln wirbeln. Oh, ihr Trommeln, ihr werdet nicht mehr lange den Infanteristen den Takt diktieren. Ein Befehl Seiner Exzellenz des Herrn Kriegsministers wird euch in Kürze abschaffen.
Abmarsch! Es marschierten Menschen, Pferde, Esel, Maultiere, Schlachtvieh. Es marschierten Eisen, Messing, Holz und Stahl. Es ratterte der Troß, es knirschten die Lastautos, dumpf rasselten die Munitionswagen, voller Granaten, Schrapnells und Bomben, sortiert in Kisten wie Mineralwasserflaschen. In schwerem Marsch arbeiteten sich die Lafetten der Mörser vor, der Kanonen, der Haubitzen. Es gingen, es fuhren, es schnauften lebendige und tote Ziffern, Ziffern, ausgebrütet in den Köpfen der Generalstäbler. Schnurgerade ausgerichtet marschierte ein Feld von Köpfen in Kappen, in Helmen – wogten die Körper in blauen, grauen und grünen Blusen wie Getreide dahin. Ganze Armeen der Menschen, die in neuen gelben, noch nicht geschwärzten Stiefeln marschierten. Rhythmisch schaukelten die Tornister mit den Eßgeschirren – auf den Rücken polnischer, deutscher, tschechischer, italienischer, magyarischer Soldaten. Es rückten vor – Brotsäcke, Patronentaschen, Gewehre, Bajonette, zu Fuß, zu Roß, von Menschen, von Pferden, Bauernwagen und Autos transportiert. Es

füllen sich die Güterwagen (40 Mann – 8 Pferde) mit Massen von Menschen, Tieren, Eisen, Holz, Tuch, Gurten und Geduld. Das Bedrohliche, in solchen Mengen angehäuft, weiß selbst nicht, was es mit sich anfangen soll. Vorläufig entlädt es sich im Gestampf, im Gedröhn und Gerassel.

In diesem Zug verbrüderte sich der Mensch mit dem Tier, mit dem Eisen, mit dem Holz. Schon ersetzt ihm das Gewehr seine Frau, statt des Bruders ist ihm der Brotsack Freund und die Feldflasche mit Wasser – sein liebstes Kind. O Kind, küß die verbrannten Lippen des Infanteristen in der Stunde der Entbehrung. Es nicken die braven Köpfe der Schimmel, der Braunen, der Falben; Esel, mit Maschinengewehrteilen beladen, sehen sich zum letztenmal auf den Trittbrettern der Waggons mit einem sanften, stillen Blick um.

Abmarsch! . . . Es weinten die Bahnhöfe Wiens, Budapests, Prags, es weinten die Bahnhofshallen Lembergs und Krakaus. Mit einem Schluchzen antworteten ihnen die Bahnhöfe in Belgrad, Petersburg, Moskau und Warschau. Die verschwitzten, schäumenden, trunkenen Nummern, die Köpfe, Hände, Füße und Rümpfe ziehen breit nach Osten und Süden, von Ost nach West, von Süd nach Nord, irgendeine fremde Sucht zu befriedigen, irgendeinen fremden Ruhm zu mehren. Zum Turnier der eigenen Qual, des Hungers, des Fiebers ziehen die gesunden, kräftigen Lungen, Herzen, Mägen aus – zu Tausenden, zu Zehntausenden, zu Hunderttausenden, in alle Richtungen der Welt.

Von allen Flugplätzen, aus allen Flugzeughallen flatterten mit einem Surren der Propeller, wie Puppen aus den Kokons, Schmetterlinge, Libellen, Taranteln hervor. Eindecker und Doppeldecker.

Aufbruch zu Lande, zu Wasser, in der Luft. Die Kanoniere der Torpedoboote, der Panzerschiffe halten ihre Lunten bereit. U-Boote, zum Tauchen klar, schieben die Periskope über die Fläche der See und lauern auf Beute. Die Apparate singen Hosiannah zu Ehren ihrer Erfinder. Ehre sei dem Menschen in der Höhe, auf der Erde und unter dem Wasser! Dem blauen Gewimmel unter den schwarzgelben Fahnen rückt ein Gewimmel olivfarbener, schnurrbärtiger Serben entgegen – von der Drau, der Save, dem Timok. Sie rauchen Pfeifen und singen im Takt. Sie stehlen sich durch das Schilf der Sümpfe, sie schleichen durch die Moräste ihrer Heimat – und warten.

Dem kaiserlichen Gewimmel wälzt sich die Woge der Russen entgegen, von Ikonen gesegnet. Es reiten Kosaken vom Amur, aus Kasan, vom Don, auf hurtigen Rossen. Schiefäugige Mongolen hüpfen auf ihren Zwergpferdchen. Anmutige Tscherkessen, schlank in der Taille wie Mädchen, jagen, den Kindschal im Gurt, an die Weichsel, an den Bug, den Njemen. Lange, unzählige Kolonnen sibirischer Infanterie mit Pelzmützen, kaukasische Linienregimenter in sandfarbenen Kitteln ziehen im Eilmarsch nach Polen. Na Germanca! Los, auf den Deutschen!

Es spielen die Balalaikas, die Hirtenflöten und Brummeisen. Bei längerer Rast spielt man einen Steirer auf der Ziehharmonika.

Von Warschau bis nach Petersburg
den Russen nach im Marsch, Marsch, Marsch!

singt das Lemberger 30. Regiment, die ›eiserne Brigade‹. »Na zdar!« ruft es aus den schnapsgewohnten Kehlen der Tschechen im Vorbeifahren vor den Waggons der Magyaren. »Eljen!« antworten die Tschikosen, in Honveds verwandelt. Mit den Rufen: »Živio«, »Hoch«, »Niech żyje«, »Hurra«, Evviva«, »Daj Bože harazd« grüßen sich im Vorbeimarschieren die Bataillone der vielsprachigen Monarchie. Es jagen die Züge wie riesige eiserne Konservenbüchsen, gefüllt mit menschlichem Fleisch, aus dem das Blut noch nicht geflossen ist.

In der fernen Huzulei stehen die Dorfjungen wie betäubt,

Burschen mit großen Mäulern, die von einem Ohr zum anderen reichen, die Hemden über den Hosen, und winken mit ihren großen Hüten den vorüberfliegenden Militärzügen zu.
Der Mann, der auf der Linie Lemberg-Czernowitz-Itzkany am Wärterhäuschen Nr. 86 provisorisch die Funktion eines Bahnwärters ausübt, kann nicht schlafen. Der Bahnwärter wurde gestern einberufen und fuhr zu seiner Truppe. Jetzt muß er, ein gewöhnlicher Träger aus Śniatyn, Tag und Nacht die Schranken bewachen und auf die ordnungsgemäße Umgruppierung der Armee achtgeben und insbesondere die ›russophilen Elemente‹ hindern, Balken auf die Schienen zu legen. Ihn amüsieren die lustigen Aufschriften und patriotischen Kreidezeichnungen an den Wänden der Waggons, die den Zaren Nikolaus und den König Peter am Galgen darstellen. Einmal vergafft er sich so, daß er die herannahende Lokomotive nicht hört und die Schranken nicht schließt. Beinahe hätte er einen Milchhändler ums Leben gebracht, der mit seinem Karren über die Schienen fuhr, als der Zug in voller Fahrt über die Weichen donnerte. Das erschrockene Pferd wollte um keinen Preis zurück und zerbrach die Deichsel. Fast im letzten Augenblick lief der Wärter auf den Damm und hielt durch das Fahnensignal den Zug rechtzeitig auf, der voller singender Rumänen war. Der Lärm der Soldaten erfüllte die ganze pokutische Ebene. Der Geruch des Strohs, des menschlichen Schweißes, des Pferdeurins mischte sich mit dem scharfen Duft des frisch gemähten Heus hinter der Böschung. Aus einem Wagen zweiter Klasse sprang ein Major, der Transportkommandant, und fragte in einer unbekannten Sprache nach der Ursache der Störung. Der Mann mit dem Fähnchen stammelte etwas auf ukrainisch, auf polnisch, brachte sogar einige jiddische Brocken hervor, zeigte endlich auf die Milchpfütze, auf den Damm und den Juden, dem es gelungen war, sich samt Pferd auf die andere Seite zu flüchten.

»Schweinerei!« brüllte der Major. »Ich werde dich anzeigen, du Krautwachter!«
Dann drohte er in Richtung des Juden mit der Reitgerte, gab dem Maschinisten ein Zeichen und kehrte in den Waggon zurück. Der Zug fuhr weiter, und der Mann mit dem Fähnchen blieb allein mit seiner Schande zurück.
»Krautwachter!« wiederholte er.
Jetzt wußte er, daß er zum Landsturm einrücken würde. Übrigens war ihm alles gleich. Wenn Krieg, dann Krieg. Und der Krieg hatte schon begonnen.
Am 1. August 1914 richtete der Kanonier des k. u. k. Donaupanzerschiffes ›Temes‹ seine Kanone auf Belgrad und feuerte ab. Die Donauschiffe begannen, diese Stadt zu bombardieren. Am 2. August erdröhnten an der kurländischen Küste bei Libau die deutschen Schiffsgeschütze. Am 3. August entwickelten die französischen Alpenjäger in den Vogesen ihre Schwarmlinien. Die französischen Flieger versuchten am selben Tag die Rheinbrücken zu sprengen. Die deutsche Kavallerie überschritt die Grenzen Burgunds und drang in die Wälder von Delle vor. Der erste Zusammenstoß Österreichs mit Rußlands fand bei Nowosielitza statt, an der Grenze von Bessarabien und Bukowina.

Unbekannt bleibt der erste Mensch, der in diesem Krieg das Leben verlor.
Unbekannt bleibt der Mensch, der ihn erschlug.
Unbekannt bleibt der letzte Mensch, der in diesem Krieg gefallen ist.
Mein Wort hebt ihn aus der Erde, in der er liegt: er wird mir diese Ausgrabung verzeihen.
Unbekannt bleibt der Unbekannte Soldat.

I. KAPITEL

In die tauben Winkel der huzulischen Erde, die an Sommerabenden nach Minze duftet, in verträumte Dörfer, die an stillen Almen liegen, wo die Hirten lange Holzflöten blasen, dringt die Eisenbahn. Sie allein verbindet diese entlegenen Gebiete mit der Welt. Sie wirft in die dunkle Nacht die bunten Lichter der Signale und vergewaltigt die Stille und Jungfräulichkeit des großen nächtlichen Friedens. Mit dem Getöse beleuchteter Waggons zerreißt sie den Schleier des Nebels, weckt mit langgedehntem Pfiff die Hasen und die eingeschläferte menschliche Neugier. Wie eine ungeheure eiserne Leiter, auf felsigen Boden gelegt, laufen schwarze schimmernde Schienen auf hölzernen Schwellen von Unendlichkeit zu Unendlichkeit. Weiße Stationshäuschen, von Hecken umzäunt, kleine Gärten, Lauben und Blumenrabatten mit farbigen Glaskugeln auf weiß angestrichenen Stöcken, unzählige eiserne Brücklein über Bäche gespannt und Wärterhäuschen, dicht nebeneinandergereiht, strafen die Mär Lüge, hier sage der Teufel dem Beelzebub gute Nacht.

Auf der kleinen Station Topory-Czernielitza verlädt seit 20 Jahren ein Mann Getreide, Holz, Kartoffeln und Fässer mit Spiritus, gebrannt in benachbarten Brennereien, ein Mann, der aus dem Dunkel kam. Die Dunkelheit war sein Vaterland und sein Element, wie Wasser Element des Fisches ist und das Element des Maulwurfs die Erde. Wie ein Maulwurf arbeitete sich Piotr durch die Dunkelheit hindurch und höhlte in ihr unterirdische, seinem Leben unentbehrliche Gänge. Wie ein aufs Land geschleuderter Fisch schnappte er verzweifelt nach der gnädigen Luft.

Er putzte die Stationslampen, füllte sie mit Petroleum und fegte den sogenannten Wartesaal rein. War es nötig, so half er beim Ausbessern der Geleise, schaffte die durchgefaulten Schwellen weg, streute Kies, dann und wann fuhr er sogar zusammen mit dem Ingenieur auf der Draisine. Schnellzüge berücksichtigten die Station Topory-Czernielitza nicht einmal durch ein verlangsamtes Tempo. Sie ignorierten sie geringschätzig, indem sie sie in eine verächtliche Rauchwolke hüllten. Aber im Sommer kam es vor, daß hier irgendwelche Herrschaften aus der Stadt ausstiegen. Gymnasiasten kamen mit schweren Holzkoffern, die sie selbst nicht schleppen konnten. Der Zug hielt in Topory kaum drei Minuten, und die hilflosen jungen Herren riefen, um die Angst zu verbergen: »Träger!« in befehlendem Ton, wie erfahrene Reisende. Dann stürzte Piotr in den Wagen, auch wenn er kein Träger war und keine Eisenbahnerkappe besaß und nicht einmal das übliche Nummernblech der Eisenbahner hatte, griff nach dem Gepäck und trug es zu den hinter dem Stationsgebäude wartenden Pferdedroschken. Zuweilen fuhr der ruthenische Pfarrer in die Stadt, und man mußte ihm in den Wagen helfen. Manchmal war in den großen Wäldern Jagd, und es gab Grafen, die, um die eigenen Pferde zu schonen, die Eisenbahn vorzogen. Bei solchen Gelegenheiten konnte man so manchen Groschen verdienen und einige gräfliche Zigaretten unter die Mütze stecken. Das waren Zeiten!

Oder nach der Ernte: die Hafersäcke und dann die Maissäcke. In solchen Fällen konnte man hin und wieder ein Loch in einen Sack bohren und dann behaupten, die Säcke wären ›von alleine‹ löcherig geworden. Übrigens waren die Säcke nicht plombiert.

Der Stationsvorsteher war menschlich: es gab einen tüchtigen Anranzer – versteht sich –, aber vom Dienst entlassen tat er nicht. Versetzte einem der Stationsvorsteher eins, so empfahl es sich, ihm auf der Stelle die Hand zu küssen, sich an die Brust zu schlagen und zu sagen: »Bei Gott, mein Ehrenwort, das war das letzte Mal!« Aber das Gestohlene mußte man nicht zurückgeben. Das war ein Leben!

Piotrs ganzes Leben war ein Tragen: Schon als Kind trug er

die Folgen jener berühmten Huzulenkrankheit, die die Menschheit angeblich den Franzosen verdankt. Diese Folgen waren an der typischen Nase erkennbar sowie an gewissen Mängeln der Sehkraft, die jedoch mit zunehmendem Alter nicht größer wurden. Unabhängig von den französischen Einflüssen wirkten sich im kindlichen Organismus Piotrs auch englische Einflüsse aus. Und also geschah es, daß Frankreich und England, diese zwei feindlichen Elemente, die sich in der Arena der Geschichte seit so vielen Jahrhunderten bekämpften, sich im Körper eines Huzulenkindes versöhnten. Bis an sein Lebensende behielt Piotr als Mitgift der Geschichte krumme Beine.
Überdies trug er noch: den vom Vater geerbten Schafspelz sowie des Vaters Namen. Seinen Vater kannte er nicht. Seine Mutter war eine Huzulin und rauchte bis ins späte Alter ihre Pfeife. Sie hielt sich aufrecht, hatte kleine Füße, einige schöne buntgestickte Hemden und Pelzwesten sowie eine Menge Kinder, die fast immer gleich nach der Geburt gestorben waren. Nur Piotr wurde großgezogen und jene Paraszka, die nach der Meinung vieler ernstzunehmender Leute besser getan hätte, nicht am Leben zu bleiben. Der legendäre Vater war angeblich Pole und hieß Niewiadomski. Diesen Namen – ohne die Herren vom Adel verletzen zu wollen – gab man Kindern, deren *pater incertus est*. Piotr jedoch war der Sproß eines gesetzlichen Ehelagers. Dieses Lager stand in einer Hütte, die heute halb zerstört ist, am äußersten Ende der Gemeinde Topory. Dieser Hütte wegen, die mit Stroh gedeckt war, saß Piotr sein ganzes Leben lang in Topory, und kein einziges Mal verführten ihn die ›Sachsen‹, obschon sie ihn öfter besuchten. Zur Hütte gehörte ein Morgen Obstgarten. Von den zwei Apfelbäumen trug der eine seit langem keine Früchte mehr (er gehörte natürlich der Paraszka, die in die Stadt fuhr und in einer gewissen öffentlichen Anstalt ›verkam‹, wie sich der Herr Pfarrer auszudrücken pflegte), dagegen fraßen sich

jeden Herbst die Kinder der Nachbarn an Piotrs Pflaumen von den sechs Pflaumenbäumen satt. Eigenen Boden besaß Piotr nicht, doch bekam er von der Eisenbahnverwaltung ein Stückchen Erde dicht am Bahndamm geliehen. Er baute Kartoffeln an, Saubohnen, Mais, Kohl sowie einige Sonnenblumen. Eigentlich war nicht er es, der dies pflanzte, sondern ein Waisenmädchen namens Magda. Sie hatte eine Schwäche für Sonnenblumen. Nach dem Tode der alten Niewiadomska im Jahre des Herrn 1910 fing sie an, sich in der Nähe von Piotrs Hütte herumzutreiben; die bösen Weiber im Dorfe redeten, daß Magda öfter, wenn sie ihm abends Milch hintrug, erst am frühen Morgen zurückkehrte – gerade recht zum morgendlichen Melken. Denn eine eigene Kuh besaß Piotr auch nicht. Als Kind trieb er zwar Mutters Kuh und Mutters Gänse auf die Weide, aber kaum war die Mutter begraben, verkaufte er die Kuh auf dem Jahrmarkt. Die Hälfte des Geldes sandte er der Paraszka; denn so schickte es sich; die andere Hälfte versoff er. Die Gänse trug er der Frau Stationsvorsteherin hin, kaum daß er für sich vorher ein paar Federn ausgerupft hatte.

Statt des Viehzeugs hatte er einen Hund. Und was für einen Hund! So ein Hund ist kein Hund mehr, das ist schon ein Engel. Milch gab er freilich nicht, aber dafür war er ein guter Hund, das heißt: ein böser. Seine Mutter war eine Schäferhündin, der Vater ein Wolf. Piotr gab nicht viel auf Rasse, war er doch selbst ein Mischling. Der Hund hieß Baß, wegen der mächtigen Stimme. Als Baß zu altern begann, wurde er eher gleichgültig als sanft, und am Ende fürchtete ihn niemand mehr im ganzen Dorf. Dieser Hund war des Trägers Piotr Niewiadomski einzige und wahre Liebe.

Warum heiratete Piotr die Magda nicht? Diese Frage warfen oft Leute auf, die dem Ehesakrament zugetan waren, und einmal richtete sie sogar der ruthenische Pfarrer vom Beichtstuhle während der Osterbeichte an Piotr.

»Kinder hatte ich keine mit ihr«, erklärte Piotr, »so werde ich auch keine haben.«
Und ungeachtet der furchtbaren Folgen im jenseitigen Leben, mit denen der Pfarrer drohte, der ausnahmsweise, da es um das Heil einer harten Sünderseele ging, bereit war, seine Trauungsgebühr zu ermäßigen, erklärte Piotr kategorisch: »Ich werde sie nicht heiraten, weil sie keine Jungfer ist.«
Es lagen jedoch noch andere Gründe vor, derentwegen Piotr keinesfalls – vorderhand wenigstens – sein Haupt mit der Krone aus Goldblech schmücken wollte, die nach dem griechisch-katholischen Ritus bei der Trauungszeremonie das Brautpaar zu tragen pflegt. Piotr Niewiadomski war ein Phantast. Er träumte von einer ganz anderen Kopfbedeckung. Sie war vielleicht nicht so prunkvoll wie die Hochzeitskrone, aber dafür konnte man sie bis ans Lebensende tragen und nicht nur während der Trauung. Und wenn es schon darum ging, sich den Mächtigen dieser Welt äußerlich ähnlich zu machen, so war Piotr der Wahrheit viel näher, wenn er sich eine bestimmte Kappe aus Tuch wünschte, statt des blechernen Symbols von zweifelhaftem Wert, das ihn in der Stunde der Trauung Königen gleichstellen sollte. Übrigens war er der Meinung, daß Könige nur auf den Spielkarten goldene Kronen tragen, und auf Karten verstand er sich sehr gut.
In uralten, vielleicht noch in Metternichs Zeiten, hatte irgendein gescheiter Hofrat in Wien die österreichisch-ungarische Kappe erfunden. Er entwarf ihre Form, setzte ihre Maße fest, ersann den Schnitt und den Schmuck und zwang sie, nachdem ihm die allerhöchste Zustimmung zuteil geworden war, allen Köpfen auf, die dem Kaiser dienen wollten. Um mit gutem Beispiel voranzugehen, trug sie auch der Kaiser selbst, der seiner eigenen Person diente, es trugen diese Kappe die Verwandten des Kaisers, seine Marschälle und Generäle, Kommissäre und Offiziere,

Gendarmen – außer Dienst – und Militärkapellmeister, es paradierten mit ihr Amtsdiener, Briefträger, Gymnasialpedelle, Gefängniswärter und Eisenbahner bis zum Bahnwärter. Es war die kaiserliche Kappe. In ihr zeigte sich Seine Majestät der Kaiser auf dem Balkon oder in der Equipage, an ihr schwarzes, schimmerndes Dach legte er die zitternde Hand im weißen Handschuh, sooft ihn die Untertanen begrüßten, derer er so viele zählte im Laufe seiner 66jährigen, huldreichen Regierung. Natürlich mußten Zuschnitt und Verzierungen in so vielen Jahren die verschiedensten Änderungen erfahren. An der kaiserlichen Kappe hinterließen so manche Niederlage und so mancher habsburgische Sieg ihre Spur. Je nach Art des Dienstes und des hierarchischen Grades bereiteten die gescheiten Erfinder und Erneuerer der Kappe verschiedene subtile Nuancen vor, dem Auge des Laien nicht immer sichtbar. So war z. B. die Offizierskappe aus schwarzem Tuch genäht, am unteren Rand von einer Goldschnur umsäumt, in deren Mitte ein schwarzer Faden in feinem Zickzack lief. Niedere Funktionäre hatten keine goldene, sondern eine gelbe Schnur. Nur etwas war allen gemein: das kaiserliche Monogramm. Es mußte an einem Ehrenplatz der Kappe eingenäht oder eingeprägt sein. Kaiserliche Menschen waren mit dem Monogramm gezeichnet wie kaiserliche Schnupftücher, kaiserliche Gabeln und Löffel. Damit sie niemand stehle, verkaufe oder versetze.
Piotr war auch ein Kaiserlicher. Niemals verließ ihn das Bewußtsein, wem er diene. Nur scheinbar schleppte er Lasten für Gutsbesitzer, nur scheinbar bediente er Juden, die in dieser Gegend mit Getreide und Kartoffeln handelten. In Wirklichkeit schleppte er alles für den Kaiser. Dafür bezahlte ihn der Kaiser und schützte ihn durch besondere Gesetze. Es sollte nur irgendein Händler wagen, ihn während seines Dienstes anzurühren! Das wäre eine Beleidigung einer kaiser- und königlichen Amtsperson, und da

gibt's keinen Spaß: für so eine Beleidigung kommt man gleich ins Gefängnis.
Und doch beschlichen Piotr zuweilen Zweifel, ja eine dunkle Bitternis drang manchmal in sein Herz. Warum sollte er eigentlich nicht eine kaiserliche Kappe tragen wie andere Eisenbahner? Warum sollte er nicht Respekt einflößen? Warum schaute er trotz der vielen Jahre ergebenen Dienstes wie der erstbeste Zivilist aus? Warum avancierte er nicht? War er vielleicht nur ein überzähliges Stück, das man jeden Augenblick ersetzen konnte? War er vielleicht nur ein gemeiner Küchenlöffel, der nicht zum großen Staatsservice gezählt wird?
In solchen Momenten überfiel Piotr Niewiadomski tiefes Selbstmitleid, und er kam zur Überzeugung, daß er besser daran täte, den ganzen Krempel, diesen ganzen Bahndienst abzuschütteln, von dem man nur einen Buckel bekommen konnte, aber nicht viel Freude. Vielleicht wäre es doch besser, das Haus zu verkaufen (natürlich mit Zustimmung Paraszkas, die sowieso nicht mehr zurückkehren würde), den Obstgarten zu verkaufen und ›nach Sachsen‹ zu gehen? – Solche bitteren Gedanken quälten ihn jedoch nicht lange. Bald trat an die Stelle des Zweifels der Glaube, daß noch nicht aller Tage Abend sei, daß der Kaiser gut, der liebe Herrgott gerecht sei und daß beide ihren Leuten nichts zuleide tun würden. Es kommt nur darauf an, geduldig zu warten, geduldig zu schuften, geduldig Lasten zu tragen, geduldig Beleidigungen einzustecken und Spöttereien der Schaffner und Vorgesetzten. Man muß sogar den Zorn des Stationsvorstehers ertragen. Ein kaiserliches Subjekt hatte das Recht, ein kaiserliches Subjekt zu ohrfeigen; denn es tat dies im Namen Seiner Kaiserlichen Majestät. Zivilisten aber – Hände weg!
Und so hoffte Piotr viele Jahre hindurch, daß einst der Tag kommen werde, an dem er Beförderung, Gehaltserhöhung und eine Dienstkappe erleben, sich erdienen und erschwit-

zen würde. Vielleicht bargen sich auf dem Grunde dieses Traumes von der kaiserlichen Kappe Reste einer traurigen Kindheit, in der noch ein alter, auf den Misthaufen geworfener Topf ihm ein militärischer Tschako zu sein schien. Und sicherlich rechtfertigt dieses Überbleibsel aus der Kindheit in der Seele des vierzigjährigen Piotr die Tatsache, die nicht verheimlicht werden darf, die Tatsache nämlich, daß Piotr Niewiadomski sich am meisten freuen würde, wenn er, statt wie ein Zivilist zu grüßen, salutieren könnte. Am liebsten würde er ›richtiger‹ Bahnwärter oder Gehilfe auf Güterzügen. Der Bahndienst hatte seine Reize für Piotr, einfach schon durch den Kontakt mit den Waggons, die nach entfernten Bestimmungsorten rollen. Mit diesen Waggons brauste durch die Station Topory-Czernielitza jene große Welt hindurch, die Piotr aus den Erzählungen der weitgereisten Leute kannte. Piotr hatte schon solche Wagen gesehen, in denen man unter Decken schlafen durfte, bequem und weich wie in einem Bett, und auch andere Wagen, in denen Herren an weißgedeckten Tischen saßen, tranken und aßen und sehr zufrieden aussahen. Oftmals flitzte am betäubten Piotr ein Salonzug wie ein Blitz vorbei, mit Gardinen an den Fenstern und Blumentöpfen. An die funkelnden Beschläge gelehnt, stand am Fenster der große, weiße Koch mit weißer Mütze und schüttete etwas aus einer messingnen Pfanne.

Und Wagen sah Piotr, die aus der Türkei kamen, wo das Meer ist und die Heiden sind, die mehrere Frauen gleichzeitig haben dürfen. Und er sah Wagen, die aus Wien zurückkehrten, wo der Kaiser lebt. Zwar kam er mit solchen Wagen persönlich nicht in Berührung, das stimmt (hielten sie doch nicht auf der Station Topory-Czernielitza), aber es kam vor, daß er mit dem Hammer die Räder abklopfen mußte, die über ausländische Schienen zu rollen gewohnt waren.

Wenn er mit seinen Händen die Eisenbahnräder berührte,

die in ferne, unbekannte Länder rollten, so war es, als berührte er das Geheimnis der Welt selbst, das er nie kennenlernen würde.
Warum sollte er nicht Bahnwärter werden oder im Güterzug bis zur rumänischen Grenze fahren? Wenn er auch nicht lesen konnte, so verstand er doch die Farbzeichen, konnte Rot und Grün unterscheiden. Die Weichen würde er auch bedienen können. Sagten die Leute von ihm, er sei dumm? Nun, und wenn schon, was ist dabei? Die Heiligen leimen keine Töpfe, und König Salomo war auch kein Schaffner gewesen.
Würde Piotr Bahnwärter, o – dann würde sich alles ändern. Er würde dem Traualtar nicht länger aus dem Wege gehen, Magda allerdings käme dann nicht mehr in Betracht. Piotr, der Bahnwärter, wäre eine ausgezeichnete Partie für so manche solide Witwe und sogar für ein älteres Fräulein, eine Bauerntochter etwa, selbstverständlich mit ordentlicher Mitgift. Dann würde er ein Haus gründen, ein richtiges Heim mit einem richtigen Weibsbild. Er würde die Hütte renovieren, das Dach ausbessern, durch das jetzt der Regen sickert, und es mit frischem Stroh bedecken. Würde das faulende Gebälk der Decke flicken, das Bettgestell mit einer groben Bürste scheuern. Über dem Bett würden in einer Reihe Heiligenbilder hängen, die Unbefleckte Jungfrau, die Mutter Gottes von Poczajow, der Herr Jesus von Milatyn und verschiedene andere, und über den Bildern wären an Drähten rote Papierrosen angebracht. Auf dem Jahrmarkt würde er eine Kuckucksuhr kaufen, eine Mäusefalle, eine Kasserolle, an den Fenstern stünden Fuchsien in Blumentöpfen, rot wie Radieschen. Die ganze Stube würde er blau anstreichen. Die Frau bekommt gewiß von Haus aus bemalte Kästen mit, in denen Hemden, Schafspelze, Geld und Gebetbücher aufbewahrt sein werden. Magda darf, wenn sie will, weiter dienen, nur wird sie dann seine eigene Kuh melken, die zur Mitgift gehört. Nein, er wird die

Magda nicht Hals über Kopf hinauswerfen, Gott behüte! Schlafen wird sie mit ihm nicht mehr dürfen, das ist klar. Sie wird schon einen anderen Kerl finden.
Derartige Gedanken, die er dem Pfarrer bei der Beichte nicht offenbarte, hielten Piotr in Topory fest und verhinderten den entscheidenden Schritt Magda gegenüber. Diese Gedanken vereinten beide Lebensideale: Kappe und Haus, in einer fröhlichen Vision. Mit den Augen der Phantasie sah Piotr sein verkommenes Häuschen in einem blühenden Zustande, restauriert und in Ermangelung von Kindern bevölkert von Hühnern, Enten, ja sogar Ferkeln, mit denen Baß in paradiesischer Eintracht lebte. Sein Haus stellte er sich immer als Wohnsitz des Glücks vor. Er hätte dann zu Ostern Würste vom eigenen Schwein, Speck fürs ganze Jahr und eigene, nicht gestohlene Gänsefedern in den Ehebetten.

Eines Tages, um 5 Uhr 20 früh, rief der Stationsvorsteher von Topory-Czernielitza Piotr zu sich. Gewöhnlich pflegte der Stationsvorsteher um diese Zeit noch zu schlafen, heute jedoch war er schon völlig angezogen, allerdings unrasiert, und hatte schon gefrühstückt, wovon eine leere Tasse und eine nicht zu Ende gegessene Semmel auf blechernem Tablett zeugten. Warum hat der Stationsvorsteher sein Frühstück nicht beendet? Das war Piotrs erster Gedanke, als er sich im Büro eingefunden hatte. Der Gedanke: warum ihn ›der Alte‹ so zeitig kommen ließ, tauchte in Piotrs Kopf erst mit geraumer Verspätung auf. Der Stationsvorsteher saß am tickenden Telegraphenapparat, auf dem Kopf die Dienstkappe, deren Rot von seinem blassen Gesicht, das mit dunklen Borsten bestückt war, besonders auffallend abstach. Er beachtete den Eintretenden nicht. Er war ganz davon in Anspruch genommen, einen langen Papierstreifen durch seine Finger gleiten zu lassen, von dem er aufmerksam irgendwelche Geheimnisse ablas. Der Apparat tickte ohne Unterlaß. In diesem reglosen Schweigen, welches das Büro und den ganzen Raum um die einsame Station im Felde erfüllte, erschrak Piotr vor dem stumpfen und hartnäckigen metallischen Klopfen des Apparats. Willenlos wandte er seinen Blick von der Gestalt des Vorstehers zum Fenster hin, durch das nur der klare Himmel und einige stille Bäume zu sehen waren. Der Himmel und die Bäume beruhigten ihn. Plötzlich stoppte der Apparat. Das war noch bedrohlicher. Der Stationsvorsteher hob den Kopf. Er schien sehr verändert. Von seinem trockenen, kalten, doch immer zufriedenen Gesicht war jener spöttische, harte Ausdruck verschwunden, gewissermaßen über Nacht weggewischt, der Piotr so viele Jahre hindurch verlegen gemacht hatte. Wie viele schwere Momente seines Lebens verdankte er diesen Augen, die sogar dann stachen, wenn sie gnädig geschlossen waren! Diese Augen konnten das Klopfen des Herzens aufhalten und in die entferntesten Winkel von Piotrs Gewissen sehen. Vor diesen Augen wand und krümmte sich Piotr so lange, bis er jenes falsche Lächeln erlernte, mit dem die armen Teufel die Last der Verachtung von sich zu werfen suchen. So viele Lasten trug Piotr im Leben, und doch lasteten auf ihm am schwersten die Blicke des Stationsvorstehers, wenn er sie in seinem Rücken fühlte. Heute waren die Augen des Vorstehers erloschen, sie glichen den hohlen Läufen einer Doppelflinte, in der keine Patronen mehr stecken. Was ist denn los mit dem Stationsvorsteher? dachte Piotr. Er blickt mich nicht an wie sonst, er schaut mich so an, als wäre er kein Stationsvorsteher mehr. Vielleicht wurde er versetzt, und man machte Schluß mit seiner Herrschaft auf der Station Topory-Czernielitza? Piotr begann, über seinen Vorgesetzten so zu denken, als wäre er seinesgleichen. In der Tat, der Physiognomie nach zu urteilen, glich der Stationsvorsteher heute dem Piotr Niewiadomski. In seinen Augen sah man dieselbe Verblüffung und dieselbe dumpfe Machtlosigkeit wie in den Augen jener Menschen, die vergeblich die grausamen Gesetze des Daseins zu erkennen versuchen. Heute kroch aus dem Stationsvorsteher hervor, was in ihm menschlich war: seine Schwäche. Und es kroch aus ihm seine bäuerliche Abstammung heraus, die er unter dem Beamtenrock gründlich verbarg. Das Leben des Menschen hat Augenblicke, die seine langjährige Mühe, sich selbst und andere zu belügen, zunichte machen. In solchen Augenblicken tritt plötzlich, durch irgendein chemisches Mittel verursacht – die Grundfarbe hervor. Uns verrät eine einzige unkontrollierte Handbewegung, ein Zucken der Mundwinkel oder ein bestimmter Tonfall. Etwas Ungewöhnliches mußte in dieser Nacht geschehen sein, wenn sich der Stationsvorsteher so sehr verändern konnte. Vielleicht war seine Familie von einem Unglück heimgesucht worden, vielleicht wurde er eines Disziplinarvergehens beschuldigt? Oder gab man ihm in den Kreisen, zu denen er auf der Leiter der Beamtenhierarchie emporkletterte, zu verstehen, daß er von niedriger Herkunft sei? Nein! Es hat sich nichts Schlimmes zu Hause ereignet, noch hat jemand gegen ihn Anzeige erstattet, auch hat ihm niemand vorgehalten, daß sein Vater Radmacher im Rohatiner Bezirk war. Ganz andere Dinge haben sich in dieser Nacht zugetragen ...

In dieser Nacht brach der ganze Fahrplan zusammen, der seit undenklicher Zeit ehernes Gesetz für die Strecke Lemberg-Czernowitz-Itzkany bedeutete. Auf einmal fiel er mit Getöse in Trümmer und erhob sich nicht mehr aus seinem Zusammenbruch. In diesem Augenblick traten jene geheimnisvollen Instruktionen ›für den Kriegsfall‹ in Kraft, die der beim Eintritt in den Staatsdienst vereidigte Stationsvorsteher, versiegelt in einer eisernen Kassette, im sichersten Winkel des Geldschranks aufbewahrte. Sie stammten nicht von zivilen Gesetzgebern, die ihre Befehle im Verkehrsministerium, dem Gipfel des Sinai der Eisenbahn, empfangen, sie stammten vom Generalstab. So stürzte das

strenge Glaubensgesetz, dem die Eisenbahn in blindem Gehorsam so viele Jahre hindurch treu gewesen war. Der Zivilverkehr wurde eingestellt.
Der Stationsvorsteher streifte Piotr mit einem hilflosen, beinahe flehenden Blick und überreichte ihm zwei große, weiße Papierbogen, die dichtbedruckt und zusammengerollt waren.
»Niewiadomski«, sagte er mit seltsam weicher Stimme, »'s ist Krieg!«
Es dauerte lange, bis die Bedeutung dieser Worte Piotr erreichte. Das Wort ›Krieg‹ prallte gegen seinen Kopf wie ein schwerer Erdbrocken; es durchbohrte die Schädeldecke, durchbohrte die Hirnhaut und drang ins Hirn. Piotrs Hirn wurde sogleich von Bildern überflutet. Im Nu erblickte er die Manöverübungen, die vor zwei Jahren in dieser Gegend stattgefunden hatten. Soldaten in großen Massen taten, als würden sie schießen. Es wurde von einer und von der anderen Seite geschossen, sie lagen am Gleis zu beiden Seiten des Bahndamms, sie kämpften um die Schienen, aber keiner von ihnen wurde getötet. Denn alle erhoben sich, als die Trompeten ertönten, alle zündeten sich Zigaretten an, lachten und marschierten mit Musik in die großen Wälder. Piotr wußte, daß die Menschen im wirklichen Krieg einander töten. Er sah die toten Serben und Bulgaren aus der Schlacht bei Tschataldscha auf einer farbigen Illustration irgendeines Blättchens, das ihm ein Ladenbesitzer in Śniatyn gezeigt hatte. Er erinnerte sich auch an die Bilder aus dem russisch-japanischen Krieg. Und plötzlich machte das Wort Krieg einen Purzelbaum in seinem Hirn und fiel in die Hauptschlagader. Es hätte sie zerfetzt, wenn es nicht vom Blut ins Herz fortgeschwemmt worden wäre. Von da arbeitete es sich bis in den Bauch vor und hielt dort mit einem scharfen Schmerz. Für eine Sekunde fühlte Piotr Todesangst. Doch langsam begann das schwere Blut, vom plötzlichen Auftrieb erschöpft, ins Hirn zurückzukehren. Auf

seinen Wellen trug es die Überreste des toten Wortes ›Krieg‹. Piotr hatte sein Gleichgewicht wieder. Er erinnerte sich, daß im Krieg nur Soldaten sterben, und er gehörte nicht zum Militär. Ruhig hörte er nun die weiteren Worte des Vorstehers an: »Nehmen Sie diese Plakate und bringen Sie sie im Wartesaal unter der Uhr an! Nicht zu niedrig und nicht zu hoch! Verstehen Sie mich, Niewiadomski?« Während er den Befehl erteilte, wurde sich der Stationsvorsteher bewußt, mit wem er redete, daher versuchte er, seiner entwaffneten Stimme den Anschein gewohnter Strenge zu verleihen:
»Passen Sie auf, daß nichts zerrissen wird! Nicht schief kleben!«
Piotr ging hinaus. Behutsam machte er hinter sich die Tür zu, auf der die Aufschrift zu sehen war: »Eintritt Fremden streng verboten«. Er stand im dunklen Korridor und hielt den Krieg in der Hand. Der Krieg in seinen Händen war noch nicht entfaltet, er war geschlossen wie im Frühling die Blätter frischer Knospen.
Piotr faltete ihn erst im Wartesaal auseinander. Als Piotr hinausging, sah der Vorsteher auf die große Wanduhr. Erregt, wie er war, blickte er alle fünf Minuten auf die Uhr. Unter der Uhr hing feierlich ein großer Abreißkalender. Das erste, was der Vorsteher jeden Morgen zu tun pflegte, war, einen Zettel vom Kalender abzureißen. Heute saß der Vorsteher bereits seit einer Stunde im Büro, und auf dem Kalender hing noch immer der 27. Juli. In diesem Büro währte noch immer das ›Gestern‹. Es war unberührt. Warum schaffte der Stationsvorsteher von Topory-Czernielitza nicht den gestrigen Tag aus der Welt? Wollte er auf diese Weise jene Zeit festhalten, in der noch sein von der Eisenbahnbehörde bestimmter Fahrplan geherrscht hatte und noch nicht der ›ihrige‹? Wollte er die Zeit festhalten, in der noch die gestrige Weltordnung gegolten hatte? Oder hat er einfach, im Drang der Arbeit, die auf ihn in dieser

Nacht niederprasselte, seine alltägliche Gewohnheit vergessen? Es war schon 5 Uhr 30, die sechste Stunde verging, und der Stationsvorsteher rührte den Kalenderzettel von gestern nicht an.
Um 6 Uhr 25 klopfte jemand an die Tür. Der Vorsteher fuhr hoch. Um seine Füße wanden sich wie Schlangen weiße Papierstreifen, bedeckt mit Morsezeichen. Wie ein komischer Tänzer auf einem Ball, ein Liebling der Damen, in Papierschlangen verstrickt, befreite sich der Vorsteher von den Papierschlingen, deren Inhalt er bereits mit Bleistift ins reine geschrieben hatte. Er schüttelte den Krieg von den Füßen – und war frei.
»Herein!« rief er.
Es erschien der Praktikant, der um 7 Uhr den Dienst übernehmen sollte. Der Anblick seines Stellvertreters versöhnte den Vorsteher mit der Wirklichkeit. Schnell ging er an den Kalender und riß den 27. Juli herunter. Er zerknüllte ihn in den Händen und warf ihn in den vollen Papierkorb wie in ein Massengrab erschlagener Soldaten. So trennte man sich auf der Station Topory-Czernielitza vom letzten Tag des Friedens.
Der Wartesaal war noch leer. Der Schalter, an dem der Vorsteher dem Publikum Fahrkarten verkaufte, war noch geschlossen. Zweimal am Tag mußten die Leute vor dieses Fensterchen eilen, um ihren Zug zu erreichen. Heute brauchen sie sich nicht mehr zu hetzen. Es ist nicht bekannt, wann und ob überhaupt das Fensterchen geöffnet wird. Es wird geschlossen gleich dem Mund eines Verstorbenen; kein Geld wird mehr eingenommen, und keine Fahrkarten werden mehr ausgegeben. Es sei denn, es wird einst von derselben Macht wieder geöffnet, die in der heutigen Nacht das Gesetz gestürzt hatte.
Links vom Schalter, über den hölzernen Bänken, hing noch ein riesiges, gelbes majestätisches Papier, kariert und von schwarzen Linien in Felder geteilt, in Haupt- und Nebenli-

nien. Es war der Wandfahrplan der k. u. k. Staatsbahnen im ostgalizischen Gebiet. Menschen, die lesen konnten, lasen darauf voll Vertrauen die sakramentähnlichen Stunden und Minuten der An- und Abfahrtszeiten. Heute werden sie nur noch leblose Erinnerungen ablesen. Der offizielle Fahrplan hing unbrauchbar, unwichtig, als eine alte Todesanzeige am Tor eines Hauses, aus dem gestern bereits die Leiche fortgeschafft wurde.

Noch andere Plakate und Kundmachungen hingen in diesem Raum. Ein längst vergilbtes, farbiges Plakat vom eucharistischen Kongreß in Wien lud zu erledigten und vergessenen Feierlichkeiten ein. Stattliche Truthähne und Hennen warben für die III. Landesgeflügelausstellung. Ein beleibter, lächelnder Kellner im Frack, mit überschäumenden Bierkrügen in beiden Händen, empfahl dieses Getränk im Namen der Lemberger Aktienbrauereien. Eine geschmeidige Sphinx-Frau mit hübschem, olivenfarbenem Gesicht und mit großen Ringen an den Ohren rauchte eine Zigarette ›nur mit Abadie-Zigarettenpapier‹. All dieser Schmuck der armen Wände im Wartesaal der Station Topory-Czernielitza hing hier seit Jahren dank Piotr Niewiadomski, der diese Plakate anklebte.

Seit einer Stunde trockneten an der Tür des Wartesaals zwei neue Plakate: weiß, groß, ernst, ohne irgendwelche Zeichnungen, ohne lächelnde Kellner und ohne sphinxartige Frauen. Sie waren identisch und untrennbar wie die siamesischen Zwillinge, und auch diese Bogen hatte Piotr angeklebt. Ihre Frische war herausfordernd.

Gegen 7 Uhr kamen die ersten Fahrgäste: der Forstmeister mit grünem Hut, einige Bäuerinnen mit Kiepen, einige Huzulen in roten Hosen und etliche Juden in schwarzen Kaftans. Alle drängten sich vor die neuen Plakate, sprachen laut, waren voll Ungeduld und konnten nichts verstehen. Bald erschien der Vorsteher. Er wollte persönlich Mitteilung machen, daß der Personenzug nicht kommen werde.

Die Strecke sei vom Militär in Anspruch genommen. Plötzlich fiel sein Blick auf die Plakate, die er heute Piotr anzukleben befohlen hatte, und er verlor die Selbstbeherrschung. Er wurde wütend.
»Wo ist Niewiadomski?« schrie er. »Da wird's etwas setzen!«
Niewiadomski wußte nicht, wofür.
»So was, so ein Dummkopf! Das kaiserliche Manifest, das kaiserliche Manifest hat der Kerl verkehrt angebracht!«
Er konnte sich lange nicht beruhigen, schließlich lief er ins Büro, holte neue Plakate und klebte sie selbst an. Und da begannen die im Wartesaal versammelten Leute die Worte des Manifestes ›An meine lieben Völker‹ laut zu buchstabieren. Zunächst einzeln, je nach der Geläufigkeit im Lesen, dann im Chor, zusammen mit den Analphabeten. Sie wiederholten jedes Wort wie die Litanei in der Kirche. Der Glaube an den Kaiser Franz Joseph vereinigte in diesen entlegenen Ländern die römischen Katholiken mit den griechischen Katholiken, die Armenier und die Juden zu einer gemeinsamen und allgemeinen Kirche. Piotr nahm unwillkürlich den Hut vom Kopf, und mit offenem Munde hörte er die feierliche Klage des Kaisers. Bis hierher schickte der Kaiser seine Klage, bis an die äußerste Grenze seines Reiches, damit ihn gute Menschen, einfache Menschen bemitleiden und sich des Unrechts, das ihm widerfahren war, annahmen. Und seine getreuen Untertanen enttäuschten den Kaiser nicht.
In dieser allgemeinen Rührung, die den Wartesaal der Station Topory-Czernielitza ergriff, vergaß Piotr Niewiadomski seine eigene Schande: denn er hatte eine dicke Haut, aber ein weiches Herz.
In biblisch-feierlichem und wehmütigem Stil beklagte sich der Kaiser in seinem Schreiben über die bösen und verruchten Serben, die ihn nicht in Ruhe auf den Tod warten ließen, sondern ihn nun zwangen, das Schwert zu ziehen.
Was ist ein Schwert? dachte Piotr. Das muß irgendein

langes, zusammenlegbares Messer aus Silber sein. Seine Majestät der Kaiser trägt es in der Tasche und zieht es im Kriegsfall hervor.

Zwei Tage später ließ der Stationsvorsteher Piotr abermals zu sich kommen. Piotr dachte, er werde der Majestätsbeleidigung beschuldigt und bestraft werden, weil er das Manifest verkehrt angebracht hatte. Als Entschuldigung konnte er nur angeben, daß er des Lesens unkundig sei, und auf den kaiserlichen Plakaten waren keinerlei Bildchen, an welchen er sich hätte orientieren können, wo der Kopf und wo die Füße waren. Der Vorsteher jedoch empfing ihn ruhig und überaus gnädig. Offenbar hatte er den Skandal von vorgestern vergessen. Die Mobilmachung übertönt alles. Für viele Verbrecher war sie eine liebe und unerwartete Amnestie.

»Niewiadomski«, sagte der Vorsteher, »Sie sind ein Esel – aber ich habe keinen anderen Mann bei der Hand. Einen nach dem anderen nehmen sie mir weg, zum Militär. Niewiadomski, Sie müssen jetzt in das Wärterhäuschen 86 ziehen, denn der Bahnwärter Banasik hat seinen Einberufungsbefehl bekommen und rückt zur Ersatzreserve ein. Heute noch gehen Sie auf die Strecke hinaus, dort nehmen Sie seine Kappe und Fahne, und von nun an werden Sie an seiner Stelle die Schranken bewachen. Banasik wird Ihnen alles zeigen. Der Krieg wird nicht lange dauern, drei, höchstens vier Wochen. In einer Woche marschieren wir in Belgrad ein, in zwei Wochen nehmen wir Warschau, und in drei Wochen werden wir mit Gottes Hilfe in Moskau sein. In vier Wochen sind alle wieder zu Hause, auch Banasik, wenn man ihn inzwischen nicht erschlägt. Bis dahin haben Sie am Wärterhäuschen 86 zu sitzen und Dienst zu machen. Daß ich nur keine Klagen zu hören bekomme! Jetzt ist Krieg, und da gibt es keinen Spaß! Sie fliegen, und kein Hund wird nach Ihnen bellen!«

Mit den Worten: »Wir werden in Belgrad einmarschieren« und »Warschau nehmen« meinte der Vorsteher nicht etwa seine persönliche Teilnahme am Feldzug, von der ihn, vorderhand wenigstens, sein Amt und sein Alter enthoben; er gebrauchte nur eine in allen Kriegen populäre Form eines Zeitworts, mit der diejenigen, die zu Hause bleiben, ihre Solidarität mit denen manifestieren, die in den Krieg gehen. Piotr waren die raffinierten Metaphern, deren sich zivilisierte Menschen seit dem Altertum bedienen, unverständlich. Er nahm jeden Ausdruck wörtlich. So dachte er sich, daß der Vorsteher zusammen mit dem Bahnwärter in den Krieg ziehen würde. Dieser Gedanke drängte vorderhand sein persönliches Interesse in den Hintergrund. Hätte Piotr wie die zivilisierten Menschen denken können, so hätte er sich gewünscht, daß der Krieg möglichst lange dauern oder daß der Bahnwärter Banasik überhaupt nicht zurückkehren würde. In beiden Fällen hätte er ja Chancen, für immer im Wärterhäuschen 86 zu bleiben. Doch Piotr hatte nicht die Fähigkeit zu derart weitgehenden Spekulationen. In großer Ruhe, die fast an Entsagung grenzte, nahm er die so heiß ersehnte Schicksalsänderung zur Kenntnis. Nach all dem, was er vom Vorsteher zu hören bekam, empfand er seine unerwartete und bedingte Beförderung eher als eine Degradierung. Er wurde ja nur als Notbehelf Bahnwärter und nicht aufgrund seiner Verdienste und Fähigkeiten.

Und also setzte Piotr Niewiadomski die erträumte Eisenbahnerkappe, die kaiserliche Kappe auf. Zwar war sie nicht aus schwarzem, sondern aus blauem Tuch, und den Knopf mit dem kaiserlichen Monogramm hatte sie auch nicht, dafür aber war sie mit einem schönen metallenen, in die Unendlichkeit rollenden Wagenrad geschmückt, und zu beiden Seiten des Rades schossen ausgebreitete Flügel wie aus Engelsarmen hervor. Doch diese Kappe, unter solchen Umständen empfangen, bedeutete keine Auszeichnung mehr und bereitete Piotr keine Freude. Ihr Reiz verging, ihr Zauber verflüchtigte sich, sobald er sie aufsetzen durfte. Piotr war das Opfer seiner eigenen Einbildung.

Die Neuigkeit, daß Piotr Niewiadomski eine Eisenbahnerkappe trug, wurde von der Welt mit Gleichgültigkeit aufgenommen. Und so naiv war Piotr doch nicht, um die Veränderungen, die nach dem 28. Juli die Welt erfahren hatte, als Folgen seiner Beförderung zu betrachten. Trotzdem wunderte es ihn, daß die nächste Umgebung, die in die Einzelheiten seiner Ernennung nicht eingeweiht war, ihm gar keine besondere Aufmerksamkeit schenkte. Sogar Magda blieb völlig gleichgültig. Derartige Gefühle empfindet vermutlich ein junger Autor, der seinen Namen zum erstenmal gedruckt sieht und sich wundert, daß die Leute auf der Straße nicht mit Fingern auf ihn zeigen. Eigentlich stellte Piotr gar keine Forderungen an die Welt. Es schmerzte ihn nur, daß der Höhepunkt seines Lebens so eindruckslos verging, eher an eine unangenehme, ja eine geradezu erniedrigende Erinnerung geknüpft war und sich spurlos im allgemeinen Chaos und Pathos dieser denkwürdigen Tage auflöste. Bald darauf war sein Kopf so sehr von Gedanken über die Veränderungen in der Welt erfüllt, daß kaum noch Platz blieb für Gedanken über seine eigene Rolle in dieser Welt. Nicht einmal das Salutieren, wozu er jetzt das Recht hatte, freute Piotr – seitdem er so viele Leute in Uniformen sah, die salutieren mußten.
Er verschloß die Tür seiner Hütte, nahm Baß mit und ging auf die Strecke hinaus. Die Frau des Wärters wohnte noch wenige Tage im Wärterhäuschen, doch fuhr sie bald mit den Kindern in die Stadt zu Verwandten. Niewiadomski war nun allein. Nur einmal täglich, um die Mittagsstunde, brachte Magda das Essen. Das Wärterhäuschen stand im offenen Feld, hoch oben auf dem Wall, man mußte Stufen hinaufklettern wie auf einer Leiter. Vor Piotrs Augen fingen von jetzt an Züge, Züge, Züge ohne Ende vorbeizuflitzen, mit Kriegsfracht beladen. Zehn Nächte lang konnte er nicht schlafen: so viel machten ihm die Schranken zu schaffen. Einmal stieß ihm sogar eine peinliche Geschichte zu:

Durch sein Versehen wäre beinah ein Jude samt Wagen und Pferd überfahren worden. Piotr verlor vollends den Kopf, den armen Kopf, auf dem er jetzt die kaiserliche Kappe trug. Sie war ein wenig zu groß und rutschte ihm über die Ohren. Der Krieg betäubte ihn mit dem Getöse der Eisenbahnwaggons, dem zitternden Dröhnen der Kanonen auf ungedeckten Wagen, mit dem vielsprachigen Lärm der Soldaten.

Nach zehn Tagen und zehn Nächten wurden immer weniger Militärzüge in diese Richtung geschickt, immer seltener vernahm man den Gesang der Soldaten. Am Ende hörten die Transporte in dieser Gegend ganz auf. Alles wurde still. Allmählich wurde der Verkehr von Personenzügen wieder aufgenommen, obwohl der Schalter im sogenannten Wartesaal der Station Topory-Czernielitza sich nur einmal täglich öffnete; und kein Fahrplan bürgte mehr für Pünktlichkeit. Am häufigsten wurde Piotr des Nachts durch die Güterzüge geweckt. Manchmal lag auf der Strecke eine solche Stille, und die Luft war so klar, daß er den Gesang der Telegraphendrähte hören konnte und die Stimme der Maschinen aus der fernen Sägerei.

II. KAPITEL

Stille herrschte am Himmel, und Stille herrschte auf der Erde; es bellten keine Hunde, und es krähten keine Hähne, als der Kaiser Franz Joseph seine Soldaten einberief. Die Stimme des Kaisers drang zwar nicht bis ins Huzulenland, wohl aber reichte dahin die kaiserliche Post. Und wohin auch sie nicht vordringen konnte, dorthin fanden Gemeindeschreiber und die Gendarmen.

Es saßen in Kanzleien die Feldwebel, es saßen die Schreiber und holten aus vergilbten, verstaubten Folianten die ältesten Jahrgänge hervor. Sie fischten die Namen sämtlicher Männer heraus, von denen sie nur das eine wußten: daß diese Menschen Namen haben. Jedem Namen stellten sie eine persönliche Einberufungskarte aus, und diese schickten sie der Gemeinde zu. So mancher von den Einberufenen lag schon seit langem auf dem Kirchhof seiner Gemeinde oder faulte in fremder Erde. Doch Namen sterben nicht so schnell wie Menschen, und der Tod führt seine Register genauer als die Feldwebel. So rief der Kaiser die Lebenden und die Toten.

Piotr Niewiadomski gehörte zum Jahrgang 1873. Er selbst wußte nichts davon; denn er verstand sich nicht auf Zahlen, aber die Gemeinde wußte es. Die Gemeinde weiß alles. Die Gemeinde führte ebenfalls Bücher und Rubriken, in denen für ewige Zeiten mit Tinte eingetragen wurde, wann wer auf diese Welt gekommen oder aus ihr gegangen ist. In Friedenszeiten zählt die Gemeinde jedem Menschen vor, daß er das einundzwanzigste Lebensjahr vollendet hat, und jeder muß sich beim Militär melden. Blind, hinkend, taub, bucklig – einerlei: einmal im Leben muß sich jeder stellen. Beim Militär ist es nämlich wie in der Heiligen Schrift: alle sind berufen, aber nicht jeder ist auserwählt.

In Friedenszeiten war Piotr bei allen drei Musterungen für untauglich erklärt worden, als einziger Ernährer der Familie, die damals aus der greisen Mutter und dem unehelichen Kind der Paraszka bestand. Bald nach diesen Musterungen starben beide, zuerst das Kind, dann die Alte, aber Piotr – was gewann er schon dabei? Das gewann er: er brauchte nicht zum Militär. Er dachte schon, sie hätten ihn vergessen, doch da irrte er sich. Der Kaiser hatte nämlich ein gutes Gedächtnis: wen er braucht, dessen erinnert er sich auch nach zwanzig Jahren noch. Nein! Der Kaiser hat Piotr Niewiadomski nicht vergessen, er hat ihn sich nur für die schwarze Stunde vorbehalten.

Und wirklich kam die Stunde. Nicht schwarz, sondern hell, eine vorabendliche Stunde, in der die Erde still wird, wie von der Hand eines Engels gestreichelt, für den gerade die Glocken in allen Kirchen läuten. Der weite Himmel, blau wie das Gewand der Jungfrau Maria, umfängt sanft die Erde, auf der aller Lärm und Streit verstummt. Insektenschwärme, vom fortwährenden, kreisenden Flug in der erhitzten Luft ermüdet, dämpfen den Schlag ihrer summenden Flügel. Die besänftigte, erlöschende Glut öffnet unsichtbare Ventile. In dieser Stunde schlagen sogar hadernde menschliche Herzen ruhiger, und den größten Bösewichtern dieser Welt wird die Gnade des Friedens zuteil. Piotr war von der großen Ruhe ergriffen. Er vergaß den Krieg, der weit hinter dem erlöschenden Horizont wütete, außerhalb der Grenzen seiner müden Sinne. Schon verstummte in abgekühlter Luft das letzte Stöhnen der fernen Sägemaschine, und über dem Grün der Büsche, die das Dorf verdeckten, stieg allmählich blauer Rauch aus allen Hütten. Überall bereitete man schon das Abendessen. Aus jenen Hütten, die Schornsteine hatten, schoß der Rauch in kerzengeraden Säulen hinauf und zerfloß im azurnen Äther, aus armseligen Lehmhütten dagegen bettete er sich niedrig als breite und träge Wolke. Piotr machte sich daran, Kartoffeln zu schälen. Der letzte Tageszug ist schon an dem Wärterhäuschen 86 vorbeigefahren. Erst in zwei Stunden sollte ein Güterzug kommen. Piotr setzte sich auf die Schwelle des Häuschens; nahm die Kappe ab. Baß lag neben ihm, mit gesenkter Schnauze, und belauerte die Ameisen, die in dichten Scharen auf dem Boden wimmelten. In dieser Stille tat er ihnen nichts Böses. Man konnte sein ruhiges, gleichmäßiges Atmen hören.

Plötzlich hob der Hund die Schnauze und spitzte die Ohren. Er vernahm ein verdächtiges Geräusch unterhalb des Damms. Nach einer Weile sprang er jäh auf und verharrte in abwartender Haltung. Jemand mußte an die Drähte gestoßen haben, die Piotrs Kurbel mit den Schranken verbanden; sie ertönten mit leisem, feinem Geklirr. Niedrig angebracht, dicht über der Erde, zitterten sie längere Zeit in der Stille. Etwas ging durch die Stille, etwas näherte sich dem Wärterhäuschen. Piotr beachtete die Unruhe des Hundes nicht. Er schälte fleißig Kartoffeln und warf sie in einen irdenen Topf voll Wasser. Baß aber witterte etwas Schlimmes und begann zu knurren. Und als das Geräusch immer näher kam, hielt er es nicht aus und bellte laut. Er verschluckte sich im Bellen, in dem Angst war und Zorn und Protest. Und das Böse schlich still, wie eine giftige Schlange, durch das Gebüsch, glitzerte mit goldenen Flecken durch das Grün, verlor sich, kroch wieder hervor. »Kusch, Baß!« rief Niewiadomski und stellte die Kartoffeln zur Seite. Baß duckte sich, hörte auf zu kläffen, knurrte nur noch leise in sich hinein. Zwischen den Büschen blitzte ein Bajonett auf, das wie ein Spiegel die schiefen Strahlen der versinkenden Sonne sammelte. Hierauf erschien die goldene Spitze eines Soldatenhelms, und auf einmal tauchte hinter dem Wall der Krieg auf. Er marschierte in schwarzen, beschlagenen Schaftstiefeln, kletterte die Treppe mit Gewehr und Säbel hinauf und stand vor Piotr da in Gestalt des Gendarmeriekorporals Jan Durek.

Beim Anblick des Gendarmen wurde Piotr immer unheimlich zumute. Nicht, daß er etwas auf dem Gewissen gehabt hätte, sondern nur, weil ein Gendarm immer nach Gefängnis und Ketten riecht, die er auf jeden Fall in der Diensttasche aufbewahrte. Den Korporal Durek kannte Piotr genau. Oft unterhielt er sich mit ihm auf der Station, und diese Bekanntschaft erfüllte ihn mit Stolz. In Piotrs Augen galt jener Gendarm als Gipfel der Intelligenz und des guten Geschmacks. Eine Art Seife, die Korporal Durek beim Rasieren gebrauchte, verfehlte nicht, mit ihrem eigenartigen Geruch auf Niewiadomski Eindruck zu machen. Am meisten jedoch imponierte ihm der goldene Zahn, der im Mund des Gendarmen glänzte, sooft er ihn auftat, sei es dienstlich, sei es privat. Dieser Zahn machte den Abstand zwischen Piotr und der Person des Jan Durek deutlicher als das ganze Gold auf dem Helm und an der Uniform, deutlicher noch als das bedrohliche schwarze Sturmband am Hals, als der Karabiner und der Säbel. Er flößte *ad personam* Respekt ein, und selbst wenn sich der Korporal Durek nackt ausgezogen hätte, auch dann noch hätte ihn der Goldzahn vor jeder Vertraulichkeit geschützt.

Diesmal tat Durek den Mund dienstlich auf, doch geruhte er, ihn mit einem privaten Lächeln versöhnlicher zu machen.

»Hab' für Sie eine Einladung, Niewiadomski!«

»Etwa zum Militär?«

»Nein, zu einem Ball!«

Die Ironie war unbekannt in dieser Gegend. Darum fühlte Piotr auch im ersten Augenblick ihre Spitze aus den Worten des Gendarmen nicht heraus. In Piotrs Kopf huschten für einen Augenblick Bruchstücke einer Tanzmusik vorbei, irgendeiner Kolomyjka, von Ziehharmonika und Geige gespielt, und vor seinen Augen wirbelten schwere, bunte Röcke. Der Gendarm gab ihn bald der Wirklichkeit zurück. Aus der Ledertasche zog er ein kleines, versiegeltes Papier.

Gutenberg, Johannes Gutenberg hieß jener Mann, den der

Teufel in Mainz mit Rheinwein betrunken machte und im Jahre 1450 eine neue Tortur für Schriftunkundige, für die Armen im Geiste erfinden ließ. Vom Teufel besessen, gründete Gutenberg zusammen mit einem gewissen Faust die erste Druckerei. Von nun an verbreitete sich die teuflische Saat wie eine Choleraseuche, um bei Tag und Nacht gierige, vom Hochmut ihrer Kenntnisse gefangene Seelen zu verwirren, zu bezaubern und zu vergiften. Und obwohl man seit jener Zeit so viele unschuldige Ballen weißen Papiers mit schwarzen Teufelszeichen beschmutzte, daß man in dieses Papier die ganze Erdkugel hätte einwickeln können, gab es noch im Jahre 1914 viele gerechte Menschen auf der Erde, besonders im Śniatyner Bezirk, die der Versuchung nicht erlagen. Sie erschraken nicht einmal vor dem Gesetz der allgemeinen Schulpflicht, nicht vor Geldstrafen, nicht vor Haft, sondern zogen es vor, zu zahlen oder abzusitzen, als die Seelen ihrer Nachkommen mit dem lateinischen oder dem kyrillischen Alphabet zu bedrängen. Freilich hatten sie in diesem siegreichen Kampf einen stillen, jedoch mächtigen Verbündeten. Und zwar: das Budget des k. u. k. Ministeriums für Kultur und Unterricht. Und also war es die Regierung selbst, die indirekt den Teufel bekämpfte, der in jeder Schrift sitzt, sogar in der Heiligen Schrift. Aus diesem Grund eben unterschreibt ein rechtschaffener Mensch keine Papiere, sondern er setzt drei: + + +. Diese drei heiligen Zeichen vertreiben den Teufel aus allen Kontrakten, Quittungen und Wechseln.

Der Teufel freilich ist rachsüchtig. Auf allen Wegen des menschlichen Lebens, auf den geraden und auf den Kreuzwegen, stellte er wie Vogelscheuchen Tafeln und Warnungen auf.

Hier ist das Spucken verboten! Dort ist das Rauchen verboten! Und die Unkenntnis des Gesetzes schützt nicht vor Strafe. ›Kein Trinkwasser!‹ ruft der Teufel über dem riesigen Faß auf der Station Topory-Czernielitza.

›Achtung auf den Zug!‹
›Strzeż się pociągu!‹
›Позір! Стерегтися Поїзду!‹
›Sterehty sia pojizdu!‹
›Sama la trenu!‹

schreit der Teufel mitten im Feld von einer Holztafel am Pfosten, unweit von dem Wärterhäuschen 86. Er heuchelt die Ergebenheit eines Freundes, der ums menschliche Leben besorgt ist, als läge ihm dies am Herzen und nicht des Menschen Tod. Und der Tod ist überall, überall muß man vor ihm fliehen. Nicht nur im Krieg. Überall, wo Gleise sind, ist auch der Tod, und er kann jeden Augenblick aus ihnen herausspringen. Der Tod lauert in der sonnigen Luft und fällt plötzlich als Blitz auf die Köpfe der Schnitter. Der Tod droht im Wasser. Viele Wasserleichen werden in der Sommerzeit aus dem Pruth und aus dem Czeremosz herausgefischt. Der Tod sitzt sogar in den Pilzen, auch mit den Pflaumen kriecht er in unseren Bauch, und auf dem Grunde der Süßigkeit liegt die gefährliche Ruhr. Der Teufel lacht den Tod des Menschen aus, dieser falsche Freund. Zu den Tauben spricht er mit Worten, die Blinden warnt er mit Zeichen. Gewiß gibt es Mittel, den Teufel zu betrügen. Zum Beispiel: den Schlagbaum. Das Pferd, die Kuh und der Huzule können nicht lesen, und doch sandte ihnen Gott einen Engel, ebenfalls einen Analphabeten, der sie vor dem Tod auf den Schienen schützt. So manche Kuh, so manchen Huzulen hätte der Teufel geholt, besonders in dieser Kriegszeit, wäre nicht Piotr Niewiadomski da.

Der Korporal wußte, daß Niewiadomski ein Analphabet war. Und trotzdem überreichte er ihm die Einberufungskarte mit einer Miene, als wüßte er's nicht. Es schmeichelt der Eitelkeit des Korporals sehr, daß ihn Niewiadomski wird bitten müssen, das Papier vorzulesen. Für Leute, die lesen konnten, war Durek nur der Vollstrecker der Befehle einer höheren Gewalt, Analphabeten gegenüber fühlte er

sich jedoch nicht nur als Teilhaber dieser Gewalt, eingeweiht in ihre Intentionen, sondern zugleich als Repräsentant der Bildung. Er war für sie der Vertreter der Schuld und Strafe und besaß nicht nur die Schlüssel zu Gefängniszellen, sondern auch zu allen Geheimnissen, die im geschriebenen Wort eingeschlossen sind. Auch diesmal konnte sich Durek das Vergnügen an seiner Überlegenheit über Niewiadomski nicht versagen, doch war er weit davon entfernt, sich an der Qual der Geringen weiden zu wollen. Im Gegenteil. Erst vor einer Stunde sprach er bedauernd, im Flur eines nahen Herrenhofes, wohin er sich begab, um die bevorstehende Beschlagnahme des Heus anzusagen, und wo man ihn mit einem Gläschen Schnaps, einem Stück Kuchen und einigen Zigaretten empfing: »Unser Volk ist noch sehr ungebildet, gnädige Frau Gräfin. – *Minimum* achtzig Prozent Analphabeten.« Mit dem Wort ›Minimum‹ wollte er zu verstehen geben, daß er selbst zu den Gebildeten gehörte.
Seine Hoffnung war nicht vergeblich. Niewiadomski warf einen hilflosen Blick auf das Papier und sagte: »Ich möcht' Sie bitten, Herr Korporal . . .« Der Gendarm wußte das weitere. Das reichte ihm als Genugtuung. Rasch öffnete er den Bogen dort, wo das Siegel war, schaute nach dem Termin und verkündete streng: »In fünf Tagen pünktlich um 9 Uhr früh vor der Kommission in Śniatyn!«
Das Wort ›pünktlich‹ unterstrich er mit einer Stimme, an der zu erkennen war, daß Korporal Durek den Verfassern des Schriftstücks volle Zustimmung zollte. Doch Piotr wollte genau wissen, was auf dem blauen Papier stand, und er bat Durek, ihm alles von Anfang bis Ende vorzulesen. Durek strahlte. Seine Gesichtszüge wurden noch strenger als sonst, und seine Stimme erinnerte an die eines Schauspielers, den man ein Todesurteil vorlesen läßt. Mit besonderem Nachdruck betonte er die Worte lateinischen Ursprungs. »Herr Piotr Niewiadomski«, rezitierte er, »hat sich zur Mu-

sterung zu melden . . .« Nicht so schlimm, wenn sie mich mit Herr anreden, dachte Piotr und atmete erleichtert auf. Seine Ohren schluckten jedes Wort, und seine Phantasie nahm es mühevoll auf. Manche Worte jedoch waren nicht hinunterzuschlucken. Sie waren spitzig und böse wie Bajonette. »Der Einberufene hat sich in nüchternem und sauberem Zustand zu stellen . . .« Werde im Pruth ein Bad nehmen müssen und die Magda ein Hemd waschen lassen . . . »Das Nichterscheinen zum bestimmten Termin hat eine Zwangsvorführung vor die Kommission zur Folge und wird mit Haft und Geldstrafe laut Paragraph 324, Artikel 12, und Paragraph 162, Artikel 13, des Landsturmgesetzes vom Jahre 1861 bestraft . . .«

Was soll das alles heißen? Zuerst sagen sie ›Herr‹, rufen in Güte, haben Zutrauen, und wenn du nicht gehorchst, dann heißt es: ›Pflanzt das Bajonett auf!‹ und ins Gefängnis. Piotr sah schon den Korporal Durek, wie er die Ketten aus der Ledertasche zog und ihm das Bajonett vor den Hals hielt. War er doch selbst dabeigewesen, wie Korporal Durek den Banditen Matwij, ›Bulle‹ genannt, gefesselt zur Eisenbahn führte.

Der Gendarm hatte zu Ende gelesen, er faltete das Papier sorgfältig zusammen, übergab es dem Vorgeladenen und beobachtete den Eindruck, den seine Rezitation hervorgerufen hatte. Piotr schwieg und schien gleichgültig. Der Gendarm war damit nicht zufrieden. Der ganze Effekt ging verloren. Um also das Bedrohliche der Situation zu steigern und auf seine Macht anzuspielen, sagte er: »Und wissen Sie, wie wir jetzt mit Deserteuren umgehen? Feldgericht und eine Kugel ins Genick!«

»So ist's richtig«, erwiderte Niewiadomski.

Durek war gedemütigt. Um die Lage zu retten, lächelte er, entblößte den Goldzahn und nahm geräuschvoll das Gewehr von der Schulter. Er besah den Verschluß, überzeugte sich, daß es gesichert war, und stützte das Gewehr an die

Wand. Er legte den Helm ab, trocknete mit einem Tuch den Schweiß von der Stirn und setzte sich auf die Schwelle. Dann zog er aus der Tasche eine glänzende Zigarettendose aus imitiertem Silber, mit Zigaretten vollgestopft, die er auf dem Gut von der Gräfin geschenkt bekommen hatte. Und mit Händen, die sich jeden Augenblick in Hände der Gerechtigkeit verwandeln konnten, reichte er Piotr die Dose. Piotr nahm eine ›Damenzigarette‹ und bemerkte auf dem Emailrücken der Dose einen rosigen weiblichen Körper, der sich schelmisch aus einer Spitzenunterhose hervorbeugte. Er verspürte eine Wärme im Rücken und erinnerte sich an Magda, die nach Sonnenuntergang mit Milch kommen sollte. Sie rauchten und schwiegen. Plötzlich schaute Kaiser Franz Joseph Piotr Niewiadomski an. Er schaute vom Kreuz herunter, das auf dem Hemd des Gendarmen an einem rot-weißen Bändchen hing. An der Stelle, wo sich die Arme des Kreuzes schnitten, glitzerte die goldene Büste des Kaisers, von einem Kranz umrahmt. Denn Gott und Kaiser sind immer zusammen. Franz Josephs blecherne, kalte Augen stachen Piotr durch den Rock, stachen durch das verschwitzte Hemd und drangen bis in sein Gewissen. Wer in so einer Stunde nicht freiwillig dem Kaiser gehorcht, der vom Kreuz ruft, dem wird Jesus Christus am Tag des Jüngsten Gerichts nicht verzeihen.
Zweimal im Leben stand Piotr vor Gericht. In beiden Fällen als Zeuge. Es handelte sich um Diebstähle bei der Bahn. Er legte seinen Schwur vor dem Kruzifix ab, das zwischen zwei brennenden Kerzen auf dem Tisch stand. Der Richter in einem langen schwarzen Talar und mit einer Kopfbedeckung, die dem Barett eines Geistlichen ähnlich sah, verkündete das Urteil: »Im Namen Seiner Majestät . . .« Da mußten alle aufstehen, wie in der Kirche während der heiligen Messe. Es erhob sich das Gericht, es erhoben sich die Angeklagten und die Zeugen, die Schuldigen und die Unschuldigen. Aber niederknien mußten sie nicht. Über dem

grünen Tisch, genau über dem Kruzifix, hing ein riesiges Bildnis des Kaisers.

Piotr rauchte die Zigarette zu Ende, und es fiel ihm auf, daß er mit dem Stummel auch den kaiserlichen Adler auf die Erde warf. Der Adler war auf dem Mundstück abgedruckt, denn Zigaretten sind kaiserlich. Alles auf dieser Erde ist des Kaisers oder Gottes Eigentum, dachte Piotr. Die Erde und der Himmel, der Pruth und der Czeremosz, die Karpaten und die Kühe, Hunde und Menschen gehören Gott. Die ganze Eisenbahn dagegen, alle Waggons und Lokomotiven, alle Wärterhäuschen und Schranken, sogar ein Stück verrosteten Drahts, sogar eine durchgefaulte Schwelle unter den Schienen, gehört dem Kaiser. Wer eine Schwelle stiehlt, schädigt den Kaiser, und dafür nimmt ihn ein kaiserlicher Gendarm ins kaiserliche Gefängnis. Recht hat er! Die Hauptsache auf dieser Welt ist selbstverständlich das Geld. Und wem gehört das Geld? Es gehört dem, dessen Haupt daraufgeprägt ist. Der Kaiser gibt dem Menschen Geld, so wie ihm Gott das Leben gibt. Das eine aber wie das andere sind nur Leihgaben. Der Kaiser macht mit Gott verschiedene Geschäfte, deswegen hat er das Recht, dem Menschen das Leben zu nehmen, das Gott ihm geborgt hat.

»Nun, so werde ich zum Militär gehen!« sagte Niewiadomski laut.

Der Gendarm schulterte sein Gewehr, setzte den Helm auf und warf den schwarzen Riemen um den Hals. »Nur keine Angst, Niewiadomski! Genommen werden Sie, da ist nichts zu machen, alle nimmt man jetzt, aber, wenn Sie meine Meinung hören wollen, bis Weihnachten ist Schluß mit der ganzen Parade!«

Er sagte: bis Weihnachten, obwohl er überzeugt war, daß der Krieg schon in vier Wochen zu Ende sein werde. Dann salutierte er und ging. Piotr vergaß, daß auch er eine kaiserliche Kappe trug, und lüftete sie nach Zivilistenart. Baß sprang wiederum auf und begann zu bellen, doch Piotr

brachte ihn mit einem Fußtritt zum Schweigen. Die Drähte tönten, der Gendarm war schon auf der anderen Seite. Bald verschlang die Stille seine Schritte.
In Piotrs reglosen Fingern steckte das blaue Papier wie ein Heiligenbildchen zwischen den steifen Fingern eines Verstorbenen. Es packte ihn Angst vor dem Papier, das er nicht verstand. Solange der Gendarm hier war, lebten die Buchstaben und waren menschlich, jetzt aber saß in ihnen der Teufel und schreckte mit Geheimnissen. Piotrs Schicksal hing nun von schwarzen, kleinen bauchigen Kreisen ab, von schlanken und steifen Strichen. So wehrlos den Buchstaben gegenüber sein und nicht einmal wissen, welchen Worten sie entsprechen! Er blickte auf das Wort ›pünktlich‹, und es schien ihm, als sähe er das Wort ›Arrest‹. Eine dunkle Zelle und eiserne Gitter im kleinen Fensterchen. Es war ihm, als ob die Ketten der Buchstaben wie Glieder eiserner Ketten seine Hände fesselten. Auf seinen Händen sah er bereits rote Striemen. Es erwachte in ihm etwas wie ein Gefühl persönlicher Freiheit, die es zu verteidigen galt. Er verstand nur nicht, wie man sie durch ein Stück blauen Papiers verlieren kann. Mit Verzweiflung erfüllte ihn die Machtlosigkeit gegen einen Feind, den er in den Fingern zerknittern könnte und in Stücke zerfetzen, und der Feind würde nicht einmal aufzucken.
Aber vielleicht ist das alles nicht wahr? Vielleicht hat ihn der Gendarm belogen? Wie konnte ein lebloses Papier Gewalt über einen lebenden Menschen haben? Warum sind die Menschen so dumm und glauben an Papiere? Plötzlich entdeckte Piotr mit Entsetzen, daß auch die Fahrkarten aus Papier waren, und doch zahlte man Geld dafür. Und das Geld ist auch nur Papier, besonders die wichtigsten Scheine: die 10-Kronen und die 20-Kronen, und wehe dem, der sie verliert. Er selbst mühte sich sein ganzes Leben hindurch, um jeden Ersten des Monats 10 papierne und 5 silberne Kronen zu bekommen. Jawohl, dies alles hat der Teufel

ausgedacht! Und was nützte es, wenn er, Piotr Niewiadomski, die Vorladung zerreißen würde? Er würde sich höchstens selbst betrügen und nicht den Teufel. Bis jetzt glaubte Niewiadomski, daß der Mensch nur dann gefangen ist, wenn ihm ein Lebender und Stärkerer die Hände fesselt, ihn am Nacken packt, ihn zu Boden wirft. Aber das Papier? Von nun an wußte er, daß es unsichtbare Kräfte gibt, die auch imstande sind, einem Menschen seine Kraft und seine Freiheit zu rauben. Sie verweilen irgendwo in der Ferne und wissen alles über uns und können alles über uns beschließen, ja sogar in den Tod schicken. Da nützen unser Verstand und unser Wille gar nichts mehr. Denn in diesen schwarzen, winzigen, lebendigen Buchstaben münden unsichtbare Fäden, die, wie Telegraphendrähte, von weit her, aus Wien, ja vom Kaiser selbst ausgehen. Diese Worte schrieb der Kaiser selbst. Das ist klar, sonst hätten sie nicht eine so große Gewalt!
So ist es also? Der Kaiser weiß von meiner Existenz? Er weiß, daß in der Gemeinde Topory-Czernielitza, im Bezirk Śniatyn, auf der Linie Lemberg-Czernowitz-Itzkany, der Träger Piotr Niewiadomski, der Sohn Wasylinas, lebt und ihm treu seit zwanzig Jahren dient? Er kennt mich also, der Kaiser? Er braucht mich, deswegen schreibt er mir: Herr? Herr Piotr Niewiadomski! Ein schönes Wort! Und Piotr sah den Kaiser, wie er in Wien in seiner Kanzlei sitzt, hinter einem großen Tisch mit goldenen Kanten, und Briefe schreibt an alle Huzulen. An ›die Herren‹ Huzulen. Schon begann die Nacht ihre Vorhänge über die huzulische Erde zu breiten und ihre Lichter am Himmel zu verschieben. Von den beiden Flüssen Pruth und Czeremosz stiegen Nebel und Dünste auf. Piotr erhob sich, streckte die Knie, seufzte schwer, griff nach dem Topf mit den rohen Kartoffeln und kehrte dem Himmel, der Erde und der hereinbrechenden Nacht den Rücken. Baß ließ er draußen. Er trat in die Stube, stellte die Kartoffeln auf den abgekühlten Herd.

Er hatte keine Lust zu essen. Er legte sich in Stiefeln aufs Bett. Plötzlich fuhr er auf, ging an die Tür und drehte den Schlüssel um. Das pflegte er sonst nie zu machen. Dann legte er sich wieder aufs Bett, rücklings, und bemühte sich, nichts zu sehen und an nichts zu denken. Er sah jedoch viel. Also schloß er die Augen. Aber auch das half nichts. Selbst durch die geschlossenen Lider schlich die Wirklichkeit ins Hirn und quälte ihn mit Bildern. Er sah und fühlte auf sich die Hände des Korporals Jan Durek, die drohenden Hände der Gerechtigkeit.

Um diese Zeit kehrten die Kühe, von grünen Kräutern und farbigen Blüten satt, von den Weideplätzen zurück. Der feierliche Zug hielt am Weg zu den Ställen, stand reglos da. Die Kühe berührten mit den Hörnern die eigenen Rücken und brüllten gen Himmel wie Dampfersirenen: sie wollten die übermäßige Last, die ihre Euter schwellte, loswerden. In den Schreien der Kühe ertönten Urkräfte des Lebens und der Vegetation, der Milch und der Mutterschaft. Die Stimme des Viehs zerbrach, wie in Vorahnung der Schlachthäuser. In diesem ergreifenden Ruf nach Linderung, nach Rast, nach Schlaf erkannte Piotr die Stimme seiner eigenen Seele. Auch seine Seele war schwer und beladen und nährte sich von Gras. Mit Mühe verdaute sie jetzt ihr Schicksal, das unverdaulich war wie rohes Fleisch.

Frösche begannen ihr nächtliches Quaken, Grillen stachen in die Stille wie mit Nadeln. Auch Baß erinnerte sich an alte Sorgen, vielleicht noch aus einem früheren Dasein, er bellte jedoch nicht gegen den Krieg, er heulte nur traurig den aufgehenden Mond an. Vielleicht schmerzte ihn ein Zahn. Piotr lag mit offenen Augen, die stumpf in die Finsternis stierten.

Auf der ganzen Welt verdarben Gendarmen den Menschen den Appetit.

III. KAPITEL

In jenen Tagen wurden die Körper der Männer gewogen und gemessen. Man sortierte sie nach Gattungen, man klaubte sie aus wie Kartoffeln, wie Früchte, vom Baum des Lebens geschüttelt. Man nahm sie in Massen: schockweise, zentnerweise, waggonweise, und warf alles weg, was ungeraten war, verdorben, krank. Denn groß war seit dem letzten Krieg die Saat an menschlichen Körpern. Von keiner Naturkatastrophe betroffen, von keiner Seuche dezimiert, gingen schon zwei Generationen von Körpern zugrunde und verfaulten, ohne einen Krieg zu erleben. Doch das Vertrauen, das man der automatischen Zucht der Gattung schenkte, enttäuschte nicht. Das unbewußte Verdienst der Eltern empfing heute die gebührende Huldigung.
Es war das erste Mal seit vielen Jahren, daß man uns nicht nach den Kleidern beurteilte. Im Gegenteil: heute hatten wir nur entblößt irgendeinen Wert, nur nackt konnten wir unsere höchsten Vorzüge zeigen. Nichts mehr wollte man über uns wissen als dies eine: ob wir gesund seien. Man prüfte unsere Zähne, wie man es mit Pferden auf dem Markt tut, man betrachtete uns von vorne, man betrachtete uns von hinten, man klopfte an unser Inneres, um sich zu überzeugen, ob wir nicht wurmstichig seien.
Bis dahin waren wir nur Namen. Alle Kalkulationen des Kriegsministeriums und des Generalstabs stützten sich auf die Zahl der Namen. Namen gingen auf der Welt herum, Namen mästeten sich, mehrten sich, um sich am Tag der Mobilmachung in Körper zu verwandeln.
Gericht über die Körper wurde in geräumigen Bierstuben, in Tanzsälen und in Wirtshäusern gehalten, denn in größeren Städten strömten die Körper in solchen Massen herbei, daß sie von den Räumen des Ergänzungsbezirkskommandos nicht aufgenommen werden konnten. Also drängten sie sich in Glasveranden, wo sie, ohne bestraft zu werden,

Scheiben zerschlugen, stundenlang warteten die Körper in Gärten, in denen noch die Nachklänge der Melodien aus der ›Lustigen Witwe‹, dem ›Walzertraum‹ und dem ›Herbstmanöver‹ schwebten. Hie und da hingen noch an Drähten, die zwischen den Ästen von Kastanienbäumen gespannt waren, bunte chinesische Lampions wie abgehackte Köpfe der letzten Zeugen eines Festes. Und im Hintergrund des unaufgeräumten Gartens, zwischen fettigem Brotpapier und Wurstabfällen, herrschte der Orchesterpavillon, in ein Möbelmagazin verwandelt. Grüne Stühle und grüne Tischchen krochen schamlos aufeinander und füllten die Muschel des Pavillons bis an die Decke, an dessen Spitze eine goldene viersaitige Lyra glänzte.
So ging es aber nur in großen Städten zu, und Śniatyn ist keine große Stadt. Die berühmte Stadt Śniatyn ist ein kleines Nest, und die Musterungskommissionen amtieren dort im eigenen Gebäude. Nur die Stühle wurden aus benachbarten Wirtshäusern requiriert.
Vom frühen Morgen an wartete Piotr Niewiadomski, daß er an die Reihe käme. Es war ein heißer Tag. Piotr wollte ein Bier trinken, das zwei Schritte von hier in der Schenke des Sch. H. Schames zu haben war, doch widerstand er der Versuchung, des Verbotes eingedenk, welches in der Einberufungskarte genannt war. Er wird also nach der Musterung trinken. Er wartete inmitten einer Menge von Bauern, Juden und verschiedenen Herrlein. Dieses Gemisch aller Stände und Trachten verwirrte ihn. In kurzen Zeitabständen erschien im Tor des Gebäudes ein dicker, kleiner Feldwebel, ohne Mütze und ohne Säbel. Die Menge verstummte. Aus großen Papierbogen las der Feldwebel Namen. Jeder Name mußte ›hier‹ zurückrufen. Das ›hyr‹ der Bauern klang wie ein Schlucken. Die Augen aller Anwesenden hingen aufmerksam an den Lippen des Feldwebels, von denen Namen schwirrten wie summende Insekten. Piotr wartete und wartete. Er wollte sich nicht einmal

unterhalten – so sehr war seine Kehle ausgetrocknet. Das lange Warten vor den Toren der Behörden hat auch seine guten Seiten: noch weiß man dort nichts über uns, wir sind für sie nur Namen. Noch ist Zeit, und man kann sich zurückziehen. Im letzten Moment kann sich noch alles wenden. Unter den Menschen, die jetzt vor dem Ergänzungsbezirkskommando in Śniatyn warteten, fehlte es nicht an Optimisten. Gegen alle Vernunft glaubten sie an Wunder und hegten tief in ihren Seelen die Zuversicht auf ein Ende des Krieges – bevor der Feldwebel ihre Namen aufrief. Piotr Niewiadomski gehörte nicht zu diesen Menschen. Ihm war alles gleich.

Auf der anderen Seite der Straße stand die Schule. Ein rechteckiges, einstöckiges Gebäude mit einem roten Ziegeldach. Über dem Tor bemerkte Piotr eine kleine Glocke. Sie erinnerte an jene Glocken, die er auf Türmchen der Friedhofskapellen und in manchen Meierhöfen auf den Dächern der Viehställe sah. In den Meierhöfen läuteten sie zu Mittag, und auf den Friedhöfen . . .

Piotr fürchtete den Tod nicht, doch schien es ihm besser, den Anblick seiner Zeichen zu meiden. Dann weckten Bänke Piotrs Aufmerksamkeit, die draußen vor der Schule standen. Größtenteils waren sie mit Tinte befleckt. Sie erinnerten ihn daran, daß er weder lesen noch schreiben konnte. An der Seite stand eine große, schwarze Tafel wie ein schwarzes Schild des Teufels. Aus den offenen Fenstern beugten sich viele Köpfe heraus, in Mützen und Hüten. Es waren keine Kinderköpfe. Manche hatten sogar graue Haare.

Um die Mittagszeit schwirrte unter dem dunklen Schnurrbart des Feldwebels der Name: Niewiadomski hervor.

Er stand auf der Liste an vierter Stelle. Niewiadomski rief laut: »Hyr!« und das Wort, das geschriebene Wort, das durch Bücher und Register wandernde Wort – wurde zu Fleisch. Von den vierzig aufgerufenen Namen gaben vier keine Antwort. Sie gingen in der weiten Welt verloren. Alle Anwesenden wandten ihre Köpfe und suchten in der Menge nach den verlorenen Namen. Aber sie fanden sie nicht.

Über steinerne Stufen, die nach Karbol rochen, führte der Feldwebel die ganze Gruppe in einen Saal im ersten Stockwerk. Er befahl, sich rasch zu entkleiden, und verbot das Rauchen. Hier stank kein Karbol mehr. Eine dicke, übelriechende, stickige Luft entströmte den nackten und halbnackten Leibern, die sich in diesem Saal drängten wie auf einem Freskogemälde, welches die Hölle darstellt. Die Luft verschlechterten noch die Kleider, die auf allen Bänken oder gar auf dem Fußboden im Staub drunter und drüber umherlagen. Gespenstisch hingen von Nägeln und Holzpflöcken Hosen herunter, müde, fadenscheinige Ärmel, durchschwitzte Hemden und Wämse, schmutzige Unterhosen, Pelzwesten und Kaftane. Sie sahen aus wie verwesende Leichen von Gehenkten. Unter den Bänken nistete schüchtern verschiedenes Schuhwerk, von eleganten Halbschuhen moderner, amerikanischer Form bis zu dicken Huzulensandalen. Die wenigen herrschaftlichen Röcke und Westen, die kunstseidenen Hemden mit Liegekragen, bunte Foulardkrawatten und Panamahüte verschwanden in der beängstigenden Menge bäurischer Kleidung. Johann Maria Farina gegenüber dem Jülichsplatz, der uralte Bezwinger des Gestanks, gab klein bei und verduftete. So wird voraussichtlich der Wartesaal des Jüngsten Gerichts aussehen, wo sämtliche Unterschiede aufgehoben sein werden, die einst Menschen trennten. Hier waren alle Menschen nackt, und der Gestank, dieser repräsentative Geruch des irdischen Seins, war das herrschende Element. Jeder Körper brachte die Düfte seines Hauses mit sich, das Aroma seiner alltäglichen Mühe, wie auch die Ausdünstungen der Tiere, die mit ihm diese Mühe teilten. Huzulen brachten die stickige Luft ihrer elenden, nie gelüfteten Lehmhütten mit, die

Ackerleute rochen nach Erde und Getreide, die Hirten – nach Dünger, die Juden – nach Schenke, Mühle und Schabbes. Und wenn auch niemand etwas zu essen mitbrachte, konnte man doch an den Ausdünstungen der Körper erkennen, womit jeder von ihnen sich nährte. Es half kein Karbol, es half kein Desinfizieren, schon am ersten Tag der Musterung roch es im Saal nach Stall und Vieh. In diesem Kampf der Gerüche, den hier Zivilisation und Hygiene mit der Natur ausfochten, siegte die Natur. Wenigstens in jenem Saal, der als Garderobenraum diente. Von Zeit zu Zeit erschien ein drohend-schweigender Soldat mit einer Wasserflasche. Auf keine Frage der Zivilisten gab er Antwort. Er rauchte Zigaretten und besprengte den Fußboden, um den Staub, die zu Pulver gewordene Erde, zu bändigen. Doch der Staub wollte nicht weichen. Der stolze Soldat kehrte nach getaner Pflicht zurück, woher er kam, und kümmerte sich nicht um das Ergebnis seiner Bemühungen. Niemand gab auf die verlassenen Kleider acht. Wer Lust hatte, konnte stehlen. Doch hier lockte niemanden fremdes Gut. (Sogenannte Wertgegenstände wie Geld und Uhren nahm man in den Musterungsraum mit.) Irgendein Zauber, eine Hexerei haftete scheinbar an den von den Eigentümern verlassenen Kleidern, sie waren unantastbar, sie waren tabu. Man ist versucht zu sagen, in diesen Hemden, Hosen und Schuhen blieb die Seele des Menschen stecken, dessen Körper soeben von der Kommission gerichtet wurde.

Bevor jedoch die Körper vor das Antlitz der Kommission drangen, mußten sie die Folter der Stühle erdulden. In der Tür, die vermutlich zur Kommission führte, erschien derselbe Feldwebel, der unten vor dem Tor die Namen aufrief. Er las sie jetzt noch einmal vor, doch nur zu je zwei. Und plötzlich fand sich Piotr Niewiadomski, von der Stimme des Feldwebels mitgerissen, in einer viereckigen Stube, wo an jeder der vier Wände Stühle in einer Reihe aufgestellt waren, ein Stuhl am anderen, und auf jedem Stuhl saß ein aller irdischer Hülle, allen Schmucks und allen Scheins entblößter – Körper.

Zusammen mit Piotr trat ein Jude mit einem langen, dunklen Bart herein. Gegenüber der Tür, durch die sie hereinkamen, erblickte Piotr einen schweren, dunkelroten Vorhang. Jeder Neuankömmling mußte, so befahl der Feldwebel, den nächsten freien Stuhl rechts von der Tür einnehmen. In annähernd gleichen Zeitabständen schob eine unsichtbare Hand den Vorhang zur Seite, und ein oder zwei Körper tauchten auf, die den Weg zur Garderobe einschlugen. Gleichzeitig ertönte hinter dem Vorhang eine gebieterische Stimme: »Der nächste!« – Und wiederum verschlang der Vorhang zwei neue Körper, die auf den nächststehenden Stühlen saßen. Auf diese Weise legten die Körper den Weg automatisch über die Stühle zurück, von der Tür, die zur Garderobe führte, bis zu der Tür, die mit dem Vorhang verhängt war. Wie in einem Geisterzirkus bewegten sie sich schweigend und nackt von Stuhl zu Stuhl. In Friedenszeiten verbrachten die Bürger der berühmten Stadt Śniatyn auf diesen Stühlen holde Stunden geistigen Schlummers, Bier trinkend, Pfeife rauchend, Karten spielend. Und jetzt waren diese Stühle Passionsstationen für Verdammte. Als wäre vor dem Jüngsten Gericht nur ein Urteil möglich: die Hölle.

Von Stuhl zu Stuhl rückte Piotr Niewiadomski vor, auf den rätselhaften Vorhang zu. Zum erstenmal im Leben sah er so viele nackte Körper aus der Nähe. Er sah ausgetrocknete, mürbe gewordene Arme neben üppigen, muskulösen; eingefallene, schwindsüchtige Brüste neben tapferen, heroischen Brustkörben. Hohle, eingesunkene Bäuche wie leergepumpte Ballons saßen neben gemästeten, vom Fett schweren Schmerbäuchen; krumme Rücken, hervorstehende Schulterblätter in der Nachbarschaft klassischer Proportionen. Behaarte Affenrümpfe, formlose Fleischmassen wiegten sich neben glattgeratenen, schlanken, geschmeidigen, oft geradezu mädchenhaften Figuren. Bei einem Mann fiel das Genick eines Büffels auf, ein gewaltiger Rücken und ein riesiger Wanst, von dünnen Füßen gestützt. Piotr wunderte sich darüber, daß die Knochen so eine Last überhaupt tragen konnten. Vor seinen Augen wimmelten verschwitzte, krumme, gerade, schwarzbraune, rote, bleiche, behaarte, herrschaftliche und bäurische Beine, Beine, Beine ... Bei fast allen waren die Zehen wehrlos, unschuldig und schamhaft wie Mägdlein, sogar bei jenen, deren Hände aussahen wie Mordwerkzeuge.

Zweifellos hatten all diese Körper ihre Seele, ihre Sprache. Die einen waren redselig, die anderen schweigsam und in sich gekehrt, obwohl sie in ihrer Nacktheit nichts mehr zu verbergen hatten. Von Stuhl zu Stuhl. Schlaue Körper und aufrichtige Körper, feige Körper und mutige. Die einen waren mit Sonne, Erde und Wind vertraut, so daß ihre Nacktheit ganz natürlich anmutete, sie würden bekleidet eher befremdend aussehen, andere hingegen waren blaß und ihrer Nacktheit fremd, da sie nie unmittelbar mit der Erde in Berührung kamen, durch Tierhäute, Wolle, Baumwolle und Leinwand von ihr getrennt. Besonders blaß und der Erde ungewohnt waren die Körper der Juden. Ihre schwarzen Bärte stachen unheimlich von der Blässe ihrer Haut ab. Piotr Niewiadomski sah nackte Juden zum erstenmal. Bis jetzt hatte er sie immer in langen Kaftanen gesehen, die bis zur Erde reichten, und es schien ihm, daß diese Menschen überhaupt keine weiße Haut hätten, die unbehaarten Stellen am Gesicht und an den Händen ausgenommen. Er war immer neugierig zu wissen, wie ein Jude ohne Kaftan aussähe. Da hatte er nun einen nackten Juden vor sich, ausgerechnet mußte er sich auf den von ihm freigemachten Stuhl setzen. Merkwürdig gluckste der behaarte, stark hervorstehende Knorpel dieses Juden, der Adamsapfel. Auf dem Kopf behielt er das runde, samtene Käppchen. Angesichts so vieler Gebrechen, Krüppel und zweifelloser

Merkmale von Kraft überkam Piotr ein seltsames Gefühl. Es schien ihm, daß er unter wilden Menschen sitze, die nackt in der Welt einherlaufen und Höhlen bewohnen. Er hatte gehört, daß irgendwo hinter Amerika solche Menschen lebten. Sie unterscheiden sich gar nicht von Tieren, springen wie Affen auf den Bäumen umher, glauben nicht an Gott und fressen – das kann kaum wahr sein! – Menschenfleisch. Und Piotr Niewiadomski begann über Nacktheit und Kleidung nachzusinnen. Er erinnerte sich an den ersten Menschen aus der Heiligen Schrift, der Obstgärtner im Garten Eden war. Ruhig wandelte er inmitten wilder Tiere, unter Löwen und Tigern, die ebenso nackt waren wie er. Die wilden Bestien taten ihm nichts Böses, bissen ihn nicht, überfielen ihn nicht, auch er quälte sie nicht und tötete sie nicht. Sie schonten einander, und sie fühlten sich wohl zusammen. Sie hatten es immer warm, hatten zu essen, der Mensch brauchte nicht zu arbeiten, weder zu ackern noch zu säen, man brauchte kein Geld – und das hieß Glück. Piotr dachte an Eva, und es erwachten in ihm Erinnerungen an die mit Magda verbrachten Nächte – das war eine Sünde, von den ersten Eltern der Menschheit geerbt. Dafür hat sie eben der Engel mit einem Flammenschwert aus dem Paradies verjagt, und seit jener Stunde müssen die Menschen im Schweiße ihres Angesichts um ihr täglich Brot kämpfen.

Und plötzlich schämte sich Piotr Niewiadomski seiner Nacktheit wie Adam, nachdem er die Frucht vom Baum der Erkenntnis des Guten und des Bösen gegessen hatte. Er schämte sich seiner und für alle, die sich da vor ihm von Stuhl zu Stuhl schoben. Nur das Sakrament der Ehe entsühnt die Erbsünde und heiligt die Lust des Leibes, und die Menschen müssen bekleidet in der Welt einherwandeln, um kein öffentliches Ärgernis zu erregen. Das war der einzige Augenblick in Piotr Niewiadomskis Leben, in dem er mit aufrichtiger Reue daran dachte, daß er mit Magda ohne

Sakrament lebte. Und mit den Papieren, die er in der Hand hielt, mit dem Taufschein und der Einberufungskarte (dem Dokument, das die Zugehörigkeit seiner Seele zu Gott feststellte, und mit dem Dokument, in dem der Kaiser seinen Körper forderte) – verhüllte Piotr Niewiadomski seine Scham.

Seine Befangenheit wuchs in dem Maße, in dem er sich dem geheimnisvollen Vorhang näherte. Unwillkürlich wandte er seinen Blick seinen Kameraden zu, um sich zu überzeugen, ob auch sie sich ihrer Nacktheit schämten. Und in der Tat verbargen einige ihren Unterleib diskret, wie er, unter den Papieren, Portefeuilles, Säckchen; doch im allgemeinen genierten sie sich nicht voreinander, waren sie doch Männer unter Männern. Mit großer Besorgtheit hüteten sie in den Händen die Schmucksachen, die sie sich vorsichtshalber aus den Kleidern holten, die im Entkleidungsraum ihrem eigenen Schicksal überlassen waren. Ein stämmiger Bauer mit langem Schnurrbart drückte einen vollgestopften, juchtenen Geldbeutel mit beiden Händen an sich. Viele Hände bewahrten Uhren, die überwiegend dick waren wie Zwiebeln, Roßkopfpatente mit doppeltem Deckel und gelblicher Mike statt des Glases; auf dicken und elfenbeinfarbenen Ketten winkten die Emailgesichtchen der Kinder oder steif frisierte Köpfe ernster Damen. An vielen Hälsen hingen heilige Blechscheiben, Medaillons und kleine Kreuze sowie Tuchskapuliere, Andenken an Ablaß und Wallfahrten. Ein schmächtiger, glattrasierter Mann, ein Vierziger vielleicht, hatte an der Brust irgendwelche seltsame Zeichen eintätowiert: ein Herz von einem Pfeil durchbohrt, eine kleine Fahne, eine Maus, oder war es eine Ratte, die Buchstaben: F. H. und die Ziffer 1903. Wahrscheinlich hatte er einmal im Gefängnis gesessen oder diente bei der Marine.

Keiner beachtete hier den anderen. Jeder war vollständig von sich in Anspruch genommen, jeder bemühte sich zu

erraten, welches Schicksal hinter dem Vorhang auf ihn lauerte.
In jenen Tagen begann der jähzornige und gedankenlose Mars, den Aeskulapus, vor dem er in den Zeiten des Friedens seine Verachtung nicht verbarg, auf einmal ernst zu nehmen. Ja, er versuchte sogar, sich bei ihm einzuschmeicheln, vor ihm zu schwänzeln, und warb offen um seine Gunst. Denn ohne des Aeskulapus Genehmigung konnte Mars über keinen männlichen Körper verfügen. Also entschieden über das Schicksal des Krieges vor allen anderen die Ärzte. Die durchgreifende Änderung des Kurses unter den Göttern brachte eine ebenso gewaltige Veränderung in den Köpfen gewöhnlicher Sterblicher mit sich, Sterblicher in der furchtbar buchstäblichen Bedeutung dieses Wortes. Sie zeigte nämlich, wie relativ die Begriffe Gut und Böse sind, die in den Gehirnen der Menschen wurzeln seit der Zeit, als Adam im Paradies die Augen aufgingen. Bis dahin – war die Gesundheit allgemein als Schatz gewertet worden, an dem man sich zu freuen und um den man sich zu kümmern hatte. Der Gesundheitstrieb war dem Menschen angeboren, die Krankheit hingegen wurde im allgemeinen als Übel angesehen. Heute, dank dem Bündnis zwischen Mars und Aeskulapus, geschah es, daß eine völlige Umkehr aller Werte erfolgte. Was vor dem 28. Juli schlecht war, z. B. ein doppelseitiger Lungenspitzenkatarrh, ein Leistenbruch, wurde nach dem 28. Juli nicht nur zur Ursache der Freude, sondern eine Art eisernes Kapital, das vor dem Tod versicherte. Es zeigte sich, daß es zwei Arten gibt, von der Welt zu scheiden: den zivilen Tod, als Folge von – sozusagen – häuslichen Leiden und Gebrechen, und den militärischen Tod, den gewaltsamen, der Organismen heimsucht, die mit ausgezeichneter Gesundheit begnadet sind. Solch ein Tod wirkt panikerregend auf die menschliche Einbildungskraft, wegen seiner Plötzlichkeit, und auch deshalb, weil sowohl auf ›unserer‹ Seite wie auf der

feindlichen alles getan wird, um ihn dem Menschen leichtzumachen.
Kein Wunder also, daß es unter den Leuten, die in den Wartezimmern der kaiser- und königlichen Musterungskommission von Stuhl zu Stuhl hüpften, viele gab, die sich wegen ihrer blühenden Gesundheit bekümmerten und um jeden Preis wenigstens nach dem Schatten eines Makels in ihrer irdischen Hülle suchten, nach irgendeinem Gebrechen, das das voraussichtliche Todesurteil mildern könnte. Es gab solche, die durch elenden Gesichtsausdruck und verkümmerte Gestalt Mitleid bei Aeskulapus erwecken wollten. Sie bereiteten sich also gewissenhaft darauf vor, bei der Kommission einen schlechten Eindruck zu machen, indem sie seit mehreren Tagen weder schliefen noch aßen. Sie tranken literweise schwarzen Kaffee, um das Herz zu schwächen. Leute, die vor dem 28. Juli sogar in den Raucherabteilen allein beim Anblick von Zigarettenrauch schiefe Gesichter zogen und wütend auf den Korridor hinauseilten, inhalierten jetzt die stärkste Sorte dieses ›Gifts‹, indem sie das Andenken des Monsieur Jean Nicot segneten, der im 16. Jahrhundert den Tabak in Frankreich eingeführt hatte. Um die schädliche Wirkung des Nikotins zu steigern, wickelten sie Tabak nicht in dünnes Zigarettenpapier, sondern in gemeines Zeitungspapier. Um den Schein des Asthmas hervorzurufen, stieg man in schnellstem Tempo unzählige Male vom Parterre zum fünften und sechsten Stockwerk hinauf, man bestieg Berggipfel, Synagogen-, Dom- und Minarettürme. Diese Tätigkeit nannte man allgemein ›Plagen‹, und die gesamten Bemühungen, die darauf abzielten, sich aus dem Militärdienst herauszuschwindeln, nannte man ›Markieren‹. Schon hier im Warteraum nahmen diese Menschen die Stellungen unheilbarer Kranker an, als würden sie befürchten, daß es im letzten Moment zu spät sein und daß die Pose mißlingen könnte.
Piotr Niewiadomski gehörte nicht zu jenen Menschen. Er

hatte zwar krumme Beine, die traditionelle huzulische Lues (die übrigens harmlos war) sowie eine leichte Lungenblähung, eine Folge vieljährigen Dienstes als Lastträger, in der Herzgegend spürte er zuweilen auch ein Stechen – er hielt sich aber für gesund und dachte nicht daran, den Kaiser zu betrügen. Nicht nur, daß er selbst kein Drückeberger war, er ahnte nicht einmal, daß es überhaupt solche Menschen gab. Nur noch einige Stühle trennten ihn von dem Vorhang. Je näher er dem letzten Stuhl kam, desto lauter schlug sein Herz, doch nicht aus Angst, sondern in dem Bewußtsein, daß er nackt vor der kaiserlichen Kommission stehen werde. Dem Juden auf dem Stuhl vor ihm hüpfte der Adamsapfel immer schneller. Vermutlich schluckte er viel Speichel. Piotr war gleichgültig gegen alles, was kommen sollte. Schon fühlte er sich dem Kaiser ausgeliefert und von der neuen Pflicht belastet, von der er nicht die geringste Vorstellung hatte. Sogar der Kampf mit dem Gedanken, was zu tun sei, um sich vom Militär loszuschwindeln, ging über seine Kräfte. Das war gut für die Mutigen, die die Hoffnung nicht aufgaben, daß ihnen im letzten Augenblick irgendein unerwarteter Einfall beispringen und die Entscheidung der Kommission beeinflussen würde, oder auch für jene, die dem Zufall trauten, der selbst ohne ihr Wissen den Arzt in ihrem Körper irgendeinen wertvollen Defekt finden läßt. Von Stuhl zu Stuhl.

Dort, hinter dem Vorhang, schämten sich viele Körper ihrer Gebrechen, doch die Mehrzahl trug sie mit Stolz zur Schau wie unzweifelhafte Zeichen des Sieges. Besonders Juden zeigten herausfordernd ihre Krampfadern, krumme Rücken, Hämorrhoiden, Leistenbruch und Plattfüße. Sie hatten großen Respekt vor der Medizin. Viele von ihnen waren mit den Bezeichnungen der Krankheiten vertraut und mit allem, was die Pathologie des Menschenkörpers betrifft. Sie wußten also, wie ihr wirklicher oder fiktiver Verbündeter hieß, während die Bauern nicht einmal das

nennen konnten, was ihnen tatsächlich Leiden bereitete. Mit den Fingern beschrieben sie auf ihrem Körper die Stelle, wo sich der Schmerz konzentrierte. Es gab Juden, die mit Zutrauen zum Kommissionsarzt aufguckten, nicht ohne Hoffnung, in ihm einen Glaubensgenossen zu finden, der, von der unbewußten Stimme des verwandten Blutes bewegt und ›gehorsam‹ den Geboten des Selbsterhaltungstriebes, der so viele Jahrhunderte hindurch diesem Volk half, sich durch alle Stacheldrähte der Geschichte hindurchzuarbeiten – sie ganz oder teilweise befreien würde. Um so größer war ihre Enttäuschung, als der Arzt, der sich wirklich als Jude entpuppte – sie für tauglich erklärte.
In Śniatyn lag das Schicksal der Körper, die sich von Stuhl zu Stuhl in der Richtung des dunkelroten Vorhangs bewegten – in den Händen eines Reservestabsarztes, des Doktors Oskar Emanuel Jellinek. Diese zarten, leicht behaarten und von einem dicken Ehering geschmückten Hände ekelten sich nicht – wie das Gerücht ging – vor Bestechungen. Auch das wußten die Juden. In jenen Zeiten enthielten für sie die ersten Buchstaben des lateinischen Alphabets viel mehr Schicksal, Grauen und Gnade als sämtliche hebräischen Buchstaben, aus denen die Thora und der Talmud sich zusammensetzten. Und die Juden zerbrachen sich den Kopf, wie es zu machen sei, daß sich der tödliche Buchstabe A unter den Händen des Doktors Jellinek wenigstens in ein B, wenn nicht in das selige C verwandelte. Vom Buchstaben D durften in jenen Zeiten Leute mit chronischem Magenkatarrh, mit einer angegriffenen Lunge, einer Herzneurose oder einem Rheuma – nicht einmal träumen. Der gnadenreichste aller Buchstaben, D, kam nur für entschieden Schwindsüchtige, Epileptiker, unheilbar Nervenkranke, Verrückte, Blinde, Taube und Krumme in Betracht. Gesunden und Schwächlingen erschien er in Träumen als ein riesiger Keks aus Schokolade. Cherubim trugen ihn auf ihren Flügeln, und er zerfloß im Munde, den Nach-

geschmack himmlischer Süße hinterlassend. Für diesen Buchstaben mußte man – sofern man ihn nicht verdient hatte – dem Doktor Jellinek ein Stück Gold bezahlen, bedeutete er doch völlige Befreiung vom Militär, während der Buchstabe C (Dienst ohne Waffe in einer Kanzlei oder einem Magazin) um die Hälfte billiger war und man den Buchstaben B (Wächterdienst mit Waffe, doch hinter der Front) schon für 100 Kronen ergattern konnte. Nicht einmal diese 100 elenden Kronen besaß der Jude auf dem Stuhl vor Piotr, der mit dem Käppchen auf dem Kopf, und deswegen erschauerte er in dem Augenblick, als der Vorhang auseinanderging und sie beide verschlang.
In blauen Rauchwolken, hinter einem langen, mit grünem Tuch bedeckten Tisch, auf dem sich Papiere häuften, saßen mehrere Herren von verschiedenem Alter, in Uniformen und in Zivilkleidern. Die einen schrieben beflissen, andere lasen Zeitungen, irgendein Unteroffizier am Ende des Tisches aß in aller Seelenruhe ein Wurstbrot. Fast alle rauchten. Links vom Vorhang stand eine Waage. Genau so eine befindet sich auf der Station Topory-Czernielitza. Dicht an der Waage bemerkte Piotr eine merkwürdige, hölzerne Stange mit einem beweglichen Querbrett. Diese Stange erinnerte an einen Galgen. Vollstreckte man hier bereits die Todesstrafe an Deserteuren? Amüsante Bilder hingen an den Wänden: rote, grüne, gelbe Kreise und kleinere, farbige Vierecke und Punkte. Auch Ziffern und Buchstaben in verschiedenen Größen waren da zu sehen. Doch die Hauptwand gegenüber dem Vorhang zierte das Bild des Kaisers. Alle waren sie in diesem Saal eng zugeknöpft, Kreuze und Medaillen glitzerten an den eingeschnürten Brüsten.
»Vor allem, Kappe ab!« rief beim Anblick des Juden mit dem Käppchen ein kolossaler Herr in einem weißen Kittel, der ihm fast bis zu den Sohlen reichte. Unter den gelben Stulpen klirrten zart und silbern die Sporen. Unter dem

Kragen des weißen Kittels lugte der Saum der Goldaufschläge eines Stabsoffiziers hervor. In der linken Tasche stak der schwarze Trichter des Hörrohrs. Es war der Stabsarzt Dr. Jellinek. Der Jude wollte das Käppchen nicht ablegen. Das darf man nicht. Sogar ein Goi sollte es wissen, daß ein wahrhaft frommer Jude nur in einem einzigen Fall mit entblößtem Haupt dasteht: nach dem Tod, vor dem Ewigen. Im Leben und vor Menschen, und seien es Vertreter des Kaisers, ja sogar der Kaiser selbst, darf man das Haupt nicht entblößen. Zu diesem Zweck ist eben das Käppchen da, das man unter dem Hut trägt. In Gerichtssälen und Kanzleien, auf den Höfen und in Bezirksämtern legt man nur den Hut ab, doch an das Käppchen rührt man nicht.
Als er so in seinem schweigenden Trotz verharrte und das Käppchen nicht ablegen wollte, trat der Sanitätsunteroffizier heran und warf es brutal auf den Boden. Der Jude schwieg. Nur zündete er mit dunklen Flammen seiner Augen den weißen Kittel des Doktors Jellinek an.
»Schon wieder ein Rabbinatskandidat«, rief der Stabsarzt. Mit vorgetäuschtem Spott lächelte er in die Richtung der Kommission, deren Vorsitzender ein grauer, vertrockneter Oberst im Ruhestand war, der im Krieg reaktiviert worden ist. Dieses Lächeln fingen kaum zwei Schreiber auf. Die Kommission nahm es nicht an. Die Kommission verachtete Doktor Jellinek – trotz des Bündnisses zwischen Mars und Aeskulapus. Aber niemand von den Anwesenden verachtete Jellinek so sehr, wie er selbst es tat. Er selbst empfand am tiefsten die Geschmacklosigkeit dessen, was er gesagt hatte. Es schmerzte ihn, daß er der Kommission, der ganzen Welt, in der er etwas bedeuten wollte und in gewissen Augenblicken sich selbst vergeblich vortäuschen mußte, daß er kein Jude sei. Alle wußten es. Was aber den Spott selbst betrifft, mit dem er beim Oberst Gefallen finden wollte, so war der Ausruf: »Schon wieder ein Rabbinatskandidat!« insofern begründet, als viele Juden vorgaben,

Rabbinatskandidaten zu sein, da Kandidaten des geistlichen Standes aller Konfessionen ohne Untersuchung vom Militär befreit wurden.

Durch den Mißerfolg eingeschüchtert, beschloß Jellinek, sich sowohl in den Augen der Kommission als auch in den Augen des Opfers zu rehabilitieren, doch vor allen Dingen lag ihm an einer Rehabilitierung vor sich selbst. Jellinek hatte nie eine allzu gute Meinung von seiner Person. Weder von seinen militärischen Tugenden noch von den medizinischen. Dies schmerzte ihn am heftigsten. Er glaubte, sein Leben verspielt zu haben. Das Militär schätzte ihn gering, weil er Arzt war und obendrein jüdischer Arzt, die medizinische Welt verachtete ihn dafür, daß er beim Militär diente. Sogar die nächste Familie nahm in nur sehr bescheidenem Maße seine Kenntnisse in Anspruch, bei harmlosen Dingen wie Angina oder Magenverstimmung. In ernsteren Fällen zog sie ›richtige‹ Doktoren zu Rate. So ersparte ihm das Leben keine Demütigung, und er rächte sich am Leben, indem er Schwächere demütigte. Oftmals mußte er in der Offiziersmesse mit jüngeren Offizieren sitzen, obgleich ihm als Stabsarzt ein Platz neben den Majoren gebührte. Auf der Straße kam es vor, daß ihn Hauptleute, besonders die von der Kavallerie, nur nachlässig grüßten, ohne Überzeugung. Es gab Situationen, in denen Dr. Jellinek gern auf sein Diplom verzichtet hätte, nur um seine Achtung im Offizierskorps zu erhöhen.

Stets trug er Sporen. Er hatte das Recht auf ein Pferd, doch ritt er schon seit vielen Jahren nicht mehr. Mit diesen Sporen stieß er nicht sein Reitpferd in die Flanken, sondern spornte sich mit ihnen selber an. Der Klang der eigenen Sporen mehrte seine Würde, die so oft mit Füßen getreten wurde. Er gab sich der Täuschung hin, daß diese Sporen nicht nur auf ihn Eindruck machten, sondern auch auf die Umgebung. Er trennte sich den ganzen Tag nicht von ihnen. Er trug sie von früh bis abends und legte sie nicht einmal ab, wenn er allein war. Am liebsten hätte er sie noch an die Pantoffeln geschnallt, um bei ihrem Klirren einzuschlafen, oder an die nackten Füße, um frühmorgens nicht mit dem üblichen Gefühl des Unbehagens zu erwachen. Schon den ersten Schritt an jedem neuen Tag seines Lebens hätte er gern in voller moralischer und physischer Rüstung getan. Beim Klang der Sporen hatte er zuweilen Visionen ruhmreicher Reiter, stolzer Reiter, von denen er in der Geschichte gelernt hatte, er sah heldische Menschen vor sich und nicht Doktoren der Medizin. Er identifizierte sich mit dem Idealbild jener Reiter. Auf einem erträumten Roß, mit dem Säbel fuchtelnd, nahm er alle Hindernisse, die sein Leben vor ihm auftürmte, weil er ein Jude war. Er trabte im Galopp über die Leichen seiner vielen Feinde, die er in Wirklichkeit mit einem höflichen Lächeln grüßte. Er massakrierte sie mit dem Schwert, zermalmte sie mit den Hufeisen. Auch jenen Deutschlehrer aus dem Gymnasium in Olmütz, der ihn wegen der falschen Aussprache des rollenden ›r‹ quälte (wie vielen Juden in Mittel- und Osteuropa vergiftete dieser Buchstabe das Leben!). Und jene Kollegen von der Prager Universität, die ihm die Satisfaktion in einer ›Ehrensache‹ verweigerten, und alle Damen, die auf Garnisonsbällen mit ihm nicht tanzen wollten. Er zerhieb, zerhackte, zerstampfte alle Mißerfolge und Niederlagen seines Lebens, schlug mit dem Säbel sämtliche Türen ein, durch die man ihn nicht hereinlassen wollte. Er zermalmte alle Sockel, die er nicht erklimmen konnte. Solch eine Macht besaßen die Sporen. In diesem Augenblick jedoch, in Anwesenheit des schweigsamen Obersten, kam ihnen die magische Kraft abhanden. Es blieb nur noch eine Rettung – die Schlichtheit. Durch ›menschlichen‹ Umgang dem Juden gegenüber wollte jetzt Jellinek sein Ansehen bei der Kommission wiederherstellen und gleichzeitig sein Selbstgefühl zurückgewinnen. Er wollte sich für seine Menschlichkeit schätzen, da er es aufgrund seiner militärischen und ärztlichen Tugenden nicht tun konnte. Sanft betrachtete er den bleichen, erschrockenen Körper, das abgemagerte Gesicht, von einem dunklen, unregelmäßigen Bart umrankt, den man nie stutzen durfte. Die tief unter schweren, wimperlosen Lidern sitzenden Augen hatten durchblutete Augäpfel. Unter dem aufgeblasenen und im Verhältnis zur schmalen Brust großen Bauch hing jämmerlich in dichter Behaarung – das Zeichen seiner Männlichkeit herunter. Den Augen des Doktors Jellinek, den Augen der ganzen Kommission, den Augen der ganzen Welt und sogar den Augen des Kaisers auf dem Porträt – zeigte sich das stolze Symbol des Bundes zwischen Ephroim Chaskiel Blumenkrantz und seinem Schöpfer.

»Und Gott sprach zu Abraham: So halte nun meinen Bund, du und dein Same nach dir, bei ihren Nachkommen. Das ist aber mein Bund, den ihr halten sollt zwischen mir und euch und deinem Samen nach dir: Alles, was männlich ist unter euch, soll beschnitten werden.« (1. Mose, XVII, 9, 10.)

Dieses Symbol war es, das Ephroim Chaskiel Blumenkrantz mit dem Stabsarzt Jellinek vereinte. Aber es vereinte ihn nur vor dem Antlitz des Herrn. Es wäre vergeblich, sich jetzt auf die Gemeinschaft in Israel zu berufen, wenn der Krieg mit dem Zaren Nikolaus alle Menschen in Śniatyn und in der ganzen Monarchie – zu Brüdern im Kaiser Franz Joseph machte. Nicht auf die Sodomiten, nicht auf die Amalekiten und nicht einmal auf die Ägypter wollte Dr. Jellinek den wehrlosen Körper Blumenkrantz werfen, sondern gegen die Russen und Serben, die in den Heiligen Büchern Mose nicht einmal erwähnt sind. Wie arm waren jetzt die Lenden, in die Gott das Versprechen der Ewigkeit des Samens legte.

Besonders bemitleidenswert waren aber die Arme. Noch waren an ihnen Spuren der Riemen erkennbar, die beim Morgengebet benutzt werden. Sie hingen reglos herab wie verdorrte Baumäste auf jüdischen Friedhöfen. So mußte

der biblische Joseph ausgesehen haben in jenem Augenblick, als die Brüder das Gewand von ihm herunterrissen und ihn in eine Grube hineinstürzten, um ihn dann den Ismaeliten zu verkaufen. Mitleid übermannte Jellinek bei diesem Anblick. Ruhig, ohne eine Spur von Ironie fragte er: »Was sind Sie in Zivil?«
»A Kestkind!« antwortete der Jude mit farbloser Stimme, in der weder Angst noch Verachtung war. Diese Antwort versetzte Jellinek den letzten Stoß. Der Jude also hatte gar keinen Zweifel daran, daß er, der Stabsarzt Dr. Jellinek, jiddisch verstehen müßte! Dr. Jellinek verstand jiddisch. Er wußte, daß ›Kestkind‹ einen Schwiegersohn bedeutet, dem die Schwiegereltern das sorglose Studium der Heiligen Schriften ermöglichen, indem sie ihn zu sich nehmen ins Haus und ihn umsonst ernähren. Und er erinnerte sich an den eigenen Vater und die eigene Jugend. Sein Vater war Magazinaufseher in einer Brauerei in Olmütz. Seit dreißig Jahren ruht er bereits auf dem jüdischen Friedhof in Prag. Zweimal im Jahr, am Versöhnungstag und am Todestag (nach der jüdischen Zeitrechnung), sprach Dr. Jellinek für die Seelenruhe seines Vaters Hersch die Gebete: Jiskor und Kaddisch – in der fortschrittlichen Synagoge, wohin er sich im Zivilanzug und im Zylinder zu begeben pflegte. Doch oft vertraten ihn in diesen Gebeten eigens gedungene Juden, ebensolche wie derjenige, der gerade vor ihm stand, nackt, seiner Gnade ausgeliefert. Er gab ihnen Geld für Kerzen, vertraute ihnen den Schutz über die Seele seines Vaters an, wie einst, als er ihnen am Tag des Ablebens den Körper seines Vaters übergab, damit sie ihn wuschen und in den Sarg legten.
Er war schon damals Student der Medizin. Er erteilte Nachhilfestunden und sorgte auf diese Weise für den Unterhalt der Mutter. Ohne materielle Unterstützung konnte er aber das kostspielige Studium nicht fortsetzen. Diese Unterstützung gewährte ihm das Militär. Er wurde also des Kaisers

Kestkind. Dafür mußte er sich verpflichten, nach Absolvierung des Studiums Militärarzt zu werden. Er begann den Dienst in Olmütz als Assistenzarzt im Garnisonsspital. Nach einigen Jahren wurde er befördert. Gleichzeitig versetzte man ihn nach Galizien. Aus Jaroslau wurde er von den Kollegen hinausgeekelt, von Militärärzten, weil er keine Bestechungsgelder annahm – wie sie. Auf seinen eigenen Wunsch wurde er nach Wadowice versetzt, im Rang eines Regimentsarztes, bei einem der dort stationierten Regimenter der Landwehr. Dort heiratete er ein armes Mädchen, das auch aus Böhmen stammte. In Wadowice kam die ältere Tochter Klara zur Welt. Er erzog sie sorgfältig in Prag, ließ sie das Konservatorium besuchen, wo sie Klavierunterricht nahm. Klara war nicht hübsch. Trotzdem war ein gewisser Rechtsanwalt aus Mährisch-Ostrau geneigt, sie zu heiraten. Doch heiraten die Advokaten in jener Gegend nicht ohne Mitgift. Dr. Jellinek war ein guter Sohn, ein guter Mann, wie sollte er kein guter Vater sein? Und obwohl man ihm nichts nachweisen konnte, waren seine zunehmenden Einkünfte, besonders in einer so kleinen Stadt wie Wadowice, verdächtig. Man versetzte ihn also, und zwar diesmal nicht auf eigenen Wunsch, aus Galizien, wo bekanntlich die Grenzen zwischen Tugend und Laster sehr fließend sind – nach Innsbruck. Tirol ist durch Tugenden, Frömmigkeit und Abneigung gegen die Juden berühmt. Dr. Jellinek fühlte sich nicht wohl im alpenländischen Klima, mit seinem Ozon und Ariertum. Er fühlte sich nicht wohl unter Edelweiß, Jodlern und Andreas-Hofer-Traditionen. Als die Tochter am Ende heiratete, reichte er sein Abschiedsgesuch ein und ging als Stabsarzt in die Reserve über. Der Krieg ereilte ihn in Karlsbad, wo er mit Mühe um reiche Patienten aus Rußland und Rumänien kämpfte. Er legte die Uniform wieder an. Er befestigte die Sporen an den Absätzen, küßte die Frau, küßte die jüngere Tochter Hermine, für die er jetzt die Mitgift sammeln mußte (»Mein Kind, mein innig geliebtes Kind«, schrieb er später an sie, in den Briefen aus dem Felde), und zog in den Krieg. Er begann den Krieg in Lemberg, im Reservelazarett Nr. 1, in der Technischen Hochschule. Nach wenigen Tagen wurde er der Musterungskommission in Śniatyn zugeteilt.

Auf diese Weise tauchte die Mitgift des Fräuleins Hermine Jellinek, die in den Karlsbader Mißerfolgen des Vaters begraben schien, unverhofft auf. Zwar wurde in Śniatyn die Reinheit der Einkunftsquellen des Dr. Jellinek von dem grauen, eingetrockneten Obersten bewacht, der hauptsächlich zu diesem Zweck den Vorsitz der Kommission führte, doch führte er den Vorsitz eher nominell, denn in Wirklichkeit war Jellink hier allmächtig, und er durfte aufgrund seines Gewissens sowie nach Bedarf Urteile fällen. Jellinek stand dem Obersten gegenüber immer reingewaschen da. Die Ungerechtigkeit, die er zugunsten jener verübte, die A von B und C von D unterscheiden konnten und diesen Unterschied mittels klingender Münze würdigten, glich er dadurch aus, daß er ohne Ansehen der Person die Körper der Analphabeten und jener Menschen, die nicht zahlen konnten, für tauglich erklärte. Nicht immer jedoch ließ er sich vom Verstand und von kalter Berechnung leiten. Manchmal entschied auch das Herz. Und ob er nun den nackten Juden Blumenkrantz bemitleidete oder ob hier das Andenken an den Vater mitklang – er beschloß, den Juden ganz zu befreien. Vorderhand wollte er ihn vergessen. Er schob seine Untersuchung auf. Mit dem letzten Rest des zerfetzten Stolzes sammelte er seine Kräfte, reckte den Kopf hoch, schlug die Absätze zusammen. Die Sporen erklirrten. Dr. Jellinek wandte sich von dem Juden ab.

Er trat an die Waage, auf der in diesem Augenblick der Körper Niewiadomskis stand. Schon benetzte der Zugführer Kuryluk mit einem feuchten Schwamm Piotrs Brust. Dann schrieb er mit einem violetten Tintenstift die Zahl 67 darauf. 67 Kilogramm Lebendgewicht. Piotr verstand nicht, wozu sie ihn wogen. Es schien ihm, daß er ein abgeschlachtetes Vieh in einer Schlächterei sei. In der Tat erinnerten diese Ziffern, auf Menschenbrüste geschrieben, an die violetten Stampiglien, die Tierärzte auf das Fleisch drucken. Es war die amtliche Feststellung, daß in unserem Fleisch keine Gifte enthalten sind und daß man es ruhig verzehren darf. Dann befahl der Zugführer Kuryluk Piotr, sich unter die Stange zu stellen, die wie ein Galgen aussah. Er ließ das Brettchen auf den Kopf herunterfallen. Es war eine Vorrichtung zum exakten Messen der Größe. Das Brettchen erinnerte an den Streichlöffel, mit dem man in der Schenke den Schaum von den Bierkrügen abstreicht. Hier schob man damit den Schein eines höheren Wuchses von den Menschenköpfen weg, den die Haare hervorriefen. Die Haare zählten nicht mit. Nachdem der Zugführer Kuryluk diese Tätigkeit vollbracht hatte, machte er unter der Zahl 67 auf Piotrs Brust eine schiefe Linie und schrieb dazu seine Größe: 169. Jetzt trat an Piotr ein anderer Unteroffizier mit einem Zentimetermaß heran.

»Hände hoch!« brüllte er in ruthenischer Sprache, als er sah, daß Piotr seinen Unterleib mit den Dokumenten bedeckte. Er nahm ihm die Papiere ab und legte sie auf den Tisch, hinter dem die Kommission saß. Dann maß er den Umfang seines Brustkorbes. Piotr begann zu zittern. Nicht vor Kälte und nicht vor Angst, sondern vor Scham. Jetzt erst, in diesem Saal, wo nur angezogene, eng zugeknöpfte Männer, Militärs und Zivilisten, saßen, erreichte sein Schamgefühl den Höhepunkt. Dort, in dem Entkleidungsraum unter lauter nackten Körpern, war seine Scham eher eine religiöse Reaktion auf die Nacktheit, eine traurige Erinnerung an die Erbsünde, eine Folge der Entdeckung des Geheimnisses der Liebe und des Todes. Hier brannte sie nicht nur den Körper und quälte die Seele, hier wandelte sie sich in Zorn. Nein, so was gab es noch nicht! Niemand hat bis jetzt am hellich-

ten Tag Piotrs Blöße gesehen! Die Weiber nahm er immer im Dunkeln und im Hemd. Er pflegte das Licht auszulöschen, wenn er sich mit Magda schlafen legte. Auch im Bad schaute niemand absichtlich auf seine Scham.
So also stand vor den Männern ein verschämter Mann mit seinem Körper. Nicht einmal die Nacktheit dieses Körpers, die letzte Habe eines Elenden, war nunmehr sein Eigentum. Er empfand sich als Tier, als ein Hund, als Baß. Er würde sich nicht wundern, wenn man ihn jetzt auf allen vieren kriechen hieße. Mögen sie ihm Fußtritte geben, mögen sie ihn prügeln, nur ihn nicht so genau betrachten. Es ist wahr, daß er nackt aus dem Mutterleib der Wasylina Niewiadomska auf die Welt kam und daß er einstmals nackt aus dem Schoß der Mutter Erde auferstehen wird, um vor der Jüngsten Kommission im Tal des heiligen Josaphat zu erscheinen. Aber hier tönte nicht die Trompete des Erzengels. Von Zeit zu Zeit drang von der Straße das Tuten eines Autos herein.
Durch Piotrs Körper wallte Empörung. Sie stieg nach oben, von den schweren Füßen, die wie in die Erde gewachsen waren, von der sich dieser Mensch nur mit Mühe losreißen konnte. Sie stieg auf von den harten, mit Hornhaut bedeckten Sohlen, quoll aus den Ritzen der Nägel und strömte in die Höhe, mächtig und wild. Schon, schon wollte Piotrs Mund mit einem unartikulierten, urmenschlichen oder urtierischen Laut herausplatzen, als plötzlich die Empörung auf dem halben Wege zusammenbrach und in den Knien steckenblieb. Piotrs Knie ließen nach. Sie erzitterten. Die Empörung erschrak vor der eigenen Gewalt und kehrte zurück, woher sie kam: in die Erde. Piotrs Körper war wiederum unterwürfig und geduldig. Eine Fliege, die vom Fenster her zu einer Buttersemmel flog, die gerade einer der Schreiber aß, ließ sich auf Piotrs Arm nieder, suchte nach irgendeinem nahrhaften Stäubchen und schwirrte sofort davon.

Und jene Herren hinter dem Tisch bewunderten Piotrs Muskulatur wie Kenner antiker Plastik. Ausgemergelte Städter weideten sich an der physischen Kraft, verurteilten sie zu schweren, tödlichen Arbeiten, von denen sie selbst frei waren. Warum begaffen sie ihn so? Warum mustern sie diesen Körper so genau? Sie sehen nur einen breiten Schädel von bleichgelbem Haar bedeckt, sie sehen hervorstehende Backenknochen, einen herunterhängenden Schnurrbart, schielende Augen, die klein, hell und traurig sind, eine kurze, flache Nase. Ihre Aufmerksamkeit scheint besonders von der mächtigen, breiten Brust gefesselt, auf der die violetten Ziffern schon verbleichen. Piotr Niewiadomski wußte nicht, daß sie nur deswegen auf die Augen achteten, weil sie sich überzeugen wollten, ob seine Augen das Ziel sehen, auf das sie zielen sollen. Wenn die Herren seine Ohren prüften, so nur, um festzustellen, ob sie die Kommandorufe und Detonationen unterscheiden werden. Hier waren Hände nur soviel wert, wie sie tragen konnten. Am wichtigsten waren die Füße. Ihr Los war das Marschieren. Wer schwache Beine hatte, war für die Infanterie untauglich, man nahm ihn zur Kavallerie. Auch untersuchte man die Zähne, wegen des harten Kommißbrotes und des Zwiebacks. Oder war es vielleicht ein Überbleibsel eines alten Rituals aus den Zeiten, als man noch die Stempel von den Patronen mit den Zähnen abbeißen mußte?
Ein junger Offizier stellt Piotr Fragen in ruthenischer Sprache und notiert seine Antworten. Alle reden sie etwas in einer unverständlichen Sprache, nur einer: der Oberst, grau, eingetrocknet, wie er da unter dem Bild Seiner Majestät des Kaisers sitzt, schweigt wie Seine Majestät selbst. Doktor Jellinek tritt an Piotr heran, daß Piotr seinen schweren Atem spürt wie eine sanfte Windbrise. Zuerst beklopft ihn der Doktor, dann heißt er ihn atmen. Legt auf das Schlüsselbein die linke Hand und klopft dreimal mit dem Mittelfinger der rechten auf den Mittelfinger der linken, die

ein goldener Ehering schmückt. Dasselbe wiederholt er am linken Schlüsselbein. Dann lehnt er an die Schlüsselbeine das Stethoskop. An dem breiteren, flachen Ende horcht er; schiebt den Trichter nach unten, nach links, nach rechts, kehrt wieder nach oben um. Durch den engen, schwarzen Kanal des Rohrs fließt in sein Ohr, in seinen Kopf, in seine Vernunft, in sein Gewissen der Widerhall von Piotrs Lungen. Piotrs Rippen heben und senken sich beim Atmen wie Fischkiemen. Plötzlich nimmt Jellinek das Hörrohr weg.
»Nicht atmen!«
Piotr hielt den Atem an. Da legte Jellinek zärtlich seinen Arm um Piotr und lehnte den Kopf an seine linke Brust. Er schmiegte sich an sie, als wäre es die Brust einer Frau, die Brust einer Mutter, an der er ausruhen wollte. Des Doktors Kopf war kühl, rund und kahl. Trotzdem kratzte er ein wenig. Er roch nach Rasierseife. Eine Weile lag er reglos an Piotr Niewiadomskis Brust. Doktor Jellinek verband sich unmittelbar mit dem Herzen Piotrs. Es war etwas Mystisches in dieser Umarmung, man könnte sagen: die stumme Kommunion eines Liebespaares. In jenem Moment des innegehaltenen Atems sah Piotr seine Mutter Wasylina und sich – als Kind auf ihrem Schoß. Es wurde ihm weh ums Herz, und er war nahe daran, zu weinen. In seinem Blut rauschten Haine, Wälder und Getreidefluren, er hörte sein Blut, wie es an die Tore des Herzens pochte.
Lange lauschte Jellinek auf die subkutanen Laute von Piotrs Leben. Er legte sein Ohr an den nackten Körper, als wollte er sich überzeugen, ob unter der Hülle der Haut wirklich ein Herz pocht und Blut fließt. Darum ging es ja in jenen Tagen. Lebendige Blutreservoire mußten untersucht werden, bevor man sie aufstöpselte. Also lauschten die Ärzte ihren Geräuschen, kontrollierten die Druckmesser des Lebens, legten die Ohren an die Söhne der Erde, als wär's die Erde selbst. Der Saft dieser Erdfrüchte hatte einen hohen Preis, doch mußte er frisch sein. Also untersuchten die

Ärzte Körper, fuhren über sie mit den Fingern, als wollten sie von vornherein die Stelle wählen, die von einer Kugel durchbohrt werden sollte. So bezeichnen Tischler mit Bleistiften auf den Brettern die Nagelstellen. Die Augen der Kommission waren kalt wie Bleikugeln und durchbohrten die Körper vollständig.
Irgend etwas mußte in Piotrs Herz nicht ganz stimmen, da Jellinek es so lange untersuchte. Er zog sogar die Brauen zusammen, überlegte etwas, doch hat dies niemand gemerkt. Jellinek horchte ausschließlich für sich. Welchen Wert besaß fremdes Leben für einen Menschen, der sein eigenes Leben für vertan hielt? Jellinek sandte ohne Gewissensbisse Leute in den Tod. Er rächte sich am Leben, indem er seine prachtvollsten Exemplare dem Tod auslieferte. Je mehr ein Körper von Gesundheit strotzte, desto lieber opferte er ihn dem Tod. Was für eine Rolle spielte er eigentlich, er, Doktor Jellinek? Was stellte er dar in dieser Tragikomödie? Er war Körperlieferant, rechtmäßiger Vermittler zwischen dem Kaiser und dem Tod. Der Kaiser erwarb nicht selbst das nötige Rohmaterial. Das Geschäft vertraute er Juden an, vereidigten, sachverständigen Maklern. Was war denn Schlimmes dabei, wenn Jellinek beide beschwindelte: den Tod und den Kaiser, indem er für Geld gesunde Körper befreite und dafür nicht ganz frische lieferte? Dieses Geld war seine Provision.
Wenn er Leute mit höherer Bildung untersuchte, dämpfte er gönnerhaft die Stimme, und wenn sie sich über den Mangel an Kräften, Blutarmut, Nervosität beklagten, pflegte er zu sagen: »Das Leben im Felde wird Ihnen gut tun! Sie werden mal sehen, wie Sie in einem Monat fett werden. Die eigene Mutter wird Sie nicht erkennen! Wenn ich einen Sohn hätte (welch ein Glück, daß er keinen Sohn hatte!), ich würde nicht zögern, ihn an die Front zu schicken!« – Er empfahl das Leben ›im Felde‹, als würde dieses dort blühen und nicht der Tod. Piotr Niewiadomski

gehörte nicht zu den Leuten mit höherer Bildung. Dr. Jellinek hatte es nicht nötig, die Stimme zu dämpfen. Er wollte mit ihm überhaupt nicht sprechen.
Und er riß den Kopf von Piotrs Brust los, reckte sich hoch, lächelte freundlich, klopfte ihm gutmütig auf die Schulter, und in vollem Bewußtsein, daß er an demselben Tag für Geld zwei völlig gesunde Menschen befreit hatte und jenen Juden aus Mitleid befreien werde, rief er in die Richtung der Kommission: »A! Tauglich zur Infanterie!«
Und sich an den Juden Blumenkrantz wendend: »Der nächste!«
Piotr wußte nicht, ob er danken sollte oder vielleicht die Hand küssen, die ihn vor einer Weile so freundlich auf die Schulter klopfte. Er wußte gar nichts. Die Korporale sagten ihm, daß er ›genommen‹ war, hießen ihn gehen und seine Zivilkleider anlegen. Er ging aus dem Saal.
Und wieder schreiben die Schreiber seinen Namen, tragen ihn in Bücher und Register ein. Mit schwarzer Tinte, die sofort trocknet, befestigen sie Piotrs Namen für ewig auf weißem Papier. Keine Macht wird ihn von hier losreißen. Ein Buch wird ihn dem anderen überreichen, und so wird er wandern von Kanzlei zu Kanzlei und wird vielleicht einmal zum Kaiser zurückkehren. Doch war dieses Wort schon in den Körper eines Soldaten verwandelt, mit einer Regimentsnummer versehen, ein Körper, der auf Staatskosten ernährt und ausgerüstet werden sollte. Ein Körper, dessen Abwesenheit bestraft werden wird.
Und abermals fand sich Piotr Niewiadomski in dem Entkleidungsraum. Jetzt machten die springenden Körper auf den Stühlen keinen so großen Eindruck mehr. Noch nicht abgeschätzt, hatten sie in Piotrs Augen einen geringeren Wert als sein Körper, der schon dem Kaiser gehörte. Dort, vor der Kommission, dachte er, daß man ihm bald die Uniform anlegen werde. Wozu nahmen sie denn Maß? Jetzt hießen sie ihn zurück in die alte Haut schlüpfen. Ein

wenig enttäuscht zog er die zivile Hose und den alten Rock an. Er fühlte sich nicht mehr wohl in diesen Kleidern, nur die Eisenbahnerkappe gab ihm das Gefühl der Überlegenheit über die andern Bauern. Im Entkleidungsraum erfuhr er, daß er nach der Vereidigung nach Hause zurückkehren dürfe. Sein Jahrgang werde in sechs Wochen einberufen. Diese Nachricht enttäuschte ihn ebenfalls. Also braucht ihn der Kaiser nicht sofort? Er nimmt ihn nicht auf der Stelle? Piotr hatte gedacht, daß er nicht mehr in sein Wärterhäuschen 86 zurückkehren werde, daß er höchstens noch einen Tag bekomme oder zwei Tage, ›zwecks Regelung der persönlichen Angelegenheiten‹. Wozu soviel Aufhebens machen, wenn der Krieg in sechs Wochen aus sein wird? Der Gedanke ans Kriegsende erfreute ihn. Vielleicht wird er überhaupt nicht einrücken? Piotr war jetzt wie ein Möbelstück, das durch den Gerichtsvollzieher beschlagnahmt und gesiegelt ist, aber noch für einige Zeit in der Wohnung des Bürgers, der die Steuern nicht bezahlt hat, zurückgelassen wird.
Der dicke Feldwebel führte den kleinen Trupp der Gemusterten aus dem Kommandogebäude in die gegenüberliegende Schule. Als sie an den hochaufgetürmten Schulbänken vorbeikamen und in die Schule eintraten, erschrak Niewiadomski. Wer weiß, vielleicht setzen sie ihn mit Gewalt in eine der Bänke, drücken ihm einen Schieferstift in die Hand und heißen ihn auf eine schwarze Schiefertafel – die weißen Zeichen des Teufels zeichnen? Nach einer Weile beruhigte er sich. In dem geräumigen Saal, in den sie mit dem Feldwebel eintraten, gab es keine einzige Bank. Dafür standen in einer Reihe an der Wand befestigt – gelbe, schmale Leitern. Am Ende des Saales ragten, vom Fußboden bis zur Decke, viele glattgedrechselte, elastische Stangen. Direkt neben ihnen spreizten zwei große Böcke ihre Füße, die wie zwei Pferderümpfe mit abgehackten Köpfen, Hälsen und Schwänzen aussahen. Weiter waren ein

Sprungbrett zu sehen und staubbedeckte Matratzen. Unter den Böcken lagen eine Menge eiserner Gewichte, unter denen ein dicker, schwarzer Eisenstab auffiel, an dessen beiden Seiten je eine Kugel von der Größe eines menschlichen Kopfes steckte.

An Menschenköpfen mangelte es hier nicht. Es wimmelte in diesem Saal, immer neue Körper strömten herbei, die von Doktor Jellinek als gesund erklärt worden waren. Dort im Kommandogebäude blieben alle Krankheiten, Schwächen und Gebrechen, alles Krüppelhafte zurück.

Hier, wo man auf gelben Leitern, Stangen und Trapezen die Kräfte der Kinder ertüchtigte, hatten nur diejenigen Körper Einlaß, deren Gesundheit von der Musterungskommission festgestellt worden war. Doch nicht zur Prüfung der Kräfte und der Geschicklichkeit brachte man diese Leute in die Turnhalle. Hier ging es ausschließlich um die Seelen. Denn der Kaiser Franz Joseph erkannte im Menschen nicht nur die leibliche Hülle an. Er war kein Anhänger der materialistischen Doktrin, noch bekannte er sich zu der Haeckelschen Philosophie. Er huldigte dem Dualismus und sprach nicht einmal dem Elendesten von seinen Untertanen, dem einfältigsten Huzulen den Besitz einer Seele ab. Doch gab er viel auf Ordnung. Erst prüfte er die Körper und dann die Seelen. Das sind zwei verschiedene Dinge, man soll sie nicht vermengen. Im Gebäude des Ergänzungsbezirkskommandos erwarb man für den Kaiser Körper, hier in der Turnhalle der siebenstufigen Volksschule – Seelen. Die Körper – einzeln, die Seelen – kollektiv. Trotz des strengen Verbots rauchte man Tabak und spuckte auf den Fußboden. Das Spucken konnte hier nicht im Widerspruch zur Hygiene stehen, kam es ja von lauter gesunden Menschen. Also entlud sich die amtlich bestätigte Gesundheit, so gut sie konnte. Kaum verschwand der Feldwebel – herrschte im Saal fürchterlicher Lärm. Die Nerven, die in jenem Gebäude von der Erwartung des Urteils gespannt waren, entspannten sich hier. Die Jüngeren stürzten sich auf die Trapeze, erklommen die Stangen und rutschten lachend herunter. Die Gewichte reizten sogar Piotr. Besonders jenes große Eisen mit den Kugeln. Mit einer Hand stemmte er es mühelos in die Höhe.

Plötzlich verstummte der Saal. Die Jüngeren sprangen möglichst geschwind von den Turngeräten. Die glimmenden Zigarettenstummel warfen sie zu Boden und zertraten sie mit den Stiefeln. In der offenen Tür erschien ein junger Offizier mit einer Kopfbedeckung, die Piotrs Eisenbahnerkappe ähnlich war. Er hatte einen Säbel an der Seite und einen Orden an der Brust. Man machte ihm Platz. Hinter ihm, in gebührendem Abstand, schritt der dicke Feldwebel mit einem Packen Papier in den Händen. Er war ohne Säbel und ohne Kappe.

Der junge Offizier wurde entsandt, die Seelen zu empfangen. Doch schwieg er während der ganzen Zeremonie. Nur einmal flüsterte er dem Feldwebel etwas zu, der die Vereidigung feierlich vornahm. Zunächst teilte der Feldwebel die Anwesenden in drei Gruppen, je nach der Sprache. Die kleine deutsche Gruppe, die überwiegend aus Juden bestand, trennte er von der polnischen und ukrainischen. Jeder durfte in seiner Sprache den Schwur leisten, die militärische Liturgie zwang nämlich nicht ihr Kirchenlatein (d. h. die deutsche Sprache) denen auf, die es nicht verstanden. Nur das Kommando mußte in der k. u. k. Armee deutsch sein. Nachher erklärte der Feldwebel den Seelen, welche in drei Gruppen eingeteilt waren – den technischen Ablauf und die Bedeutung des Rituals. Alle müssen sie ihre Mützen ablegen. Die Juden auch. (Piotr sah den Juden nicht, der mit ihm vor der Kommission gestanden hatte.) Alle müssen zwei Finger der rechten Hand hochheben, den Mittel- und den Zeigefinger, und beide die ganze Zeit hindurch in der Höhe der Augen halten bis zum Wort ›Amen‹. – »Alle wiederholen laut und deutlich meine Worte.« Nach der

Vereidigung, erklärte der Feldwebel, ist jeder, wenn er auch noch wie ein Zivilist aussieht, ein Soldat. – Er unterliegt den Militärstrafen! – Er darf dies nicht und er darf jenes nicht. Vieles ist verboten. Der junge Offizier, der kaiserliche Bote, stand regungslos und schwieg wie eine allegorische Statue. Zuerst schwor die deutsche Gruppe, dann die ukrainische, zuletzt die polnische. Piotr Niewiadomski gesellte sich zur polnischen Gruppe. Der Feldwebel las die Eidesformel, die Piotr mitsamt dem ganzen Chor Wort für Wort wiederholte:

»Wir schwören zu Gott, dem Allmächtigen, einen feierlichen Eid, Seiner Apostolischen Majestät, unserem Allerdurchlauchtigsten Fürsten und Herrn, Franz Joseph dem Ersten, von Gottes Gnaden Kaiser von Österreich, König von Böhmen und so weiter . . .«

». . . und so weiter«, schallte der Wechselgesang. »Dem apostolischen König von Ungarn, treu und gehorsam zu sein, auch Allerhöchst ihren Generälen, überhaupt allen unseren Vorgesetzten und Höheren zu gehorchen, dieselben zu ehren und zu schützen, ihren Geboten und Befehlen in allen Dingen Folge zu leisten, gegen jeden Feind, wer immer es sei, und wo immer es Seiner kaiserlichen und königlichen Majestät Wille erfordern mag . . .«

». . . fordern mag«, skandierte der Chor. In Piotrs Seele dröhnten unsichtbare Trommeln und tönten unsichtbare Fanfaren.

». . . zu Wasser, zu Land und in der Luft, bei Tag und Nacht, in Schlachten, in Stürmen, Gefechten und Unternehmungen jeder Art, mit einem Wort, an jedem Ort, zu jeder Zeit und bei allen Gelegenheiten tapfer und mannhaft zu streiten . . .«

Piotr Niewiadomski sah sich zu Wasser und zu Land und in der Luft streiten. Er triefte von Wasser- und Blutströmen. Blut und Wasser drängten sich in seinen Mund, in die Ohren, Nüstern, er drohte zu ertrinken, doch stieß er mit

letztem Kraftaufwand seiner geschwächten Arme den Gegner in die Tiefe. Der Gegner war einmal ein Russe mit einem langen Bart, jenem Juden ähnlich, dessen Knorpel hüpfte, dann wiederum ein schnurrbärtiger Serbe von übermenschlicher Kraft. Der Serbe hieb auf Piotrs Genick mit dem Gewehrkolben ein, und Piotr erstach den Serben mit dem Bajonett. Es kam ihm wahrscheinlich irgendein altes Bild aus dem Balkankrieg in Erinnerung.
». . . unsere Truppen und Fahnen, Standarten und Geschütze in keinem Fall zu verlassen, uns mit dem Feind nie in das mindeste Einverständnis einzulassen . . .«
Nein, nein, nein, Piotr Niewiadomski wird ganz bestimmt keine Standarte verlassen, er wird sich mit dem Feind nicht in das mindeste Einverständnis einlassen. Er würde nicht einmal imstande sein, mit dem Feind zu sprechen, er beherrschte weder die serbische noch die russische Sprache. Aber warum schweigt dieser Offizier so fürchterlich? Er rührt sich nicht einmal. Zweifellos würde das alles erleichtern.
Und der junge Offizier, des Kaisers Bote, rührte sich. Der längliche Spiegel seines Säbels schaukelte. Es schaukelten die goldenen Fransen seines Portepees. Er hob die Hand zum Mund, er hielt sie vor, damit niemand sah, daß er gähnte. Er hatte schon genug. Von früh bis abends – unaufhörlich: »Wir schwören zu Gott.« Da kann man verrückt werden. Es ist schon besser, an die Front zu gehen. Nicht doch, es ist nicht besser, an die Front zu gehen. Es ist schon besser, bis Kriegsschluß von früh bis abends zu hören:
». . . uns immer so, wie es den Kriegsgesetzen gemäß ist und braven Kriegsleuten zusteht, zu verhalten und auf diese Weise mit Ehre zu leben und zu sterben.« Der Feldwebel machte eine feierliche, folgenschwere Pause, um dann mit dem Finale einzusetzen: »So wahr uns Gott helfe. Amen!«
Der Gott des Militärs, vor dessen Antlitz man diesen Eid leistete, hatte eigentlich gar kein Antlitz. Er war interkon-

fessionell, nicht so wie in Zivil, wo er die einen nur dann erhörte, wenn sie barhäuptig waren und knieten, und die anderen – nur in Mützen und in Hüten und nur stehend kannte. Der kaiser- und königliche Kriegsgott war weder Jehova noch Vater, Sohn und Heiliger Geist, noch Allah, eher konnte er die Gottheit der Deisten und Robespierres sein. Er verzichtete auf die Attribute der einzelnen Konfessionen, gab die Gestalten auf, die ihm von Dogmen und Legenden auferlegt wurden, ihn bestachen weder Wachskerzen noch Weihrauch. Er stellte jenes höchste Wesen dar, vor dem in vielen Fällen sogar Freidenker und Freimaurer sich demütigten. Das Militär erkennt keine Zweifel an, die nicht im Dienstreglement vorgesehen sind, also verpflichtete es dem Kaiser die Seelen der Atheisten, Sozialisten und Anarchisten ebenfalls vor Gott, ohne sich darum zu kümmern, was diese Menschen in Wirklichkeit über ihn dachten. Jeder Atheist wurde somit, im Moment, in dem er diensttauglich erklärt wurde, als gläubig angesehen. So ein Gott also, an dem man nicht zweifeln darf, muß wohl die höchste Abstraktion sein, farblos wie ein Zeichen der Algebra. In der kaiser- und königlichen Militäralgebra war Gott jene unendliche Zahl von Nullen, die man der höchsten Ziffer des Kaisers beifügt. Diesen Gott also rief das Militär zum Zeugen in dem Augenblick, da die Seelen die Treue der Körper gelobten. Bei dieser mündlichen, unfreiwilligen Abmachung der Völker Österreichs mit dem allerhöchsten Monarchen erfüllte Gott die Funktion eines Notars.

Während der letzten Worte des Eides faßte ein Schauder Piotrs Seele. Hat er doch Gott mit eigenem Mund versichert, daß er für den Kaiser sterben wolle. Hörte der Kaiser sein Gelübde? Wo ist er? In diesem Saal hing nicht einmal sein Bild, auch gab es kein Kreuz. Der Kaiser ist in den Lüften, unsichtbar wie Gott, den auch niemand mit eigenen Augen gesehen hat. Sie schworen also in die Luft. Der Eid ging in den Himmel, durchbohrte die Decke der

Turnhalle und flog ins erste Stockwerk, wo die Klasse III b lag und in diesem Augenblick ein Transport von Rekruten wartete, der zum Regiment abmarschieren sollte. Über den Köpfen der Rekruten schwebte der Eid vom ersten Stock auf den Dachboden und drang durch eine Staubschicht und rote Dachziegel ins Freie. Er strömte durch die Schornsteine und Luftschächte. Er strömte auch auf die Straße, durch drei breit geöffnete Fenster des Saales. Der Himmel war rein und blau, so daß der Eid auf seinem Weg zu Gott auf keinerlei Hindernisse stieß.
Doch für manche Leute war Gott im Saal anwesend. Er schwebte über den Körpern, den Seelen, den Turngeräten. Piotr Niewiadomski schlug die Augen zu Boden wie in der Kirche während der Messe. Er zweifelte nicht, daß irgendwo hoch unter der Decke, an der höchsten Sprosse der gelben Leiter, mit eingezogenen Flügeln der Heilige Geist sitze. Nicht in Gestalt einer weißen Taube, sondern als schwarzer zweiköpfiger Adler. In den gekrümmten Krallen hält er krampfhaft einen eisernen Stab mit schwarzen Kugeln umklammert.

So leistete Piotr Niewiadomski dem Kaiser den Eid. Dann erhielt er seine Papiere und ging mit den Landsleuten in die Wirtschaft des Sch. H. Schames, wo er sich mit neunzigprozentigem Schnaps betrank.

IV. KAPITEL

Blinde Leiermänner sagten auf Jahrmärkten und Rummelplätzen längst das Ende der Welt voraus. Daß aber jener Tag, der Tag des göttlichen Zornes, gerade auf den 21. August 1914 fallen werde – nein, dies erwarteten die klügsten Leute nicht, weder in Topory noch in Czernielitza. Dies erwartete nicht einmal Hryć Łotocki, den doch jeder für den klügsten Mann in Topory hielt, obgleich er nicht lesen und schreiben konnte. Selbst der Pfarrer Makarucha holte zuweilen in verschiedenen wichtigen Angelegenheiten seinen Rat, zum Beispiel wegen seiner Bienenstöcke, die er ebenso eifrig bearbeitete wie den Weinberg des Herrn. Der Pfarrer Makarucha ahnte auch nicht das so nahe Ende der Welt, und wer denn sonst, wenn nicht eine geistliche Person, sollte die göttlichen Absichten kennen. Die Kirche sorgte nämlich nicht nur für die Seelen der Menschen, sie bahnt nicht nur den Weg zur Ewigkeit, der Kirche übergab der Schöpfer auch alle Zeit in Pacht, alles Zeitliche, besonders aber überließ er ihr das Maß und die Rechnung der Vergänglichkeit, das heißt den Kalender. Der Wille der Kirche war es, daß der Donnerstag ein Donnerstag war und Sonntag ein Sonntag, es war der Wille der Kirche, daß dieses Jahr das Jahr 1914 war.

Pfarrer Makarucha wußte nur soviel, daß das Weltende runde Zahlen liebe. Er erinnerte sich noch aus dem Seminar, wie Gott schon einmal Lust gehabt hatte, die Welt zu vernichten. Das war im Jahre 1000. Jedoch im letzten Augenblick überlegte sich der Schöpfer die Sache, er erbarmte sich der Welt und verlängerte ihr sündiges Dasein für unbegrenzte Zeit. Die Verschiebung der Exekution bedeutet jedoch keine Amnestie. Wenn es also dem lieben Herrgott gefallen sollte, das Urteil zu vollziehen – würde er damit gewiß zumindest bis zum Jahre 2000 warten. So wäre die Rechnung glatt und der Effekt pathetisch. Aber so plötz-

lich, mir nichts, dir nichts im Jahre 1914? Und nicht einmal am 1. Januar oder am 31. Dezember, sondern am 21. August? Solche Wunderlichkeiten, so eine Unkenntnis der effektvollen Termine traute der Pfarrer Makarucha der himmlischen Buchführung nicht zu. Der Himmel hatte doch – bislang – nur mit großen Zahlen zu tun, mit Tausenden, Hunderten . . .
Piotr Niewiadomski hörte auch davon, daß die Welt im Jahre 2000 untergehen sollte. Er war also, was ihn betraf, ruhig, ebenso was seine Enkel und Urenkel betraf. Er hatte keine Kinder. Und wenn er keine Kinder hatte, wie konnte er da Enkel und Urenkel haben? Die Dynastie Niewiadomski wird vorher erlöschen – es geschehe Gottes Wille – also vor dem Jahre 2000. Friedvoll war in jenen Tagen das huzulische Dorf, trotz des Krieges, der auch diesem Flecken Erde immer näher kam. Das Getreide war schon in den Scheunen, die Stoppelfelder waren allerdings noch nicht gepflügt. Die alten Huzulen hatten dringlichere Arbeit: das Heu. Am frühen Morgen zogen sie zu den Wiesen, um die Mittagsstunde brachten ihnen die Weiber Milch und Kartoffeln oder sogar Klößchen – in tönernen Doppeltöpfen. Schweigend genossen sie ihr Mahl und mähten bis zur Dämmerung. Manchmal unterbrachen sie aber die Arbeit, nahmen die rauchenden Pfeifen aus dem Mund und dachten an den Tod, der im fernen Serbien die Sense für ihre Söhne wetzte.
Nur die Angst der alten Mütter verging nie. Sie wuchs in ihrem verdorrten Schoß wie ein ungeheurer, teuflischer Bastard. Mit kaltem Schweiß bedeckt, erhoben sie sich frühmorgens vom weichen Stroh, auf dem sie von schrecklichen Träumen geplagt wurden. Sie schüttelten die nächtlichen Gesichte wie unflätiges Gewürm ab und bekreuzten sich dreimal: für sich, für die Söhne im Krieg und für die Kinder, die zu Hause blieben. Dann gingen sie, schon ruhiger, zu den Kühen, und die messingnen Glöckchen an

den Hälsen des Viehs trösteten sie mit ihrem gleichmäßigen Geklingel. Mitunter weckte allein der Anblick der Milch die Schmerzen der Mütter, denn sie erinnerte an weit zurückliegende Zeiten, als aus ihren eigenen Brüsten Milch spritzte. Nach so viel Jahren schmerzten wiederum die Brustwarzen, wie von zahnlosen Lippen gebissen, Lippen, die vielleicht heute schon die Erde beißen. Die Huzulinnen-Mütter neideten den Mutter-Kühen die selige Unkenntnis des Schicksals ihrer Nachkommenschaft, die in Schlachthäusern gemordet wurde. Und sie übten Rache an den Kühen. Mit wilder Wut rissen sie an ihren Eutern, als wenn sie nicht Milch, sondern Blut melken wollten. Und die Milch floß weiß und unschuldig in warmen Strömen und trommelte in die blechernen Melkeimer wie Erbsen. Doch keine der erbitterten Mütter dachte an den Weltuntergang.

Die Unruhe verbreitete sich in Pokucie erst Mitte August. Damals fiel in dieser Gegend zum erstenmal das Wort ›Evakuierung‹. Es kam aus den Städten geflogen, wo man es ausgrub, aus den dumpfigen Kellern der Vergessenheit auspackte, gemeinsam mit solchen Worten wie: Sieg, Niederlage, Gefangenschaft, Gefangene, Angriff, Heldentod. Diese längst verwitterten Ausdrücke, in Dunkelheiten eingeschlafen wie Fledermäuse – wurden in der frischen Luft rot und farbig und erstanden in den Mündern aller zu neuem Leben.

Obgleich das Wort ›Sieg‹ den höchsten Kurs hatte, obgleich der Kaiser ununterbrochen in Serbien, Galizien und im Königreich Polen siegte, barg sich in den Seelen der Bürger des Bezirks Śniatyn der Wurm des Zweifels. Aus Lemberg kamen dumpfe Gerüchte, daß der Russe näherrücke. Zunächst gingen sie nur heimlich um, furchtsam in Dorfschenken und bei der Tränke geflüstert – bis in einer schönen, sternbesäten Nacht die kleinen und schmutzigen Scheiben der huzulischen Lehmhütten leise zu klirren und zu zittern anfingen. Damals sprachen schon alle in Topory laut davon, daß der Russe marschiere: der bärtige, behaarte Riesenbauer mit dem langen Spieß und der Riemenpeitsche, an deren Ende eine schwere, bleierne Kugel befestigt ist. In seinen Zähnen – gesund wie bei Pferden – hatte er ein scharfes Messer. Er jagt auf einem flinken Tatarenpferd und zertrampelt alles, was ihm in den Weg kommt. Von ferne stinkt er nach Teer und Schnaps. Er zerschlägt Scheiben mit dem Gewehrkolben, plündert jüdische Läden und Schenken, und wenn er in richtige Wut gerät – brennt er sogar ganze Dörfer nieder. Er zerschlitzt jüdische Federbetten, schneidet die Bärte der Juden ab und macht Jüdinnen dicke Bäuche. Daher ist es gut, an die Tür ein Muttergottesbild zu hängen oder mit Kreide ein Kreuz zu zeichnen, obzwar – wie man sagt – der Russe auch Christen nicht verschont, wenn er außer sich gerät. Er verschont nur ›russophile Elemente‹, die ihm hilfsbereit dienen, indem sie Holzklötze auf die Schienen legen, damit die Waggons mit österreichisch-ungarischem Militär auf dem Weg zur Front umkippen, oder – auf andere Weise. Diese ›Elemente‹ kriechen hervor wie die Fettflecken, die man mit Löschpapier und Bügeleisen herauslockt. Sie wachsen plötzlich aus der Erde, und es zeigt sich, daß sie seit vielen Jahren unter uns lebten, und niemand im Dorf wußte von ihnen, weder der Ortsvorsteher noch der Gemeindeschreiber noch der Dorfpolizist und nicht einmal der Pfarrer. Es sei denn, der Pfarrer selbst gehöre ihnen an. Erst vorigen Sonntag wurden in Sokal zwei ukrainische Geistliche und ein Kirchensänger gehenkt, weil sie vom Glockenturm den Russen Zeichen gegeben hatten. Und im Bezirk Tarnopol wurden fünf Bauern ganz einfach für nichts gehenkt. Nach den Berichten, die in huzulischen Wirtshäusern verbreitet wurden, verhielt es sich so: kaum flohen die Magyaren aus dem Dorf, den ganzen Troß zurücklassend (nur Pferde nahmen sie mit), erschienen die Kosaken. Sie halten unterwegs ei-

nige mutige Bauern zurück, die sich nicht wie die anderen in den Hütten versteckten, sondern hingingen, um von den verlassenen Vorräten zu retten, was sie konnten: Brot, Konserven, Rum, Tabak. Zuerst lassen sich die Kosaken alles herausgeben und auf ihre Wagen verladen. Dann nehmen sie die Bauern zwischen ihre Pferde und nun – fragen sie dies und das. Da erschraken die Bauern sehr und sagten, was sie wußten. Daß es also soundso viele Magyaren gewesen sind, nicht mehr als zwei Schwadronen, und daß sie alle flohen – es wird vor einer halben Stunde gewesen sein. (Sie logen, logen aus patriotischen Gründen, denn es waren an die fünf Schwadronen Magyaren gewesen.)
»Zeigt, wohin die Magyaren flohen?« sagte der Kosakenanführer. Wie sollte man es ihm nicht zeigen, wenn er eine Pistole hat und einen Säbel und eine Riemenpeitsche und seine Leute bis an die Zähne bewaffnet sind. Die Bauern wiesen also den Weg. Derweil traten andere Leute aus den Hütten, standen abseits und sahen, wie der und jener den Kosaken die Richtung zeigte. An demselben Tag zogen zwei russische Regimenter ins Dorf. Lauter Infanterie. Die Offiziere gingen natürlich sofort in den Herrenhof und amüsierten sich mit dem Gutsherrn bis in die späte Nacht. Sie spielten herrlich Klavier. Und die Soldaten blieben im Dorf. Sie aßen, tranken, tanzten ihren Trepak und schliefen mit den Mägden. Bei Tagesanbruch marschierten sie weiter – weit gelangten sie aber nicht, denn die Magyaren fielen ihnen aus dem Wald in den Weg, schlugen einen Teil nieder, einen Teil nahmen sie gefangen, und der Rest – machte sich aus dem Staube, Gott weiß wohin. Und die Magyaren kehrten ins Dorf zurück. Sie erfuhren gleich, welche Bauern den Russen Dienste geleistet hatten und hängten fünf von ihnen ohne Gericht an den Kastanienbäumen auf, dicht neben der griechisch-katholischen Kirche. Drei andere banden sie mit Stricken fest und brachten sie nach Lemberg, ins Zuchthaus. Dort werden sie sich aufgrund des Paragraphen

327 des militärischen Strafgesetzbuches zu verantworten haben. Sie begingen ein Verbrechen gegen die Kriegsgewalt des Staates.
Am 18. August, am Geburtstag Seiner Majestät des Kaisers, kam Exzellenz Korytowski, der Statthalter Galiziens, nach Wien. Während einer speziellen Audienz legte er zu Füßen des Thrones Beweise der Liebe, Treue, Anhänglichkeit der ganzen Bevölkerung des Kronlandes nieder. Es sammelten sich so viele dieser Beweise an, daß aus ihnen zu Füßen des Thrones ein hoher Berg wuchs, und Seine Majestät konnte nur mit schwerer Mühe bis zum kaiserlichen Kabinett vordringen.
Piotr Niewiadomski erfüllte immer noch die Pflichten eines Bahnwärters im Häuschen 86. Erschreckende Gerüchte von Verrätern, Spionen und gehenkten Popen drangen auch zu ihm. Und er überlegte, was ein Mensch zu tun habe, von dem der Feind Hilfe fordert. Willst du nicht – erschießt er dich wie einen Hund. (Hier warf er Baß einen Blick voll Angst und schmerzlicher Rührung zu. Der Hund lag auf dem Boden und leckte seine Pfote.) Lügst du – erschießt er dich auch, wenn er herausfindet, daß du ihn betrogen hast. Und tust du aus Angst seinen Willen – schwarz ist dann dein Schicksal! – Dein eigenes Militär henkt dich, sobald es nur wieder zurückgekehrt ist. Immer findet sich jemand, der einen verrät. Oder hat der Mensch etwa keine Feinde?
Piotr begann, seine Feinde zu zählen. Viele hatte er nicht, aber doch genug, damit sich gegebenenfalls ein Denunziant finde. Da gab es zum Beispiel den Fedko Semeniuk. Er haßte Piotr seit langem wegen irgendeines Kartenstreites, dem eine Prügelei gefolgt war. Der würde ihn gewiß anzeigen. Nun, und was hat ein unschuldiger Mensch zu tun, der den Russen den Weg zeigen muß? Kann denn ein Huzule die taktischen Manöver, die strategischen Rückzüge voraussehen? Nein, für so was ist ein Huzulenkopf zu

schwach! Ein Huzule glaubt, wenn unser Heer das Dorf verlassen hat und an seiner Statt das russische einzog – so wird dies so bis zum Weltuntergang bleiben, mindestens bis zum Kriegsende. Das heißt: bis Weihnachten. Am besten ist es, taubstumm zu sein wie Wasyl Horoch aus Czernielitza. Nur Taube und Stumme sind in Kriegszeiten sicher. Sie – wird der Feind nicht ausfragen. Und wenn er fragt, hört er höchstens: mu-mu-mu . . .
Und Piotr Niewiadomski dachte ernsthaft darüber nach, ob er nicht, wenn die Russen Topory besetzten, einen Taubstummen simulieren sollte.
Plötzlich brach er in ein so lautes Gelächter aus, daß Baß aufschrak. Welche dummen Gedanken einem Menschen in den Sinn kommen! Einen Taubstummen spielen! Noch hatte es ja der Russe so weit bis Topory! (Trotz dieser Gewißheit schaute Piotr in die Richtung des Fensters, um sich zu überzeugen, ob es nicht zitterte. Es zitterte nicht.) Und zweitens: wer sollte dann dem Russen Dienste leisten? Ein kaiser- und königlicher Soldat? Als wäre er nicht Seiner Majestät durch den Eid verpflichtet, den er angesichts des Allmächtigen in Śniatyn geleistet hatte? Piotr war mit einem Eid versehen wie ein Dokument mit einem Stempel, wie eine Leiche mit geweihtem Öl. Spätestens in vier Wochen wird er persönlich ausziehen, um für den Kaiser Russen zu töten! In vier Wochen . . . Aber da heißt es, daß der Russe bereits Czernowitz einnahm. Unsere berühmten Regimenter, die Tiroler Kaiserjäger mit den Federchen an den Mützen, die Wiener Deutschmeister, die stolzen Windischgrätz-Dragoner wurden angeblich vernichtet. Der Kazap treibt sie wie Vieh in die Gefangenschaft. In den ›Plen‹. Was geschieht mit dem Eid, mit der Treue, was mit dem ganzen Jahrgang 1873, wenn der Russe früher nach Topory kommt als Piotr zum Regiment?
Also schlich die Unruhe in Piotr Niewiadomskis Herz. Die Gedanken des Einsiedlers aus dem Wärterhäuschen 86 auf

der Strecke Lemberg-Czernowitz-Itzkany unterbrach ein Läuten. Die Station Topory-Czernielitza signalisierte einen nahenden Zug. Piotr setzte die Dienstkappe auf, diesen sinnfälligen Beweis des Bundes mit dem Kaiser, und ging mit einem roten Fähnlein vor das Häuschen. Tief überzeugt, daß er dem Kaiser dadurch diene, fing er an, die Kurbel zu drehen. Die amtliche Tätigkeit vollbrachte er langsam, beinah feierlich, und es tat ihm nur leid, daß ihn niemand sah. Die Drähte klirrten, die Schranke fiel. Und dem Piotr fiel die halbe Last vom Herzen.

So war es gut. Solange es nützlich war, solange er sich nützlich fühlte, hatten böse Gedanken keinen Zutritt zu seiner Seele. Die Schranke versperrte den bösen Gedanken den Weg.

Ein langer Güterzug flitzte in Richtung Kolomea an Piotr vorbei, voll Militär. Lange schon war durch diese Gegend kein Militär gefahren. Piotr ging ins Wärterhäuschen zurück, setzte die Kappe ab, legte sie behutsam auf das Regal über dem Bett. Es umgab sie der Nimbus der kaiserlichen Majestät.

In Topory und besonders in der Seele Piotr Niewiadomskis wuchs die Unruhe mit jedem Tag. Sie verwandelte sich beinahe in Panik, als auf der Strecke immer häufiger Militärzüge auftauchten. Dieses Militär, noch vor zwei Wochen so froh, stolz und sangeslustig, war jetzt stumm, traurig und böse. Eine Armee von Leuten, die von der Front zurückkehrten, sah wie eine Armee ausgelöschter Laternen aus. Und sogar die Waggons, die sie von den verlorenen Positionen tief ins Land hinüberführten, trugen das Mal der Niederlage. Sie waren mit Schlamm bespritzt, abgeschabt und rochen nach Tod. Sie jagten mit verrückter Geschwindigkeit, wie in den Abgrund. Es schmückten sie weder Zeichnungen noch Aufschriften, in denen vor kurzem noch der Eifer der Soldaten sich Luft gemacht hatte. Sie jagten jetzt nackt und roh dahin, wie die blanke Wahrheit vom

Krieg, für den das Militär schon kein Herz mehr hatte. Am Tag und in der Nacht sah Piotr Züge, Züge, Züge. Das unaufhörliche Läuten der Signale weckte ihn aus dem Schlaf wie in den ersten Tagen der Mobilmachung. Es lärmte in seinem Kopf wie im Bienenstock des Pfarrers Makarucha. In den Personenwagen fuhren Offiziere, ungewaschen, seit vielen Tagen nicht rasiert, ohne Blusen, ohne Abzeichen, wie gewöhnliche Menschen. Der ganze Flitter verblich, die Parade ging zu Ende. In einem der Abteile bemerkte Piotr Offiziere, die Karten spielten. Mit Hilfe des Klaberjaß versuchten sie, die Niederlage zu vergessen. Dann folgten viele Viehwagen, vollgepfropft mit Soldaten. Manche Leute waren ohne Stiefel, sie lagen auf faulem Stroh, ernst, in sich gekehrt, ohne jede Neugierde. Einige von ihnen hatten einen Verband aus schmutzigen, blutigen Fetzen um ihren Kopf, oder sie trugen den Arm in einer Binde. Auf größeren Stationen schauten ihnen Menschen zu, die begierig waren, diejenigen zu sehen, die vom Tode zurückkehrten. Denn jeder von diesen Soldaten hatte den Tod gesehen und ihm zur Macht verholfen, das Leben roch jetzt nach Leichengift. Alle Angelegenheiten des Lebens schrumpften in ihren Augen zusammen, nur – der Tabak nicht. Sie rauchten fast alle, gierig den Rauch der zugeteilten Zigaretten einatmend, diesen letzten Trost des Soldaten. Ein andermal bemerkte Piotr Wagen, die mit einem riesigen roten Kreuz gezeichnet waren. Sie rollten sehr langsam, und aus ihrem Innern wehte der scharfe Gestank von Chemikalien. Piotr wußte, daß in diesen Wagen massakriertes menschliches Fleisch fuhr. Und er horchte, ob nicht etwa irgendein Stöhnen zu ihm drang. Aber die Kreuzwagen waren still wie Gräber. Sie rutschten gemächlich, weich, geräuschlos, wie auf Gummirädern. In den Korridoren und an den Fenstern standen junge Frauen, ganz weiß, Engel. Manchmal rauchte einer der Engel eine Zigarette. – Kreuze, nur Kreuze – dachte Piotr. Und er schwankte, ob

er nicht die Kappe abnehmen und beim Anblick der roten Zeichen sich bekreuzigen sollte.
Weniger Unruhe stifteten auf der Strecke die Waggons mit Vieh, das zum Schlachten bestimmt war. Das menschliche Fleisch, das Kanonenfutter, mußte nämlich zunächst vorschriftsmäßig mit dem Fleisch der Tiere gefüttert werden. Auch Pferde flohen von der Front. An dem Wärterhäuschen zogen ganze Ställe vorbei, voll von Pferden, die ihre traurigen Köpfe sanft aneinanderschmiegten. Manchmal kündigte den herankommenden Zug ein furchtbares Dröhnen an. Es waren – Geschütze auf Plattformwagen. Die Birkenzweige, mit denen man am Tag des Abmarsches die Lafetten geschmückt hatte, waren längst verwelkt. Schwere und leichte Geschütze kehrten jetzt, ihrer Herrlichkeit entblößt, zurück; die grüne Farbe schälte sich von ihnen wie eine räudige Haut. Die Artillerie fuhr mit Plandecken überzogen, offenbar aus Scham. Auf jeder Plattform stand regungslos neben den Geschützen ein Mensch mit Gewehr. Dreckbespritzte Automobile mit zerschlagenen Scheiben, geplatzten Gummireifen und sonstige mit Steuergeldern der Bürger erworbene Überreste der Kriegsgeräte, Scheinwerfer, Stacheldrahtrollen, Wellblech, Feldtelephone, Feldküchen jagten unaufhörlich auf den Schienen in westlicher Richtung. Das kaiserliche Gut mußte gerettet werden! Wandernden Zirkusbuden gleich, zog dieser in Eile aus den ungünstigen Linien zurückkommandierte Zug vorbei. Bis man am Ende – Tag und Nacht hörte, wie die Erde dröhnte. Piotr unterschied nicht mehr, ob von dem Getöse der Waggons oder von der herannahenden Kanonade.
Am 20. August, ungefähr um 7 Uhr früh, erblickte er einen merkwürdigen Zug, mit Zivilisten vollgestopft. Das konnte kein normaler Personenzug sein: die verkehrten nicht mehr. In den Wagen, in denen Bänke aufgestellt waren, fuhr – Israel. Es führte lebende Gänse mit sich,

Federkissen, Wiegen, Kochkessel, Säcke, Kisten und eine Menge schreiender Kinder. Jüdinnen mit schwarzen, glänzenden Haaren machten sich wie zu Hause zu schaffen, sie kochten sogar auf Spirituskochern. Manche Männer waren von Kopf bis Fuß in lange, weiße Tücher gehüllt, die unten mit schwarzen Streifen besetzt und oben mit Gold- und Silberstickereien verziert waren. Glitzerndes Gold und Silber bedeckten den Kopf bis zu den Augen. Die Stirnen waren nicht zu sehen, denn auf ihnen waren schwarze, viereckige Schächtelchen befestigt. Bärte, Bärte, graue, schwarze, rote, zitterten in goldener und silberner Umrahmung der Tücher, in denen diese Juden aussahen wie lächerliche, pathetische Könige. Sie wiegten sich rhythmisch nach vorn und nach hinten zum Takt der ratternden Räder, als wollten sie diesem Geratter irgendeinen neuen und erhabeneren Sinn geben.

Nicht zum erstenmal sah Piotr betende Juden. Als Kind pflegte er in die Fenster einer alten, heute nicht mehr existierenden Schenke hineinzuschauen, wo sich jeden Sonnabend Juden zum Beten versammelten. In Topory gab es kein Bethaus. In messingnen Leuchtern brannten große Kerzen, und im Gebet versunkene Bärte in Mänteln schaukelten über dicken Büchern; sie tanzten fast, laut schreiend und jammernd. Der Gesang der Juden ängstigte Piotr und freute ihn zugleich.

Eines Sonnabends, als er so in Gedanken versunken vor den Fenstern stand, geschah etwas, was er sich lange nachher nicht erklären konnte. Plötzlich öffnete sich die Tür, und vor ihm stand ein mächtiger Jude mit rotem Bart, in einem samtenen Kittel, mit einer schwarzen Schnur umgürtet. Statt der Schuhe hatte er weiche Pantoffeln an, und weiße Strümpfe reichten ihm bis zu den Knien wie einem Mädchen. Auf dem Kopf trug er eine phantastische, vieleckige Mütze aus Fuchsschwänzen. Man hätte schwören können, die Mütze und der Bart bildeten ein Ganzes. Piotr erschrak.

Er dachte, daß ihn der Jude durch das Fenster erblickt hatte und kam, um ihn zu verprügeln. Aber der Jude faßte seine Hand und fragte mit sehr sanfter Stimme: »Du, Junge, wirst die Kerzen auslöschen, ja? Bekommst am Sonntag fünf Kreuzer!«
Piotr verstand nicht, worum es ging. Er ahnte irgendeine Falle. Er floh jedoch nicht. Er blieb festgebannt mit aufgerissenem Mund stehen, wie verhext: so groß war die Anziehungskraft der fremden und geheimnisvollen Welt. So folgte er also dem Roten in die Stube, wo die Juden beteten. An der Schwelle nahm er die Mütze ab, weniger aus Ehrfurcht als aus Angst. Im selben Augenblick drückte sie ihm der Rote wieder so kräftig über den Kopf, daß es schmerzte. Piotr zitterte am ganzen Körper. Niemand von den Anwesenden geruhte ihn anzusehen. Alle legten sie bereits ihre Tücher von sich, falteten sie sorgfältig zusammen, küßten sie zärtlich und packten sie in samtene Säckchen. Und Piotr Niewiadomski löschte den Juden die Kerzen aus. Am Sonntag bekam er natürlich fünf Kreuzer. Dies war schon sehr lange her. Doch die Erinnerung an die geheimnisvolle Tätigkeit, die er einst ausgeübt hatte, ohne seine Rolle zu ahnen, erwachte beim Anblick dieser Waggons und weckte die unterdrückte Angst vor den Juden.
Immer beten sie, dachte er, und trotzdem werden sie in die Hölle kommen. Piotr glaubte an die Hölle.
Der Bethaus-Waggon verschwand. Es gab dort keine brennenden Kerzen. Im übernächsten Waggon dagegen bemerkte Piotr eine nicht angezündete Tischlampe mit einem hellgrünen Schirm. Ein hübsches Mädchen mit großen schwarzen Augen, die eher wie eine Zigeunerin als wie eine Jüdin aussah, drückte sie an ihre Brust, als wäre es keine Lampe, sondern das liebste Kind. Sie ließ diese »einzige« Lampe in der Welt nicht aus den Händen, diesen einzigen Lichtquell, der dem Nomadenvolk die Dunkelheit seiner Heimatlosigkeit erhellen sollte. Wohin ziehen sie? Begin-

nen sie vielleicht nach Jahrhunderten nochmals ihre Wanderung? Siehe da, die Eisenbahn führt die Juden durch die Wüste, an deren Rand das Gelobte Land auf sie wartet. Dieses Land liegt – nach Wille und Gnade des Kaisers Franz Joseph – in Mähren. Dort werden Holzbaracken die galizischen Flüchtlinge mosaischen Glaubens aufnehmen.
So sah die Evakuierung des Huzulenlandes aus: Staatsbeamte mit ihren Familien, einige Gutsbesitzer und Kaufleute flüchteten vor den Russen, Huzulen flüchteten nicht. Huzulen fliehen nie und vor niemandem. Kann man denn die Erde und die Kühe und die Schafe mitnehmen?
Piotrs Dienst war um jene Zeit besonders schwierig, aber er erfüllte seine Pflichten. Er gewann die Strecke lieb. Das heißt: den ihm anvertrauten Abschnitt. Täglich ging er seine vier Kilometer bis zum Häuschen 86, wo seine Verantwortung aufhörte. Seinen Posten verließ er nur, wenn ihn Magda besuchte. Sie vertrat ihn gewissenhaft, wie es nur rechtmäßige Wärtersgattinnen konnten. Der Anblick des jungen Mädchens, das mit einem roten Fähnlein Dienst machte, lockte schon einigemal ein Lächeln auf die müden Gesichter der vom Tode Zurückkehrenden. Als hätte das Leben selbst das Mädchen hier zur Wache befohlen.
Auf Piotrs Abschnitt herrschte immer Ordnung. Kein ›Element‹ wagte es, Klötze auf die Schienen zu legen. Seine vier Kilometer waren dem Kaiser treu, und das kaiserliche Heer konnte hier so sicher fahren wie in Wien. Oh, wenn man so bis ans Ende der Tage auf der Strecke sitzen könnte! Das Leben hätte dann irgendeinen Wert, einen Sinn. Piotr würde sich hier als Bahnwärter wie ein souveräner Fürst fühlen. Als Wärter würde er vor allem vor sich selber verantwortlich sein und dann erst vor dem Stationsvorsteher, der drei Kilometer rechts von hier seinen Sitz hatte.
Rechts oder links? Mit dieser Frage berühren wir die schmerzlichste Stelle in Piotr Niewiadomskis Seele. Trotz

seiner vierzig Jahre – wußte er nicht, es war nun mal so, wo die rechte und wo die linke Seite war. Die Orientierung mit Hilfe der Hände steigerte nur die Verwirrung. Auf dem Posten war es immerhin gleichgültig: da mußte man sich nicht nach den relativen Begriffen rechts und links richten, da gab es eine Regel: dort, wo die Station Topory-Czernielitza liegt, ist die rechte Seite und die linke dort, wo das Wärterhäuschen Nr. 86 sich befindet. – Aber so ist es nur dann, wenn man in der Tür des Häuschens steht oder an der Schranke. Im Freien dagegen dreht oft der Teufel die Erde, und was vor einer Weile links war, liegt unversehens rechts. Oftmals verlor Piotr darüber den Kopf, doch glücklicherweise kam bis jetzt ... Es ist besser, den Teufel nicht zu versuchen. Allerdings hat sogar Jesus Christus selbst zu den Menschen etwas über die rechte und linke Hand gesprochen, etwas, was mit Almosen in Verbindung stand. Piotr fühlte Angst, sooft der Pfarrer Makarucha den entsprechenden Abschnitt des Evangeliums vorlas. Er fühlte sich dem Teufel ausgeliefert, doch hatte er nicht den Mut, dieses sein Gebrechen jemandem anzuvertrauen, nicht einmal dem Pfarrer. Er spürte: früher oder später wird der Mangel ans Licht kommen, und der Teufel wird das seine tun. Das Verderben wird eben von dieser Seite her kommen, von der rechten – linken –, wer kann's wissen?
O ja, Piotr liebte sein Häuschen. Es war klein, aber wichtig, und wichtig fühlte sich der kleine Mensch, der in ihm residierte. Daneben stand der Heuschober, Eigentum des Bahnwärters Banasik. Heu war nicht mehr viel darin, die Frau Banasik hatte es rechtzeitig dem Militär verkauft. Das gekrümmte Strohdächlein reichte bis zur Erde und sah der Mütze auf dem Kopf eines Betrunkenen ähnlich. Nur vier hohe Pfeiler ragten majestätisch empor wie Masten, ihrer Flaggen beraubt. Der Heuschober war der Lieblingsplatz des Hundes Baß. Er vergrub sich im übriggebliebenen Heu zu einem Nachmittagsschläfchen, sicherlich fing er auch

Mäuse. Mit Heu vollgestopft, sah der Schober wie ein mächtiges Bollwerk zum Schutz eines souveränen Fürstentums aus, dessen Wappen auf einem weißen, blechernen Schild dunkelte – die Ziffer: 86. Jetzt lag das Bollwerk in Trümmern, und Piotr Niewiadomski träumte, es wieder aufzurichten – mit frischem Heu.
An demselben Tag, gegen sechs Uhr, nahmen alle Träume ein Ende. Soweit das menschliche Gedächtnis reicht – war Topory nichts anderes als ein gewöhnliches Dorf. Es zählte 281 Seelen (nach der letzten Volkszählung) und 78 Schornsteine. Die Bezeichnung ›Schornsteine‹ war nicht exakt, denn in huzulischen Bezirken rühmen sich nicht viele Hütten eines Schornsteines. Sagen wir also: 78 Strohdächer. Der Krieg leerte gleich am Anfang die Hütten von den besten Männern, es gingen etwa 40 Mann, lauter Reservisten und Neueingezogene, wenn wir nicht diejenigen mitrechnen, die im regulären Heer dienten. Wie wenn jemand mit Flegeln das beste Getreide weggedroschen hätte, wie leere Garben lagen die Wohnhütten längs des gewundenen Weges, der Jugend beraubt. Nur der Landsturm, der Ausschuß der Männer, blieb zusammen mit den Weibern, Greisen und Kindern zurück. Mit dem Eid versehen, mit Papieren ausgestattet, wartete er geduldig auf den Tag der Einreihung. Jedoch angesichts der vielen wichtigen wirtschaftlichen Angelegenheiten, zum Beispiel der Heumahd, schien jener Tag, anstatt näher zu kommen, sich mehr zu entfernen. Am Ende begann so mancher von den Gemusterten sich einzureden, daß jener Tag überhaupt nicht mehr kommen werde. Und bis zur Zeit, in der die Scheiben zu zittern anfingen, bemühte sich jeder, so zu leben, als gäbe es überhaupt keinen Krieg.
Bis plötzlich, am 20. August, das winzige Dorf Topory zur Würde einer Etappe des großen Weltkrieges aufstieg. Das Dorf schien sich nicht einmal von dem Glanz Rechenschaft zu geben, der dank der Gnade des Hauptkommandos auf es

fiel. Und wieder begann der Gendarm Durek mit der Ledertasche und dem goldenen Zahn im Dorf zu kreisen. Wieder überreichte er Analphabeten Papiere, von denen ihr Leben abhing. Als er vor dem Häuschen 86 erschien – bellte Baß nicht mehr. Der Hund hatte sich schon an den Krieg gewöhnt. Piotr fürchtete sich auch nicht mehr vor der Gendarmerie. Seit man ihn für tauglich erklärt hatte, fühlte er sich wie ein entfernter Vetter jeder Waffenmacht. Er schaute jetzt vertrauensvoller auf ein Gewehr, ein Bajonett.

Korporal Durek, der Zerstörer der Träume im Revier Topory-Czernielitza, kam nicht allein. Es begleitete ihn ein Soldat in den besten Jahren. Das Gewehr hatte er bequem über der Achsel hängen. Er paffte eine Pfeife mit langem Rohr. Etwas war bei ihm besonders verdächtig: auf den grünen Kragenaufschlägen glänzte neben dem hörnernen Stern ein metallenes Rad mit Flügeln. Augenscheinlich hatte dieser Soldat etwas mit der Bahn zu tun.

Korporal Durek war heute anders gekleidet als an jenem Abend, da er die Einberufungskarte brachte. Statt des Helms – eine gewöhnliche Soldatenkappe, statt der Uniform von schwarz-grünlich schillerndem Tuch – die graublaue Felduniform. Nur noch die Ledertasche und der Säbel zeugen davon, daß vor uns ein Korporal der Gendarmerie steht, und nicht etwa der Infanterie. Alle glänzenden Gegenstände: Blech, Knöpfe, sogar die Jubiläumsmedaille waren weg, zum Zeichen, daß Topory eine Etappe bildet. Statt der Medaille schmückte ein schmales, diskretes, weiß-rotes Bändchen die Brust des Gendarmen. Das Kreuz mit dem Bild des Kaisers verschwand, Grundsatz der Etappe ist strenges Inkognito. Nur der Goldzahn glänzte im Mund des Gendarmen genauso wie einst.

»Sie werden den Dienst diesem Gefreiten übergeben!« sagte Durek. »Ab heute übernimmt das Militär die ganze Bahn. Evakuierung!«

Das Wort ›Evakuierung‹ half dem Korporal, wie alle Fremdworte, den Glauben an die eigene Überlegenheit zu stützen.
»Evakuierung!« wiederholte er. Er sog diesen Klang ein wie den Rauch einer gutschmeckenden Zigarette. Der Gefreite warf inzwischen das Gepäck ab. Er machte es sich im Häuschen bequem, ohne auf Piotr zu achten.
»Sie zeigen dem Herrn Gefreiten, was nötig ist!« sagte Durek. Dem Gefreiten verlieh er den Titel ›Herr‹, um die Distanz zu betonen, die Piotr vom Soldaten trennte.
Piotr war betäubt. Evakuierung – gut! Ist er aber ein Jude, daß er flüchten sollte? Und wohin? Und was wird aus seinem Militärdienst?
Korporal Durek kam aber nicht nur hierher, um ihm den Posten zu nehmen.
»Zeigen Sie mal Ihre Papiere!« sagte er geheimnisvoll.
Piotr grub aus der Brustgegend unter dem Rock sämtliche Papiere hervor, die er besaß.
»Das brauch ich nicht!« Der Gendarm reichte ihm geringschätzig seinen Geburtsschein zurück. Dagegen prüfte er das Militärdokument aufmerksam. Piotr beobachtete den Herrn Gefreiten mißtrauisch.
»Abfahrt morgen!« schloß Durek kurz, das Papier zusammenfaltend. »Heute noch melden Sie sich beim Herrn Stationsvorsteher wegen der Marschroute.«
»Nach Stanislau?« fragte Piotr. Seine Einheit war nämlich in Stanislau.
»Was für ein Stanislau? – Nach Ungarn!«
Piotr begann einiges zu begreifen. Der Kaiser sah alles voraus, sogar die Evakuierung. Der Kaiser läßt ihn nicht dem Russen zurück. Der Kaiser sammelt jetzt in Eile seine Leute, wie ein kluger Bauer, der vor dem Gewitter die Garben in die Scheune bringt. Piotr verspürt eine große Erleichterung. Schlimme Eventualitäten, die er befürchtete, hörten auf zu existieren. Jetzt konnte der Russe ruhig

nach Topory kommen, den Piotr Niewiadomski findet er dort nicht.
Durch die Linderung ermutigt, fragt er: »Ist der Russe weit?«
Diese Frage erzürnte den Gendarmen. Solche Fragen darf man in seinem Revier nicht stellen. Er nahm eine strenge Haltung an, bemühte sich, möglichst ›feldmäßig‹ zu erscheinen, nur der goldene Zahn warf einen warmen Glanz auf seine Worte: »Unterstehen Sie sich nicht, Panik zu säen! Dafür droht Kriegsgericht! Kein Grund für eine Panik. Wir siegen auf der ganzen Linie.«
»Jo, jo!« bestätigte ironisch der Gefreite, der Tscheche war. Durek schmetterte ihn mit einem Blick nieder. Was für eine Taktlosigkeit, in Gegenwart eines Analphabeten am Sieg zu zweifeln. Durek pflegte die Kriegsnachrichten in der Lemberger ›Wiek Nowy‹ (Neue Zeit) zu lesen.
»Die Russen ziehen sich auf der ganzen Linie zurück!« rezitierte er auswendig. »Bei Rozwadow zerschlugen wir zwei feindliche Divisionen. Der General der Kavallerie von Brudermann . . .«
Er verschluckte sich beinah an dem Namen des Generals. Er kannte nicht nur die Namen der Generäle, er konnte sie auch richtig aussprechen. Wenigstens die deutschen. Einige Schwierigkeiten bereiteten ihm nur die ungarischen Namen. Er suchte sie nach Möglichkeit zu vermeiden. In diesem Augenblick aber lohnte es überhaupt nicht, Namen zu nennen. Es lohnt sich nicht, das ungebildete Volk aufzuklären. Von Herrlichkeit triefende, wie Federbüsche rauschende Adelsnamen sollten für höhere Zwecke aufbewahrt werden. Um die Vorgesetzten zu blenden, zur Erhöhung der guten Meinung dort, wo diese Meinung die Haltung beeinflussen konnte.
Piotr verstand ihn nicht. Was durfte man nicht säen? Panik? Was ist das – Panik? Vielleicht giftige Körner oder etwa eine Tabaksorte? Schwere Strafen wurden denjenigen auf-

erlegt, die insgeheim Tabak pflanzten. Piotr säte gar nichts, züchtete gar nichts, außer Bohnen, Kraut und Sonnenblumen. Die Sonnenblumen wuchsen eigentlich für Magda. Und was heißt es, der Russe weiche zurück, wenn unser Militär von der Front flieht und man uns so schnell wie möglich befiehlt, Topory zu räumen? Der Teufel weiß, was wahr ist. Möglicherweise ist es so, wie der Gendarm sagt, nur versteht Piotr es nicht. Wenn er nicht weiß, wo die linke und wo die rechte Seite ist – konnte er auch nicht wissen, wo vorne und wo hinten ist. Der Teufel, Vater aller Relativitäten, ist listig! Einst, als Piotr ein Kind war, führte der Teufel ihn in einer dunklen Nacht über Felder, Felder, zwei Stunden vielleicht. Piotr irrte umher und suchte seine Hütte und konnte sie nicht finden, und das Haus stand dicht vor seiner Nase, hundert Schritte entfernt. Der Teufel versteckte die Hütte unter der Erde, um die unschuldige Seele zu versuchen. Wer weiß, vielleicht führt der Teufel das ganze kaiserlich-königliche Heer irre, dem es scheint, daß es vorrücke, während es sich in Wirklichkeit zurück- und immer mehr zurückzog?
Wiederum ertönte das Glockensignal. Piotr lief mit dem Fähnchen heraus, und zum letztenmal in seinem Leben schloß er die Schranke auf der Strecke Lemberg-Czernowitz-Itzkany. Seine Eisenbahnerkarriere war zu Ende.

V. KAPITEL

»Also nicht aufhalten? Hallo! Ich frage, ob ich nicht anhalten soll?« – Der Vorsteher der Station Topory-Czernielitza telephonierte mit dem Vorsteher der Station Śniatyn. »Sie sagen, es wird um 12.29 anfangen und wird bis 14.50 dauern? Aber selbstverständlich. Durch diese Evakuierung hatte ich seit einigen Tagen keine Zeitung in der Hand. Hallo! Ja, was denn? Auf jeden Fall nicht anzünden? Ja, ich auch nicht. Solche . . . Hallo! . . . solche Sachen hatten wir schon. Im Altertum, zur Zeit der Punischen Kriege, Scipio Africanus . . .«

Im Hörer des Stationsvorstehers aus Śniatyn rauschte die Geschichte des Altertums. Zwischen der Station Śniatyn und der Station Topory-Czernielitza, in den Drähten, auf denen müde Spatzen saßen, jagte, in der historischen Stunde der Evakuierung des Bezirkes, Hannibal hin und zurück. Inzwischen meldete sich die neuere Geschichte im Echo des fernen Kanonendonners, des Zitterns der Erde und Scheibenklirrens.

»Ja, ja, ich meld's an. Ergebenster Diener!«

Er hängte den Hörer ein, drehte die Kurbel, das Glöckchen im Apparat verkündete, daß das Gespräch zu Ende war. Hannibal ging unter.

Der Stationsvorsteher von Topory-Czernielitza rühmte sich einer klassischen Bildung. Besonders gut erinnerte er sich an die Punischen Kriege, denn dank jener und anderer blutigen Geschichten mußte er sein Abitur wiederholen. Das erste Mal sagte er zum Ärger der ganzen Kommission, daß es fünf Punische Kriege gäbe und daß Philipp von Mazedonien sie gegen Rom geführt habe. Als er nach sechs Monaten zum zweitenmal zum Examen erschien, wußte er genau, was wirklich geschehen war. Doch diesmal war der prüfende Professor nicht neugierig, seine Meinung über die Punischen Kriege zu erfahren. Nachdem er einigermaßen richtige Antworten über Julius Cäsars Feldzüge erhalten und nachdem er eine leidliche Übersetzung eines Fragments aus ›Ab urbe condita‹ angehört hatte, bestätigte er die Reife des Kandidaten. Der Vorsteher vergaß bis ans Ende seines Lebens die Punischen Kriege nicht. Er lobte die alten Römer *en bloc*, nicht so sehr für ihre Tugend und Klugheit, als vielmehr dafür, daß man dank der oberflächlichen Kenntnis ihrer Geschichte und Schriften in der k. u. k. Armee nur ein Jahr dienen mußte, Reserveoffizier werden und einen Staatsposten bekommen konnte. Menschen ohne Abitur betrachtete er als Geschöpfe zweiter Ordnung. Er reichte ihnen nie die Hand. Eine Ausnahme machte er nur Frauen und der eigenen Familie gegenüber, zum Beispiel dem Vater, der im Rohatiner Bezirk Wagenbauer war. Aber den Vater erwähnte er nicht gern, und nicht überall mochte er sich mit ihm zeigen.

Nur noch vier Jahre fehlten ihm zur vollen Pension. Der einzige Sohn Tadzio würde dann schon das Abitur hinter sich haben. (Sie sollten ihn nur über die Punischen Kriege oder Cäsars Feldzüge prüfen!) Mit diesem Tadzio hatte man Scherereien. Er haßte die alten Römer und noch mehr die alten Griechen mit ihrer verfluchten Grammatik. Er wollte Eisenbahnmechaniker werden. Zu diesem Entschluß trug in großem Maß die Station Topory-Czernielitza bei. Tadzio verbrachte gerade die Ferien bei den Eltern. Eben durchstöberte er in der Küche die Abfälle auf der Suche nach Glas. Er wollte unbedingt ein Stückchen Glas haben. Als er es nicht im Kehricht fand, ging er zur Wand hinüber, wo eine kleine Küchenlampe hing. Er zündete sie an, drehte den Docht so hoch, daß das Glas vom Ruß schwarz wurde und platzte. Da löschte er sie aus. Ein Stück rußiges Glas steckte er in die Tasche. Er sah sich um, ob ihn niemand sah, und schlich sich aus der Küche.

Im Büro des Vaters läutete das Telephon.

»Hallo! Jawohl. Ich höre. Sie kamen heute früh. Ja, ein Offi-

ziersanwärter. Ich weiß von nichts. Auf die Strecke, jawohl, auf die Strecke. Hallo. Ich verstehe nicht. Jawohl, die Gendarmerie. Ich weiß noch nicht. Wahrscheinlich schick' ich die Familie nach Wien. Was sagen Sie? Keine Spur. Die Kasse habe ich gleich gestern abgegeben. Nun, und was sagte er? *De gustibus non est* ... Natürlich. Aber wissen Sie – schon im Altertum ... Entschuldigen Sie, entschuldigen Sie vielmals. Ich dachte, daß es Sie interessiert – –«
Das Gespräch wurde unterbrochen. Der Vorsteher der Station Kolomea wollte nicht die Bildung des Stationsvorstehers von Topory-Czernielitza bewundern. Und dazu noch in so einem Augenblick, da die Welt zusammenstürzt und die Russen herankommen und das Militär die Bahn übernimmt.
Der Vorsteher leerte schweigend den bitteren Kelch. Der Offiziersanwärter Hopfenzieher trat ins Büro, ohne anzuklopfen. – Der Vorsteher vertrug es nicht, wenn man, ohne zu klopfen, ins Zimmer kam. »Ohne anzuklopfen tritt man nur in einen Schweinestall«, hatte er in normalen Zeiten – das schlechterzogene Publikum belehrt. (Das Publikum in Topory-Czernielitza hatte meist kein Abitur.) Aber die Zeiten waren nicht mehr normal, und der Offiziersanwärter Hopfenzieher hatte nicht nur das Abitur: von heute ab war er hier der Herr. Die Aufschrift an der Tür: ›Eintritt Fremden streng verboten‹ war überholt. Wer ist hier jetzt fremd und wer nicht?
»Hätten Sie Lust, mit mir das Inventar nachzuprüfen?« fragte der Eindringling.
»Ausgezeichnet!«
Sie setzten sich an einen Schreibtisch und begannen, auf dem Papier das Inventar zu prüfen.
Die Arbeit unterbrach ein schüchternes Klopfen. Der Vorsteher sprang wütend vom Stuhl und öffnete die Tür. Mit der Mütze in der Hand stand Piotr Niewiadomski auf der Schwelle.

»Was ist los? Wißt Ihr nicht, daß das Eintreten ohne Klopfen verboten ist?«
»Ich habe angeklopft, Herr Stationsvorsteher.«
Natürlich klopfte er. Aber was ist er doch für ein Esel: sieht er nicht, daß es hier gar nicht um ihn geht, sondern um jene Eindringlinge, die heute früh in die Station einbrachen? Das sind die ›Fremden‹, denen man für alle Zeiten den Eintritt verbieten sollte. Und plötzlich erwachte im Vorsteher eine Sympathie für Piotr. Dieser dunkle Huzule war doch sein Mensch und nicht ›ihrer‹. Immerhin verbrachten sie elf Jahre zusammen. Zum erstenmal seit elf Jahren keimte im Vorsteher das zarte Gefühl der Solidarität mit dem kleinsten Funktionär desselben Dienstzweiges auf. Und zum erstenmal fühlte sich das Flügelrad auf seiner Dienstkappe, mit goldenem Zwirn gestickt, wie ein Bruder des Blechrads auf Piotrs Kappe. Der Glanz der metallenen Räder blendete den Vorsteher, und die Flügel rauschten mit pathetischem Schlag. Es war kein Abzeichen mehr, kein Symbol, sondern der Genius der Eisenbahn. Es genügte aber, auf den Kragen des Kadetten zu schauen, um festzustellen, welchen Göttern er in Zivil diente. Er war ein militarisierter Eisenbahner.
Und der Glanz der Räder erlosch, und die rauschenden Flügel gehörten einem Trauerengel, dem Trauerengel der verpfuschten Karriere eines Stationsvorstehers. Es unterlag nämlich keinem Zweifel, daß der Krieg die Beförderung verzögern werde, zumal jener Beamten, welche die Evakuierung zu flüchten zwang. Wenn der Krieg nicht wäre, ginge man in Pension – in einer höheren Rangklasse, vielleicht sogar mit goldenem Kragen. Der Vorsteher schaute Piotr wie seinen eigenen Sohn Tadzio an. Der Vorsteher – war ein menschlicher Vorgesetzter, auch wenn er einem gelegentlich eine versetzte.
»Kommen Sie später«, sagte er wohlwollend. »Sie sehen, ich bin jetzt beschäftigt. Sie haben noch etwas Geld gut. Kommen Sie in einer Stunde.«

Wehmut lag in diesen Worten. Der Vorsteher trennte sich von seiner Station. Er hatte sie liebgewonnen, wenn er sie auch manchmal verfluchte. Und gehörte nicht Piotr Niewiadomski ebenso zum Inventar wie der Fahrkartenschrank (der Altar der Station), der Morse-Apparat, der Telegraph, Weichen, der Wertheimer-Geldschrank, die Waage und drei Uhren aus der Siemens-Halske-Fabrik? Er gehörte dazu – aber der Vorsteher wird ihn dem Offiziersanwärter nicht übergeben. Er übergab nur das tote Inventar. Piotr war lebendig. Und über die Lebendigen verfügt der Kaiser.

»Na, da kann ich also gehen«, sagte Piotr.

Ja, er konnte gehen, er hatte hier nichts mehr zu suchen. Der Vorsteher wollte ihn aber mit noch einem, dem letzten Dienst beehren.

»Vielleicht holen Sie das Schild herunter. Aber passen Sie auf die Haken auf, die Haken könnten noch brauchbar sein. Bringen Sie sie mir.« Und er schloß die Tür vor seiner Nase.

Das erste Mal seit elf Jahren hieß ihn der Vorsteher etwas verrichten und sagte dabei sogar ›vielleicht‹. Das hatte schon den Geschmack von Brüderschaft.

Das Schild herunterholen? Was bedeutet das? Piotr begriff die Bedeutung des Schildes gut, auch wenn er nicht lesen konnte. Ein Schild war für die Station das gleiche wie für den Menschen – der Name. Die schwarzen lateinischen und ruthenischen Buchstaben kannte er auswendig. Das Wort ›Topory‹ war wie Piotr, und ›Czernielitza‹ wie Niewiadomski. Die Station des Schildes berauben – das war so, wie einem Menschen den Namen nehmen. Der Auftrag des Vorstehers erschütterte Piotrs Glauben an die Weltordnung. Die ganze Welt war voll blühender Namen – wie eine Wiese. Bestimmt hat Gott sie vor Jahrhunderten gesät. Es gab duftende, süße, sanfte Namen und es gab scharfe, streng verbissene. Woher kam zum Beispiel der Name ›Topory‹, der polnisch ›Äxte‹ bedeutet? Wahrscheinlich

waren hier einst lauter Wälder, und es kamen Holzhauer mit Äxten und fällten sie. Und jetzt soll man der Station ihren größten Stolz nehmen, das, was sie von anderen Stationen unterschied? Piotr ging plötzlich ein Licht auf. Wahrscheinlich muß man das Schild herunternehmen, damit der Russe nicht so leicht herfinde. Soll er die Station doch selber suchen oder seine russophilen Bauern fragen. Wir – werden dem Russen nicht zeigen, wo Topory-Czernielitza ist.
So einen Sinn gab Piotr seinem letzten Auftrag bei der Eisenbahn.
Der Anblick des Bahnsteigs trug noch mehr zur Verwirrung seiner Seele bei. An der Wand, an der Tür, die zum Wartesaal führte, standen Gewehre. Piotr zählte sie: es waren acht. Niemand bewachte sie. Überall Papier, Abfälle, Stummel und zertretenes Stroh. Stroh bedeckte auch den Fußboden des Wartesaals. Auf den Bänken – Tornister, Brotsäcke, Eßschalen. Drei Soldaten machten sich auf dem Stroh breit. Sie rauchten Pfeifen und sprachen in einer fremden Sprache. Piotr ging mit Widerwillen durch den Wartesaal, den man in ein Soldatenquartier verwandelt hatte. Herausfordernd spuckte er in den dreckigen Spucknapf. Als er zurückging, fiel ihm auf, daß die Petroleumlampe in der Laterne fehlte, die vor dem Häuschen für ›Damen und Herren‹ Wache stand. Sie hatten sie schon stibitzt, die Kerle. Piotr ging daran, das Schild herunterzuholen. Er stellte eine Leiter an die Wand. Das längliche, wohlgeformte Schild hing zwischen dem Wartesaal und der Wohnung des Vorstehers im ersten Stock. Die Wohnung bestand aus drei Zimmern und Küche, doch nur zwei Fenster gingen auf den Bahnsteig. Piotr bestieg die Leiter und blieb auf der vorletzten Sprosse stehen. Unter den Fenstern des Vorstehers, in grünen hölzernen Kästen mit Erde, blühten Petunien, Storchschnabel und Spanische Kresse. Die Frau des Vorstehers, die Blumen leidenschaft-

lich liebte, hatte sie gepflanzt. Piotr senkte den Kopf und verweilte einige Augenblicke in der Betrachtung der Blumen. Sie dufteten nicht. Dann zog er eine Zange aus der Tasche und lockerte die Haken. Von dem Lärm angelockt, erschien in einem der Fenster der Kopf eines Knaben. Es war der Sohn des Vorstehers, es war Tadzio. Er erkannte Piotr.

»Was machen Sie denn hier, Piotr?«

»Das Schild wegschaffen.«

»Warum?«

»Der Vater wollt's.«

Tadzio grunzte bissig und verschwand sofort.

Piotr zog die Haken heraus. Das weiße Schild mit den schwarzen Teufelszeichen rutschte zur Seite hinüber. Piotr hielt es mit der linken Hand fest, aber das Schild war zu schwer. Wenn er es mit beiden Händen stützen wollte, konnte Piotr das Gleichgewicht verlieren. Eine Weile lang stand er unentschlossen auf der Leiter. Endlich entschloß er sich, das Schild zu Boden zu werfen. Er sah wie Moses aus, der die Gesetzestafeln zertrümmert. Das Schild fiel mit einem lauten, metallischen Klang zu Boden, ohne aber Schaden davonzutragen. Nicht ein Buchstabe ging verloren.

Piotr stieg von der Leiter herab, wie ein Scharfrichter nach der Vollstreckung des Urteils. Er hob das Schild auf die Arme wie einen toten Menschenkörper und trug es ins Lager. Die Soldaten auf dem Bahnsteig schauten gleichgültig der Degradierung der Station zu. Ja, von diesem Augenblick an gab es eigentlich die Station Topory-Czernielitza nicht mehr. Es blieb nur ein einsames Häuschen auf der Strecke, ohne Namen, ohne Kopf, ohne Seele. Am späten Abend verabschiedete sich Piotr vom Vorsteher. Der ›Alte‹ zahlte das restliche Gehalt aus und legte außerdem zwei Kronen aus der eigenen Tasche dazu. Er erteilte ihm auch gewissermaßen die Letzte Ölung. »Führen Sie sich gut beim

Militär, lassen Sie sich nicht töten. Wenn Sie der Teufel holt, wird kein Hund nach Ihnen bellen.«
Diese vom Vorsteher bevorzugte Wendung stammte noch aus den Zeiten seines Militärdienstes. Einer der Leutnants in der Einjährigenschule pflegte, wenn er irgendeinen der Zöglinge seine höchste Verachtung ausdrücken oder ihn von der vollkommenen Nichtigkeit seines Lebens überzeugen wollte, auszurufen: »Ich erschieße Sie, und kein Hund bellt nach Ihnen!« Der Hund diente natürlich nur als plastische Metapher, und als solche ging er in den Phrasenschatz des Vorstehers über.
Die Verabschiedung war rührend, doch kam es nicht zu Tränen. Piotr gehörte nicht zu denen, die so leicht weinen. Im harten Leben wurde nicht nur seine Haut hart, auch einige Drüsen hörten zu funktionieren auf. Piotr küßte dem Vorsteher die Hand. Mehr als die Trennung von den Lebendigen machte ihn der Abschied von der Welt der toten Dinge traurig. Dieser Welt fühlte er sich näher als den Menschen. Er war selbst hier so eine Art Stationskran. Und diese Schienen, diese Steine, diese Schwellen, trugen sie nicht die Spuren seiner Hände, waren sie nicht von seinem Schweiß betaut? Zwar existieren diese Spuren nur unsichtbar, aber sie werden so lange existieren, bis einst neue Menschen kommen, um neue Schienen zu legen, um frischen Schotter auf der Strecke Lemberg-Czernowitz-Itzkany zu streuen. Die unbewegliche, schweigende Dauer der Dinge, denen menschliche Hände ihren Sinn gaben – das ist der höchste Lohn für die schwere, gemeine, vergängliche Mühe. Besäße Piotr die klassische Bildung des Vorstehers, könnte er in diesem Moment sagen: Non omnis moriar. –
Er ging den Bahndamm entlang und erkannte sogar im Dunkeln jeden Gegenstand, mit dem ihn seine Arbeit jemals verbunden hatte. Hier war die Pumpe, vor der die Lokomotiven halten, um Wasser zu fassen. Wie ein steifer,

wunderlicher, riesiger Vogel dunkelt sie in der Finsternis mit ihrem blechernen Schnabel. Hat doch Piotr sie so oft für den Winter in Stroh gewickelt. Und drüben, ganz in der Nähe, rosten im Gras alte allzu gute Bekannte: ausgediente Schienen.

Piotr kehrte nach Hause zurück. Das Dorf lag drei Kilometer hinter der Station. Feuchte Wiesen, im Frühling mit Hahnenfuß bedeckt, säumten den Weg. Es war die Zeit der Heumahd, und dicke Heuhaufen standen in regloser Schwarmlinie wie ein verzaubertes Heer. In einem bestimmten Moment schien es Piotr, als wenn die Haufen vorwärtsrückten. Aber die Täuschung schwand bald. So weit das Auge reichen konnte – war keine lebendige Seele zu sehen. Es sei denn, Grashüpfer, die so laut und unermüdlich die Nacht durchdringen, hätten eine Seele. Die Erde, irgendwo weit von Kanonenkugeln geschändet – stöhnte in gleichmäßigen Zeitabständen. Die Nacht war kühl. Der Mond kroch noch nicht aus seiner Höhle hinter dem Hügel bei Czernielitza, doch zerstäubte er über Topory schon silbernes Mehl. Sterne zwinkerten ihm ermutigend zu, aber sie waren winzig und fahl, wie Flämmchen von kleinen Petroleumlampen. Der Mond hatte Zeit. Er spann lange Zeit irgendwelche Ränke in dieser Nacht.
Das Dorf schickte Piotr seine stärksten Gerüche entgegen: überreife Zwiebeln und Petersilie. Und als er zwischen die ersten Hütten trat, wehte ihn mit der Ruhe ländlichen Daseins der ewige Geruch bäuerlicher Stuben an: eine Mischung von Holzrauch, Käse, Molkenwasser, Hühnerdreck und Armut. Schwarze, unglasierte Töpfe, Mohnnäpfe, Krüglein steckten auf den Zaunpflöcken wie Helme auf den Köpfen der Kreuzritter. In vielen Hütten brannte Licht, denn der Landsturm sollte am nächsten Morgen nach Ungarn abfahren. Jetzt packte man für ihn Bündel in Holzkoffer, kochte Essen für den Weg. Nur in der Hütte des Hryć

Łotocki war es dunkel. Er schlief ruhig, er zählte über fünfzig Jahre, und der Kaiser rief ihn nicht in den Krieg. Łotockis Hund sprang beim Klang von Piotrs Schritten aus der Hütte, lange bellte er den Vorübergehenden an, als wäre er ein Dieb. Vom Gekläff geweckt, fuhren andere Hunde auf, aber nicht lange erwiesen sie Łotockis Schäferhund ihre Solidarität. Einer nach dem anderen zogen sie sich auf ihre Lager zurück.

Dafür erkannte Baß aus der Ferne den Schritt Piotrs und sprang ihm freudig entgegen. Er wartete vor der Hütte zusammen mit Magda, die im Dorf die beschleunigte Abreise Piotrs erfahren hatte. Sie beschloß, diese Nacht bei ihm zu verbringen. Sie gingen in die Stube hinein.

Piotr zündete die Lampe an. Es war schwül. Magda öffnete die Fenster. Sofort flogen nächtliche Schmetterlinge, Motten und farbige Käferchen herein. In Mengen starben sie geräuschlos in der lockenden Flamme, wie Soldaten, die in dieser Nacht im Kanonenfeuer fielen an der Drina, der Sambre, der Maas. In diesem Augenblick hat nämlich der Rückzug der österreich-ungarischen Truppen aus Serbien bei Kragujevac begonnen, und vom Norden rückten eben die 4. und 5. russische Armee heran, vom nördlichen Osten dagegen die 3. und 8., indem sie sich zentripetal der Linie Przemyśl–Lemberg näherten. Durch das Geklirr der schmutzigen Scheiben im Haus Piotr Niewiadomskis verkündeten die in Galizien kämpfenden Armeen ihren gesteigerten Einsatz. Piotr setzte sich aufs Bett, ohne den Hut abzunehmen. Er war sehr müde und hungrig. Magda scharrte die Asche heraus, die sich noch vor dem Krieg im Herd angesammelt hatte, spaltete einige Holzscheite und machte Feuer. Umsichtig, wie sie war, brachte sie Milch, Brot, Kartoffeln mit. Lange schwiegen sie. Das warme Feuer im Herd begann langsam zu den Menschen zu dringen.

Als erste fing Magda an: »Sie fahren?«

Obgleich Magda für Piotr seit vier Jahren das war, was

zivilisierte Menschen ›Geliebte‹ nennen, wagte sie es nicht, zu ihm ›du‹ zu sagen. Nur in Augenblicken tiefster Vertraulichkeit erlaubte sie sich, das zu tun. Waren diese Augenblicke vorbei, trennte sie von Piotr wiederum eine Barriere aus Ehrfurcht und jenen siebzehn Jahren, um die er älter war als sie. Er sagte zu ihr immer ›du‹, sie nur im Dienst. Im Dienst der Venus. Außerhalb dieses Dienstes existierte sie bloß als demütige Waise, die ihre Minderwertigkeit nicht vergessen darf.

»Ich fahre«, antwortete er.

Und wiederum schwiegen sie. Erst beim Abendessen, das sie zum letztenmal zusammen genossen, sprach Piotr sie an: »Paß auf Baß auf, daß ihn die Russen nicht wegnehmen. Auf einen Hund ist jeder erpicht.«

Und er streichelte Baß, mit beiden Händen faßte er seine Schnauze so, daß der Hund winselte.

Magda tat das weh. Immer kümmerte er sich mehr um den Hund als um sie. Sie schwieg jedoch, denn auch Waisen haben ihre Ehre. Nach dem Abendessen trat Piotr vor das Haus, zündete die Pfeife an. Er setzte sich auf die Schwelle und schaute in die Sterne. Ein Stern riß sich von seiner Herde los, machte einen Strich über den ganzen Horizont und verschwand im Pruth. Piotr versank in Gedanken. Er hatte gehört, daß Sterne herunterfallen, wenn jemand sterben sollte. Er lachte laut auf: wenn wegen jedes Bauern, der im Krieg verreckte, ein Stern herunterfiele, müßten sie ununterbrochen fallen und so dicht wie Hagel. Und bald bliebe kein einziger am Himmel.

Er wußte nicht, daß es mehr brennende und erloschene Welten gab als Soldaten Seiner kaiserlichen und königlichen Majestät.

Er rauchte die Pfeife aus, erhob sich schwer und ging in den Obstgarten. Alle Bäume dunkelten phantastisch im milchigen Abglanz des versteckten Mondes. Keiner der beiden Apfelbäume brachte in diesem Jahr Früchte, und die Pflau-

men waren noch klein und grün. Trotzdem pflückte er eine und steckte sie in die Tasche. Dann ging er um das Haus herum und stellte gewiß zum hundertstenmal fest, daß es um so ein Haus schade war. Man könnte es restaurieren.
Unter dem Strohdach hingen blanke gelbe Maiskolben. Sie trockneten, um als Samen zu dienen. Sie sahen in der Dämmerung wie schlafende, an Nägeln herunterhängende Fledermäuse aus.
Piotr kehrte zu Magda zurück – und es begann ihre Liebesnacht. Das Mädchen wusch die Schüsseln, wusch die Töpfe, fütterte Baß mit den Überresten des Nachtessens. Der satte Hund lief auf den Hof hinaus, kehrte aber gleich mißmutig zurück: offenbar konnte er kein bequemes Lager finden. So begann er denn, sich unter dem Bett eine Schlafstätte zu bereiten. In einer Ritze zwischen dem Herd und dem Fußboden zirpte eine Grille.
Magda kniete vor dem Bild der Heiligsten Mutter, schloß die Augen und betete lange mit inbrünstigem Geflüster. Dann nahm sie ihr Kopftuch ab, legte die Schürze und das Kleid ab, öffnete zwei dünne Zöpfe und flocht daraus einen dicken. Dann löschte sie das Licht aus und legte sich zu Piotr. Da rührte sich Baß unruhig, er erinnerte an seine Gegenwart. Piotr schämte sich vor Baß. Dieser lebendige Zeuge geniert. Er muß fort. Piotr sprang aus dem Bett, öffnete die Tür und versuchte, Baß wenigstens in den Flur hinauszudrängen. Aber der Hund weigerte sich zu gehorchen und war verbissen: er wollte seinen Herrn in der letzten Nacht freiwillig nicht verlassen. Piotr – gedemütigt, brauchte Gewalt, und mit dem Stock, mit dem Stock trieb er seine einzige Liebe hinaus. Die vertriebene Liebe heulte schmerzlich auf.
Piotr liebte Magda nicht, er ›lebte‹ nur mit ihr. Und konnte er überhaupt lieben? Wer weiß, ob Liebe nicht ein Luxus ist, den sich nur bevorzugte Seelen gestatten können? Worin zum Beispiel offenbarte sich Piotrs Liebe zu Baß? War es

etwa das grenzenlose Zutrauen eines geschlagenen Menschen zu einem geschlagenen Tier, die Kameradschaft eines Hundeschicksals auf dieser Erde, über die sie beide mit gebückten Köpfen schritten, oder war es mehr? Und vielleicht ist die Liebe eine stupide, gegenseitige Untertänigkeit? Denn auch Piotr unterlag Baß oft gegen alle Vernunft, und die vernunftlose Ergebenheit einem schwächeren Geschöpf gegenüber gilt manchmal als Liebe. Nur in wirklich wichtigen Situationen, zum Beispiel, wenn dem Hund Gefahr drohte, zwang Piotr ihm seinen Willen auf. Was weiß ein Huzule von einem Hund? Piotr maß Baß einen großen Verstand zu. Es schien ihm, daß der alte Hund alles sah, fühlte und jede menschliche Bewegung verstünde. Und deswegen schämte er sich vor Baß, sooft Magda über Nacht bei ihm blieb. Oft kam es, mit Rücksicht auf Baß, überhaupt zu keiner Vertraulichkeit zwischen Piotr und Magda. Der Hund konnte nicht dulden, wenn jemand seinen Herrn anfaßte, er schien eifersüchtig zu sein. Er stürzte sich auf den fremden Körper und versuchte, ihn von Piotr loszureißen. Aber auch wenn Baß sich ruhig verhielt, fühlte Piotr keine Bewegungsfreiheit. Diesmal aber überwog die Erregung, durch die Vorfälle des Tages gesteigert, wie auch durch die neblige Vorahnung, daß es die letzte Nacht mit Magda sei. Piotr wollte nicht auf sie verzichten, und in Gegenwart von Baß konnte er sie nicht lieben. Er jagte ihn hinaus.
Der Vorfall mit Baß kühlte sein Verlangen ab. Es ist dumm, zu der Werbung zurückzukehren, die durch den Widerstand des Tieres unterbrochen wurde. Überdies saß unter den Lidern der Krieg wie ein lästiges Insekt und bedrückte ihn mit aufdringlichen Gedanken über den morgigen Tag. Man muß das Blut wieder wecken, die Flamme schüren, den Verstand ausschalten, Ängste überwinden. Am Ende siegte Venus.
Nein, Piotr liebte Magda nicht. Er genoß ihren Leib, wie man Schnaps trinkt oder wie man ein Kurbad nimmt. Nur

war es kein Laster. Piotr hatte keine Laster. Magdas magerer, kleiner, fester Leib war immer kühl. Nicht einmal in Momenten heißester Entzückung schwitzte dieser Leib. Er beschenkte Piotr mit sanfter, diensteifriger Ergebenheit. Deswegen gewann Piotr ihn lieb. In den Armen der Waise verspürte er die jedem Mann liebe Linderung, das Abstumpfen des Bewußtseins und der Kräfte. Und dann war Magdas Körper das einzige Gebiet, auf dem er sich als Sieger fühlte. Ohne dieses Gefühl kann der männliche Egoismus nicht bestehen. Piotr besiegte Magda, er fand keinen Widerstand, aber manche Mühe, und nur der Gedanke an die Unfruchtbarkeit seines Samens trübte seine kurze Freude. Sie beraubte des tieferen Sinns, machte die Vereinigung zweier Körper, die keine Folgen hatte, unernst. Aber sie behütete gleichzeitig vor Ausschweifung. Übrigens wurden Magdas Sinne noch durch ihren Glauben und Piotrs Alter abgekühlt. Einem jüngeren Mann würde es – möglicherweise – gelingen, Magdas Körper zu Ausschweifungen zu verführen; und ihre Seele – des Bewußtseins der Sünde zu berauben. Da sie mit Piotr lebte, vergaß sie niemals, daß sie sündigte, sie bemühte sich also, wenigstens mit Maß zu sündigen. Und deswegen – sicherlich – betete sie so inbrünstig, bevor sie in sein Bett ging. Sie betete, als wollte sie im vorhinein die Vergebung erlangen. Piotr berauschte sich auch nie an Magda, er beherrschte immer seine Instinkte. Er erfüllte gewissermaßen unbewußt die Pflicht, die ihm der unbekannte, polnische Vater – Niewiadomski – als Erbteil hinterließ.
Die Nächte mit Magda gaben ihm eine unmittelbare Lebensfreude, die er sonst nirgends genoß. Der Körper der Waise war somit für ihn das Kaffeehaus und die Oper und die weite Seereise, alles, was für andere Menschen Musik, Sport und die Vergnügungen des Geistes bedeuten. Er enthielt aber keinerlei Überraschungen, er war alltäglich – wie Brot. Piotr fand darin Ruhe, Weichheit, und er fühlte sich

für einige Sekunden außerhalb des eigenen Lebens versetzt. Weib, Schnaps, Religion – dies sind drei Genüsse, welche die Seele eines ungebildeten Huzulen vor der Verzweiflung und der Hölle auf Erden schützen.
Niemals jedoch nahm Piotr Magda mit in seine Träume. Die Waise machte an der Schwelle seines Schlafes und seines Wachens halt, so wie sie es am Tag nicht wagte, zu ihm ›du‹ zu sagen. Piotr war im Schlaf einsam, auch wenn ihn ihre Arme umflochten. Oftmals besuchte ihn im Traume die Mutter, manchmal sogar die ungeratene Schwester Paraszka, nie – Magda. Sie dagegen träumte oft von ihm. In dieser Nacht war sie ganz mit ihm vereint. Sie sah ihn zuerst in der Gestalt eines kleinen Kindes, und er sog an ihrer Brust, dann wuchs das Kind plötzlich ... Die Scheiben zitterten, die Erde bebte rhythmisch, als wäre sie von Liebeskrämpfen geschüttelt. Die dumpfen, dunklen, weiten Detonationen in der nächtlichen Stille waren nicht schrecklich – im Gegenteil – sie erregten. Die ganze Nacht musizierte vor dem Menschenpaar die Grille, dieser Mozart der bäuerlichen Ofenecken. Nur das Winseln des verjagten Baß füllte die Nacht mit Unruhe und entzündete irgendwelche unvernarbten Wunden.
Der Mond führte entschieden etwas im Schilde. Er zeigte sich nicht, obgleich er längst über Topory stehen sollte. Erst gegen Mitternacht rollte er majestätisch hinter Czernielitza hervor und übergoß die Nacht und das schlafende Liebespaar mit kaltem Silber. Der silberne Piotr und die silberne Magda schwammen aus dem Dunkel wie zwei silberne Geister hervor. Piotr schnarchte. Die Scheiben klirrten wie Silber.
In jenem Augenblick verließ der Tod die Schlachtfelder und schlich durch die Stanzen und Kemenaten des Vatikans. Umsonst bewachten Garden mit Hellebarden sämtliche Eingänge. Der Tod führte ihre Wachsamkeit irre und drang in das Bett, in dem der Greis Melchior Joseph Sarto lag.

Kardinäle und Prälaten sprachen schon die Bußpsalmen. Einer der Hausprälaten Seiner Heiligkeit reichte dem Sterbenden das Kreuz zum Küssen. Der Tod des Papstes Pius X. trat um 1 Uhr 20 Minuten ein. Der Kardinal Kämmerling della Volpe stellte das persönlich fest. Danach begannen die Kardinäle und Prälaten das *officium defunctorum* zu lesen. Der Tod kehrte, nachdem er seine Aufgabe erfüllt hatte, auf die Schlachtfelder zurück. Eben begann die Schlacht in Lothringen. Piotr Niewiadomski schnarchte.

Die Sterne erblichen, die Nacht war entkräftet, als Magda mit lautem Weinen erwachte. Sie hatte einen furchtbaren Traum. Ihr träumte von Piotr. Er lag auf dem kleinen Hof des Iwan Bury. Er lag ganz nackt, und auf dem Bauch hatte er eine riesige, abscheuliche Wunde. Die trächtige Sau der alten Maryna Prokipczuk tauchte ihre Schnauze in die Wunde und schlürfte das Blut so laut, so laut. –

Magdas Schluchzen weckte Piotr. Sonst war es auf der Welt vollkommen still. Vor Tagesanbruch hörte das Kanonenfeuer auf, man möchte sagen – um Atem zu schöpfen. Die Scheiben zitterten nicht. Nur die Grille musizierte immerfort in der Ritze zwischen dem Küchenherd und dem Fußboden. Piotr erschrak über die plötzliche Ruhe auf der Erde und über Magdas Weinen.

»Was hast du?« fragte er. Und als sähe er jetzt erst das ganze Elend der Waise und alles eigene Elend und alles Elend der Gattung, der er angehörte, fügte er hinzu, die Weinende zärtlich umarmend: »Kindchen?« Magda bebte am ganzen Körper vor Kälte, Schreck oder aus zunehmender Liebe und stammelte durch die Tränen: »Wenn Sie wollten – ich würde Sie bis zum Tode lieben.« –

Und sie erzählte ihren Traum. Piotr lachte, aber zwischen ihm und Magda stand schon das Wort ›Tod‹. Sie weinte noch, seufzte, endlich besänftigte Piotr sie. Und zum letztenmal im Leben schlief er in den mageren Armen der Waise Magdalene Mudryk ein.

VI. KAPITEL

Der Tag des 21. August erwachte wie alle Tage dieses Sommers – hell, strahlend und warm. Er versprach, sehr schön zu werden. Kein einziges Wölkchen. Die Vögel fingen zeitig zu zwitschern an, die Hähne krähten gedehnt und so fanatisch, als sollte wieder jemand seinen Meister verleugnen.

Derjenige, der bis heute Nachfolger des heiligen Petrus, des Seelenfischers, gewesen war, verleugnete seinen Meister nicht. Wenige Stunden zuvor, von der Welt Abschied nehmend, erneuerte er in Gegenwart der Kardinäle sein Glaubensbekenntnis. Ohne Furcht also konnte er vor dem König erscheinen, dessen Interessen er auf Erden beharrlich verteidigt hatte, freilich nicht immer mit Erfolg. Er blieb bis zum letzten Augenblick seinem Wahlspruch treu: ›Alles im Namen Christi erneuern.‹

Einige Tage nach dem Tod Pius' X. schrieb die römische ›Tribuna‹: »Der Papst ist ein Opfer des Krieges. In den letzten Tagen hat der Heilige Vater selbst viele Telegramme diktiert, um die europäische Katastrophe aufzuhalten.« – Er hielt sie nicht auf. Durch den Tod, der rechtzeitig kam, sagte er sich los von der moralischen Gemeinschaft mit den Stiftern der Schlächterei. Auf den Tod des Papstes krähten heute die Hähne in Topory, in Czernielitza und in der ganzen katholischen Welt.

Dicht über die ganze Welt waren die Garnisonen des römischen Gottes verstreut. Und sogar eine so winzige Gemeinde wie Czernielitza besaß (allerdings gemeinsam mit den Gemeinden Topory, Bogatyn, den Vororten Nowopole, Wierbiąż und der Kolonie Biłousy) ein eigenes Stück geweihter Erde und den Rest einer Reliquie irgendeines Heiligen der griechischen Kirche: den Kern des Gotteshauses. Und wo eine Kirche ist, dort ist auch ein Glockenturm und ein Pope, ein Kirchendiener oder Psalmensänger.

Die Nachricht vom Tod des Papstes gelangte um elf Uhr früh durch Vermittlung des Gendarmeriekorporals Jan Durek in den Pfarrhof von Czernielitza. Durek war frühmorgens auf der Station gewesen und erfuhr die Sache vom Vorsteher, der Telephon hatte. Der Pfarrer Makarucha steckte gerade seinen Kopf, der durch einen Drahthelm geschützt war, in einen seiner dreizehn Bienenkörbe. Zuerst glaubte er nicht an die traurige Nachricht. Er gehörte nämlich zu denen, die der Meister ›Kleingläubige‹ nannte. Zeitungen las er schon seit langem nicht mehr, und also war ihm nichts von der kurzen Krankheit des Papstes bekannt.

Die erste Pflicht eines Pfarrers beim Ableben eines der kirchlichen Würdenträger war – die Glocken zu läuten. Und wenn erst der Papst stirbt! Doch Pfarrer Makarucha erfüllte nicht sogleich seine Schuldigkeit. Der Tod des Heiligen Vaters ist ein zu großes Ereignis, als daß man es gleich glauben und auf der Stelle reagieren sollte. Übrigens brachten diese Zeiten phantastische Gerüchte hervor, und es vertrug sich nicht mit der Würde eines Kaplans, alle ernst zu nehmen.

Läuten oder nicht läuten?

Wahrlich, ein schwerer Entschluß. Denn war der Papst wirklich gestorben und die Glocken in dem Pfarrhof des Probstes Makarucha schwiegen – sündigte der träge Probst. Und ist das Gerücht falsch oder auch verfrüht, riskiert er, wenn er läutet, eines übermäßigen Eifers beschuldigt zu werden. Der Seele des lebenden Papstes kann es jedoch nicht schaden. Der Seele des Verstorbenen dagegen wird durch die Verzögerung des Läutens Unrecht geschehen. Und dies lag dem Pfarrer Makarucha jedenfalls fern. Pfarrer Makarucha wünschte sich nur eine Sache: die offizielle Bestätigung. Diese konnte nicht so schnell kommen, weil Krieg herrschte und Evakuierung und eine allgemeine Verwirrung. Was tun? Soll man sich über das Ableben des Kirchenhauptes grämen oder den Schmerz noch aufsparen?

An diesem Tag hatte Pfarrer Makarucha Kummer genug. Und zwar ärgerte er sich über – die fünf Kilogramm wiegenden Honigeimerchen (feinster Wabenhonig), von denen zehn an der Zahl auf der Station standen und nach Lemberg verladen werden sollten. Seit der Privatverkehr der Personen- und Güterzüge aufgehalten wurde, war das Schicksal des Honigs (des feinsten Wabenhonigs) ungewiß. Eigentlich war es schon seit heute ganz gewiß: die Ware wird nicht nach Lemberg abgehen. Was ist zu tun: läuten oder nicht läuten? Und das Lemberger Warenhaus hatte noch vor dem Krieg eine Anzahlung geschickt. Die Anzahlung betrug kaum den fünften Teil des Betrages, den Pfarrer Makarucha nach Lieferung der Ware erhalten sollte. Vielleicht wäre es richtig, wegen des Glockenläutens die Frau um Rat zu fragen? Aber was kann ein Weib in solchen Fällen raten? Es wird besser sein, sich allein zu entscheiden. Man kann sich so und so kompromittieren. Aber vor wem? Wenn sich das Gerücht als falsch entpuppt, kann man den Leuten sagen, daß zu einem anderen Zweck geläutet wurde.

Es ist wirklich ein Skandal – mit diesem Honig! Hatte er sich dafür das ganze Jahr abgerackert und sich den Bienenstichen ausgesetzt? Pfarrer Makarucha ging allerdings nie ohne Netz über dem Gesicht, ohne Handschuhe und Schurz an die Bienenkörbe. Er sah in diesem Kostüm wie der Oberpriester irgendeiner geheimen Sekte aus. Er liebte es aber, unter bestimmten Umständen, die Gefahr zu betonen, der er sich bei dieser Bienenzucht aussetzte, um so mehr, da sein Amt als Seelenhirte keine großen Gefahren barg. Pfarrer Sydir Makarucha machte gar kein Hehl daraus, daß ihm seine Bienen lieber waren als die fügsamen und räudigen Schafe seiner Pfarre. Die Schafe stechen zwar nicht, sie geben aber auch keinen Honig. Sie geben auch kein Geld für Kindtaufen, Trauungen und Begräbnisse. Besonders über Kindtaufen konnte Pfarrer Makarucha sich nur selten

freuen: jedes zweite Ehepaar war kinderlos. Es war ja allgemein bekannt, daß die Huzulen für die französischen Sünden ihrer Urväter büßten. Und wie der Probst von Czernielitza keine großen Einkünfte aus den Tugenden seiner Probstei hatte (ihre größte und, wer weiß es, vielleicht einzige Tugend war – Armut), so hatte er sie auch nicht aus den Sünden. Die Leute wollten sich nicht trauen lassen, sie lebten in wilden Ehen und hatten obendrein keine Kinder. Sünden, Sünden! Wie soll man da von fremden Sünden in so einer mageren und unfruchtbaren Pfarre leben? Was Wunder, daß Pfarrer Makarucha am Honig klebte; mit seiner ganzen Person – wenn man sich so ausdrücken darf – im Bienenkorb steckte. Um so mehr, als ihm, der er doch kein Huzule war, der liebe Gott keine Kinder zu geben geruhte. Honigscheiben, Kunstwerke der Insektenarchitektur, interessierten ihn mehr als jene Pflaster, mit denen er Wunden der Huzulenseelen lindern sollte. Die Frau des Pfarrers goß ausgezeichnete Kerzen aus Wachs, für den Hausgebrauch wie für die Kirche. Mit diesen Kerzen versahen sich auch die benachbarten Pfarreien, woraus sie nicht geringe Gewinne zog.
Der Honig sickerte oft aus den Bienenstöcken in den eigentlichen Beruf des Pfarrers. Sooft er in seinen Predigten das Gelobte Land erwähnte, darin Milch und Honig fließt, wußten die Gläubigen, die mit einer lebhaften Einbildungskraft begnadet waren, daß Pfarrer Makarucha seinen Honig meinte. Es war in der Tat vorzüglicher Honig. Der Pfarrer fälschte ihn nie mit Zucker.
Er haßte Schnapstrinker. Den Sinn des Gelobten Landes interpretierend, pflegte er zu sagen: »Da seht ihr, teure Brüder und Schwestern, daß der Allmächtige den Juden nicht ein von Milch und Schnaps, sondern von Milch und Honig strotzendes Land verhieß.« Einmal, während der Osterandacht, verrannte er sich so weit, daß er sagte: »Wir empfangen Fleisch und Blut des Herrn in Gestalt von Brot

und Honig.« Er verbesserte sich: »und Wein«, als es schon zu spät war und das ganze Gotteshaus von gedämpftem, summendem Gekicher ertönte wie ein Bienenkorb.
Soll er die Glocken läuten oder nicht? Das ist die Frage, die den Pfarrer noch lange bewegte, nachdem der Gendarm gegangen war. In der Seele des Pfarrers wirkte insgeheim noch eine Hemmung: erwies sich der Alarm als falsch, so drohte durch das Glockenspiel eine ernste Gefahr. Mit Grauen dachte Pfarrer Makarucha an die gehenkten Kollegen in den nördlichen Bezirken. Er war loyal, er war kein Russophile. Aber können das sämtliche Offiziere der k. u. k. Armee wissen? Alle die Deutschen, Magyaren, Kroaten, Tschechen? Das wissen nur die hiesigen Leute. Das wußte auch der Bezirkshauptmann in Śniatyn. Aber die Bezirkshauptmannschaft übersiedelte gewiß schon in sicherere Gegenden. Läuten oder nicht läuten? Den Kirchendiener haben sie zum Militär eingezogen, einen Psalmensänger hatten sie nie, so wird es im Ernstfall – Gott behüte ihn davor – niemanden geben, dem man die Schuld aufbürden kann. Seitdem der Kirchendiener beim Militär war, läutete Makarucha meist selbst. Sollte er sich also jetzt vertreten lassen, wenn es um den ewigen Frieden der Seele nicht irgendeines Michels, sondern des römischen Papstes ging? Das schickt sich doch nicht. Pfarrer Sydir Makarucha war kein Feigling. Er wollte also auch vor sich nicht feig erscheinen. Und deshalb beschloß er – zu läuten. Als er aber den Strang in die Hände nahm, mit dem er die zwei schweren Glocken in Bewegung bringen sollte – konnte er sich nicht von dem abscheulichen Wahnbild befreien, daß der Strick ihn am Halse würgte.
Seinem Mut kam die Einbildungskraft zu Hilfe. Der seinerzeit berühmte, langwierige Zwist zwischen Kaisertum und Papsttum erstand in der Seele des Pfarrers Makarucha wieder. Der Pfarrer aus Czernielitza kämpfte jetzt eine Art Kampf um die Investitur, der jedoch mit keinem Canossa-

gang endete. Er empörte sich gegen die Oberherrschaft des Staates über die Kirche, und obgleich es ihm um sein Leben leid tat, war er bereit, es dem Glauben zu opfern. Gut, sie mögen ihn verdächtigen, aber er und Gott im Himmel wissen es, daß Sydir Makarucha unschuldig ist und seine heilige Pflicht erfüllt.

Er fühlte eine große Gewalt in seiner Seele. Er gedachte aller ihm bekannten Märtyrer, er gedachte aller ruthenischen Geistlichen, die unschuldig gehenkt wurden, und, die Palme des eigenen Märtyrertums vor Augen, zog er am Seil. Er setzte beide Glocken in Bewegung und verkündete seiner Pfarre den unbestätigten Tod des Heiligen Vaters. Bald darauf ertönten die Glocken der benachbarten Pfarren. Also lebte der Papst wirklich nicht mehr. Pfarrer Makarucha verspürte eine nicht geringe Erleichterung, aber gleichzeitig bereute er, die Rolle des Märtyrers zu verlieren. Seine Palme verwelkte, bevor sie heranwuchs.

Alsbald jammerten im ganzen Bezirk Śniatyn die Glocken. Sie waren von Beiträgen der Gemeindemitglieder oder von großzügigen Spenden frommer Gutsherren und reicher Leute angeschafft, die dank Gottes Hilfe wieder gesund geworden waren. Sie dröhnten von Kirche zu Kirche, von Dorf zu Dorf, und ihre Stimme zeichnete unsichtbare Kreise in den reinen und hellen Himmel.

Der römische Papst ist gestorben. *Rymskij papa umerl!* Oj der römische, unser römischer, oj der römische, unser römischer Papst ist gestorben. Alle Kardinäle trauerten um ihn, alle Bischöfe und Suffragane, alle Prälaten und Domherren, Mönche und Barmherzigen Schwestern in den Klöstern, alle Heiligen im Himmel und Frommen auf der Erde, die es schon wußten. Sogar der griechisch-katholische Metropolit von Lemberg, Graf Szeptycki, trauerte dem römischen Papst nach: ein großer Herr, ein polnischer Herr, der auf den kaiserlichen Dienst bei der Kavallerie verzichtet hatte, um Gott zu dienen, der sich von der

römischen, herrschaftlichen Konfession losgesagt hatte, um in der goldenen Tiara der griechisch-katholischen Kirche das ruthenische Volk auf den Weg der Erlösung zu leiten. Und es trauerten um ihn sämtliche Kleriker, sämtliche Seminaristen und Popen und Djaken, und Psalmensänger sangen ihm die Panichiden, und der Pfarrer Sydir Makarucha, der Probst aus Czernielitza, läutete und läutete die Glocken.
Und in Rom trugen zur selben Zeit acht Schweizer Gardisten den Körper des Papstes in die Kapelle del Sacramento. Hinter dem Sarg schritt der Leichenzug, der aus einem bewaffneten Korps, aus allen Hofleuten und zwölf Kardinälen bestand, die Camerlengo della Volpe führte.

Piotr Niewiadomski wunderte sich sehr, als er die Glocken vernahm. Sonst läuten die Kirchenglocken um diese Zeit nur am Sonntag nach dem Gottesdienst. Also war's ein Begräbnis?
Nein, bei einem Begräbnis läutet es nur in der Pfarre des Verstorbenen, und jetzt hört man die Glocken von überall: am deutlichsten trägt das Echo einen fernen Klang aus Horbacz und Nyrkow am Czeremosz herüber. Wenn es also kein Begräbnis ist, was denn sonst? Vielleicht läutet man zu Ehren der Abfahrt der letzten Jahrgänge des Landsturms? Sie verabschieden uns mit Glockengeläut, als lebten wir schon nicht mehr?
Die Nachricht vom Tod des Papstes brachte erst Magda. Sie brachte auch Proviant für den Weg mit: ein Kilo Speck, zwei große Kommißbrote und Käse. Von ihrem eigenen Geld kaufte sie noch ein Paket Tabak. Gänsefett konnte sie nirgends kriegen. (Piotr aß Gänsefett sehr gern.) Sie war nur auf einen Sprung herübergeeilt, dann mußte sie zum Heuen zurück. (Daher hatte sie das Geld.) Sie wird jedoch abends auf den Bahnhof kommen.
Der Tod des Papstes bedrückte Piotr. Wie die römische

›Tribuna‹ hielt er ihn für ein Werk des Krieges. Die einfachen Leute in der Huzulei konnten sich nicht leicht mit der Tatsache abfinden, daß bedeutende Menschen genauso starben wie sie. Den Tod der Mächtigen dieser Welt verknüpfte man hier gewöhnlich mit weltbedeutenden Ereignissen. – Wahrscheinlich starb der Heilige Vater deswegen, erklärte sich Piotr den Vorfall, weil die Geistlichen das Töten gestatteten. Sie haben es nicht nur erlaubt, sondern sie haben es auch ausdrücklich befohlen. Es sieht beinahe so aus, als ob das Töten von Russen keine Sünde sei oder als ob es nur als Halbsünde angerechnet wurde wie das Töten eines Juden. Obzwar man das eigentlich nicht vergleichen kann. Die Juden sind Heiden, und die Griechisch-Orthodoxen glauben an Jesus Christus.
Piotr kannte die Griechisch-Orthodoxen. Sie wohnten nicht weit, in der Bukowina. Es stimmte schon, daß sie Rumänen waren, aber sie waren Kaiser Franz Josephs Untertanen, genausogut wie die Huzulen. Sie trugen sogar die gleiche Kleidung. Auf der Bahn erzählte man Wunder von der Residenz des orthodoxen Erzbischofs Repta in Czernowitz. Sogar der goldene Metropolit, der Graf Szeptycki, war bei ihm zu Besuch gewesen – das sind nun wohl vier Jahre her. Die Huzulen errichteten damals in Śniatyn einen herrlichen Triumphbogen und empfingen ihren Erzbischof mit Brot, Salz, Musik und einem Trupp Berittener. Er fuhr in einem eigenen Salonwagen durch die Station Topory-Czernielitza. Wenn die Griechisch-Orthodoxen Heiden wären, würde der Lemberger Metropolit nicht zu ihnen zu Besuch fahren. Das alles ging über Piotrs Fassungskraft. Man weiß nicht mehr, wer Freund und wer Feind ist, wer gerecht ist und wer ein Sünder. Man sagt, der Russe zieht sich zurück, und man befiehlt uns zu fliehen. Man sagt, der Russe muß geschlagen werden, weil er orthodox ist und statt des Heiligen Vaters in Rom sein Väterchen, den Zaren, anerkennt, und der Rumäne ist auch griechisch-orthodox,

und trotzdem dient er unserem Kaiser, und der Zar geht ihn gar nichts an. Und heute nahm der Herrgott seinen Statthalter von dieser Welt, und man weiß nicht, ob es eine Strafe ist oder ...

Der Tod des göttlichen Statthalters weckte gewisse düstere Assoziationen. Es kam ihm der kaiserliche Statthalter, Graf Andrzej Potocki, in den Sinn, der vor sieben Jahren in Lemberg ermordet worden ist. Der Mörder war ein Ruthene, ein Ukrainer. Das Blut vom Opfer dieses politischen Attentats kam über das ganze ruthenische Volk. Piotr Niewiadomski war auch Ruthene, wenngleich von einem polnischen Vater. Da hatte die Konfession entschieden. Das Nationalbewußtsein war nie Piotrs starke Seite. Wenn man so sagen darf, blieb Piotr hart an der Schwelle des Nationalbewußtseins stehen. Er sprach polnisch und ukrainisch, er glaubte an Gott nach griechisch-katholischem Ritus, er diente dem österreich-ungarischen Kaiser. Ukrainische Agitatoren drangen zwar bis Topory vor, sie konnten jedoch nichts gegen den Einfluß des Pfarrers Makarucha ausrichten, dem am guten Verhältnis mit den Gutsbesitzern lag – nicht nur der Honigtransaktionen wegen. Während der Wahlen zum galizischen Landtag empfahl der Pfarrer von der Kanzel, die Stimme einem Kandidaten der altruthenischen Partei zu geben, es bereitete ihm aber nicht viel Kummer, wenn mit Hilfe der Huzulenstimmen irgendein polnischer Graf gewählt wurde. Ebenso war es mit Reichsratswahlen, obzwar in einigen aufgeklärten Bezirken Huzulen auch Huzulen wählten. Piotr Niewiadomski aß die ukrainische Wurst, die als Wahlgeschenk verteilt wurde, er aß auch die altruthenische, aber seine Stimme gab er dem Grafen. Ein Graf – ist sicherer. Es ist klar: Grafen, Fürsten, Magnaten haben die Welt immer regiert und werden sie auch weiter regieren. Und sie stehen dem Kaiser nah. Der Kaiser spricht mit ihnen, der Kaiser hört auf sie. Und was ist schon ein Bauernabgeordneter? Es schickt sich nicht

einmal, daß er sich unter die Herren dränge und sich in die Regierung mische.
Seitdem aber auf der Welt Krieg ist – verwirrte sich alles, offensichtlich hatte der Teufel beschlossen, den Menschen den Rest ihres Verstandes zu rauben. Und deswegen – vielleicht – starb der Papst. Und was wird jetzt geschehen? Die Christenwelt ohne Papst ist wie ein Mensch ohne Kopf, wie eine Station ohne Schild. Jetzt erst wird der Teufel zu wüten anfangen! Piotr wurde von einer Angst vor dem Teufel ergriffen. Infernalische Visionen zogen vor seinen Augen vorbei. Und er zitterte vor dem Gedanken, daß der Teufel Gott das ganze fünfte Gebot gestohlen und es den Kaisern verkauft hatte. Er bekreuzigte sich dreimal, um den Teufel fortzujagen. Dann trat er vor das Haus – um ein wenig Luft zu schöpfen. Es war Mittag. Die Sonne stand hoch am Himmel, senkrecht über Topory. Sie brannte auf den bloßen Kopf. Das Läuten der Glocken hörte auf. Von den Wiesen kam der friedliche Klang der Sensen und das Gebrüll des Viehs. Böcke blökten, Gänse schnatterten, Grashüpfer zirpten. Kleine, zwitschernde Vögel auf den Zweigen erfüllten den Weltraum mit lieblichem Geplauder, Schwalben jagten sich in den Lüften – die einzigen dunklen und beweglichen Striche am reglosen Himmel. Der Himmel war so blau wie das Adriatische Meer. Unaufhörlich krähten die Hähne, und wieder begann das Kanonenfeuer, an das sich die Menschen allmählich gewöhnt hatten. Piotr kehrte in die Stube zurück, hob den Deckel vom Topf, um festzustellen, ob die Kartoffeln gar waren. Zu den Kartoffeln wollte er schon heute etwas von dem Speck geben, den Magda ihm für den Weg mitgebracht hatte. Er stellte Salz auf den Tisch, wusch Löffel und Messer. Er schnitt ein Scheibchen Brot ab und probierte den Speck. Er war köstlich. Bald dampfte es kräftig aus dem Topf. Piotr goß das heiße Wasser ab und begann zu essen. Plötzlich fing der Himmel an, sich zu verdunkeln, obgleich

kein einziges Wölkchen zu sehen war. Mit jedem Augenblick verlor die Sonne mehr von ihrem Glanz, und vom Obstgarten wehte es kühl, obwohl sich kein einziges Blatt auf den Bäumen bewegte.
Die Spatzen hörten zu schilpen auf und versteckten sich in den Baumhöhlen, wie beim Einbruch der Nacht. Vom nahenden Dunkel verscheucht, flatterten die Schwalben aus den Höhen herunter und schienen unter der Erde zu versinken. Panik ergriff sogar die Insekten. Schmetterlinge, Wespen, Bremsen, Mücken und Fliegen – alles, was in der Luft surrte und fleuchte, bemühte sich so schnell wie möglich, festen Boden zu fassen, einen Zweig zu erreichen, an ein Blatt sich zu klammern, in eine Baumritze sich zu verkriechen, ins Stroh, ins Moos. Es wurde kalt wie im Innern alter Kirchen.
Piotr Niewiadomski hob den Kopf vom Kartoffeltopf und schaute durchs Fenster.
»Was ist das? Die Sonne erlischt ja! Sie steht genau in der Mitte des Himmels, sie steht im Süden und erlischt.«
In düsterer Leere hängend, verlosch die Sonne in dunkelroter Agonie, wie eine riesige, runde Glühbirne, wenn im Elektrizitätswerk plötzlich irgend etwas versagt. Ein Strom kalten Entsetzens schoß durch Piotrs Adern und schlug ihm ins Herz. Der Löffel fiel ihm aus der zitternden Hand. Die heißen Kartoffeln kollerten zu Boden.
Baß dachte, sie wären für ihn, aber er verbrannte sich die Zunge. Piotr kämpfte mit der Angst und trat vor das Haus. Und als er sah, wie die aufgeschreckten Fledermäuse mit abscheulichem Piepsen unter dem Strohdach hervorstürzten, eine nach der anderen, und irrsinnig von Baum zu Baum kreisten, fing er an, die Unbefleckte Mutter um Hilfe anzuflehen.
Die Sonne erlosch fast ganz, und die Welt verfinsterte sich, wie von Trauerflor bedeckt. Angst fiel über die ganze huzulische Erde, obgleich viele Huzulen wußten, daß das eine

Sonnenfinsternis war. Auch die Kenntnis der astronomischen Vorgänge, nämlich, daß sich der Mond zwischen die Erde und die Sonne schiebt, beseitigte nicht die in den Seelen eingewurzelte Furcht vor einer plötzlichen und unerwarteten Dunkelheit, ebenso wie die biologische Interpretation des Phänomens ›Tod‹ nicht das Todesgrauen verringert. Umsonst wäre es, einem Sterbenden auseinandersetzen zu wollen, daß Enzyme die Auflösung der Eiweißstoffe in seinem Organismus verursachen, daß das Faulen des Leichnams nur einen passiven Zerfall von Eiweiß bedeutet und Leichengifte – nur Zerfallsprodukte sind. Sogar ein Wissenschaftler, der sterben muß, schöpft keinen Trost aus diesen ihm so gut bekannten Tatsachen, und in letzten Augenblicken des Bewußtseins vertröstet er die Familie nicht mit dem Grundsatz, den er das ganze Leben hindurch verteidigte, ›daß nichts in der Natur verlorengeht‹.

»Weltuntergang!« riefen die Huzulen in Topory und Czernielitza. Aus Altem und Neuem Testament, die aus den Predigten des Pfarrers Makarucha so gut bekannt waren, krochen furchtbare Bilder der Vernichtung hervor, umringten die huzulische Phantasie, die seit so vielen Jahren ausschließlich mit diesem einen Buch gefüttert wurde, das die Huzulen nicht einmal lesen konnten. Das winzige Dorf Topory verwandelte sich in den entsetzten Seelen in die biblische Stadt Sodom, und Czernielitza in Gomorrha, und vielen Leuten wurde das Tal des Flusses Pruth, das in Sommernächten nach Minze duftende – zum Tal des Josaphat. Alle erinnerten sich aus der Heiligen Schrift – an die ägyptische Finsternis und erinnerten sich, daß die Sonne genauso wie heute jählings erlosch und die Nacht am hellichten Tag hereinbrach, als auf Golgatha der Erlöser gekreuzigt wurde. Und es gab Heulen und Zähneklappern im Bezirk Śniatyn. Leute, deren Gewissen nicht ganz rein war, fielen auf die Knie, lagen bäuchlings vor Heiligenbildern und schlugen sich so vor die Brust, als könnten sie mit den Fäusten alle rückständigen Sünden aus ihrem Innern vertreiben: die nicht eingestandenen oder auch bei der Beichte absichtlich verheimlichten. Manche von ihnen wollten sofort alles zurückgeben, was sie je gestohlen hatten, und noch etwas aus ihrem eigenen Besitz dazulegen. Ja, ja, es gab Missetäter in Topory: Diebe und Ehebrecher. Es gab sogar einen Mörder. Zu fünfzehn Jahren verurteilt, saß er nur sieben Jahre im Lemberger Zuchthaus Brygidki, den Rest erließ ihm der barmherzige Kaiser, als der Krieg ausbrach.

Vielen Leuten wurde jetzt klar, warum in diesem Sommer im Dorf fünf unschuldige Kinder und zwei fromme Weiber gestorben waren. Gott hat die Gerechten mit dem Tod belohnt, damit sie nicht den Weltuntergang schauen. In dieser Finsternis erklärte sich auch der Tod des Heiligen Vaters. Sämtliche Prophezeiungen über den Weltuntergang erwähnten den Tod des Papstes. So fängt die Strafe Gottes an. Alles stimmt: ein furchtbarer Krieg wütet auf der ganzen Welt, überall fließt christliches Blut, die Russen stehen schon dicht an den Grenzen des Śniatyner Bezirks . . . und siehe, es kam der Jüngste Tag: der römische Papst schloß die Augen, und Gott zog über die Erde einen Vorhang aus Dunkelheit. Jetzt hat der Teufel, der Fürst der Dunkelheit, freie Hand und kann mit der Welt treiben, was er will. Bald werden vom Himmel Plagen herunterregnen, und der Antichrist wird auf einem Feuerwagen erscheinen.

Das Dröhnen der Kanonade ward in der Dämmerung noch deutlicher und erschreckte die entsetzten Seelen mit schwarzen, dumpfen Stößen. Berge schienen zu platzen und zu stürzen, und die Erde verhundertfachte ihren Pulsschlag. Bald wird sie sich öffnen und das ganze sündige Geschlecht verschlingen – wie sie einstmals Korah verschlang.

Feiglinge spürten schon Schwefel und Brandgeruch in der Luft, und das andauernde Gebrüll der Kühe schien ihnen von apokalyptischen Bestien zu stammen. Einige Mutige wollten zum Pfarrer Makarucha laufen und ihn fragen, ob das wirklich der Weltuntergang sei. Andere rieten, abzuwarten, vielleicht werde die Finsternis vorübergehen. Aber die Finsternis dauerte und wurde immer dichter. Es fing die höllische Qual an – das Warten auf das Schlimmste. Die Phantasien hörten allmählich zu arbeiten auf, und die Seelen der Huzulen erfüllte statt dessen die Stumpfheit Verurteilter. In der allgemeinen Bestürzung schaute niemand auf die Uhr. Die Zeit aber schritt in der Finsternis ebenso ruhig vorwärts wie in der Helle.

Auf der Station Topory-Czernielitza, im ersten Stockwerk am offenen Fenster, wo Petunien, Storchschnabel und Kresse welkten, stand Tadzio, der Sohn des Bahnvorstehers. Durch ein berußtes Glas beobachtete er die totale Sonnenfinsternis. Er wußte vom Vater, daß sich im Altertum etwas Ähnliches ereignet hatte. Im Jahre 202 vor Christi Geburt, während der Schlacht bei Zama. Hannibal sprach damals jene berühmten Worte: ›Da werden wir also im Dunkeln kämpfen!‹

Auch jetzt kämpfte man im Dunkeln. Man kämpfte bei Turynka, etwa 21 Kilometer von Kamionka-Strumillowa. Die erste deutsche Armee rückte eben in Brüssel ein. Und in Rom stellte man in der glänzend beleuchteten Kapelle del Sacramento den Katafalk mit der Leiche Pius' X. zur öffentlichen Schau aus. Der Vizeregent, Patriarch Cepetelli, besprengte sie mit Weihwasser.

Piotr Niewiadomski gehörte zu jenen Menschen, für die sogar ganz verschiedene Erscheinungen dieselben Ursachen und einen augenscheinlichen Zusammenhang haben. In seinem Geiste verknüpften sich also alle Vorkommnisse zu einem Ganzen oder vielmehr zu einer chaotischen Masse, welche sein Geist aufgrund der ihm eigenen Logik zu ordnen pflegte. Deshalb sah Piotr bei der Sonnenfinsternis nicht nur den engen Zusammenhang mit dem Krieg und dem Tod des Papstes wie die anderen Huzulen, sondern auch mit den eigenen Sünden. Vornean stand die Erbsünde, die alle anderen geringeren Sünden in den Schatten stellte. Und es geschah zum zweitenmal seit der Musterung in Śniatyn, daß Piotr es bitter bereute, Magda nicht geheiratet zu haben. Er kam aus der Finsternis, die Finsternis war seine Heimat, aber in diesem Augenblick fürchtete er sie mit Todesangst und flehte auf Knien um Vergebung.

Der Schöpfer erhörte gnädig die Gebete des armen Huzulen, und zum letztenmal verzieh er der sündigen Welt. Und genauso plötzlich, wie sie eingebrochen war, begann die Finsternis zu weichen, und langsam erhellte sich die Welt. Die Sperlinge schilpten wieder, die Lerchen sangen, die Insekten summten, und der Tag wurde wieder heiter und schön. Nur die Erde dröhnte weiter, und die Scheiben zitterten. Piotr hatte also mit seinen Gebeten für die Welt nur die halbe Vergebung erzielt. Und als er sah, wie die erloschene Sonne aufs neue sich mit Licht anfüllte und alles zum alten zurückkehrte, war er fast sicher, daß auch das Kanonengebrüll aufhören würde und daß bald der Gendarmeriekorporal Jan Durek mit der freudigen Nachricht vom Kriegsende erscheinen würde. Deshalb beeilte er sich nicht, seinen Koffer zu packen.

Die Sonnenfinsternis dauerte fast zwei und eine halbe Stunde: von 12.29 bis 14.50. In diesen langen Stunden der Dunkelheit bereicherte sich die Erde um mehrere tausend Leichen. Und es gab Menschen, die wünschten, daß diese Nacht ewig dauern möge und ihre Sorgen, ihre Qualen, ihre Angst vor dem Krieg begrabe. Das waren nicht Einwohner der Gemeinde Topory. Einwohner der Gemeinde Topory und der Gemeinde Czernielitza sowie andere Gemeinden im Bezirk Śniatyn freuten sich über die Rückkehr der Sonne und über die göttliche Vergebung, und sie lachten über sich selbst, daß sie so albern gewesen waren. Aber noch saß die Angst in ihnen und lauerte auf dem Grunde der Seele: sie sollte heute zusammen mit den Körpern der letzten Landsturmjahrgänge nach Ungarn abfahren.

Als sich Piotr Niewiadomski von seiner Angst erholt hatte und der Friedensengel in Gestalt des Gendarmeriekorporals nicht kam – begann er zu packen. Essen konnte er nicht mehr. Als er seinen schwarzen, hölzernen Koffer öffnete, der aussah wie ein kleiner Kindersarg, vernahm er hoch, ganz hoch über sich, ein ungewöhnliches Surren und Rauschen. Er trat vor das Haus und erblickte ganz hoch am Himmel – einen nicht allzu großen Vogel. Es schien ihm, daß dieser Vogel aus dem innersten Kern der neugeborenen Sonne herausgeflogen kam, man hätte sagen können: eine Taube, aus Gotteshänden losgelassen. Der Vogel schwebte ruhig, manchmal ließ er sich herab, dann schwang er sich wieder hoch. Und er wuchs und wuchs und rauschte immer mächtiger mit seinen Flügeln wie ein Wasserfall. Am Ende flog er schon so niedrig, daß man die Flügel erkennen konnte, weit gespannt und mit irgendwelchen farbigen Kreisen unten bemalt. Nur daß diese Flügel ganz und gar reglos waren. Riesig und dunkel schwebte er über den Wiesen und begann kleiner zu werden, und das Rauschen wurde immer leiser, als käme es von einer Hummel. Endlich schrumpfte der seltsame Vogel zu den Ausmaßen einer winzigen Fliege zusammen – und verschwand im Blau. Es war das erste Militärflugzeug, das sich über Topory an die Front begab.

Piotr kehrte in die Stube zurück und packte den Koffer. Er legte zwei Hemden hinein, ein paar Unterhosen, ein Handtuch, einige farbige Taschentücher, ein Gebetbuch (er pflegte es in die Kirche mitzunehmen, obwohl er nicht lesen konnte), einen kleinen Spiegel, eine Bürste, ein Rasiermesser, einen Löffel, schließlich – Proviant. Ganz unten verbarg er das Säckel mit Geld, das er mit einem dreifachen Knoten festband. Die Knoten sollten den 60 Kronen in Banknoten und Silber ihre Sicherheit verbürgen. Dieser Betrag bildete seine Ersparnisse. Als Piotr den Koffer, wie es sich gehört, verpackt hatte, hängte er ein Schloß davor.

Jawohl, das war sein Köfferchen, sein unleugbares Eigentum. Alles, was er bisher auf seinem Rücken getragen hatte, gehörte anderen: die Kartoffeln den Juden, der Hafer, das Korn, die Gerste den Gutsherren; die feinen Reisekoffer den Gästen aus der Stadt. Piotr hatte Respekt vor jedem Eigentum, aber unbewußt haßte er es, weil es fremdes Eigentum war. So viele Jahre mußte er fremde Koffer tragen und hatte nicht einmal das Recht zu wissen, was sie bargen. In ihren rätselhaften, von Schlössern gesicherten Tiefen ahnte er unerhörte Schätze: goldene Uhren, außergewöhnliche Rasiermesser; besonders aber beschäftigten ihn die Schuhe. Vielleicht deshalb, weil er den größten Teil des Jahres barfuß ging. Aus dem undeutlichen Aufschlag und den Geräuschen unsichtbarer Sachen, die sich im Koffer auf seinem Rücken durcheinanderwarfen, bemühte er sich, seinen Inhalt abzuhorchen und zu erraten. Piotrs Rücken hatte beim Tragen Ohren und Augen. Die unbekannten Pfunde auf seinem Rücken haßte er mehr als die Menschen, denen sie gehörten. Besonders Koffer konnte er nicht ausstehen. Ihm waren einfache Säcke lieber, obgleich sie um vieles schwerer waren. Er zog Kohle, Holz und Getreide vor, er liebte diese Lasten sogar. Das waren ehrliche Lasten, aufrichtig und nicht verborgen. Die Koffer beleidigten ihn, weil sie geschlossen waren, so wie einen geschlossene Briefe kränken, die man übergeben soll. Es gab Koffer und Kisten der verschiedensten Art: aus Tierfellen, von Leinenüberzügen bedeckt, andere waren aus Holz, mit Wachsleinwand überzogen, und wieder andere aus geschnitztem und geflochtenem Reisig mit einem Querstock, der durch beide Henkel hindurchgeschoben war. An einem Ende des Stockes befestigte man ein Schloß: das heilige Symbol des Besitzes, des Eigentums, das vom Recht geschützt war. Mit einem Schloß sicherte auch Korporal Durek die Fesseln an den Händen der Diebe. Piotr sah oft, wie die Besitzer der Koffer die Schlösser prüften. Ja, er selbst bestand manchmal darauf,

daß sie in seiner Gegenwart geprüft wurden, denn er war nur für abgeschlossene Gepäckstücke verantwortlich. Allerdings demütigte ihn das Bewußtsein, daß sie hauptsächlich vor ihm auf der Station Topory-Czernielitza verschlossen wurden.
Dieses schwarze Köfferchen hier war sein Eigentum. Piotr kannte seinen Inhalt ganz genau. Und wie die anderen Menschen sicherte er es mit einem Schloß vor unbekannten Dieben. Ja, es gab Diebe, und zwar nicht nur in Topory. Sie werden sich auch nach dieser zweieinhalbstündigen Weltuntergangsprobe nicht gebessert haben. Aber im Gefühl des Besitzes schien es Piotr, daß der Koffer leicht war wie keiner von denen, die er auf die Bahn trug. Nicht für die Reisenden, sondern für den Kaiser trug er sie! Dieser war leicht wie die Freiheit selbst. Falls die Freiheit leicht ist.
Der Weg mit dem Köfferchen zur Station führte aber nicht zur Freiheit. Piotr nahm in dieser Holzkiste den Rest seiner Unbefangenheit in den Krieg mit, sogar das Unterfutter seiner zivilen Persönlichkeit, den heimlichen Teil seines Äußeren, das eine Uniform bedecken wird.
Bevor er sein Haus verließ, mußte er drei wichtige Angelegenheiten entscheiden: was mit Baß zu tun wäre, mit der Eisenbahnerkappe und mit dem Hausschlüssel. Daß man keine Hunde in den Krieg mitnehmen darf, erfuhr er von anderen Landsturmmännern, die Hunde besaßen. Verkaufen wollte er Baß nicht. Er beschloß also, ihn der zweifelhaften Obhut Magdas zu überlassen. Zweifelhaft war sie, weil es nicht sicher war, ob die Magd den Hund nicht vernachlässigen würde. Er würde sie nochmals streng ermahnen, Baß wie ihre eigenen Augen zu behüten. Was die Kappe betraf, entschloß er sich nach langem Zögern, sie mitzunehmen. Er wird sie sich zwar unrechtmäßig aneignen, aber mit so einer Kappe auf dem Kopf ist es vorteilhafter, sich dem Militär zu präsentieren. Und was den Schlüssel betraf, verwarf er die erste Absicht, ihn Magda zu

übergeben. Er traute ihr nicht. Sie war ein gutes, aber unbeständiges Mädchen. Es ist nicht gewiß, ob der Krieg wirklich zu Weihnachten enden wird. Und wenn er nicht zu Ende ist und die Russen Topory besetzen und Magda den Schlüssel hat, so weiß nur Gott, was da alles für Dinge in seinem Haus vorgehen können. Es wird entschieden besser sein, den Schlüssel mitzunehmen. So tat er es denn auch. Wieviel Vertrauen doch die Menschen den Schlüsseln schenken! Das kalte Eisen liegt in ihren Taschen wie Geiseln, die die Sicherheit der Häuser, Kleider- und Geldschränke und Schubladen verbürgen. Wir können uns tausend Meilen von unseren Häusern entfernt befinden, und die mit uns wandernden Haustorschlüssel, Türschlüssel, setzen uns in den Wahn, daß wir weiterhin Herren unseres Besitzes sind. Schlüssel in der Tasche – das sind die Seelen jener verlassenen Orte, die zugesperrt ihren Sinn verlieren, ihr Leben. Piotr schloß sein Haus ab, und obgleich die Fenster fast bis zur Erde reichten, glaubte er, daß sie kein Dieb zerschlagen werde. Er traute auch dem Russen, der bestimmt den geschlossenen Türen Achtung zollen und es nicht wagen würde, sie mit dem Gewehrkolben einzuschlagen. Er sperrte das Haus ab und verschloß in ihm sein bewegliches Gut: das Bett, den Schrank, Töpfe – und alle Hoffnungen. Durch die offenen Türen konnten die Hoffnungen fortwehen, aber so waren sie gesichert. Nach seiner Rückkehr aus dem Krieg wird Piotr sie unangetastet finden, in demselben Zustand, in dem er sie zurückgelassen hat. Die Hoffnungen – wer weiß, ob sie nicht inzwischen groß werden? Piotr Niewiadomski setzte den Traum seines Lebens, seine Karriere, auch jene reizende Wunsch-Frau mit stattlicher Mitgift, hinter Schloß und Riegel. Möge die Frau hier den ganzen Krieg hindurch auf ihn warten! Möge sie sich mit Gedanken an ihn und das künftige Eheglück nähren. So schloß Piotr mit seinem rostenden Schlüssel zwei Häuser ab, das richtige, baufällige, dessen Hälfte seiner

Schwester Paraszkewja Niewiadomska gehörte, die eine Straßendirne war, sowie dieses zweite – erträumte, renovierte, mit Blumentöpfen in den Fenstern und einer Mausefalle.

Geräuschvoll drehte er den Schlüssel um, prüfte, ob die Tür gut geschlossen sei, und ohne sich umzuschauen – ging er mit Baß fort. Auf dem Rücken trug er den Koffer.

Es war vier Uhr. Der Zug sollte erst um sechs Uhr kommen, trotzdem wanderten schon aus vielen Dörfern Bauern mit Koffern und Bündeln zur Station, von Weibern und Kindern begleitet. Vor dem Stationsgebäude standen sogar einige Fuhrwerke: in den Wagenkörben sitzt es sich bequemer. Zur Station Topory-Czernielitza gehörten eine Menge Siedlungen, die auf den Hügeln und in den Tälern beider Flüsse verstreut waren, so daß Auffahrt, Wartesaal und Bahnsteig überquollen von einer zahlreichen, vielfarbigen Menschenmenge. Manche Huzulen trugen noch lange, mit glänzendem Fett bestrichene Haare, obwohl es bekannt war, daß sie beim Militär mit einer Maschine bis zur Haut geschoren wurden. Ebenso wollten sich die Juden bis zum letzten Augenblick nicht von ihren Bärten und Haarlöckchen trennen, die von den heiligen Büchern vorgeschrieben waren. Das Militär wird ihnen das Haar schneiden, das Militär wird sie rasieren – gut: nicht sie werden dafür verantwortlich sein, sondern der Kaiser. Sie werden nicht freiwillig mit eigener Hand gottlose Taten ausführen.

Auf der Station herrschte reger Verkehr. Alle kamen viel zu zeitig, in der Meinung, daß es nicht statthaft wäre, zu spät in den Krieg zu fahren – genau wie es nicht angebracht ist, einen Toten in großer Eile zu beerdigen. In den Krieg fahren ist eine feierliche Angelegenheit, also muß man sich lange verabschieden und lange warten. Alle waren sehr aufgeregt, vor allem nach diesen schweren Stunden der Dunkelheit. Am meisten spaßten jene über den Weltuntergang, die während der Sonnenfinsternis am heftigsten ge-

zittert hatten. Der Stationsvorsteher mit roter Mütze rannte geschäftig umher wie ein Mitglied eines Ballkomitees. Immer wieder erschien er auf dem Bahnsteig und verschwand darauf sofort. Der Offiziersanwärter Hopfenzieher, nun Herr der Station, hatte einen Säbel, die tschechischen Soldaten trugen Gewehre. Drei Gendarmen sorgten heute für Ordnung: der ganze Gendarmerieposten von Czernielitza, beide Korporale, darunter Durek und der kommandierende Zugführer.
Und der Bahnsteig füllte sich heute mit Menschen, die nie vorher mit der Bahn gefahren waren. Aus den Hütten kamen alle alten Weiber, die Wasylynas, Horpynas, Warwaras, die ältesten Weiblein und ältesten Männlein trippelten herbei, Kinder und Hunde tummelten sich auf dem Bahnsteig, so daß die Gendarmen und Tschechen viel Arbeit hatten, um die Ordnung aufrechtzuerhalten. Sogar der taubstumme Wasyl Horoch tauchte auf, trat an die und jene Gruppe heran und erweckte mit seinem unbeholfenen Stottern laute Heiterkeit. Die Abreisenden waren ihm dafür dankbar, daß er kam und sie von schweren und düsteren Gedanken ablenkte. Sie neckten ihn, aber nicht boshaft. Die Männer bemühten sich, um jeden Preis die Ruhe zu bewahren und gute Stimmung zu zeigen. Einige von ihnen waren betrunken, sie torkelten, stolperten über die eigenen Bündel, umarmten fremde Weiber, sangen unzüchtige Lieder, nur von Rülpsern unterbrochen. Irgendein zottiger Bauer erbrach sich auf dem Bahnsteig, was den tschechischen Korporal in Wut versetzte. »*Ty prase!* Du Schwein!« rief der Tscheche. Geruch von Schnaps, Schweiß, Wolldecken und Kleidern durchdrang die ganze Station. Die Erregung wuchs, je näher die sechste Stunde kam, aber mit der steigenden Erregung wurden die Leute stiller. Die Augen aller richteten sich immer wieder nach der Seite, woher der Zug kommen sollte. Man wartete auf den Pfarrer Makarucha: er hatte versprochen zu kommen, um die in den Krieg

Ziehenden zu segnen. Der taubstumme Wasyl Horoch trieb sich auf dem Bahnsteig herum wie die personifizierte Unruhe, bis ihn einer der Soldaten am Kragen faßte und ihn mit Gewalt wegführte. Horoch raufte sich mit dem Soldaten und protestierte verzweifelt.

Gegen sechs Uhr waren das ganze Dorf Topory und das ganze Dorf Czernielitza auf der Station versammelt. Man hatte den Eindruck, daß auch noch alle Kühe aus den Dörfern kommen würden, alle Pferde, alle Schafe und Schweine, daß der kleine Fluß, der durch die Mitte des Dorfes Topory floß, heranfließen werde und daß der Pruth und Czeremosz, die heiligen Huzulenströme, aus ihren Ufern treten würden, um die Männer zu verabschieden, die in ihnen gebadet, ihre Pferde und Kühe getränkt hatten. Auf der Station kochte es. Die letzten Ratschläge, die letzten Ermahnungen, die letzten Beschwörungen schwebten in einer dichten Wolke aus Unruhe, Angst und Schmerz über den Menschen – und übertönten das Echo der Kanonade. Niemand dachte mehr an die heranziehenden Russen, alle Gedanken liefen weit über den abendlichen, saphirnen Horizont hinaus, auf den die wiedergeborene Sonne sich senkte, mit Erde und Menschen versöhnt. Alle Gedanken flogen unbekannten ungarischen Städtchen zu, wo die Söhne der Huzulenerde auf den Kasernenhöfen von schrecklichen Feldwebeln mit strengen Zwirbelschnurrbärten erwartet wurden. Köpfe unbekannter Wachtmeister, Feldwebel, Hauptleute tauchten immer wieder aus dem Nichts auf, krochen unter der Erde hervor, wuchsen aus dem Schotter, aus den Schienen, sprangen aus den Telegraphenstangen. Der Tod spazierte unbefangen auf der ganzen Station Topory-Czernielitza hin und her, ohne Bahnsteigkarte, und blies seinen kalten Atem unter den Kragen bald des einen, bald des anderen. Den von lebendigen Menschen erfüllten Bahnsteig bevölkerten Gespenster. Es war sechs Uhr vorbei, und der Zug kam nicht. Ungeduld bemächtigte sich der Leute, die abfahren sollten. Es wäre ihnen lieber, schon jetzt zu fahren, als den Augenblick des Scheidens ohne Ende zu verlängern. Die Sonne rollte, nach den Exzessen des Tages, als herrlicher, vollkommen runder Schild herunter, und bald erhoben sich von den Flüssen Nebel und Wasserdünste.

Erst einige Minuten vor sieben vernahm man das schwere Hämmern, Schnaufen, dann das Gerassel des herannahenden Eisens. Alle hielten den Atem an. Stille erfüllte den Bahnsteig, eine so tiefe Stille, daß man den Anschlag der Apparate im Büro des Stationsvorstehers hören konnte. Ein kurzer, gellender Pfiff zerriß brutal die Stille. Weiße und dunkle Rauchwolken vorausschickend, rollte ein langer Zug in die Station, der aus lauter Güterwagen bestand. Ihn zog ein eisernes Kamel, das aus der Floridsdorfer Lokomotivenfabrik entlassen war. Das Kamel mit seinem riesigen Buckel, der Dampfkuppel, schwitzte. Die langen und krausen Adern der kupfernen Röhren traten auf der eisernen Haut hervor. Der Zug fuhr an dem Stationsgebäude vorbei und hielt in einiger Entfernung von der Pumpe. Das ganze Eisen erklirrte. Die Puffer der Lokomotive stießen an die Puffer des Kohlenwagens, und die reichten den Schlag weiter bis zum letzten Waggon. Es ertönten alle Ketten, und der Zug rückte einen Schritt zurück, wie ein Mensch, der im Dunkeln auf eine Mauer stößt. In den Kolben, den Sehnen der Lokomotive, ließ die Spannung nach. Das Kamel erleichterte sich und puffte Dampf aus.

Obgleich er Eisenbahner war, hatte Piotr Niewiadomski den Eindruck, daß er zum erstenmal im Leben einen Zug sah. Die Wagen wimmelten bereits von Landsturmmännern, die auf den vorigen Stationen eingestiegen waren. Es begann das Verladen. Wieder entstand ein großer Lärm, Mütter und Frauen, Schwestern und Väter küßten, umarmten die Abfahrenden. Alle drängten sich durcheinander, als hätten sie es auf einmal sehr eilig. Die Gendarmen und Soldaten mußten die Weiber, die sich an die Waggons herandrängten, mit den Gewehrkolben wegjagen. Magda schluchzte leise. Sie wagte es nicht, ihren Mann in Gegenwart aller rechtmäßigen Mütter und Frauen zu umarmen. Sie weinte still, irgendein unpersönliches, inneres Schluchzen, das sich ebenso auf alle Abfahrenden wie auf den einen einzigen beziehen konnte. Piotr drückte ihre Hand, als wäre es die Hand eines Mannes, und noch einmal ermahnte er sie, auf Baß aufzupassen.

In dem Moment, als er sich durch das Gedränge zu dem Waggon hindurcharbeiten wollte, ereignete sich ein Vorfall mit Baß. Der Hund faßte Piotrs Jacke mit den Zähnen und bemühte sich mit aller Kraft, in den Wagen zu springen. Dies bemerkte der Gendarmeriekorporal Jan Durek und stieß mit einem heftigen Fußtritt seines beschlagenen Stiefels den Hund zurück. Baß heulte durchdringend auf, riß ein Stück Tuch von der Jacke und sprang zurück. Er hielt die Reliquie, von Piotrs Geruch durchtränkt, fest in den Zähnen. Piotr wandte sich, ganz rot vor Wut, gegen den Gendarmen und drohte ihm mit der Faust. Doch der Gendarm sah es nicht. Bevor der Hund erneut versuchen konnte, in den Wagen zu springen, trennten ihn schon Stiefel, Hosen, Rücken, Bündel und Kisten fremder Leute von seinem Herrn.

»Einsteigen! Einsteigen!« riefen die Soldaten und Gendarmen. Man stieg ein. Und als alle verladen waren, gab der Vorsteher mit einem Pfiff das Abfahrtszeichen; da er jedoch nicht sicher war, ob ihn der Lokomotivführer bei dem großen Lärm hören würde, hob er die Hand. Aber der Zug rührte sich nicht. Er weigerte sich, der Zivilbehörde zu gehorchen. Er stand wie verzaubert auf den Schienen oder als würde er noch auf jemanden warten. Da rief der Vorsteher mit donnernder Stimme: »Fertig!« Den Ruf wiederholten die Soldaten vom Stationsdienst. Das wirkte. Aus der Lokomotivbude lehnte sich eine Militärmütze heraus, und

bald ließ sich das Zischen des Dampfes hören. Ein schriller Pfiff ertönte, und die Waggons erzitterten. Schweigen umfing die Station. Sogar die Hunde verstummten. Der in der Kuppel verdichtete Dampf drückte vermittels der inneren Röhren auf die Zylinder und belebte die Kolben. Aus den Schornsteinen schnaubten schwere und schwarze Rhythmen – und langsam, langsam, wie Leichenwagen vor Trauerhäusern, setzten sich die Wagen in Bewegung. Sie glitten vorbei, fortschiebend, fortstoßend, auseinanderreißend, wirklich losreißend die Leiber derjenigen, die in den Krieg fuhren, von denen, die in Topory zurückblieben.
In diesem Augenblick schrien zwei alte Jüdinnen laut auf. In ihren welken Schößen rührten sich die Säfte, und es erwachte derselbe Schmerz, der sie mit einer Wüstenglut in den Stunden des Gebärens versengte. Vor Jahren verschüttet, platzte er jetzt heraus wie Glut aus toter Asche. Es war das Signal für ein allgemeines Weinen. Die ganze Station fing an den jüdischen Flammen Feuer und erzitterte von einem Schluchzen. Die Jüdinnen jammerten wie Anführerinnen griechischer Chöre, Huzulinnen winselten wie geprügelte Hündinnen, Säuglinge wimmerten, Hunde unter der Leitung von Baß, der den Fetzen seines Herrn aus den Zähnen fallen ließ, kläfften, die Gendarmen stießen mit den Gewehrkolben zu und trieben die Weiber weg. Nur die Greise und Greisinnen hatten ein trockenes Weinen. Nicht ein Laut kam durch die Kehlen, der Schmerz entriß keinen einzigen Tropfen Feuchtigkeit dem leblosen Glas ihrer versunkenen Augen. Sie zitterten und bebten wie trockene Sträucher im Wind. Pfarrer Makarucha kam nicht.
Der Zug bahnte sich seinen Weg mitten durch den menschlichen Schmerz und die Verzweiflung hindurch wie im Winter durch die Schneeverwehungen. Der Vorsteher stand stramm und musterte einen Waggon nach dem anderen, als zählte er sie. Er erwiderte den Militärgruß des Zugpersonals, und zum letztenmal erblickte Piotr Niewia-

domski das Flügelrad auf der roten Mütze, wie es im Glanz der vergehenden Sonne glitzerte.
Nach Abfahrt des Zuges standen die starren, schweigenden Weiber noch lange auf dem Bahnsteig. Die ratlosen Augen starrten auf die Schienen. Einst zogen sich diese Schienen in die Welt, ins Leben, nach Kolomea, Stanislau, Lemberg. Jetzt führten sie nur in den Krieg, geradeaus in den Tod. Eine weiße Rauchwolke schwebte noch als einzig sichtbare Spur des Zuges über den Schienen und fiel langsam auf die Abhänge herab, von den Fichten- und Tannenzweigen wie dünne Schleier zerzupft, bis sie in Nichts zerfloß.
Aus der Schar schweigender Weiber tritt eine Greisin, sie geht hinkend in die Mitte des Bahndamms. Ihre Haare ohne Glanz und Farbe, wie gebleichter Hanf, schieben sich unter ihrem weißen Kopftuch hervor. Sie murmelt etwas mit zahnlosen Lippen. Aus den wimperlosen Augen tropft Flüssigkeit wie Harz aus morscher Rinde. Die Greisin spricht etwas zu den Schienen, setzt den Schienen etwas auseinander, was niemand hört. Dann erhebt sie mit priesterlicher Geste ihre zitternden, knochigen Hände hoch empor und macht über den Schienen ein riesiges Kreuz. Ein dreifaches, griechisches.

VII. KAPITEL

Die österreich-ungarische Monarchie bestand – wie schon die Bezeichnung sagt – aus den im Wiener Reichstag vertretenen Ländern, also aus Österreich und aus Ungarn, das heißt den Ländern der heiligen Stephanskrone.

Die heilige Stephanskrone *(A Magyar Szent Korona)* ist sehr alt und sehr schwer. Trotzdem muß sie jeder ungarische König einmal im Leben aufsetzen. Mit einem herrlichen Mantel bedeckt, auf weißem Roß, begibt er sich mit der Krone auf den höchsten Hügel der Stadt Ofen, wo er symbolisch ein riesiges Schwert in der Luft schwingt. Das ist der Höhepunkt des Krönungsfestes. Dann schläft die Krone ruhig viele Jahre in der Schatzkammer auf dem Ofener Schloß und wartet auf einen neuen König. Sie liegt ungestört, es sei denn, daß jemand sie raube. Dies geschah schon öfters im Laufe der ungarischen Geschichte. Deshalb vergruben Patrioten sie im Jahre 1846 unweit der Ortschaft Orsova an der Donau. Zehn Jahre lag die Krone in der Erde. Aber das Gold und die kostbaren Edelsteine keimten nicht. Nur das Kreuz am Gipfel des Diadems lockerte sich und ist bis heute zur Seite geneigt – wie das Kreuz Christi, damals, als er unter seiner Last zusammenbrach. Jeder Mensch in der Monarchie, jeder Bettler, dem man in die ausgestreckte Hand 20 Heller wirft, weiß, wie die heilige Stephanskrone aussieht. Denn das Münzhaus, wie übrigens das ganze Finanzwesen, war für beide Länder gemeinsam und brachte in beiden Staaten sowohl die österreichischen wie die ungarischen Münzen in Umlauf. Auf diese Weise trug auch Piotr Niewiadomski so manche heilige Stephanskrone in der Tasche, und oft wunderte er sich, weshalb das Kreuz darauf nicht gerade stand.

In Friedenszeiten interessierte man sich im Bezirk Śniatyn wenig für Ungarn, trotz der unmittelbaren Nachbarschaft. Und doch wußte jedes Huzulenkind, daß der Kaiser bei den

Magyaren kein Kaiser war, sondern ein König. Warum das so war, darüber dachte – um die Wahrheit zu sagen – im Bezirk Śniatyn niemand nach. Das Problem wurde erst in jenem Augenblick aktuell, als ein Teil, und zwar der beste Teil der kaiserlichen Untertanen, nach Ungarn fahren mußte.

Die Waggons, in denen der Kaiser und König Franz Joseph seine Soldaten (40 Mann) oder seine Tiere (8 Pferde) beförderte, verschloß man auf zweierlei Weise, was von der Art der Passagiere abhing. Wurden Pferde, Vieh, Schweine befördert, schob man eine hölzerne, aus einem Flügel bestehende Tür ohne Fenster vor. Menschen erfreuten sich größerer Freiheit: wer wollte, konnte sogar aus dem Zug springen; denn statt einer Tür stand dem Tod, den gebrochenen Gliedern oder der Freiheit eine einfache, eiserne Stange im Weg.

Auf diese Stange gestützt, stand zusammen mit den Landsleuten Piotr Niewiadomski. Es war ein bevorzugter Platz, der einzige im dunklen, schwülen Waggon, wo Sauer- und Stickstoff wechselten und wo man die vorübergleitende Welt sehen konnte. Ein kleines hohes Fenster diente nur den Lungen der Tiere, für Menschen hatte es keinen Wert. Es war vergittert wie im Zuchthaus. Diesen guten Platz hatte Piotr den ungeschriebenen ethischen Grundsätzen der Mitreisenden zu verdanken. Im Waggon verpflichtete alle eine stillschweigende Abmachung: wer an seiner heimatlichen Gegend vorbeifährt, hat das Recht, vorne zu stehen. Dann, wenn der Zug in fremde Bezirke kommt, muß man anderen den Platz räumen (sie mögen sich auch vollatmen, sie mögen sich auch vollschauen) und legt sich aufs Stroh im stickigen, dunklen Hintergrund.

So sollten sie sich während der ganzen Fahrt ablösen. Sie glaubten ja noch an eine Gerechtigkeit in der Welt. Piotr glaubte auch an Gerechtigkeit in der Welt, aber nur bis zur Station Delatyn. Er stand an der Stange, und alles, was er sah, war noch bekannt, verwandt, manchesmal sogar sehr verwandt. Zuerst fuhr der Zug an dem Fleckchen Boden vorbei, den ihm die Bahn als Lehen überlassen hatte. Magdas Sonnenblumen neigten sich schon zu Boden, und Piotr dachte, daß sie die Köpfe nach ihm wandten, schwarz und gelb wie die kaiser- und königlichen Fahnen. Die weit ausgebreiteten, stahlblauen Kohlblätter waren von Würmern zerfressen. Schade um das Kraut. Das hölzerne Kirchlein am Hügel in Czernielitza wollte lange nicht vom Horizont verschwinden. Es kreiste um den Zug und zeigte sich bald von der, bald von jener Seite, die Kirche spielte Haschen mit dem Zug, schwand plötzlich, und unversehens kamen ihre drei kleinen Kuppeln wieder aus dem Terrain herauf wie drei Menschenköpfe, die im Bad untertauchen und wieder zum Vorschein kommen. In dieser Kirche wurde Piotr getauft, hier bekam er seinen Namen, hier beichtete er einmal im Jahr dem Pfarrer Makarucha und, davor noch, dem alten Probst, der gestorben war, es wird vor sechzehn oder siebzehn Jahren gewesen sein. Hier würde bestimmt seine Trauung stattfinden, wenn sich endlich eine passende Frau für ihn fände. Und sicher würde sein Körper nirgend sonst beerdigt werden als in der geweihten Erde, welche die Kirche in Czernielitza umgibt. Dort lag die Mutter. Die plötzliche Erinnerung an die Mutter, die dem Zug noch so nah war, durchbohrte sein Herz wie mit einem scharfen Bajonett und füllte es mit heftigem Schmerz um alles, was Piotr an diesem Tag verlor. Aber die Kirche schwand schon aus seinem Blickfeld, diesmal unwiderruflich. Der Zug verdoppelte die Geschwindigkeit; wie von einer Peitsche angetrieben, sauste er bewaldete Hügel hinab. Die Telegraphenstangen legten sich eine nach der anderen in regelmäßigen Abständen zu Boden, Refrains eines alten, endlos währenden Liedes. Die gespannten Telegraphendrähte wogten im Rhythmus, von Kriegsneuigkeiten gefüllt. Auf den gemähten Wiesen zerrten die Pferde an ihren Fesseln – der Zug machte sie scheu. Die Fohlen hielten sich in der Nähe ihrer Mutter und trabten ungebunden herum. Reglose Gänseabteilungen rührten sich beim Anblick des ratternden Zuges und streckten die Hälse, Böses verheißend, ohne ihre Ordnung zu durchbrechen, ohne die Symmetrie zu zerstören. Die erste Gänsereihe breitete weit die Flügel aus, und wie auf ein Kommando mit den Flügeln schlagend, schwang sie sich leicht vom Boden. Diese Gänsesturmabteilung, bereit, den Zug anzugreifen, sah wie eine Schar weißer, heraldischer Adler aus. Den ganzen Weg entlang, insbesondere aus dem Gestrüpp, das den Fluß umgab, ging die Mobilisierung der Störche vor sich. Es nahte nämlich der 25. August, der traditionelle heilige Tag, an dem sie in wärmere Länder zogen.

Der Zug erreichte die nächste Station, nahm neue Leute mit Bündeln und Koffern auf, und wiederum weinten Weiber. Dies wiederholte sich bis Kolomea. Piotr stellte fest, daß überall die Schilder auf den Stationsgebäuden an ihrem Platz hingen, obgleich bereits überall Militär regierte. Die Degradierung der Station Topory-Czernielitza war also der Einfall des Vorstehers.

Der althergebrachte Reisebrauch empfiehlt den Reisenden, hochmütige Zurückhaltung gegen den Hinzukommenden zu üben. So schauten auch in diesem Waggon diejenigen, die schon seit einer Stunde in den Krieg fuhren, einige Zeit auf die Neuangekommenen von oben herab. Jedoch nach Ablauf einer halben Stunde waren alle gleichgestellt. Auf jeder Station warf eine unsichtbare Hand den eisernen Kriegsöfen frisches Brennmaterial von Menschenkörpern zu. Nirgends jedoch stiegen soviel Landsturmmänner ein wie in Topory-Czernielitza. Scheinbar fuhr der Rest mit anderen Zügen. Piotr war neugierig, wieviel Züge in diesem Moment mit Ladungen für den Kaiser über die Schienen der ganzen Monarchie dahinrollten. Hundert, vielleicht noch mehr?

Niemand aus der Masse der Reisenden, die zum erstenmal im Leben unentgeltlich fahren durften, wußte, wohin er fuhr. Alle wußten sie nur eines: nach Ungarn, wo die Leute Paprika fressen und wo Seine Majestät nur ein König ist. Aber Ungarn, das heißt die Länder der heiligen Stephanskrone, ist groß. Der Waggon war überfüllt, und der Zug hatte längst Piotrs Heimat verlassen. Trotzdem behielt Piotr den bevorzugten Platz. Dies bewirkten seine Dienstmütze wie auch seine fachmännischen Ausdrücke. Einer von den Reisenden wollte unbedingt wissen, wann der Zug in Kolomea ankommen werde. Es lag ihm so sehr daran, als hätte er in Kolomea ein dringendes Geschäft und als führe er nicht in Angelegenheiten seines Kaisers nach Ungarn.

»Um einundzwanzig Uhr sechzehn sollte er da sein!« verkündete Piotr in einem Ton, als sei er der Autor des Fahrplans. ›Neun Uhr sechzehn‹ zu sagen, wäre unter der Würde eines Eisenbahners, für den es keine Morgen- und Abendstunden gibt und Tag und Nacht einen Leib bilden wie Mann und Weib, einen vierundzwanzigstündigen Leib. Ein richtiger Eisenbahner kennt nur eine neunte Stunde: morgens.

So kam es, daß Piotr schon am Anfang der Reise für seine Person Respekt einflößte. Manche Leute im Waggon, diejenigen natürlich, die ihn nicht kannten, waren fast sicher, daß er mit ihnen dienstlich reise und nicht zum Militär müsse wie alle anderen. Auch ihm teilte sich die Magie der Kappe mit. Als er sah, mit welchen Ehren die Leute ihn umgaben, fing er zu bedauern an, daß er aus Dummheit, aus Angst, aus Scham, Gott weiß warum, bei der Musterung nicht seinen Zivilberuf erwähnt hatte. Vielleicht wäre er irgendeiner Bahnabteilung zugeteilt worden. Aber bei der Musterung hatte er noch keine Ahnung, daß solche Abteilungen überhaupt existierten. Militär ist Militär – dachte er – und Bahn ist Bahn. Wer konnte ahnen, daß es Bahnmilitär gab? Jetzt ist es zu spät. Jetzt fuhr er in den

Krieg als einfacher Landsturmmann. Und mit ihm fuhr sein Eid nach Ungarn, ohne einen Schritt von ihm zu weichen. Er fesselte seine Hände, fesselte seine Beine. Wiederum eine Last zu tragen. Diesmal in der Seele. Es ist schon besser, Lasten auf dem Rücken zu tragen. Er ist selber schuld. Er konnte doch sagen, daß er Bahnwärter war. Er hätte dann auf den Eisenbahndienst geschworen.

Piotr schwor oft im Leben. Zweimal sogar vor Gericht. Aber die Wichtigkeit dieser Schwüre endete gleich mit der Aussage. Nachdem er das Gerichtsgebäude verlassen hatte, war er frei. Und wie oft schwor er auf der Station, vor dem Vorsteher, aus freien Stücken, zum eigenen Nutzen, ohne Zwang? Daß er nicht gestohlen hat, daß er nicht gesehen hat, daß er nicht gehört hat, daß es das letzte Mal ist, daß jemand anders ... Als er jung war, leistete er auch in der Kirche einen Eid, daß er das ganze Jahr hindurch keinen Schnaps trinken werde. Es war ein schweres Jahr, wahrhaftig, aber es wurde mit jedem Tag kürzer, und man konnte berechnen, wann man wiederum in die Kneipe gehen dürfte.

Etwas ganz anderes ist ein Eid, den man Seiner Majestät dem Kaiser leistete. Das bedeutet schon, einen Handel mit dem eigenen Leben zu treiben. Auf Kredit. Und nur ein Leben hat der Mensch. Wie gut wäre es, wenn der Mensch zwei Leben hätte: eines für den Kaiser, das Vaterland, und das zweite für sich selbst. Nachdem man das Leben für den Kaiser, zu Lande, zu Wasser oder in der Luft geopfert, könnte man immer noch mit dem zweiten Leben nach Hause zurückkehren. Und so kann man es weder sich noch dem Kaiser recht machen. Willst du leben, fliehst du – tust du dem Kaiser Unrecht, und der Kaiser spendiert dir dafür eine Kugel in den Kopf. Sein Recht ist es, denn du hast geschworen. Und du wirst in der Erde faulen. Und drängst du dich an die Front, kriechst in das schlimmste Feuer – tust du dir Unrecht und liegst auch in der Erde. Es ist so und so schlecht.

Piotr Niewiadomski liebte den Kaiser sehr, dennoch war ihm sein eigenes Geschick nicht völlig gleichgültig. Wir haben sogar genügend Beweise, daß Piotr das Leben liebte. Deswegen bedrückte ihn der Eid sehr, zumal nur Gott wußte, wann seine Gültigkeit erlöschen und womit sie enden werde. Mit der Beförderung zum Gefreiten oder mit dem Tod für den Kaiser? Vielleicht weder mit dem einen noch mit dem anderen. Gefreiter, Herr Gefreiter, konnte Piotr nicht werden. Ein Charge muß lesen und schreiben können. Eine Leiche dagegen konnte Piotr werden, dazu braucht man nicht in die Schule zu gehen, aber er hoffte, daß der Krieg in sechs Wochen aus sein werde. Genau sechs Wochen wird die Ausbildung dauern. Es sei, der Krieg würde sich bis Weihnachten hinziehen. Von Mitte Oktober bis Weihnachten kann man für den Kaiser sechsmal sterben . . . Aber muß denn jeder Soldat sterben? Wenn es so wäre, würde der Kaiser den Krieg nicht gewinnen. Und eines ist sicher – er muß ihn gewinnen. Fährt doch ein ganzer Zug mit Huzulen dem Kaiser zu Hilfe.
Alle Insassen des Zuges waren mit dem Eid gefesselt wie jene Pferde auf der Wiese mit Stricken. Die Soldaten der Begleitmannschaft spielten ruhig Ferbel im einzigen ›menschlichen‹ Waggon, das heißt dem Personenwagen, der an den Kohlenwagen angekuppelt war. Sie kümmerten sich nicht um den Transport. Der Eid gab auf ihn acht. Im Bedarfsfall wird der Eid die furchtbaren Kriegsartikel, die Feldgerichte, in Bewegung setzen; er gibt heute schon den Korporalen das Recht, die Rekruten aufs Maul zu schlagen. Die Wache darf ruhig Karten spielen: niemand wird die Flucht ergreifen.
Die Männer fuhren ihrem Los entgegen, mit dem Eid stärker als mit Fesseln gebunden. Im Augenblick war die Neugierde auf das neue Leben unter neuen Bedingungen in Ungarn stärker als die anderen Gefühle. Diese Neugier war stärker als die Angst vor der Fremde, als die Sehnsucht nach

der Heimat. Aber bald wird der Tag nahen, die Woche, der Monat, da die Sehnsucht sie übermannen wird und sie in den Waggons, in den Kasernen, den Feldlagern, aus verschossenen Säckchen, aus verfetteten Notizbüchern, aus Kuverts, vergilbte Photographien herausholen werden. Sie werden mit den Photographien aufwarten, werden sich der entstellten Reize ihrer Frauen rühmen, ihrer Kinder, Geliebten, und in den gleichgültigen Augen der Kameraden den Glanz der Anerkennung suchen, der Bewunderung, sogar der Eifersucht. Heute ist es noch nicht soweit. Der tödliche Bazillus der Sehnsucht fing noch nicht zu wirken an. Und außerdem glaubten alle Leute im Waggon an eine schnelle Rückkehr zu den Menschen, deren leblose Abbildungen sie – dank der unglaublichen Zauberei der Franzosen: Niepce und Daguerre – mit in den Krieg führen konnten. Piotr Niewiadomski besaß nur eine Photographie: die der Mutter. Sie lag in den Tiefen des Koffers, im Gebetbuch, zwischen den nie gelesenen Litaneien.
Es war noch hell auf der Welt, als sie in Kolomea ankamen. Piotr hatte sich geirrt: zur einundzwanzigsten Stunde fehlten noch drei Minuten. Die Sonne war längst untergegangen; da sie aber der Erde eine Entschädigung für die zweieinhalbstündige Finsternis geben wollte, ließ sie ihr abendliches Leuchten noch eine Zeitlang am Himmel. In Kolomea stiegen die letzten Landsturmmänner ein. Man koppelte hinten eine zweite Lokomotive an. Von nun ab hielt der Zug selten und nur in eigenen Angelegenheiten: der Kohle, des Wassers, und nicht – des Militärs wegen.
An den ersten Brücken hinter Delatyn empfing Piotrs Eisenbahnerwürde eine schmerzliche Wunde. Er hörte auf, an eine Gerechtigkeit auf Erden zu glauben. Trotz der hereinbrechenden Nacht konnte er etwas sehen, was andere Menschen wohl nur belustigt hätte. Unten, am Brückenende, standen wunderliche, bewaffnete Gestalten. Als der Waggon sich der Brücke näherte, so daß man die Gestalten

unterscheiden konnte – erblickte Piotr zwei bärtige Juden in langen Kaftanen, die mit einem Militärüberwurf umgürtet waren statt der rituellen Schnur, die während des Gebetes die obere, reine Körperhälfte von der unreinen trennt. Auf den Köpfen hatten sie normale Militärfeldkappen, in der Hand Gewehre mit aufgesetztem Bajonett. Sie bewachten die Brücke, die Brücke am Pruth! So also sieht die Gerechtigkeit auf der Welt aus! Daß sich der Kaiser nicht schämt, Juden zur Bewachung der Brücken aufzustellen? Als hätte er keine richtigen Eisenbahner. Und was ist das für ein Militär? Warum haben diese Juden keine Uniform an? Auf einmal wurde Piotr die Eisenbahn fremd. Sie machte sich unverschämterweise über den Menschen lustig, der ihr so viele Jahre treu gedient und so manches ihrer Geheimnisse gekannt hatte. Wieder eine Brücke und wieder ein Jude im Kaftan. Allerdings in Gesellschaft eines Huzulen. Das bedeutet: sie waren noch nicht dazu gekommen, den ganzen Landsturm zu uniformieren. Piotr rebellierte schon. Am liebsten würde er die Eisenbahnerkappe hinausschmeißen, hätte er eine andere. Er erinnerte sich nunmehr nur an die Schattenseiten seines Dienstes.
Die Telegraphenstangen fielen der Reihe nach zu Boden, der Zug atmete schwer, das Gelände wurde immer steiler und der Pruth schmäler und schmäler, und er rauschte immer lauter. Nach dem Tag der Qual und des Grauens sank eine herrliche Nacht auf die Strecke. Piotr wurde alles gleichgültig. Auf nichts mehr war er neugierig: weder auf die Nacht noch auf den Pruth, die Wasserfälle, die Viadukte, noch auf Ungarn – alles zusammen und auch die ganze Bahn konnte der Teufel holen. Was war die Bahn denn jetzt noch? Ein Diener des Krieges war sie, der nur eine Aufgabe hat: dem Krieg Menschenmaterial zuzuführen. Und es schien Piotr, als seien Züge nie im Frieden gefahren; nie würden sie aus dem Krieg wieder zurückkehren. Die Brücken werden von Kaftanjuden bewacht, und

er, Piotr, fährt als gemeiner Landsturmmann. Dies hat er beim Kaiser erlebt! In jenem Moment war Piotr bereit, dem Kaiser den Eid zu brechen. Aber wie tut man das? Springt man aus dem Zug? Da kann man sich nur die Arme und Beine brechen.

Also war Piotr Niewiadomski auf die Eisenbahn böse, er grollte der Landschaft und verließ den bevorzugten Platz an der Stange. Mit einem Gefühl der Erleichterung, als fände er sich selbst wieder, sah er sein Köfferchen an. Wenn es möglich wäre, würde er sich ganz in dieser Kiste verstecken, da, wo sein Geld lag. Niemand durfte erfahren, daß er Geld im Köfferchen aufbewahrte. Auf dieser Welt darf man niemandem trauen, nicht einmal dem eigenen Bruder. Vorsichtig öffnete Piotr den Koffer, nahm Brot und Speck heraus und ließ seine Wut am Essen aus. Dann rollte er sich im Hintergrund des Waggons zusammen wie ein verprügelter Hund. Er war böse, unzugänglich und mit sich selbst zerfallen. Diese Reise riß ihn mit jedem Kilometer vom Boden los, auf dem er sich einigermaßen mit dem Leben abfinden konnte. Piotr konnte sich nur auf dem Boden von Topory-Czernielitza in sich selbst zurechtfinden. Dies scheint das Schicksal aller Menschen zu sein, die ihr Leben immer an einem Ort verbracht haben. Wenn irgendeine höhere Gewalt sie unerwartet aus dem Mutterboden reißt, werden sie sich fremd. Und deswegen klammerte sich Piotr an sein Köfferchen, kauerte sich neben seiner harten, aber schützenden Wand zusammen und schlief ein, wie man im Schatten der heimatlichen Hütte einschläft. Er schlief lange. Er träumte von Scharen schwarzer Juden mit Gewehren und Bajonetten.

Inzwischen gelangte der Zug an die Grenzstation Köresmözö. Hier nahm man dem Kamel aus der Floridsdorfer Lokomotivenfabrik seinen Kameraden weg, den man in Kolomea angekoppelt hatte, damit er von hinten nachhelfe. Das Gelände begann sich zu senken. Das Rangieren der

Lokomotive dauerte lange genug. Doch Piotr hörte es nicht. In einen tiefen und unangenehmen Schlaf versunken, fuhr er in die Länder des heiligen Stephan.

Einige Male erwachte er im Laufe der Nacht, rauchte, aß, erledigte seine Notdurft an der Stange, sprach mit den Landsleuten, meistenteils über den zukünftigen Dienst. Irgendein Mann setzte auseinander, daß man in wenigen Tagen in Rom einen neuen Heiligen Vater wählen werde, und dann ginge der Krieg bestimmt zu Ende. Ein anderer klagte, man verschleppe sie wie Vieh und sage ihnen nicht einmal, wohin. Alle waren sich darin einig, daß es ein Skandal sei, alle überlegten, wie lange die Reise noch dauern werde. Fast keiner von diesen Leuten hatte je eine so weite Reise gemacht. Die einen langweilte die Fahrt, aber es gab auch solche, die wünschten, daß sie so lange wie möglich dauern sollte. Sie ahnten, was sie erwartete, sie sahen schlimmste Möglichkeiten voraus. Doch es fehlte auch nicht an Optimisten. Die fuhren dem Krieg wie einem Fest entgegen. Die Mehrzahl hatte freilich Angst: nicht so sehr vor dem Militär wie vor der Fremde.

Im Wagen gab es keine Lampe, keine Kerze, nur der Mond sandte zuweilen Strahlen schwachen Lichts durch die offene Tür. Der Zug drang durch die Fremde und in dichte Tannenwälder und verpestete mit seinem Rauch den nächtlichen Duft der schlummernden Bäume, erklomm mühsam die Windungen, durchschnitt die vielen Gebirgspässe, fiel in dunkle, lange Tunnels und füllte die Waggons mit beißendem Rauch, diesem Element der Eisenbahn. Er trug durch die Gebirgsnacht menschliche Angst, menschliche Unruhe und sehr viel Eigenliebe.

Am frühen Morgen verspürten alle gewaltigen Durst. Im Zug gab es kein Wasser. Daß er doch endlich irgendwo hielte! Aber der Lokomotivführer mied emsig die kleineren und größeren ungarischen Stationen, auf denen trotz der aufgehenden Sonne noch elektrische Lichter brannten. Erst

gegen sieben Uhr geruhte er, den Waggons auf der Station Huszt Rast zu gönnen. Dort warteten auf die Söhne der huzulischen Erde das Wasser und der Teufel.
Alle dachten, es wäre schon der Truppenverband, und wollten die Wagen verlassen. Doch rechtzeitig hinderte die Begleitmannschaft sie daran. Das erste Mal seit Beginn der Reise interessierte sich die Wache für den Transport. In bewaffneter Schwarmlinie stellten sich die Soldaten auf dem Bahnsteig auf, fleißig achtgebend, daß niemand aussteige. Unter den Huzulen brodelte es. Zuerst murrten sie, dann fingen sie an, laut zu protestieren. Der eine oder andere nahm sogar eine drohende Haltung an. Die große Gottheit aller Heere und aller Kriege: die Subordination – hatte diese Leute noch nicht unter ihre Flügel genommen. Solange sie in Zivilhosen steckten, solange sie noch nicht das Reglement kannten – durften sie noch schreien, trotz des Eides. Sie schrien. Mit welchem Recht verbietet man ihnen das Wasser nach einer stickigen Nacht? Laßt uns zum Wasser! Aber die alten Landsturmleute, aus denen die Wache bestand, waren unerbittlich. Niemand durfte aussteigen. Die Huzulen mußten sich dem Willen der Wache fügen: der Eid verpflichtete sie.
Man koppelte neue Wagen an. Im Nu füllten sie slowakische Bauern in farbigen Röcken. Sie fuhren auch zum Militär. Sie lärmten furchtbar, in einer Sprache, die die Huzulen nicht verstanden, obgleich sie viele Worte an die eigene Sprache erinnerten. Auf der ungarischen Station weinten die Weiber. Auch in den Ländern der heiligen Stephanskrone waren Tränen populär. Die Einheimischen, besonders jene, die nicht in den Krieg fuhren, musterten die Angekommenen mit großer Neugierde und großem Mißtrauen. Sie hielten sich für wertvollere Menschen. Es verging viel Zeit, bevor die Wache gnädig gestattete, die Wagen zu verlassen. Die Huzulen rannten zu Haufen auf den Bahnsteig – wie ein Rudel hungriger Wölfe. Die miß-

trauischeren nahmen ihre Koffer mit, sie fürchteten Diebe. Die Wache war sehr beunruhigt. Wenn sie die Koffer mitnehmen – können sie desertieren. Und für einen Deserteur ist vor allem die Wache verantwortlich und erst dann der Deserteur, natürlich, falls er sich fangen läßt. Aus diesem Grund wurde in jedem Waggon ein Mann zur Kofferwache bestimmt. Trinken wird er dann – wenn die anderen zurückkommen.
Piotr drängte sich zusammen mit den anderen zum Wasser. Seine Kappe bahnte ihm den Weg. Er stand betäubt inmitten brausender Wogen fremden Lebens, das er gar nicht begriff. Und wäre nicht das Weinen der Weiber, diese internationale, in jeder geographischen Breite verständliche Sprache des Schmerzes – nie würde Piotr glauben, daß er sich unter Leuten befinde, die aus denselben Karpaten stammten wie er.
Im Laufe nur weniger Minuten erwachte auf der Station Huszt in den Seelen der ruthenischen Bauern, der slowakischen Bauern und der ungarischen Bauern eine Feindschaft, von der gemeinsamen Ratlosigkeit vor dem Geschick genährt. Da sie sich am Schicksal nicht dafür rächen konnten, daß es sie brutal von den Feldern, Weideplätzen und Wäldern riß, stießen sie sich gegenseitig und warfen sich haßerfüllte Blicke zu. Von fremden Wörtern verfolgt, die sich wie Schimpfworte anhörten, drängten sich die Huzulen an den Brunnen. Und eben dort stand der Teufel. Ein Riese. Er trug das Kostüm eines ungarischen Gendarmen. Auf dem Kopf hatte er statt eines Helmes – einen schwarzen Hut, der mit Federn von Hahnenschwänzen geschmückt war. Ähnliche Hüte tragen die Landwehrmänner und Feldjäger an Paradetagen. Die gleiche Medaille wie beim Korporal Durek glänzte an der Brust des Teufels. Nur fehlte in seinem Mund der goldene Zahn. Der ungarische Teufel hatte lauter gesunde Zähne. Ein tadellos schwarzer Schnurrbart und Backenbart sowie eine zigeunerhaft dunkle Haut stachen

gegen das raubtierhafte Weiß dieses Gebisses ab. Kaum machten sich die Huzulen an das Wasser heran, zischte es wie Lava zwischen den Zähnen des Gendarmen hervor. So begrüßte der Teufel die Huzulen am Brunnen, weil das Feuer, ein teuflisches Element, seit Ewigkeiten mit dem Wasser Krieg führt.

Besonders seit Kriegsausbruch erschollen im Śniatyner Bezirk nicht wenige fremde Sprachen. Die Ohren der Huzulen begannen sich allmählich an das grausige Schnarren der rauhen deutschen Sprache zu gewöhnen und an das sogenannte Armeeslawisch, wie man ein Ragout aus sämtlichen slawischen Sprachen nannte. Man wurde mit dem Klang der stupsnasigen tschechischen Sprache vertraut, die überhaupt keine Vokale zu besitzen schien. Längst war man mit dem melodischen *›rumaneschti‹* der Bukowiner Nachbarn vertraut, und sogar der jüdische Jargon, der überall zu Hause und wie mit Knoblauch und Zwiebeln zubereitet war, klang in den Huzulenohren wie Heimatklänge. Die Bürger des Śniatyner Bezirks mengten manchmal selbst einzelne jüdische Ausdrücke, ja sogar ganze Wendungen in ihre Rede, allerdings brachten sie sie gewöhnlich falsch an. Man darf sie also nicht ganz der Unkenntnis fremder Sprachen oder des Hasses gegen sie verdächtigen. Aber es ist etwas anderes, unverständliche Laute bei sich zu Hause zu hören, wo immerhin die ruthenische oder auch polnische Sprache Herr und Wirt ist, war und sein wird und wo eine fremde Sprache sich als geduldeter Untermieter in die Ecke drücken muß oder Gastspiele gibt. Es ist etwas durchaus anderes, sich plötzlich unter lauter fremden Menschen zu befinden, wo wie zum Trotz niemand unsere Sprache versteht. Bei sich zu Hause darf man lachen, man darf sich über diejenigen lustig machen, die anders sprechen; im Ausland aber werden wir nicht nur ausgelacht, im Ausland ist der Mensch ganz und gar verloren. Er ist machtlos wie ein kleines Kind, wie ein Blinder tastet er sich durch das Dunkel. Plötzlich wurde sich Piotr darüber klar, was für eine große Sünde der Turmbau zu Babel gewesen sein mußte, wenn Gott darum die menschlichen Zungen vermischte. Piotr hatte nie vorher über die Ausmaße dieser Katastrophe nachgesonnen, er war dem Geheimnis nicht nachgegangen, warum ein Mensch den anderen nicht versteht. Erst auf der ungarischen Station Huszt wurde ihm mit abgrundtiefem Entsetzen die Tatsache bewußt, daß dieser Gendarm zwar, wie jeder Mensch, Augen, Ohren, einen Mund hatte, und doch kamen aus diesem Mund keine menschlichen Laute. Nein, die magyarische Sprache war keine menschliche. Sie war Feuer, Schwefel und Paprika. Der Gendarm hat doch Ohren, warum hört er nicht, was ihm Semen Baran, ein sehr kluger Mann, auf deutsch erklärt? (Drei Jahre hatte Baran in Sachsen zugebracht und ein gutes Stück Welt bereist.) Er hört, dieser Gendarm, er hört gut, aber zwischen ihm und Semen Baran steht eine dicke, undurchdringliche Wand. Ein Stück vom Turm zu Babel. Und wäre es wenigstens der Feind, ein Russe, Serbe, aber das ist sozusagen einer von den unseren, ein Kaiserlicher . . . Nein, das war kein kaiserlicher Mensch. Ein kaiserlicher Mensch wird den anderen kaiserlichen Menschen immer irgendwie verstehen, und sei es auf deutsch. Dieser Gendarm – ist ein königlicher Mensch. Weil der Kaiser bei den Magyaren nur ein König ist. Da sieht man's – die Magyaren verdienen nicht einmal einen Kaiser. Mit so einem Maul und so einer Sprache.

Und was will dieser Teufel eigentlich? Er verbietet, Wasser zu trinken? Vielleicht fürchtet er, daß ihm die kaiserlichen Menschen dieses stinkende magyarische Wasser vergiften? Soll er doch wie ein Mensch reden, wenn er will, daß ihn die Leute verstehen!

Die Kaiserlichen hörten nicht auf den Gendarmen. Sie leisteten passiven Widerstand, waren sie doch in unbedingter Mehrheit und im Bewußtsein ihres heiligen Rechtes auf das Wasser. Sogar das Vieh hat das Recht, seinen Durst zu stillen, und sie sind kein Vieh. Der königliche Gendarm griff, nicht so sehr in Verteidigung des Wassers als seiner eigenen Autorität, zur Gewalt. Er nahm das Gewehr vom Arm und schlug blindlings zu, in der Hoffnung, die Kaiserlichen vom Brunnen wegzudrängen. Er glaubte an seine Uniform und an die Hahnenschwänze, anderenfalls hätte er's sicher nicht gewagt. Er war allein, und die anderen waren ein ganzer Haufen. Doch ließen ihn die Autorität seiner Kleidung, seine Sternchen und Hahnenfedern im Stich. Die Kaiserlichen waren der Meinung, daß sie nur der kaiserlichen Behörde Gehorsam schuldeten und nicht der königlichen. Und sie gingen aus dem passiven Widerstand zu Taten über. Sie stießen den Gendarmen zurück und rissen ihm das Gewehr aus der Hand. Dabei fingen sie an, in ihrer Sprache zu schimpfen, dem Teufel die bösesten Flüche entgegenzuschleudern und seine Mutter zu beschimpfen. Viele von ihnen waren sich allerdings bewußt, welche Folgen der Widerstand gegen einen Gendarmen haben konnte, besonders Piotr befürchtete Schlimmes. Doch der bei allen geschärfte sechste Sinn: der Wirklichkeitssinn, erlaubte es den Huzulen, die Situation zu überschauen, die sie, dank ihrer Zahl, meisterten. Sie wußten genau, daß sie diesen ungarischen Gendarmen straflos angreifen konnten, weil sie in den Krieg fuhren. Es entstand ein Tumult. Dem bedrohten Teufel eilten andere Gendarmen, die bis jetzt die Slowaken verladen hatten, zu Hilfe. Sie hieben mit den Kolben ihrer Gewehre drauflos und gaben bald mit dem entrissenen Gewehr ihrem Kameraden auch seine Würde wieder. Gleichzeitig liefen irgendwelche Soldaten herbei, lauter Magyaren natürlich, und stießen die Huzulen weg. Vom höllischen Lärm alarmiert, rannte die Begleitmannschaft aus der Bahnhofswirtschaft herbei, die für alles hier verantwortlich war. Sie verstand kein Ungarisch, aber sie verstand, daß Menschen das Recht haben, Wasser zu trin-

ken. Die Begleitmannschaft führte sich jedoch nachlässig und unbestimmt auf. Und wären nicht die Juden da, die noch vor dem Babelturm auf der Welt waren und alle Sprachen kannten – wäre es um ein Haar auf der Station Huszt zu einem großen Krieg zwischen den Völkern des Kaisers und den Völkern des Königs gekommen. Der Stationsbeamte rief in gebrochenem Deutsch einige Juden herbei – damit sie den aufgebrachten Leuten erklärten, daß der Gendarm sie in ihrem eigenen Interesse nicht zum Brunnen heranließe. In ihrem eigenen Interesse! Das Brunnenwasser steht nämlich im Verdacht einer Typhusinfektion, einer Ruhrinfektion und anderer Seuchen, die – bekanntlich – jeden Krieg begleiten. Trinkwasser, sterilisiertes Wasser, befindet sich am anderen Ende des Bahnsteigs in einem hölzernen Bottich.
Zu spät. Ein Teil der Huzulen stillte schon den Durst und die Wut – mit Ruhr und Typhus. Wer weiß, ob nicht an jenem Tag auf der Station Huszt der Same jenes berüchtigten Hasses der galizischen Soldaten, die in ungarischen Einheiten untergebracht waren, gegen die einheimische Bevölkerung, insbesondere gegen die Honveds und die Husaren, gesät wurde. Jener Haß, der zunächst nur unterschwellig vorhanden war, entlud sich später in häufigen, ungemein hartnäckigen Schlägereien, und viele Liter erlesenen k. u. k. Blutes wurden, statt auf den Schlachtfeldern im Dienst des Monarchen, in magyarischen Schenkstuben und Wirtshäusern vergossen. Aber vorläufig gelang es, das Feuer aufzuhalten, und zwar nicht nur mit Hilfe des Wassers. Auch der Wein spielte dabei eine große Rolle. Ein gewisser Israel Glanz, ein Spezereiwarenhändler aus Kolomea, erwähnte scheinbar gleichgültig, daß es nicht lohne, um Wasser zu kämpfen, wenn man im Wartesaal für billiges Geld Wein bekommen könne.
»Wein?«
Piotr Niewiadomski vermutete dabei irgendeinen jüdi-

schen Schwindel. Er hat noch nie im Leben Wein getrunken. Wein – wächst nur in warmen Ländern, im Heiligen Land, in Rom, und deswegen trinken die Geistlichen ihn während der heiligen Messe. Man wird kaum glauben, daß Ungarn ein heiliges Land sei. Eher das Gegenteil. Einige Minuten später stellte Piotr nicht ohne Vergnügen fest, daß Wein auch ein Laiengetränk ist, allen Sterblichen in Ungarn zugänglich.

Es war für die Gendarmen, die Hand in Hand mit der Wache arbeiteten, nicht leicht, die Kaiserlichen vom ungarischen Wein zu trennen. Aber es gelang ihnen. Ohne Proteste, ohne Widerstand nahmen die Kaiserlichen wieder ihre Plätze in den Waggons ein. In ihren Adern sang schon der Wein und weckte die Musen. Polyhymnia und Terpsichore. Besonders jüngere Landsturmjahrgänge sangen wehmütige Balladen, Gesänge von alten Feldzügen, oder sie ahmten fleißig das Blöken der Böcke, den Dudelsack und die Trombita nach. Sie vergaßen auch den Rundtanz nicht und schlugen dabei feurig mit den Absätzen auf. Drei Waggons Slowaken hörten mit aufrichtiger Bewunderung diesem huzulischen Bacchanal zu. Dadurch zum Wettstreit ermuntert, kramten die Slowaken aus der Tiefe ihrer eigenen Seele ihre herrlichsten Lieder aus. Auch sie ahmten den Dudelsack und die Trombita nach. Schon wollten sie sich mit den Kaiserlichen verbrüdern, aber daran hinderten sie die Teufel mit den Hahnenfedern. Sie verboten den Slowaken strengstens, die Wagen zu verlassen. Der Zug setzte sich wieder, von Gesängen tönend, in Bewegung. Nur Piotr Niewiadomski blieb ernst. Es zeigte sich, daß er zu denen gehörte, die der Wein traurig stimmte. Er stand wieder an der Stange, neben den Wagenältesten, denen der Wein nicht in den Kopf gestiegen war. Aber der heidnische Gott Dionysos vollbrachte sein Werk: er versöhnte Piotr Niewiadomski mit der Bahn.

Auf einmal bemerkte Telesfor Zwarycz aus Widynów, daß es nicht angebracht wäre, so laut zu singen und zu tanzen, da die ganze katholische Welt den Tod des Heiligen Vaters betrauerte.

»Noch ist der römische Papst warm, er liegt noch nicht einmal im Sarg. . .«

In der Tat – der Papst lag noch nicht im Sarg. Weder im ersten – aus Zypressenholz, noch im zweiten – aus Zinn, noch im dritten und letzten Sarg – aus Ulmenholz. Noch zog das römische Volk am Katafalk in der Kapelle des Heiligsten Sakraments vorbei.

Von allen Argumenten, die Zwarycz vorbrachte, überzeugte das Gewissen der Huzulen dieses:

Was werden sich diese Calvinisten denken? Das griechisch-katholische Volk jubelt nach dem Tod des Papstes?

»Calvinisten? Was für Calvinisten?«

Außer den Juden wußte im Waggon niemand, daß manche Magyaren sich zur Lehre Calvins bekennen. Telesfor Zwarycz war der Meinung, daß es in Ungarn überhaupt keine Katholiken gäbe. Alles Ketzer, schlimmer als die Lutheraner. Piotr fiel es schwer, daran zu glauben. Ketzer? Und sie haben den heiligen Stephan als Schutzheiligen. Kann es einen ketzerischen Heiligen geben? Lange wurde über religiöse Themen disputiert. Am Ende ließ sich auch Piotr überzeugen, daß Magyaren keine Katholiken sind. Im stillen freute es ihn sogar, da er endlich begriff, warum der Kaiser Franz Joseph in diesem verfluchten Land nur König war. Gleichzeitig wurde ihm das Rätsel des schiefen Kreuzes auf der heiligen Stephanskrone klar. Wo der Christusglaube verfällt, dort neigt sich auch das Kreuz. Alle Huzulen waren sehr stolz darauf, daß sie ihre Überlegenheit über die Magyaren auf zwei Argumente stützen konnten: einmal als Kaiserliche, zweitens als rechtgläubige Katholiken. Es versteht sich von selbst, daß alle verstummten, alle traurig wurden, denn der Papst war gestorben. Und wieder einmal hat die römische Kirche die heidnischen Götter des Weines, Gesanges und Tanzes besiegt.

Seit einiger Zeit, an der Station Marmaros-Sziget, hatte sich dem Zug ein Kamerad zugesellt, der ihn stundenlang begleitete. Es war der Fluß Theiß. Er lief neben dem Zug her, wie um die Wette. Von Stunde zu Stunde wurde er breiter und rauschte lauter. Aber die Landschaft hatte sich seit gestern nicht sehr verändert. Die ungarischen Karpaten waren den galizischen sehr ähnlich. Nur auf den Hügeln und in den Tälern änderte sich der Stil der Gebäude. Längst waren die hölzernen Hütten und Blockhäuser verschwunden, längst sah man die hölzernen Kirchlein mit den dreifach aufeinandergetürmten Dächern nicht mehr, die an chinesische Pagoden oder dreimastige Segelschiffe erinnerten. So sahen Tempel aus, in denen der richtige Gott hauste. Tempel des falschen Gottes waren gemauert, weiß gestrichen und mit hellem oder rotem Blech gedeckt. Meist hatten sie hochragende Türmchen mit einer Uhr. In diesem Land gab es überhaupt viele Mauern, und deshalb sahen die Dörfer städtischer aus. Telesfor Zwarycz hatte aber sehr übertrieben. Nicht alle Magyaren waren Calvinisten, und wenn sie es auch waren, dann jedenfalls nicht hier, auf slowakischem Boden. Der Zug hatte die calvinistischen Komitate noch nicht erreicht. Doch die Huzulen hatten, von Zwarycz belehrt, ihre eigene Meinung über die ungarischen Kirchen. Sie hielten alle für Brutstätten der Ketzerei.

Nichtdestoweniger gefiel ihnen die ungarische Erde. Piotr interessierte sich wie ein Kind für jede neue Aussicht. Warum sollte er's leugnen: es war nicht nur die längste, sondern auch die schönste Reise in seinem Leben. Und hätte er nicht das Bewußtsein, daß er in den Krieg fahre, würde er höchst vergnügt sein. In Friedenszeiten würde er nie so weit reisen. Was für ein Geschäft könnte er denn in Ungarn haben? Am meisten wunderte ihn an dieser Reise die Tatsache, daß er, dem Krieg sich nähernd, immer weiter sich von ihm entfernte. Wie sollte man sich das erklären? Das ungarische Land war sehr still, die Etappen lagen irgendwo um Hunderte von Kilometern hinter ihm. Hier herrschte tiefer Friede. Alles atmete Wohlstand, Geborgenheit, die sorgenlose Erde erbebte nicht von Kanonendonnern, sie wartete nicht auf die Ankunft der Russen. Sie wichen normalen Personenzügen aus, niemand bewachte die Brücken, und an den Wärterhäuschen standen Wärter mit ebensolchen Kappen, wie Piotr eine trug. Und doch fuhr er in den Krieg.

Die Berge waren zu Ende. Der Zug jagte die breit fließende Theiß entlang, und als sie plötzlich in der Steppe verschwand – hielt er an der Station Beregszasz, als hätte er mit dem Fluß auch an Kraft verloren.

Nein, es gibt keine Gerechtigkeit auf Erden. Als sie weiterfuhren, bezauberte die weite Steppe die Huzulen. Diese Calvinisten haben ein so schönes Land, und der katholische Mensch krepiert beinahe auf seinen Hügeln. Kaum daß er da ein wenig Korn und gemeinen Hafer erntet. Und hier ein Maisfelder-Tiefland. Und was für Vieh hat dieses magyarische Pack! Was für Schweine! Sogar die größten Feinde der Ungarn, versunken in den Anblick der unzähligen Viehherden auf der Steppe, mußten gestehen, daß sie so ein schönes Vieh noch nicht gesehen hatten. Die Hörner der Ochsen waren vielleicht einen Meter lang. Nur, warum trugen hier die Hirten Rockschöße wie Weiber?

Schon auf den letzten Abhängen der Karpaten erschienen riesige Pflanzungen irgendeiner unbekannten Bohnensorte. Dann, als die Steppe begann, verschwanden die Bohnen. Einen halben Tag fuhren sie durch die Steppe, die von der ungeheuren Sonne erhitzt war (War auch hier gestern der Weltuntergang? dachte Piotr) – und plötzlich wieder Bohnen. Es kamen immer mehr davon, und sie kletterten immer höher an den Holzstangen empor.

»Warum fressen die Magyaren so viel Bohnen?«

»Das ist Wein, es sind keine Bohnen«, erklärte einer der

Juden. Er schrieb verbissen etwas in sein Notizbuch, strich es durch, addierte, als berechnete er das jährliche Einkommen von diesen Weinbergen.
Sie fuhren durch Weinberge am Fluß Bodrog entlang. Sie fuhren, fuhren. Allen, die sich vor der Abreise in den Krieg rasiert hatten – wuchs schon wieder ein Bart. Diese unendliche Reise ermüdete sie sehr. Die Kilometersteine brachten sie dem Krieg näher, und es schien, daß die zurückgelegten Kilometer Jahre waren. Auf der Reise bildet der Raum das Maß der Zeit. So mancher von den Huzulen bildete sich ein, daß mit der Reise auch der Krieg zu Ende gehen werde. Sie kommen endlich bei ihrer Einheit an, und der Feldwebel sagt: ›Kehrt nach Hause zurück. Man braucht euch nicht mehr. Der Kaiser läßt schön danken. Es ist Friede.‹
Die von der Fülle der Eindrücke Betäubten umfing schon die zweite Nacht auf ungarischem Boden... Zeit und Raum nahmen ihnen die Schrecken. Sie waren still, in ihr Los ergeben, demütig. So schliefen sie ein. Sie schliefen aber nicht länger als zwei Stunden. Plötzlich, mitten in der Nacht, überfiel sie der helle Tag – wie eine umgekehrte Sonnenfinsternis. Eine Tageshelle inmitten der dunklen Nacht. Mächtige Erschütterungen weckten sie, der Zug wankte, bog sich nach allen Seiten, von Schiene auf Schiene geschleudert, von einem Gleis auf das andere. An langen Reihen von Zügen ging es vorbei, ganze Züge standen regungslos auf unzähligen Blindgleisen. Ein ohrenbetäubendes Gemisch von Geräuschen: Eisengeratter, Pfiffe und Glockenläuten. Langsam, sehr langsam fuhren sie ins Innere einer riesigen Halle aus Glas und Eisen, man hätte sagen können – ins Schiff einer gewaltigen Kirche. Eiserne Bögen, eiserne Gewölbe stützten die kugelförmige Glasdecke. Ein großer Lärm herrschte in dieser seltsamen Kirche, wo viele Lokomotiven mit Rauchsäulen und Dampf-Weihrauch inbrünstig beteten. Riesige Lampen aus Milchglas verstreuten von verschiedenen Höhen Tageslicht. Aus ih-

nen strahlte diese Helligkeit. Große, leuchtende Uhren zeigten die heilige Eisenbahnzeit.
Es war erst 23 Uhr 13 Minuten.
»Alle aussteigen! Die Koffer mitnehmen!« rief die Wache. Alle stürzten sich auf ihre Sachen und sprangen aus den Wagen. »Mir nach! Mir nach!« rief die Wache, die der Geist der Macht überkam. »Achtgeben, daß ihr euch nicht verliert! Zusammenhalten!« Endlich also die Kaserne. Die Huzulen torkelten wie betrunken und bahnten sich unter fremden Soldaten den Weg, zwischen fremden Offizieren, fremden Zivilisten, fremden Frauen. Was für ein Tumult, was für Lärm herrschte hier trotz der nächtlichen Stunde! Das war keine Nacht, das Militär schaffte die Nacht ab, das war – heller Tag. Von allen Seiten schlug den huzulischen Köpfen die ungarische Sprache wie siedendes Wasser entgegen.
Es war nicht ihre Kaserne, sondern der Budapester Bahnhof. Wie ein Haufen erschrockener Schafe liefen sie ihren Führern nach, unbeholfen, dumm, der Gnade ausgeliefert. Sie rannten die Stufen hinunter, durch unterirdische, schlecht beleuchtete Labyrinthe und krochen wieder über die Treppen hervor und erreichten helle, geräuschvolle Bahnsteige. Sie rannten von Bahnsteig zu Bahnsteig – wann werden sie sich endlich aus dem magischen Kreis der Bahn befreien?
Man ließ sie wieder einsteigen, aber diesmal war es ein Personenzug. Gott sei Dank – es gibt Bänke, sie werden wie Menschen reisen. Sie haben lange nichts Warmes im Magen gehabt. So waren sie höchst erfreut, als vor den Waggons wohltätige Damen erschienen und Kaffee, Tee, sogar Wurst und Zigaretten verteilten. Die Damen lächelten sehr freundlich und vornehm, aber sie sprachen magyarisch. Immer wieder: »*Teschek, teschek,* bitte.«
Der Eifer der patriotischen Frauen war in diesen Zeiten so groß, daß er nicht nur für uniformierte Helden ausreichte.

Mit dem Übermaß ihrer Barmherzigkeit bewirteten die Damen sogar jene Leute, die erst zum Militär fuhren. Auf diese Weise nahmen die Barmherzigen das Heldentum der Rekruten vorweg, indem sie sie dazu durch Kaffee, Tee, Wurst und Zigaretten verpflichteten. Sattgegessen und sattgetrunken, von der Güte der ungarischen Damen entzückt, in glänzender Stimmung fuhren sie weiter. Sie riefen sich die empfangenen Eindrücke ins Gedächtnis zurück, korrigierten voreilige Urteile. Allmählich fingen sie an, Worte der Versöhnung zu äußern.
»Denn ihr müßt daran denken«, erklärte Semen Baran, »sie sind Königliche und wir Kaiserliche, aber nur in Zivil. Das Militär ist gleichgestellt, das Militär ist kaiser- und königlich, man schreibt's: k. u. k. Nur die Honveds, die Magyarische Landwehr, ist königlich. Ich sag' euch, Kerle, mit den Honveds fangt ja nichts an!«
Piotr schlummerte schon. Nur einige Bruchstücke von Semen Barans Auseinandersetzungen drangen zu ihm. K. k., k. u. k., Ka-ka-ka. –
Er saß auf der Bank am Fenster, wackelte hin und her und schlief. Langsam begannen Gänse in seine Augen hineinzukriechen – ka-ka –, hinter den Gänsen schwere ungarische Ochsen mit meterlangen Hörnern und herrliche, herrliche Schweine. Ka-ka. Ka-u-ka. Ka-ka-ka. –
Plötzlich redeten die Gänse magyarisch, deutsch, slowakisch. Und die Ochsen redeten magyarisch. Und die Schweine magyarisch. Sämtliche Sprachen schwammen dann in den Schnäbeln, Mäulern und Schnauzen zusammen, sie mischten sich in eine dichte Klangmasse, in jene Ursprache, deren sich die Menschheit einstmals bediente – vor jenem Turmbau zu Babel. Jedes Wort, jedes Wort dieses Uridioms verstand Piotr Niewiadomski.
Plötzlich ist er von einem unendlich hellen Glanz geblendet. Piotr geht auf dieses Leuchten zu, und was sieht er? Das Innere der Kirche von Czernielitza. Die ungarischen Da-

men singen ein Hochzeitslied. Pfarrer Makarucha, in blumigem, goldbesticktem Gewand, führt Piotr an den Altar. Auf dem Kopf hat er einen Hut mit Hahnenfedern. Im Nu erscheint an Piotrs Seite eine reizende Braut. Pfarrer Makarucha salbt Piotrs Schläfen mit irgendeiner fetten, klebrigen Flüssigkeit. Piotr erinnert sich daran, wie Pfarrer Makarucha mit der Letzten Ölung zu der sterbenden Mutter Wasylina kam. Dann hebt der Pfarrer eine goldene, glänzende Krone vom Altar und setzt sie Piotr auf den Kopf. Piotr stöhnt auf. Diese Krone kann er nicht tragen, sie wird ihre 50 Kilogramm wiegen. Kein Mensch kann 50 Kilogramm auf dem Kopf tragen. Piotr fällt unter der Last der Krone, der heiligen Stephanskrone.

Der Morgen graute, als sie die Kaserne erreichten.

VIII. KAPITEL

Sie kamen zu ihrer Einheit, setzten sich auf ihre Koffer und warteten auf das Ende des Krieges. Aber der Krieg ging nicht zu Ende. Er hatte kaum begonnen, obgleich schon genug Festungen, vor allem in Belgien, in Trümmern lagen und nicht wenige gotische Kathedralen ihre Türme verloren hatten und viele ruthenische Dörfer vom Feuer verschlungen wurden und das Blei Tausende und Abertausende Seelen aus dem Fleisch der Menschen gerissen hatte. Die Zeitungen der ganzen Monarchie brachten enthusiastische Berichte vom Kriegstheater, wo, im Gegensatz zu anderen Theatern, Bühne und Zuschauerraum, Zuschauer und Schauspieler eins sind. Jeden Tag starrten dir die Bilder der Regisseure und Primadonnen des Krieges auf dem gedruckten Papier entgegen, applausgierige Profile uniformierter Greise, die mit fremdem Tod die eigene Unsterblichkeit erkaufen wollten. Die Begeisterung für dieses Schauspiel drückten die Zeitungen jedoch weniger durch Photographien aus, auf denen doch oft das düstere und schiefe Gesicht der Wahrheit erscheint, als vielmehr durch grandiose Zeichnungen von Massenszenen, mit denen die Phantasie der Künstler nach den Weisungen der Propaganda nicht geringere Triumphe als die der vaterländischen Waffen feierte. Auf solchen Zeichnungen wurden nur Feinde vernichtet, und über ihren massakrierten Leichen galoppierten in voller Ordnung und voller Ruhe – die herrlichen Regimenter der eigenen Kavallerie. Mußte um des guten Beispiels willen dennoch ein getroffener Österreicher oder Deutscher gezeigt werden, so erblickte man höchstens einen Soldaten mit einer leichten Beinwunde. Zeigte man anstandshalber im Gesamtbild einige Gefallene auch auf der eigenen Seite, so schlugen diese kümmerlichen Verluste nie eine Bresche in die dichtgeschlossenen Reihen der Sieger, nie störten sie die Harmonie, im Gegenteil –

sie verliehen diesem Tableau noch eine gewisse Pikanterie. Anders freilich sprachen die Verlustlisten, die, in denselben Zeitungen gedruckt, mit jedem Tag länger und länger wurden. Nicht viele Familien konnten sich rühmen, daß ihre Namen in den unendlichen Litaneien von getöteten, verwundeten, verschollenen und in Gefangenschaft geratenen Menschen fehlten. Zum Glück konnten nicht alle Familien der Monarchie den Segen des geschriebenen Wortes und der Buchdruckerkunst genießen. Die Huzulenfamilien zum Beispiel. So wußten sie also nicht, warum die ganze Stadt Andrásfalva, durch die sie marschieren mußten, beflaggt war. Riesige rot-weiß-grüne und auch schwarzgelbe Fahnen hingen triumphal von Türmchen, Balkonen, Fenstern herab, flatterten über den Köpfen der Fußgänger und gehorchten den warmen Winden, welche ausgelassen die Stoffe auf die Dächer wehten oder um die Stangen wickelten. Woher sollten die Huzulen wissen, daß dieser Fahnenzauber im ungarischen Städtchen mit der Schlacht bei Kraśnik und den Erfolgen der I. k. u. k. Armee des Generals der Kavallerie Viktor Dankl zusammenhing. Es war ihnen nicht einmal das Schicksal jenes Regiments bekannt, dessen Verluste sie einmal mit ihren eigenen Körpern zu ergänzen haben würden. Dieses Regiment gehörte einer anderen Armee an, die ebenso berühmt war wie die erste, doch nicht durch Siege. Deshalb wollen wir den Namen dieser Armee lieber nicht nennen. Die Verlustlisten waren so reichlich mit den Namen der Gefallenen bestückt, daß diese Armee-Einheit gewiß im Laufe der folgenden Tage zu bestehen aufgehört hätte, wenn ihr nicht die hingemähten Regimenter mit immer frischen Jahrgängen aufs neue nachgewachsen wären. In keiner Stadt der Monarchie wurden wegen solcher Ereignisse schwarze Flaggen herausgehängt . . .

Und die Huzulen saßen auf dem Kasernenhof, in der Glut der Mittagssonne, und warteten auf das Ende des Krieges.

Die Einheit war in einer alten, verlassenen Brauerei der Firma Farkas & Gjörmeky untergebracht, außerdem in Baracken. Die Bretter dieser Baracken rochen nach Wald. Noch war ihr früheres Leben nicht gestorben: hie und da tropften klebrige Harzklümpchen aus den gehobelten Wänden. In der großen Hitze dieser Tage trockneten sie nicht und rannen auf die Strohsäcke der Soldaten wie duftende Tränen.
Die ausgebreiteten Kasernengebäude lagen vier Kilometer schöner, glatter, gepflasterter Chaussee von der Stadt Andrásfalva entfernt. Zu beiden Seiten der Chaussee dehnten sich gepflügte Felder. Fette, schwarze Schollen glänzten im Sonnenlicht. Dichtbebaute, bereits abgeerntete Gemüsebeete zeugten von der Fruchtbarkeit dieser Erde. Mächtige, stark duftende Linden, deren Blätter grau vom Staub waren, begleiteten die Chaussee bis zum nächsten Dörfchen und verdeckten den Blick. Nur vom zweiten Stock des Gebäudes, in dem Offiziere und Einjährige ihr Quartier hatten, waren die Türme der Stadt und Schornsteine sichtbar.
Eine andere Ordnung, eine andere Zeit herrschten hier als in der Stadt. Dort verkündeten Fabriksirenen um zwölf Uhr die Mittagsstunde, in der Kaserne machte man eine Stunde früher Mittag. Die städtische Nacht sank den Jahreszeiten und der Sonne gemäß, die militärische Nacht achtete nicht auf die Bewegung der Himmelskörper: im Winter und im Sommer blies man um neun Uhr auf der Hauptwache zum Zapfenstreich. Dann wurde auf dem ganzen Gelände, mit Ausnahme der Quartiere der Offiziere und Unteroffiziere, der Kantine und der Krankenabteilung, das Licht gelöscht, und die Körper der gemeinen Soldaten, ihrer Uniformen entblößt, auf den Strohsäcken ausgestreckt, warteten gehorsam auf die Gnade des vorgeschriebenen Schlafs. Manchmal weigerte sich der Schlaf zu kommen, er verspätete sich, er wollte nicht die Erzählungen, im

Dunkeln von Strohsack zu Strohsack geflüstert, unterbrechen. Gewöhnlich aber paßte er sich dem Reglement an. Er kam von seinen entfernten Quellen wenige Minuten nach neun Uhr, nahm die müden Seelen aus den müden Körpern und entließ sie für einige Stunden in die Freiheit. Die Truppe hielt sich von der Stadt fern. Sie lebte ihr eigenes Leben, bildete ein Städtchen für sich, eine besondere Welt – eine Welt aus lauter Männern. Von der Welt der Frauen und Magyaren trennten sie hohe Bretterzäune, der Stacheldraht und – die Sprache. Und doch drang auch das Leben der Stadt bis dorthin. Es schlich sich auf den Exerzierplatz, in die Baracken, in die Brauerei, mit dem Klang ferner Stimmen, mit dumpfem Rattern, es heulte mit Fabriksirenen und läutete mit Glocken. Die Stadt beunruhigte, forderte heraus und lockte, trotz all ihrer fremden und feindlichen Elemente. Vielleicht aber gerade deshalb. Man darf nämlich nicht vergessen, daß die meisten Bewohner der Kaserne Bauern waren.

Anfangs durften sie in dienstfreien Stunden in die Stadt gehen, da das Marschbataillon aus Leuten bestand, die in Friedenszeiten gedient hatten und die Disziplin kannten. Als sich aber beim Regimentsarzt, Dr. Badian, immer zahlreichere Opfer der magyarischen Venus zu melden anfingen, so daß man die Leute, statt an die Front, in spezielle Krankenhäuser schicken mußte, hörte die Nachsicht des Kommandanten auf. Jetzt konnte man nur noch mit einem Passierschein in die Stadt, und es war nicht leicht, im Lager Seiner kaiser- und königlichen Majestät einen Passierschein zu erdienen. Also riskierte man Ausflüge auch ohne Passierschein. Manchmal liefen sie glücklich ab, oft aber fingen die Patrouillen der Militärpolizei, lauter Magyaren, die Verwegenen in der Stadt ab, in Schenken und Freudenhäusern, nahmen ihnen die Würde, das heißt ihr Bajonett, und brachten sie auf die Wache der heimatlichen Einheit. Der vom Sirenengesang der Stadt verführte Mensch stand am

nächsten Morgen vor dem Antlitz des Kompaniekommandanten und ein Rückfälliger sogar vor dem Regimentskommandanten. Die Strafe ging von zehn Tagen Kasernenarrest bis zu zwanzig Tagen strengem Arrest. Zu zwei Anlässen begab sich die Truppe jedoch vollzählig in die Stadt: in die Garnisonkirche und zum Scharfschießen. Der Schießplatz lag nämlich weit hinter Andrásfalva, nördlich der Bahn. Diese offiziellen Märsche, mitten auf der Fahrstraße, gestatteten keine persönliche Berührung mit der Zivilbevölkerung. Ein Mensch in Reih und Glied ist nur ein beweglicher Strich, ist nur einer der vielen Punkte der geometrischen Figur ›Marschkolonne‹. Aber sogar das kleinste Pünktchen in der Reihe hat Augen und einen Mund, die einer Frau im Fenster oder auf der Straße zulächeln können.
Manchmal kam auch die Stadt der Kaserne näher, streifte sie fast. Sie ging dicht am Zaun und Stacheldraht vorbei. Aber sie brachte nicht Leben – sondern Tod. Ehe der Morgen graute und die Seelen der Soldaten, durch das Spiel der Hornisten zurückgerufen, aus ihrem nächtlichen Urlaub heimkehrten, zogen hier Herden von Ochsen, Kälbern, Schafböcken und Schweinen vorbei. Kurz darauf, wenn das Regiment schon auf den Beinen war, ertönte in der Nähe schreckliches Todesgebrüll. Und in den Nachmittagsstunden, mindestens einmal in der Woche, wandelten feierlich langsam die Chaussee entlang: Trauerzüge, Leichenwagen, mit katholischen oder calvinistischen Geistlichen an der Spitze, manchmal sogar mit Musik und Standarten, öfter jedoch gemeine, schwarze Kisten auf Rädern, ohne Schmuck, ohne Kränze und ohne geistliche Begleitung. Nur ein Kreuz, von einem barhäuptigen Burschen getragen, bezeugte, daß der arme Bewohner der Stadt Andrásfalva auch eine Seele besessen hatte, die der göttlichen Gnade würdig war.
So hatte die Kaserne als nächste Nachbarn zwei Institutio-

nen öffentlichen Nutzens: die städtische Schlachtbank und den Friedhof. Es konnte scheinen, als wollte man die Menschen, die in den Tod gehen sollten, absichtlich in der Nähe der Todesanstalten einquartieren, damit sie sich an den Tod rechtzeitig gewöhnten. Aber Menschen, die in den Tod gehen, haben keine Zeit, an ihn zu denken. Die Nachbarschaft des Schlachthauses war sogar – angenehm. Immerhin erinnerte sie ans Essen, also – ans Leben.

Und die Leute waren hungrig. Seit vielen Stunden saßen sie auf einem geräumigen Platz zwischen der Brauerei und den Baracken, von Stacheldraht umgeben, von Rätseln umgeben und erwachender Angst. Sie aßen bereits den Rest des Brotes auf, das ihnen ihr harter Boden gegeben hatte, und als sie den letzten Bissen in den Mund steckten, überfiel sie eine große Trauer. Alle hatten den Eindruck, daß sie sich erst jetzt wirklich von ihrer Erde trennten. Von nun ab waren sie auf die Kost vom Kaiser angewiesen. Es gebührten ihnen 700 Gramm Brot und 300 Gramm Fleisch pro Kopf und Tag. Noch leisteten sie dem Kaiser gar keinen Dienst, und schon geruhte der allerhöchste Kriegsherr einen ganzen Ochsen für sie in den Regimentskesseln kochen zu lassen. Nicht eigenhändig natürlich, sondern durch die Vermittlung des Gefreiten Mayer und der dem Gefreiten untergebenen Küchengehilfen, der sogenannten ›Schmieracken‹.

Selten aßen die Huzulen Fleisch bei sich zu Hause. Einmal, höchstens zweimal im Jahr. Meist zu Ostern. Außer, es krepierte einem von ihnen ein Kalb! Und jetzt sollte beim Kaiser alle Tage Weihnachten sein. Alle Tage, den Freitag ausgenommen (denn an Freitagen muß sogar das Militär fasten), sollten sie frisches Rindfleisch haben, manchmal Schweinefleisch und keineswegs Notgeschlachtetes. Herrliche Zeiten waren angebrochen.

In allen Kasernen der Welt roch die elfte Stunde nach Brühe. Dieser angenehme Geruch streifte die Nasen Piotrs und seiner Kameraden, lange bevor die Unteroffiziere vom Dienst das Mittagessen ankündigten. Die allgemeine Freude wurde nur durch technische Schwierigkeiten getrübt: man wußte nicht, wohin mit dem Fleisch und woraus die Brühe essen. Es war Sonntag, und die Halbgötter des Krieges, das heißt die Unteroffiziere, wollten die Eßgeschirre nicht ausliefern. Eßgeschirre werden mitsamt der ganzen Ausrüstung erst nach der Präsentierung ausgeteilt, wenn schon genau feststand, wer ›einverleibt‹, ›dem Stand zugeteilt‹ wurde und wer weiterfuhr – ins Spital, zu einer anderen Abteilung, zum Teufel. Heute war Sonntag. Keine Einheit, die auf ihre Ehre etwas gibt, präsentiert sich an einem Sonntag. Sogar Gott ruhte am siebenten Tag, nachdem er die Welt geschaffen hatte. Also gebührt auch den Halbgöttern, die leichter als der Weltenschöpfer ermüden, ihre Rast. Gott schuf die Welt in sechs Tagen und brauchte schon Ruhe, und Unteroffiziere müssen wochenlang Menschen zu Soldaten, also zu wirklichen Menschen umarbeiten. Denn der von Gott geschaffene Mensch – warum sollten wir es nicht gestehen – ist kaum Material für einen Menschen, kaum Halbrohstoff.

»Ich werde aus euch Menschen machen!«

Seit sechzehn Jahren begrüßte der eiserne Stabsfeldwebel Bachmatiuk jeden neuen Jahrgang mit diesem Ausruf. Das war keine leere Prahlerei. Nach einigen Wochen gingen aus seinen Händen wirklich herrliche menschliche Geschöpfe hervor. Heute aber war Bachmatiuk nicht anwesend. Er genoß ein Privileg, das niemandem sonst im Regiment zukam, nicht einmal dem Zugkommandanten, und das kein Vorgesetzter ihm zu nehmen wagte: dem Reglement entgegen durfte Stabsfeldwebel Bachmatiuk, ohne sich jemandem zu melden, am Sonntag den ganzen Tag verschwinden. Niemand wußte, wohin Bachmatiuk ging. Einige Leute versicherten, daß Bachmatiuk einen Zivilanzug besitze. Aber es ist leichter, sich den Teufel im Weihwasser

vorzustellen als Bachmatiuk in Zivil. Jedenfalls war er bis jetzt noch niemandem in dieser Gestalt erschienen.
Von seinen heimlichen Ausflügen kehrte er spät nach Mitternacht heim, vollständig betrunken, er, dessen Nüchternheit im Dienst allen Chargen als Vorbild hingestellt wurde. Er kehrte zurück, gleichgültig gegen alles Militärische, erkannte niemanden, erwiderte nicht die strammen Ehrenbezeugungen der Wachtposten und grüßte auch selbst niemanden. Nicht einmal den Regimentskommandanten. Offiziere, denen er auf der Treppe begegnete, wenn sie aus dem Kasino kamen, taten so, als sähen sie ihn nicht, drehten die Köpfe weg. Die ganze Kaserne konnte verbrennen, das ganze kaiser- und königliche Heer konnte desertieren – es würde die sonntägliche Gleichgültigkeit des Stabsfeldwebels nicht rühren. Sie verging am frühen Morgen mit den ersten Klängen der Reveille. Nach einigen Stunden tiefen Schlafs wurde Bachmatiuk nüchtern. Es kam nicht vor, daß er sich am Montag um eine Minute verspätete. Und im Laufe von sechzehn Jahren war es nicht einmal vorgekommen, daß Bachmatiuk am Montag erkrankte. Er war überhaupt selten krank. Und selbst wenn sich sein Körper für einige Tage von der Uniform trennen und im Bett liegen mußte, zeigte sich der Geist des Stabsfeldwebels niemals solidarisch mit dem Körper, sondern machte weiter Dienst, allwissend, wachsam und allsehend. Falls Kasernen Seelen besitzen, so war der Stabsfeldwebel die Seele dieser Kaserne. Und sie mußte sich damit abfinden, daß jeden Sonntag seine Seele sie verließ.
Bald nachdem Bachmatiuk verschwunden war, wurde der Pulsschlag des Kasernenlebens schwächer; alle Chargen und sogar Offiziere beschlich eine schläfrige Stumpfsinnigkeit. Der Dienst war voller Versehen, nachlässig und ungeschickt. Heute waren alle schlecht auf Bachmatiuk zu sprechen, weil er sich nicht um den neuen großen Transport gekümmert hatte. Er hatte nicht einmal gesagt, daß der

Magazinverwalter die Eßgeschirre herausgeben sollte. Und obendrein hatte der Stabsfeldwebel noch die Schlüssel vom ›Augmentationsmagazin‹ mitgenommen. Umsonst bemühten sich der Regimentskommandant, Oberstleutnant Leithuber, und sein Adjutant, Oberleutnant Baron Hammerling, ihre ohnmächtige Wut zu verbergen. Sie wagten nicht, laut gegen Bachmatiuk zu murren. Beide fühlten sich von ihm abhängig. Und die Unteroffiziere wollten sich ohne Stabsfeldwebel nicht bemühen. Sie lasen nicht einmal das Namensverzeichnis durch, gerade daß sie von der Eskorte einen oberflächlichen Rapport abnahmen, um dann dem Inspektionsoffizier zu melden: »Ein Transport von 567 Mann ist gekommen.« Noch keiner von diesen Männern existierte fürs Militär, weder als Person noch als Name. Heute waren sie nur eine Ziffer von 567 Mägen.

Pflicht des Inspektionsdienstes war, darauf zu achten, daß die Küche 567 Portionen austeilte. Diese Pflicht wurde erfüllt. Aber auf welchem Weg jene Portionen in die Mägen des Transports gelangen sollten – das ist schon eine andere Sache, deren Lösung nicht zum Inspektionsdienst gehörte. Der Transport soll sich selbst Rat schaffen.

Gegen zwölf Uhr kehrte das Marschbataillon von der Kirche zurück. Es verspätete sich zum Mittagessen um gute drei Viertelstunden, weil es an diesem Sonntag vom Oberleutnant Smekal kommandiert wurde.

Reserveoberleutnant Smekal, in Zivil Spediteur, liebte es, nach dem Gottesdienst auf dem Marktplatz der Stadt Paraden abzuhalten. Im Alltag war er nur Kompanieführer, aber von Zeit zu Zeit führte er am Sonntag ein ganzes Bataillon in die Kirche. Der Marktplatz von Andrásfalva ist sehr breit und eignet sich ausgezeichnet für derartige Schauspiele. Besonders an Sonntagen, wenn sich auf den von zwei Kastanienreihen beschatteten Bürgersteigen viel Zivilbevölkerung, vor allem die holde Weiblichkeit versammelte. Oberleutnant Smekal träumte zwar von Paraden auf

dem Marktplatz einer ganz anderen Stadt – der Stadt, in der er geboren war, wo er die Schule besucht hatte und wo sonst nur seine Möbelwagen paradierten, aber es war nichts zu machen: alle Träume kann der Krieg nicht erfüllen. Nachdem er auf dem ungarischen Marktplatz die ihm gebührenden Lorbeeren eingesammelt hatte (zu diesem Zweck stellte er sich malerisch vor dem kleinen Denkmal des großen magyarischen Staatsmannes Déak Ferencz auf) und er seinen Kommandohunger wenigstens vorübergehend gestillt hatte, verspürte Smekal einen gemeinen physischen Hunger. Nur diesem Umstand verdankte das hundemüde Marschbataillon, daß es ihm endlich vergönnt war, zum Mittagessen heimzukehren. Mit donnerndem Getrampel der rhythmisch vorgestoßenen Füße, in eine Staubwolke gehüllt, marschierte das Bataillon in den Kasernenhof ein. Glücklicherweise marschierte es heute ohne Rüstung und ohne Gewehre. Hier hätte es der Oberleutnant unzweifelhaft aufgelöst, wenn nicht Piotr Niewiadomski und seine 566 Kameraden dagewesen wären.
Beim Anblick einer so großen Menge von Zivilisten konnte der Spediteur nicht widerstehen und beschloß, obzwar es im Transport keine einzige Frau gab, eine kleine Parade zum besten zu geben. Nochmals setzte er dieses lebendige, 200 Meter lange Band grau-blauen Tuchs in Bewegung, das von hellen Streifen sonnverbrannter Gesichter und Hände gesäumt war. Nochmals erhob sich das maßvolle Getrampel der beschlagenen Stiefel, die auf die fremde Erde draufschlugen, draufhämmerten, als wollten sie den letzten Grashalm zu Tode treten. Diese ganze dröhnende Mauer der Uniformen zog in wenigen Minuten vor den verblüfften Huzulen vorbei. Alle fingen an zu begreifen, daß in dieser rhythmischen Manifestation eisenbeschlagener Stiefel ein tiefer, ein heimlicher Sinn verborgen war, etwas Unmenschliches, obzwar sie von menschlichen Füßen vollbracht wurde. Die Schönheit des Marsches war

nicht von dieser Welt. Hier wirkten irgendwelche unsichtbaren Kräfte, dieselben vielleicht, welche das elektrische Licht und die Motorkraft erzeugten. Es marschierten Menschen, und doch waren es keine Menschen. Und es schien, daß sogar der Magier, sogar der Oberleutnant Smekal mit den kurzen Beinchen, nur ein Werkzeug jener unsichtbaren Kräfte war und gehorsam ihren Willen tat.

Auf einmal schleuderte der Oberleutnant eine neue magische Beschwörungsformel in die Mauer des elektrisierten Tuchs, und die ganze Mauer drehte sich im Marsch um, ohne den Rhythmus und das Tempo zu ändern. Auf einmal lief Smekal zehn Schritte nach rückwärts und bellte mit veränderter, um zwei Oktaven erhöhter Stimme furchtbar auf. Als Antwort auf dies Gebell rissen sich aus der Tiefe des Tuchs vier geschmeidige Gestalten mit blanken Säbeln los und sprangen zur Seite. Alle vier bellten gleichzeitig auf, worauf im Nu die einheitliche dichte Mauer in vier Wände zerfiel, eine der anderen in einer Entfernung von wenigen Schritten folgend. Jede Kompanie bildete jetzt eine besondere Doppelreihe. Die Doppelreihen deckten sich gegenseitig und marschierten mit der Front auf den Kommandanten zu. Schwer dröhnten die dressierten Gewichte menschlicher Körper gegen Erde. Die Arme flogen rhythmisch nach links, nach rechts, nach links, nach rechts, als mähten sie auf irgendwelchen unsichtbaren Wiesen oder gar die Luft selbst. Das metallische Geklirr der Bajonette an der linken Hüfte begleitete sie. Aus der Kehle des Oberleutnants brach ein gedehnter, heiserer Schrei hervor. Die Truppe machte noch einen Schritt und erstarrte. Eine Stille herrschte auf dem Platz, als gäbe es da keinen lebendigen Menschen. Nur aus der Offiziersmesse kreischte der heisere Gesang einer Grammophonplatte:

»Puppchen, du bist mein Augenstern,
Puppchen, hab' dich zum Fressen gern!«

Die Verzauberung dauerte einige Sekunden. Mit einer neuen Beschwörung, mitten in die erhitzte Stille des Mittags, lockerte der Oberleutnant die ganze Konstruktion des Vierecks auf. Doch zerstörte er sie nicht. Er bellte eine Silbe – und die Wände bekamen Risse, Sprünge, erbebten und streckten lauter linke Beine aus. Entspannung folgte; der Druck ließ nach. Alle Köpfe und Hände bewegten sich individuell, jeder Rhythmik spottend. Doch die Tuchwände rührten sich nicht von der Stelle. Die einzelnen Segmente dieser Konstruktion wurden jeden Moment sichtbar, so daß man über dem graublauen Tuch die Gesichter unterscheiden konnte, die schweißbedeckten Gesichter, Menschengesichter. Und es zeigte sich, daß die hochklingende Bezeichnung ›Marschbataillon‹ sich hauptsächlich auf Bürger aus den Bezirken Śniatyn, Kolomea, Nadwórna bezog und auf Bürger einiger Bukowinaer Bezirke, die zu Beginn des Krieges als Reserve eingerückt waren. Als die Huzulen ihre so veränderten Brüder erblickten, kam es ihnen merkwürdig vor, daß sie solch schwieriger Künste fähig waren. Sie erschraken vor diesen unsichtbaren Mächten, die sicherlich auch aus ihnen bewegliche Wände schaffen werden. Was geschieht, dachten sie, wenn man uns ebenso marschieren heißt? Aber glücklicherweise besaß nicht jeder so viel Einbildungskraft, um die Qualen der Dressur vorauszuahnen.

Oberleutnant Smekal wollte gerade mit den anderen Offizieren und Kadetten ins Kasino gehen, als aus dem Kommandogebäude der Inspektionsoffizier herbeigelaufen kam. Er nahm vorschriftsmäßig Haltung an, salutierte zackig, worauf sie einige Minuten lang etwas berieten. Plötzlich brüllte der Oberleutnant über den ganzen Platz: »Doroftein!«

Vom rechten Flügel der ersten Kompanie trennte sich der Feldwebel Doroftein. Er rannte im Laufschritt zur Offiziersgruppe und blieb stramm vor ihr stehen. Smekal sagte:

»Rührt euch!« Längere Zeit sprach er mit ihm wie mit einem Gleichgestellten. Inzwischen nutzten die Kompanien die Ruhestellung aus, nahmen die durchnäßten Mützen von den glattrasierten Köpfen und wischten sich mit Taschentüchern die Schweißbäche von der Stirn. Die ersten Reihen drehten die Hälse in die Richtung der Zivilisten.
Und als die Offiziere ins Kasino gingen, wohin sie Escamillo mit der Toreador-Arie einlud, übernahm der Feldwebel Doroftein das Kommando über das Bataillon. Er trat in entsprechender Entfernung vor das Viereck und schrie mit grober Stimme:
»Bataillon, auf mein Kommando: – Habt acht!« und verwandelte die Menschen wieder in eine Mauer. Doch erlaubte er ihnen sofort wieder, sich zu rühren. Dann hielt er ihnen eine Ansprache auf ukrainisch.
»Jungens«, sagte er, »das Bataillon wird wie gewöhnlich sein Essen einnehmen. Kompanieweise. Die ersten zwei Kompanien haben schnell zu essen und die Geschirre zu waschen. Dann werden sie ihre Eßgeschirre den neuen Rekruten hier borgen. Die Korporale jedes Schwarms haben beim Essen anwesend zu sein, aber jeder hat selbst aufzupassen, daß ihm niemand die Schale stiehlt oder sie vertauscht. Verstanden?«
Die ›Jungens‹, von denen so mancher über vierzig Jahre alt war, verstanden. Auch wenn sie nicht verstanden, hätte niemand ein Wort riskieren dürfen. Die Frage des Feldwebels war rein rhetorischer Natur. Beim Militär stellt man viele solche Fragen, und wehe dem Soldaten, der im Glied steht und der zu antworten wagt. Und doch vergaß sich ein Soldat aus dem zweiten Glied der ersten Kompanie. Er murmelte etwas mit schwacher Stimme, die eher aus dem Bauch kam als aus dem Mund. Aber gerade der Mund verriet ihn. Er machte eine Grimasse des Zweifels oder des Protestes, Gott weiß, was diese Miene bedeutete.
Der Feldwebel Doroftein litt an Verfolgungswahn. Diese Krankheit quält schwache Menschen, die an der Macht

sind, oft. Es schien ihm, daß ihn jeder Soldat auslachte. Wenn er ihn außerdienstlich auslachte – war nichts zu machen. Aber im Dienst – oh –, da gibt es viele Mittel! Da kann man sich verteidigen. Feldwebel Doroftein hatte einen scharfen Blick, freilich waren seine Augen nicht so scharf wie die Bachmatiuks, die durch Mauern drangen. Nachdem er den Soldaten fixiert hatte, der ihn angeblich verspottet hatte, beschimpfte Doroftein zunächst ihn allein, worauf er sogleich seine Wut auf die ganze Kompanie übertrug. So war sein System. Die Mütter von mehr als zweihundert Menschen beschimpfen – das bedeutet was! Das gibt Selbstgefühl und bereitet Lust. Als einzelner eine ganze Kompanie ungestraft beschimpfen zu dürfen.
Aus seinem Mund sprangen jetzt Fontänen rumänischer, ukrainischer, deutscher, polnischer Flüche und besudelten die schweigenden Abteilungen. Aber den Kompanien war es lieber, zu hören, wie der Feldwebel ihre Mütter beschmutzte, als Strafübungen zu machen, die er auch zuerst dem Schuldigen aufzuerlegen pflegte und dann der ganzen Abteilung. Aber Dorofteins Zorn erlosch gewöhnlich ebenso schnell, wie er gekommen war. Mit einer noch wutbebenden Stimme donnerte er jetzt: »Habt acht! – Doppelreihen – Rechts um!« – und als er alles erreicht hatte, was er mit dieser Stimme forderte, milderte er sie zu einem fast familiären Kommando: »Erste Kompanie, mir nach – Marrrsch!« Und er führte die erste Kompanie in die Baracke. Die anderen Kompanien folgten unter dem Kommando ihrer Feldwebel. Nur die Zivilisten blieben auf dem Platz.
Als Feldwebel Doroftein mit den Offizieren sprach, hatte sich Piotr Niewiadomski überzeugt, daß es beim Militär Zauber gab. Als er im Viereck bekannte Gesichter entdeckte, wagte er, zusammen mit einigen anderen Zivilisten, an das Viereck heranzutreten. Er wollte seine Landsleute begrüßen, er wollte die bekannten Gesichter ansprechen.

Umsonst. Die Leute in den Reihen waren stumm wie jener Wasyl Horoch aus Czernielitza. Was ist los? Warum antworten sie nicht, warum schweigen sie? Nur ihre Augen scheinen zu sagen: »Kommt nicht näher! – Flieht von hier!« Und die Hände, die sich frei bewegen konnten, trieben die Landsleute verzweifelt fort. Doch die Sprache verloren nur die gemeinen Soldaten. Die Chargen hatten Stimmen. Und zwar sehr unangenehme. Sie machten auch von ihrer Stimme Gebrauch, um die Zivilisten wegzujagen. Zwischen einer Abteilung Soldaten und der übrigen Welt erstreckt sich nämlich eine unsichtbare, aber sehr gefährliche Zone, die niemand passieren darf – weder von dieser noch von der anderen Seite.

Und plötzlich verstanden die Zivilisten, daß in dieser Kaserne die Angst Herr ist. Zu ihr führt der Eid, den sie dem Kaiser feierlich geleistet haben. Angst, Angst verwandelt lebendige Menschen in steife Vierecke, in rhythmisch marschierende Kolonnen. Alle diese schönen Märsche und Paraden entstehen aus menschlicher Angst. Die Angst wird einst diese disziplinierten Abteilungen aus den Mauern der Brauerei ›Farkas und Gjörmeky‹ herausführen, sie wird sie aus dem ungarischen Land herausführen und wird sie weithin jagen, dem Tod entgegen. Die Angst vor etwas, was fürchterlicher und mächtiger als Offiziere ist, mächtiger als Feldwebel, vielleicht sogar als der Kaiser und der Tod selbst. Noch kannten sie nicht den Namen jener Gottheit, aber sie spürten schon ihre scharfen Klauen. Noch kannten sie die Subordination nicht, und schon wehte ihr eisiger Atem sie an. In der geräumigen Maschinenhalle, der früheren Brauerei, waren die Mannschaftsküchen untergebracht. Auch hier waltete die Angst, auch hier herrschte die Subordination. Man spürte sie in den Küchendünsten und im Geruch des Rinderblutes. Dank dieser Subordination ging die Essenausteilung ziemlich ruhig vor sich und in verhältnismäßiger Ordnung, obwohl Bachmatiuk, der große Oberpriester der Subordination, heute abwesend war. Schon erlagen ihr die Neuangekommenen. Aus freien Stücken ahmten sie das Benehmen der Menschen in Uniformen nach und bildeten Reihen. Aber was für Reihen waren es! Daß sich der Kriegsgott erbarme! Die Rekruten erhielten das Essen in den Geschirren der 3. und 4. Kompanie, die 1. und 2. kam heute zuletzt dran. Jeden Tag ging eine andere Kompanie als erste in die Küche. Beim Kaiser herrschte Gerechtigkeit.

Während des Mittagessens wurde es klar, daß niemand vom Marschbataillon beim Militär die Sprache verloren hatte. Jeder beherrschte sie weiterhin so fließend wie bei sich zu Hause. Nur nicht im Glied, wo der Befehl: ›Rührt euch!‹ nicht zum Sprechen berechtigt. Weder mit den Kameraden und noch weniger mit jemandem, der sich jenseits der gefährlichen Zone befindet.

Die Rekruten wußten nicht, wie man mit den Eßgeschirren umgeht. Viele von ihnen gossen den flüssigen Inhalt der metallenen Gefäße auf ihre eigenen und auf fremde Hosen. Es war ein besonders dicker, heißer Bohnenbrei, der von den ›Schmierackenc‹ mit einem Kochlöffel auf die flachen Deckel hingepappt wurde. Nach einer kleinen Stunde war das ganze Rind, ein Stolz der ungarischen Steppe, in den Bäuchen der Huzulen verschwunden. Und was für schöne lange Hörner hatte es noch gestern gehabt!

Das Essen vertrieb die Angst aus den Huzulenseelen. Dieses Militär kann nicht so schrecklich sein, wenn es einen mit Fleisch und Suppe und Bohnen füttert. Der Mensch weiß wenigstens, daß er nicht umsonst dient.

Nach dem Essen stellte der Oberkoch, Gefreiter Mayer, fest, daß ihm auf dem Holzbrett noch sechsunddreißig Portionen zurückgeblieben waren, jene nicht mitgerechnet, die er für die Arrestanten zurückgelegt hatte. Was soll das heißen? Sollte sich die Kanzlei geirrt haben? Das ist doch unmöglich, die Kanzlei irrt sich nie. Was also sonst? Viel-

leicht hatten sich nicht alle vom Transport zum Essen gemeldet?
So war's in der Tat. Sechsunddreißig Männer verachteten das Mittagessen. Schon der Anblick dieses Fleisches erfüllte sie mit Abscheu. Und obwohl sie wußten, daß es kein Schweinefleisch war, noch Fleisch von Hasen, Rehen, Wieseln, Adlern, Greifen, Straußen, Eulen, noch das Fleisch anderer Tiere, welche die Nahrung nicht wiederkäuen oder einhufig sind, also unrein, sondern daß es Fleisch von einem Rind war, das wiederkäut und zweihufig ist – trotzdem wollten sie es nicht anrühren. Denn woher sollten sie die Sicherheit haben, daß man aus dem Fleisch dieses Rindes vor dem Kochen das ganze Blut ausrinnen ließ und daß man sämtliche Adern entfernte? Nein, diese Sicherheit hatten sie nicht. Im Gegenteil: es war bekannt, daß dieses Fleisch mit seinem Blut und mit seinen Adern gekocht wurde. Und hat nicht der Herr zu Moses gesagt:
»Das Blut jeglicher Körper sollt ihr nicht essen, weil die Seele des Körpers im Blute ist, und wer sie ißt, wird umkommen.«
Sechsunddreißig Rekruten des Landsturms wollten die Seele des Rindes nicht essen, um nicht zugrunde zu gehen und nicht die eigene Seele zu verlieren. Und wann ist es leichter, den Tod zu finden, wenn nicht in diesen Zeiten des Krieges? Und wer sollte ihn erleiden, wenn nicht die Soldaten Seiner kaiser- und königlichen Majestät, die bei der Musterung den A-Befund bekommen hatten? Und wenn auch im Krieg nicht nur Söhne Israels fallen und nicht nur diejenigen, die auf die Vorschriften der rituellen Küche achten, konnte es trotzdem scheinen, daß eben sie beim Tod den Vorrang hatten. Gewiß, dieser ganze Krieg ist nicht koscher und stinkt nach Sünden, die hundertmal schwerer wiegen als der Genuß unreiner Nahrung. In Strömen eigenen Blutes baden nicht bloß ausgefaserte Fleischmassen, und die Schlachtung des menschlichen Viehs ist nicht ri-

tuell, o nein! Doch solange die jüdischen Körper Kaftane tragen – und nicht Uniformen, solange die Subordination nicht zum Essen zwingt, darf und soll man sich sogar von allem zurückhalten, was nicht koscher ist. So hatten die Vorgänger dieser sechsunddreißig Gerechten gehandelt, so werden auch sie handeln. Morgen werden die Bärte fallen, morgen werden die Schläfenlocken abgeschnitten, und die demütigen Körper werden morgen mit den kaiserlichen Uniformen wie mit Totenhemden bekleidet werden. Morgen, und nicht heute. Morgen werden sie höheren Mächten ausgeliefert sein und damit frei von der Pflicht des Koscherseins. Und sie werden, wie die anderen, mit den Eßgeschirren in die Regimentsküche gehen, um Unkoscheres zu essen.

Und sie werden das Essen verzehren. Und für die befleckten Seelen wird einstmals vor dem Ewigen der Kaiser selbst sich verantworten.

Obgleich die Nahrungsaufnahme zu jenen Angelegenheiten gehört, die wir gewohnt sind, und nicht zu den sogenannten höheren Bedürfnissen, so geschieht es doch manchmal, daß eine Portion Rindfleisch auch der Seele Freude bereitet. Jede Nahrung verlängert unsere Existenz auf dieser Erde und verspricht dem Organismus eine längere Dauer. Sonst wären die letzten Bitten der zum Tode Verurteilten nicht zu verstehen. Wie oft verzichten sie auf den Trost der Religion, auf die Sterbesakramente für die unsterbliche Seele, um kurz vor der Exekution nur eines zu verlangen: einen Schweinebraten, eine Kalbshaxe oder ein Stück Fisch. Vielleicht erliegen sie unbewußt der trügerischen Hoffnung, daß sie auf diese Weise ein wenig länger leben werden, daß der Tod nicht so leicht in den gesunden Körper eindringen wird, in dem noch frisch zugeführte Lebenssubstanzen wirksam sind. Und vielleicht ist das Essen für diejenigen, die nicht an die Unsterblichkeit der Seele glauben, das einzige Narkotikum, das die Seele gegen die Angst unempfindlich macht?

Piotr Niewiadomski war kein zum Tode Verurteilter im gewöhnlichen Sinne des Wortes. Und er glaubte an die Unsterblichkeit der Seele. Dennoch gab ihm das heiße Rindfleisch Mut zum Kampf mit der Angst, die die Atmosphäre des ganzen Regiments durchdrang. Es war dies keine Todesangst. Die chemische Zusammensetzung der Kasernenangst ließ sich nicht exakt bezeichnen. Es war irgendein unsichtbares, geruchloses Gas. Die schäbigen Mauern der Brauerei ›Farkas und Gjörmeky‹ strömten es aus, es wehte aus den zehn Baracken, die in einer Reihe lagen, eine hinter der anderen, neu, hölzern, länglich wie riesige Särge. Im Schatten dieser Särge, die nach Harz rochen, saßen sie jetzt, ruhten aus, aßen, rauchten, die Menschen in Uniformen neben den Menschen in Zivil. Für die Zeit des Essens und des Verdauens herrschte zwischen ihnen und der Angst Waffenstillstand. Die Männer in Uniform freuten sich sehr über die Ankunft der Landsleute. Diese wiederum waren zufrieden, daß sie in Ungarn fast lauter Menschen aus ihrer Heimat antrafen. Es kamen ihrer genug aus dem Śniatyner Bezirk zusammen: aus Iliniec, Bieleluja, Chlebiczyn. Die Huzulen befreundeten sich mit Huzulen, die Polen mit Polen, die Juden mit Juden, deutsche Kolonisten aus Mariahilf bei Kolomea und aus Baginsberg mit Deutschen. Menschen derselben Nation erkennen einander allein am Geruch. Ein Huzule wird einen Huzulen, ein Jude einen Juden aus der Entfernung von zehn Metern riechen, und wäre er auch als Türke verkleidet und nicht als Kaiserlicher. Es wurde diesen und jenen leichter ums Herz, als sie sich unter ihresgleichen befanden. Und für eine Weile ergaben sich beide Parteien der Täuschung, daß sich die Entfernung verkürzte, die Ungarn von Pokucie trennte, daß die Häuser, die sie der Obhut der Weiber und der Gnade des Schicksals überlassen hatten, ihren Ort verlassen hatten und sich irgendwo hier, ganz, ganz nahe befanden.

Die Zivilisten brachten allerhand interessante Neuigkeiten aus der Heimat mit. Über das Vieh, über die Weiber, die Kinder, die Geliebte, die Heuernte, auch über den Krieg. Es zeigte sich nämlich, daß die Soldaten aus dem Marschbataillon weniger über ihn wußten als die Zivilisten. Sie waren weit vom Krieg entfernt, obwohl sie in wenigen Tagen in den Krieg ziehen sollten. Ihr Krieg hatte noch nicht begonnen. Er wurde erst auf dem Hof dieser sicheren Kaserne geübt, auf den benachbarten Stoppelfeldern, auf den ruhigen, süßen Wiesen, auf dem Schießplatz. Sie kamen hierher, um noch einmal das strenge Alphabet des Krieges zu wiederholen, das sie schon im Laufe der Jahre, die seit ihrem aktiven Dienst verflossen waren, vergessen hatten. Seit jener Zeit sind dem Alphabet einige neue Buchstaben zugewachsen, es hatte sich aber auch vereinfacht. Sie konnten schon marschieren, sie konnten schon auf Kommando ›Auf‹ und ›Nieder‹ machen, knien und auf dem Bauch kriechen, sie konnten mit einem Mannlicher- und einem Werndlgewehr umgehen, mit kleinen Spaten Gräben auswerfen, die sie vor Kugeln schützen sollten. Vor allem aber konnten sie gehorchen und schweigen. Dafür hatten die Zivilisten schon mit ihren eigenen Ohren das Donnern wirklicher Kanonen gehört, mit eigenen Augen Züge voll wirklicher Verwundeter gesehen. Kamen sie doch aus der Etappe, aus dem Land, das unter den Füßen brannte. Dies gab ihnen eine gewisse Überlegenheit über das Marschbataillon, und darauf waren sie stolz.

Die Leute in Uniform erzählten vom großen Sieg bei Kraśnik, den der Regimentskommandant feierlich im Tagesbefehl kundgegeben hatte. Aber der Enthusiasmus war nicht sehr groß. Ein großer Sieg bei Kraśnik – eine schöne Sache, aber eine viel wichtigere Angelegenheit war – die für morgen angesetzte Gewehrinspektion. Nur jemandem, der den Stabsfeldwebel Bachmatiuk nicht kannte, konnte der Sieg bei Kraśnik wichtiger scheinen als die Gewehrinspektion. Nur jemand, der nie gesehen hatte, wie Bachmatiuk das linke Auge halb zumachte, das rechte an die Laufmündung legte, den Drall prüfte und Ruß- und Roststäubchen an ihm suchte, konnte diese Zeremonie geringschätzen. Die Zivilisten kannten den Stabsfeldwebel Bachmatiuk noch nicht, aber der Sieg bei Kraśnik erschütterte sie auch nicht. Alles, was jetzt an den Fronten passierte, war, ihrer Meinung nach, nur eine Ouvertüre. Der wirkliche Krieg, falls er nicht in der nächsten Zeit zu Ende geht, wird erst dann richtig beginnen, wenn *sie* an ihm teilnehmen werden. Man kann nicht gerade sagen, daß sie sehr darauf brannten. Sie waren bereit, die größten Siege zu verschmerzen, die ohne ihren Anteil errungen würden. Sieg oder Niederlage – es ist das gleiche Übel. Und sogar Piotr Niewiadomski war nicht so naiv, um anzunehmen, daß man während des Sieges nicht ums Leben kommen könne. Aus dem russisch-japanischen Krieg wußte er, daß Sieger genauso sterben wie die Besiegten, manchmal sogar – noch eher. ›Wie Fliegen‹ fielen die Japaner bei Mukden, erzählte man im Jahre 1905. Piotr hatte Japaner nie gesehen, aber er kannte Fliegen, die auf langen, gelben Streifen der honigsüßen Fliegenfänger krepierten. Er hatte selbst solche Fliegenfänger im Büro des Vorstehers auf der Station Topory-Czernielitza angebracht. Er selbst hatte sie auf den Misthaufen geworfen. So starben die Japaner, und trotzdem siegten sie und nicht die Russen. Und was hatten die japanischen Leichen von so einem herrlichen Sieg? Sicherlich genausoviel wie die krepierten Fliegen.

Nach Kriegsschluß, erklärte sich Piotr, setzen sich die Kaiser in ihren Palästen hin, nehmen Papier und Bleistift und zählen die Leichen. Es könnte scheinen, daß es so wie beim Kartenspiel ist: wer mehr Karten abgegeben hat, hat verloren. Allein, was zeigt sich? Genau das Gegenteil. Wahr-

scheinlich waren auch bei Kraśnik mehr von der eigenen Truppe als von den Russen gefallen.
Er aß die Suppe. Neben ihm saß ein Soldat, Dmytro Tryhubiak aus Czernielitza. Ein alter Bekannter. Er borgte Piotr das Eßgeschirr. Er erzählte von den Verhältnissen in der Kaserne, erklärte die Geheimnisse des Exerzierens, die Reihenfolge der Feldübungen, klagte über die Vorgesetzten. Sie hauen einem in die Fresse, obgleich beim Militär das Schlagen verboten ist. Der Geschlagene darf sich zwar beim Rapport beklagen, aber weh dem, der es tut. Tryhubiak erzählte ausführlich von den Strafen. Er beschrieb verschiedene Arten der Arreststrafen. Die machten ihm offensichtlich Spaß. Es war ihm persönlich lieber zu sitzen, statt in voller Ausrüstung bei glühender Hitze zu marschieren. Immerhin ruht der Mensch dabei ein wenig aus.
Die Dinge, über die der Soldat sprach, schienen Piotr geringfügig im Vergleich zu dem Krieg, in dem Menschen sich töteten. Er wunderte sich, daß sie hier von allen so übertrieben wurden, als wäre ›das Feld‹ für das Militär und alle seine Gefängnisse da, und nicht umgekehrt. Auf einmal hörte er dem Tryhubiak nicht mehr zu. Er sah nämlich – das Gesicht einer Frau aus der Eßschale auftauchen. Augen und Mund schienen ihm sofort bekannt. Wessen Gesicht konnte es sein, wenn nicht, wenn nicht ... Piotr erschrak. Er erkannte es. Es war das Gesicht seiner Mutter. Nicht jenes abgerackerte, feierliche, aus den letzten Lebensjahren (so ein Gesicht hatte Wasylina Niewiadomska auf der Photographie im Köfferchen). Das war noch ein junges Antlitz ohne Runzeln, an das er sich nur noch schwach aus der Kindheit erinnerte. In solcher Klarheit war es ihm noch nie erschienen. Und also erschrak er. Unter anderen Umständen hätte er sich zweifellos sehr gefreut. Aber warum erschien ihm gerade heute dieses vergessene Gesicht nach so viel Jahren. Auf welchen Wegen war es hierher gewandert, nach Ungarn, zum Militär? Er sieht sie immer genauer,

immer deutlicher. Er erkennt das rote Tuch auf ihrem Kopf. Er erkennt die Korallenschnüre um den Hals. Die Korallenschnüre neigen sich über ihn ...

Der Geruch der kaiserlichen Suppe hatte die junge Mutter aus anderen Welten gelockt. Auf unsichtbaren Wellen des Geruchs jagten die Erinnerungen mit schwindelerregender Eile dahin. Sie schoben sich durcheinander wie Eisschollen auf dem Pruth zur Zeit des Tauwetters. Plötzlich hielten sie an und legten sich rings um deutliche Ereignisse. Und Piotr erinnerte sich an einen sehr fernen Winter, schwer wie jene Krankheit, an der er als kleiner Knabe viele Wochen darniedergelegen hatte. Im Śniatyner Bezirk haben die Krankheiten keine Namen. Sie kommen namenlos zu den Menschen und gehen namenlos fort. Lange Wochen lag Piotr hinter dem Ofen, in alle Tücher und Fetzen eingewickelt, die nur im Hause waren. Man könnte sagen: die Mutter sammelte die ganze Wärme der Hütte um das sterbende Kind. Denn Piotr lag im Sterben. Die Krankheiten der Huzulenkinder enden meist mit dem Tod. Huzulenkinder sterben ohne ärztliche Hilfe. Die letzte Hoffnung der Mutter pflegte in diesem Teil der Erde – ein Bad zu sein, ein Bad im Absud von Minze, Salbei und Thymian. Wasylina Niewiadomska badete den Sohn wiederholt nach diesem uralten Aberglauben, doch umsonst. Also begann sie, ihn zu beräuchern. Sie beräucherte den Knaben mit Rauch von einem verbrannten Pferdehuf und beräucherte ihn mit Rauch von wildem Mohn, aber auch das half nicht. Weder die jüdischen Gottesgebote, nach denen es möglich ist, ein krankes Kinderherz auszuräuchern, noch jüdische Matze, die in der Kirche zusammen mit katholischem Osterbrot geweiht wurde – hatte sie bei der Hand. Sie gab also die Zaubereien auf. Sie hörte auf, an sie zu glauben. Dafür befolgte sie den Rat eines klugen Weibes, das in jungen Jahren in der Stadt gedient hatte. Dieses Weib glaubte heiß an Gott und an die heiße Suppe. Seitdem betete Wasylina täglich vor den Heiligenbildern und kochte alle Tage fette, heiße Suppe aus Rinderknochen. Die Knochen kaufte sie beim Juden in Bogatyn. Sie schüttete eine Menge Graupen in die Suppe: Gerstengraupen, Hirsegrütze oder auch einfache Buchweizengrütze – dessen kann sich heute Piotr schon nicht mehr erinnern.

Und Dmytro Tryhubiak jammert und jammert. Während der Nachtübungen auf den Wiesen hat er drei Hülsen von blinden Patronen verloren. Eine Lappalie, sollte man meinen, sie werden dir die paar Groschen vom Sold abziehen und dich in Ruhe lassen. Aber da kennst du das Militär nicht, Bruderherz! Das Militär läßt nicht den kleinsten Verlust zu! Für so eine Sache erscheinst du beim Rapport am linken Flügel. Für jede Hülse – einen Tag Kasernenarrest. Das heißt: für drei Hülsen – drei Tage. So steht der Tarif.

Piotr hörte nur mit einem Ohr zu. Er konnte blinde Patronen nicht von sehenden unterscheiden. Und natürlich wußte er nicht, wo der linke Flügel ist und wo der rechte. Und überhaupt: woher kommen Flügel zum Rapport? Vögel haben Flügel. Der Geruch der kaiserlichen Suppe wirkte wie Chloroform. Er vernichtete die Gegenwart. Er stumpfte die Fähigkeit ab, sich von dem wirklichen und imaginären Grauen aller Militärstrafen beeindrucken zu lassen. Piotr sah nur seine junge Mutter und sah ein Stück seiner Kindheit. Doch er konnte sich nicht erinnern, was für Graupen es waren: Hirsegrütze oder Gerstengraupen oder einfache Buchweizengrütze. Die lange Reise und die schwere Hitze hatten ihn sehr erschöpft. Die Gesichte, vom Geruch der Suppe wachgerufen, begannen ihre Konturen zu verlieren. In der Suppe schwammen Hülsen blinder Patronen. Und er wäre eingeschlafen, wenn ihm nicht gar plötzlich die Worte der Mutter in den Sinn gekommen wären: »*Jidz, Petro, jidz, od toho budeš živ!* – Iß, Piotr, iß, davon wirst du leben!«

Wie Vögel aus warmen Ländern, geräuschlos, kommen

diese Worte aus den Abgründen des Vergessens geflogen und summen in den Ohren und verscheuchen den Schlaf. Piotr streckte sich ganz aus, das Gesicht nahm den Ausdruck angespannter Aufmerksamkeit an, er war ganz Ohr; tief atmete er die auferstandene Musik der Vergangenheit in sich ein. Vielleicht wird er noch etwas erhaschen, vielleicht werden noch ein paar Worte aus dem Mund der Mutter kommen? Er hörte nichts mehr. *»Jidz, Petro, jidz, od toho budeš žiw!«* Das war alles. »Davon werde ich leben?« Damals hatte die Suppe ihn gerettet. Aber wie ist das heutzutage zu verstehen? Vielleicht schützt die kaiserliche Suppe auch vor dem Tod? Wer weiß? Und deswegen füttert der Kaiser seine Soldaten, seine Kinder, mit ihr. –

Das junge Gesicht der Mutter verflüchtigte sich. Umsonst rief Piotr es mit allen Kräften seiner Phantasie zurück. Er machte die Augen zu: vergeblich. Gott allein weiß, welchen Gesetzen die Erscheinungen der Toten gehorchen! So eine Gelegenheit bietet sich nur einmal in vielen Jahren! Wer sie nicht nützt – ist selber schuld! Piotr hat sie verpaßt. Er hätte nicht an die Graupen denken sollen! Statt der jungen Mutter vermochte er nur noch das Bild der alten Wasylina ins Leben zu rufen, wie er sie zum letztenmal gesehen hatte. In dieser Erinnerung lag nichts Außerordentliches, sie suchte ihn oft heim. Die Mutter liegt im Sarg, von der Majestät des Todes umstrahlt, auf dem Strohsack. Sie hat die Augen geschlossen. Piotr hat der Mutter die Augen selbst zugedrückt, und doch dachte er, daß der Tod sie geschlossen hat. Am meisten entsetzte ihn die große Warze auf der Oberlippe der Verstorbenen und ein stattlicher, schwarzer Schnurrbart. Zu Lebzeiten der Mutter hatte er dies nicht beachtet, aber er wunderte sich sehr, daß diese Warze und dieser Schnurrbart nach dem Tod nicht verschwunden waren. Den Auswuchs auf der Haut der Mutter sowie die männliche Behaarung erklärte er sich als Folgen ihres Pfeiferauchens. Etwas Schamloses war in dieser

Warze, welche die Mutter ins Grab mitgenommen hatte. Es war unschicklich, darauf zu schauen.
Und Piotr sah eine Szene vom Begräbnis vor sich. Da ist der Augenblick, als er zusammen mit dem Nachbarn Bilyk den vernagelten Sarg aus der Hütte trägt. Schwer war er, als hätte in ihm nicht nur ein Mensch gelegen, sondern all die Sorge, die ihn im Leben gequält hatte. (Oft hatte sich Piotr bei der Bahn, wenn er Lasten schleppte, an diesen Sarg erinnert.) Die Weiber singen fromme Lieder, und er hebt den Sarg an der Schwelle dreimal mit Bilyk hoch und stellt ihn dreimal auf den Boden. Dies gebührte der Hausfrau.
Jetzt denkt Piotr an sich: ist er jung oder alt? Solche Gedanken suchen ihn immer heim, wenn er ans Sterben denkt. Eigentlich war er nicht alt. Er konnte noch einmal soviel Jahre erleben, wie er hinter sich hatte. Nun, aber jung war er auch nicht mehr, obwohl er in sich genug Kraft und Gesundheit fühlte, und was die Weiber betrifft . . .
Wie immer in solchen Momenten spürte Piotr ein gewaltiges Verlangen nach einem Kind, als wäre er kein Mann, sondern ein Weib, das in Unfruchtbarkeit altert. Warum konnte er keine Kinder zeugen? Warum sollte er ohne Nachkommen sterben? Warum fiel gerade auf ihn ein Teil der Strafe, die Gott dem ganzen huzulischen Stamm auferlegt hatte? Paraszka, diese ungeratene Schwester, konnte ein Kind haben! Da sieht man's – Gott segnet zuweilen die Dirnen, wie seinen eigenen Sakramenten zum Trotz. Ein schöner Segen! Da kann man nichts sagen! Paraszkas Kind starb ja! Es erlebte nicht einmal neun Jahre! Ihm half keine Suppe.
Piotr hatte dieses Kind der Sünde, mit dem man im Dorf übel umsprang, sehr geliebt. Wer hatte es mißhandelt? Lauter Kinderlose, aus Neid. Paraszka trug nach der Geburt des Bankerts ein Tuch auf dem Kopf, wie es verheiratete Frauen trugen, aber es half ihr nicht viel. Das Tuch reizte die Weiber noch mehr. Paraszka tat gut daran, daß sie das Kind

der Mutter überließ und selbst in die Stadt fuhr. Nur daß sie eine bessere Stellung hätte finden sollen als ein Bordell.
Der kleine Leichnam besuchte Piotr oft im Schlaf. Immer verlangte er etwas, immer wünschte er sich etwas. Nach solchen Träumen tat es Piotr leid, daß er manchmal gegen den Jungen streng gewesen war. Er hat ihn geprügelt, freilich hat er ihn geprügelt, obwohl er ihn sehr gern gehabt hat. Die Erinnerung an das Unrecht, das wir denjenigen zugefügt haben, die nicht mehr leben, schmerzt einen heftig. Besonders wenn es Kinder waren ... Wenn Piotr gewußt hätte, daß Paraszkas Kind nicht leben würde, hätte er seine Hand nie erhoben. Aber wer konnte das wissen?
Sofort kam ihm das Begräbnis des Bankerts in den Sinn. Es war ein christliches Begräbnis, wenn auch ohne Geistlichen. Ein Geistlicher kostet viel, und die Seele des Kindes war noch ohne Sünde, sie konnte also umsonst in den Himmel kommen. In der ersten Woche nach dem Begräbnis fürchtete Piotr allerdings, daß der Bankert nachts im Dorf herumwandern werde. Er war nicht sicher, ob Seelen unehelicher Kinder so wie die Seelen ungetaufter Kinder sich nach dem Tod nicht in Gespenster verwandeln, besonders, da kein Geistlicher dagewesen war. Aber der kleine Wasylko war in der Kirche getauft. Warum sollte er nicht ein Engel werden wie andere Unschuldskinder der griechisch-katholischen Kirche? Es bedrückte Piotr auch die Ungewißheit, ob ein Bankert überhaupt erlöst werden könne. Nach längerer Überlegung pflegte er immer zu dem Schluß zu kommen, daß ein Bankert ja – warum denn nicht – erlöst werden kann, da der Tod im Kindesalter Buße für die Sünde der Mutter bedeutet und Gott der Ewige nicht so rachsüchtig ist, daß er an einem unschuldigen Kind sein Recht verlangen würde. Zum Teufel! Warum denke ich heute an lauter Krankheiten, lauter Begräbnisse!
Und Piotr bekreuzigte sich dreimal mit dem heiligen Kreuz, damit die Toten ins Jenseits zurückkehrten und die

Lebendigen in Ruhe ließen. Er schämte sich ein wenig, das in Anwesenheit von Tryhubiak zu tun, aber jener dachte, daß sich Piotr der Sitte frommer Leute gemäß nach dem Essen bekreuzigte. Piotr holte Zigaretten hervor, die Zigaretten aus Budapest, von den mildtätigen Damen. Er reichte sie dem Kameraden und rauchte selbst eine. So wollte er den Lebendigen ganz gleich werden.
Doch waren hier nicht die Toten schrecklich, sondern die Lebendigen. Es waren richtige Gespenster. Sie kamen aus der Hölle, um am hellen Tag Menschenblut zu saugen. Tryhubiak erzählte von den Vorgesetzten. Er teilte sie in goldene Menschen ein und in Hunde. Hunde gab es im Regiment, wer weiß warum, mehr als goldene Menschen. Ganze Rudel von Hunden. Tryhubiak schüttete die Namen nur so aus. Nach dem Klang dieser Namen wollte Piotr das Wesen der Leute erraten, ihre Gesichter und Temperamente. Er traute Tryhubiak nicht. Er kannte die Menschen: jeder, der schwere Erlebnisse hinter sich hat, liebt es, einen Neuling zu schrecken. Auf diese Weise mildern alte Sträflinge und alte Soldaten ihr Los.
Manche Namen weckten unangenehme Assoziationen. Abstoßend war zum Beispiel der Name: Garbacz (Buckliger). Allerdings versteckte sich dahinter ein junger Kadett, den Tryhubiak rühmte. Dafür gefiel Piotr der Leutnant Zelenka, obgleich Tryhubiak ihn zu den schlimmsten Hunden zählte. Etwas Grünes, Waldiges, Wiesenhaftes strömte der Name dieses Leutnants aus. Und schließlich, gibt es nicht auch gute Hunde? Wie zum Beispiel Baß?
Als Tryhubiak zum drittenmal von den verlorenen Hülsen zu erzählen anfing, stand Piotr auf, ging zum Brunnen, wo die Landsleute die geborgten Eßgeschirre säuberten, wartete, bis er an die Reihe kam, gab das Eßgeschirr zurück und ging zu den anderen, die vergnügt zusammensaßen. Im Schatten der ersten Baracke saß Semen Baran. Er unterhielt eine zahlreiche Schar Soldaten und Zivilisten. Er kannte die

Welt und fürchtete sich nicht vor dem Militär. Er zeigte irgendwelche Kartenkunststücke. Auf einmal hörte die Fröhlichkeit auf. Gefreiter Zubiak aus der 1. Kompanie wollte um ein Päckchen Herzegowiner Tabak wetten, daß man morgen, spätestens übermorgen den Tiroler Landsturm oder den italienischen oder sogar den bosnischen, weiß der Teufel, was noch für einen, herschaffen werde. Der Kaiser hatte Völker genug. Von den bisherigen Leuten – so wollte er wetten – würde man höchstens die Hälfte in der Kaserne zurücklassen. Zubiak kam oft, als Charge, in die Kanzlei und hörte, was die Feldwebel sprachen. Man plante, Leute aus den verschiedenen Kronländern zusammen dienen zu lassen, damit kein Verrat vorkomme. Beim ominösen Klang dieses Wortes rückten sie alle näher, verengten den Kreis, als sollten ihre Körper dem Verrat den Weg versperren. »An der russischen Front«, sagte Zubiak, »gab es Verrat. Die Unsrigen liefen zum Russen über mit Gewehren, Maschinengewehren, Fahnen, der Musik sogar . . . Ganze Kompanien, ganze Bataillone . . . Und wenn sie jetzt jede Kompanie mit Deutschen, Italienern und Tschechen vollstopfen – wird es keinen Verrat mehr geben. Jede Nation wird auf die andere aufpassen.«
Diese Nachricht deprimierte die Söhne der Huzulenerde. Sie hofften, wie eine Familie in den Krieg zu ziehen, lauter Landsleute, und nun will sich der Kaiser an ihnen für fremde Schuld rächen, er will sie unter fremde Regimenter verstreuen und ihre Zungen vermischen, wie einst Gott beim Turmbau zu Babel. »Bei uns hat es nie und wird es nie Verrat geben!« rief Piotr Niewiadomski.
Aber alle dachten schon daran, wohin man sie wohl schicken würde, wenn nur ein Teil des Transports in Andrásfalva zurückbleibe. Verrat! Verrat! – Es roch danach in der ganzen Kaserne. Hatte Piotr deswegen sein Gespenst zu Hause sieghaft bekämpft, damit es ihn hierher, zum Militär, nach Ungarn begleitete? Er wollte sogar den Taubstummen

spielen ... Er hätte nie geglaubt, daß der Verrat eine Uniform tragen konnte. So eine Uniform, dachte er, und der Eid vor Gott behüten sicher vor Verrat. Nun, wenn aber ganze Bataillone zum Russen überlaufen, mit Fahnen und Musik, dann gibt es keinen Schutz mehr. Es sei denn der Tod. Das alles vollbringt der Teufel, der dem lieben Herrgott das fünfte Gebot gestohlen hat. Der Teufel befiehlt der Militärmusik, einen falschen Marsch zu spielen, vertauscht den Musikanten die Noten, daß aus den messingnen Trompeten statt österreichischer russische Melodien ertönen.

Über der Kaserne hing schwere Glut. Sie machte das Gehirn weich, ließ Wahnsinn durch unsichtbare Ritzen in die Schädel sickern. Doch die Menschen, dem himmlischen Feuer ausgeliefert, hielten fest zusammen. Sie umlagerten die Brunnen, kauerten im bescheidenen Schatten der Baracken, aus denen der Sonnensatan die letzte Feuchte der Wälder saugte. Das Harz vergoß ununterbrochen seine Honigtränen. Es beweinte die Gefallenen des Regiments. Diejenigen, die sie vertreten sollten, saßen geduldig auf ihren Köfferchen, klebten an der zerrinnenden Farbe oder bedeckten die Köpfe mit feuchten Tüchern, lagen auf den Bäuchen – und warteten auf das Kriegsende. In den durchschwitzten Kleidern erwachten längst vergessene Stammesgerüche. Es platzte das ausgedörrte Schuhleder. Auf den Gesichtern der Menschen erschienen Zeichen der Qual und Langeweile. In blendendem Glanz wurden auf dem Gesicht sämtliche Gemeinheiten offenbar und breiteten sich auf der Haut aus wie Schimmel. Nur wenige Physiognomien konnten ihre Masken behalten. Glut brannte durch die Masken und entblößte die furchtbare Wahrheit. Wie gemarterte Löwen mit erloschenen Augen keuchten die alten, hutzeligen Jahrgänge vom oberen Lauf des Czeremosz und Pruth. Sie kämpften mit der Kasernenangst. Der Waffenstillstand war zu Ende.

Die Mysterien der militärischen Subordination verbrüderten wie die eleusinischen Mysterien schon hier, auf der Erde, die Sterblichen mit dem Tod und waren nur den Eingeweihten zugänglich. Hier wie dort gab es zwei Grade der Eingeweihten: dem ersten Grad entsprach der Rekrut, dem zweiten Grad dagegen ein Soldat, der schon an der Front gewesen war. Nur, daß der Kultus der Demeter den Eingeweihten freistellte, wie sie den Todesgeschmack beurteilten. Der Geschmack des Todes für den Kaiser, König und das Vaterland wurde vom Reglement festgesetzt. Er war seit Jahrhunderten süß.
Leute aus dem Marschbataillon sind Eingeweihte des ersten Grades. Einstweilen kamen sie nur mit Symbolen des Todes zusammen, deren reale Süßigkeit sich ihnen erst nach dem Empfang der sogenannten Feuertaufe offenbaren sollte. Hier in der Kaserne wurden sie dieser Taufe würdig, dank ihrer abgöttischen Ehrfurcht vor der Subordination. Die Religion der Subordination war nicht exklusiv. Im Gegenteil: es lag ihr an Massen, und zwar an durch Zwang bekehrten Massen. Wer sich nicht bekehren und in die Mysterien der Subordination einweihen lassen wollte, erlitt auf ihren Befehl hin den Tod, aber keinen süßen, sondern einen bitteren und schändlichen Tod. Der Kultus der Subordination forderte viele Praktiken und rituelle Gesten. Und wundere dich nicht, Enkel, Urenkel, dem ich diese Geschichte erzähle, daß in jenen fernen Zeiten Millionen von Männern strammstehen und fremde Menschen grüßen mußten, nur weil auf ihnen Sterne glänzten. Wir mußten alle Herren Gefreiten und Herren Korporale und Herren Zugführer und Herren Feldwebel grüßen und besonders die Herren Offiziere vom Fähnrich an bis zu den Exzellenzen, den Feldmarschällen. Und noch höher mußten wir grüßen, es ist schrecklich, daran zu denken, wie hoch. Allen diesen besternten Mächten jedoch kam der gleiche Gruß zu, obgleich der Verstand hier fordern würde, die bedeutenden

Unterschiede zu berücksichtigen, also einem Korporal anders zu salutieren als einem General. Wenn man dem Korporal mit einer Hand die Ehrenbezeugung leistete, müßte man es bei einem General mit beiden tun. So würde der Verstand diktieren. Und so handelte auch ein Soldat, den der geduldige Leser noch im Verlauf dieser Erzählung kennenlernen wird. Dieser Soldat wurde dann aus der k. u. k. Armee als Verrückter entfernt.

Die Leute aus dem Marschbataillon schwatzten bis jetzt gemütlich mit den Zivilisten und nützten den Waffenstillstand zwischen ihnen und der Angst aus. Auf einmal fingen sie an aufzuspringen, sich zu strecken, die Mützen zurechtzurücken, die Röcke zuzuknöpfen, die angezündeten Zigaretten auszudrücken. Die Gesichter verwandelten sich in tote Larven, die Rümpfe erstarrten, die Augen erfroren zu Glas. Wie Puppen schmissen sie die Köpfe nach rechts, nach links, rechtsum, linksum.

Die Sterne hypnotisierten aus der Ferne, und die Soldatenhände sprangen zu den Kappen hoch und schlugen an den Schild, schlugen an den Schild, schlugen an den Schild. Nach Ablauf der vorgeschriebenen Sekundenzahl sanken die Hände. Die Glieder lockerten sich, der tödliche Krampf ließ nach. Die Sternhypnose hörte auf zu wirken. Die in Holz verwandelten Menschen kamen wieder zu sich, wie aus einer fernen Reise ins Jenseits. Angst entströmte ihnen aus allen Poren. Sie teilte sich auch den Zivilisten mit. Aber die rührten sich nicht vom Fleck. Die Sterne übten auf sie noch nicht die lähmende Faszination aus. Die Zivilkleidung wirkte wie ein Schutzpanzer.

Piotr Niewiadomski kannte sich in den militärischen Konstellationen aus. Er wußte, ein beinernes Sternchen bedeutet – einen Gefreiten, zwei – einen Korporal, drei – Zugführer, drei mit einem gelben Streifen – Feldwebel. Er konnte die Sterne der Chargen von den Offizierssternen auf Tuchaufschlägen und sogar Goldaufschlägen unterscheiden. Da er selbst eine kaiserliche Eisenbahnerkappe trug, salutierte er zusammen mit den Soldaten den Offizieren, die nach dem Mittagessen aus ihrem Kasino zurückkehrten. Gegen allen Anschein waren es Menschen. Ältere Herren, Schmerbäuche, Schnurrbartbesitzer, Vollbartinhaber. Es schlenderten hier auch verschiedene grüne Burschen herum, die der ausländischen Mode erlegen waren und das ganze Gesicht rasiert trugen. Sie sahen wie Geistliche in Uniform aus. Sie hatten alle fast die gleichen Feldkappen wie die gemeinen Soldaten. Sie waren nur an den langen Säbeln zu erkennen, denn man konnte ihre seidenen Sternchen, die von silbernen oder goldenen Kreisen geschmückt waren, aus der Ferne schwer von den beinernen unterscheiden. Die Herren Offiziere erwiderten – in jenen Flitterwochen des Krieges – mit sichtbarer Genugtuung die ihnen geleistete Ehrenbezeigung. Besonders die Reserveoffiziere waren stolz, daß sie plötzlich zum Gegenstand der Ehre wurden. Von allen Seiten flogen diesen Volksschullehrern, Kaufleuten, Beamten und Studenten Militärgrüße im vorgeschriebenen Rhythmus zu, und sie fingen sie im Flug wie Bälle und gaben sie zurück. Der Kultus der Subordination wurde gewissenhaft erfüllt. Es kamen aber auch kleine Verstöße vor.

Zwei junge Leute, dem Rang nach Kadetten, traten eben aus dem Kasino. Sie sahen in ihren schmissigen, smarten, engen Blusen, in Breecheshosen und Stulpen auf dem vorwiegend von Bauern bevölkerten Platz wie zwei Gutsherren vor einer Scheune aus. Einer von ihnen spielte mit der Reitpeitsche, deren Beschlag glänzte. In der Militärhierarchie bildeten die Kadetten etwas in der Art von Zentauren. Nur bis zum Gürtel waren sie Offiziere, ihre zweite Hälfte gehörte noch dem Mannschaftsstand an. In Friedenszeiten mußten sie mit dem Gewehr und dem Offizierssäbel marschieren. Die Soldaten des Marschbataillons, die die Pflicht

hatten, die Kadetten zu grüßen, taten dies tadellos. Nur ein älterer, dicker Mann, des dauernden Salutierens oder auch von der Hitze oder überhaupt des Lebens müde, konnte seine Bewegungen nicht richtig berechnen und salutierte schon, während er sich vom Boden erhob. Die Kadetten bemerkten es. Jener mit der Reitgerte und dem roten, kindlichen Gesicht näherte sich dem Sünder. Wie eine besorgte Mutter fragte er: »Wie salutierst du, Alter?«
Merkwürdig klang im Mund des Jünglings das Fürwort ›du‹ in Verbindung mit ›Alter‹. Der Alte schwieg in strammer Haltung. Er schob den Bauch übertrieben vor. Einen Moment lang schaute der Kadett ihn mit Bedauern an. Plötzlich nahm er Haltung an und rief mit veränderter, unmenschlicher Stimme: »Setzen!«
Der alte Mann setzte sich.
»Salutiert!«
Der alte Mann erhob sich vorschriftsmäßig, wartete einen Moment, salutierte.
Wiederum: »Setzen!«
Der Alte setzte sich.
»Salutiert. Eins! Zwei! – Drei!«
Der alte Rumpf erhob sich nur schwer, die Hände vollbrachten den Gruß, ihn in drei Teile teilend.
»Setzen!«
Die alten Augen suchten wie zwei Bettler Gnade in den Augen der Subordination. Aber sie fanden keine Gnade. Die Subordination sah die menschlichen Augen nicht. Sie schaute nur auf die Hände, die Füße, die Kappen. Vom Rhythmus des eigenen Kommandos berauscht, skandierte sie:
»Salutiert. Eins! Zwei! Drei!«
Der alte Körper schwankte einen Moment, als zitterte er leicht, aber rechtzeitig riß er sich von der Erde hoch. Dies wiederholte sich noch fünfmal. Endlich begegneten beide Augenpaare einander. Nach dem achten ›Setzen!‹ folgte

nicht mehr: ›Salutiert!‹, sondern das erlösende: »Rührt euch! Weitermachen!«
Der alte Mann durfte von nun ab über seinen Körper verfügen. Befriedigt lächelte die Subordination mit dem Jünglingsmund und zeigte zwei Reihen gesunder, starker, schöner Zähne. »Garbacz!« flüsterte irgendein Soldat Piotr zu.
Das war also der Kadett Garbacz! Piotr verglich ihn mit dem Begriff, den er sich von ihm aufgrund des Namens gebildet hatte. Fehlgeraten! Tryhubiak hatte recht. Garbacz sah gar nicht wie ein ›Hund‹ aus, und doch quälte er den alten Mann. Alle, die Garbacz kannten, wußten, daß ihm persönlich gar nichts daran lag, ob ihn die Leute grüßten. Er pfiff auf menschliche Grüße. Aber schlechtes Salutieren konnte er nicht dulden. Nur jene Offiziere, die schlechtes Salutieren als Geringschätzung ihrer eigenen Person betrachteten, konnten weniger genau auf die Finger sehen. Es waren nämlich ihre Finger – und nicht die der Subordination. Kadett Garbacz hatte nicht das Recht, den Menschen etwas zu vergeben, was nicht seine Sache war. (Er konnte beispielsweise seine Zigaretten verschenken.) Er überlegte eben, ob er dem alten Mann nicht eine Zigarette geben sollte. Er gab ihm keine. Nichteingeweihte konnten denken, daß er bereute, was er getan hatte. Aber er bereute nicht. Er hatte ein reines Gewissen. Wenn Leute schon im ersten Kriegsmonat so nachlässig salutieren, was wird später sein? Der Krieg kann bis Weihnachten dauern. Und darf man solche Grüße in Gegenwart von Zivilisten verzeihen? Gerade mit Rücksicht auf die Zivilisten mußte er so scharf reagieren. Er wird keine Zigarette geben. Dagegen wird es gut sein, mit den Zivilisten zu sprechen. Sie sollen nicht denken, daß sie es mit einem stumpfsinnigen, verbohrten Kommißknopf zu tun haben.
»He, Landsleute, war das Essen gut?«
Er wußte, daß es gut war, obgleich er selbst nicht am

Mannschaftsessen teilnahm. Er kam vom Offizierskasino, wo er ein Essen zu sich nahm, das wie Nektar und Ambrosia schmeckte. Mit dieser Frage wollte er zu verstehen geben, daß er selbst mit der Hälfte seiner Person noch im Menschlichen steckte, auch wenn die andere Hälfte nicht mehr menschlich war.
Er wartete nicht einmal die einstimmige, natürlich bestätigende Antwort ab. Er grüßte, faßte den Kameraden, der das Schauspiel gleichgültig betrachtet hatte, am Arm und entfernte sich mit ihm in Richtung Stadt.
Piotr Niewiadomski wußte mit Bestimmtheit, daß dies kein ›Hund‹ war. Aber woran erkannte man hier die goldenen Menschen? Wäre der Kadett Garbacz ein Hund, liefe er jetzt mit herunterhängender Zunge umher – so eine große Hitze herrschte. In der stickigen, ungarischen Luft flog die Tollwut geradezu herum. Piotr dachte an seinen Baß. Ob der wohl eine solche Hölle aushalten würde? Er würde sie bestimmt aushalten. Die Leute träumten von kühlen Bergflüssen, vom Pruth, vom Czeremosz. Die schwächeren Seelen waren bereit, sich dem Teufel zu verkaufen, den Kaiser zu verraten, nur um den Körper in frisches Wasser tauchen zu dürfen. Sie fragten die Soldaten aus, ob es nirgends in der Nähe einen Fluß, einen Teich, ein Bächlein gab. Einen Teich gab es auf der anderen Seite der Stadt, auf dem Weg zum Schießplatz, aber er war ausgetrocknet und zugewachsen. Sie schauten also sehnsuchtsvoll auf die dichte Lindenallee der Chaussee, auf das Gärtlein um das Häuschen der Brauhausangestellten, aber es kam keine Hilfe. Die Soldaten verließen, einer nach dem anderen, die Landsleute, gingen in ihre Quartiere, auf die Strohsäcke, in den Schatten. Trotz des Sonntags wartete noch Arbeit auf sie: das Gewehrputzen für die Musterung morgen.
Dann tauchten aus der Tiefe der roten Brauhausmauern zwei Gestalten auf. Vorneweg schleppte sich lässig ein Riese in zerknitterter Uniform, seit vielen Tagen unrasiert. Un-

geschlacht schritt er in Schuhen einher, aus denen die Schnürsenkel entfernt waren. Die Hose fiel fast herunter. Immer wieder zog er sie mit den Ellenbogen hoch, denn seine Hände waren nicht frei. In beiden trug er Blecheimer. Knapp hinter ihm schritt ein zweiter Soldat. Die Hosen fielen ihm nicht herunter, seine Schuhe waren in Ordnung, über der Schulter trug er ein Gewehr mit aufgepflanztem Bajonett. Auf dem Bauch, am Koppel, zu beiden Seiten des messingnen Adlers, steckten zwei pralle Patronentaschen, die wie zwei schwarze Euter aussahen, mit bleierner Todesmilch angefüllt. Der Raum zwischen den beiden war mit irgendeinem lähmenden, tödlichen Strom geladen. Wiederum eine Todeszone. Diesmal eine physische. Es ist ein Wunder, daß Insekten, die sorglos zwischen diesen beiden Soldaten herumflogen, nicht tot zu Boden fielen. Ein Deserteur, dachte Piotr beim Anblick des Arrestanten. Vielleicht auch ein Verräter, einer von jenen, die da mit den Fahnen . . . Es war kein Deserteur und kein Verräter.

»Servus, Huk! Servus, Ilko! Komm her, dreh dir eine Zigarette! Einen Bart hast du dir aber wachsen lassen!« riefen seine Kollegen dem Riesen von der 3. Kompanie zu. Einige hielten die Tabaksäckchen wie Köder in seine Richtung. Keiner dachte daran, ihm im Ernst davon zu geben. Ilko Huk hatte im Gefängnis genug Tabak. In der ganzen Monarchie bekamen die Verhafteten heimlich Tabak. Der Soldat mit den Eimern warf den Kameraden einen freundschaftlichen Blick zu, zwinkerte verständnisvoll mit den Augen. Der Soldat mit dem Gewehr schaute nur in seinen Rücken. Man sah, daß er sich fürchtete.

»Er geht in die Küche, Essen für die Arrestanten holen«, erklärte einer der Soldaten.

»Wer ist es?« fragten die Zivilisten.

»Polnischer Bruder. Liebt es, die Mädchen zu lieben. Als er am vorletzten Samstag ohne Passierschein wegging, kam er erst am Montag nach den ›Gelenkübungen‹ zurück. Aber

Glück hat der Kerl! Bei Gott! Der Hauptmann hat ihn gern. Nur zwölf Tage hat er bekommen. Bei einem anderen Hauptmann würde er einundzwanzig und Spangen als Zubeiß kriegen, weil er das zweite Mal Reißaus nahm.«
»Was sind das für Spangen?« fragte Piotr Niewiadomski. Tryhubiak hatte nichts von Spangen gesagt. Die Eingeweihten ersten Grades lachten spöttisch auf, und der Gefreite Zubiak schüttelte den Kopf:
»Du weißt nicht, was Spangen sind, Herr Kondukteur? Und eine Mutter hast du?«
»Ich habe keine!«
»Nun, dann kannst du's bedauern! Denn wenn sie dir die linke Hand an das rechte Bein fesseln oder die rechte Hand an das linke Bein und du so zwei Stunden sitzen bleibst oder drei, vier Stunden, wieviel du grad verdient hast – dann schwillt dir die Leber an, und du verfluchst die eigene Mutter.«
Die Eingeweihten brüllten wieder. Einige Zivilisten auch. Piotrs Blick verfinsterte sich. Unter den Augenlidern glitzerten noch Spuren vom Bild seiner Mutter, die ihn mit Suppe fütterte, noch klang ihm in den Ohren das Echo ihrer Worte. Und so eine Mutter läßt ihn ein fremder Mensch verfluchen! Vielleicht hat der Teufel absichtlich dieses Bild in der höllischen Mittagsglut hervorgerufen? Verfluchen! Weswegen verfluchen? Wegen dieser linken Hand, wegen dieser rechten Hand, wegen dieses rechten Beins . . . Piotr schaute seine Hände an. Um Gottes willen, welche ist die rechte und welche die linke? Sollte er das erst in den Spangen lernen?
Der Soldat mit den Eimern und der Soldat mit dem Gewehr passierten schon die gefährlichste Stelle des Geländes, das Kommandogebäude, wo sie von Offizieren gesehen werden konnten. Die Spannung zwischen dem einen und dem anderen wurde bedeutend kleiner. Der Soldat mit dem Gewehr ging schon freier, er ging wie ein Mensch, er

marschierte nicht. Als sie in die Maschinenhalle einbiegen sollten, drehte sich der Verhaftete um, hob die Eimer hoch, ohne darauf zu achten, was mit den Hosen geschehen werde. Triumphierend schlug er die Eimer zusammen. Sie erklangen wie Becken.
Trotz der Lustigkeit, die der Verhaftete bei den Kameraden weckte, war Piotr immer noch traurig. Die Soldaten versäumten es nicht, die Zivilisten aufzuklären, daß der Wächter mit dem scharf geladenen Gewehr der Infanterist Oleś Hnidej sei, aus derselben 3. Kompanie wie der Infanterist Ilko Huk. An diesem Tag stellte die 3. Kompanie Wachen aus. Es war Leutnant Smekals Schuld, daß sich heute die Wachablösung über zwei Stunden verspätete. Anstatt vierundzwanzig war Ilko Huk von seinen Kameraden bereits sechsundzwanzig Stunden bewacht. In einer halben Stunde werden andere Leute aus der 1. Kompanie den Dienst übernehmen. Oleś Hnidej wird das Gewehr und die Würde des Wächters ablegen. Die scharfen Patronen, mit denen er auf den Kameraden hätte schießen müssen, falls der versucht hätte zu fliehen, wird er in die Hände des Wachkommandanten legen. Aus einem Gendarmen, einem Profos, einem Feind, wird er sich wieder in einen Freund verwandeln. Der Verhaftete gehört auch zu den Eingeweihten. Er kannte die wandelbaren Eigenschaften der Subordination. Er wußte, daß sich in einigen Tagen, wenn er das Gefängnis verließ, alles umkehren konnte. Der Gendarm von heute kann zum Verhafteten werden, der Verhaftete – zum Gendarmen.
Piotr Niewiadomski dachte bis zum Abend, bis zum süßen schwarzen Kaffee, an nichts anderes. Haft, Kasernenarrest, Dunkelkammer, Fasten, Spangen. Es gab genug davon beim Kaiser, genug! Und das Schlimmste ist, daß ein Kamerad den anderen Kameraden abführt, ganz wie der Korporal Durek den Banditen Matwij, den man ›Bulle‹ nannte. Nur mit dem Unterschied, daß der Gendarm bis ans Le-

bensende Gendarm bleibt und der Dieb ein Dieb, und beim Kaiser – bist du heute Gendarm, morgen – Dieb . . .
Er konnte diese neue Ordnung der Dinge nicht fassen. Einundvierzig Jahre lebte er nun schon auf der Welt, und immer lernte er sie neu kennen und immer von einer neuen Seite. Von einer schlimmeren. Gut, sagte er sich, es ist Krieg. Das wissen wir. Aber warum häuft der Kaiser soviel Angst, soviel Wut, so viele Strafen gegen seine eigenen Menschen? Wäre es nicht besser, die ganze Wut für den Russen aufzuheben? Man führt doch mit ihm Krieg und nicht mit uns. Wozu verdirbt man österreichisches, gutes, katholisches Blut?
Piotr Niewiadomski war dem Kaiser Franz Joseph gut. Die ganze k. u. k. Armee betrachtete er als kaiserliche Freunde. Die Verräter ausgenommen, natürlich. ›Meine lieben Völker, mein liebes Heer‹ – schrieb Seine Majestät in seinen Manifesten. Schrieb er vielleicht nicht so? Aber die Schrift, dieses Teufelszeichen, ist eines und ein anderes die Wahrheit. ›Meine lieben Völker‹ . . . Eine schöne Liebe ist das.
Nach dem Kaffee beruhigte er sich. Militärkoffein wirkt genau umgekehrt wie ziviles: es besänftigt die aufgewühlten Herzen. Trotzdem schlugen jetzt viele Herzen heftiger auf dem Platz hinter den Baracken, nicht wegen der Hitze, sondern aus Angst. Da brach die Nacht an, und es war ungewiß, ob man sie nicht unter freiem Himmel werde zubringen müssen. Unter den Zivilisten befanden sich Leute, die noch nie auf nackter Erde geschlafen hatten. Es sah gar nicht danach aus, daß man sie für die Nacht einquartieren werde. Die Menschen, die jetzt vor der Nacht, vor dem freien Himmel und der nackten Erde Angst hatten, stammten von einem alten Hirtenstamm ab. Ihre Väter verbrachten vor Jahrhunderten nicht nur eine Nacht im Tau, und nicht nur eine Nacht schliefen sie in den Wüsten, wo sie verbranntes Gras, heißen Sand oder das Fell eines lebendigen Kamels als Lager hatten. Wenn der Himmel

Stürme sandte, bargen sie sich unter Leinwandzelten. In dunklen Nächten fürchteten sie sich nur vor Gott und vor Schakalen. O wie lange schon waren in Staub zerfallen die Zelte Israels! Die Nachkommen der alten Hirten, vom Hohn des verkehrten Geschicks verfolgt, irren jetzt in den steinernen Wüsten der Städte und Städtchen umher und fürchten den Himmel und fürchten den Regen.

Seit Beginn des Krieges, der schon fast vier Wochen dauerte, hatte es noch kein einziges Mal geregnet. Es war, als verzichtete der Himmel auf das Privileg, die Erde zu bewässern, und überlasse das dem Menschenblut. Aber vom Menschenblut, wenn es auch reichlich floß, hatte die Erde keinen Nutzen.

Gegen sieben Uhr kamen auf dem Grund des Horizonts, im Westen, Wolken herauf. Das tiefklare Blau bekam an vielen Stellen Streifen. Die Sonne gelangte noch nicht an ihre Endstation hinter der Stadt Andrásfalva. Sie verließ erst die Grenzen der Kaserne. Sie schwamm hinunter, den Wolken entgegen. Und die Wolken schwollen an und wurden dunkel. Menschen, die unter anderen Umständen ein Gewitter als Linderung empfunden hätten, beobachteten jetzt unruhig die Mobilisierung in den Lüften. Wo sollten sie sich vor dem Regenguß schützen, der ja die ganze Nacht dauern konnte? Ohne besondere Erlaubnis darf niemand zu den Baracken gehen. Nur ein Befehl könnte ihnen helfen, aber niemand erteilte solch einen Befehl.

Gegen acht Uhr war es schon sicher, daß es nicht regnen werde. Als die Sonne mit der Wolkenfestung zusammenstieß – platzte die Festung. Dann gingen die Wolkengletscher auseinander, wie von Scham gerötet, zerfielen in viele, flüchtende Scharen schmutziger Schafe, welche ein feuriger Hund vor sich in den Abgrund jagte. Der Sieg der Sonne war herrlich, beinah wie der Sieg bei Kraśnik. Die Juden und Stadtbewohner atmeten auf.

Die Nacht unter dem ungarischen Himmel war nicht

schrecklich. Auf dem geglätteten Firmament erglänzten die Sterne, ein Stern nach dem anderen – volle, reife, glitzernde. In solchen Nächten wurde einst die Astronomie geboren. Die stickige Luft, die am Tage die Menschen so gequält hatte, kühlte sich ab, wie unter dem Druck der menschlichen Angst vor dem Gewitter. Der Himmel setzte seine stillen, unsichtbaren Ventilatoren in Bewegung. Im Norden wehte eine angenehme Kühle. Ein sanftes Windchen streichelte die Gesichter der Ankömmlinge aus dem Norden. Der Mond zeigte sich noch nicht.

In den entfernteren Baracken sang man. Es waren Chorgesänge, deren jede Strophe mit ›oj‹ anfing. Es waren Seufzer in Melodien, es war die ukrainische Sehnsucht in Klängen. Sehnsucht nach Hause, nach der Steppe, den Bergen, der Liebe, nach dem verlorenen Paradies. Die Huzulen legten sich auf die Koffer, auf die Bündel. Sie warteten auf Träume, sie warteten auf das Ende des Krieges.

Langsam senkte sich die Sommernacht auf sie nieder. Sie veredelte die Gesichtszüge, wischte den Stumpfsinn und die Wildheit von ihnen. Die gewöhnlichsten Gesichter bedeckte die Nacht mit der Patina der Heiligkeit. Sie sperrte die Münder zu und öffnete die Herzen. Allein, hier hatte keiner dem anderen etwas zu gestehen. Noch hatten sie nicht so viel gemeinsames Unglück erfahren, daß es ihnen den Stolz und die Scham von den Seelen abgestreift hätte. Jeder bewahrte seine Geheimnisse für sich. Es wird der Tag kommen, an dem keiner sie wird behalten können. In Ermangelung eines Geistlichen werden sie, der eine dem anderen, beichten.

Keiner von ihnen konnte einschlafen. Die erste Nacht beim Militär barg Geheimnisse. Alle warteten auf etwas.

Fast gleichzeitig mit dem verschwommenen Mond – kam hinter dem Brauhaus der gedehnte, klare Ton einer Trompete herauf. Das kaiserliche Wiegenlied für artige Kinder. Die Chorgesänge in den Baracken verstummten. Neun

Uhr. Die Soldaten der ganzen Monarchie gehen um neun schlafen. Mit Ausnahme der an der Front. Einige Minuten später erschien von dort, wohin am Nachmittag der Verhaftete geführt worden war und woher jetzt die Abschiedsakkorde des Zapfenstreichs klangen, ein kleiner, bewaffneter Trupp. Auf den Gewehrläufen glänzten Bajonette. Sie marschierten paarweise in Reihen. Sie blieben vor dem Kommandogebäude stehen. Irgendein Offizier oder Feldwebel erklärte den Soldaten längere Zeit etwas. In seinem Säbel spiegelten sich die Lichter aus den Kasinofenstern. Er sprach mit gedämpfter Stimme. Dann zogen sie zum Platz. Sie blieben bald hier, bald dort stehen und ließen je einen Soldaten zurück. Auf den Kragen der Chargen glitzerten die Sterne. Die Kaserne stellte für die Nacht Posten auf. Der Inspektionsfeldwebel zeigte ihnen den jeweiligen Ort. Hinter den Zäunen, die das Gelände umgaben, bei jeder Baracke, an den Stacheldrähten, bei dem Haupttor, das zu Ehren des Sieges von Kraśnik mit Tannenzweigen und Fahnen geschmückt war, spazierte jetzt ein bewaffneter Mensch. Hin und her.

Man traute ihnen nicht. Sie waren von allen Seiten bewacht wie ein Gefangenenlager.

Piotr Niewiadomski konnte es nicht beschwören, aber er hatte den Eindruck, daß Dmytro Tryhubiak aus Czernielitza einer der Wächter war.

Schweigen umfing die Gefangenen, obgleich niemand ihnen verboten hatte zu reden. Sie flüsterten sich etwas zu. Die Militärnacht selbst legt das Schweigen nahe. Schüchtern borgten sie sich Streichhölzer und rauchten wie heimlich, obzwar niemand verboten hatte zu rauchen. Die Blicke irrten in der Nacht, sie hafteten auf den tagsüber roten und jetzt kreidebleichen Wänden des Brauhauses, sie hafteten an den Baracken, tauchten in der Dämmerung der Chausseelinden unter. Weder die Mauern noch die Linden konnten die verlorene Freiheit zurückgeben. Nur so weit!

sagten die Grenzen des irdischen Horizonts. Weiter ist es nicht gestattet.
Sie erhoben also die Augen zum Himmel, wo die Sternbilder immer strahlender glänzten, deren Namen den Astronomen bekannt waren, nicht aber den Bürgern des Śniatyner Bezirks. Piotr Niewiadomski kannte allerdings einige Sterne. Er wußte, welches der Große Bär war, der Große Wagen, er wußte, daß der mit Sternkies bestreute Weg auf dem Himmel – die Milchstraße ist. Dort hat der Große Wagen die Deichsel zerbrochen. Die Blicke der Gefangenen liefen unruhig über die Milchstraße hin und zurück, wie ausgehungerte Hunde. Vielleicht wirft ihnen der Himmel einen Knochen zum Trost herunter?
Um diese Jahreszeit warf der Himmel nur Sterne herab. Als er sah, wie oft sie herunterfielen, dachte Israel Glanz, Kaufmann aus Kolomea, daß Gott den Himmel degradiere. Vielleicht laufen auch die Sterne zum Russen über?
Das Lager schlief. Von der Erde und dem Himmel enttäuscht, gingen die Leute in sich, fielen zusammen, flossen in die Dämmertiefe ihres Wesens hinunter. Piotr Niewiadomski schaute auf die Kameraden – und sah sie alle in Spangen gekettet. Die linken Hände an den rechten Beinen, die rechten Hände an den linken Beinen. Alle verfluchten schweigend ihre Mütter. Es herrschte große Stille, von Schnarchen, Husten, Stöhnen unterbrochen, und Sterne waren am Himmel und Sterne auf den Kragen der Chargen.

IX. KAPITEL

Der Wecker auf dem Tisch läutete durchdringend. Doch es war sinnlos. Der Mann, der den Wecker aufgezogen hatte, schlief schon lange nicht mehr. Er lag auf dem Bett, halb unter einer weißen, wollenen Decke, und rauchte eine Zigarette. (Sicher kam seine heisere Stimme daher, daß er auf leeren Magen rauchte.) Der Wecker schleuderte die Portion Wut heraus, die ihm durch den Mechanismus vorgeschrieben war – und verstummte.
Das wiederholte sich seit Jahren. Seit Jahren wurde der Stabsfeldwebel Bachmatiuk einige Minuten früher wach als der Wecker. Trotzdem zog er ihn jeden Abend auf. Im Sommer stellte er ihn auf fünf, im Winter auf sechs Uhr. War das nur die gedankenlose Angewohnheit, die Wunderlichkeit eines alten Junggesellen? Stabsfeldwebel Bachmatiuk war ein alter Junggeselle, aber kein Sonderling. Alles machte er zielbewußt. Dieser Wecker verrichtete bei ihm wichtigen Dienst. Täglich huldigte er seinem Herrn und dessen Überlegenheit über die Mächte der Nacht. Überdies verkündete er an Montagen schallend den Sieg des Stabsfeldwebels über den Alkohol. Pünktlichkeit und Disziplin waren Bachmatiuk nicht durch Mächte aufgezwungen, die seiner Natur fremd waren. Im Laufe der Jahrzehnte des Dienstes sind ihm diese Tugenden ins Blut eingesickert und haben die Zellengewebe wie Kalk durchdrungen. Bachmatiuk verlangte vom Wecker gar nichts anderes als die laute Bestätigung dieser Wahrheit. Jeden Morgen wollte er sie hören. Das war sein Gesundheitsbad. Und wenn der Wecker läutete, schien es Bachmatiuk, daß er nicht nur sich, seinen Willen und sein Bewußtsein beherrsche, sondern auch die ihm zugeteilte Zeit. Loyal erfüllte der Wecker seine Schuldigkeit: er weckte nicht. Bis jetzt hatte er noch nie versagt. Er war gehorsam, man könnte sagen – er fraß aus der Hand, die ihn aufzog. Auch Bachmatiuk versagte

nie. Er wachte immer von selbst auf, immer gewann er das Rennen.
Aber wessen Hand zog die Federn auf, die in Bachmatiuk wirkten?
Der Stabsfeldwebel kämpfte mit dem Chronos nicht nur auf seinem kleinen Uhrengebiet. Er sagte auch den schweren Kalibern der Zeit, dem eigenen Alter, Kampf an. Er hatte schon das fünfzigste Jahr überschritten, und es ergrauten nicht nur seine Schläfen, er hatte auch einen grauen Schnurrbart. Er hätte ihn abrasieren und auf diese Weise den Schein der Jugend retten können. Er tat es nicht, denn er diente bei der Infanterie, und das Reglement der Infanterie empfiehlt ausdrücklich, den Schnurrbart zu pflegen. In der k. u. k. Armee hatte nur ein Regiment das Recht, ja, das Privileg, den Bart und Schnurrbart zu rasieren, zum Andenken an die berühmten Vorfahren, die in der Blüte der Jahre dahingegangen waren. Das war das Regiment der Windischgrätz-Dragoner. Bachmatiuk war kein Dragoner, sondern Infanterist von Berufung, und er verehrte das Reglement seiner Waffengattung fanatisch. Was aber die äußeren Merkmale des Alters betraf, besaß er für ihre Unterdrückung Mittel, die ebenso erfolgreich waren wie das Rasiermesser.
Als er die Zigarette zu Ende geraucht hatte, schloß er die Augen und versank in Meditationen. Nach einer Weile erhob er sich, setzte sich im Bett auf und kommandierte sich selbst mit donnernder Stimme: »Auf!« Jedem Kommando gehorsam, und wenn es aus eigenem Mund kam, riß er sich blitzschnell hoch, zog die Pantoffeln an und marschierte zu der auf einem Stuhl befindlichen Waschschüssel. Er tauchte den Kopf in kaltes Wasser, wusch den Rest des Schlafs ab, die Spuren der Nacht von seinen großen, pechschwarzen Augen, die von einem Netz blutroter Adern durchzogen waren. Er rasierte sich vor dem kleinen Spiegel, der sein hübsches, gebräuntes Gesicht boshaft entstellte. Dann

putzte er die Zähne, und nun begann der Kampf mit der Zeit. Aus der Tischschublade holte er alle Waffen hervor: die Schachtel mit schwarzer Farbe, die Schnurrbartbinde und eine kleine Kinderzahnbürste. Lange färbte er den üppigen, mächtigen Schnurrbart, der über Nacht den künstlichen Glanz verloren hatte, die künstliche Schwärze und die Symmetrie. Endlich legte er die rosa Binde an. An den Ohren befestigt, sah sie wie ein Verband aus. Sie bog die Oberlippe aufwärts und entblößte die länglichen, gelben Pferdezähne, so daß das bleiche Zahnfleisch sichtbar wurde. Wieder setzte er sich aufs Bett und meditierte. Er überlegte, welche Hose er anziehen sollte. Die kurze graublaue Feldhose zu hohen Schaftstiefeln oder die lange schwarze Salonhose. Er wählte die Salonhose, obgleich er in keinen Salon gehen sollte. Es erwarteten ihn Baracken, Magazine und Staub. Zweifellos war eine schwarze Hose im Dienst unpraktisch, sie zeichnete sich aber durch einen Vorzug aus, den man nicht geringschätzen durfte. Wenn man uns fragt: von welcher Statur ist der Stabsfeldwebel Bachmatiuk – müßten wir antworten: von napoleonischer. Eine kleine Figur tut natürlich der Ehre keines Menschen Abbruch. Aber die Majestät des Franzosenkaisers, der sich seinem Heer meist auf dem historischen weißen Roß zeigte, in die historische graue Redingote gekleidet, gleicht nicht der Autorität eines Oberinstruktors in einem k. u. k. Regiment der galizischen Infanterie. Also entsprach die lange schwarze Hose Bachmatiuks mitunter dem Roß und dem Mantel Napoleons. Sie erhöhte Bachmatiuk und hob seine Autorität bei den Untergeordneten. In jenen Tagen war Bachmatiuk besonders viel an der Autorität gelegen. Die Salonhose war schon alt, abgetragen, und ihr Boden glänzte. Jedoch liefen die Außennähte entlang zu beiden Seiten zwei dünne, purpurne Adern in gerader Linie bis zu den Füßen. Bescheidene Miniaturen der Generalsstreifen. Die Wahl der Hose bestimmte auch die des Schuhwerks.

Die hohen Stiefel, die an der Wand bereitstanden, mußten naturgemäß vor einfachen Schuhen den Platz räumen, die der Ordonnanzsoldat zusammen mit dem Kaffee bringen würde.
Der Ordonnanzsoldat erschien in dem Augenblick, als Bachmatiuk die dichten und schwarzen Haare kämmte, schwarz von eigenen Schwärzevorräten und nicht von künstlicher Farbe. In der Schädelmitte durchschnitt sie eine weiße, schnurgerade, wie hingezeichnete Linie. Sie lief von der Stirn bis fast zum Nacken. Der Scheitel auf dem Kopf und der Besatz an der Hose schienen dieselbe Idee auszudrücken.
In der Tür stand ein Soldat – ein Fettwanst mit einem Hermaphroditenteint. Die Haut, die sein blasses, geschwollenes Gesicht überzog, erinnerte an Pergament und glänzte wie Butter. Die Natur hatte ihn mit lebenslänglichem Bartmangel beschenkt und machte aus ihm einen Idealdragoner des Windischgrätz-Regiments. Trotzdem wurde er der Infanterie zugeteilt. Seit Kriegsbeginn putzte er inoffiziell die Stiefel des Stabsfeldwebels, machte Ordnung in der Quartierstube, brachte das Essen. Jetzt hielt er in einer Hand die geputzten Schuhe, in der anderen die Eßschale. Der Stabsfeldwebel trank nämlich schwarzen Kaffee aus dem Kessel, wie ein gemeiner Soldat. Er machte von der Unteroffiziersküche, die Milchkaffee in Gläsern und Bechern verteilte, keinen Gebrauch.
Er schaute sich nicht einmal um. Mit der Schärfe seines erfahrenen Blicks prüfte er blitzschnell im Spiegel, vor dem er sich rasierte, auch den Spiegel der gleißenden Schuhoberfläche und stellte fest, daß die Schuhe aussahen, wie sie aussehen sollten. Den Urheber dieses Glanzes würdigte er keines einzigen Wortes. Er sprach ihn überhaupt selten an. Er hatte den Burschen erst seit Kriegsbeginn und wollte sich mit ihm nicht gemein machen. Alle Befehle gab er im Dienstton. Der Fettwanst führte sie im allgemeinen gewis-

senhaft aus. Er hieß Gabriel Kistoczok und stammte aus der Bukowina, der Heimat Bachmatiuks. Diesem Umstand hatte er sicherlich die große Auszeichnung zu verdanken. Es schien, daß ihn Bachmatiuk gern hatte. Im Anflug guter Stimmung hatte der Stabsfeldwebel einmal eine spaßhafte Anspielung auf den Namen des Erzengels gemacht. In Gegenwart einiger Soldaten rief er: »Du, Gabriel, Michael, Rafael – geh, hol den Befehl aus der Kanzlei.«

Seitdem rief man dem Infanteristen Gabriel Kistoczok nach, wo immer er sich zeigte: Gabriel, Michael, Rafael!

Die Soldaten des Marschbataillons verspotteten ihn, aber unbewußt zollten sie ihm Ehre. Bewegte er sich doch immerhin frei in der Löwengrube, fegte er alle Tage diese Grube rein, hielt sich dicht am Quell der Angst auf; er war vom Duft der Macht angehaucht. So ein Mensch mußte manches wissen. Sie überschütteten ihn mit Fragen wie: Wann wird die Gewehrvisite stattfinden? Wann wird der Inspektionsgeneral ankommen? Wann wird der Krieg zu Ende sein? Sie gaben sich mit Gabriel gut Freund, bemühten sich sogar, ihn mit Schnaps, Wurst und Tabak zu bestechen. Gabriel benahm sich, als würde er in der Tat etwas wissen. Er gab zu verstehen, daß er ein Vertrauter des Stabsfeldwebels sei, und lächelte ebenso albern wie rätselhaft. Aber seine Antworten waren meistenteils dunkel und zweideutig. Am Ende überzeugten sich die Soldaten, daß Gabriel, Michael, Rafael ebenso wenig wußte wie sie. Trotzdem erfreute er sich immer noch ihrer Hochachtung, und er wuchs dadurch mit jedem Tag in seinen eigenen Augen. Bachmatiuk gegenüber aber fühlte er sich immer kleiner und kleiner.

Mit Anstrengung würgte er jetzt die Worte hervor: »Herr Stabsfeldwebel! Ich melde gehorsamst – sie brachten Stroh!«

»Abtreten!«

Gabriel schlug die Absätze zusammen, stellte geräuschlos

den Kaffee hin, nahm geräuschlos die Schüssel mit schmutzigem Wasser weg, ging geräuschlos fort. Er wird zurückkommen und aufräumen, wenn der Stabsfeldwebel das Zimmer verlassen hat.

Der Stabsfeldwebel bewohnte eine Stube für sich allein im zweiten Stock des Kommandogebäudes. Andere ›Berufsdiener‹, niedere Chargen, wohnten zu zweit, zu dritt in einem Zimmer. Größtenteils waren es verheiratete Leute mit Kindern. Sie hatten in der Stanislauer Garnison ihre Wohnungen, hatten ihre Kredenzen, Grammophone mit riesigen Trichtern, Nachttöpfe, Rhododendren, Hündchen und Kanarienvögel. Der Krieg und die Evakuierung verscheuchte sie aus ihren warmen Nestern. Der Bequemlichkeit beraubt, paßten sie sich nur mit Mühe den neuen Bedingungen der ungarischen Kaserne an. Bachmatiuk fühlte sich hier ausgezeichnet. Seit beinahe dreißig Jahren wohnte er beim Regiment, und es war ihm gleich, wo das Regiment stationiert war. Er hatte nie ein eigenes Möbelstück besessen, ja nicht einmal eigenes Bettzeug, und was die Familie betrifft – seine Familie war das Militär. Man konnte sich schwer vorstellen, daß er jemals Eltern gehabt hatte. Sein Vater schien das Dienstreglement zu sein und die Subordination seine Mutter. Solange Bachmatiuk Präsenzdienst machte, verbrachte er zuweilen seinen Urlaub im ›Zuhause‹. Er besuchte seinen Vater, den Vorsteher einer wohlhabenden Gemeinde am Serethfluß, er besuchte die jüngeren Geschwister. Aber seitdem er in den Freiwilligen-Berufsdienst übergegangen war, löste er die Verbindung mit der ganzen Familie, und nur einmal sah man ihn in der wohlhabenden Gemeinde am Sereth: bei dem Begräbnis des Vaters. ›Wer Vater oder Mutter mehr liebt als mich – ist meiner nicht würdig‹, sagte der Herr zu den Aposteln. Wie eine Nonne, die dem Herrn in Unschuld angetraut war, lebte Bachmatiuk jahrelang fern von der Familie, seine Gottheit mehr als sich liebend.

Seine irdischen, zufälligen Eltern gaben ihm bei der heiligen Taufe, wie in Vorahnung, daß ihr Erstgeborener einst eine Stütze der Habsburgermacht sein werde, den erzherzoglichen Namen: Rudolf. Mit seinem ganzen Leben bewies Bachmatiuk, daß er diesen Namen verdiente. Er wurde als Ukrainer geboren, aber im Laufe der vielen Jahre des Militärdienstes löste sich seine Nationalität ganz in der schwarzgelben Substanz auf. Heute war er nur noch ein Österreicher. Es wäre auch naiv, von seiner Konfession zu sprechen, die in seinem Geburtsschein wie auch in den Regimentsbüchern als griechisch-katholisch vermerkt war, wenn doch der einzige Glaube, zu dem er sich inbrünstig bekannte und den er predigte, das Militär war. Den Rang eines Stabsfeldwebels hatte er sich ehrlich verdient, gegen sich und die Untergebenen streng, opferbereit und rein wie eine Vestalin. Den Reinheitseid leistete er vor dem eigenen Gewissen, aber zum Kaplan der Subordination hatte ihn der nicht mehr lebende, legendäre Hauptmann Knauß geweiht.

Bachmatiuk wußte, daß er nicht weiter befördert werden konnte. Der Rang eines Stabsfeldwebels bildete den Abschluß seiner Karriere. Es lag ihm nicht an einer Beförderung, er war kein Karrierenreiter. Er diente seiner Gottheit selbstlos, dem Zölibat treu. Seine Aufgabe: aus Menschen Menschen zu machen – begriff er wie ein Missionar. Er schuf nicht nur Infanteristen, die zu Parade und Kampf geeignet waren, vor allem formte er Österreicher. Die Arbeit eines Priesters und besonders eines Missionars beansprucht den ganzen Mann. Deshalb heiratete Bachmatiuk nicht. Menschen, die nicht fähig waren, den wahren Glauben zu begreifen, erklärten sich die Tatsache, daß Bachmatiuk Frauen mied, auf verschiedene Weise. Manche hielten ihn für impotent von Geburt. Narren! Übrigens besitzen wir vom Privatleben des Stabsfeldwebels nur sehr knappe Nachrichten. Außer Dienst verkehrte er mit niemandem in der Kaserne. In Stanislau hatte er angeblich irgendwo in der

Stadt seine Gesellschaft. Als einziger Stabsfeldwebel nahm er im Regiment eine vollkommen isolierte Stellung ein. Die Feldwebel behandelte er als Untergeordnete, er war aber so bescheiden und taktvoll, daß er es nicht einmal versuchte, sich den Kadetten und Subalternoffizieren zu nähern.

Sein Zimmerchen im Brauhaus ›Farkas und Gjörmeky‹ erinnerte an die Zelle eines Mönches, eines Mönches von besonders strenger Ordensregel. Ein Feldbett, über dem Bett ein Brett, auf dem Brett Brot, Salz, Butter, Tabak und ein alter Paradetschako. Überall im Zimmer, auf dem Fensterbrett, auf dem Tisch, an den Wänden, am Fußboden sah man ausschließlich Gegenstände, die irgendeinen Zusammenhang mit dem Dienst hatten. Exerzierpatronen, Magazine mit blinden Geschossen in farbigen Kapichonen, einzelne, verschossene Hülsen. Überall eine Menge Papiere: Maschinenabschriften alter, ausgeführter Tagesbefehle, Dienstnotizbücher, Meldebücher, Formulare, Karten, Dienstzettel. Auf der Erde, an den Wänden standen Zielvorrichtungen, die er selbst wieder richtete; es waren auch Schießscheiben und eine große Holzkiste mit scharfer Munition da, sowie zwei schwere Koffer mit Schlössern. Möglicherweise bewahrte er in einem dieser Koffer seinen Zivilanzug, über den phantastische Nachrichten in Umlauf waren. An einer der Wände hing eine kleine Trompete aus Messing. Auf dem Tisch lagen die heiligen Bücher, eins auf dem andern:

Dienstreglement I. Teil oder D. 1.
Dienstreglement II. Teil (Felddienst) D. 2.
Dienstreglement III. Teil D. 3.
Exerzierreglement für die Infanterie I.
Schießwesen

sowie ein kleines Nachschlagewerk: ›Handbuch für Unteroffiziere‹ von H. Schmidt, mit einer farbigen Photographie des Kaisers auf dem Umschlag. Nirgends eine Spur von Privatleben. An der Hauptwand über dem Bett eine malerische Dekoration: ein Säbel, ein Gürtel und eine Pistole in braunem Lederfutteral. Dicht daneben das einzige Bild der Zelle: eine große Photographie in schwarzem Rahmen unter Glas. Den Rahmen füllte die Gestalt eines stattlichen Offiziers in mittleren Jahren in Marschausrüstung, mit einem Fernglas auf der Brust und einem Blumensträußchen. Es war – der Hauptmann Knauß. Als der ins Feld zog, schenkte er Bachmatiuk nur ein kleines Amateurbild. Hauptmann Knauß fiel in den ersten Tagen des Krieges an der russischen Front. Bachmatiuk vergötterte diesen Hauptmann. Er verdankte ihm sein ganzes Wissen über das Militär, also über das Leben. Kein anderer als Hauptmann Knauß hatte aus Bachmatiuk ›einen Menschen‹ gemacht. Als der steinharte Bachmatiuk vom Tod des Hauptmanns erfuhr, weinte er wie ein Kind. Von dem Moment an hörte er auf, sich für die Geschichte des Regiments an der Front zu interessieren. Und wenn sie auch das ganze Regiment bis zum letzten Soldaten ausgerottet hätten, es wäre ein kleinerer Verlust gewesen als dieser eine Tod. Mit diesem Tod hatte das Regiment schon den Krieg verloren. Die Photographie des Verstorbenen brachte Bachmatiuk zum besten Photographen in Stanislau, ließ sie vergrößern und in einen schönen Trauerrahmen fassen. Es würde sich niemand wundern, wenn unter dieser Photographie eines Tages ein Öllämpchen zu flackern begänne.

Nachdem der Ordonnanzsoldat weggegangen war, sah der Stabsfeldwebel durch das geschlossene Fenster hinaus. Dort unten wimmelte es von Hunderten von Leuten. Auf der Hauptstrecke, welche die Chaussee mit dem Brauhaus verband, stand eine Kolonne von hoch mit Stroh beladenen Fuhrwerken. Die Pferde schlugen ungeduldig mit den Hufen. Bachmatiuk öffnete das Fenster, beugte sich über das Fensterbrett. Der menschliche Lärm wurde stiller. Das Brustbild des Stabsfeldwebels machte sogar im Negligé Eindruck. An den Brunnen wuschen sich die Zivilisten. Die

Soldaten gingen Kaffee holen. Aus dem Osten, von der Schlachtbank her, kam gedämpftes Brüllen.
»Reszytylo!« schrie Bachmatiuk den Unteroffizier an, der bei den Fuhrwerken stand. »Worauf warten Sie? Fahren Sie vor die vierte Baracke! Und geben Sie dort acht, daß niemand raucht! Wenn Feuer ausbricht, sind Sie verantwortlich, nicht ich! Aber fix!«
Die Wagen setzten sich in Bewegung. Bachmatiuk stand noch eine Weile am Fenster. Dieses Fenster und die zwei Stockwerke trennten ihn von der anonymen Masse, aus der er Menschen formen sollte. Er hatte diesen scheinbar lebenden Wesen, die keine Disziplin kannten, Odem einzuhauchen. Er wurde bei dieser Arbeit alt. Vor dem Krieg hatte er sechzehn Jahrgänge ausgebildet. Aber was man einst in Ruhe vollbrachte, im Laufe von Jahren, mußte man jetzt im Fieber, im Laufe von wenigen Wochen schaffen. Und bis jetzt hatte jeweils die Jugend eines Jahrgangs den Rohstoff gebildet, während heute aus verschiedenen Ecken der Welt lauter alte zerschmetterte Jahrgänge zusammengetrieben wurden.
Schon begann die kaiser- und königliche Völkerwanderung. Aus der ganzen Monarchie führte man Transporte des Landsturms zusammen, aus den Bergen ins Tiefland, aus den Karpaten in die Alpen, aus Dalmatien nach Tirol, aus Galizien nach Bosnien, nach Böhmen, nach Ungarn. Ein Teil des Huzulentransports wanderte schon aus Andrásfalva nach der Steiermark. Anstelle der Huzulen kamen etwa siebzig Steiermärker. Zum größten Teil Bergwerksarbeiter aus der Gegend von Knittelfeld. Die Einjährig-Freiwilligen, diese ›Advokaten‹, wie Bachmatiuk sie verächtlich nannte, schickte man in die Einjährigenschule, die Kranken und Simulanten in die Spitäler. Unten warteten Hunderte von gesunden, überwiegend bäurischen Körpern auf die Gnade der Einverleibung, auf die Gnade der Uniformierung in den Farben des Regiments. Eine schöne Farbe

war das: Orange. In Friedenszeiten war ein Balkansouverän Eigentümer oder Chef dieses Regiments, mit dem heute die k. u. k. Monarchie Krieg führte. Trotzdem änderte das Regiment den Namen nicht. Es konnte sich noch den Luxus der Courtoisie leisten. Es blieb weiter das x-te Infanterieregiment des Königs N.

Bachmatiuk lächelte über die Erinnerung an den König N. Er sah ihn während des großen Kaisermanövers im Jahre 1904. Der König N. kam damals zu ›seinem‹ Regiment zusammen mit Seiner Majestät dem Kaiser. Bevor der Wagen der Herrscher vor der 1. Kompanie hielt, wo sich die Fahne befand, war schwer zu erkennen, wer der Gast und wer der Kaiser sei. Der Kaiser Franz Joseph war in eine Balkanuniform gekleidet, mit dicken, silbernen Epauletten, auf dem Kopf hatte er eine weiße Pelzmütze mit rotem Federbausch, der balkanische Machthaber trug dagegen den Tschako und den Paradewaffenrock eines k. u. k. Infanterieobersten. Auf dem Kragen und den Ärmeln orangefarbene Aufschläge. Vor dem Krieg fanden oft solche Maskeraden statt. Sie gehörten zum offiziellen Programm der Monarchenbesuche. Viele ausländische Uniformen hingen in den Garderoben der Burg und in Schönbrunn. Von Naphthalin betäubt, träumten sie heute ihren Traum von der vergangenen Freundschaft gekrönter Häupter.

Was werden sie jetzt mit den vielen feindlichen Uniformen machen? überlegte der Stabsfeldwebel Bachmatiuk, als der Krieg ausbrach. Werden sie sie zurückschicken oder in Gefangenschaft halten? Denn gefangen nimmt man ja sowieso nur die Uniformen. Welche Körper sie ausfüllen, ist gleichgültig. Ein Österreicher in serbischer Uniform ist auch ein Serbe.

Als der Krieg ausbrach, betrank sich Bachmatiuk, obgleich es kein Sonntag war, sondern Freitag. Und es schien ihm, als sähe er seinen Kaiser, wie er in balkanischer Gala auf den Straßen der österreichischen Garnison Stanislau umherspa-

ziere. Und er erschrak und begann in der Schankstube laut zu schreien: »Majestät, kehrt Euch! Majestät, in Deckung!« Beinahe hätte die Gendarmerie ihn verhaftet. Jetzt war er nüchtern. Nüchtern schaute er durch das Fenster seiner Zelle auf die Welt. Er prüfte mit dem Auge den Wert des Materials, aus dem er in kürzester Zeit für den Kaiser ein neues Marschbataillon produzieren sollte. Der Kaiser! Was geht ihn eigentlich der Kaiser an? Das Militär kann existieren und kämpfen – ohne Kaiser! Franz Joseph war, das stimmt schon, der oberste Heeresleiter, der höchste Gott, wie Zeus auf dem Olymp, aber der Stabsfeldwebel diente einer noch höheren Gottheit, die unsichtbar war wie die Moira, vor der der ganze Kriegs-Olymp zitterte.
Heiß waren die Tage der Völkerwanderung. Laut Befehl des Kriegsministeriums mischte man die verschiedenen Gattungen, die mannigfachen Menschenarten, Elemente, deren Treue erprobt war, mit Elementen des Verrats. Diese schwierige Aufgabe teilte das Ministerium den einzelnen Formationen zu. Die Regimentskommandanten mußten entscheiden, welche von den Tausenden der Namen, die seit Jahren in papierner Bereitschaft gehalten waren, Zutrauen verdienten und welche auf fremden, sicheren Boden verpflanzt werden sollten. Kein Kommandant beschäftigte sich damit persönlich. Dazu hatte er Adjutanten.
Es war vorauszusehen, daß sich unser Adjutant, Oberleutnant Baron Hammerling, nicht zu helfen wußte. Er konnte nicht einmal die Namen aussprechen, deren Geschick er bestimmen sollte. Wie sollte er demnach loyale Klänge von verdächtigen Klängen unterscheiden können? In solchen Fällen traut ein ehrlicher Adjutant seinen eigenen Instinkten nicht, sondern macht von der Hilfe des erfahrenen Unteroffiziers Gebrauch. Und so geschah es. Stabsfeldwebel Bachmatiuk verlangte in der Kanzlei nach der alphabetischen Liste. Von jedem Buchstaben wählte er auf gut Glück einige Namen und bezeichnete sie mit einem roten Kreuz-

chen. Die mit den Kreuzchen Bezeichneten riefen »Hier« und fuhren in die Steiermark. Nach welchen Motiven sich Bachmatiuk bei seiner Wahl richtete, warum er Semen Baran und Telefor Zwarycz wegschickte und Israel Glanz und Piotr Niewiadomski dabehielt – das war sein Geheimnis.

Obgleich die Kanzlei vom frühen Morgen bis zum späten Abend arbeitete (einige Rekruten mit Schulbildung kommandierte man zum Schreibdienst ab), war Bachmatiuk nicht zufrieden. Die Präsentierung zog sich hin, als wäre überhaupt kein Krieg. Es ist wahr, daß man sich nicht leicht mit diesem ›wilden Pack‹ verständigte. Viele kamen ohne Geburtsschein hierher und hatten die Namen ihrer Eltern vergessen. Man mußte ihnen eben einfach glauben, daß sie wirklich diejenigen waren, für welche sie sich ausgaben. Doch nach Bachmatiuks Meinung hätte man die Präsentierung und Einverleibung zwei Tage früher abschließen können. Baron Hammerling hat den Rekruten ganze zwei Tage gestohlen. Kein Wunder, wenn er Geige spielt, statt abends in der Kanzlei zu sitzen und zu arbeiten. Er hätte Kapellmeister eines Streichorchesters werden sollen und nicht Regimentsadjutant. Vom ganzen Transport konnte man erst eine Kompanie einverleiben. Und der Rest – faulenzte bereits den fünften Tag, ungebadet, nicht entlaust, nicht uniformiert. So ein Leben demoralisiert. Es kamen sogar schon Diebstähle vor. Würde Hauptmann Knauß noch leben, wäre er nicht an der Front gefallen – alles würde in der Kaserne ganz anders aussehen. Der Grundsatz des Hauptmann Knauß war: Tempo. Er blieb ihm bis in den Tod treu. Und sogar die Eile, mit der er den Tod für den Kaiser erlitt, schien nur die Bestätigung dieses Grundsatzes zu sein. Tempo, Tempo! Kaum erschien er an der Front, gleich fiel er. Jetzt hatte Bachmatiuk alle seine Grundsätze geerbt. Er schloß das Fenster, nahm die Binde von dem schwarzen, geformten Schnurrbart. Nach oben bildete er ein schönes Ornament in Gestalt des großen glänzenden Buchstaben W. Das Monogramm des deutschen Kaisers. Dann trank der Stabsfeldwebel den Kaffee, drehte sich eine Zigarette, schaute auf den Wecker. Es war noch Zeit, er konnte noch einige Minuten allein sein. Das heißt, er brauchte sich noch niemandem zu zeigen. Denn eigentlich war er selten wirklich allein. Seit vielen Jahren folgte ihm immer und überall seine Gottheit. Sie kroch ihm unsichtbar nach, verfolgte ihn wie ein lästiger Spitzel, jeden Gedanken spionierend, jedes Wort, jeden Schritt. Sie schlüpfte in seine Träume. Vor ihr, vor der Gottheit, floh er jeden Sonntag zum Alkohol, in der Hoffnung, daß sie ihn dort nicht erreichen werde. Umsonst. Sie erwischte ihn in alkoholischen Halluzinationen und quälte ihn mit Gewissensbissen. Und so kehrte Bachmatiuk in seine Zelle zurück, die ganze Seele wie von einem wütenden Hund zerbissen. Viele Jahre rang er mit der Gottheit, am Ende fügte er sich demütig, ging in ihr auf und verlor sich in ihr.

Heute war er schon wie ein Sklave, in die Subordination verliebt. Ganze Stunden verweilte er entzückt in ihrem heiligen Dienst. Er las stille Messen vor den Reglementbüchern und, wie jeder Mystiker, fand die höchste Lust im unmittelbaren Verkehr mit dem Geheimnis. Oftmals nach Mitternacht, wenn alles schon schlief und das Offizierskasino längst leer war und sogar die Geige des Barons Hammerling verstummte, brannte noch lange das Licht in der einsamen Zelle des Stabsfeldwebels. Er lag im Bett und las. Keine Zeitungen, keine humoristischen Blätter wie andere Unteroffiziere, sondern D. 1. und D. 2., das Alte und Neue Testament des Militärs. Wie ein Talmudist blätterte er zum hundertsten und tausendsten Mal dieselben Seiten durch, zum hundertsten und tausendsten Mal überdachte er dieselben Sentenzen, und zuweilen ward es ihm vergönnt, ihren Sinn vollständig auszuschöpfen. Vor allem zogen ihn Dinge an, die schwierig und verworren waren, für Durchschnittsköpfe nicht zugänglich; doch die größte Freude bereitete ihm die Kontemplation über elementare Dinge. Wieviel Schönheit lag verborgen in den scheinbar so einfachen Befehlen, wie ›Habt acht!‹, ›Rührt euch!‹, ›Kehrt!‹, ›Kompanie, marsch!‹, ›Voller Schritt!‹, ›Kurzer Schritt!‹, ›Laufschritt!‹, ›Halt!‹. Jedes Kind konnte sie verstehen, und doch waren es Mysterien. Mit welcher Passion tauchte Bachmatiuk in die abgründigen Tiefen der ›Habt-acht!‹-Stellung unter! ›Habt acht!‹ – die Aufforderung zum Achtgeben verwandelt den Menschen, verwandelt ungeordnete Massen von Menschen in ein einziges regloses Gefäß des Gehorsams. ›Habt acht!‹ – das ist angespannte Wachsamkeit, die Grundstellung, aus der sich alles ableiten läßt, was militärisch, also menschlich ist. Wenn man den Menschen in der ›Habt-acht!‹-Stellung hält – kann man ihn zu Boden werfen, man kann ihn rennen lassen, knien lassen, ins Wasser schleudern, ins Feuer, man kann ihn schießen lassen, stechen, zertreten! ›Habt acht!‹ – das ist der goldene Schlüssel, der die Geschichte der Völker aufschließt!

Seit vielen Jahren bildeten die Bücher des Reglements die einzige und geliebte Lektüre Bachmatiuks. Er betrieb nämlich reines Militär, wie manche Leute reine Poesie betreiben. Militär *pour* Militär! Und obgleich er diese uralten Bücher des Soldatenseins auswendig kannte und wie kein anderer im Regiment ihren unanfechtbaren, unergründlichen Inhalt erfaßt hatte – las und las er sie immer aufs neue, und jedesmal entdeckte er in ihnen neue Wahrheiten, neue Offenbarungen.

Er kannte und hatte erfaßt? – Klingt das nicht wie Lästerung? Welcher Sterbliche kennt und versteht D. 1. und D. 2.? Dies könnten nicht einmal Generale von sich behaupten, noch höhere Stabsoffiziere noch Offiziere aus dem Kriegsministerium und dem Ministerium für Landesverteidigung!

Nicht einmal Hauptmann Knauß! Und wer weiß, ob selbst

die Autoren des Reglements, diese Väter der k. u. k. kämpfenden Kirche, würdig waren, alles zu begreifen, was ihre Feder, von Gnade heimgesucht, niedergeschrieben hatte? Sicher waren sie nicht würdig. Wie hätte es also ein bescheidener Berufsunteroffizier sein sollen?
Und wenn er auch hie und da etwas mit seinem schwachen Geist erfassen konnte, ist das alles? Das Reglement verstehen und ergründen: heißt das nicht, streng danach leben, jeden Paragraphen, jeden Punkt wörtlich, blindlings erfüllen? Bei Tag und bei Nacht, im Frieden und im Krieg, auf dem Lande, auf dem Wasser und in der Luft? Vollkommenheit, du warst der Traum Rudolf Bachmatiuks! An dir lag ihm mehr als an Beförderungen und Auszeichnungen. Er träumte von der Vollkommenheit wie jemand, der noch sehr weit von ihr entfernt ist. Er wußte nicht, daß er sie schon lange besaß. Womit denn sonst, wenn nicht mit seiner Vollkommenheit, weckte er solche Furcht? Er ließ nicht nur die Soldaten erstarren, wenn sie ihn sahen, sondern auch Offiziere, besonders die Reserveoffiziere. Sie bemühten sich fleißig, daß sie, Gott bewahre, nicht irgendeine Dummheit in seiner Gegenwart begingen. Er war gefährlich, er, der alles wußte und nie irrte. Das ist fürwahr ein seltener Fall in der Geschichte der Subordination, daß ein Untergeordneter nicht seine Vorgesetzten fürchtet, sondern umgekehrt. Offiziere fürchteten ihn, jawohl, sie fürchteten sich, weil er in ihren Augen die Verkörperung aller Tugenden darstellte, und nichts entsetzt die Menschen so sehr wie die Tugend.
Er konnte alles, was zur Infanterie gehörte, er löste die schwierigsten Schlachtaufgaben wie ein alter Generalstäbler. Seine Intelligenz und Beobachtungsgabe waren beunruhigend. Er war ein ausgezeichneter Schütze, blies tadellos die Trompete, trommelte, konnte in einigen Minuten ein Maschinengewehr auseinandernehmen und zusammensetzen. Knie tief beugen, Beine auseinandergrätschen, Gewehr

ansetzen und präsentieren – alles das hatte so auszusehen wie bei Bachmatiuk. Er illustrierte mit seiner Person die Ordnung selbst, er bildete ein lebendiges Modell, das man für Lehrbücher photographiert.
Und seine Manieren, seine Unbestechlichkeit! Er tat keinem Soldaten Unrecht, er bevorzugte keinen, er hatte keine Vorurteile, kannte keine Kompromisse. Er prügelte nicht, fluchte nicht, beleidigte nicht, erniedrigte sich nicht dazu, von unflätigen Worten Gebrauch zu machen. Aber dafür bedeuteten bei ihm auch drei Stunden Strafübungen volle drei Stunden, und nicht zwei Stunden und vierzig Minuten! Wenn er das Anlegen der Spangen kontrollierte, wagte der sanfteste Korporal es nicht, sie in seiner Gegenwart lockerer anzulegen, als es die Vorschrift hieß. Den Rekruten war es lieber, Ohrfeigen zu bekommen, die schlimmsten Schimpfworte zu hören, als die furchtbare Marter seines Spotts zu ertragen. Wenn er in Wut war, betitelte er die Rekruten mit ›Herr Graf‹, ›Durchlaucht‹, ›Exzellenz‹. Sein Wort hatte eine entsetzliche Macht. Wenn er rief: »Ich werde aus dir einen Menschen machen!«, fühlte das arme Geschöpf, an das er diese Worte richtete, daß es einen wirklichen Schöpfer vor sich hatte, es fühlte, daß bald große, gräßliche Dinge mit ihm geschehen würden, letzte Dinge, Dinge der Genesis, daß erst in diesem Augenblick die Schöpfung anfangen wird. Gott der Vater zählte nicht mehr mit, denn der braune, behaarte Finger des Stabsfeldwebels strahlte einen Strom aus, der alles töten konnte, was lebt, und alles wieder beleben konnte. Und wenn Bachmatiuk in der Stunde des großen Zorns sich dem Schuldigen näherte und blaß, mit gedämpfter Stimme, beinahe flüsternd, ihm ins Gesicht hauchte: »Ich werde dir, mein Sohn, die Seele herauspressen!«, dann wußte der ›Sohn‹, Sohn der Erde, Sohn einer Frau, er wußte jetzt mit Bestimmtheit, daß er eine Seele besaß, da er sie bald verlieren sollte. So gewaltig schien der Stabsfeldwebel Bachmatiuk zu sein.

Woher schöpfte er diese übernatürliche Kraft, wenn nicht aus dem Reglement? Er tat nichts aus eigener Phantasie. Nicht mal seine Feinde könnten ihm Eigensinn vorwerfen. Jede seiner Gesten, jede Tat paßte aufs genaueste auf einen der Paragraphen des D. 1., D. 2., D. 3. Wie klug war dort alles durchdacht, vorausgesehen, ausgerechnet! Dank dem Reglement bekam die Welt erst einen Sinn, und das Leben hörte auf, eine verschlungene Kette blinder Zufälle und fataler Mißverständnisse zu sein. Das sind keine leblosen Formeln ohne Anwendung in der Praxis, sondern ein genauer, präziser Plan des Daseins, der alles, absolut alles umfaßt: Von den Knöpfen und Riemen bis zum Tod. Und der Militärtod, der kaiser- und königliche Tod, wurde zum Unterschied vom zivilen Tod sogar in Friedenszeiten nicht zu den Katastrophen gezählt. Dank der Paragraphen 702, 703, 717 und 718 D. 1. – konnte jeder Soldat ruhig, reinlich, sicher sterben, genauso wie er lebte. Sämtliche Arten der Sterblichkeit beim Militär waren im Schema berücksichtigt.

Der Soldat stirbt:	eines natürlichen Todes	von einer Krankheit verursacht (1).
		plötzlich, bei scheinbarer Gesundheit (2).
	eines unnatürlichen	ohne die Schuld eines anderen (3).
		aus eigener Schuld, und zwar durch Selbstmord (4).
		bei einem Unglücksfall, den er selbst verursacht hat (5).
		aus fremdem Verschulden (6).

Es ist zweifelhaft, ob natürlicher oder unnatürlicher Tod vorliegt (7).

Das Verfahren, in den Fällen 4, 5, 6, 7, wurde vom Kriegsministerium durch eine spezielle Verordnung vom 29. Oktober 1910, Teil 14, Nr. 1416, Beilage 39, geregelt.
Und wie sollte man nicht das Reglement preisen, jene Bibel der Ordnung, der einzigen Ordnung in diesem Chaos, das an die Zivilisten verpachtet wurde? Der Stabsfeldwebel Bachmatiuk konnte nicht begreifen, warum auf der Welt immer noch so viele Blinde, so viele Umnebelte herumgehen, denen man die Augen mit Gewalt aufreißen mußte. Aber jene, denen die Schuppen von den Augen fielen, wurden erleuchtet und manchmal sogar zum Quell des Lichts zugelassen: sie wurden Unteroffizierskandidaten. Sie lernten die Gebote und Dogmen auswendig und bemühten sich, den Meister nachzuahmen. Allein, niemand konnte es ihm gleichtun. Wenn wir den Menschen einen Heiligen nennen, der alle Gebote Gottes buchstabengetreu erfüllt und die Satzungen des Kanons pünktlich einhält, so war der Stabsfeldwebel Bachmatiuk ein Heiliger. Und wie ein wirklicher Heiliger hielt er sich selbst für einen großen Sünder. Er merkte sich nämlich die eigenen Sünden ganz genau, die ihm die Menschen längst verziehen und vergessen hatten. Er merkte sich jeden Unfall auf dem einzigen Weg, der zur Vollkommenheit führte: auf dem Dienstweg. Im Laufe einer so langen Dienstzeit saß er ein paarmal im Arrest, und jedesmal wurde er verdientermaßen bestraft. Diese Strafen beschmutzten bis zum heutigen Tag das jungfräuliche Weiß seiner sonstigen Aufführung. Und wie konnte er sich als vollkommen betrachten, wenn er sich jeden Sonntag unmenschlich besoff und sich reglementwidrig benahm?
Er schaute auf den Wecker: schon nahte die sechste Stunde. In einer Weile sollte er zu den Leuten hinuntergehen. Dort unten wuchs der morgendliche Lärm, scharfe Pfiffe stachen wie Bremsen, die Kompanien stellten sich unter den Baracken auf, bereit zum Abmarsch auf den Exerzierplatz.

Das Metall rasselte auf den Rücken der verspäteten Maroden, die zu den Reihen liefen. Der Tag versprach, wieder schön und heiß zu werden. Immer lauter, immer mächtiger brüllte das Vieh von der Schlachtbank Andrásfalvas. Bachmatiuk machte sich eilig fertig. Wie jeden Morgen, so gelang es ihm auch heute, das Alter mit Farbe zu vertuschen. Vom Gesicht verjagt, setzte sich das Alter in den Knochen und Knien fest. Aber niemand betrachtete seine Knochen und Knie. Jetzt trat Bachmatiuk an seine dunkelblaue Bluse heran, die die Nacht auf einem Haken verbracht hatte. In der Morgensonne lebte ihre ganze Pracht auf. Sie glänzte mit echtem und falschem Silber, sie gleißte mit dem Gold der Aufschläge, Auszeichnungen und Sterne. Bachmatiuk streckte die Hand nach dieser täglichen Hülle seines leiblichen ›Ich‹ aus, und es erklangen die Medaillen, und es erklangen die Kreuze, in einer Reihe an der Tuchbrust befestigt, es ertönte der ganze Ruhm Bachmatiuks, die ganze Mühe seines Lebens, im Ordensmetall erstarrt.
Eine Sekunde lang stand er in die Betrachtung seiner Verdienste versunken. Er schaute sie selten an, obzwar er sich nie von den Dekorationen trennte. Heute bezauberten ihn die glitzernden Kreuze auf den dreieckigen, farbigen Bändchen. Das Kreuz am weiß-roten seidenen Band, mit der bekränzten Büste Seiner Majestät, ist zwar sehr schön, aber nicht wichtig. Jeder Soldat, der im Jahr 1908 seinen Dienst machte, bekam vom Monarchen so ein Andenken an das Jubiläum. Ebenso ist die Medaille für die überflüssige Mobilmachung gegen Serbien im Jahre 1912 – unwichtig. Ein Orden im eigentlichen Sinne war auch das Kreuz am gelben Bändchen mit schwarzen Rändern nicht, das mit einer römischen Ziffer verkündete, daß der Stabsfeldwebel Bachmatiuk dem Kaiser XXIV Jahre treu gedient hatte. Das ist nur das Militärdienstzeichen 1. Klasse. Darüber, auf welche Weise Bachmatiuk dem Kaiser vierundzwanzig Jahre diente, gut oder schlecht, schwieg das Kreuz. Erst die

vierte Dekoration, an einer Ehrenstelle über dem Herzen angebracht, gab dem persönlichen Verdienst des Stabsfeldwebels die Ehre. Es war das silberne Verdienstkreuz mit Krone. Dies war der Preis, für den Bachmatiuk aus sechzehn Jahrgängen Menschen machte. So sah im wesentlichen das Werk seines Lebens aus. Ein kleines Kreuz aus Silber mit roter Emaille überzogen. In der Mitte – ein silbernes Schild mit irgendeiner lateinischen Aufschrift und mit den Initialen Franz Josephs. Das Ganze war von einer silbernen österreichischen Habsburgerkrone gekrönt.

Oh, schwer war der Weg, den Bachmatiuk zurücklegen mußte, bevor er sich dieses Kreuz erkämpft hatte. Eine richtige ›*via crucis*‹. Auf diesem Weg fiel er nicht selten um, nicht selten beugte er sich unter der Last der Taten, die man ihm später als Verdienst anrechnete. Was für einen Wert aber hatte diese Auszeichnung? So ein Kreuz wurde auch in Friedenszeiten und sogar Zivilpersonen zuerkannt. Jeder Postmeister, jeder Steuereinnehmer, jeder Finanzbeamte oder Tierarzt konnte das silberne Verdienstkreuz mit der Krone bekommen. Und nicht nur das silberne, sondern auch das goldene.

Zweifellos befand sich Stabsfeldwebel Bachmatiuk auf dem Weg zum goldenen. Nein, ihm lag nicht an Auszeichnungen! Und doch, wenn er so Aug in Aug mit seinem Verdienst dastand, stach ihn etwas ins Herz. Denn der Regimentsschneider hatte noch viel Platz an der Tuchbrust des Stabsfeldwebels freigelassen, und wenn sie auch in Zukunft beide Kreuze bedecken sollten, die noch zu erobern waren: das kleine goldene und das große goldene (mit der Krone), wie blaß, wie unscheinbar, wie lügnerisch ist ihr Glanz im Vergleich mit der kleinsten Kriegstapferkeitsmedaille! Der erstbeste Bauer, der erstbeste Analphabet, der letzte von Bachmatiuks Tölpeln kann die kleine silberne, große silberne oder goldene Tapferkeitsmedaille bekommen. Für eine Wunde, für tapferes Verhalten vor dem Feind, für einen Gefangenen. Nur Bachmatiuk – nicht! Das Gesicht des Feindes sollte sich dem Menschen nie zeigen, der sein ganzes Leben dem Kriegshandwerk opferte! Warum mußte gerade er auf diese Ehre verzichten? War er etwa körperlich benachteiligt? Oder seelisch? Vielleicht war er ein Feigling, und es war ihm dank der Suggestion, die er auf die Vorgesetzten ausübte, gelungen, einen Befund zu erringen, der vom Dienst an der Front befreite?

Seit sechzehn Jahren übte der Stabsfeldwebel im Regiment das Amt eines Katecheten aus. Er bereitete gewissenhaft Junge und Alte, Christen und Juden zur Feuertaufe vor. Doch müssen Katecheten anderer Konfessionen selbst getauft sein. Anderenfalls können sie nicht das Zutrauen der Täuflinge gewinnen, und ihre Inbrunst könnte verdächtig scheinen. Bachmatiuk war nicht getauft. Den Krieg kannte er nur vom Hörensagen und aus dem Reglement. Pulvergeruch kannte er nur vom Schießplatz her; dem Tod für den Kaiser, den er Tausenden so fachmännisch beibrachte – hatte er selbst noch nicht in die Augen gesehen. Und er wird ihm auch nie in die Augen sehen, obgleich er gesund wie ein Ochs war und die beste Tauglichkeitsstufe hatte. Und er wird ihm nicht in die Augen sehen – solange der Oberstleutnant Alois Leithuber Regimentskommandant sein wird. Und er wird's nicht ... Bachmatiuk fürchtete den Tod nicht. Er fürchtete sich vor nichts, was im Dienstreglement vorgesehen war. Es wäre eine niederträchtige Verleumdung, von ihm zu sagen, daß er sich drückte. Er ging nicht an die Front – und hatte dennoch ein reines Gewissen. Und nicht nur er selbst, alle in der Kaserne, vom Oberstleutnant bis zum letzten Rekruten, meinten, daß es in Ordnung sei. Denn, wurden etwa im Schlachthaus der Stadt Andrásfalva Zuchtbullen geschlachtet? Tötete man in Pferdeschlachtbänken Hengste? Den Stabsfeldwebel behielt man als Zuchtexemplar, als Samen neuer Bataillone. Das war seine historische Mission. Was nützte dem Kaiser

der Tod des besten Rekrutenausbilders im k. u. k. Infanterieregiment des Königs N.? Nur ein Wahnsinniger könnte solch eine Kraft opfern! Nur ein Wahnsinniger würde Bachmatiuk in eine Marschabteilung stecken und ihm die Leitung eines Zugs im Feld übergeben! Oberstleutnant Leithuber war kein Wahnsinniger. Bachmatiuk: das ist nicht nur die älteste und beste Charge im Regiment, sondern auch die einzige Vertrauensperson, der einzige Mensch im Regiment überhaupt, den Leithuber seit langem kannte. Die Herren Offiziere, den Adjutanten nicht ausgenommen, sind alles neue Menschen, Reservisten oder Berufssoldaten, die aus anderen Regimentern hierher versetzt oder frisch aus den Kadettenschulen ausgeschlüpft waren. Leithuber konnte sich auf niemanden so verlassen wie auf Bachmatiuk. Und deswegen ging Bachmatiuk nicht an die Front.
Das ganze Regiment hatte das verstanden. Doch Bachmatiuk selber suchten manchmal Zweifel heim, obwohl er genau wußte, daß er in der Kaserne unentbehrlich war. Oft quälte seine Seele die Versuchung des Kampfes, der in den Zeiten des Krieges jedes Soldaten Los ist. Ein Soldat, der keine Schlacht kennt, ist wie ein Weib, das in Jungfräulichkeit vertrocknet. Warum sollte gerade er, in der Kaserne, im Brauhaus ›Farkas und Gjörmeky‹ vertrocknen – während Tausende, weniger Würdige als er, die Feuertaufe empfingen, zu der er selbst sie vorbereitet hatte? Das Martyrium lockte Bachmatiuk, obgleich er auch in der Kaserne ein Märtyrer war, ein Märtyrer der Pflicht, der Disziplin, der Vollkommenheit! Vollkommenheit! Kann man sie denn erreichen, ohne sämtliche Fälle ausgekostet zu haben, die im D. 2. (Felddienst) beschrieben waren? Kann man die Vollkommenheit auf dem Dienstweg erlangen, ohne sich einmal ›dem unnatürlichen Tod aus dem Verschulden einer fremden Person‹ auszusetzen (Paragraph 6)?
Wie eine zarte Mahnung der Gottheit, wie ein Ruf aus dem Jenseits klangen heute die Friedenskreuze auf Bachmatiuks

Brust. Und es schien ihm, daß sie alle, im Vergleich mit dem Klang der Tapferkeitsmedaillen, wie falsche Münzen klangen.
Er fühlte sich in diesem Augenblick sehr alt. Das ganze Leben stürzte sich auf seinen Rücken und beugte ihn. Das dauerte kaum eine Sekunde, doch diese Sekunde enthielt viele auf dem Kasernenhof verbrachte Jahrzehnte. Sofort rief sich Bachmatiuk zur Ordnung: ›Habt acht!‹ Er reckte sich, knöpfte die Bluse zu, einen Knopf nach dem anderen, zog sie nach unten, damit sie straff anlag. Er seufzte wie ein alter Mensch, der nicht mehr mit der Zeit kämpfte, den Schnurrbart nicht mehr färbte. Dabei machte er mit der Hand eine Gebärde, als würde er die Versuchung vertreiben.
Er setzte die Kappe auf, machte den Rücken steif, zwirbelte den Schnurrbart hoch, ging hinaus und ließ die Tür zukrachen. Im langen, dunklen Korridor begegnete er niemandem, außer zwei Stiefelputzern. Die Offiziere schliefen noch, und die Feldwebel waren schon unten. Mit dem schweren, unregelmäßigen Schritt eines alten Zivilisten ging Bachmatiuk die Treppe hinunter. Anfangs stützte er sich sogar am Treppengeländer.
In dem ersten Stock war es schon voll. Eine größere Schar von Zivilpersonen wartete vor dem Krankenzimmer auf die Präsentierung. Vom diensthabenden Unteroffizier begleitet, standen mehr als zehn Soldaten ohne Überwurf und ohne Bajonette. Das waren die Marschunfähigen des Marschbataillons. Als sie den Stabsfeldwebel erblickten, sprangen sie zur Seite. Bachmatiuk verjüngte seinen Gang, machte seine Schritte elastisch. Seine Augen, im zweiten Stock noch erloschen, bekamen jetzt einen kalten Glanz. Die Runzeln glätteten sich unter der Spannung der Gesichtsmuskeln, aus denen die Müdigkeit verschwand.
Das Erscheinen des Stabsfeldwebels wirkte auf die Marschunfähigen wie das eines Arztes. Auf den Märtyrergesich-

tern blühte eine Röte auf. Dafür erblaßten die Simulanten. Der Anblick Bachmatiuks vertrieb jeden Gedanken ans Simulieren. Und er – schaute niemanden an, sprach mit niemandem, erwiderte die Grüße nachlässig. Plötzlich eilte Oberleutnant Baron Hammerling, der Adjutant des Regimentskommandanten, vorbei. Sie salutierten gleichzeitig, wobei der Baron lächelte. Bachmatiuk ließ ihn ehrfürchtig vorgehen, erwiderte das Lächeln aber nicht. Er marschierte jetzt die Treppen mit solcher Würde und Kraft hinunter, als fühlte er hinter sich eine ganze Kompanie. Doch kein einziger Soldat schritt hinter ihm, die Stufen waren leer. Als er aus dem Tor trat und in vollem Sonnenglanz dastand, war er schon beinahe ein Jüngling. Vielleicht ist das eine Übertreibung. Jedenfalls war der Stabsfeldwebel Bachmatiuk ein anderer in seiner Stube und ein anderer auf dem Kasernenhof.

X. KAPITEL

Lange konnte Piotr Niewiadomski nicht verstehen, wieso sein Regiment, das k. u. k. Regiment, dieses österreichisch-ungarische Regiment, das Seiner Majestät dem Kaiser Franz Joseph den Eid geleistet hatte, Eigentum eines balkanischen Königs war. Dieser König führte ja mit Seiner Majestät dem Kaiser Krieg? Aber, fragte er sich, warum kämpft dann das Regiment nicht für seinen Eigentümer?
Piotr Niewiadomski war auch Eigentümer. Er besaß ein halbes Haus, einen halben Obstgarten und einen Hund. Das möchte schön aussehen, wenn Baß, anstatt sich auf fremde Menschen zu stürzen, auf Feinde, ihn, Piotr, beißen würde! Es sei denn, er bekäme die Tollwut. Diese ganze Sache riecht stark nach dem Teufel. Das ist noch einer der vielen unbegreiflichen Streiche, die der Teufel dem Menschen in diesem Krieg spielt. Wer weiß, ob er die Huzulen nicht, anstatt auf Serben und Russen, aufeinander wird schießen lassen? Kluge Leute: Hryć Lotocki oder Semen Baran können bestimmt dieses Rätsel lösen. Aber Hryć Lotocki saß in Topory, und Semen Baran fuhr in die Steiermark. Und so verwickelte sich Piotr Niewiadomski, der Gnade des eigenen Verstandes ausgeliefert, immer wieder in das Netz, das ihm der Teufel stellte. Überall säte der Teufel Angst, und umsonst war die Flucht, umsonst die Mühe, welche sich die arme Seele gab, die nach Ungarn verstoßen wurde. Ein Glück, daß dieser Krieg sich weniger um die Seelen als um die Körper kümmerte. Er bereitete sie für seine Bedürfnisse zu, er veränderte ihr Aussehen nach eigenem Belieben. Seit dem frühen Morgen klapperten die Scheren. Wer einen Bart hatte, mußte ihn auf dem Altar des Vaterlandes opfern. Dank der Erfindungsgabe des Sanitätsgefreiten Glück stand dieser Altar in einem Schuppen des Brauhauses. Nur den frömmsten Juden gestattete der Kaiser, ein kleines, spanisches Spitzbärtchen stehenzulassen. Aber die

orthodoxen Löckchen mußten ohne Erbarmen – fort! Das erste Mal im Leben betrachteten sich die Chassidim im Spiegel. Der Gefreite Glück (als Zivilist Friseur) hatte diesen Spiegel für eigenes Geld gekauft. Vorderhand schnitt er das Haar und rasierte amtlich, also umsonst. Manche Orthodoxen machten mit Grauen die Augen zu, um nicht ihr Bild im Spiegel zu erblicken. Das eigene Gesicht zu sehen, ist eine große Sünde, denn Gott schuf es nach einem Ebenbild.
Allmählich verschwand unter der Schere das düstere, geheimnisvolle Asien, es ging das pathetische Altertum unter, und auf den bleichen Gesichtern, zum erstenmal seit vielen Jahren nackt, tauchten – wie aus dem Boden trockengelegter Meere – die ersten Umrisse Europas auf. Aber nicht nur den Juden wurde das Haar geschnitten. Den Christen auch. Und es fiel von den Köpfen, den Bärten, den Gesichtern auf die Schultern, die Rücken, auf den Fußboden, in den Staub, es vermischte sich das dunkle Haar und das helle, das glatte und krause, das katholische und jüdische Haar, obwohl es geschrieben, deutlich geschrieben ward, daß ohne den Willen Gottes niemandem ein Haar vom Haupt fallen werde.
Piotr Niewiadomski saß auf dem niedrigen Stuhl, steif und feierlich wie ein Bischof. Eine gezahnte Maschine vom Typ Nr. 0 fuhr auf seinem Kopf herum, von oben nach unten, von unten nach oben, wie eine Mähmaschine über ein Weizenfeld. Es war die erste Kriegsernte auf seiner Haut. Er saß nicht vor dem Spiegel, und er sah daher die Verheerung nicht. Dafür amüsierten ihn die Köpfe der Kollegen. Schon sah die eine Hälfte des Kopfes nackt wie ein Knie aus, während auf der anderen Hälfte noch ein Zottelberg wuchs. Dies alles erinnerte an die Schafschur in der Heimat. Aber wozu braucht der Kaiser soviel Menschenhaar? Vielleicht für Strohsäcke?
Nach dem Haarschneiden ließ man sie neben den Baracken Strohsäcke stopfen. Nicht mit den eigenen Haaren, sondern

mit frischem, ungarischem Stroh. In der Baracke Nr. 4, auf der Pritsche, hatte Piotr sein Lager. Piotr stellte sein Köfferchen, sein Eigentum, auf die Pritsche. Oh, hier wird er jetzt schlafen, vom Zapfenstreich bis zur Tagwache. Hier wird er bis zum Abmarsch ins Feld zwischen zwei Kameraden seine Nächte zubringen. Nur ein schmaler Raum trennt ihn von ihnen, kaum einige Zoll breit. In Wirklichkeit sind es Kilometer, Meilen. Links bekam er nämlich irgendeinen Polen zum Nachbarn, einen gräflichen Lakai, rechts – einen Steiermärker, einen ›Schwaben‹.
Im Schweiße seines Angesichts stopfte Piotr den Strohsack mit trockenem, knisterndem Stroh aus dem Magyarenland. Mit wohlwollendem Auge schaute er auf das magyarische Stroh. Es wird alles Böse besänftigen, das man ihm tagsüber zufügen wird, es wird den Schweiß des Leibes und die Unruhe der Seele aufsaugen. Und vielleicht werden sie nur kurze Zeit in den Baracken leben, vielleicht wird der Krieg wirklich in einigen Tagen zu Ende gehen, wird sich nicht bis Weihnachten hinziehen. Warum sollte er nicht enden, wenn Österreich Rußland schon bei Kraśnik geschlagen hatte? – Piotr kombinierte wie ein Kartenspieler. Wenn du schon einmal die Partie gewonnen hast, nimm das Geld und renn sofort nach Hause! Man soll das Schicksal nicht herausfordern! Beim zweitenmal kannst du alles verlieren! . . . Da wird sich aber die Magda wundern. Baß wird vor Freude umherspringen! . . . Piotr schob die Hand in die Tasche, berührte das kalte Eisen. Er ist da, der Schlüssel, er ist da, er ist nicht verlorengegangen. Piotr hat den Schlüssel zu seinem Haus, zu seinen Hoffnungen nicht verloren. Und er stopfte, stopfte, gönnte seinem Strohsack viel Stroh, mag nur das Lager hart sein, später wird es sowieso immer dünner werden.
Plötzlich erschien Bachmatiuk. Piotr hatte sich schon an seinen Anblick gewöhnt. Der Schrecken des Regiments machte auf ihn keinen großen Eindruck. Ein kräftiger Kerl

– das sieht man, verbissen, aber gar nicht so streng. Die Zivilisten schaute er nicht einmal an. In der Tat stießen die Zivilisten Bachmatiuk ab. Er fühlte sich nicht wohl in ihrer Gegenwart. Er schaute sie nicht an. Sollte ihn die Zivilkleidung derartig einschüchtern? Er spricht nur mit Menschen in Uniform.

»Wofür bin ich bekannt?«

Korporal Reszytylo, der eine Rekrutenabteilung bewacht, schweigt.

»Ich frage, wofür bin ich bekannt?«

»Herr Stabsfeldwebel sind dafür bekannt . . . daß mit ihm nicht zu spaßen ist!«

»Warum haben Sie erlaubt, Reszytylo, beim Stroh zu rauchen, wenn ich's verboten habe?«

»Ich hab's nicht gesehen, Herr Stabsfeldwebel!«

»Wozu hat die Charge Augen?«

Und ohne eine Antwort abzuwarten, verschwand der Stabsfeldwebel. Korporal Reszytylo geriet in Wut, er schimpfte auf die Mütter der Rekruten und wiederholte hartnäckig die Frage: »Wer hat geraucht?« Er bekam keine Antwort. Das Schweigen der fremden Masse machte ihn noch wütender. Wieder beschimpfte er die Mütter. Umsonst. Schwer atmend, in einer Grabesstille, in wachsender Hitze, stopften sie Stroh in die Säcke. »Ihr werdet mir dafür bezahlen. Für jeden Tag, den ich euretwegen, ihr Rekrutenaas, im Kasernenarrest schmoren werde! Ich schwöre es euch!« Das schweißgebadete, dreck- und strohbedeckte Rekrutenaas fürchtete sich. Wie in Abwehr vor dieser Bezahlung, die Korporal Reszytylo ihnen abzuziehen versprach, versteckten sie sich hinter den Strohsäcken wie hinter Schilden. Sie legten sie auf die frisch geschorenen Köpfe, auf die Rücken, und zusammengekauert liefen sie im Trab in die Baracken. Piotr Niewiadomski begann den Schrecken zu begreifen, den Bachmatiuk einflößte. Er schreit nicht, er schimpft nicht, er tut nichts Böses, sondern er macht die

Untergebenen wütend. So erblickten die Huzulen, die mit einigen Steiermärkern der Baracke Nr. 4 zugeteilt waren, den ersten Feind in diesem Krieg im Titularkorporal Iwan Reszytylo.

Jedes Mannes Leib muß, bevor er die Uniform anlegt, ein reinigendes Bad nehmen, wie der Leib eines Weibes, bevor es den Liebhaber empfängt. Unter Leitung des Korporals Reszytylo machten sie sich auf den Weg zum Bad. Es war in einer besonderen Baracke untergebracht, neben der Küche. Platz gab es dort wenig, sie gingen also gruppenweise hinein, und die anderen warteten draußen. Aus den offenen Türen strömten große Dampfwolken wie aus dem Kessel einer unsichtbaren Lokomotive. Man konnte auch wildes Lachen und Lärmen hören. Merkwürdige Dinge gingen in diesem Dampfbad vor. Von Zeit zu Zeit war alles vom mächtigen Brausen eines Wasserfalls übertönt. Als Piotr Niewiadomski eintrat, sah er zunächst gar nichts. Schwerer, feuchter Nebel hüllte den sowieso schon dunklen Raum ein. Erst als das Brausen aufhörte, sank der Nebel, und Piotr Niewiadomski erblickte eine Herde nackter, nasser Leiber. Wie Wahnsinnige schnaubten, schnauften, sprangen sie auf nassen Brettern herum, schlugen sich auf den Hintern, schüttelten das Wasser ab. Piotr war noch nie in einer Badeanstalt gewesen. Ein Bad konnte er sich nur im Fluß vorstellen. Er wußte, daß es Badewannen gab, in denen Herrschaften in ihren Palästen und in Städten baden. Hier gab es keine Badewannen. Unter den Füßen – irgendwelche Brettchen, oder waren es Leitern? Über dem Kopf – eiserne, verrostete Röhren. Das war alles. Aber wo ist das Wasser? Ein älterer Herr in weißem Ärztekittel mit grauem, gestutztem Bärtchen führte hier das Regiment. Vielleicht war es ein Arzt? Korporal Reszytylo befahl den Leuten, sich zu entkleiden und sich auf die Bretter zu stellen. Piotr entblößte sich ohne Scham. Sein Schamgefühl verlor sich allmählich beim Militär. Piotr war auf dieses

kaiserliche Bad sehr neugierig. Er wußte aber nicht, was er mit seinem Körper anfangen sollte. Soll man sich auf die Bretter legen oder setzen?
»Also los, auf ins Wasser! Keine Angst!« krächzte mit heiserer Stimme der Herr im Kittel. »In die Mikwe! In die Mikwe, ins Bad!« trieb er die Juden lachend an.
Es war gar kein Arzt, nicht einmal eine Charge. Es war nur ein Landsturminfanterist ohne Waffe, Tauglichkeitsgrad C. Von anderen ›Gemeinen‹ unterschied ihn nur ein schmaler, gelber Streifen an den Ärmeln, der sogenannte ›Intelligenzstreifen‹ oder das ›Abortabzeichen‹, das ihn vor gewissen Arbeiten, so der Reinigung der Aborte, bewahrte. Dieses Abzeichen erhielten in der k. u. k. Armee ältere Landsturmleute ohne Reifeprüfung, aber mit einer im Zivilberuf nachgewiesenen ›Intelligenz‹. Vor allen genossen diese Auszeichnungen Unternehmer, Industrielle, Kaufleute, Gutsbesitzer. Der Herr im Kittel hieß Izydor Parawan, und er genoß in der Kaserne leichten Dienst und eine große Protektion. Er war Besitzer eines sehr populären Lokals in Stanislau. Viele Offiziere dieses Regiments zählte er zu seinen Stammgästen. Den ›leichten Dienst‹ machte er nicht nur als Bademeister, er war auch in der Krankenabteilung behilflich, bei den allwöchentlichen Sanitätskontrollen, den sogenannten ›Schwanzparaden‹.
»Vorwärts, vorwärts, nur nicht wasserscheu!« rief er den Bauern und Juden zu und amüsierte sich über ihre Schüchternheit. »Fräuleins! Susannen im Bade! Niemand sieht hier zu, ihr braucht eure Reize nicht zu verdecken! . . . Schönes Fleisch, schönes Fleisch, gesundes Kanonenfutter! Lauter Beefsteaks für die russische Artillerie! Ich werde euch gleich ein Dianabad machen!«
Und er verschwand hinter dem Holzverschlag, wie ein Scharfrichter, der den elektrischen Stuhl bedient. Auf Piotr machte er einen sehr unangenehmen Eindruck. Ohne Zweifel war er ein Teufel im weißen Kittel. Dieses graue

Bärtchen, die unverständlichen Rufe, dieses abscheuliche Lachen . . . Daß er uns nur nicht ertränkt!
Plötzlich ergoß sich auf die Söhne der huzulischen Erde von oben, von der hölzernen Decke, ein warmer Regen. Aus kaum wahrnehmbaren Öffnungen in den Röhren spritzten dünne, dichte Wasserstreifen und schlugen auf die Köpfe und hieben auf die Körper wie Peitschen. Mit Entsetzen beugten sie sich unter den künstlichen Wasserfällen. Einige legten sich sogar auf die Bretter nieder in der Überzeugung, daß dieses Wasser aus den Röhren den ganzen Raum ausfüllen werde und sie darin würden schwimmen können. Die Angst wich bald der Fröhlichkeit. Dieses Bad war gar nicht schlecht, es war sehr angenehm. Aber plötzlich wechselte das Wasser. Statt warm wurde es eiskalt. Brr . . . Nur ein Teufel konnte im Nu das Wasser verzaubern. Und der Teufel im weißen Kittel kroch aus seinem Schlupfwinkel, lachte, lachte mit seinen verdorbenen Zähnen, rieb sich die Hände und krächzte laut, indem er das Brausen übertönen wollte: »Na was? Feines Bad? Wird kein einziges Läuschen auf euch lassen! Mein Ehrenwort! Hübsches Fleisch! Abtrocknen, ankleiden! Nächste Gruppe!«
Man wußte nicht, ober er scherzte oder wirklich böse war. Es war ja ein Teufel.
So wurden die Körper gereinigt. Und nicht nur vom leiblichen Schmutz. Unter dem künstlichen Regen fiel von den Menschen alles Unsaubere ihres ehemaligen Lebens ab. Das Bad gab den Körpern und den Seelen die verlorene Unschuld wieder. Doch die Füße stampften den dicken Dreck, den schwarzen Teig des Teufels.
Obwohl sein Haar geschoren war und er gebadet wurde, glaubte Piotr Niewiadomski immer noch, daß er nicht in den Krieg ziehen werde, weil die Uniformen so lange auf sich warten ließen. Am selben Morgen zahlte man ihnen die erste Löhnung aus. Für zehn Tage. Außerdem erhielt jeder sechs Kronen zum Einkauf der notwendigsten Dinge:

Zwirn, Seife, Bürsten, Schuhwichse, Werg und Fett zum Putzen des Gewehrs. Beim Auszahlen der Löhnung, hinter der Baracke Nr. 1, war der Stabsfeldwebel Bachmatiuk anwesend. Er saß am Tisch mit dem Rechnungsunteroffizier und irgendeinem Zugführer. Er kontrollierte die Löhnungsliste. Einer der Unteroffiziere rief die Namen auf. Der andere grub mit geübten Fingern in den Hanfsäckchen, wickelte die Geldrollen auseinander, griff von Zeit zu Zeit nach dem grünen Drahtkörbchen, in dem Banknoten lagen. Es ist schwer zu ergründen, warum er dem einen Mann nur soviel gab, wie ihm gebührte, einem anderen dagegen eine größere Banknote zur Verteilung unter zwei oder drei Leuten einhändigte. Die Huzulen gingen zur Seite, zählten laut, wie auf einem Jahrmarkt, das Geld, legten es von einer Hand in die andere, irrten sich, zankten. Es waren keine leichten Abrechnungen.

Also verteilte der Kaiser Groß- und Kleingeld an diejenigen, die ihm dafür das Leben geben sollten.

Die Sache stinkt, dachte Piotr Niewiadomski, als er das Geld nahm. Sie zahlen: also lassen sie uns nicht los.

Der Klang der Silber- und Nickelmünzen übertönte die letzte Hoffnung auf eine baldige Heimkehr. Piotr wunderte sich über den Kaiser, den er für einen guten Spieler hielt, weil er sich nicht mit dem großen Sieg bei Kraśnik zufriedengab, sondern das Glück herausforderte.

»Worauf warten Sie noch?« schrie ihn der Zugführer vom Tisch an. Piotr ging nämlich nicht weg, sondern war auf der Stelle stehen geblieben, in Gedanken versunken.

Dieser Zugführer wußte nicht, daß Piotr Niewiadomski auf das Ende des Krieges wartete.

Plötzlich sprang Bachmatiuk auf, kippte einen Stuhl um und marschierte mit schnellem Schritt in Richtung des Kommandogebäudes. Er hatte ein vertrautes Rattern auf der Chaussee vernommen. In einer Staubwolke fuhr ein kleiner Wagen vor das Hauptgebäude, von zwei zierlichen

braunen Pferden gezogen. Der Adjutant Baron Hammerling stürzte aus dem Tor. Aber Bachmatiuk kam früher. Fast gleichzeitig salutierend, blieben sie vor dem Wagen stehen, in dem sich ein prachtvoller, großgewachsener Offizier mit hoher Mütze erhob. Trotz der Hitze hatte er eine schwarze, lange, malerische Falten werfende Pelerine an. Sie bedeckte die Hände. Schnell befreite er eine der Hände unter der Pelerine: die linke, und erwiderte den Gruß. Der Adjutant wollte ihm beim Aussteigen behilflich sein.
»Ich danke! Ich bin noch nicht so alt!«
Er sah tatsächlich nicht alt aus, trotz der grauen Haare. Er hatte das lebendige, wohlgestaltete, glattrasierte Gesicht eines Schauspielers, mit grauen Backenbärtchen, eine jener österreichischen Physiognomien, die so glücklich die Merkmale der romanischen, germanischen und slawischen Rasse vereinigen. Dichte, schwarze Brauen. Ein wenig Rom und ein wenig ›Alt-Wien‹ bildeten das ganze Äußere des Oberstleutnants Leithuber, einen Typ, der in späteren Jahren bei der Filmindustrie sehr gesucht war.
Der Regimentskommandant wohnte in der Stadt Andrásfalva, am Marktplatz im Hotel ›Hungaria‹. Er kam im Bataillonswagen zum Regiment, manchmal zeitiger, manchmal später, was davon abhing, wie schnell er im ›Café Budapest‹ sämtliche Wiener Tageszeitungen durchgelesen hatte. Als er aus dem Wagen stieg, wechselte er einige Worte mit dem Adjutanten, dann mit Bachmatiuk, der glänzend deutsch sprach. Und mit den Sporen klirrend, begab er sich direkt in sein Kabinett. Bachmatiuk kehrte nicht mehr zum Löhnungstisch zurück. Er warf einen Blick ins Krankenrevier, überzeugte sich, wieviel ›Marode‹ der Arzt tatsächlich für krank erkannt hatte, und ging dann in seine Stube. Ohne die Kappe abzulegen, setzte er sich aufs Bett und sah die Papiere durch. Er bereitete das Material für das tägliche Gespräch mit dem Oberstleutnant vor.

Die Gespräche des Oberstleutnants mit Bachmatiuk würden sich durch vollkommene Aufrichtigkeit ausgezeichnet haben, wenn Alois Leithuber vor sich aufrichtig gewesen wäre. Die Gespräche mit dem Stabsfeldwebel führte er größtenteils unter vier Augen, und schon dieser Umstand hätte notwendigerweise zur Aufrichtigkeit führen sollen. Eigentlich waren es keine Gespräche, sondern Monologe – für zwei Stimmen. Sämtliche Zweifel, die ihn bedrückten, sprach Leithuber laut aus und entschied sie mit Bachmatiuks Hilfe. Wenn er sich etwas vorzuwerfen hatte, wenn er mit sich unzufrieden war, schrie er Bachmatiuk an. Der empfing alles gehorsam, ruhig, doch widersprach er oft. Er wußte nämlich, daß er der einzige Mensch in der Kaserne war, der nicht nur das Recht, sondern auch die Pflicht hatte, dem Kommandanten zu widersprechen. Die Offiziere, neue und fremde Menschen, mußten immer derselben Meinung sein wie der Kommandant. Aber Leithuber hielt sich gar nicht für ein unfehlbares Orakel. Er brauchte, um mit reinem Gewissen Befehle zu geben, einen Menschen, der seinen Skeptizismus weckte. Sooft Bachmatiuk etwas ausführte, was dem Willen des Oberstleutnants widersprach, hörte dieser auf, Bachmatiuk anzuschauen, und spitzte seine Ohren.

Er saß hinter dem Schreibtisch, in den Anblick der Photographie einer Dame mit schöner Frisur versunken. Der Rand des Schreibtischs verdeckte seinen riesigen Körper, so daß die Hände unsichtbar blieben.

»Das ist nicht möglich«, sprach Bachmatiuk mit seiner ruhigen, heiseren, fast möchte man sagen: verbrannten Stimme. »Das Marschbataillon wird nicht in den ersten Septembertagen abmarschieren können. Die Maschinengewehr-Kompanie ist noch nicht fertig . . . Herr Oberleutnant Lewicki . . .«

Leithuber schlug so heftig mit der linken Hand auf den Tisch, daß die Dame mit der schönen Frisur rücklings umfiel. Er hob sie vorsichtig auf, stellte sie an ihren Ort und schien sie mit den Augen um Verzeihung zu bitten. Aber die Wut konnte er nicht beherrschen. Er war auf sich selbst böse, daß er dem Bachmatiuk mehr traute als sich. Immer wenn er fühlte, daß er nachgeben mußte, platzte er heraus und schlug mit der linken Hand auf den Tisch.

Die Rechte konnte er nicht bewegen. Sie war seit langem vertrocknet. Deswegen legte er nie den schwarzen, ledernen Handschuh ab. Dieses Gebrechen demütigte den Oberstleutnant nicht weniger als seine Nachgiebigkeit vor dem Stabsfeldwebel. Den Soldaten zeigte er sich stets nur in der Pelerine. Er vermied auch Situationen, in denen er mit blankem Säbel hätte auftreten müssen. Die Starrheit der rechten Hand ersetzte ihm reichlich die linke. Sie übernahm nicht nur die Funktionen der rechten, sondern erreichte gewissermaßen ein Übermaß der Gewandtheit. Mit der linken Hand salutierte Leithuber, aß er, schrieb er. Er hatte eine sehr schöne und deutliche Handschrift. Auf den täglichen Befehlen des Regimentskommandos, die man auf der Maschine in zehn Kopien vervielfältigte, konnte man seine gestochene Unterschrift bewundern: Leithuber, Oberstleutnant. Seine linke Hand konnte ausgezeichnet mit einer Pistole umgehen, er würde sich auch bestimmt mit einem Säbel Rat wissen, aber es schickte sich nicht, ihn an der rechten Seite zu tragen. Den größten Eindruck auf die Menschen machten jedoch die Taten seiner linken Hand. Mit der rechten Hand eine Ohrfeige bekommen, das ist eine normale, menschliche Sache. Aber wenn der Oberstleutnant mit der Linken ohrfeigte, während die Rechte leblos wie ein Leichnam unter der Pelerine herunterhing, so war es unheimlich, ja widernatürlich. Eigentlich war der Oberstleutnant ein gütiger Mensch, oft jedoch wurde er aufgebracht, und dann konnte er sich nicht beherrschen.

Bachmatiuk war seine rechte Hand im wörtlichen Sinne.

Obzwar die beiden mehr oder weniger das gleiche Alter hatten, benahm sich der Stabsfeldwebel vor seinem Kommandanten wie ein alter Prokurist vor einem jungen Chef.

»Herr Oberstleutnant«, erklärte er, »wir arbeiten von sechs bis elf und von zwei bis fünf. Die Leute fallen vor Müdigkeit um. In dieser Hitze kann man nicht mehr ... Nachtübungen zweimal wöchentlich ...«

»Man kann! Man kann!« unterbrach ihn der Oberstleutnant. »Und man muß! Das Militärkommando kündet den Besuch des Generals noch Ende dieses Monats an.«

»Bitte gehorsamst, Herr Oberstleutnant wollen den Befehl erteilen, und wir werden von fünf bis zwölf und von zwei bis sieben arbeiten ...«

Beide wußten, daß ein solcher Befehl unmöglich war, weil er mit den Vorschriften über die Beschäftigungsdauer im Sommer nicht übereinstimmte. Leithuber schaute auf die Photographie, änderte den Ton und das Thema. Jetzt wollte er herausbekommen, was Bachmatiuk über seinen Entschluß dachte, den Hauptmann Slaviček an die Front zu schicken. Er wollte diesen Hauptmann loswerden, weil er Tschechen nicht leiden konnte. Den Unwillen gegen die Tschechen brachte er noch aus dem Elternhaus mit. Dieses Haus stand in einem Arbeiterviertel Wiens und war mit einer Weinstube verbunden, deren Eigentümer der Vater des Oberstleutnants war, allgemein der ›Leithuber-Schani‹ genannt. Leithuber-Schani gehörte der christlich-sozialen Partei an und verehrte den Bürgermeister Lueger. In lärmenden Disputationen, die er mit den Gästen an grünen Tischchen mit weiß-rot gestreiften Tischtüchern führte, sagte er das schnelle Ende der Monarchie durch die Tschechen und Sozialisten voraus. Wie treffend des Vaters Voraussagungen waren, davon überzeugte sich der Leithuber-Sohn (›der Leithuber-Loisl‹) viele Jahre später, als die berühmte ›*Zde*-Affäre‹ passierte. Die tschechischen Reservisten wollten nicht länger ›Hier!‹ rufen, sondern riefen tschechisch: *›Zde!‹* Dieser Skandal fand in den klassizistischen Mauern des Parlaments ein lautes Echo. Auch konnte der Oberstleutnant den Tschechen das Jahr 1912 nicht verzeihen. Bei der Teilmobilmachung empörten sich die tschechischen Reservisten der Infanterieregimenter: I. R. 18 und I. R. 36 sowie das 8. Dragonerregiment.

»Hauptmann Slaviček«, bemerkte Bachmatiuk gehorsamst, »ist ein Berufsoffizier. Seit achtzehn Jahren ununterbrochen im Regiment. Hauptmann Castelli kam direkt aus dem Ruhestand zu uns. Was er vorher trieb, ist unbekannt. Ich habe mit eigenen Ohren gehört, wie er ›Stellung-Fertig!‹ kommandierte. So ein Kommando gibt es schon längst nicht mehr im Exerzierreglement. Es stammt noch aus der Zeit . . .«

»Ich habe gesagt, daß Hauptmann Slaviček mit dem Marschbataillon abgehen wird und Hauptmann Castelli das Rekruten-Bataillon übernimmt. Verstanden, darüber ist kein Wort mehr zu verlieren!«

»Zu Befehl, Herr Oberstleutnant!«

Bachmatiuk schlug die Hacken zusammen, zog die Notizbücher heraus und begann, ausführlich über alles Rechenschaft abzulegen, was sich in den letzten vierundzwanzig Stunden in der Kaserne ereignet hatte. So teilte er jeden Morgen, vor dem offiziellen Rapport, dem Kommandanten vertraulich die wichtigsten Neuigkeiten mit.

Während er Bachmatiuk zuhörte, notierte der Oberstleutnant von Zeit zu Zeit auf einen besonderen Zettel Namen und Ziffern. Bachmatiuk meldete jeden Vorfall. Gestern war er gegen elf Uhr an dem Wachhäuschen vorbeigegangen und hatte durch das Fenster hineingeschaut. Es zeigte sich, daß der Wachkommandant schlief. Heute früh wurde irgendeinem Juden im Bad schlecht. »Merkwürdig, was für ein Menschenmaterial man uns jetzt schickt!« klagte er wie ein Verwalter einem Gutsherren.

Der Gesundheitszustand der Rekruten interessierte den Oberstleutnant nicht. Das war Sache der Ärzte. »Pachmatiuk!« Leithuber sprach den Buchstaben B wienerisch wie P aus. »Daß mir bis morgen der ganze Transport uniformiert ist! Fix und fertig! Ich werde bei der Vereidigung anwesend sein!«

»Zu Befehl!«

Jemand klopfte an die Tür. Es war der Adjutant. Er trat mit zwei dicken Mappen ein. Er trug auch einen Backenbart, aber einen schwarzen, der wie Samt glänzte, und genauso einen kleinen Schnurrbart.

»Pachmatiuk, Sie können gehen!«

Bachmatiuk salutierte beiden Vorgesetzten nacheinander und ging.

Leithuber mochte den Adjutanten nicht. Schon der Titel eines Barons störte ihn, obgleich ihm das Bewußtsein viel Vergnügen bereitete, daß der Sohn eines Schankwirts jemanden ›unter sich hat‹, der so hoch geboren war, in einem jener romantischen, feudalen Schlösser, die wie Nester auf dem Gipfel wilder Felsen hingen, welche den Reisenden auf der Strecke Wien-Venedig bezaubern. Schon das Äußere des Barons störte den Oberstleutnant. Ein Clown. Er drückt sich in der Kaserne herum, ist Schwiegersohn irgendeines einflußreichen Feldmarschalleutnants aus dem Kriegsministerium und trägt eine Felduniform, als sollte er heute schon mit dem Marschbataillon abfahren. Statt der Orden trägt er dünne Bändchen, verdeckt die Sterne am Kragen mit einem seidenen Tuch, damit der Feind sie nicht zufällig bemerkt, der Feind, dem er nie begegnen wird. Leithuber konnte Komödien und Possen noch nie leiden. Er selbst trug ostentativ die Friedensuniform. Verhüllte nicht seinen Goldkragen. Haßte auch den Adjutanten wegen seiner affektierten Redeweise. Nein, nein, er konnte ihn nicht leiden. Wozu schicken sie diesen Geck, der nicht einmal polnisch oder ukrainisch versteht, zum galizischen

Regiment. Dafür spricht der Kerl fließend französisch! Im Regiment gibt es keinen einzigen Franzosen. In der ganzen k. u. k. Armee gibt es keine Franzosen. Sogar im Gespräch mit ihm, mit Leithuber, gebraucht er französische Wendungen. *En attendant!* . . . Einmal konnte Leithuber nicht mehr an sich halten und schrie ihm gerade ins Gesicht: »*Am attanden*, Herr Oberleutnant, ich finde es nicht richtig, daß ein österreichischer Offizier im Gespräch mit seinem Vorgesetzten sich der Sprache eines Volkes bedient, mit dem wir auf Kriegsfuß stehen!« Oberstleutnant Leithuber beherrschte die französische Sprache nicht.

Heute erschien der Baron wiederum in Feldtracht. Mit einer vor Untertänigkeit vibrierenden Stimme referierte er alle Angelegenheiten des Tages, legte ein Papier nach dem anderen zur Unterschrift vor, am Ende verlas er den Entwurf des Tagesbefehls. Leithuber hörte ihn ungern. Beim Punkt 6 verlor er die Geduld, unterbrach den Vortrag, hieß den Adjutanten einen Bleistift holen und stenographieren. »Ich habe bemerkt, daß manche Wachkommandanten während der Dienstzeit in der Wachstube schlafen. Ich befehle, nein, ich – erinnere, daß es ein schweres Vergehen ist, das streng bestraft, streng bestraft wird – nicht auf disziplinarischem Weg, sondern aufgrund des Kriegsgesetzes. Wenn sich so etwas noch einmal wiederholt, wird der Schuldige sofort vors Divisionsgericht gestellt. Vors Divisionsgericht. Punktum. Niemand darf sich einbilden, daß ich mich irreführen lassen werde. Ich sehe – schreiben Sie? – ich sehe alles und lasse gar nichts ungestraft. Punktum. *Punkt 7: Strafen.* Ich bestrafe mit dem heutigen Tag folgende Unteroffiziere und Mannschaften – das werden Sie schon selbst ausfüllen, schreiben Sie, bitte, deutlich, daß sich die Stenotypistin nicht irrt. Einigemal schon waren die Namen im Befehl falsch. Als ich den Feldwebel Kandl darauf aufmerksam machte, sagte er, daß die Kanzlei strikt nach dem Stenogramm der Adjutantur abschreibt. Wo haben Sie stenographieren gelernt, Herr Oberleutnant? Im Konservatorium?«

Eine delikate Anspielung auf das Violinspiel des Barons. Leithuber konnte dieses Spiel nicht leiden. Bei jeder Zusammenkunft im Kasino – immer dieselben Stücke: ›Träumerei‹ von Schumann, das zweite ›Nocturne‹ von Chopin und ›Si j'étais roi‹. Wie ein verliebter Schüler aus der Kadettenschule.

»Schreiben Sie, bitte: *Punkt 8: Zuteilungen*. Mit dem heutigen Tag wird der Hauptmann Erwin Castelli zum 1. M. B. zugeteilt und wird ins Feld abgehen, als Kommandant der 2. Kompanie. Das Kommando über das Rekrutenbataillon übernimmt Hauptmann Slaviček Jaroslav . . . haben Sie, Herr Oberleutnant? – Jaroslav . . .«

Kann man sich einen Krieg vorstellen, der in Röcken, Pelzwesten, Kaftanen, Krawatten, steifen Hüten und Samtkäppchen geführt wird? Nein, so einen Krieg konnte sich nicht einmal Piotr Niewiadomski vorstellen. Er konnte es gut verstehen, daß man nur in einer Uniform einen Menschen töten darf, und nur in der Banderole, in staatlicher Verpackung sozusagen, ist der Tod für den Kaiser gültig. Der Kaiser besaß nämlich das Monopol nicht nur für Tabak und Salz, sondern auch für das Töten der Menschen. Und wie Gott den Menschen nach seinem Ebenbilde geschaffen hat, so gab der Kaiser dem Menschen die Uniform, um ihn sich zumindest einigermaßen ähnlich zu machen. Natürlich war der Unterschied groß zwischen der Uniform des Kaisers und der Uniform, die Piotr Niewiadomski heute anlegen sollte. Aber war nicht auch der Unterschied zwischen diesen beiden Sterblichen groß? Ach, in welchen Mützen, in welchen Kostümen starben nicht Menschen für ihre Könige und Kaiser! Sie starben in allen Farben, in eisernen Rüstungen, in glänzenden Panzern. Sie krepierten in Helmen, in Kolpaks, die riesig waren wie Kannen, in Mützen mit leuchtendem Blechschmuck, in Bärenmützen und

Mützen mit Vogelfedern oder Roßschweifen. Und damit auch ein Rekrut im Regiment sich gar nicht von seinen Kameraden unterscheide und damit er jenes Aussehen vollkommen verliere, in dem er auf der Welt Sohn, Vater und Gatte war – befahlen die Kaiser den Militärschneidern, für alle im Regiment die gleichen Mützen zu nähen, die gleichen Blusen, die gleichen Hosen. Und sie bedauerten nur, daß sie nicht alle Gesichter nach einem Muster umarbeiten konnten. Aber längst waren die Zeiten vorbei, in denen ein Infanterist im Putz in den Tod zog, bunt und glänzend wie ein Pfau. Heute lag den Kaisern mehr daran, den Infanteristen vor dem Auge des Feindes zu verbergen und nicht das Auge des Feindes mit einer schönen Uniform zu blenden. So führte man auch überall die graue, erdige oder sandige Farbe bei der Armee ein. Man glaubte, es werde auf diese Weise gelingen, den Feind und seine scharfen Gläser zu betrügen. In der Sorge um das Leben des Soldaten bemühten sie sich, ihn der Mutter Erde ähnlich zu machen, die er mit seinem Körper verteidigen sollte. Aber die Mutter Erde hatte mehr Farben, als sich die Tuchfärber träumen ließen. Könnten sie nur einen Stoff erfinden, der wie ein Feueropal schillerte, sämtlichen Farben des Geländes und der Jahreszeiten angepaßt! Daß er einmal weiß wie Schnee wäre und das zweitemal gelb wie ein Stoppelfeld, dann wieder grün wie der Wald oder farblos wie Wasser. Wer weiß, vielleicht würde dann kein einziger Huzule im Krieg fallen? Aber was wäre das für ein Krieg, in dem keine Huzulen sterben? Nur allmählich wurde die krasseste Farbe, die rote, aus der k. u. k. Armee vertrieben. In den ersten Kriegsmonaten ließ man sie auf den Hosen der Ulanen und Husaren: mögen sie sich noch ein wenig am Rot erfreuen. Aber als dieses Rot den Untergang der Kavallerie beschleunigte, wurde es ganz aus der Armee ausgestoßen, und seitdem repräsentiert im Krieg nur das Blut die rote Farbe. Wir würden lügen, wenn wir behaupteten, daß man alle Soldaten sofort in Felduniformen kleidete. In Andrásfalva zum Beispiel bekamen die Landsturmmänner für die Zeit der Ausbildung die alten ›Friedenssorten‹ von ihren Vorgängern. Das Uniformieren war eine Zeremonie, die unter der Aufsicht des Stabsfeldwebels Bachmatiuk stattfand.

Vor Piotr Niewiadomski öffneten sich Magazine mit allem, was ihm vom Kaiser gebührte. Ein Soldat besteht aus einer Bluse, einer Hose, einem Mantel, aus Schuhen, einem Gewehr, einem Koppel, zwei Patronentaschen, Bajonett, Tornister, Brotsack, einem Spaten oder einer ›Beilpicke‹, einem Eßgeschirr, einer Feldflasche, zwei Decken, einer Zeltbahn, aus einer großen Menge Lederriemen – und aus sich selbst. Nun, und einer Kappe. Ohne Kappe ist er fast ein Krüppel, ist er wie eine Lampe ohne Schirm, wie ein Stengel ohne Blüte.

Im Kleidermagazin der Kaserne, voll von graublauen und dunkelblauen Uniformteilen, türmte sich das Tuch bis hoch zum Gewölbe. Dieses ganze Tuch roch nach Gerstenmalz, weil man das Magazin im ehemaligen Malzhaus der Brauerei untergebracht hatte. Mit einer langen Stange, die am Ende eine Gabel hatte, griff der Magazinverwalter nach den Uniformen und warf sie zu Boden. In einer duftenden Staubwolke flogen Tuchbeine herunter, Tuchärmel, Tuchvögel, die sich ähnlich waren wie ein Faden dem anderen, wie ein Knopf dem anderen. Alte Blusen hatten orangefarbene Vierecke auf den Kragen, neue – nur schmale Besatzstreifen, die die Regimentsfarbe markierten. Die Rekruten probierten die kaiserliche Tracht gleichgültig an. Aber es gab auch launenhafte unter ihnen: dies war ihnen zu breit, jenes zu eng, sie benahmen sich, als ließen sie sich diese Uniformen für eigenes Geld nähen. Fromme Juden weigerten sich, die alten, durchgeschwitzten Hosen anzulegen, die verstunkenen Kappen aufzusetzen. Wer weiß, was sich vorher in diesen Taschen befunden hatte, wessen Beine in diesen Hosen herumgekrochen waren. Vielleicht gehörten die Kleider auch Gefallenen? Bachmatiuk stand abseits, in den Anblick der leeren Uniformen versunken. Mit verliebtem Blick streifte er das schönste Werk, das auf dieser Erde unter der Schere eines Schneiders hervorgehen konnte: anscheinend war ihm eine leere Infanteristenuniform lieber als der Mensch, der sie anlegen sollte. Er bedauerte jedes Stück, das an einen der Bauerntölpel wegging. Er bedauerte die Uniform, die Piotr Niewiadomski anprobierte. Und er stand so, den Blick in die Haufen von Blusen, Mänteln und Hosen versunken, in die Pyramiden von Soldatenkappen, als segnete er sie. Sie nahmen mehr oder weniger alles, was sie in diesem Magazin vom Kaiser bekommen sollten, warfen die ganze Ladung auf den Rücken und folgten Bachmatiuk.

Tausend Gewehre mit aufgepflanztem Bajonett in matten Bezügen warteten im dämmrigen Waffenhaus auf sie. Sie lagen in Reihen, auf Brettern – still, unschuldig, schlafend. Nur die schwarzbraunen Läufe und die rostenden Kolbenschuhe warfen beunruhigende Blitze. Wie unbeholfen waren doch Gewehre ohne menschliche Hände!

Da streckten sich schon Hände aus, die aus den stummen Eisen dröhnenden Tod herauspressen werden. Gemach, gemach! Stabsfeldwebel Bachmatiuk blickte aufmerksam auf die Hände des Zugführer-Büchsenmachers, der den Rekruten die Waffen reichte, bei jedem Namen die Nummer notierend. Wenn dem Bachmatiuk die Uniform teurer war als der Mensch, um wieviel erst das Gewehr, das Zentralorgan des Infanteristen, wichtiger als Herz und Hirn! Für Bachmatiuk existierten keine Menschen, es existierten nur Jahrgänge. Sie waren billigeres Material als die Mannlicher, die in Steyer produziert wurden, zu mehr als 100 Kronen das Stück. Und was war also der Mensch im Vergleich mit einem Mannlicher oder gar einem alten Werndl, der länger lebt als ein Mensch? Und deswegen regte sich Bachmatiuk auf, wenn man vom Regiment sagte, es bestehe aus 3000 Soldaten. Ein Infanterieregiment besteht aus 3000 Gewehren, ein Reiterregiment aus 2000 Säbeln. Piotr Niewiadomski erhielt einen Mannlicher und ein Bajonett Nr. 46 821. Er konnte Zahlen lesen, aber eine so hohe Zahl, am Schloßgehäuse wie auf der Kuppe des Bajonettgriffs eingraviert, war nicht leicht zu lesen! Ganz davon zu schweigen, sie sich zu merken! Piotr hatte noch nie mit solchen hohen Zahlen zu tun gehabt. Sein Gehalt bei der Eisenbahn betrug 15 Kronen, das Häuschen, in dem er den Bahnwärter vertrat, war mit Nr. 86 bezeichnet. Und da auf einmal: sechsundvierzigtausendachthunderteinundzwanzig. Daß so eine mächtige Zahl mit seiner Person verbunden war, erfüllte Piotr mit Stolz, er fühlte sich wichtiger als vorher, aber gleichzeitig gab er sich Rechenschaft davon, daß er von dem Moment an nur ein Requisit der Nummer 46 821 ist.

Diese Waffe war nicht neu.

Viele mußten schon vor Piotr der Nummer 46 821 dienen. Gott weiß, ob sie noch leben? Und wenn Gott Piotr gestatten wird, mit noch funktionierendem Gewehr zurückzukehren – wird Piotr es in dieses Magazin zurückgeben müssen, es soll ausruhen, sich ausschlafen. – bis zum nächsten Krieg. Ja, Piotr fühlte selbst, daß das Gewehr wichtiger war als er. Die Waggons waren auch wichtiger, denn auf ihnen waren hohe Zahlen angebracht.

Wie viele Leichen können diese Gewehre machen? fragte er sich und schaute auf Hunderte von Gewehren in Rekrutenhänden. Fünftausend? Zehntausend Leichen? Er erinnerte sich an Huzulenmärchen über selbstschießende Büchsen und über Büchsen, in denen sich Geister der Erschossenen verbergen. Und plötzlich begannen Geister, Geister unter der gewölbten Decke des dämmerigen Kellers zu kreisen. Geräuschlos flogen sie herunter, klammerten sich an die Hände, faßten die Beine. Gespenster tauchten aus dem Dunkeln hervor, Hände holten aus zerrissenen Brüsten, Bäuchen, Stirnen längliche Bleikörner hervor und über-

reichten sie Piotr flehend. Piotr faßte Angst, und er dachte, daß die magyarischen Bierbrauer Farkas und Gjörmeky keine Bierbrauer waren, sondern Teufel, und daß sie hier kein Bier aufbewahrten, bitteres Bier aus Hopfen und Gerste, sondern Blut.
Piotr dachte, daß man den Rekruten mit den Gewehren auch Munition geben werde. Man sieht gleich, daß er noch nicht beim Militär gedient hat. Wer gibt denn Rekruten scharfe Patronen in die Hand? Und außerdem: in diesem Magazin gab es überhaupt keine Munition. Gibt es denn überhaupt Kasernen, wo man die Körper der Schießgewehre zusammen mit den bleiernen Seelen aufbewahrt? Nur an der Front hörte diese strenge Trennung auf.
Wie ein Maulesel beladen, kehrte Piotr in seine Baracke zurück.
Piotr, Piotr, wie wirst du jetzt aussehen? Die eigene Mutter würde dich nicht erkennen! Wasylina Niewiadomska!
Unter Aufsicht der Chargen begannen sie, sich umzukleiden. Als sie die Zivilkleider ablegten, kam ein Augenblick, ähnlich dem Augenblick zwischen der Nacht und dem Tagesanbruch. Der Tag ist noch kein Tag und die Nacht keine Nacht mehr. So waren auch die Menschen: sie waren keine Zivilisten mehr und noch kein Militär. Die Menschen gingen aus einer Gestalt in die andere über, einer Raupe ähnlich, die sich in einen Schmetterling verwandelt. Manchen von ihnen tat es leid, sich vom Zivilleben zu trennen, aber es gab auch solche, die es mit Lust von sich warfen. Alle mußten sie ihre Siebensachen zusammenpacken, mit einem Zettel, mit Namen und Adresse versehen und in das Magazin zur Aufbewahrung tragen. Die an Gott glaubten, empfanden bitter die Wahrheit, daß nur Er es weiß, wie viele von ihnen ihre Bündel zurückbekommen werden. Piotr Niewiadomski glaubte an Gott, doch konnte er nicht schreiben. Darum bat er einen Kollegen. Vorher nahm er aus der Tasche der eigenen Hose den Schlüssel zu seiner

Hütte heraus und legte ihn zusammen mit dem Geld und der vertrockneten Pflaume in die Militärtasche. Es tat ihm nicht um die Zivilkleider leid. Es war ihm nur um die Eisenbahnerkappe schade. Na, aber die Soldatenkappe – ist ja auch kaiserlich. Vielleicht noch mehr. Sie bekamen sogar Wäsche vom Staat gestellt, doch wer wollte, konnte die eigene tragen, als Unterlage unter der staatlichen Packung. Die Westen wurden auch nicht abgenommen. Das Militär steckt seine Nase nicht unter die Uniform. Hauptsache, daß alles von außen einheitlich aussieht.
Bald verwandelte sich der Transport von Bauern, Hirten, Bergbewohnern, Händlern in Soldaten. Die krassen Unterschiede, die bis jetzt die Menschen so sehr getrennt hatten, gingen verloren. Die Huzulen waren keine Huzulen mehr, die Juden keine Juden. Die alten Kerle erschienen in diesem kaiserlichen Kostüm jünger, sie bewegten sich wie kleine Bären in zu breiten Kniehosen oder wie Dorfburschen im väterlichen Kaftan. Auch in den Seelen geschah eine große Wandlung. Es waren nicht mehr dieselben Menschen. Plötzlich wurden sie kindisch, fingen an, ihre Aufmerksamkeit auf Kleinigkeiten zu lenken, auf Knöpfe, Riemen. Die Herren Chargen gingen daran, ihnen die Bestimmung jedes Lederriemens, jeder Klappe zu erklären. Denn alles am Soldat, alles an seinem Ledergeschirr hatte seinen tiefen Sinn, kein Knopf ist überflüssig, jeder Zentimeter sinnreich ausgenützt. Jedes Stück ist mit dem anderen verbunden: der Kalbfelltornister – mit der Patronentasche, die Patronentasche – mit dem Überwurf.
Erst jetzt richtete der Stabsfeldwebel Bachmatiuk sein Augenmerk auf die Neuankömmlinge. Erst in der gemeinsamen Uniform fielen ihm ihre persönlichen Merkmale auf, die würdig waren, daß er sie behielt. Er notierte genau in sein Gedächtnis die Gesichter und Oberkörper, die man von nun an öffentlich auslachen durfte. Die Duldung der Mängel und unverschuldeten Lächerlichkeiten der

Körper der Mitmenschen hörte auf. Er erblickte auch Piotr, den er vorher nicht einmal in der Eisenbahnerkappe bemerkt hatte. Er musterte ihn von Kopf bis Fuß mit unverhüllter Verachtung. Er verachtete diese Jahrgänge, obgleich sie uniformiert waren. Und plötzlich umfing sie ein Schreckenshauch. Bisher war die Angst außerhalb von ihnen gewesen, jetzt machte sie sich in ihnen selbst breit. Sie drang aus den rauhen Fäden der Uniformen in die Körper. Alle fühlten es, daß diese duftende, nach Malz riechende Tracht sie dem Tod weihte. Es ist ein Wunder geschehen: In die undressierte Masse trat die Subordination. Sie kroch in die Knochen, vermischte sich mit dem Mark und machte die Bewegungen steif. Sogar ihre Stimme veränderte sie.
Bis in den späten Abend brachten die Chargen ihnen in den Baracken bei, wie man Mäntel zusammenlegt, Pritschen bettet und Ordnung hält. Sie lehrten sie auch neue Manieren. Auf die Frage: »Wer bist du?« – hatten die Rekruten zu antworten: »Landsturminfanterist der und der aus so und so einer Kompanie aus dem x-ten Regiment des Königs N.« Dann war die Einverleibung vollbracht.
Der Mensch, der heute abend zwischen dem gräflichen Lakai Bryczyński und dem steiermärkischen Bergmann Guglhupf einschlief, ist das immer noch Piotr Niewiadomski? Nein, nein, das war nicht mehr unser alter Bekannter von der Station Topory-Czernielitza, es war nicht mehr Piotr Niewiadomski, der Sohn Wasylinas, der Bruder der Paraszkewja, des Freudenmädchens, sondern es war der Landsturminfanterist Piotr Niewiadomski. Und das ist ein großer Unterschied. Am nächsten Tag rief man sie alle auf den Platz vor das Kommando und formte Reihen: drei Kompanien zu je vier Zügen. Piotr Niewiadomski kam in den ersten Zug der 2. Kompanie. Er war der vierte vom rechten Flügel. Die Uniform stand ihm gut. Man wartete auf die Ankunft des Oberstleutnants. Er hatte seine Anwesenheit bei der Zeremonie der Vereidigung zugesagt. Denn

der Kaiser wollte sich noch einmal vergewissern, daß sie ihm treu sein würden bis in den Tod, zu Lande, auf dem Wasser und in der Luft. Sie warteten lange auf den Oberstleutnant. Wie alle Tage, so war auch heute sonniges Wetter, und es war eine große Hitze vorauszusehen. Es schien, daß der Krieg mit der Hitze irgendeinen geheimen Vertrag abgeschlossen habe und daß er mit dem ersten Regen zu Ende gehen werde. Trotz der Glut hielten sich die Reihen nicht schlecht. Man durfte sich unterhalten. Auf den Außenwänden der Baracken malten Soldaten in weißen Leinenblusen mit roter Farbe irgendwelche riesige Buchstaben.
Etwas Wichtiges mußte den Oberstleutnant in der Stadt aufhalten. Es war schon nach neun Uhr, und er war noch immer nicht gekommen. Die Offiziere versteckten sich vor der Hitze im Kasino. Hauptmann Slaviček stellte sich unters Tor und rauchte eine Zigarette nach der anderen. Nur Bachmatiuk entfernte sich nicht von den Reihen. Ununterbrochen beobachtete er die Linie der Schuhe. Er hatte Angst, daß sich diese langen geraden Linien krümmen könnten. Mit welcher Mühe hatte er sie heute früh in diesen Zustand gebracht. Es lag ihm auch an dem tadellosen Glanz der Rekrutenstiefel. Als sie um acht Uhr auf den Platz zogen, glänzten alle Stiefel wie Metall. Jetzt waren sie vom langen Stehen in trockenem Sand vollkommen verstaubt. Sie neu putzen zu lassen, hätte keinen Sinn. Die mühsam montierten Reihen würden auseinanderfallen.
Bachmatiuk ärgerte sich über die Stiefel, um so mehr, als die Leute keine Schuld hatten. Die zehnte Stunde war vorbei, und der Oberstleutnant immer noch nicht erschienen. Die Reihen fingen an, brüchig zu werden.
Bachmatiuk umkreiste sie von allen Seiten und verbesserte mit Hilfe der Korporale immer wieder die Deckung. Umsonst. Seiner Meinung nach eigneten sich viele dieser Infanteristen eher für die Kavallerie: sie hatten krumme und zu kurze Beine. Er konnte die Kavallerie nicht leiden, er

konnte die Artillerie nicht ertragen, er konnte Sappeure nicht leiden, die Pioniere, den Troß, die Sanitäter, Frauen und Männer nicht. Sogar die Uniformierten nicht. Er haßte die Offiziere und Einjährigen, weil sie aus den höheren Sphären stammten, er konnte die Gemeinen nicht ausstehen, weil sie Volk waren, aus dem er stammte. Aber die Meinung, daß er nur hassen konnte, wäre irrig. Er konnte auch lieben. Und wie! Wie leidenschaftliche Liebhaber in der Lebensblüte und wie Greise, die von sündhaften Gefühlen für minderjährige Mädchen entflammt sind. Er haßte jeden einzelnen Soldaten, wegen seines Mauls, wegen seiner Seele, das ist wahr, aber er liebte symmetrische Linien, die er aus den Körpern, Uniformen und Stiefeln gestaltete. Er liebte die Doppelreihen, die Kolonnen – im ruhenden Zustand und im Marsch. Er liebte Vierecke, Schwarmlinien. Jede Unausgeglichenheit, jeder Bruch in der Reihenordnung fügte ihm physischen Schmerz zu. Die ›Habt-acht!‹-Stellung hielt er für die Grundstellung der Menschheit, für die Norm. Alles andere war schon eine Verirrung, Abschweifung. Die Menschheit hatte für ihn nur Wert, wenn sie in Regimenter eingereiht war. Ob er lieben konnte? Er liebte den Staub, vom Getrampel rhythmisch nach vorne geschleuderter Beine emporgewirbelt: es war Sphärenmusik, und er bedauerte, daß der Mensch nicht mehr Beine hatte, mit denen er im Takt marschieren konnte. Er liebte das Gerassel der Waffen und das heilige, militärische Schweigen. Diese erhabenste aller Stillen geigte, rauschte mit Ewigkeitsecho. Mit gierigen Nüstern schlürfte er, atmete er den Duft des Soldatenschweißes ein. In den glänzenden Stiefeln der Infanterie musterte er sich wie im Spiegel der Wahrheit. Der einzigen und absoluten Wahrheit.

Eine immer dickere Schicht bedeckte die Stiefel des Rekrutenbataillons. Die Sonne begann, die schon mürben Bindungen der Vierecke anzugreifen, zu sprengen, die von der Sonne verbrannten Reihen bogen sich wie Kerzen. Noch eine Weile, und sie werden schmelzen. Die Korporale verbessern immer wieder die Linien, knöpfen die Röcke zu, richten den Rekruten die Köpfe aus, schieben die herunterrutschenden Gürtel hoch, stopfen mit den Fäusten die allzu vorgereckten Bäuche zurück. Sie machen sich neben den alten Kerlen wie besorgte Mütter zu schaffen, die ihre Töchter zum ersten Ball ausstaffieren. Wenn der Kommandant jetzt nicht kommt, wird alles auseinanderfliegen, dieses ganze, mit soviel Anstrengung errichtete Gebäude – wird einstürzen.

Endlich kam er: finster, von irgend etwas tief erregt. Wenn sich der höchste Vorgesetzte den geschlossenen Abteilungen naht, muß man ihn mit einer entsprechenden Kopfwendung begrüßen. Weder Hauptmann Slaviček, der neuernannte Bataillonskommandant, noch Bachmatiuk taten dies. Und richtig. Sie würden sich nur lächerlich machen, wenn sie einen Kollektivgruß produzieren wollten mit Hilfe von Menschen, die keine Ahnung hatten, wie man das tat. Es gab auch so schon genug Gelächter über die Rekruten. Alle Kasernenknechte, Stiefelputzer und Simulanten krochen auf den Platz, begierig, sich auf fremde Kosten zu amüsieren. Gabriel, Michael, Rafael stand in der Nähe hinter der Baracke und fletschte die Zähne. In einiger Entfernung vom Stabsfeldwebel fühlte er sich sicher.

Oberstleutnant Leithuber nahm nicht einmal den Rapport entgegen. Er gab Bachmatiuk mit der linken Hand ein Zeichen, daß er darauf verzichtete. In die Pelerine eingehüllt, sah er nicht wie der Chef einer militärischen Formation aus, sondern wie der Führer einer Verschwörerbande. Er begab sich nach oben in sein Kabinett und blieb lange allein. Hier durchlebte er noch einmal die beängstigende Nachricht. Mit fetten Lettern krächzten sämtliche heutigen Zeitungen: ›*Lemberg noch in unseren Händen.*‹ Man weiß, was dies bedeutet. In einem Tag, in zwei, vielleicht schon in diesem Augenblick, werden die Russen die schöne Stadt

Lemberg, die Hauptstadt des größten Kronlandes der Monarchie, die Perle der Habsburgischen Krone, den Sitz des XI. Korpskommandos, eine riesige Garnison, den Traum aller Offiziere, die in kleineren galizischen Städten stationiert waren, das ›Klein-Wien‹ – einnehmen. Mit allen Kasernen, mit der Zitadelle, dem Schloßberg, mit dem Schießplatz auf der Kortumówka werden die Russen sie einnehmen. Mit allen Kaffeehäusern, dem Korso, dem Kolosseum! Leithuber sah schon die Terrassen der Lemberger Kaffeehäuser voller russischer Offiziere. *Noch* in unseren Händen! Was für Hände hatten die Generale, daß sie Lemberg nicht festhalten konnten? Vielleicht waren die Hände der Generale schon verdorrt?

Er ging schnell hinunter, wo ihn ein zahlreiches Gefolge erwartete: der Adjutant, Baron Hammerling, Hauptmann Slaviček, drei Kompaniekommandanten und Fähnriche. Leithuber schaute weder auf das Gefolge noch auf das Rekrutenkarree. Er schaute auf die Baracken und die Maler.

»Pachmatiuk!« rief er böse. »Wessen Einfall ist es? Wie kann man die Namen der Generale rot malen? Vielleicht laßt ihr noch die Rekruten sozialistische Lieder singen?«

Jawohl, es waren die Namen der Leute, dank derer Lemberg *noch* in unseren Händen war. Trotzdem mußte man den Befehl des Militärkommandos ausführen, man mußte diese Namen auf den Fassaden der Quartiere anbringen, damit die Leute sie sich leichter merken konnten. (Obgleich das Militärkommando doch wissen sollte, daß die Mehrheit in diesem Regiment nicht lesen konnte.)

Bachmatiuk fühlte sich nicht schuldig. Der Kommandant hatte gar keinen Befehl erteilt, was die Farben betraf. Bachmatiuk wählte die rote Farbe, weil sie am meisten auffiel. Sofort lief er zu den Malern und befahl, mit weißer Farbe zu malen. Leithuber war ungeduldig.

»Beeilen Sie sich!« brüllte er den zurückkehrenden Bachmatiuk an. Er liebte kein Theater.

Wenn eine Soldatenabteilung den Eid leisten soll, kommandiert man: ›Zum Schwören!‹ Unsere Leute, obgleich schon in Uniformen, waren noch keine richtige Soldatenabteilung. Man ließ sie also wie Zivilisten die Köpfe entblößen und zwei Finger der rechten Hand auf Augenhöhe heben. Bachmatiuk zelebrierte in drei Sprachen. Vor dem Antlitz des Allmächtigen begannen Chöre Treue und Gehorsam Seiner Majestät, dem Kaiser, und allen seinen Generalen zu geloben. Allen, also auch denen, deren Hände Lemberg nicht festzuhalten vermochten. Piotr Niewiadomski meinte, daß in einem so erhabenen Augenblick Musik spielen sollte. Er wußte nicht, daß die Kapelle mit dem Regiment an der Front war. Er mußte sich also mit der Musik begnügen, die in seiner Seele tönte, und sie spielte sehr schön. Mit einer Stimme, die sich im ungeordneten Chor verlor, versicherte Piotr dem Kaiser, schon zum zweitenmal, daß er »seine Truppen, Fahnen, Standarten in keinem Fall verlassen wird«. Oberstleutnant Leithuber hörte diese Versicherungen gar nicht. Er wiederholte sich im Geist die Rede, die er vor den Rekruten auf ukrainisch halten sollte. Er beherrschte diese Sprache ganz gut, und doch fühlte er am ganzen Körper das heranziehende Lampenfieber. Das Bewußtsein des Lampenfiebers demütigte ihn um so mehr, als er doch zu Menschen reden sollte, die um so viel niedriger als er standen. Plötzlich fiel ihm das Wort: ›Fahnen‹ auf. Es zerstörte eine schöne rednerische Wendung.

Hoch auf dem erhitzten Himmelsblau blinkte ein gelbes Laken, von schwarzen und roten Zähnchen umsäumt. Mit einem zweiköpfigen Adler in der Mitte. Mit mächtigem Rauschen flatterte die Erscheinung der Regimentsfahne in Leithubers Seele. – Wo befindet sie sich in diesem Augenblick? Wieviel Kugeln durchbohrten sie? Vielleicht wurde sie gefangengenommen und wird in Kürze über dem Petersburger Arsenal flattern? Als er jung war, las Leithuber

von heldischen Fahnenträgern, die auf dem Kriegsfeld starben und die von Kugeln zerfetzte Fahne nicht aus der Hand ließen. Wäre der Fähnrich Stiasny, der Fahnenträger dieses Regiments, einer solchen Tat fähig? Fähnrich Stiasny war als großer Schürzenjäger bekannt. Aber das eine hat nichts mit dem anderen zu tun. Im Gegenteil . . . Während des Umzugs des Regiments aus Stanislau nahm Leithuber persönlich das leere, wachsleinene Futteral der Fahne mit. Es liegt bei ihm im Schrank, im Kabinett . . .
»und auf diese Weise mit Ehre zu leben und zu sterben«, psalmodierte der Chor.
Bevor die Fahne im Äther zerfloß, erblickte der Oberstleutnant auf ihrem Schaft die krampfhaft zupackende Faust des Fähnrichs Stiasny. Nach einer Weile verschwand auch sie im Himmel, als würde ihr zusammen mit der Regimentsfahne die Gnade der Himmelfahrt zuteil. Es blieb nur die Ehre, mit der diese Menschen ›leben und sterben‹ wollten. Man muß ihnen etwas über die Ehre sagen. Leithuber schnitt Gesichter. Das Lampenfieber brannte mit saurem Speichel in der Speiseröhre. Die Leute ließen die Hände sinken, setzten die Mützen auf. Die Küche kündete mit immer stärkeren Gerüchen die elfte Stunde. Den Bruchteil einer Sekunde lang sah Piotr Niewiadomski wieder das Gesicht seiner Mutter. Ach, was für Graupen waren es denn, Gerstengraupen, Hirsegraupen? . . . Oberstleutnant Leithuber machte einige Schritte nach vorn, er suchte einen Platz, wo er höher erscheinen konnte. Aber die Oberfläche des Kasernenhofes war glatt wie ein Tisch, er trat zurück, stieg auf die Treppe, räusperte sich.
»Soldaten!« begann er mit väterlicher Süße.
Piotr erinnerte sich an die Predigten des Pfarrers Makarucha. Er pflegte auch so süß anzufangen: »Meine Brüder . . .«
»Ihr habt Uniformen bekommen.« Leithubers Stimme stieg empor und erklomm die Höhe strenger Pathetik.

»Ihr habt Uniformen bekommen, in denen ihr kämpfen werdet . . .«
Hier brach die Stimme plötzlich zusammen, fiel zu Boden wie ein verwundeter Vogel. Leithuber sagte nicht die Wahrheit, er wußte genau, daß sie in diesen Uniformen nicht in den Kampf ziehen würden. Vor dem Abmarsch ins Feld werden sie andere Uniformen bekommen. Gleichviel. Er erhob wieder die Stimme: »Für den Kaiser und das Vaterland kämpfen . . .«
Wie ein dicker tschechischer Knödel würgte es ihm in der Luftröhre. Lampenfieber und noch etwas Schlimmeres als dies. Am besten wäre es jetzt, Schluß zu machen. Denn wer, wer predigt hier den Leuten Kampf? Ein Krüppel aus den Friedenszeiten, der den Kampf nie selbst erleben wird! Als der Krieg ausbrach, meldete sich Leithuber freiwillig an die Front. Nicht, weil er den Krieg liebte (obgleich er sich in Friedenszeiten nach ihm sehnte wie jeder Berufsoffizier), er liebte den Krieg nicht, er wollte nur aus dem Kreis der ewigen Lügen herauskommen, er hatte schon die fortwährenden, unfruchtbaren Vorbereitungen auf etwas, was nie erfüllt werden sollte, satt. Jahrelang bereitete er Situationen vor, die nie kommen sollten: das war nicht zu ertragen. Und als der Krieg plötzlich ausbrach und alle mit ihrem Schwung mitriß, sollte er da weiterhin mit blinden Patronen auf nicht existierende Feinde schießen? Sein ganzer Dienst war ein ununterbrochenes Schießen in die Leere. Er meldete sich freiwillig an die Front, weil er endlich einen richtigen Krieg sehen wollte.
In Gegenwart von Menschen, die in den Krieg ziehen sollten, fühlte er sich wie ein Gesunder am Lager eines Kranken. Er hielt sich trotz seiner verdorrten Hand für gesund. Freiwillig hatte er sich an die Front gemeldet. Im Feld kann man das Regiment auch mit der linken Hand kommandieren. Und übrigens, wer kommandiert heute mit den Händen? Welcher Oberst rennt beim Angriff mit

blankem Säbel herum? Das war vielleicht zur Zeit des alten Radetzky üblich. Heute kommandiert man mit dem Kopf. Leithuber hatte einen gesunden Kopf. Einen viel gesünderen als Oberst Martin, der das Regiment an der Front zugrunde richtete. Die Ärzte haben beschlossen, daß er, Leithuber, zum Frontdienst unfähig ist. Gut! Aber warum versteckten sie ihn dann nicht in irgendeinem Büro, beispielsweise im Kriegsministerium, wo er nicht unmittelbar mit Leuten in Berührung kommen mußte, die ins Feuer gingen? Warum glotzt ihr mich so an, stinkende Viecher? Ich wollte freiwillig an die Front . . .

Und Oberstleutnant Leithuber hielt jetzt gleichzeitig zwei Reden. Eine laut, mit dem Mund, die andere – ohne Worte. »Die Ehre der Uniform«, schrie er über den ganzen Platz, »ist eine große Sache! Paßt auf, daß ihr die Uniform nicht befleckt. Nur Blut befleckt die Uniform nicht . . .« ›Daß ihr ja nicht glaubt, ich drücke mich! Ich bin Invalide, und trotzdem meldete ich mich an die Front . . .‹

Aber keiner von diesen Menschen, zu denen er sich in beiden Ansprachen wandte, hatte den Verdacht, daß er sich drückte. Niemand dachte daran. Alle horchten fromm auf ihn, außer den Steiermärkern, die kein Ukrainisch verstanden. Alle wünschten, daß diese erhabene Zeremonie möglichst rasch zu Ende ginge. Sie hatten Hunger. Piotr Niewiadomski warf immer wieder einen Blick auf seine Bluse: es waren gottlob noch keine Flecken auf ihr zu sehen. Und als der Kommandant zu reden aufhörte, atmete Piotr erleichtert auf, wie nach einer Absolution für Sünden, die er erst begehen würde.

Der Oberstleutnant näherte sich dem Bataillon. In Gesellschaft der Offiziere begann er, die Reihen abzuschreiten. Es war eine uralte Zeremonie, seitdem es Militär gab. Die Kommandanten beurteilten den Wert des Soldaten nach seinem Aussehen, sie schöpften Mut vor der guten Haltung. Wenn die Menschen fest auf dem Boden stehen – geben sie

die Garantie des Sieges. Unsere Leute standen schlecht. Alles hing jetzt von Bachmatiuk ab.
Nein, das Regiment, dessen Ergänzung Leithuber zufiel, gehörte nicht zu den erlesenen. Wie weit seine Geschichte auch reichte, hatte es sich keines guten Namens erfreut. Und man wußte nicht, warum.
In der k. u. k. Armee gab es gute Regimenter und schlechte Regimenter, sympathische und unbeliebte. Glücks-Regimenter und Pech-Regimenter. Regimenter sind wie Menschen. Den einen verzeiht man alles, weil sie Charme haben, weil sie Schmiß haben oder eine gute Kapelle. Man verdirbt sie, man verhätschelt sie wie Frauen. Dafür vergibt man anderen nicht die kleinsten Fehler, und wenn sie wunder was zeigten, werden sie weder die Herzen noch die Popularität gewinnen. Diesen Deutschmeistern kann gar nichts den Ruf verderben. Und man braucht nicht so weit zu suchen. Innerhalb des XI. Korps gab es auch bevorzugte Regimenter, zum Beispiel das Lemberger 30. Dagegen waren über unser Regiment in der ganzen Armee die häßlichsten Witze verbreitet, die angebliche Dummheit der Huzulen wurde sprichwörtlich. »Sogar ein dummer Huzule aus dem x-ten Regiment des Königs N. versteht das!« – pflegten die Offiziere in anderen Truppenkörpern zu sagen, wenn ihr Rekrut etwas nicht verstand oder schlecht machte.
Oberstleutnant Leithuber schritt in finsterer Laune die wirklich furchtbaren Reihen ab. Von Zeit zu Zeit hielt er vor einem der Rekruten, fragte nach dem Jahrgang, nach dem Geburtsort. Vor Piotr hielt er nicht, fragte ihn gar nichts. Hinter dem Kommandanten schritten die Offiziere. Am Ende ging Bachmatiuk, mit hängendem Kopf: hartnäckig blickte er auf die Stiefellinie. Beim ersten Zug der 3. Kompanie angelangt, wurde Leithuber müde und kehrte um. Er durchblätterte die ersten Seiten des unbeschriebenen Buches, verlor die Lust und schloß es plötzlich. Die ganze Hoffnung lag bei Bachmatiuk. Er warf ihm einen bedeu-

tungsvollen Blick zu, dann verließ der Kommandant mit Gefolge den Platz. Die Reihen lösten sich sofort auf.
»Stehenbleiben! Stehenbleiben! Wer hat euch erlaubt, auseinanderzugehen?« schrien die Chargen. Sie jagten die zerstreute Herde in die Reihen zurück. Stabsfeldwebel Bachmatiuk wartete ab, bis sie sich aufstellten, ausrichteten, beruhigten. Und als sie wieder richtig standen, schrie er: »Ich werde aus euch Menschen machen!«
Die Haut der Menschen in den Uniformen zitterte. Was wird er jetzt mit uns machen? Was waren wir bis jetzt? Was für Foltern, körperliche oder seelische, enthält diese Drohung? Alle fühlten, daß dieser Mensch in den langen Hosen, mit den Medaillen an der Brust, ihr ganzes bisheriges Leben ausgestrichen hatte, es ungültig machte. Sie waren Säuglinge mit grauen, kahlen Köpfen, Babys mit Schnurrbärten; die große Mutter Subordination wird sie an ihren Brüsten säugen. Sie zählten erst einen Lebenstag, seitdem sie Uniformen trugen.
Im Anfang war das Wort. Das Wort, das die Wellen glättete, das Wort, dem tödliche Stille folgt. Bachmatiuk schloß die Augen halb, wie ein scheinheiliges Weib bei der wichtigsten Stelle der heiligen Messe oder wie ein Musikliebhaber bei einem Symphoniekonzert. Er reckte sich hoch und krähte langgedehnt wie ein Hahn: »Habt acht!«
Eine längere Weile öffnete er die Augen nicht, aus Angst, er könnte etwas erblicken, was ihm mißfiel. In der Tat verstanden ihn nicht alle. Die Korporale zeigten den Ungeschickten, wie sie sich auszurichten hatten. Der Stabsfeldwebel öffnete die Augen, rückte die Mütze zurecht, griff nach der Tasche. Er zog eine kleine Broschüre hervor: 37 Kriegsartikel, 37 Glaubensartikel. Und mit ruhiger Stimme verlas er den Jahrgängen all die Verbrechen und Vergehen, die mit dem Tod oder langjährigem Gefängnis bestraft wurden. Die Jahrgänge blickten schnell auf den Grund ihrer Seelen, um ihre Widerstandskraft zu prüfen. Sehr

wenige fühlten sich nach dieser Prüfung sicher. Piotr Niewiadomski fürchtete sich am meisten vor Feigheit. Das ist eine große Kunst – angesichts des Feindes nicht feig zu werden. Der Kaiser verlangte von jedem Menschen Mut, als käme der Mensch mutig auf die Welt. Vielleicht wird ihnen der Stabsfeldwebel Bachmatiuk Mut beibringen?
Als der Stabsfeldwebel Bachmatiuk mit den Kriegsartikeln fertig war, schwebten über den Jahrgängen die Gespenster der siebenunddreißig Todsünden des k. u. k. Soldaten. Jetzt sollte man ein Vaterunser beten, dachte Piotr, oder sich wenigstens bekreuzigen. Und er wollte die Hand heben, aber er konnte sie nicht bewegen. Sie lag leblos an der Naht der kaiserlichen Hose, wie gelämt von Bachmatiuks Wort. Bachmatiuk schaute verzückt auf die erstarrten Gesichter, Uniformen und Stiefel. In seinen Ohren summte eine aus seinem Wort geborene ideale Stille. Er atmete den süßen Geruch des Gehorsams aus der Angst. Und er war glücklich. An diesem ersten Schöpfungstag, da er die Seelen der ältesten Landsturmjahrgänge in Besitz nahm – sah er sein Werk beendet. Und er sah, daß es gut war.

DIE GESCHICHTE VOM GEDULDIGEN INFANTERISTEN

Zweiter Teil

(Fragment)

EIN GESUNDER TOD

Aus dem Polnischen

von Karl Dedecius

In der Einheit gab's ums Verrecken keine einzige Laus für Łeś Nedochodiuk, der im Revier lag und für den Kaiser starb. So gründlich hatte der große Entlauser der Einheit, Izydor Parawan, ein Herr mit grauem Bärtchen und gelben »Intelligenzstreifen« an den Ärmeln, ein Landsturmsoldat ohne Waffe, Kategorie C, sie ausgerottet. Seitdem befanden sich alle Läuse an der Front, samt Kapelle und der k. u. k. Fahne des x-ten Königlichen N.-Infanterieregiments. Bedauerlicherweise! Man hätte sie jetzt in Andrásfalva brauchen können – und wie! Doch darüber, ob der Landsturminfanterist Łeś Nedochodiuk tatsächlich für den Kaiser im Sterben lag, war die Einheit geteilter Meinung. Die einen behaupteten, man könne für den Kaiser nur auf dem Felde der Ehre sterben, im Freien, eben dort, wo es Läuse gab, und nicht im Bett der Krankenstube. Die anderen gaben zwar zu, daß für den Erlauchtesten Herrn nur durch feindliches Geschoß, Bajonett oder Granatsplitter gestorben wird, doch ob sofort auf nacktem Boden oder etwas später im Lazarett, bei Gott – das sei belanglos. Die Hauptsache: im Krieg und nicht durch eine Krankheit, die man sich auch in Zivil holen kann. Indessen meinte die Mehrzahl der Landsleute, das alles sei – fuk[1]: jeder Soldat, der im kaiserlichen Hemd ins Gras beißt, auch wenn er noch gar kein Pulver gerochen hat – stirbt für den Kaiser.
»Wir werden sehn«, sagte der Landsturminfanterist Bryczyński, in Zivil gräflicher Lakai, ein Weltmann. »Er wird ein Begräbnis mit Parade bekommen, mit militärischen Ehren, also ist er für den Kaiser krepiert.«
»Krepiert! Noch is er nich krepiert!« empörte sich Piotr Niewiadomski, Bryczyńskis Nebenmann im Glied und auf der Pritsche. »Noch lebt die Leiche!« Die militärischen Ehren machten ihn allerdings neugierig, und er hätte sie gern mit eigenen Augen gesehen.

1 egal; ost-galizischer Soldatenjargon, rumänischer Herkunft

Für den Kaiser oder nicht, Łeś Nedochodiuk japste die letzten Atemzüge aus sich heraus, obwohl der Regimentsarzt Doktor Badian alles tat, was in seiner Macht lag, um Łeś zu retten. Was aber konnte schon in der Macht von Doktor Badian liegen? Tropfen? Spritzen? Digitalis, Koramin, Kampfer? Daß ich nicht lache! So etwas taugt vielleicht für die Herren Offiziere, für Juden, Advokaten, aber nicht für einen Huzulen. Und Łeś Nedochodiuk war ein Huzule, ein Gebirgsbauer aus Dzembronia am Fluß Dzembronia, und kein Mischling, kein Dörfler jenseits der Huzulei, wie dieser Piotr Niewiadomski, sein Kamerad von der dritten Kompanie des zweiten Marschbataillons. Łeś Nedochodiuk hatte in seinem Stall sechzehn Stück Vieh stehen, sechzehn Stück Vieh weideten für ihn im Sommer auf der Alm. Und Schafe! So einem könnte nur die Salbung helfen, das Zauberkraut! Dem müßte man Selbstgebrannten mit einem Frosch zu trinken geben, ihn mit dem Rauch eines verbrannten Besens ausräuchern, mit dem eine griechisch-katholische Kirche gefegt worden ist. Oder mit dem Rauch aus den getrockneten Hoden eines Hengstes! Aber nichts würde ihm so helfen, so vorm Eingehen auf fremder Erde, in einer magyarischen Brauerei, bewahren, wie die seit Ewigkeiten erprobte Arznei: fünf oder zehn Läuse in Branntwein, ausgetrunken in einem Zug! Aber was wissen die Herren Doktoren schon davon?

Warum mußte Łeś Nedochodiuk auch so jung sterben, ohne die Gnade der Feuertaufe erfahren zu haben? Was haute einen so baumstarken Kerl um, daß er nun dalag wie ein Holzklotz und keuchte wie der Blasebalg in der Schmiede von Kłym Kuczirka in Frosch-Hausen? Hatten ihn magyarische Teufel überwältigt? Magyarische Geister behext? Man sagte, daß Łeś nicht zu behexen war. Daß er regelmäßig zum heiligen Nikolai, dem Gottgefälligen, gebetet hat, damit ihm dieser beistehe und ihn vor allerlei Unglück und jeglichem bösen Zufall zu Lande und zu Wasser bewahre.

Die Vaterunser halfen offenbar nicht, denn Łeś Nedochodiuk schaffte es nicht einmal bis zum Leichentuch der Heiligen Muttergottes[2]. Was war ihm zugestoßen?
Schon kam das Vieh im fernen Huzulenland von der Alm ins Dorf zurück, das liebe Vieh, das christliche. Man löschte die Strohasche in den Wiegen, wo sich im Winter die Gespenster, will sagen: die Seelen der Toten versammeln. (In diesem Jahr gab es mehr Gespenster als Wiegen, obwohl es erst der dritte Kriegsmonat, Anfang Oktober, war.) Der Boden in den Bergen verkam, die Kräuter gingen ein, die Latschen, die Zwergkiefern wurden schwarz. Das Wollkraut stand mit hängenden Blättern düster herum, steif wie die gelöschten Kerzen in der Kirche. Es verdorrten und verkümmerten alle Gräser, die vom heiligen Georg bis zur Zweiten Muttergottes das Vieh auf den Almen ernährt hatten. Also ging das Vieh, das nicht in die Winterställe aufs Heu kam, herunter von der Alm. Tag und Nacht erfüllte Lärm die Täler und Schluchten: das Brüllen und Blöken der getriebenen Herden übertönte sogar das um diese Jahreszeit anschwellende Rauschen der heiligen Flüsse der Huzulei: des Weißen Czeremosz, des Schwarzen Czeremosz und des Pruth. Die Huzulenerde vibrierte vom Gedröhn der über sie hinwegstampfenden Hufe und Klauen. Tausend Glocken und Glöckchen klingelten an den gemästeten Hälsen der Kühe, Kälber und Hammel bei ihrem Laufschritt. Der schwere Gestank der Viehexkremente vermischte sich mit dem Geruch der dampfenden Wolle und des Fells, mit den Düften der zertrampelten Wiesen, des gemähten Heus und der nicht gemolkenen Milch. Nur selten waren Hirtenflöten zu hören.
Schon kam das Vieh von der Alm ins Dorf zurück, die Leute unserer Einheit indes waren immer noch keine Menschen. Notfalls hätte man sie ja an die Front schicken kön-

2 14. Oktober nach dem orthodoxen Kirchenkalender

nen, aber nur notfalls. Der Kommandant der Einheit, Oberstleutnant Leithuber, hätte sie vielleicht abgestellt, doch nicht er hatte hier zu entscheiden, ob die Leute schon Menschen waren. Die Entscheidung lag ausschließlich bei Stabsfeldwebel Bachmatiuk.

Auf den Czeremosz-Flüssen kam die Flößerei zum Erliegen. Die Schleusen wurden geschlossen, die Flöße früher als in anderen Jahren festgemacht, sicherlich auch deshalb, weil die besten Ruderer und Steuerleute beim Militär waren und jetzt für den Kaiser die Serben und Iwans zu befördern hatten – ins Jenseits. Der Winter kam, und unsere Leute in Andrásfalva waren immer noch keine Menschen. Schon hatte der Iwan den Ort Pokucie erobert, schon machte er sich unter dem griechisch-katholischen Volk wie bei sich zu Hause breit, besetzte die Pfarreien mit bärtigen Popen, behängte die Amtsstuben mit Bildnissen des Zaren Nikolai, unsere Leute in Ungarn aber, die den Iwan aus Galizien hatten vertreiben sollen, waren immer noch keine Menschen.

Sie waren keine Menschen, obwohl Stabsfeldwebel Bachmatiuk mit ihnen bereits die fünfte Woche den magyarischen Boden drangsalierte, ihnen auf dem Stoppelfeld und dem Kartoffelacker, wo sie die Ernte verdarben, die Beine langzog, obwohl er sie in den Tümpeln durchnäßte, in den Sümpfen versaute. Die ersten Regenfälle kamen, und der Krieg ging immer noch nicht zu Ende, trotz der verbreiteten Meinung, er wäre mit dem ersten Regen vorbei. Die Landser hatten den ganzen trockenen September über genug vom ungarischen Staub und vom eigenen Schweiß geschluckt, ihre Haut während der langen Tag- und Nachtübungen geschunden, ihre Füße bei den Gewaltmärschen mit vollem Gepäck wundgerieben, die Seiten vom Hinlegen und Aufstehn, Hinlegen und Aufstehn, vom Graben tiefer Gräben, vom Schleppen der Munitionskisten, vom Schießen im Stehen freihändig, im Liegen, im Knien, vom

Robben auf dem Bauch mit einigen Dutzend Kilogramm Last auf dem Rücken blaugeschlagen.
Und dennoch waren sie keine Menschen.
Ist denn etwa eine Kreatur, die – wie der Landsturminfanterist Piotr Niewiadomski – in den wichtigsten Augenblicken des Lebens, zum Beispiel während des Bataillonsexerzierens oder der Wachablösung, vergißt, wo ihre linke und wo ihre rechte Hand ist, ein Mensch? Ist denn einer ein Mensch, der nicht weiß, was eine Visierlinie ist? Der nicht weiß, daß dies, verdammt noch mal, nach der Dienstvorschrift für die kaiserlichen und königlichen Infanterieeinheiten die »imaginäre Linie« ist, die vom Auge des Schützen über Kimme und Korn den Gewehrlauf entlang zum Ziel führt? Und selbst wenn er weiß, was eine Visierlinie ist, ist denn einer ein Mensch, der die beweglichen Ziele in einer ebenen und offenen Landschaft wie dieser ungarischen Tiefebene nicht anvisieren kann? Und kann man ein Wesen in Uniform Mensch nennen, das nicht weiß, was im Gefecht mit einem glühenden Maschinengewehrlauf System »Schwarzlose« zu machen ist, wenn das Wasser ausgeht?
Nein, sie waren keine Menschen, auch wenn Stabsfeldwebel Rudolf Bachmatiuk so manchem von ihnen die Seele aus dem Leib getrieben hatte. Aber die durch Bachmatiuks Befehl vertriebenen Seelen kehrten nach einer gewissen Zeit in die Körper zurück, zurück in die Uniformen wie die Vögel in ihre Nester, doch waren sie nicht mehr die gleichen Seelen wie früher. Verändert hatte sie bereits die große Gottheit der kaiserlichen und königlichen Kriegsscharen: die Subordination.
Übrigens – man kann auch ohne Seele leben. Als Soldat sogar besser. Oft hindert nämlich die Seele den Soldaten daran, die Befehle des Oberkommandos auszuführen. Man kann auch ohne Seele leben.
Im zweiten Marschbataillon gab es den Landsturmschützen

Basarab Stepan aus Podolien, gleich an der russischen Grenze. In jungen Jahren ist er Blindenführer gewesen, ein Didowid; er hat einen blinden Lautensänger auf die Jahrmärkte begleitet. Was ist ihm damals nicht alles zu Ohren gekommen, Sagen und Lieder, die noch älter waren als Kaiser Franz Joseph. Nicht das geringste machten sich diese Sagen aus Grenzen; sie überschritten diese beliebig, bald in die eine, bald in die andere Richtung, nicht einmal vor den Grenzposten hatten sie Angst, weder vor den russischen, noch vor den austriakischen. Dieser Basarab Stepan erzählte seinen Kameraden in der Baracke von einem rechtgläubigen Menschen, der ohne Seele lebte. Sein Leib war woanders, seine Seele wieder woanders, und der rechtgläubige Mensch wußte nicht einmal, wo sie war. Und er hätte seine Seele sehr nötig gehabt. Denn wie allen Menschen, ob rechtgläubig oder griechisch-katholisch, so hatte man auch ihm in der Kirche die Unsterblichkeit versprochen. »Nu, und was sein Unsterblichkeit?« fragte der Landsturmschütze Basarab Stepan, listig mit den Augen zwinkernd. »Ist Nase unsterblich? Sein Därme unsterblich? Vielleicht dein Bauch, Mensch, oder das, was du unterm Bauch hast? Es ist schon besser, wenn alles das, womit du immer gesündigt hast, in der Erde verfault und nur die Seele ewig am Leben bleibt. Und dieser rechtgläubige Mensch«, erzählte Basarab Stepan, »hat bis ins späte Greisenalter in der Welt nach seiner Seele gesucht. Fortwährend hat er gesucht und gesucht und hat sie nirgendwo finden können. Weiß der Kuckuck, was mit ihr geschehen war. Einmal war sie ganz nah bei ihm, ein andermal weit weg, bis Kiew, ohne daß er davon gewußt hätte. Erst kurz vor seinem Tode kroch ihm die Seele in den Leib, nur für einen Augenblick, gerade so lang, um gleich wieder eins, zwei, drei! vorschriftsmäßig aus dem Körper zu fliegen. Und das – für immer. In Iwigkeit Amin. Und gleich darauf starb dieser Mensch.«

In der Einheit war es anders als in Basarabs Erzählung, da kehrten alle Seelen in die Körper zurück. Nur einmal war es passiert, daß der Stabsfeldwebel Bachmatiuk aus einem Soldaten die Seele heraustrieb und diese dann nicht mehr zurückkam. Das war die Seele von Łeś Nedochodiuk.
Wie sie gewesen sein mag: groß oder klein, hübsch oder häßlich oder – tja, so lala, das wissen wir nicht. Denn die Menschenseele ist wie die Visierlinie: man weiß, daß sie da ist, aber gesehen hat sie keiner.
Etwas anderes ist es mit dem Körper. Nicht einmal der ärgste Feind Łeś Nedochodiuks hätte ihm seine Schönheit absprechen können. Łeś Nedochodiuk war großgewachsen, schlank, und die Geschmeidigkeit seiner Bewegungen harmonisierte anmutig mit seiner Kraft. Er hatte, selbst in den schweren Kommißstiefeln, einen leichten Gang und wiegte sich in den Hüften, als schaukle ihn ein milder Wind. Die dunkle Haut an seinem Körper sah wie zarte Rinde aus. Würde man ihn entzweihacken oder -sägen, spritzte sicherlich Harz hervor. Und es kämen wohl weder Fleisch noch Knochen zutage, sondern Jahresringe. Und kein Gestank schlüge einem aus Łeś' Bauch entgegen, sondern Sägewerkaroma.
Sein Element war der Wald. Sein Tagwerk war der Wald, vom Wald war er durchdrungen. Zum Hirtenleben verspürte er keine große Neigung. Vieh stinkt nach Mist. Das Militär tat ihm Gewalt an – es schnitt ihm die glänzenden, kastanienfarbenen Zotteln ab, nur den Schnurrbart ließ es unberührt. Er hatte ihn selbst nach englischer Art gestutzt. Die durchgeschwitzte Übungsuniform paßte nicht recht. Łeś sah in Uniform aus wie ein Tier, dessen Zierde und Würde die pure Nacktheit ist, das aber in jeder Aufmachung, wenn nicht gerade beim Zirkus, nur Mitleid und Lachen erregt. Auf dem geschorenen Schädel saß auch die kaiserliche Mütze schlecht. Unter ihrem Schild glotzten große, blaue Augen hervor, unschuldig wie bei einem Tier.

Die langen Wimpern milderten die Kühle und Wildheit des Blicks. Besonders streng sah das linke Auge mit dem Blutfleck auf der Pupille drein.
Außer Schönheit zeichnete Łeś nichts aus. Und doch flößte er den Landsern Respekt ein. Sie achteten seine Kraft, seine Rasse, seine Herkunft. Berühmt jedoch machte ihn nur eins: sein Glück bei den Frauen. Man erzählte sich, er habe mehrere Frauen gleichzeitig, aber das war nicht wahr. Er hatte eine ihm Angetraute, ebenso stattlich und edlen Blutes wie er, na – und ein Liebchen. Und daß dem schönen Hagestolz aus Dzembronia so manches Flittchen nicht widerstehen konnte, war deren Schuld und nicht seine. Łeś Nedochodiuk gönnte sich den Huzulinnen und nicht nur den Huzulinnen, so wie eine ausladende Eiche jedem ihren Schatten gönnt, der sich unter sie legt. Ihm hätte nicht einmal die Waldfee widerstanden.
Er hatte drei eheliche Kinder, und von den unehelichen sprach man im Flußtal von Dzembronia und Czeremosza kein Wort. Vater und Mutter lebten noch in der uralten Hütte, die ganze Wirtschaft aber lag seit langem schon in der Hand des ältesten Sohnes Ostap. Dieser Ostap hatte sich aus Kuty eine wunderschöne Frau mitgebracht, Kajetanna. Sie sah ein bißchen wie eine Jüdin aus, sie war aber keine Jüdin, Gott bewahre! Sie war Armenierin.
Die gute wie die schlechte, die Friedens- und die Kriegszeit flossen an Łeś herab wie das Fallwasser an den Steinen des Czeremosz. Mit Gedröhn, doch ohne ihm zu schaden. Łeś Nedochodiuk ließen die Zeitereignisse unberührt. Es war ihm egal, wer die Welt, Österreich oder das ganze Huzulenland regiert. Der Kaiser und die Feinde des Kaisers gingen ihn nichts an. Lesen konnte er wohl, aber er las keine Zeitungen. Nicht nur Łeś war so. Viele Huzulengeschlechter gingen ins Grab mit Augen, die bereits zu Lebzeiten für alles nicht Huzulische verschlossen waren; nur den überirdischen Dingen gegenüber war er nicht gleichgültig. Er

glaubte an den Himmel, glaubte an die Hölle, an die Heiligen des Herrn, die Engel und Erzengel, aber auch an den Archijuda, den König der Deiwel, glaubte er, an die Satane, die bösen Geister, die Geister der Nacht, des Waldes und an die ganze überirdische Welt seiner heidnischen Ahnen.
Dieser Baummensch paßte nicht zur Maschine. Erzeugnisse der Metallindustrie mochte er entschieden nicht. Aber die Maschinen waren ihm auch nicht wohl gesonnen. Nicht nur die Maschinen, überhaupt – das Metall. Zweimal im Leben hatte das Eisen ihm zugesetzt. Einmal in der Kindheit, als er fast erblindet wäre. In der Schmiede von Kłym Kuczirka in Frosch-Hausen war ihm der Funke eines glühenden Hufeisens ins Auge gesprungen. Mit diesem Auge mußte er zum Quacksalber nach Kossowo fahren. Und der Kossower gab ihm tatsächlich solche Kräuter und Salben, daß er nach ein paar Tagen seine Sehkraft wiedergewann, obwohl ihm das Auge noch lange danach wehgetan hatte. Das war ein Wunder, bei dem der heilige Nikolaus, der Kinderfreund, dem kossowschen Quacksalber sicherlich persönlich geholfen hatte. Jahre später, als Łeś bereits seinen eigenen Hof bewirtschaftete, hackte ihm die Axt, mit der er die Blöcke für das Floß zurechthieb, den halben Daumen der linken Hand ab. In Friedenszeiten reichte diese kleine Verstümmelung aus, vom Militärdienst befreit zu werden. In den Krieg aber kann man auch mit einem halben Daumen der linken Hand ziehn. Hauptsache, die rechte Hand ist in Ordnung.
Auf die Baumzeit folgte eine eher eiserne. Es sah so aus, als wollte man alle Körperlichkeit – die menschliche, tierische und pflanzliche – mit Hilfe der Maschinen zugrunde richten. Die Infanterie blieb zwar weiterhin die Königin der Waffen, doch ihr Königreich gehörte nicht mehr jener Welt an, die mit dem Handkarabiner und dem Bajonett gemordet hatte. Den idyllischen Mannlicher verdrängte in der kaiserlichen und königlichen Infanterie das Selbstlade-

schnellfeuergewehr System »Schwarzlose«, Modell 07/12, Kaliber 8. Bei Kriegsausbruch entfielen auf jedes Bataillon zwei Maschinengewehre. Als sich jedoch zeigte, daß Zar Nikolai dank der Überlegenheit seiner mechanischen Waffen über Kaiser Franz Joseph siegt, begann die oberste kaiserliche und königliche Heeresleitung nicht nur Hals über Kopf die Maschinengewehrabteilungen auszubauen, sondern auch so viele Leute wie möglich im Umgang mit dieser Waffe zu unterweisen. Es könnte ja im Feld passieren, daß der Feind eine ganze MG-Mannschaft vernichtet, dann mußte man sie rasch an Ort und Stelle ersetzen und durfte nicht erst lange warten, bis aus den rückwärtigen Stellungen qualifizierter Nachschub geschickt wurde. Deshalb war nach Meinung des Stabsfeldwebels Bachmatiuk eine Marschformation so lange nicht reif für die Front, bis sie, und sei es nur oberflächlich, das MG beherrschte. Selbstverständlich konnte nicht jeder Flasche eine so delikate und launische Waffe anvertraut werden. Piotr Niewiadomski zum Beispiel kam nicht in Frage. Es wäre ein Verbrechen, das »Schwarzlose«-System einem Menschen (war er ein Mensch?) in die Hand zu drücken, der nicht wußte, wo seine linke und wo seine rechte Hand war. Er wußte es nicht, obwohl er das Strafexerzieren bereits hinter sich hatte, obwohl ihm der Kommandeur der Einheit, Oberstleutnant Leithuber (der mit der steifen Rechten), persönlich mit der linken Hand zweimal eine Backpfeife verpaßt hatte. Einer Flasche kann man höchstens die weniger wichtigen Teile des MGs überlassen: die Scheibe, das Dreibein, die Munitionskiste. Aber nur zum Tragen. Piotr Niewiadomski war in Zivil Gepäckträger bei der Eisenbahn. Soll er tragen. In Friedenszeiten benützte man in der kaiserlichen und königlichen Armee zum Maschinengewehrtransport Esel, Maultiere und jene huzulischen Kleinpferde türkischer Rasse, die ausschließlich von Hafer leben. In unserer Einheit gab es zwar Maultiere, aber nicht so viele, wie man

bei der wachsenden Zahl der MGs brauchte. Also wurden die Maschinengewehre auseinandergelegt und von den Landsern geschleppt.
Łeś Nedochodiuk gefiel dem Bachmatiuk vom ersten Augenblick an. Wenn der Stabsfeldwebel, nach dem Tod von Hauptmann Knauß, die Menschen überhaupt noch hätte lieben können, dann wäre das bei Łeś bestimmt der Fall gewesen. Er interessierte sich für ihn wie ein Geistlicher für einen Menschen, in dem er die Berufung, Gott zu dienen, vermutet. Er hatte ihn für die nächste Beförderung vorgesehen. Er überlegte, ob er ihn nicht noch vor dem Abmarsch des Bataillons an die Front für den Unteroffizierslehrgang empfehlen sollte. Er übte Łeś gegenüber oft, scheinbar geringfügig, Nachsicht, wenn er auch Augenfälligkeit vermied. Und Łeś Nedochodiuk schien nichts zu bemerken. Er merkte es nicht, daß Bachmatiuk ihn weder zum Reinigen der Latrinen abkommandierte, noch zum Küchendienst oder zum Fassen, dafür vertraute ihm dieser öfter als den anderen Gemeinen subtilere Aufgaben an. Zum Beispiel zeichnete er ihn mit den Funktionen eines Inspektionsgefreiten aus oder er übertrug ihm bei den Gefechtsübungen die Führung eines Spähtrupps. Das alles geruhte Łeś nicht zu bemerken. Ebenso entging seiner Aufmerksamkeit, daß Bachmatiuk ihn nie auf die Schippe nahm, ihn nicht Exzellenz oder Herr Graf nannte. Łeś nahm diese Auszeichnungen entgegen, als stünden sie ihm vom Kaiser persönlich zu. Und als wären sie nicht der Rede wert und somit selbstverständlich. Während der ganzen Zeit der Rekrutenausbildung wartete Bachmatiuk auf irgendeine Reaktion von Łeś, und sei es ein winziges Zeichen der Zustimmung, wenn schon nicht der Dankbarkeit. Er erlebte es nicht. Łeś Nedochodiuk befolgte alle Befehle untadelig, aber mehr auch nicht. Als das Marschbataillon am MG (ganz aus Eisen und Stahl, nur der Rückschlaghinderer aus Holz) unterwiesen wurde, änderte sich das Ver-

halten von Łeś. Es war deutlich zu sehen, wie er beim Anfassen des MGs seinen Widerwillen überwand. Als es zum Schießen kam, fragte Bachmatiuk Łeś, ob er nicht für immer zur Maschinengewehrkompanie versetzt werden wolle. Łeś nahm Habt-acht!-Haltung an:

»Herr Stabsfeldwebel, melde gehorsamst, ich kann nicht.«

»Warum können Sie nicht?«

Statt zu antworten, zeigte Łeś seine linke Hand vor. Bachmatiuk hatte verstanden: Mit einem abgehauenen Daumen kann man »Schwarzlose« nicht bedienen. Also ließ er ihn neben dem MG-Schützen liegen, die Munitionsgurte einlegen und die Hülsen der abgefeuerten Geschosse einsammeln. Verschlafen, träge ließ Łeś den Munitionsgurt durch seine Finger gleiten. Er tat es mit einer Miene, als wären es Eicheln zum Füttern der Schweine, nicht aber die kaiserliche und königliche Munition. Und als ihm Bachmatiuk, durch dieses Verhalten befremdet, den Lauf vom Dreibeingestell abzunehmen befahl, nahm Łeś ihn in die Hände, als berühre er etwas Unreines.

Die anderen Huzulen trauten der Maschine ebensowenig. Sie hatten kein Gefühl dafür. Woher soll ein Huzule auch wissen, wovon ein Maschinengewehr lebt, womit es atmet? Hatte etwa seine Mutter ihm so etwas beigebracht?

Da lagen nun die Landser auf den Auen bei Andrásfalva, lagen bei den Maschinengewehren, als hüteten sie kostbares Vieh, als würden sie es dort weiden. Sie taten, als wären sie darum besorgt, obwohl sie es am liebsten in den Fluß geworfen hätten. Łeś Nedochodiuk tat nicht so. Er zeigte seinen Widerwillen gegen das Maschinengewehr ganz offen. Und Bachmatiuk sah das alles und litt; vorwerfen konnte er Łeś jedoch nichts, denn Łeś arbeitete tadellos. Als aber Nedochodiuk zum zweiten- und drittenmal seinen Ekel für diese schöne Waffe zeigte, man könnte sagen – sie mit den Augen bespuckte, hielt es Bachmatiuk nicht länger aus. Aus der Tiefe des unterdrückten Schmerzes schrie er

Łeś mit einer Stimme an, wie er sie ihm gegenüber noch nie erhoben hatte: »Vorsicht mit dem Maschinengewehr, Herr Graf! Ein MG ist kein Flittchen!«
Kein Flittchen! Der Blutfleck in Nedochodiuks Auge flammte unheilverkündend auf. Zur offenen Auseinandersetzung kam es allerdings erst beim MG-Scharfschießen.

Es war ein schöner Herbstmorgen, als die dritte Kompanie des zweiten Marschbataillons (2 MB/III) singend durch die Stadt zog. Die Kastanien auf dem Marktplatz standen in der Pracht ihrer gelben Blätter, auf denen Tropfen funkelten. Es hatte die ganze Nacht geregnet, und Gehsteige und Fahrbahn waren staubfrei. Der große magyarische Staatsmann Déak Ferencz reckte sich auf seinem Denkmal und schob den Fuß im steinernen Pantoffel vor, als klopfe er damit den Takt eines ukrainischen Liedes. Die sangesmüden Landser löste der Kompaniehornist Hryć Podbereżnyj ab. Unsere Leute waren bei guter Laune. Das Scharfschießen war ihnen lieber, als langweilig vor den Baracken zu exerzieren und anzuhören, wie die blutige Nachbarin der Brauerei »Farkas und Gjörmeky« – das städtische Schlachthaus – brüllt. In der Mitte der Fahrbahn marschierte mit dem Säbel in der Scheide, an der Spitze der Abteilung, Stabsfeldwebel Bachmatiuk. Die Herren Offiziere gingen auf dem Trottoir, um ihre Reitstiefel nicht zu beschmutzen. Als sie auf dem Truppenübungsplatz ankamen, wo das Scharfschießen stattfinden sollte, befahl Leutnant Lewicki, der für die Gefechtsausbildung verantwortlich war, den Maultieren und den Menschen die Lasten abzunehmen. Er gewährte eine kurze Atempause. Die Maultiere wurden gefüttert, und die Menschen hauten sich auf die nasse, von den ständigen Übungen aller Formationen der Garnison festgetrampelte Weide. Bald unterbrach ein schriller Pfiff das Stimmengewirr: Die Leute sprangen auf und erstarrten. Es trat eine Stille ein, wie sie nur beim Militär möglich ist, wenn dann plötzlich Worte fallen, die über Leben und Tod entscheiden. Als aus dem Munde Bachmatiuks der Befehl *Stillgestanden!* kam, sprangen die Männer zu den Gewehren, die zu Pyramiden aufgestellt waren, und zu den Maschinengewehrteilen und dem vorschriftsmäßig abgelegten Gefechtszeug. Die feuchten Kolben waren von den dünnen Fäden des Altweibersommers umsponnen. Auf das Kommando: *Umhängen!* nahmen die Soldaten in Eile ihre Lasten auf und schnallten das Koppelzeug fest. Bachmatiuk hieß die Männer die Waffen auf die Schulter nehmen und sich rühren. Danach teilte er die Posten ein, die das Schießgelände absichern sollten und jedes Lebewesen, das, ob Magyare oder Kuh, dem Feuerbereich zu nahe käme, zu vertreiben hatten. Nach dem Wegtreten der Posten wurden die Maschinengewehre zusammengesetzt und in Stellung gebracht.

Das Schießen begann. Zunächst nur aus den Handfeuerwaffen. Bald aber fingen auch die Maschinengewehre an, in ihren morastigen Nestern auf den Dreifußgestellen festgemacht, sich epileptisch zu schütteln. Aus ihren schmalen Mäulern spritzten Feuerzungen, und bald erfüllte ein gleichmäßiges Rattern die Luft: Man konnte meinen, hier gäben sich Klapperstörche wahnsinnigen Orgien hin. Auf diese Weise wurde die Abwehr der Kompanie vor dem Hauptangriff des Feindes simuliert. Ein wahrer Feuersturm brach über das Vorfeld herein, das von jeglichen, den Augen und Gläsern erreichbaren Lebewesen, leergefegt war. Die Maulwürfe und die Mäuse hatten sich rechtzeitig in ihre selbstgemachten Unterstände verkrochen. Der Kaiser hatte der Phantasie der Soldaten freien Lauf gelassen und ihnen erlaubt, in der Menschenleere die Anwesenheit des Feindes zu vermuten. Dieser freie Lauf der Phantasie dauerte nur kurz. Plötzlich tauchte vor den Augen unserer Leute der Feind auf, den sie beschossen. Bachmatiuk hatte etwas durch das Feldglas in der Öde erspäht und fing nun an, mit zwei Fähnchen, einem blauen und einem gelben, zu fuchteln. Er gab den unsichtbaren Mächten geheimnisvolle Signale, und siehe da, in einer Entfernung von nicht mehr als tausendfünfhundert Metern sprangen verschwommene graublaue Figürchen aus dem Gelände auf. Das war der Iwan. Aufs Korn genommen und getroffen, schwankte er und verschwand unter der Erde, kroch aber bald wieder empor, mal hier, mal dort, und wurde auf dem Hintergrund des klaren Himmels immer deutlicher. So also hatte der Stabsfeldwebel Bachmatiuk hier sogar Macht über den Iwan. Er tötete ihn und erweckte ihn wieder zum Leben.

Die Sonne wärmte bereits ordentlich, rührte den Morast an, die MGs schüttelten sich in Delirien des Feuers, bis eins von ihnen immer schwächer wurde und endlich ganz verstummte. Bachmatiuk eilte herbei, faßte an den Lauf wie eine Mutter an die Stirn eines kranken Kindes und zischte. Er wartete ab, bis der Lauf nicht mehr so heiß war, danach überprüfte er die Kühlung. Klar: kein Wasser. Drei Liter sind nicht viel, wenn man pausenlos schießt. Die Kühlung muß aufgefüllt werden. Aber womit? Es gab kein Wasser in der Nähe, nur an der Stelle, wo der »Iwan« saß. Nach der Gefechtsübung wollte man dort die Maultiere tränken. Wer aber würde das Wasser für die Maschinengewehre beim Feind holen, den diese beschießen? Man mußte sich selbst zu helfen wissen. Die Männer hatten Wasser in ihren Feldflaschen, doch Bachmatiuk wollte ihnen an einem so heißen und anstrengenden Tag nicht noch das Trinkwasser nehmen. Außerdem wollte er mit ihnen jene »letzten Eventualitäten« exerzieren, die das Reglement sowie die Schießvorschrift sowieso vorsahen.

»Nedochodiuk!« rief er. »Nehmen Sie den Lauf und gießen Sie.«

Nedochodiuk verstand nicht. Er hatte Grundstellung angenommen und rührte sich nicht.

»Nedochodiuk! Hören Sie, was ich sage?«

»Jawohl, Herr Stabsfeldwebel!«
»Warum gießen Sie dann nicht?«
Nedochodiuk verstand immer noch nicht; einige Kameraden wollten ihm mit entsprechenden Gesten helfen. Vergebens.
»Nedochodiuk!« rief Bachmatiuk. »Was stehn Sie da wie bedeppert?«
»Herr Stabsfeldwebel, ich, ich . . .«
»Ich, ich! Was ich? Wieso ich? Beim Militär gibt es kein Ich!«
»Herr Stabsfeldwebel, melde gehorsamst, ich kann nicht.«
»Wer meldet? Herr Graf Potocki? Seine Durchlaucht Fürst Schwarzenberg?«
Der Blutfleck ergoß sich über Nedochodiuks linkes Auge auf seine beiden Wangen. Nedochodiuk meldete: »Herr Stabsfeldwebel, Landsturminfanterist Łeś Nedochodiuk . . .«
Bachmatiuk ließ ihn nicht zu Ende reden.
»Herr Graf können nicht? Warum denn nicht? Hat er sich einen Tripper geholt?«
Eine Zeitlang sahen sie sich scheel an. Auf einmal wandte sich Bachmatiuk von Łeś ab und schrie: »Seine Existenz Landsturminfanterist Niewiadomski!«
»Hyr!«
»Knöpfen Sie dem Herrn Grafen den Hosenschlitz auf!«
Piotr Niewiadomski ging zu Łeś, blieb jedoch vor ihm stehen und zögerte. Er wagte es nicht einmal, ihn anzusehen. Bachmatiuk krächzte ihm direkt ins Ohr: »Das ist ein Befehl!«
Der Befehl war ausgegeben. Seine Existenz Piotr Niewiadomski streckte die Arme aus wie ein Blinder oder wie ein Schlafwandler, der dem Willen des Mondes folgt. Mit zitternden Fingern machte er sich an Łeś' Knöpfen zu schaffen.
Und da geschah etwas Unerhörtes: Łeś' Hände, die reglos an der Hosennaht in Habt-acht!-Stellung lagen, erhoben

sich und stießen Piotr zurück. Und sie stießen ihn mit einer solchen Kraft zurück, daß Piotr schwankte; fast wäre er auf den Stabsfeldwebel gefallen, wenn dieser ihn nicht mit dem Lauf des Maschinengewehrs, der inzwischen etwas abgekühlt war, fortgeschubst hätte. Ohne die Ruhe zu verlieren, ließ Bachmatiuk Piotr den Gewehrlauf halten und ging selbst, wie ein Raubtier, auf Łeś zu. Er wußte, daß Łeś es nicht wagen würde, gegen ihn die Hand zu erheben, und seelenruhig knöpfte er ihm den Schlitz auf. Danach riß er Piotr den Lauf aus den Händen und skandierte mit einer von überirdischen Inhalten aufgewühlten Stimme: »Im Namen des Allerhöchsten Dienstes befehle ich dir – gieß!« Łeś Nedochodiuk erzitterte. Mit der rechten Hand griff er an die Hose, zog sie aber sogleich zurück. Bachmatiuk wurde blaß. Stürzt die Welt nun ein oder stürzt sie nicht ein? Bachmatiuk wußte, daß er sofort einen Entschluß fassen mußte, wenn die Welt nicht einstürzen sollte. Aber welchen? Wenn das Verhalten Łeś' eine Befehlsverweigerung oder, wie es in den Vorschriften hieß, eine »Subordinationsverletzung« war, dann mußte man ihn auf der Stelle festnehmen und vor das Divisionsgericht stellen. Doch von einer Subordinationsverletzung konnte erst dann die Rede sein, wenn es keinen Zweifel darüber gab, daß Łeś Nedochodiuk den Urin in den Lauf des »Schwarzlosen« lassen konnte, daß er konnte, nur eben nicht wollte. Schwer zu entscheiden, ohne Beweise in der Hand und ohne einen Arzt in der Nähe zu haben. Und hier mußte man sowohl die Gottheit besänftigen als auch die eigene Autorität retten, darauf bedacht, sich durch einen Eingriff in die Rechte der Natur, die manchmal ebenso zwingend sind wie die k. u. k. militärische Subordination, nicht lächerlich zu machen.

Bachmatiuk wählte die für die Gottheit und auch für ihn günstigere Lösung. Da es unklar war, ob hier ein Fall von Subordinationsverletzung vorlag oder nicht, nahm er lieber an, daß dem nicht so war. Also nahm Bachmatiuk Łeś nicht fest, er ließ ihn nicht einmal zum Rapport am linken Flügel antreten. Dennoch mußte er etwas mit ihm tun. Also trat er in der Stille, die vom Schrecken der letzten Dinge aufgedunsen war, in einer Stille, die das Knattern der beiden »gesunden« Maschinengewehre nicht übertönen konnte, so nah an Łeś heran, daß er diesen mit seinem glänzenden Mützenschild am Hals berührte. Es war, als schnitte ein Guillotinenmesser Łeś den Hals durch. Allerdings war Bachmatiuk um soviel kleiner als Łeś, daß er seine Augen aufrichten mußte, um denen des anderen zu begegnen. Und er begegnete der blutunterlaufenen Pupille des Huzulen und erblickte in ihr die Bereitschaft zum Mord. Sie sahen sich in tödlicher Selbstvergessenheit lange an. Bachmatiuk wandte als erster seinen Blick vom Blutfleck ab, als zöge er aus ihm ein bluttriefendes Bajonett. Er schloß die Augen und sah ein Meer von Blut unter den Lidern. Ohne die Augen zu öffnen, blies er ihm seinen kalten, von Alkohol und Tabak angesäuerten Atem gegen den Hals: »Warte, Söhnchen, ich treibe dir die Seele aus dem Leib!« Danach sprang er von Łeś wie ein Henker vom Gehenkten zurück und pfiff gellend. Die Offiziere und Unteroffiziere folgten seinem Beispiel und die Kompanie unterbrach die Gefechtsübung.

Es gab in der dritten Kompanie kein Schwein, das bereit gewesen wäre, Łeś bei den Chargen anzuschwärzen. Kaum hatte Leutnant Lewicki eine halbstündige Pause angeordnet, begab sich Łeś Nedochodiuk zusammen mit den anderen dorthin, wo sich auf dem kahlen Felde die einzige Oase aus Sträuchern befand: wilde Rosen und Brombeergebüsch. Dort erleichterte er seine volle Blase. Und obwohl Bachmatiuk nur leise verkündet hatte, er werde Łeś die Seele aus dem Leib treiben – hören konnten es nur die, die ihm am nächsten standen, zum Beispiel Piotr Niewia-

domski –, bekamen doch alle die Todesangst zu spüren. Alle fühlten, daß sie auch eine Seele hatten und daß es einen gab, der mächtig genug war, sie ihnen aus dem Leib zu treiben, und sei es nur für einen Tag, für eine Stunde, für einen Augenblick. Und alle fühlten, daß Bachmatiuks Ankündigung keine Drohung war, welcher die üblichen Schikanen und Plagen folgten; sie wußten gut, daß heute etwas passieren würde, was sie bis jetzt noch nicht erlebt hatten. Mit dem ganz besonderen Sinn der Schutzlosen ahnten sie, daß dem Leib ihres Kameraden Łeś Nedochodiuk bald die Seele entfliehen würde, durch den Mund und die Nase würde sie ihm entfliehen, die unsterbliche Seele, für deren Erlösung er aus dem Buch mit den goldenen Rändern gebetet hatte.
Piotr Niewiadomski roch die Gegenwart des Teufels. Er hätte schwören können, daß er sah, wie Satan aus dem Maschinengewehrlauf System »Schwarzlose« dampfte und sich über die Seele des Huzulen hermachte, der vor den Männern seine Scham nicht entblößen wollte.
Keiner von den Zeugen des Vorfalls hatte den Mut, sich Łeś zu nähern, geschweige denn, ihn anzusprechen. Łeś war bereits tabu. Rings um seinen Körper war mit unsichtbarer Kreide ein unsichtbarer Kreis gezogen. Keiner der Lebenden wagte diese Grenze des Lebens und des Todes zu überschreiten. Łeś Nedochodiuk aber schritt zwischen den Kameraden, die bei seinem Anblick verstummten, wie ein König einher, den die Kirche soeben mit einem Bannfluch belegt hat. Die Schuldigkeit der Gläubigen ist es, sich von jedem abzuwenden, auf dem das Anathem lastet, selbst von einem König. Deshalb mieden die Bekenner der k. u. k. Subordination Łeś, bewunderten ihn aber zugleich, weil er es gewagt hatte, die Gottheit herauszufordern und seine Seele dem ungleichen Kampf auszuliefern. Die Verwegenen kommentierten halblaut den Vorfall, laut darüber zu sprechen, trauten sie sich nicht. Sie versuchten zu erraten, welche Sanktionen Bachmatiuk jetzt anwenden, mit Hilfe

welcher Strafen er Łeś die Seele aus dem Leib treiben würde. Und jener stand, wie Łeś, beiseite und rauchte eine Zigarette. Sicherlich dachte er über diese Sanktionen nach. Etwas Besonderes hatte er sich nicht ausgedacht. Die Strafmaßnahmen, über die er verfügte, waren eher bescheiden. Bachmatiuk hatte kein Recht, Disziplinarstrafen zu verhängen. Einzig der Kompanieführer konnte mit Kasernenarrest oder Einzelhaft bestrafen, und das Fesseln (die linke Hand an den rechten Fuß, die rechte Hand an den linken Fuß) sowie der »Pflock«, das heißt das Anbinden, waren ausschließliches Privileg des Kommandeurs. Nichtsdestoweniger hatte Bachmatiuk innerhalb seiner nicht allzu großen Rechte Möglichkeiten genug, Łeś die Seele aus dem Leib zu treiben.

Und das tat er auch.

Niemand konnte genau sagen, wie es dazu gekommen war. Die Mehrzahl der Landser meinte, Unteroffizier Reszytylo, dem Bachmatiuk Łeś zum Strafexerzieren überlassen hatte, habe ihn mit den ständigen Kniebeugen, »Fröschen«, Laufschritten, dem Hinlegen und Aufstehen mit schwerem Marschgepäck und mit einem Mannlicher in der Hand bis zur Bewußtlosigkeit fertiggemacht. Łeś »hat schlappgemacht«, sagten sie, obwohl er ein baumstarker Kerl war. Und vielleicht bekam er einen Blutsturz. Einige sahen, wie er am zweiten Tag des Strafexerzierens hinfiel, das Gewehr fallen ließ und trotz des mehrfachen Kommandos *Auf!* nicht mehr aufstand. »Er simuliert«, sagte Bachmatiuk, als Unteroffizier Reszytylo ihm das meldete. Aber Leutnant Lewicki beunruhigte das. Er zog den Säbel aus der Scheide, legte die Klinge an die zusammengepreßten Lippen des Bewußtlosen, und als er sich davon überzeugt hatte, daß dieser atmete, ließ er die Sanitäter mit einer Trage holen und den ohnmächtigen »Simulanten« in die Krankenstube bringen.

Gleichwohl war mancher Huzule, darunter der Landsturminfanterist Piotr Niewiadomski, davon überzeugt, Stabs-

feldwebel Bachmatiuk habe hierbei Helfershelfer aus einer anderen Welt gehabt. Kurz und gut – die Teufels-Boten waren gekommen, um die Seele Łeś' abzuholen, von dem nicht bloß in Dzembronia am Fluß Dzembronia bekannt war, daß er sündigte, und zwar durch Ehebrechen. Und jetzt verwandelten sich dieselben Teufel, die Łeś damals im fernen Huzulenland zur Sünde angestiftet hatten – und Łeś hatte die Ehe nicht nur mit den Frauen fremder Männer gebrochen, sondern auch mit der Angetrauten seines leiblichen Bruders Ostap, der schönen Armenierin aus Kuty, Kajetanna –, in Hüter und Rächer des mißachteten sechsten Gebots. Die verfluchten bösen Geister nutzten den Umstand aus, daß Krieg war, daß ihr Prinzipal Archijuda (bei dessen Erwähnung allein sollte man ausspucken) dem Herrgott das fünfte Gebot gestohlen und an den Kaiser verkauft hatte. Denn nur dank dessen konnte Stabsfeldwebel Bachmatiuk Łeś' Seele aus dessen Leib treiben. Und nun waren die Teufel gekommen, um sie in die Hölle zu tragen.
Den dritten Tag schon lag Łeś Nedochodiuk im Marodezimmer hinter der chinesischen Wand und kämpfte mit dem Tod. Das Marodezimmer bestand aus nur einem Raum mit zehn Betten. Nicht alle waren belegt. Als sich gezeigt hatte, daß Łeś' Zustand hoffnungslos war und nicht einmal mehr Blutegel halfen, die der Sanitätsgefreite Glück, der Feldscher der Einheit, in der Stadtapotheke kaufte, hatte der Regimentsarzt Dr. Badian angeordnet, aus seinem Quartier in Andrásfalva die chinesische Wand herbeizuschaffen. Er wollte den anderen, meist nur leicht erkrankten Patienten den Anblick eines Sterbenden ersparen. Eigentlich war doch all dies beim Militär und in Kriegszeiten passiert, und man hätte vielleicht schon hier die Soldaten an den Tod gewöhnen sollen. Aber Dr. Max Badian, Regimentsarzt der Reserve, zog es vor, den Moribundus mit einer Trennwand abzusondern, wenn man ihn nicht anders isolieren konnte. Damit die drolligen Figuren der

Chinesen mit ihren langen Hängeschnurrbärten und Zöpfen auf den rasierten Schädeln, die auf der bemalten Trennwand zu sehen waren, die kranken und die gesunden Kameraden von Łeś, die sich nach seiner Gesundheit zu erkundigen kamen, unter so tragischen Umständen nicht zum Lachen reizten, ließ Dr. Badian den Wandschirm mit einem Laken zuhängen.

Es gab noch einen anderen, einen wichtigeren Grund dafür, daß Dr. Badian Łeś' Sterben mit diesem Wandschirm verdeckte. Łeś Nedochodiuk spürte, daß er im Sterben lag. Den Tod fürchtete er nicht, aber er fürchtete die Hölle. Er verlangte nach der Sterbekerze und nach einem Swjaschtschennyk, das heißt nach einem Priester. Eine Sterbekerze gab es bei der Einheit nicht. Es gab auch weder einen griechisch- noch einen römisch-katholischen Kaplan. Die Regimentspfarrer dieser beiden Konfessionen hielten sich im Feld auf, das heißt beim Divisionsstab. Mit Recht meinte man nämlich am Stubenring in Wien, in der Abteilung für die Seelsorge der christlichen Bekenntnisse des k. u. k. Kriegsministeriums, daß die Sorge für die Seelen der Soldaten vor allem dort nötig sei, wo den Soldaten ständig der Tod drohe, also an den Fronten, nicht aber im ungefährdeten Hinterland. Um so mehr, als die Einheiten dort aus den Stammgarnisonen evakuiert worden waren, in denen jetzt der Iwan hauste. Deshalb waren unsere Leute, zumindest vorerst (der Stubenring versprach, später einen griechisch-katholischen Pfarrer abzukommandieren), ohne eigenen Seelsorger und ohne seelische Nahrung. Nicht ganz ohne. Jeden Sonntag und an jedem Kirchenfeiertag marschierten die Katholiken in die Garnisonkirche nach Andrásfalva, wo der Probst dieser Kirche, zugleich Feldgeistlicher des Regiments der Honveds, die heilige Messe auf lateinisch zelebrierte und nur die Predigten auf ungarisch hielt. Der Regimentsarzt Dr. Badian war, wie viele Ärzte jener Zeit, Atheist. Wenn er überhaupt an etwas glaubte, dann an die

Gesetze der Natur. Nur der Fortschritt der exakten Wissenschaften garantierte seiner Meinung nach der Menschheit eine lichte Zukunft. Diesen Glauben hatte allerdings der Krieg, den Dr. Badian für einen sinnlosen Anachronismus hielt, ein wenig untergraben. Er sah in ihm nur die letzten Zuckungen der dahinsterbenden Welt irrationaler, also falscher Ideen. Als überzeugter Liberaler achtete er jedoch alle Religionen. Er begriff, daß man christlichen Sterblichen die Sakramente *in articulo mortis* nicht einmal beim Militär vorenthalten sollte.

So ging er also zum Kommandeur mit dem Ersuchen, den Kaplan der Honveds, der ungarischen Landwehrmänner, zu dem sterbenden Soldaten zu schicken. Es war der erste Sterbefall in dieser Einheit, und Oberstleutnant Leithuber begegnete der Initiative des Arztes wohlwollend. Er hatte aber keine Lust, den Kaplan der ungeliebten Honveds selbst anzufordern, deshalb nahm Dr. Badian das auf sich. Er fuhr mit der Britschka des Kommandeurs in die Stadt und fand den Pfarrer im Pfarrhaus der Garnisonkirche, nicht in der Kaserne. Pfarrer Dr. Szàkaly Géza, Feldseelsorger im Rang eines Hauptmanns, ging sofort auf den Vorschlag von Doktor Badian ein. Kaum aber hatte er (auf deutsch) zugestimmt, Łeś für den Tod zu disponieren – schlug sein Kopf gegen eine Mauer. Gegen die Mauer des Turms von Babel. Dieser hatte bekanntlich die Menschen dem Himmel, also Gott, näherbringen sollen, fatalerweise lief der Erfolg dieser Unternehmung jedoch auf das Gegenteil hinaus. Der Turm zu Babel entfernte die Leute nicht nur von Gott, sondern auch von sich selbst. Sie hörten auf, einander zu verstehen. Daher zögerte Pfarrer Dr. Szàkaly Géza. Er sprach nur ungarisch und deutsch. Wie sollte man da einem Menschen, der diese Sprachen nicht versteht, die Beichte abnehmen? Łeś Nedochodiuk konnte nur seine Sprache, Huzulisch, na, und ein wenig Polnisch. Dr. Badian, der dem Pfarrer den Ausweg aus einer so peinlichen Lage erleichtern wollte, schlug

vor, die Beichte mit Hilfe eines Dolmetschers anzuhören. Pfarrer Dr. Szàkaly, über diesen unerhörten Vorschlag eher überrascht als entrüstet, sah den guten Willen des Arztes, der der seelsorgerischen Rituale unkundig war, und erklärte ihm, eine Beichte mittels eines Dolmetschers sei unmöglich. Sie wäre eine Verletzung des Sakramentsgeheimnisses. Nach längerem Kampf mit dem eigenen Gewissen befand er jedoch, daß die Barmherzigkeit höher zu bewerten sei als die Kenntnis fremder Sprachen. Und überdies kenne Gott, in dessen Namen er, ein bescheidener Kaplan, die Beichte des sterbenden Huzulen in einer ihm fremden Sprache abnehmen sollte, mit Sicherheit alle Sprachen. Auch Ukrainisch. Der Omnipotens et Misericors hatte ja mit der Sprachverwirrung nur den Hochmut der Menschen bestraft, nicht aber sich selbst. Deshalb wird die Beichte, um die der arme Sünder bei der Einheit des x-ten König-N.-Infanterieregiments nachsuchte, trotz der Sprachschwierigkeiten ihre Gültigkeit haben. Dr. Szàkaly Géza entschloß sich also zu fahren. Dr. Badian wollte den Pfarrer mitnehmen, der aber lehnte ab. Auf so wichtige Amtshandlungen wie die Abnahme der Beichte eines Sterbenden, die heilige Kommunion und die Letzte Ölung müsse er sich erst vorbereiten. Er versprach, bald nachzukommen. Er bat nur um ein Tischchen am Bett des Kranken, mit einer weißen Serviette bedeckt, um zwei Kerzen und einige Wattebäusche. Das Kruzifix bringe er selber mit.
Die Ankunft von Pfarrer Szàkaly war für die Einheit eine Sensation. Der alte Pfarrer in weißem Meßgewand über dem schwarzen – weder Geh- noch Waffenrock war kein alltäglicher Anblick. An beiden Ärmeln glänzten je drei Streifen. Die violette Stola ließ den steifen Offizierskragen frei. Der Kopf, auf dem er außerhalb des Dienstes ein Offizierskäppi trug, war jetzt unbedeckt. Den Pfarrer begleitete ein schnurrbärtiger Honved, ebenfalls im Meßgewand, mit einer brennenden Laterne. Aber ohne Glocke.

Es war gegen Abend, der Dienst war beendet, doch die Landser hatten es trotz ihres Hungers nicht eilig, mit ihren Kochgeschirren das Essen zu holen. Die Neugier war stärker als der Hunger. Fast alle bekreuzigten sich auf dem Platz vor der Kommandantur und knieten nieder, und diejenigen, die nicht niederknieten, nahmen die Mützen ab und standen still.

Obwohl es in den Vorschriften des Kommando *Kniet nieder zum Gebet!* gab, fand Stabsfeldwebel Bachmatiuk, das Niederknien habe beim Militär nur dann Sinn, wenn die Schützenabteilung in Doppelreihe schießt. Die erste Reihe kniet, und die zweite, von hinten, schießt im Stehen. Deshalb nahm er nur die Mütze ab, trat ins Innere des Tors und ging hinauf in seine Stube.

Der Pfarrer, der einen weißen Beutel mit den Sterbesakramenten trug, wurde vom Adjutanten, Oberleutnant Baron Hammerling, in die Krankenstube geführt. Dr. Badian zog sich diskret in sein Sprechzimmer neben der Krankenstube zurück. Kurz davor hatte er dem Sanitätsgefreiten Glück aufgetragen, ein paar Wattekügelchen vorzubereiten. Pfarrer Dr. Szàkaly setzte sich auf das Bett des Kranken hinter dem chinesischen Wandschirm. Er bekreuzte Łeś und hörte seine Beichte an, von der er kein einziges Wort verstand. Und Łeś schlug sich unentwegt an die Brust und beichtete so laut, daß Pfarrer Szàkaly ihm Zeichen geben mußte, leiser zu sprechen, da ihn sonst die anderen Kranken hören würden. Sie hörten in der Tat, wie Łeś unentwegt ausrief: »Proschtschajtje, proschtschajtje!« Vergebung! Und sie hörten, wie bei dieser Beichte oft die Wörter: Bruder – Schwägerin – fielen . . . Łeś hörte nicht auf, sich an die Brust zu schlagen. Er schlug so fest, daß sich der Beichtvater wundern mußte, woher der Sterbende noch so viel Kraft nahm. Sicher lieh ihm der barmherzige Gott persönlich diese Kraft, um ihm bei der Reinigung der Seele von den Sünden zu helfen. Es waren wohl schwere Sünden, da Łeś Nedochodiuk sie so lange beichten mußte. Der Pfarrer hatte den Eindruck, daß die Sünden aus Łeś' Seele nicht weichen wollten, daß sie Widerstand leisteten. Łeś quälte sich wie eine schwer Gebärende. Als Pfarrer Dr. Szàkaly sah, mit welcher Mühe der sterbende Huzule seine Sünden »gebar«, wollte er ihm helfen. Er vergaß, daß der Beichtende nicht Ungarisch konnte, und flüsterte ihm in dieser Sprache etwas ins Ohr. Der Dialog, noch eine Konsequenz des im Alten Testament beschriebenen Bauunternehmens, dauerte eine Weile.

Ermüdet von der ungewöhnlichen Beichte, fand Pfarrer Dr. Szàkaly Géza schließlich, es sei genug, der Büßende habe seine Seele von den sie drückenden Sünden befreit. Dennoch unterbrach er den Fluß der unverstandenen Worte nicht, bis Łeś' Stimme schwächer wurde und in ein unartikuliertes Gemurmel überging. Der Beichtvater glaubte, eine Erleichterung auf Łeś' schweißnassem Gesicht zu erblicken, und gab ihm ein Zeichen aufzuhören. Die Beweise seiner Reue waren überdeutlich. In Anbetracht dessen zündete Pfarrer Dr. Szàkaly die Kerzen auf dem Tischchen an und begann, Łeś' Seele für das Einzelgericht und für das Jüngste Gericht vorzubereiten. Zuerst erließ er ihm alle Sünden in einer Sprache, die weder Łeś noch seine Landsleute noch die Honveds des Pfarrers Szàkaly verstanden. Und es verstanden diese Sprache nicht einmal manche Herren Offiziere, besonders die Berufsoffiziere nicht, die auf den Kadettenschulen unterrichtet worden waren. Verstanden hätte sie nur Dr. Badian, wenn er anwesend gewesen wäre.

»Misereatur tui omnipotens Deus, et, dimissis peccatis tuis, perducat te ad vitam aeternam. Amen.«

Danach reichte Pfarrer Dr. Szàkaly Łeś die Kommunion und salbte mit den Wattekügelchen, die er im heiligen Öl befeuchtet hatte, oberflächlich die Lider, die Nüstern, den Mund, die Hände, die Lenden und die Füße des Sterbenden.

Nun konnte der Landsturminfanterist Łeś Nedochodiuk beruhigt sterben.
Ob für den Kaiser oder nur für sich allein, darüber schweigt zunächst die Geschichte.

ESSAYS

Aus dem Polnischen
von Friedrich Griese

KRIEG, FRIEDEN UND DIE DICHTERSEELE

Meinen Freunden aus
Czerwonogród
Teresa und Józef A . . .

I

Zehn Jahre sind seit jenem Julitag verflossen, an dem die zivilisierten Staaten Europas – gewiß nach gründlicher Überlegung – die realen und imaginären Segnungen jenes Zustands aufgaben, den man Frieden nennt, um mit unerhörter Begeisterung den Weltkrieg hervorzubringen.
Wir alle erinnern uns des Gefühls der Erleichterung, mit dem die Völker – oder vielmehr die selbsternannten Sprecher der Völker, die Zeitungen – an jenem Tage aufatmeten und über ihre Leitartikel den triumphalen Aufschrei setzten: Endlich!
Wie gebannt hingen damals die zivilisierten Völker an diesen weit aufgerissenen Mäulern, die sich an der freudigen Nachricht vom Kriege berauschten, und sogen jedes Wort wie eine süße Verheißung in sich auf. Wer jemals gewagt hatte, an der Glaubensbereitschaft und Treuherzigkeit der Menschen zu zweifeln, der hat damals wohl seine schimpflichste Niederlage erlitten: Millionen von unaufgeklärten und aufgeklärten Menschen glaubten einmütig an die unfehlbaren Offenbarungen der Presse. Es schien, als sei die ganze Menschheit von einem religiösen Wahn erfaßt und als begrüße sie in ekstatischem Rausch ihren lange erwarteten Messias – in so bacchischen Sprüngen eilte sie ihm entgegen, zu jedem Opfer bereit. Mit kindlichem Vertrauen ergaben sich die Völker dem Zauber der Ultimaten, welche die dazu ermächtigten Personen einander stellten. Für den Leser der damaligen Zeitungen war es eine Selbstverständlichkeit, daß jedes einzelne Volk einen geschlosse-

nen Organismus bildete, mit einem einzigen Willen und einem Herzen, und so betrachtete er die Dogmen, die zur Begrüßung des Krieges verkündet wurden, als seine eigenen, heiligen Glaubensgrundsätze, vor denen er ohne Argwohn niederkniete.

Von jenen heißen, unfaßbaren Tagen trennen uns heute außer den Milliarden von menschlichen Worten und Meinungen, die in längst vergessenen Zeitungen gedruckt wurden, eine Pyramide von unvergeßlichen menschlichen Taten, trennen uns die Berge von mehreren Dutzend Millionen Leichen, trennen uns Wälder abgehackter Arme und Beine, trennen uns Meere vergossenen Blutes. Noch schrecken uns lebende Gespenster ohne Nasen, ohne Ohren, noch humpeln unglückliche Gestalten als Zeitungsverkäufer über das Pflaster der Städte, noch sind nicht alle Invaliden gestorben. In frischer Erinnerung haben wir die schaurige Beerdigung in Lemberg, bei der Tausende von Krüppeln ihrem Kameraden das Grabgeleit gaben, dem Selbstmörder Jan Kos, der sich am Schluß einer Rede auf einer Versammlung von Kriegsversehrten mit dem Ausruf: »Es lebe die Republik Polen!« eine Kugel durch den Kopf jagte.

Wer von uns nicht mehr in der stillen Nacht durch das Stöhnen der hingemordeten Menschen um seinen Schlaf gebracht wird, dem schwebt sicherlich die Morgenröte des Genfer Protokolls vor Augen, das sich wie ein Regenbogen über der Sintflut der Welt erhebt.

Es gibt aber Menschen, denen das Getöse des allgemeinen Brudermords noch in den Ohren rauscht, die noch Nacht für Nacht vom Krieg träumen und die neben ihnen schlafende Ehefrau mit einem gräßlichen Entsetzensschrei aufwecken. Während sie die Stille des neuen Friedens genießen (denkt daran, das Vaterland gegen Luft- und Gasangriffe zu schützen!), lauschen sie unverwandt auf den Nachhall der noch nicht lange zurückliegenden Vergangenheit. Sie haben die Erinnerungen an den großen Krieg noch nicht *ad acta* gelegt, sie nicht den Nationalmuseen übermacht, denn das Gewissen kann man nicht in einer Vitrine für die Schuljugend zur Schau stellen. Mit zusammengepreßtem Mund rufen diese wütenden Schakale der Schlachtfelder mit gebieterischer Geste das in die Vergessenheit entfliehende Gespenst des Krieges zu sich, um ihm mutig in die Augen zu sehen und ihm, das eigene Entsetzen unterdrückend, sein Geheimnis zu entreißen.

Es gibt bei den Menschen die Neigung, sich des Problems des Krieges, das ihre Seele bedrückt, so rasch wie möglich zu entledigen. Sofort fallen uns hundert Rechtfertigungen ein, wenn die heilige Inquisition des Gewissens, genannt Moral, uns unter schrecklichen Foltern zum Eingeständnis unserer Schuld zwingt. Wir versuchen dann, die Schuld auf andere abzuwälzen oder sie geradewegs abzuleugnen. Wir behaupten einfach, daß es das, wessen man uns beschuldigt, gar nicht gebe, und winden uns so lange unter dieser grausamen Folter, bis es uns gelungen ist, eine Ausflucht zu finden und der Inquisition zu beweisen, daß unser Verbrechen eine schöne und gerechtfertigte moralische Tat sei. Kaum sind wir den Marterinstrumenten der Inquisition entronnen, kaum haben wir Atem geschöpft und unsere gemarterten Glieder gestreckt, werden wir sehr selbstsicher, werden wir von einem solchen Stolz gepackt, daß wir die Taten, für die man uns noch kurz zuvor zur Verantwortung gezogen hätte, als schön hinstellen. Die unglückliche Inquisition ist jetzt übertäubt und steht auf unserer Seite, wie eine arme Dienerin putzt sie unsere Heldenstiefel, kurz: Aus der Unmoral wird Moral, aus dem unverbrüchlichen Hüter der Wahrheit ein Herold der Lüge.

Diese merkwürdige, wahrhaft feige Verwandlung vollzieht sich fast immer in den Seelen der zivilisierten Völker, sobald ein Krieg ausbricht, und sie ist ein ganz unfehlbarer Zug des menschlichen Charakters. Aus dem Verbrechen des

Tötens wird im Handumdrehen die Tugend des Soldaten. Um die Abscheulichkeit des Handwerks, das sie erwartet, zu verhüllen, kleiden sich junge und alte Männer, Familienväter, ernsthafte Landleute und ruhige Spießer wie die Kinder in bunte Lumpen, und indem sie sporenklirrend unter Hörnerklang und Trommelschlag rhythmisch mit den Füßen aufstampfen, verbergen sie ihre traurige, ganz und gar nicht lustige Bestimmung. Aber der Mensch kann ohne Tugenden nicht leben. So entdecken denn die Männer mit ihrer Verwandlung in Soldaten plötzlich eine Fülle herrlicher Möglichkeiten in sich. Menschen, die in der eintönigen, gemächlichen Friedenszeit gestorben wären, ohne daß man von der Geduld und Stärke, die in ihnen schlummert, auch nur etwas bemerkt hätte, erhalten hier, beim Militär, die Gelegenheit, eine ganze Reihe von Vorzügen zu entwickeln und unter Beweis zu stellen. In ihnen entsteht die Tugend der Tapferkeit, der Opferbereitschaft, der Ausdauer, der Selbstverleugnung, des Gehorsams, des Schweigens, der brüderlichen, kameradschaftlichen Liebe, vor allem aber die Fähigkeit, den Gegner zu achten. Nun beweisen die Männer, wie still sie zu sterben verstehen, wie sie ohne ein Wort der Klage die Bürde zu tragen wissen, mit welcher Geduld sie Demütigungen, Beschimpfungen durch die Unteroffiziere, Läuse, Hunger, Durst, Frost und Hitze ertragen können. Aus hartherzigen Egoisten werden mitfühlende Kameraden, aus ängstlichen Hypochondern »alte Haudegen«, die vor keiner Gefahr zurückschrecken. Aus diesen Tugenden entsteht die schöne Ehre des Regiments, die Ehre der Armee. So wie das Christentum seine Märtyrer, besitzt jede Nation ihre »heiligen« Mörder, die bei der Verteidigung von hochgeehrten, bestickten Stoffetzen, Fahnen genannt, mit strahlendem Blick ihr Leben lassen. Auf diese Weise schaffen die Soldaten sich selbst einen Ausgleich für das Verbrechen des Mordes, bringen sie aus sich selbst eine neue Moral hervor, die soldatische Moral, und schließlich gelingt es ihnen in den Strapazen des Krieges, in der Mühsal der hungrigen und blutigen Tage des blinden Gehorsams, das, was von der Stimme des Gewissens noch geblieben ist, in sich zu übertönen und alles, alles zu vergessen. Doch die Feigheit des Soldaten ist niemals eine Rechtfertigung seiner Friedensmoral, die das Töten verbietet, denn den sogenannten Feiglingen geht es eher darum, sich selber zu retten, und nicht darum, den anderen nicht zu töten. Die Feigheit sollte man in diesem Fall freilich nicht als ein Verbrechen betrachten, denn die menschliche Natur scheut trotz sorgfältiger Beeinflussung im entgegengesetzten Sinne noch immer vor dem Mord zurück. Ein Feigling ist nicht, wer aus dem Schützengraben davonläuft, wo er gegen seinen Willen und gegen seine Überzeugung gekämpft hat; ein Feigling ist nur derjenige, der vor den Konsequenzen seiner Kriegsbegeisterung flieht.

Die in den zivilisierten Ländern herrschenden Religionen, die in Friedenszeiten seit jeher das Privileg haben, Hüter der menschlichen Moral zu sein, und die Pflicht, über die Reinheit der Seelen zu wachen, bemühen sich, wenn ein Krieg ausbricht, nur selten, gegen diesen Schacher mit dem Gewissen zu protestieren. In Erkenntnis ihrer Ohnmacht schauen sie ruhig zu, wie die Seele mit dem Teufel paktiert, und aus Furcht, sich gänzlich zu isolieren, begeben sie sich eilends auf die Seite der Mehrheit, die die Macht ausübt.

Daher begann denn auch in allen kriegführenden Ländern der Krieg mit einem feierlichen Gottesdienst für das Gelingen der strategischen Operationen und für den ewigen Frieden des menschlichen Gewissens. Die Religion ist hartnäckig: So rasch und ohne Lösegeld räumt sie nicht ihre Stellung. Allen unmoralischen Taten des Menschen setzt sie ihr Veto entgegen. Folglich geht man mit ihr so um wie mit jedem Gegner, der Einfluß besitzt und gefährlich werden

könnte. Weniger schonungsvoll ausgedrückt: Man stopft der Religion das Maul, indem man sie einlädt, an der Regie des Krieges teilzunehmen.
Im Weltkrieg wurde den Geistlichen aller Bekenntnisse – ob Pfarrer, Rabbiner, Pope, Pastor oder Mullah – auf der Stelle zumindest der Rang eines Hauptmanns verliehen, und dafür hatten sie zu lehren, daß das Ziel, in dessen Namen ihre Armee kämpfte, heilig sei, daß Gott allein auf ihrer Seite stehe und die eigene Strategie unterstütze. Schon im Altertum hatte Israel seinen Herrn der Heerscharen, dessen Schutz ausschließlich ihm galt. Im europäischen Krieg von 1914-1918 hatten jeweils ihren Gott: Deutschland, Österreich, die Türkei, Bulgarien, Rußland, Frankreich, England, Italien, Japan, Belgien, Serbien, Montenegro, die Vereinigten Staaten von Nordamerika, Rumänien usw. . . . Für seine Schirmherrschaft erhielt Gott im Falle des Sieges die Orden: Pour le mérite, Signum laudis, das Karltruppenkreuz, das St. Georgskreuz, den Orden der Aufgehenden Sonne, die Légion d'honneur, den Hosenbandorden und diverse andere. Er wurde zum obersten Kommandeur dieser Orden, die er an einer himmelblauen Schleife trug, mit den echten Sternen des Himmels. »Honni soit qui mal y pense« . . .
Diese größte Lästerung, derer die Menschheit fähig war, stieß auf das strenge Verdammungsurteil Papst Benedikts XV., der an die kämpfenden Völker die inständige Botschaft richtete, das Blutvergießen einzustellen. Unser Herr Jesus Christus, auf all den Verdienstorden gekreuzigt, welche die Brust der tapferen Krieger Europas schmückten, muß damals blutige Tränen geweint haben! Doch seine Tränen flossen vergebens zur Erde, die von dem Blut des Brudermords durchtränkt war.
Während man dem Kaiser gab, was des Kaisers ist, gab man nicht Gott, was Gottes ist . . . Während die Religionen sich also menschlichen Interessen unterwarfen, ist es der Ruhm

eines Häufleins über die ganze Welt verstreuter Dichter, daß sie, ohne es zu wissen, den Kern des Christenglaubens retteten. Aus diesem Grunde muß man vor allem von jenen Dichtern des Krieges sprechen, die es schafften, das verängstigte Herz des Menschen hoch haltend, durch das Dickicht der Tausende von Netzen und Fallen zu dringen, die im Dschungel der verwickelten menschlichen Natur auf sie lauerten.

II

Dem Krieg und seinen Faktoren, der Strategie, der Politik, der Psychologie der Massen, der Psychologie der Führer, der Ökonomie und der Soziologie sind viele Untersuchungen gewidmet worden. Nun wäre eine Untersuchung angebracht, wie es in der Kriegszeit der Menschenliebe ergangen ist. Damit haben sich die Dichter befaßt.

Während des Krieges und danach haben sich zwei Kategorien von Dichtern über den Krieg geäußert: einmal diejenigen, die als Soldaten persönlich am Krieg teilgenommen haben, zum anderen diejenigen, die nicht oder nur als privilegierte Berichterstatter daran teilgenommen haben. Die normalen Kriegsteilnehmer kann man wiederum in zwei Gruppen einteilen: in Befürworter / Freunde und in Gegner / Feinde. Die letzteren bildeten die überwältigende Mehrheit.

Was jene Dichter betrifft, die nicht Soldaten waren und das Geschehen nur aus der Ferne verfolgten, so kann man auch sie in Feinde und Befürworter des Krieges einteilen. Unter ihnen waren die Befürworter in der Mehrheit.

Zweifellos vermochten alle ihre Haltung zu rechtfertigen, und so zweifeln wir denn auch nicht an der Aufrichtigkeit von Verhaeren, Maeterlinck, Barrès, Gerhart Hauptmann, Richard Dehmel, Thomas Mann, Gabriele d'Annunzio und Marinetti als Anhängern des Krieges, noch bezweifeln wir die Aufrichtigkeit von Romain Rolland, Anatole France, H. G. Wells, G. B. Shaw und der Soldaten Barbusse, Duhamel, Leonhard Frank, Andreas Latzko und anderen, weniger bedeutenden Kriegsgegnern.

Natürlich waren jene Dichter, die während des Krieges gegen diesen auftraten, einsamer als seine panegyrischen Lobsänger, die überwiegend ihren patriotischen Gefühlen freien Lauf ließen. Diese Gefühle verlangten damals, daß man einem leidenschaftlichen Feindeshaß Ausdruck gab. Einem so verstandenen Gefühl der Vaterlandsliebe zollten die Deutschen Richard Dehmel und Gerhart Hauptmann gewissenhaft Tribut. Sie scheuten selbst vor den brutalsten Formen einer dichterischen Schmähung des Gegners nicht zurück. Ihren Höhepunkt erreichte diese seltsame Vaterlandsliebe in dem berühmten Gedicht »Haßgesang gegen England« von Ernst Lissauer. Das auf dem Boden einer christlichen Gesellschaft hochgezüchtete Heidentum, das darin unverhüllt zum Ausdruck kommt, würde nur dann Respekt gebieten, wenn Erfahrung sein Antrieb wäre. Doch die deutschen Frontsoldaten haben nie einen so großen Haß auf die gegen sie kämpfenden Engländer empfunden, wie ihn diese blutrünstigen, in gemütlichen Kaffeehäusern residierenden Dichter in ihren Gedichten und Aufrufen anhäuften. Daraus muß man schließen, daß die vom Krieg berauschten Schriftsteller ihre Gebäude auf imaginären oder bewußt verfälschten Fundamenten errichteten, als sie den Mythos eines Soldaten schufen, den es in Wirklichkeit nicht gab. Mehr Taktgefühl, wenn auch nicht weniger Haß bewies der Freund der ganzen Welt, Emil Verhaeren, sowie der Autor des »Schatzes der Sanftmütigen«, Maurice Maeterlinck.

Aber wir wollen uns hier nicht mit »Textkritik« befassen. Uns geht es nur darum, die eigentümliche Haltung der regelrechten Kriegsdichter und den chemischen Destillierapparat zu ermitteln, durch den sie ihr Gewissen schickten.

In den letzten Jahren vor dem Krieg war die Theorie populär, daß die Kunst außerhalb jeglicher Moral stehe und ihre Aufgabe nichts mit der Suche nach Wahrheit zu tun habe. Insbesondere sollte die Dichtung frei von allen ethischen Hemmungen sein und eher der schönen Lüge als der traurigen und wenig verlockenden Wahrheit dienen. Diese Haltung war verständlich in Friedenszeiten, als kleine Verfehlungen gegen Moral und Ethik in den Dichtern eher Freunde als Feinde fanden, wenn sie sie überhaupt interessierten. Es ging damals vorwiegend um die sogenannte »bürgerliche Moral«, die langweilig war wie ein Sonntagnachmittag und der es an der Würze fehlte, welche die Phantasie stimuliert.
Die Augen der Dichter, der sogenannten »grauen Wirklichkeit« überdrüssig, versenkten sich gern in die schöne Wildheit fiktiver Scheinlandschaften, »wo die Begeisterung Wunder schafft«, die Seele ergötzte sich an der Dämonie großer und kleiner Sünden, und die Dichter, die sich an der von ihnen selbst erzeugten Atmosphäre einer trügerischen Begeisterung berauschten, warfen allem, was ihnen nicht gefiel, mit ritterlicher Gebärde den Fehdehandschuh hin, und sei es auch die größte Tugend. Die Lüge besitzt oft einen ungewöhnlichen Reiz, sie ist berückend. Doch wenn die Nationen sich gegenseitig morden und der Welt Vernichtung droht, ist der Zauber, der von der Lüge ausgeht, der des brennenden Roms, und der Ästhet, der sich an der Feuersbrunst ergötzt, hat den Wert eines singenden Nero.
Der Krieg hat nicht nur die Freude und den Zorn gesteigert, er hat in den Dichtern eine weitere Leidenschaft geweckt: ihre alte Manie, die Welt zu verbessern. So haben sie die hohen und unzugänglichen Türme der *splendid isolation* verlassen und sind festen Schrittes als Erlöser zur Erde hinabgestiegen.
Neben anderen Beschäftigungen hat fast jeder Dichter die Gewohnheit, die Welt zu verbessern. Jeder auf seine Weise.

Unglücklicherweise ist es so, daß wir nur eine Welt haben, die man verbessern könnte, aber eine Unzahl von Verbesserern. Auch deshalb ist diese Welt ständig unheilbar krank. Mit dieser Passion für die Weltverbesserung erklärt sich das intensive Verhältnis der Dichter zur Moral und ihr Interesse für politisch-gesellschaftliche Probleme während des Krieges. Jetzt wird die Moral zu einem der aktuellsten Phänomene der Welt, die ein Gegenstand dichterischer Gestaltung ist.

Diejenigen, die am schönsten gelogen haben, fühlen sich plötzlich dazu berufen, die Wahrheit zu retten, und die reale Wirklichkeit, die sie noch vor kurzem verachteten, wird für sie ebenso heilig wie das imaginäre Reich des Geistes. Denn in der gewöhnlichen Realität häuften und verdichteten sich während des Krieges all jene Sensationen, auf welche die Seelen der Dichter stets erpicht waren; das Programm des Krieges sieht vor: Abenteurertum, Bravour, Touristik, ferner: anderen Leid zufügen, die Theatralik des Schmerzes und das große Mysterium des Todes. Der Krieg liefert den Dichtern viele tragische Verwicklungen, die sich aus der Verehrung des Heldentums und der Vaterlandsliebe ergeben, und er bringt sie auf manches lyrische Motiv. Außerdem verschafft er den Epikern Gelegenheit, die menschliche Natur unverhüllt, *in nuce* zu beobachten.

Daher entsteht bei den Dichtern sehr häufig ganz von selbst auch die Idee des Pazifismus, jenseits aller Religion und Moral, jenseits von Gut und Böse, als eine Äußerung des Selbsterhaltungstriebes der ganzen menschlichen Gattung. Man verschließt dann seine Augen vor allen nationalen, politischen, wirtschaftlichen, rassischen Motiven des Krieges und sieht nur das Bild der leidenden Menschheit. In dieser Auffassung steckt ein Dilettantismus, der uns, nachdem wir die letzte Position, die des christlichen Glaubens, geräumt haben, in eine ausweglose Lage bringt. Aber auch auf der anderen Seite, d. h. bei den Nationalisten oder

Imperialisten, kann man einen Dilettantismus des Denkens und Fühlens beobachten, der darauf beruht, daß die Probleme der Ethik logisch auf die nationale beziehungsweise staatliche Notwendigkeit eingeengt werden. Solange es eine Ethik gibt, die nur innerhalb eines Staates oder einer Nation Geltung hat, solange wird die menschliche Kultur in einer Evolution der Leiden bestehen, die Menschen durch Menschen zugefügt werden. Zwischen Politik und Moral tobt ein unaufhörlicher Kampf. Das menschliche Gewissen, das diese beiden Notwendigkeiten nicht miteinander in Einklang bringen kann, leidet in diesem Kampf schmerzlich. Diese beiden Mächte sind Kinder ein und derselben menschlichen Natur, aber der Krieg ist zweifellos ein Bankert des Herzens und des Verbrechens.
Es ist nicht Aufgabe des Dichters, sich darüber Gedanken zu machen, ob Kriege notwendig sind und welchen Sinn sie haben. Sein Organ ist nämlich weder der sogenannte gesunde Menschenverstand noch die Vernunft, welche die vitalen Interessen des Menschen und der Nation lenkt. In seiner Studie über die »Labilität der modernen Moral« weist Maurice Maeterlinck sehr richtig auf ein drittes Organ des menschlichen Bewußtseins hin, das vor allem in der Hand des Dichters seinen Wert und seine Leistungsfähigkeit beweist. Er meint die mystische Vernunft, die bei der Bewertung der menschlichen Taten zumeist den Urteilen des gesunden Menschenverstands und der Vernunft widerspricht. »Unsere Vernunft«, sagt Maeterlinck, »mag sogar recht haben, doch ungleich mehr recht hat das Ideal der Gerechtigkeit, wenn es feststellt, daß die Vernunft lügt.«
Wenn es mir erlaubt ist, ein persönliches Bekenntnis abzulegen, so gestehe ich offen, daß mich vor allem Dinge interessieren, die nicht ganz klar sind, von denen mir nur klar ist, daß sie verwickelt sind. Über solche Dinge wage ich kein apodiktisches Urteil zu fällen. Selbst die einfachsten menschlichen Gewohnheiten, die trivialsten Dinge des All-

tags erscheinen bei näherem Zusehen rätselhaft. Das ganze Erscheinungsbild des Lebens verwandelt sich langsam in ein großes Geheimnis, das ich Gott vergeblich zu entreißen versuche.
Wenn selbst die einfachsten Verhältnisse von der hohen Warte der Maeterlinckschen mystischen Vernunft aus rätselhaft erscheinen, ist es kein Wunder, wenn die ungeheuer komplizierten Fragen von Krieg und Frieden für den Dichter zu einem schweren Problem werden. Die Politik[1] stellt als Sphäre der Vernunft eine Welt dar, die seiner irrationalen Mentalität gewöhnlich fremd ist, und daher fällt es ihm von seinem fremden Standpunkt aus schwer, die Wahrheit des Krieges zu beurteilen.
Allzu häufig hat sich erwiesen, daß die Menschen im nüchternen Zustand rasender sind als im Rausch, in der Ekstase. Im nüchternen Zustand, den Befehlen des Verstandes gehorchend, lassen sie sich zu wilden Leidenschaften hinreißen, morden sie sich gegenseitig wie in Trance, aber in der Ekstase des Herzens, im rauschhaften Zustand des Entzückens fallen sie auf die Knie und glauben demütig an die Worte: »Gesegnet sind die Friedfertigen, denn ihrer ist das Himmelreich!«
Doch auch Menschen, die nicht diese Hoffnung haben und nicht an das Himmelreich glauben, haben ein tiefes Bedürfnis nach Frieden. Sie haben sogar rein rationale Argumente

---

1 In Polen ist das Wort »Politik« noch immer gleichbedeutend mit dem Wort »Patriotismus«. Daher rührt im Leben wie in der Literatur ein großes Mißverständnis. Ein Autor, der etwa nicht die Politik seiner Regierung unterstützt, gilt als ein schlechter Pole. Diese Auffassung ist mit der außergewöhnlichen historischen Stellung des unterdrückten Polen zu erklären. Wir haben uns noch nicht an die Unabhängigkeit gewöhnt und denken daher noch immer in den Kategorien der Unfreiheit, und unsere Gefühle werden noch immer von dem alten nationalen Unglück erregt. Deshalb meint man, daß Menschen, denen politische Dinge gleichgültig sind, außerhalb der Nation stehen.

gegen das Verbrechen des Krieges, das sie beinahe alle verabscheuen, mit Ausnahme einiger Händler, Industriellen, Redakteure und Generäle.
Alle logischen Argumente für und gegen den Krieg müssen gleichermaßen berücksichtigt werden, wenn wir die schmerzhafte Spaltung in der Seele des Menschen verstehen wollen, von der die Literatur handelt.
Das einzige, was wir als unumstößliche Tatsache zu äußern wagen, ist unsere Überzeugung, daß es nicht nur böse oder verrückte Menschen sind, die Krieg führen. Der Krieg ist nicht allein ein Werk des Hasses. Der Krieg wird von denselben Menschen gemacht, die im privaten und öffentlichen Leben so viele Tugenden aufweisen. Ein ehrbarer Dichter begreift nicht, wie das möglich ist, und deshalb zieht ihn dieses blutige Geheimnis so an. Der nachdenkliche Dichter stößt hier auf die Tragik, von der die schönsten Dokumente der Menschlichkeit aus der Zeit des europäischen Krieges erfüllt sind. Diese tragische Zerrissenheit finden wir ebenso in »Das Feuer« von Henri Barbusse, im »Leben der Märtyrer« von Georges Duhamel, in den Dramen von Charles Vildrac, in »Les temps maudits« von Marcel Martinet, in »Vous êtes des hommes« von Pierre-Jean Jouve, in Romain Rollands »Clérambault« wie in dem großartigen Roman »Der Mensch ist gut« von Leonhard Frank und in Andreas Latzkos »Menschen im Kriege«. Aus all diesen Werken dringt ein stummer Vorwurf, eine dumpfe Klage.
Es ist falsch, zu glauben, in dieser Kriegs- oder vielmehr Antikriegsliteratur würden die Schuldigen vor Gericht gestellt. In ihr wird die ganze menschliche Natur angeklagt, und der Ankläger ist hier gleichzeitig der Angeklagte.
Beim Krieg als literarischem Thema wäre alles klar, und die ganze Fabel gehörte eher in den Bereich der Lyrik als in den der Tragik, wäre nicht der Tod des Menschen die Hauptperson des Dramas. Wir würden dann Bücher über den

Krieg in der gleichen Weise lesen wie Erzählungen von den Triumphen der phantastischen Jäger im Urwald von Białowieża, wie die abenteuerlichen farbigen Schilderungen jener Draufgänger, die auf Tigerjagd gehen. Aber im Krieg ist sowohl der Jäger als auch das Wild ein Mensch. Der hervorragende Gelehrte Friedrich Nicolai weist in seinem berühmten zweibändigen Werk »Die Biologie des Krieges« auf die Doppelrolle des Menschen im Kriege hin, der gleichzeitig Subjekt und Objekt des Handelns ist. Das ist unter allen Tieren praktisch nur beim Menschen der Fall. Nicolai, ein vorzüglicher Naturbeobachter, zeigt, daß es in der Tierwelt nicht vorkommt, daß Raubtiere derselben Gattung und Familie in feindlicher Absicht übereinander herfallen. Dem entspricht unser volkstümliches Sprichwort von der Krähe, die der anderen kein Auge aushackt. Es gibt unter den Tieren keinen Kannibalismus, mit Ausnahme des Schweins, das bisweilen seine Jungen auffrißt.
Als erste Gattung der allgemeinen Zoologie machen wir Menschen uns mit unserer Fähigkeit, uns gegenseitig umzubringen, keine Ehre. Wieviel Energie, wieviel Intelligenz verwendet der Mensch darauf, in sich ein Gefühl der Fremdheit gegenüber dem Nächsten zu züchten! Unsere ganze Zivilisation ist uns behilflich dabei, uns untereinander zu entzweien. Deshalb hat es Kriege zwischen weißen und schwarzen Menschen gegeben, deshalb gab es Kriege zwischen unterschiedlichen Bekenntnissen, unterschiedlichen Nationen, Sprachen und Regierungssystemen. Doch keiner dieser Unterschiede vermag der Kritik des sogenannten gesunden Menschenverstandes standzuhalten. Irgendwann in der Zukunft, wenn die heute aktuellen Motive für Nationalitäten-, Handels- und Klassenkriege erschöpft sein werden, wird die Welt wahrscheinlich Kriege zwischen kahlköpfigen und behaarten Menschen, zwischen blonden und dunkelhaarigen erleben. Anschließend werden die Dunkelhaarigen und die Blonden ein Bündnis schließen,

um sich gemeinsam auf die Rothaarigen zu stürzen. Es sei denn, die Träume der Pazifisten erfüllen sich und die allgemeine moralische Abrüstung sowie die vereinigten Staaten der Welt werden den Krieg ein für allemal verbannen. In der Regel sind die Kriegsgründe ein mehr oder weniger populärer, von der jeweiligen Zivilisation gründlich vorbereiteter Vorwand, etwas zu tun, was sich der Kontrolle unseres Bewußtseins entzieht. Daß der Mensch den Menschen tötet, wird ewig ein Rätsel und ein tragischer Knoten sein, den selbst das kühnste Denken nicht ohne Mühe auflösen wird. Denn wie soll man es etwa fassen, daß der große Gelehrte Fritz Haber, der das Verfahren der Sauerstoffgewinnung verbessert hat, Giftgranaten erfand? Wie soll man sich die Tatsache erklären, daß die genialsten Erfindungen des menschlichen Geistes vor allem dazu dienen, Menschen zu töten? Der ganze Erfindungsgeist wird fortlaufend für die Vernichtung aufgeboten!
Bei Nicolai lesen wir: »Bei allen Tieren geht es vornehmlich um körperliche Vorzüge; für den Menschen sind diese relativ entbehrlich. Was nützen uns die schärfsten Augen, wenn sie nicht wahrnehmen können, was selbst schlechte Teleskope oder Mikroskope wahrnehmen? Wozu brauchen wir noch die Nase oder die Zunge angesichts der Vorteile, die uns die Chemie gibt? Mit Hilfe von Telefonen und Mikrofonen hören wir über größere Entfernungen und besser, mit Hilfe von mechanischen Waagen und anderen Meßinstrumenten spüren wir mehr, als das Tier mit seinen Spezialorganen zu spüren vermag. Wir brauchen keine gewaltigen Leibeskräfte, wenn Dampfhämmer, Hebel, hydraulische Pressen, kolossale Kräne und Hebewerkzeuge für uns arbeiten! Was nützt uns die Flinkheit, wenn Züge und Autos für uns rasen? Wir brauchen weder die Fertigkeit des Schwimmens noch die Fähigkeit, in der Luft zu fliegen; das machen für uns besser unsere Dampfer, Unterseeboote, Flugzeuge und Ballone.«

Das alles sind Schöpfungen des menschlichen Geistes, wenngleich sie durch die Arbeit menschlicher Hände entstehen. Statt uns das Leben zu erleichtern, bekommt das alles erst höchste Bedeutung, wenn es um den Tod geht.

Das rätselhafte Phänomen des Todes hat durch seinen schaurigen Reiz seit jeher die Phantasie der Dichter verlockt. Das Grauen des allgemeinen Sterbens der Natur, vom Verwelken des Grases und des Blattes am Baum bis hin zum geheimnisvollen Mysterium, in dem der Mensch den letzten Atemzug aushaucht, hat immer die dichterischen Talente angezogen. Der Geist der Dichter hat die mannigfaltigsten Bilder vom Hinscheiden des Menschen entworfen: vom stillen, gelassenen Einschlafen im Herrn bis hin zum grauenvollen, sadistischen Mord. Aus allen Bildern des Todes, die von Dichtern gemalt wurden, kann man ein offenes oder verborgenes ästhetisches Urteil herauslesen. Es gibt Dichter, die dem Tod schmeicheln wie einer schönen Frau, die seine Reize rühmen und in ihm den tieferen Sinn des Lebens finden. Andere jonglieren mit dem Tod so leicht wie mit einem Ball, schmeicheln sich kokett bei ihm ein und setzen für ihn das ganze menschliche Leben aufs Spiel. Aber es gibt auch solche, die den Tod hassen, ihn fürchten und seine Häßlichkeit nicht ertragen können.

Es ist leicht zu bemerken, daß keine Spezies von Menschen so häufig vom Tod spricht wie die Zunft der Literaten. Mühelos sprechen die Dichter den Namen des Todes aus, weil sie sich das Recht anmaßen, von den rätselhaften Dingen zu sprechen. Sie sind so etwas wie Fachleute. Fast in jedem Roman, jeder Novelle, jedem Gedichtbändchen, vom Drama ganz zu schweigen, finden wir mindestens eine Leiche, eine Vision des Todes. Darüber schreiben selbst solche, die noch nie einen sterbenden Menschen gesehen haben.

Der Dichter glaubt, das Antlitz des Todes am besten zu kennen, und sei es auch nur, weil er in der Verherrlichung

des Lebens, an dessen Üppigkeit er sich bis in den Tod hinein berauscht, ständig mit ihm kämpft. Selbst derjenige, in dem jegliches Sterben Ekel hervorruft, verbeugt sich vor seinem Geheimnis und entdeckt am Tod dekorative Momente. Nicht selten geht es dabei um eine egoistische Absicherung für jeden Fall. Schließlich muß auch der unsterblichste Dichter irgendwann einmal ganz persönlich sterben, und dann möchte er sich nicht allzu sehr erschrecken, sondern ruhig, feierlich, ja in ästhetischer Form die Welt verlassen. Deshalb neigen die Dichter dazu, zu Lebzeiten den Augenblick des Todes geringzuschätzen, und verlegen den Schwerpunkt auf die Gründe, die ihn hervorrufen. Daher bewundern sie die Bravour eines Salto mortale, die theatralisch-zirzensische Großartigkeit der Luftschiffer, wenn diese mit zertrümmerten Schädeln daliegen. Sie suchen den Rausch im Moment des Todes selbst, weil sie das, was danach kommt, nicht überwinden können.
Merkwürdig, daß die Verkünder der Schönheit des Todes ihn, soweit uns bekannt ist, überwiegend zu Lebzeiten, bei voller Gesundheit und bei vollem Bewußtsein, propagieren. Lebendige, nicht gestorbene Menschen finden Gründe, um deretwillen der Tod wunderbar und beneidenswert ist. Die Kriterien dieser Ästhetik sind sehr fließend. Stets geht es dabei um das zuschauende Publikum. Bisweilen geht es darum, vor den Augen der ganzen Welt, vor dem kühlen Blick der Geschichte etwas Verwegenes zu tun, und die berühmtesten unter den Zuschauern berauschen sich dann an der Todesqual ihrer Nächsten und versichern den Sterbenden, gerade in diesem Augenblick seien sie am schönsten. Wenn alles, wovon diese lebenden Ästheten des Todes sprechen, ebenso schön ist wie dieser, wenn sie den Stoff für all ihre Beteuerungen aus ein und derselben Quelle schöpfen, dann muß man die Kraft ihrer Phantasie bewundern. Leider können die Gestorbenen sich nach dem Tode in dieser Sache, die sie am meisten angeht, nicht äußern, und

deshalb ist der Klageruf der menschlichen Gräber so tonlos. Oh, unbekannter Soldat! Könntest du sprechen, man würde dir sicherlich nicht aus allen Himmelsrichtungen Kränze herbeitragen, sondern so achtlos an dir vorbeigehen, wie man an jedem lebenden Soldaten vorbei zur Tagesordnung übergeht! – *O quam dulce et decorum est pro patria mori!* – wie süß und ehrenvoll ist es, für das Vaterland zu sterben!

Wenn wir diese schönen Worte aus dem Mund eines Lebenden vernehmen, wem sollen wir glauben: dem Lebenden oder dem Toten? Ist es vielleicht lediglich süß, für das Vaterland sterben zu *wollen*? Liegt die Schönheit dieses Opfertodes vielleicht nur in der psychischen Disposition, in der Bereitschaft zum Opfer? Die Antwort auf diese Frage finden wir vielleicht beim Jüngsten Gericht.

Einstweilen müssen wir feststellen, daß bei der Mehrheit der lebenden Menschen eine beträchtlich große Liebe zum Leben und eine elementare Abneigung gegen das Sterben herrscht. Mit Ausnahme der wenigen Christen in der Welt, die, gemäß der Lehre ihres großen Meisters, das diesseitige Leben geringschätzen, läßt sich bei der Mehrheit der Sterblichen eine minimale Lust am Tode und eine unbezwingliche Lebensgier bemerken. Ein gewaltsamer Tod gilt gemeinhin als anomal, und man muß sich damit abfinden, daß gewöhnliche, physisch und geistig gesunde Organismen ihn meiden, selbst wenn er von der Hand Gottes und nicht von der Hand des Menschen kommt. Sogar eifrige Christen, denen das ewige Leben größere Wonnen verheißt als das elende Glück im Diesseits, rufen im Fall einer schweren Krankheit den Arzt und nehmen widerstandslos Arzneimittel ein. Auch wenn das Leben des Papstes in Gefahr ist, versuchen seine Leibärzte, es zu retten. Wir ersehen daraus, daß die glänzenden Aussichten im Jenseits die Lobredner des Todes nicht zu ihrer Propaganda berechtigen.

Der freiwillige Tod des einzelnen ist nach allgemeiner An-

sicht eine Flucht vor dem Leben, eine Fahnenflucht im Kampf ums Dasein; daher rührt der bekannte und bisweilen gerechtfertigte Gemeinplatz von der Feigheit der Selbstmörder. Als Befreiung erscheint der Tod zumeist nur den ermatteten, erschöpften, lebensunfähigen Gefangenen. Ganze Nationen, für die das diesseitige Leben kein Gefängnis ist, meiden denn auch den Befreiungstod, so wie ihn die einzelnen Menschen vermeiden. Selbst die christlichen Nationen sind in ihrer Gesamtheit in dieser Hinsicht heidnisch: Was sie kennzeichnet, ist eine brutale, animalische Bejahung des Diesseits. Und hier beginnen sich seltsame Dinge zuzutragen, die in ihrer Tragik unfaßbar sind und deshalb die ganze Aufmerksamkeit der Dichter verdienen, geschieht es doch, daß Nationen, die leidenschaftlich den Tod ihres Organismus meiden, sich unter den Schutz des Todes flüchten, der in ihrer Hand zu einem Instrument wird.
Jede Nation verfügt über eine Institution, die ihr Leben verwaltet. Die Administrationen des Lebens der Nationen haben von diesen für alle Tätigkeiten, die mit der Frage des Todes zusammenhängen, *carte blanche* erhalten. Deshalb vereint der Staat in seiner Hand alle Mittel, die geeignet sind, sowohl den Tod seiner eigenen Brüder als auch den von fremden herbeizuführen. Die Freiheit des Todes ist die einzige Freiheit, die jeder wohlorganisierte Staat zu jedem Zeitpunkt und in jeder Menge gratis liefern kann. Der Tod ist ein vorrangiges Bedarfsgut in Monarchien wie in Republiken, im kapitalistischen wie im proletarischen System. Die Firma »Staat« hält diesen Artikel in den Köpfen und Herzen ihrer Untertanen bereit, die in Munitionsfabriken, Arsenalen, Kasernen usw. speziell dafür ausgebildet werden. Es gibt eine Kooperative des Todes. Neben einer Reihe von nützlichen Lehren, die der Einübung der Tugend dienen, lehrt jeder Staat eine Fülle von Handlungen, die er selbst als Verbrechen ansieht. Daher ist denn auch der Tod

vom Staat monopolisiert, wie der Tabak, der Alkohol und die Streichhölzer. Dieses Monopol hütet der Staat unter Androhung der Todesstrafe. Dies ist eine Sache von tiefer Tragik. Aus Furcht vor der Anarchie verbietet der Staat seinen Bürgern, sich gegenseitig umzubringen. Als Hüter der öffentlichen Moral und Ethik belegt der Staat aus eigener Initiative Mörder mit strengen Strafen, mit dem Ergebnis, daß er allein berechtigt ist, ungestraft Menschen zu töten. Diejenigen, die innerhalb seiner Grenzen den Tod verdienen, vertilgt der Staat durch Henker, während er Ausländer, die den Tod verdienen und die in Uniformen stecken und Waffen tragen, durch seine Soldaten tötet. In einigen Staaten erfüllen die Soldaten, die für den Kampf mit den Soldaten des sogenannten Feindes bestimmt sind, zugleich innerhalb des Staates die Aufgabe der Henker.
Für das Töten ausländischer Menschen dingt man nicht irgendwelche besonders mörderischen Geschöpfe, engagiert man nicht, dressiert man nicht wilde Tiere – Löwen, Panther und Tiger –, ersinnt man nicht spezielle Todesapparate, die nicht von Menschenhand geführt zu werden brauchen.[2] Nein! Aus all seinen gesunden Bürgern männlichen Geschlechts macht der Staat das Heer, welches unter Todesdrohung das andere Heer töten muß. Der Staat mordet also Menschen mittels einer Maschine, die aus Menschen besteht. Für die Verbrecher im eigenen Lande fällt er Todesurteile, bezahlt er Henker, die, wenn sie morden, nicht morden, wenn sie aufhängen, nicht aufhängen, wenn sie erschießen, nicht erschießen, sondern nur ihre Pflicht erfüllen.
Ich wiederhole: Innerhalb der Grenzen der zivilisierten Staaten darf niemand auf eigene Faust in der Todesbranche arbeiten, mit Ausnahme der Beamten, die durch das Monopol dazu ermächtigt sind. Anerkannt wird nur der Tod

2 Dies wurde nach dem Ersten Weltkrieg geschrieben, als es Lenkraketen und ähnliche Erfindungen noch nicht gab.

mit staatlicher Banderole. In den Fällen, wo es darum geht, sich persönlich gegen einen Überfall von Banditen zu schützen, erteilt der Staat sogar einzelnen die Erlaubnis, Waffen zu benutzen. Der Gendarm im Dienst darf jeden Menschen niederschießen, der nach dreimaliger Aufforderung nicht stehen bleibt.
In all jenen Staaten, die den Menschen für den tödlichen Dienst mechanisiert haben, herrscht ein hohes Moralempfinden, das heißt: ein reges Interesse am Verbrechen und an der Kontrolle des Verbrechens.
In diesem Sachverhalt steckt eine unbeschreibliche Tragik, und deshalb kommen Dichter – vor allem diejenigen, die im Krieg selbst Teil der mörderischen Maschine gewesen sind – aus dem schmerzlichen Nachgrübeln darüber nicht heraus. Schließlich besteht der Staat nicht aus fremden, übermenschlichen und unmenschlichen Geschöpfen, nicht aus grausamen und gefährlichen Ungeheuern: der Staat – das sind wir! Hier liegt der tragische Knoten. Die Mechanisierung des Menschen, der wider seine Natur ohne Zorn und Haß auf einen Menschen schießt, der als Feind bezeichnet wird, ist das Werk vieler Jahre der Zivilisation. Muß man nicht die große Kunst bewundern, die darin liegt, gewaltige Massen völlig gleichgültiger Menschen dazu zu bringen, andere, ebenso gleichgültige Massen zu vernichten? Wie gereizt, wie wütend muß der Mensch sein, ehe er fähig ist, jemanden aus seiner Umgebung zu ohrfeigen! Wieviel Ärger muß sich im einzelnen ansammeln, bis er bereit ist, einen Skandal auszulösen! Und doch haben die gutmütigen Bosnier, durch vollkommene Subordination mechanisiert, mit einer Anmut und Grazie, für die sie mit Orden belohnt wurden, den völlig unschuldigen Sibiriern, über die sie gar nichts wußten, die Kehle durchgebissen! Analphabeten und Naturkinder, die nicht in die Geheimnisse der weltweiten Handelspolitik Englands und Deutschlands eingeweiht waren, die weder beleidigende Leitartikel

lasen noch von den Ausführungen Sir Edward Greys oder Izwolskis etwas wußten, haben die dunkelhäutigen Gurkhas den Deutschen mit dem Messer die Bäuche aufgeschlitzt!

Wenn ich von der Mechanisierung des Menschen durch den Staat spreche, denke ich vor allem an die Armeen der europäischen Großmächte des Jahres 1914. Ich unterscheide dabei ganz genau etwa vom Aufstand der Buren oder vom Krieg der Serben, die sich ihres Ziels bewußt waren und bei denen der Kampf gegen Österreich ein spontaner Reflex des Selbstschutzes war. Gleiches läßt sich auch von dem Häuflein versprengter Belgier sagen, denen der *furor teutonicus* fast ihr ganzes, schönes, mit Meisterwerken der Kunst übersätes Land zerstört hatte. Die polnischen Legionen, die gegen Rußland kämpften, sind geradezu ein Schulbeispiel für eine ihres Kampfzieles bewußte Truppe. Aber was war beispielsweise die österreichische Armee, mit der diese Legionen anfangs verbunden waren? Eine riesige, blinde und von einem kraftlosen Staat absichtlich in Blindheit gehaltene Maschine. Den österreichischen Soldaten hielt allein die Angst vor den Folgen des Ungehorsams bei der Fahne. Der durchschnittliche Österreicher hatte während des Krieges nur einen Gedanken: den mächtigen Wunsch, diese unglückselige Kampagne zu beenden und so rasch wie möglich nach Hause zurückzukehren.

Die Verwalter des offensiven und defensiven Todes besitzen in jedem Staat eine ausführende Institution, ein eigenes Ministerium des Mordes, Kriegsministerium genannt. In diesem Gebäude sitzen bei Tag und bei Nacht vornehme Herren aus den besten Familien des Landes und drücken still und gesammelt die Knöpfe, welche die Mordmaschine in Gang setzen. Sie selbst beteiligen sich nicht an dem Gemetzel, ebensowenig wie ein Mitglied des höchsten Gerichts persönlich die Todesurteile vollstrecken würde. Das hat etwas Niederträchtiges. Keiner von den Gesetzesmachern, die die Todesstrafe für Verbrecher befürworten, würde seine Tochter an einen Henker verheiraten. Das bedeutet, daß die denkenden Kreise, die das Schicksal des Staates lenken, sich der niedrigen Instinkte, die sie für die Verwirklichung ihres Willens benötigen, bewußt sind. Kein Stabsgeneral beteiligt sich an den Aktionen der sogenannten Sturmkompanien. Das sind grobe, ordinäre Kriegshandlungen. Für den Vollzug seiner allerhöchsten Gerechtigkeit »im Namen Seiner Kaiserlichen Majestät« hat sich der Staat die gemeinsten Kreaturen ausgesucht. Die feinen und intelligenten Herren, die die sogenannte Justiz leiten, gehen also von vornherein davon aus, daß sich unter den Bürgern einige finstere Existenzen finden, denen das Strafgesetzbuch nichts vorwerfen kann (!?) und für die das Anlegen des Stricks zumindest ein Sport ist. Wir sehen also, daß der zivilisierte Staat sich der Minderwertigkeit dieser unmoralischen staatlichen Funktionen, derer er bedarf, um das Verbrechen zu strafen, vollkommen bewußt ist. Um wieviel ethischer waren die Feudalherren des Mittelalters oder die »blonden Bestien« der Renaissance, die persönlich zur Gewalt griffen!

Heute wird in den christlichen Staaten als Prinzip der Gerechtigkeit die Methode der Vergeltung angewandt. Sie ist die Grundlage der Rechtsstaatlichkeit. Dem Übeltäter muß dafür, daß er Übles getan hat, ebenfalls etwas Übles angetan werden, damit er es nicht vergißt! Oder für schwerere Vergehen muß er vollkommen vernichtet werden. Deshalb gibt es für die Verbrecher im Staat ein Ministerium der Rache, das abwägt, wieviel das jeweilige Vergehen kostet. Der Staat gibt sich keine Mühe, und er hat weder die Mittel noch die Zeit dazu, den Verbrecher Tugenden zu lehren. Statt ihn zu korrigieren und zu bessern, straft er ihn und schafft er ihn aus der Welt, damit er keinen weiteren Schaden anrichten kann. Auf diese Weise verwendet der Staat ungeheure Energien auf die Ausrottung des Bösen, also auf

Institutionen von negativem Nutzen. Sehr viel weniger Mittel verwendet er auf die Verbreitung der Nächstenliebe und die Lehre der Bürgertugenden. Achtlos geht der Staat an dem Bettler vorbei, der nicht weiß, wovon er sich sein Brot kaufen soll. Aber plötzlich erwacht sein Interesse an diesem Elenden, sobald er etwas gestohlen hat. Dann sperrt er ihn ins Gefängnis ein und ernährt ihn über längere Zeit auf eigene Kosten, mit dem Ergebnis, daß der Unterhalt des Bettlers den Wert der gestohlenen Brieftasche übersteigt.

Damit der Staat respektiert wird, muß er nach außen und innen bedrohlich erscheinen. Er muß über alle Arten von Gewalt verfügen, um seine Ziele zu erreichen, andernfalls droht ihm von innen die Anarchie und von außen der Eroberungsdrang der Nachbarn. Dem Tod, der ständig an seinen Grenzen konzentriert ist und der auf das Leben seiner Bürger lauert, muß der Staat seinerseits eine gleich große Quantität von Tod entgegensetzen, um eventuelle Schläge abzuwehren. Deshalb werden in allen Staaten in sogenannten Friedenszeiten Armeen unterhalten und die Haushalte mit Tötungsmaterial belastet. Jede Aufrüstung vollzieht sich in Ruhe und Frieden, mit ausgesuchter Höflichkeit und Eleganz. Schweigend wird der Mensch mechanisiert, wird ihm die Freiheit seiner persönlichen Gedanken über die öffentlichen Angelegenheiten genommen, wird ihm alles Nötige beigebracht, um ihn an den eventuellen Krieg zu gewöhnen. Das alles geschieht im Namen Gottes und unter Einbeziehung hoher moralischer Begriffe.

Es hat eine Nation in Europa gegeben, deren führende Geister sich rühmten, Barbaren zu sein. Offen lehnten sie die Prinzipien der christlichen Ethik ab und setzten die Stärke über das Recht. Sie waren dadurch nicht sonderlich sympathisch, aber man zollte ihrer Aufrichtigkeit Achtung. Kurz nach dem Weltkrieg, der für sie zur Niederlage wurde, nahmen diese Führer etwas ein, um sich das Gewissen zu erleichtern, aber das Abführmittel kam zu spät. Die ersten begannen, nach Canossa zu kriechen, auf den Spuren ihres einstigen Kaisers, Heinrichs IV., und schlugen sich sehr laut an die Brust. Die Nachkriegsliteratur dieser Nation ist voller Demut und Bußfertigkeit. Der geistige Idealismus, den diese Nation im 18. Jahrhundert besessen hatte, war im Jahre 1870 zusammengebrochen, doch der Hochmut und die Selbstgewißheit dieser Jahre des Triumphs und des Rausches erwiesen sich als ein ebenso mürber Teig wie der sentimentale Brei des Pazifismus, den man 1918 aus reinen Tränen bereitete. Keine Kunst, die Litanei aufzusagen, wenn man zum Bettler geworden ist! Diese Nation, die sich zu Recht gerühmt hatte, ein Volk der Dichter und Denker zu sein, war der Welt jedoch auch im Prozeß der Lähmung des individuellen Denkens voraus, und die siebenundneunzig »Intellektuellen«, die das berüchtigte Kriegsmanifest von 1914 unterzeichneten, haben eine ganze Generation kompromittiert.

Von dieser Fähigkeit, diesem freiwilligen Denkverzicht wußte Friedrich der Große, als er sagte: »Würden meine Soldaten anfangen zu denken, so würde nicht einer im Glied bleiben!«

Die traurige Einrichtung der Welt, die wir oben zu schildern versucht haben, löst bei den Dichtern, die an der Manie leiden, die Welt verbessern zu müssen, mehr oder weniger originelle Äußerungen des Protests aus. In jedem Dichter, der es geschafft hat, sich ein Bild vom Leben zu machen, steckt ein Anarchist, aber nur zum Schein. Im jüngsten Roman Stefan Żeromskis lesen wir von den »gläsernen Häusern«, mit denen die erschöpfte, leidende Phantasie Seweryn Barykas Polen vollgebaut hat. Dieser Mann, ein einstiger Legionär Piłsudskis, sagt zu seinem Sohn, der von revolutionären Ideen ergriffen ist: »Die Erfindung ist die wahre und einzige Revolution.« Und ein wenig weiter oben: »Töten ist ganz und gar unnötig. Schade um die Zeit und die Gesundheit der menschlichen Seele. Es genügt

vollkommen, ein neues Leben aufzubauen. Neu bauen, von Grund auf, aus Lehm und tief strömendem, kaltem, klarem Wasser.« Denn: »Neid und Haß im Menschen müssen durch die Schaffung neuer Werte und die *Vermehrung einer neuen Güte* (Hervorhebung von mir) ausgerottet werden!«[3]
Werke der Dichtkunst, die gegen den Krieg antreten, die sich bemühen, ihn in den Herzen der Menschen zunichte zu machen, würden den Vorwurf verdienen, Anarchie zu verbreiten, wenn sie dem zerstörenden Krieg nicht ihren neuen Aufbau entgegensetzen würden. Sie errichten zumeist ein gewaltiges Gebäude der Bruderschaft und der Liebe, das die Grundlage des neuen Lebens sein soll. Man kann den Krieg nicht töten, wenn man nicht den reifen Frieden in sich trägt! Angesichts der ganzen Politik der Welt, all des heiligen Hasses und des *sacro egoismo*, fordere ich deshalb Respekt vor dem sichtbar gewordenen Schmerz der Dichter, die der seit je bestehenden Ordnung der Welt zum Trotz während des Krieges auf die Suche nach Liebe gegangen sind. Sie waren sich jeder Größe des Menschen bewußt, sie hatten ihn in Erniedrigung und Demütigung gesehen und sie wissen, wo seine Grenzen sind. Ich fordere Respekt vor dem Heldentum der Dichter, die im Gegensatz zu der allgemeinen Heuchelei, mit der die materiellen Interessen bemäntelt wurden, von der »mystischen Vernunft« getrieben, bemüht waren, aus dem brennenden Haus die Reste des menschlichen Gewissens zu retten. Die gleichen Dichter, die vor der Größe des Opfers des Soldaten auf die Knie gefallen waren, rangen die Hände über sein Verbrechen! Wahrlich, am schmerzlichsten ist der Moment, wenn eine Größe die andere erschlägt. Hier muß an die harten Worte Pascals erinnert werden: »Es ist gefährlich, den Menschen zu sehr merken zu lassen, wie sehr er den Tieren gleicht, ohne ihm seine Größe zu zeigen. Es ist auch gefährlich, ihn zu

---

3 Stefan Żeromski, *Vorfrühling*, Frankfurt am Main 1983, Seite 89 f.

sehr seine Größe fühlen zu lassen, ohne ihm seine Niedrigkeit zu zeigen. Es ist noch gefährlicher, ihn über beides in Unkenntnis zu lassen. Aber es ist sehr vorteilhaft, ihm beides vor Augen zu stellen.« (*Gedanken*, 212)
Der Zwiespalt, den der Weltkrieg in der Seele des Dichters hervorgerufen hat, ist ein kreativeres Dokument der Zeit als alle flammenden, enthusiastischen Parolen, die zum Kampf aufriefen. Er hat in der gequälten Menschheit einen gierigeren Durst als den Blutdurst geweckt, einen Durst nach Liebe und Frieden.

IV

Wofür haben die Menschen in den Jahren des großen Krieges mit dem Gewehr, mit der blanken Waffe, mit giftigen Gasen und vergifteten Worten gekämpft? Mit welchen Parolen wurde das Bewußtsein der Kämpfer betäubt? Gewiß haben sie wie immer darum gekämpft, die Fiktion gewisser Befriedigungen zu erlangen. Dazu bedurften sie einer kräftigen Nahrung, die von den in der Politik führenden Köpfen zubereitet wurde. Während sie sich um die Handelsüberlegenheit Englands gegenüber Deutschland schlugen, mußten sie eine Unmenge von Parolen und Freiheitsdoktrinen schlucken und verdauen, mußten sie Hunderte von Phrasen über den Geist der Rasse, über die westliche Zivilisation kauen. Sie mußten glauben, der Krieg sei ein Regen, der den in der langen Dürreperiode des Friedens ausgedörrten Boden wieder fruchtbar mache, eines Friedens, der die Gefahr ewiger Unfruchtbarkeit in sich barg. Man hämmerte den Völkern Parolen des Größenwahns ein, man versprach ihnen ein Kanaan, in dem Milch und Honig fließt, und das alles, damit sie sich gefügig mechanisieren ließen und an ihre Mission glaubten. Es gab am Anfang des Krieges keine Nation, die nicht von ihrer außergewöhnlichen Rolle überzeugt gewesen wäre. Engländer und Franzosen befreiten Europa von der Flut der deutschen Barbarei; die Deutschen retteten Europa vor der Barbarei der Russen. Bei dieser Gelegenheit wurden die unterschiedlichsten Rachegelüste wach, und alte Rechnungen wurden beglichen. In äußerst brutaler und zynischer Weise zerrissen die Staaten ihre alten Abmachungen, Verträge und Bündnisse, und der Masse der Soldaten, die die Verwicklungen der Diplomatie nicht durchschauten, tischte man von einem Augenblick zum anderen neue Wahrheiten auf.

Gott strafe England! Diesen Gruß erfand man im Handumdrehen für die patriotischen Passanten von Berlin, Wien und München, und dem gutgläubigen Bürger flößte man Zorn und Haß auf ihm gänzlich unbekannte Menschen ein. Es geschahen ganz unglaubliche Dinge: Die königliche Regierung in Frankfurt an der Oder – Abteilung für Kirchen- und Bildungsfragen – schickte ein Rundschreiben an alle Schulräte, in dem ihnen dringend nahegelegt wurde, »alle Bemühungen um eine künftige Aussöhnung der Kulturvölker zu unterbinden«.

In diesem entsetzlichen Durcheinander von Wahrheiten, Lügen, falschen Idealen und ganz und gar leidenschaftslosen Gewalttaten entstand die nebelhafte Idee des Kampfes um die »Menschenrechte«. Jede Nation fühlte sich zum Missionar und Gesetzgeber berufen. Das traurigste an dieser blutigen Lektion ist, daß alle Kämpfe um die Menschenrechte nicht gegen eine dritte Macht geführt werden, welche die Menschheit insgesamt von außen bedroht, sondern gegen die Menschheit selbst.

Deshalb ist jeder Krieg auf der Welt ein Bruderkrieg. Er wird mit rücksichtsloser Verbissenheit und um so leichter geführt, als der Feind genau bekannt, ja fast identisch und seine Waffe kein Geheimnis ist.

Es ist nicht ein Kampf des Menschen gegen eine unbekannte Krankheit, gegen Naturkatastrophen, sondern nur ein perfider Selbstmord, ein Harakiri, von einer unzurechnungsfähigen Masse im Fieberwahn begangen.

Wir haben die unterschiedlichsten Rechtfertigungen für diese Wahnsinnstaten gelesen: Der Weltkrieg soll so etwas wie eine Kur gegen die geistige Trägheit Europas gewesen sein, eine Art von psychischem Marienbad oder Karlsbad für die verhärteten, keiner Begeisterung fähigen, eingeschlafenen menschlichen Kräfte. Er soll eine Rettungsaktion für die angeblich untergehenden, in der Tatenlosigkeit des Friedens verkommenden Güter der Zivilisation gewesen sein. Der Krieg sollte durch eine Beschleunigung der natürlichen Auslese die menschliche Rasse veredeln. Er sollte die Schwachen, die Faulen, die Feigen ausrotten, er sollte Selbstsucht, Schläfrigkeit, Indolenz und Niedertracht ausmerzen. Es kam indes umgekehrt: Während die Starken, Mutigen und Edlen fielen, blieb das physische und geistige Siechtum am Leben.

Auch wenn sie einander sehr hassen, geschieht es selten, daß zwei Alte sich gegenseitig ohrfeigen und einander zum Duell fordern. Es sind überwiegend junge, leichtfertige und temperamentvolle Leute, die sich ohrfeigen und duellieren. Daher haben Kriege für Liebhaber des Draufgängertums und der Angriffslust ihren Reiz, zeugen sie doch vom Temperament der Nationen und von dem jungen, heißen Blut, das in ihren Adern pulsiert. Hierin steckt jedoch ein grausamer Irrtum.

Warum sollte das beste, frische, junge Blut, das man in disziplinierte Bahnen lenken und für konstruktive Arbeiten ausnutzen müßte, gerade um seiner erstklassigen Güte willen vergossen werden und bei den Nationen eine langwierige Anämie hervorrufen? Ich habe nicht den Eindruck, daß die Nationen im Laufe ihrer Geschichte jemals so mit Blut angefüllt waren, daß sie unbedingt eines Aderlasses bedurft hätten: Für akute oder chronische Hyperämie genügen Blutegel, die sich in den Sümpfen der Nationen noch stets finden. Ohnehin haben sich bei allen Nationen genügend Blutegel an der Hauptschlagader festgemacht und saugen sie langsam und systematisch mit schmerzhaften Bissen aus. Die paar Tröpfchen guten und schlechten Blutes, die dabei verlorengehen, schaden der Gesundheit der Nation nicht.

Das populärste Argument der Kriegsbefürworter ist die Behauptung, der Krieg sei eine Prüfung der Kraft und Energie. Wer sich gegen den Krieg wendet, hat Angst, ist schwach und weicht der Prüfung aus. Der größte Beweis unserer Kraft soll in dem Wunsch bestehen, die Kraft der anderen zu vernichten. Die Lobsänger des Krieges meinen deshalb, nur Feiglinge wünschten Frieden, nur Egoisten, schwächliche, bequeme und der Aufopferung unfähige Menschen, Juden und Frauen. Dem gegenüber wäre zu fragen, worin eigentlich die menschliche Stärke besteht: darin, den Leidenschaften die Zügel schießen zu lassen, oder darin, sie zu bezwingen.

Wenn ein Übermaß an Triebkräften der naturgegebene Zustand ist, dann erfordert es offenbar mehr Anstrengung und Energie, sie zu beherrschen, als sie von der Leine zu lassen. Nicht den bewundern wir für seine Kraft, der, von der Natur mit starken Muskeln bedacht, überall Streit sucht, sondern vielmehr den von Natur aus schwächlichen Menschen, der es geschafft hat, sich Muskeln anzutrainieren. Wenn man sagt, die Nation sei »Herr ihrer selbst«, so muß das heißen, daß die Nation sich beherrscht und nicht den Nachbarn überfällt, obwohl er einen schönen Garten hat und obwohl einen die Lust ankommt, dem Nachbarn den Schädel zu spalten und die schönsten Äpfel aus seinem Garten zu nehmen. Der Appetit ist kein Maßstab der Tüchtigkeit. Die Beherrschung der Leidenschaften ist die Quintessenz der menschlichen Zivilisation und eine große Errungenschaft der Menschen. Dagegen muß die elementare, animalische, ungehemmte Entladung der physischen Kräfte, auch wenn sie in gewissen Epochen eines überfeinerten Intellekts einen gewissen literarischen Reiz besitzt (Jack London) und sich hervorragend für das Theater eignet, als Barbarei bezeichnet werden. Diese unsere barbarische, europäische Kraft, auf die wir bisweilen stolz sind, wenn es uns allzu gut geht, läßt die Vertreter des uralten Hinduismus, die uns wahrhaftig in manchem überlegen sind, mitleidig lächeln. Unsere aggressive Kraft erweckt häufig den Eindruck eines Bauern, der sich damit brüstet, wieviel er zu essen vermag. Der Bauer sagt zu seiner Frau: »Weib, gib mir zu essen, sonst verschlinge ich dich!« Also setzt ihm das Weib einen halben Ochsen vor (natürlich ist das kein polnischer Bauer), weil sie fürchtet, der Kraftmensch könnte sie sonst verprügeln, und ist stolz auf ihren strammen Mann. Auch Europa hat einen starken Magen, aber es leidet rasch Hunger. Das alles betrachtet der erstbeste Fakir, der imstande ist, zehn Tage zu fasten, mit einem Mitleid, das an Verachtung grenzt. Mit diesem Vergleich möchte ich die Europäer keineswegs in lauter Fakire verwandeln, sondern vielmehr andeuten, worin die wahre Kraft besteht. Ich bin ein fanatischer Anhänger des Westens und finde, daß Europa trotz allem Grund hat, stolz auf sich zu sein. Der alte kultivierte Osten ist in Bewegungslosigkeit erstarrt (vielleicht nur scheinbar? Gandhi?), ist in der Kontemplation verknöchert und betreibt, wie man so sagt, Nabelschau. Bei uns in Europa ist die Kultur noch entwicklungsfähig, unsere Tiegel sind noch heiß vom Sieden der Seele und des Blutes. Wir leben in der Hoffnung auf fortwährende Veränderungen. Ich rühme die Barbarei Europas wegen ihrer Bewegung, wegen des Märtyrertums all ihrer blutigen Geburten! Ich rühme den Widerspruch im Sinne von Kants unsterblicher Vorstellung vom ewigen Frieden. Die Freude an der Erholung, die Sehnsucht nach Ruhe und Stille wären uns fremd, hätten wir nicht die unblutigen Konflikte, den konvulsivischen Kampf und die Siege. Hier liegt unser Heldentum. Unsere ganze Kultur beruht auf der geschickten, weisen Mäßigung von Gegensätzen, mit der wir die Prüfung auf unsere Ethik ablegen. Das Vieh kennt keine Moral, denn es braucht keine, dem Vieh droht von dieser Seite keine Gefahr. Aber auf den Menschen, der ohne Ethik nicht auskommen kann, lauern in jedem Augenblick die Gefahren in Gestalt des Bewußtseins. Das moralische Bewußtsein ist der gefährlichste Feind der menschlichen Siege. *Vae victoribus!* Wer nichts zu verlieren hat, wer sich selbst nicht zum Opfer bringt, ist kein Held! Dies ist das menschlich Schöne bei uns, auf das wir mit Recht stolz sind, dessen geringste Äußerung wir fleißig in den Chroniken festhalten und zum ewigen Gedenken an die Nachwelt weitergeben; es entsteht aus der Kreuzung unseres Willens mit dem Willen des Nächsten, es keimt in Akten der Entsagung, des Schweigens, der Armut, der Aufopferung, der Liebe. Das soll nicht heißen, daß die Passivität die höchste Tugend des Menschen sei. Die Passivität führt zum Nihilismus, vor dem uns Gott behüten möge wie vor der Seuche, dem Feuer, dem Hunger und dem Krieg! Unser Ziel ist nicht das Vegetieren, möge Gott uns vor der immerwährenden arkadischen Idylle bewahren! Es liegt mir fern, den Kampf und den Wettbewerb aufheben zu wollen. Nur der Bestie, die im menschlichen Körper wohnt, gebiete ich Frieden, zusammen mit den Dichtern des ewigen Friedens zwischen den Menschen!

Das ist die einzige Predigt, die man aus den Schriften der Dichter des Weltkriegs herauslesen kann. Der unblutige Kampf, der im Namen seiner unsterblichen, wenngleich geschändeten Würde mit dem Menschen geführt werden muß.

Trotz aller erhabenen Ideale, die von den Machthabern und Führern verkündet wurden, kämpfte Europa in den Jahren 1914 bis 1918 um seine Nahrung, um den Besitz der Früchte der Erde und um Absatzmärkte für seine Waren. Es ging vor allem um materielle, kommerzielle Interessen. Warum hat man diesen blutigen Jahrmarkt nicht beim Namen genannt? Warum hat man die Mythologie verfälscht? Mit welchem Recht hat Merkur sich als Mars verkleidet und mit Apollo einen Pakt geschlossen? Im Namen Gottes wurde um die Sättigung der Mägen gekämpft, aber eine falsche Scham verwehrte uns das Eingeständnis der Wahrheit. Warum hat man den heiligen Krieg erklärt, wenn es nur um das Essen ging, dem schließlich keiner der Lebenden entsagen wird? Keiner der Pazifisten hat uns empfohlen, Einsiedler zu werden und uns von Wurzeln zu nähren. Das Recht auf Nahrung wurde von allen respektiert, und doch hat man den Hunger der Menschen für unwürdige und schändliche Ziele mißbraucht.

Ohne Krieg gäbe es keine Kultur, verkündeten die Eroberer, statt zu sagen, daß wir ohne die Demütigung und Aushungerung der Feinde nichts zu essen haben würden. Das bereitet sogar dem Satten Schmerz.

Das Schlimmste ist unser Wissen von Gut und Böse, das an uns nagt und uns weder ganz gut noch ganz böse sein läßt. Warum dürfen wir nicht straflos morden, wie es uns unsere gierigen Leidenschaften gebieten, noch straflos lieben, auf brüderliche Weise, soviel das Herz nur will?

Ach, verlorenes Paradies! Warum ist unser Stammvater Adam nicht an Ruhr erkrankt, warum hat er sich nicht vergiftet, warum ist er nicht an diesem verhängnisvollen Apfel vom Baum der Erkenntnis des Guten und des Bösen erstickt? Warum hat unser Urschweinehund sich mit dieser bitteren Frucht vollgefressen und zum Nachtisch noch diese sexuellen Freuden gehabt, zu unserem Unglück? Hättest du, Stammvater Adam, nicht gegessen, hättest du nicht so gierig gegessen, dann wäre der Engel mit dem Flammenschwert nicht erschienen, hätte dich nicht aus dem Paradies vertrieben, und wir würden nicht leben, und uns würde nicht ständig das Bewußtsein unserer Sünden quälen!

Süß ist es, ahnungslos zu sündigen, doch mit vollem Bewußtsein zu sündigen, ist Heldentum oder Zynismus.

V

Wäre der Krieg nur das Werk des in den Menschen aufgestauten Hasses, so wäre er ganz und gar keine tragische Erscheinung und kein ernsthafter Stoff für ein dichterisches Vorhaben. Manche Kriege werden aus einer so großen Liebe zum eigenen Land begonnen, daß diese Liebe alle ethischen Skrupel in den Hintergrund zu drängen vermag. Als ich den europäischen Krieg leichtfertig nannte, dachte ich an seine Urheber, das heißt, an die Großmächte jener Zeit. Jetzt ist es an der Zeit, einige Worte über die Kriege vom Typ des Aufstands zu äußern, über Akte der notwendigen Verteidigung der Schwachen gegen Gewalt und Übermacht der Räuber. Kriege, die wegen Handelsvorteilen geführt werden, haben den Charakter eines Herrensports, der auf Kosten der Diener betrieben wird, oder sie sind so etwas wie ein kollektiver Boxkampf und ein Zeichen dafür, daß die Champions nach langem Training ihre Geduld verloren haben. Durchtrainierte Boxer lassen sich mit dem Gegner nicht gern in lange Wortgefechte ein, an deren Erfolg sie nicht glauben, sondern ziehen es vor, sofort mit ihren *ultimae rationes* aufzufahren. Solche Kriege werden von Staaten erklärt, die seit langem auf festen Fundamenten ruhen und den Willen der Völker überhaupt nicht in Rechnung stellen. Deserteure bekommen eine Kugel in den Kopf, und die Soldaten und die Bürger, die nicht zum Waffendienst taugen, werden gar nicht um ihre Meinung gefragt. In der Regel ist es so, daß mit dem Ausbruch des Krieges, nach seinem offiziellen Beschluß, die Regierungen aus Furcht vor Kritik das Parlament auseinanderjagen. Auf diese Weise schneidet man den letzten Faden durch, der in Friedenszeiten eine leidliche Verbindung zwischen dem

Willen des Volkes und dem Willen der Regierung herstellt. Ich möchte mich nicht dem Vorwurf der Einseitigkeit aussetzen, wenn ich sage, daß die polnischen Unabhängigkeitskriege in den Jahren 1794, 1830 und 1863 sowie die Beteiligung der Legionen am Weltkrieg aus einer anderen Sicht betrachtet werden müssen. Die polnische Freiwilligenarmee wurde im Jahre 1914 nicht vom polnischen Staat geführt, im Gegenteil: Eine Handvoll hochintelligenter Leute begann spontan um den künftigen Staat zu kämpfen und ihn unter ganz und gar widrigen Umständen zu schaffen. Ich habe schon erwähnt, daß im Falle des Kampfes um die Unabhängigkeit von einem mechanisierten Menschen nicht die Rede sein kann. Der selbsternannte polnische Soldat auf beiden Seiten der Front handelte entsprechend den unterschiedlichen damaligen »Orientierungen«, ohne durch irgendein Muß in die Truppe getrieben zu sein, im Gefühl einer Mission, die ihm eine über mehr als hundert Jahre hinweg gepflegte Tradition auferlegte. Niemand hatte ihn gerufen, die Gendarmen kamen ihn nicht holen, er ging freiwillig. Inmitten des verbissenen und vernunftlosen Ringens der Großmächte, mit denen er sich verbünden mußte, ließ er die Welt von dem alten polnischen Unrecht wissen. So wie einst der persönliche Zauber Napoleons die in ihren Führer verliebten Garden zu Eroberungen trieb, die es seit Alexander dem Großen und Cäsar nicht mehr gegeben hatte und denen die Freiheit der Italiener, der Spanier und der Deutschen zum Opfer fiel, so schufen im Jahre 1914 die Idee und der persönliche Zauber Józef Piłsudskis das neue polnische Heer und trugen letztlich zur Wiedererlangung der Unabhängigkeit des polnischen Staates bei.

Unter solchen Führern wie Piłsudski, Haller und Dowbór-Muśnicki hatten die Mühsal und die Tätigkeit des Soldaten nichts von der Häßlichkeit des unter Zwang ausgeübten militärischen Handwerks.

Die bewaffnete, mörderische Aktion der Befreiung Polens war durch Befehle aus dem Jenseits diktiert. In der Geschichte herrscht eine alttestamentarische Rachsucht. Die Söhne und Enkel sind für die Taten ihrer Väter und Großväter verantwortlich, und sei es auch nur dadurch, daß sie die Früchte der Siege und Niederlagen ihrer Vorfahren ernten.

Anderthalb Jahrhunderte lang war die gesamte Intelligenz der polnischen Nation darauf ausgerichtet, mit Macht zurückzuholen, was einst die Übermacht genommen hatte. Daher rührt bei den Polen die große, beinahe religiöse Verehrung von Schwert, Karabela und Säbel. Tolstojs Prinzip, sich dem Bösen nicht zu widersetzen, im Einklang mit den Worten des Evangeliums: »Und wer dich schlägt auf einen Backen, dem biete den anderen auch dar«, hat im Leben der Nationen bislang keine Anwendung gefunden. Das Leben, alles Leben ist heidnisch. In allem, was mit der Biologie zusammenhängt, kann man Rücksichtslosigkeit und Rachsucht beobachten. Deshalb haben auch die schönsten Testamente der Väter der Nation den Herzen der Polen Rache eingeflößt, so lange, bis sie sich in eine gefährliche, schreckliche Vaterlandsliebe verwandelte. Die Thermopylen! Sie sind das Symbol aller verzweifelten Aufstände, aller Rebellionen gegen die Tyrannei, das Symbol aller Kämpfe bis zum letzten Mann, »bis zum letzten Blutstropfen«. Deshalb tragen die Kämpfer um die Freiheit Polens in sich den Heroismus des unfreiwilligen Verbrechens.

Friedrich von Preußen, den man den Großen nennt, Maria-Theresia, Zarin Katharina! Gebt den Polen ihre Seele wieder! Ihr habt ihr herausgesaugt, was sie an Schönstem hatte, ihr habt ihr befohlen, die ganze Welt, Gott, sich selbst zu vergessen! Euretwegen, eurer Habsucht wegen, wurde jedes polnische Kind als Rächer der Gebeine seiner Märtyrer-Vorfahren geboren! *Ex ossibus ultor!* Durch eure Schuld haben zarte Knaben, kranke Jünglinge sich nach dem Ruhmestod gesehnt. Durch euch lernten sie, ihre unschuldigen Nächsten: die Russen, Deutschen und Österreicher, zu hassen, und sie sind bis zum heutigen Tage von diesem Haß erfüllt! Befreit endlich unsere Augen und Ohren von der ewigen Wacht, von dem nicht endenden Wachdienst mit dem Karabiner in der Hand!

Möge uns die junge polnische Freiheit von der Todsünde des Brudermords freisprechen, zu der ihr uns gezwungen habt!

Mögen die Vitalisten, die Energetiker nicht befürchten, daß die Menschheit im Friedenszustand nicht wissen wird, wofür sie kämpfen soll, und verfaulen wird, daß ihre Pflüge in Untätigkeit verrosten werden. Uns alle erwartet noch ein mühseliger Kampf mit der Natur, die Eroberung der Luft, der strategische Plan der Eroberung der Elemente ist auf ganze Jahrhunderte angelegt. Wer weiß, ob es dem Genie Emil Fischer, der bereits die künstliche Synthese des Zuckers gefunden hat, noch gelingen wird, das Eiweiß zu entdecken (woran er arbeitet); dann aber wird für die Menschheit eine neue Epoche anbrechen. Die Ernährungsfrage wird dann kein Stein des Anstoßes mehr sein. Hundert Fischers, tausend Fischers werden uns das Leben erleichtern und den Teufel der Rache, der uns besessen hat, aus uns vertreiben. Alles Unrecht hat dann ein Ende, es wird keine Hungrigen mehr geben, und endlich wird nach Jahrhunderten der Unfreiheit der Geist über die Materie triumphieren!

Die Nationen der ganzen Welt, vereint zu einem großen brüderlichen Bund, werden sich nicht langweilen. Unblutige Kämpfe zwischen Mensch und Mensch, nicht um ein elendes Stückchen Brot, phantastische Anstrengungen der Konkurrenten in allen Bereichen menschlichen Erfindungsgeistes werden mehr Verstand, Kraft und Mut erfordern als das Drücken auf den Abzug oder das Laden eines Maschinengewehrs. Niemand soll sich mehr verteidigen

müssen! Niemanden mehr soll der Besitz seines Nächsten locken! Daran arbeitet bereits der moderne menschliche Geist, stören wir nicht sein kriegerisches Getöse.
Der große Kant hat einst einen exakten Plan für die Regierung der Welt auf der Grundlage ewigen Friedens erarbeitet. Er hat überzeugend gezeigt, daß der im Krieg errungene Sieg kein Beweis dafür ist, daß die gerechte Sache gesiegt hat. Er ist allenfalls ein Beweis für die physische Übermacht und das strategische Talent.
Es ist an der Zeit, mit der Verehrung der Uniform Schluß zu machen! Der Völkerbund hat ein Gericht eingesetzt, das über Streitigkeiten zwischen den einzelnen Staaten entscheiden wird. Vielleicht dauert es nicht mehr lange, und die ganze Welt wird wieder zum Zivilleben zurückkehren, und auf dem ganzen Erdball wird es nicht einen Soldaten mehr geben. Doch solange auch nur ein Staat Munitionsvorräte besitzt, werden alle seine Nachbarn gezwungen sein, sich zu bewaffnen.
Niemand wird bestreiten, daß Krieger, die in Reih und Glied marschieren, etwas sehr Dekoratives haben. Das Malerische einer schön uniformierten Infanterie, die zu guter Musik marschiert, beeindruckt nicht nur die Phantasie von Kindern. Derartige Paraden können bei verschiedenen festlichen Anlässen hervorragend genutzt werden. Und erst die Kavallerie! Wenn nur die unschuldigen Pferde nicht allzu sehr gequält werden. Doch selbst die hungrigste dichterische Phantasie wird gern auf diese sinnlichen Freuden verzichten, falls hinter all dem weiterhin der Schrecken des Gemetzels lauern sollte.
Wenn die offiziellen Kapläne schweigen, ergreifen die Dichter das Wort und wiederholen die Worte der heiligen Messe: *Agnus Dei, qui tollis peccata mundi, dona nobis pacem!*
Alle Träume der Dichter hatten ihren Ursprung im einfachen, schlichten Herzen der Mutter, unter dem das menschliche Leben beginnt, und versinken im Meer der Tränen,

die von allen Müttern vergossen wurden, die im Krieg ihre Söhne verloren haben.
Eines Tages – vielleicht durch die Dichtkunst, wenn nicht durch etwas anderes – werden wir alle sanft und freundlich werden, und wir werden es eilig haben, unsere blutigen Hände abzuwaschen, um sie einander von Grenze zu Grenze, von Ost nach West, von Süd nach Nord brüderlich zu drücken. Für diese Waschungen wird die Seife nicht ausreichen. Danach werden wir uns wie Brüder zum gemeinsamen Festmahl der Nationen an den Tisch setzen und dort den altpolnischen Trinkspruch ausbringen: »Lieben wir einander!« – nicht nur beim Wodka, sondern während wir den gemeinsamen Kelch des Lebens, auf dessen Grund viel Bitterkeit ist, bis zur Neige leeren.

1923-1924

Es ist mindestens dreißig Jahre her, da saß der Verfasser dieser Zeilen im Warschauer Café »Europa« in schlechter Gesellschaft. Er saß allein am Tisch, aber wie Paul Valéry sagt: *Un homme seul est toujours dans la mauvaise compagnie.* Nicht weit waren die Mazowiecka-Straße und das »Kleine Gutsbesitzer«-Café und jene Atmosphäre, die mir für den jungen Schriftsteller, der ich damals war, tödlich erschien. Deshalb floh ich vor dieser Atmosphäre und saß im Café »Europa« allein. Ich lehnte mich auf gegen den Markt, auf dem die Preise für die Erzeugnisse des Geistes und der Phantasie festgesetzt wurden und man den Arbeitern der Feder ihren Rang zuwies. Was mich vor allem anwiderte, war meine eigene Rolle innerhalb eines mehr oder weniger bekannten Kreises; was ich satt hatte, war das Herumgerenne bei den Verlagen und die unvermeidliche Konkurrenz zu anderen Schriftstellern. Einen üblen Geschmack bereitete mir die Eitelkeit, die auch, besonders in jungen Jahren, ein Antrieb zum Schreiben ist. Ich mußte an die Worte Nietzsches denken: »Wer den Leser kennt, der tut nichts für den Leser. Noch ein Jahrhundert der Leser – und der Geist selber wird stinken.« (Also sprach Zarathustra: Vom Lesen und Schreiben).

Sogar die Wörter widerten mich an. Ich sah in ihnen nur ein Instrument des Kompromisses zwischen Wahrheit und Lüge. In allen menschlichen Sprachen gibt es ja kein Wort, das ein Werkzeug vollkommener Ehrlichkeit wäre. In unserem eigenen Denken bedienen wir uns nicht der Wörter. Das reine menschliche Denken benutzt andere, bisher ungeklärte Instrumente. Erst wenn wir unsere Gedanken anderen mitteilen wollen, greifen wir zu Wörtern. Doch je verständlicher diese Wörter sind, um so mehr verliert sich – besonders in der Dichtung – ihre jungfräuliche Reinheit. Der Spruch: »Die Sprache widerspricht dem Gesagten, und das Gesagte widerspricht dem Gedachten« ist mittlerweile zu einem Gemeinplatz geworden. Aber von der Sprache und damit von den Wörtern kann ein Schriftsteller sich nicht lossagen. Er kann sie allenfalls um der Ehrlichkeit und der Reinheit willen deformieren.

Und auf einmal beschloß ich in einer Aufwallung von Überdruß und Bitterkeit, meine Arbeiten nicht mehr zu Lebzeiten zu publizieren. Von nun an wollte ich nur noch für die sogenannte Nachwelt schreiben, deren Existenz in jenen Jahren noch nicht so fraglich war wie heute. Alle schöpferisch Tätigen, die Erfolgreichen wie die Erfolglosen, rechneten mit der Nachwelt. Ich wollte mich also befreien von dem, was den Autor veranlaßt, mit der herrschenden Mode, mit Freunden und Feinden und mit all dem zu rechnen, was man in jenen Jahren in Warschau schon als »gesellschaftlichen Auftrag« zu bezeichnen begann. Wie angenehm würde das sein: nicht auf den Beifall des Publikums zu warten, sich aber auch nicht unbeliebt zu machen, weder bei den herrschenden Kreisen noch bei der Opposition noch bei den Klerikern aller Konfessionen oder gar bei den intoleranten Priestern des sogenannten »freien Denkens«. Auf die Zeitungen aller Schattierungen, auf die Antisemiten und die Juden, auf das Militär und die Pazifisten, auf die Finanzwelt und die Snobs des Antikapitalismus zu pfeifen! Nicht Zeuge der eigenen Erfolge, aber auch nicht der Niederlagen zu sein! Überhaupt darauf verzichten, mitzuerleben, wie unser Werk auf jemanden Eindruck macht.

Und ich begann mir im Café »Europa« zu überlegen, welche Vorteile es bringen könnte, wenn ich mich aus dem »Schußbereich« zurückzog, wenn ich mit Michelangelos »Nacht« sagen konnte: *Non veder, non sentir m'é gran ventura.* So entstand in mir die Absicht, nur noch postume Schriften zu produzieren. In meiner Vorstellung rühmte ich schon den Leser dieser Schriften: Er ähnelte keinem derer, die ich kannte. Er hatte kein Gesicht, er hatte keine Stimme, er wurde zu einer Abstraktion und nahm dadurch pathetische, fast monumentale Dimensionen an. Oh, ein solcher, noch ungeborener Leser ist es wert, daß man sich beim Schreiben anstrengt, wenn er nur ein gerechter Richter und weder für noch gegen die eigene Person voreingenommen ist! Wie oft hängt jedoch das Verhältnis des Publikums zu unserem Werk einzig von dieser Person ab. Sobald diese Person aus der Welt verschwindet, vergeht auch die Anziehungskraft dessen, was sie geschaffen hat. Wohl nur wenige unter den Schreibenden werden sich wünschen, daß ihre Werke lediglich ein Anhang zu ihrer Person sind. Vielleicht möchten sogar die Existentialisten nach ihrem Tode gelesen werden? Nicht nur, daß der Autor »postumer Schriften« den mutmaßlichen Leser nicht kennt, er vermag auch selten die Umstände und die historisch-gesellschaftlichen Bedingungen vorauszusehen, unter denen es zur Rezeption des von ihm Geschaffenen kommt. Er kann daher, was die Art seiner Arbeit betrifft, dem sogenannten Absoluten nahekommen. Reiner und edler, weil durch keinerlei opportunistische Rücksichten gehindert, schöpft der Autor »postumer Schriften« aus dem gesteigerten Leben, eigenem wie fremdem, ohne vor heiklen Dingen ängstlich die Augen verschließen zu müssen. Er kann sie wahrhaft nach Herzenslust gestalten. Doch solche bewußten »Postumisten« gibt es, soweit wir wissen, bislang in der Literatur keines Volkes.

Als »postume Schriften« haben wir bisher vorwiegend jene Werke bezeichnet, deren Autor zu Lebzeiten nicht imstande war oder es nicht mehr geschafft hat, sie zu veröffentlichen. Vielleicht hätte er sie veröffentlicht, wenn er länger gelebt hätte oder wenn äußerliche, vom Verfasser unabhängige Bedingungen die Veröffentlichung gefördert hätten. Ich denke hier besonders an Słowacki und Norwid. Es hat auch Schriftsteller gegeben, die zu Lebzeiten nichts

oder fast nichts veröffentlichen wollten und deren reiches Schaffen wir nur aus dem sogenannten literarischen Nachlaß kennen. Hier ist zumindest die erstaunliche amerikanische Dichterin Emily Dickinson zu nennen. Andere Schriftsteller legen ein bestimmtes Datum nach ihrem Tod fest, an dem ihre Werke veröffentlicht werden dürfen, die sie vor diesem Datum aus diesem oder jenem Grund nicht publiziert sehen möchten. Ein seltener, wenn nicht einmaliger Fall in der Geschichte der Literatur ist Samuel Pepys, Sekretär der britischen Admiralität zur Zeit der Restauration der Stuarts. Sein berühmtes, in den Jahren 1660-69 entstandenes »Tagebuch« erblickte, wie man so sagt, das Licht der Welt erst im Jahre 1825, nach der Entzifferung und Dechiffrierung des Textes, der nicht nur nach dem »tachygraphischen« System Sheltons aufgezeichnet worden war, sondern auch noch mit Hilfe von Chiffren, die allein dem Verfasser bekannt waren. Zu einer anderen Kategorie »postumer Schriften« sind Werke zu zählen, die der Verfasser nicht nur nicht veröffentlichen wollte, sondern für die er dem Vollstrecker seines letzten Willens auftrug, sie zu vernichten. Wenn wir heute dennoch solche Werke kennen, so nur dank der Illoyalität des Testamentsvollstreckers, der es für wichtiger hielt, diese Werke den Lesern zugänglich zu machen, als den Wunsch des Testators zu respektieren. Man wird leicht erraten, von wem die Rede ist. Das klassische, für uns so ungemein wertvolle Beispiel der Mißachtung des Letzten Willens von Franz Kafka hat Max Brod gegeben, auch er ein deutscher Schriftsteller aus Prag. Ihm hatte Kafka aufgetragen, seine gesamte handschriftliche Hinterlassenschaft zu verbrennen.
Wer Kafkas Schriften kennt, besonders aber, wer sie während des letzten Krieges gelesen hat, den hat unweigerlich nicht nur ihre Thematik, ihre Symbolik, ihre Bildhaftigkeit und ihr Stil verblüfft, sondern vor allem ihre heute furchtbar aktuelle »Philosophie«, die der Zeit, in der der Autor

lebte und »In der Strafkolonie« sowie den »Prozeß« schrieb, so prophetisch vorauseilt. Lesen wir heute diese Werke, aber auch die ganz persönlichen, vertraulichen Mitteilungen Kafkas in seinen Briefen oder in seinem »Tagebuch«, so spüren wir geradezu handgreiflich das Pathos, mit dem der Autor all den Privilegien entsagt, die den deutschen und nicht nur deutschen Schriftstellern zuteil werden, wenn sie während ihrer Lebenszeit in Mode sind. Wir spüren in diesen Werken etwas majestätisch Überzeitliches, gar nicht erst zu reden von der verblüffenden Hellsicht, mit der Kafka Dinge vorwegnahm, die wir erst heute voll begreifen.

Daß der schwindsüchtige Hellseher aus Prag verlangte, seine bedeutendsten Werke zu verbrennen, kann verschiedene Gründe haben. Vielleicht hatte er Mitleid mit den Lesern, von denen so mancher in einer »Strafkolonie« umgekommen oder in den Krematoriumsöfen der KZs verbrannt ist. Vielleicht hat Kafka ihnen das Bewußtsein dessen, was sie erwartet, ersparen wollen.

Kaum dreiundvierzig Jahre liegen zwischen dem Tod Dostojewskijs und dem Tod Kafkas, und doch klaffen zwischen den Prozessen, die in den Romanen des Verfassers von »Schuld und Sühne« und der »Brüder Karamasow« geschildert werden, und dem »Prozeß« Kafkas Jahrhunderte. Jahrhunderte, die erfüllt sind von Katastrophen. Diejenigen, die mit dem Leben davonkamen, sind zu anderen Menschen geworden. Bei Dostojewskij wurden wirkliche Verbrecher oder geistige Komplizen des Verbrechens gerichtet und verurteilt. Jedenfalls wurden Menschen verurteilt, denen man nach göttlichem wie nach menschlichem Recht etwas vorwerfen konnte. Kafka antizipiert in seinen unheimlich ruhigen und harmonisch komponierten Visionen von moralischen und physischen Torturen und in den Visionen der Vernichtung den heraufziehenden Alptraum der *historischen Wirklichkeit*, in der man in Europa massenhaft und ohne

Gerichtsurteil unschuldige Menschen tötete. Für derartige Prophezeiungen gibt es in der schönen Literatur, glaube ich, keinen Präzedenzfall. Wer weiß, ob der letzte jüdische Prophet des 20. Jahrhunderts aus dem goldenen Prag mit der Verbrennung seiner Bücher, in denen er mit der Präzision eines Uhrmachers den Mechanismus der Absurdität und des Grauens aufdeckte, nicht ein Opfer für die Millionen von Menschen bringen wollte, die kaum zwanzig Jahre nach seinem Tod von Menschen verbrannt wurden. Das sind unsere persönlichen Vermutungen. Tatsache ist jedoch, daß Kafkas »postume Schriften« nach Inhalt und Form als Beleg für unsere These über Reinheit, Unschuld und Adel von Werken dienen können, die *nicht* für eine Veröffentlichung zu Lebzeiten des Verfassers vorgesehen sind.

Indem wir von Kafka und seinen prophetischen Visionen sprachen, haben wir den Bereich des Märtyrertums betreten. Damit kommt zu den hier besprochenen Gattungen »postumer Schriften« eine neue hinzu, welche die Märtyrer und Helden des letzten Krieges für uns schufen. Im Gegensatz zu den Autoren, die nicht wünschten, daß ihre Schriften nach ihrem Tode veröffentlicht und gelesen würden, lag den Schriftstellern, die in KZs, Lagern und Gettos eingesperrt waren, die dem Tod in der Gaskammer oder auf dem Exekutionsplatz entgegensahen, viel daran, daß die sogenannte Welt aus ihren Schriften erführe, was sie durchlitten hatten, ehe man sie umbrachte. Die Schriften der Märtyrer und Helden sind nicht allein »postume Schriften«, sondern Dokumente des Leidens, Aufschreie oder Klagelieder, die – wie man so sagt – im Angesicht des Todes in Reim oder Prosa auf einem oftmals hineingeschmuggelten Fetzen Papier festgehalten wurden. Was das für ein »Angesicht« war, in das sie schauen mußten, davon können nicht einmal ihre eigenen, zutiefst erschütternden Werke einen angemessenen Begriff vermitteln. Das Entsetzliche dieses »Ange-

sichts« könnte nur ein Goya ausdrücken, und zwar der Goya der düsteren Schaffensperiode, von der die im Prado hängenden »schwarzen Bilder« zeugen. Die polnischen und jüdischen Dichter aus dem Warschauer Getto und dem Aufstand von 1944 haben *bewußt* in das »Angesicht« des Märtyrertodes geschaut. Selbst wenn die Thematik mit dem, was sie im Getto und auf den Barrikaden durchlebten, kaum etwas zu tun hat, werden ihre »postumen Schriften« von einem unirdischen Glanz durchdrungen und geadelt. Krzysztof Baczyński, Tadeusz Gajcy, Zdzisław Stroiński, junge Dichter, die in den Kämpfen des Warschauer Aufstands fielen, wären, selbst wenn sie Aufstand und Krieg überlebt hätten, gewiß hervorragende Dichter, doch leider sind von ihnen nur »postume Schriften« geblieben, von denen eine angesichts ihrer Entstehungsbedingungen erstaunliche Ruhe ausgeht.
Wir kennen außerdem eine andere Art von dichterischem Schaffen, die künstlerisch vielleicht nicht so ausgereift, aber als Dokument nicht minder erschütternd ist. Władysław Bartoszewski, der große Historiker der deutschen Besatzung in Polen, des Warschauer Aufstands und des Aufstands im Warschauer Getto, brachte kürzlich in der Zeitschrift »Twórczość« einen Artikel über »Polnische literarische Judaica in konspirativen Publikationen der Jahre 1939-1944«, in dem wir erfahren, daß in der konspirativen Zeitschrift »Kultura Jutra« (Nr. 8/9 vom August-September 1943) ein Gedicht mit dem Titel »Dinge« erschienen ist, »auf die Straße geworfen von einer jungen Jüdin, die von den Deutschen aus dem kleinen in das große Getto gebracht wurde, wo man damals die jüdische Bevölkerung massakrierte. Auf diese Weise«, schreibt Bartoszewski, »gelangte das vermutlich einzige Werk des Getto-Dichters zur Veröffentlichung in einer polnischen literarischen Zeitschrift, und er erlangte auf diesem Weg große Bekanntheit. Der Verfasser der ›Dinge‹ war nämlich Władysław Szlengel, der

während der April-Kämpfe im Warschauer Getto gefallen ist.«

Weitere ähnliche Werke von ungleicher literarischer Qualität finden wir in einer wertvollen Anthologie von Gedichten über die Juden während der deutschen Besatzung; sie wurde von dem verdienstvollen Erforscher dieses Literaturbereichs, Michał M. Borwicz, einem Soldaten der polnischen Untergrundarmee, sorgfältig zusammengestellt und 1947 unter dem Titel ». . . Pieśń ujdzie cało« (. . . Das Lied kommt heil davon) veröffentlicht. 1955 publizierte Borwicz in Paris eine gründliche soziologische Untersuchung über die »Ecrits des condamnés à mort sous l'occupation allemande (1939-1945)«, auf deren Grundlage er an der Sorbonne den Doktorgrad erwarb.

Nicht nur Polen lieferte eine traurige literarische Nachlese in jenen Gefilden, die von der Extermination abgemäht worden waren. Auch das Volk, aus dem die Exterminatoren kamen, kann stolz auf ein literarisches Denkmal sein, das den Opfern, die der Naziterror von ihm forderte, errichtet wurde. Soeben lasen wir in der Krakauer Wochenzeitung »Tygodnik Powszechny« vom 7. Oktober 1962 eine Reihe von Gedichten aus der Feder deutscher Naziopfer. Die Gedichte stammen aus einer Anthologie mit dem Titel »An den Wind geschrieben«, und es ist Peter Lachmann, ein polnisch schreibender, in der Bundesrepublik lebender Deutscher, der sie ausgewählt und schön ins Polnische übertragen hat. Lachmann teilt uns zu diesem erschütternden Werk mit: »Dieses Buch ist keine Gedichtsammlung. Es ist ein Gebetbuch, das während des Weltbrandes entstand. Die Dichter sind tot . . . Diese Anthologie ist ein Grabmal.« Weiter heißt es: »Euterpe vermochte das Feuer unter den Todesöfen nicht zu löschen. Gegenüber dem Tod, gegen das Übermaß an Gewalt hat die Dichtung sich als ein Nichts erwiesen.« Ich kann nicht der Versuchung widerstehen, ein kurzes Werk aus der Sammlung der »an den Wind geschriebenen« Gedichte zu zitieren. Da Peter Lachmann keine Verfassernamen nennt, wissen wir nicht, wer 1942 die kurzen Verse »Betet« geschrieben hat:

Wir sind die Toten
Über der Erde,
Wir haben keinen Willen,
Nur einen Wunsch:
Betet – betet –
Daß uns Erlösung werde.

Laßt uns also auch für die deutschen Märtyrer-Dichter beten.

Kehren wir jedoch zum »friedlichen« Leben und zum »natürlichen« Tod zurück.

Genau wie die Liebe kann auch der Tod oder vielmehr das Bewußtsein des Todes zum Antrieb dichterischen Schaffens werden. Vom Tode angestoßen, ist so manches schöne Werk entstanden. In jungen Jahren erliegen wir eher den irdischen Leidenschaften, die uns blenden und bisweilen auch den Horizont verengen. Kämpfe, Wunschträume und Hoffnungen füllen dann unser Leben aus. Wir streben nach der Verwirklichung unserer Träume, und manchmal gelingt es uns. Aus diesen – erfüllten oder unerfüllten – Wunschträumen, aus phantastischen Illusionen und Wachträumen erstehen Kunstwerke. Die sinnliche Liebe stachelt mit scharfen Peitschenhieben unsere Ambitionen an und treibt uns, nach dem Schönen zu streben, bisweilen auf Kosten des Wahren, sofern das wahrhaft Schöne nicht auch das Wahre ist. Ohne Liebe oder, wie man heute so unschön sagt, ohne »Sex« gäbe es die Sonette von Shakespeare, Petrarca und Mickiewicz wahrscheinlich nicht. Aber es kommt ein Augenblick, da die irdischen Wonnen den Dichter nicht mehr in Träumerei versetzen und er nicht mehr auf Liebeseroberungen hofft. Die Liebe hört auf, seine Vorstellungskraft zu befruchten, und wird bestenfalls zu einer Erinnerung. Dann meldet sich der Tod als höchste Autorität im Bereich der schöpferischen Ambitionen, oft sogar als ihr Rivale. Nun arbeitet der Künstler bis ans Ende seines Lebens, selbst wenn es noch lange währen und fruchtbar sein mag, im kalten, kristallinen Glanz des Todes. Es packt ihn die Faszination des Todes, den er besiegen will. Alle Dinge des Lebens prüft er nun unter dem Blickwinkel der Vergänglichkeit, beurteilt er danach, was von ihnen bestehen bleiben mag. Der Glanz des Todes, der ständig in uns heranreift und immer gegenwärtig ist, gleichgültig, was wir uns für die Zeit danach vorstellen, schenkt dem Künstler einen ungetrübten Blick auf die Welt und ihre geheimnisvollen Dinge. Fast alle literarischen Werke, die (nicht immer wahrnehmbare) Spuren dieses Glanzes tragen, kann man den »postumen Schriften« zurechnen. Die Gegenwart des Todes glättet die Strophen, beeinflußt die Tonart und die Färbung von lyrischen Texten, selbst dann, wenn es sich um Hirtengedichte handelt. Es gibt Dichter, die mit dem Tod so »zusammengewachsen« sind, daß sie gerade aus dieser Koexistenz Kraft schöpfen für den Kampf mit dem sie umgebenden Chaos. So als könnten sie nur dank des gesteigerten Todesbewußtseins etwas über das Leben wissen. Die Letzten Dinge, die zu gestalten für Künstler jeglichen Schlages immer reizvoll gewesen ist, beeinflussen sogar die Wahl der Ausdrucksmittel. Man kann über die Freuden des Lebens schreiben, ein Arkadien, ein Kythera malen – und dabei doch unter dem Druck der Letzten Dinge stehen, also des Todes und alles dessen, was nach ihm kommen oder auch nicht kommen soll.

Wir müssen noch einmal von Kafka sprechen. Maurice Blanchot führt in seinem hervorragenden, aber viel zu wenig bekannten Buch »L'Espace littéraire« die folgenden, im Dezember 1914 aufgezeichneten Überlegungen aus Kafkas Tagebuch an:

»Auf dem Nachhauseweg sagte ich Max, daß ich auf dem

Sterbebett, vorausgesetzt, daß die Schmerzen nicht zu groß sind, sehr zufrieden sein werde. Ich vergaß hinzuzufügen und habe es später mit Absicht unterlassen, daß das Beste, was ich geschrieben habe, in dieser Fähigkeit, zufrieden sterben zu können, seinen Grund hat.«

Diese bezeichnende Mitteilung kommentiert Blanchot folgendermaßen: »Man kann nicht schreiben, wenn man nicht im Angesicht des Todes Herr seiner selbst ist, wenn man nicht die Beziehungen zu ihm *souverän* geregelt hat« (Hervorhebung – J. W.). Weiter heißt es: »Kafka hat hier tief empfunden, daß die Kunst eine Beziehung zum Tode ist. Warum zum Tode? Weil er das Endgültige ist.« Anschließend stellt Blanchot fest, daß »das Genie dem Tod die Stirn bietet und sein Werk der vereitelte Tod ist oder, wie Proust sagt, ein nicht so bitterer, nicht so schändlicher, vielleicht sogar weniger wahrscheinlicher Tod«.

Was war das für ein Tod, den Proust schändlich nannte? Er hat nicht wie Kafka die »Strafkolonien« vorausgeahnt. Er dachte wohl an ein feiges Sterben. Aber alle Schriftsteller und Künstler, die mehr oder weniger gut mit dem Tod »zusammengewachsen« waren, haben, bevor die »Zeit der Verachtung« kam, den »normalen« Tod – jedenfalls etwas, das man sich vorstellen konnte – erwartet oder auch gefürchtet. Auf den »normalen« Tod kann man sich jahrelang vorbereiten, man kann sich sogar innerlich für seinen Empfang kostümieren. Der Tod, den Kafka »zufrieden« empfangen wollte, oder jener Tod, der, nachdem er ihm gnädig erlaubt hatte, sein großes Werk zu vollenden, den jahrelang mit ihm ringenden Proust hinwegraffte – ein solcher Tod mag für so manchen Dichter in Polen in den Jahren 1939-1945 ein Wunschtraum gewesen sein.

Mieczysław Jastrun beschreibt in seinem schönen »Mit Śródziemnomorski« (Mittelmeer-Mythos), wie er »in einer Allee blühender Kastanienbäume in einer Siedlung mit kleinen Einfamilienhäusern (saß), eigentlich nicht weit von der Mauer entfernt, hinter der das Warschauer Getto brannte. Neben mir verfolgte ein kleiner Junge mit lustigen Augen den Flug des Bombers, der seine todbringende Ladung über dem eingeschlossenen Stadtviertel abwarf, wo die Menschen ohne jegliche Hoffnung starben. Die Fremdheit des Seins, die ich früher empfunden hatte, jene Angst und Öde, die mich inmitten der lärmenden, grellen Natur oder an Orten, wo viele Menschen bei klingender Musik in stickiger Luft beisammen waren, mit einem Mal überfielen, fanden nun ihre unverhoffte Erfüllung, enthüllten jetzt, daß sie dem gewaltsamen Tod benachbart sind, angesichts dessen das, was wir Sterben nennen, ein *Land der Stille und fast des Glücks war«* (Hervorhebung – J. W.).

Des Glücks, das ist wahr. Sofern »Glück« das bedeutet, was *im Einklang mit den Vorstellungen des Menschen* geschieht. Ein plötzlicher und gewaltsamer Tod war nie *im Einklang mit den Vorstellungen* des Menschen. Aber die Zeiten, in denen wir leben und sterben müssen, haben es uns abgewöhnt, nach *unseren* Vorstellungen zu leben wie zu sterben. Und wenn wir Schriftsteller sind, schreiben wir fast immer *in articulo mortis*. Wir haben uns schon mit der Vorstellung abgefunden, daß diese *mors* uns jederzeit überraschen kann – nicht nur uns selbst, sondern Millionen gesunder Menschen mit uns. Diese unablässige Todesbereitschaft braucht kein Grund ständiger Panik zu sein, im Gegenteil: sie kann uns moralisch abhärten, und bei einem Schriftsteller, der diesen Namen verdient, kann sie zu einer Quelle neuer Kraft und Würde werden. Alles, was er zu sagen hat, kann in dieser Situation das Gewicht von Worten gewinnen, die man beim Abschied sagt, beim Abschied für immer. Gleichgültig, ob er sich bewußt ist oder nicht, wohin er sich verabschiedet. Unter solchen Bedingungen kann jedes ernste Lied zum Schwanengesang werden. Schon der heilige Hieronymus, den die Maler aller Zeiten als einen großen Alten darstellen, pries die Süße des Schwanengesangs:

Nescio quid cygneum et solito dulcius vicina morte cecinit.
(Epistola 52, 3, ad Nepotianum)

Die Nähe des Todes kann also den Gesang intensivieren und adeln, ihn mit einer transzendentalen Spannung und Ausstrahlung erfüllen. Und selbst wenn wir in der Dichtung wie Dante mit Schmähungen und Verwünschungen um uns würfen, so würden diese Schmähungen und Verwünschungen sich doch nicht nur an die Zeitgenossen richten. Schreiben wir also und veröffentlichen wir unsere Werke schon zu Lebzeiten »als« postume Schriften. Schreiben wir, auch wenn wir in den Cafés sitzen, gleichgültig, ob im »Europa« oder in dem »Gutsbesitzer«, *in articulo mortis.* (Zumal diese Cafés aus der Warschauer Vorkriegszeit mittlerweile zur Welt der Toten gehören.) Wenn aber ein literarisches Werk tatsächlich das Gesicht des Autors zeigt, dann soll es sein wahres Gesicht sein und nicht eine durch die Grimasse des Dünkels, der Eitelkeit oder der Selbstbewunderung entstellte Fresse.

Nur die Totenmaske, sagt man, könne das wahre Gesicht des Menschen zeigen. Oft ist diese Maske der einzige Beweis dafür, daß der betreffende Mensch ein eigenes Gesicht hatte. So ist denn auch jedes ehrliche literarische Werk eine schon zu Lebzeiten angefertigte Totenmaske des Autors.

Überschätzen wir jedoch nicht das Gewicht unserer Schriften – auch der postumen – angesichts der Letzten Dinge. Eine schöne Lehre hat uns in dieser Hinsicht der sterbende Bernanos erteilt. Pfarrer Daniel Pezeril, der beim Tod des Schriftstellers zugegen war, schildert eines der letzten Gespräche mit ihm folgendermaßen: »Wir sprachen über Gott, der ihn vielleicht schon bald zu sich nehmen würde. Als ich Bernanos andeutete, sein Werk werde beim Schöpfer für ihn sprechen, erwiderte er: ›Ich bin nicht verantwortlich für das, was ich geschaffen habe ... *Virtus de illo exibat* ... Ich bin nur verantwortlich für das, was ich *nicht* war.‹«

PS: Na gut, wird der geneigte Leser sagen, aber was ist aus deinem Entschluß geworden, den du als junger Mann im Café »Europa« gefaßt hast? Du hast wie jeder »professionelle« Schriftsteller weiterhin deine Werke veröffentlicht, in Polen und im Ausland, und du hast normal, wie ein Mensch, darauf reagiert, wie es beim Publikum aufgenommen wurde.
Es stimmt: Ich bin dem jünglinghaften und, wie ich heute finde, verschrobenen Beschluß nicht treu geblieben. Ich mußte mir den Lebensunterhalt mit der Feder verdienen. Und von postumen Schriften kann ein Autor schwerlich leben. Aber etwas davon ist für den Rest meines Lebens in mir geblieben. Geblieben sind gewisse, bis zum heutigen Tag funktionierende Bremsen. Im Laufe vieler Jahre habe ich mir, von dem Gedanken der »postumen Schriften« geleitet, den ziemlich unverbrüchlichen Grundsatz anerzogen, bei der Urteilsbildung, ja selbst beim Satzbau und bei der Formulierung von Bildern, vorsichtig zu sein – so als müßten diese Urteile, Sätze und Bilder unabhängig von meinem Erdenschicksal und unabhängig von meinen Beziehungen zu den Menschen existieren, so als müßte mein Leben gleich nach der Niederschrift meiner Werke enden.

1962

LITANEI

Aus dem Polnischen
von Karl Dedecius

Bei allem, was jetzt geschieht – ich schweige.
Ich schweige von der Knechtung der Nächsten,
Von der Erniedrigung meiner Nächsten,
Von Polen nach dem Tode des Marschalls,
Von Hunger der Hungrigen, Sattheit der Satten,
Von allen in ungleichen Kämpfen Geschlagnen.
Ich schweige vom Elend des Dorfes, der Bauern,
Vom Elend der Stadt und der Arbeitslosen,
Vom Dunkel in jeder Bedrückerseele,
Vom Dunkel in Seelen aller Bedrückten
Und von der Hetze der Menschen zu Menschen.
Ich schweige vom Geißeln der wehrlosen Schwachen,
Und von dem Lager Bereza Kartuska
Und von den Fesseln an Händen des Dichters.
(Ich schweige genauso von Ihnen, Herr Zensor,
Lassen Sie also mein Schweigen passieren.)

Ich schweige von allem, was mein Gewissen
In unreine, blutige Wunden verwandelt,
Von jenem Griff, der mich würgt an der Kehle,
Von den Gespenstern, die nachts auf dem Herzen
Lasten mit Bitternis und Entsetzen.
Aus Höllenschlünden, die sich mir öffnen,
Schreit meine Seele empor – mit Schweigen.
Von allen Morden, die ich gesehen,
Von allen Feiglingen unter Waffen,
Strömen von Blut, die vergeblich vergossen –
Ich schweige von Kriegen, die um uns toben,
Ich schweige von Kriegen, die morgen drohen,
Von Kindern in der Morgue von Madrid.
Ich schweige von Bomben, vom Gift der Gnade,

Von allen Moskauer Schauprozessen,
Ich schweige vom Teufel, dem Globetrotter.

Herr, der Du Taten und Worte richtest,
Strafe mich nicht so streng für mein Schweigen.

1937

ANHANG

POSTSCRIPTUM ZUM »SALZ DER ERDE« NACH 35 JAHREN

Aus dem Polnischen von Friedrich Griese

Als ich im Jahre 1925 begann, »Das Salz der Erde« zu schreiben, wollten viele Menschen in Europa noch glauben, ein weltweiter Krieg wie der zurückliegende gehöre der Vergangenheit an und werde sich nie mehr wiederholen. Zahlreichen Teilnehmern an diesem Krieg, zu denen auch viele sogenannte Intellektuelle gehörten, erschien er als eine so ungeheure Absurdität, daß sie sich nicht mit dem Gedanken abfinden konnten, irgendeine Regierung, deren Mitglieder bei Verstand wären, würde es wagen, eine ähnliche Katastrophe hervorzurufen. So war denn auch der große Krieg im Jahre 1925 so tief im Bewußtsein des Verfassers vom »Salz der Erde« begraben, daß er sein Gedächtnis strapazieren mußte, um sich der Imponderabilien dieses Krieges zu erinnern. Ich durchstöberte die Memoiren und Tagebücher von Kriegsteilnehmern, ich stöberte in alten Zeitungen, ich schaute mir Stiche und Fotografien aus den Jahren 1914-1918 an, ich mußte mein Vorstellungsvermögen künstlich anstacheln, um ein Abbild jener eigentlich nicht so fernen Ereignisse in mir wachzurufen. Heute wären solche Bemühungen nicht mehr nötig, obwohl mich ein halbes Jahrhundert von den Erlebnissen meiner Jugendzeit trennt. Es ist paradox, daß der Krieg von 1914-1918 uns heute näher ist als im Jahre 1925, in jenem Jahr der Friedensillusionen, die durch die Unterzeichnung des sogenannten »Genfer Protokolls« verstärkt wurden. Statt uns den Krieg von 1914-1918 zu entrücken, hat die Zeit ihn uns automatisch nähergebracht. Der Zweite Weltkrieg mit all seinem infernalischen Grauen hat nicht nur gewaltig die Perspektive verschoben, aus der wir den Ersten Weltkrieg betrachten, sondern er hat auch all das, was uns 1925 absurd, unmoralisch und daher unmenschlich erschien, für unser Empfinden gleichsam zur Normalität werden lassen. Mehr noch: der Zweite Weltkrieg und seine entsetzlichen Folgen haben den Menschen an seine Schande und Erniedrigung gewöhnt, haben ihn widerstandsfähig gemacht gegen die Erschütterungen, die seine seelische Gesundheit gefährden. Aus heutiger Sicht kann man den Krieg von 1914-1918 zwar als primitiv betrachten, was die Technik der Vernichtung betrifft, die in den Jahren 1939-1945 zur Perfektion gebracht wurde, aber man muß in ihm auch den Vater des Zweiten, des totalen Weltkriegs und aller uns heute bedrohenden Katastrophen sehen. Es hat sich in unserer Zivilisation etwas eingenistet, was ich als Kadaverismus bezeichnen würde. Presse, Rundfunk und Fernsehen füttern uns täglich mit Leichen und predigen uns, wir sollten uns über die große Zahl der ermordeten Feinde und die geringe Zahl der ermordeten eigenen Leute freuen. Dem Verfasser vom »Salz der Erde« fällt es schwer, sich mit einer Zivilisation abzufinden, deren Grundlage der Kadaverismus ist.

»Das Salz der Erde« habe ich 1935 abgeschlossen. Die Deutschen wurden seit drei Jahren von Hitler regiert, der sie auf Eroberungen und Siege vorbereitete, die ihnen eine tausendjährige Herrschaft, wenn nicht über die ganze Welt, so doch mindestens über ganz Europa sichern sollten. Als ich im Sommer jenes Jahres die Korrekturfahnen der polnischen Ausgabe dieses Buches las, begann Mussolini den Abessinien-Krieg. Die erste Auflage vom »Salz der Erde« erschien Ende 1935 in Warschau, und ein Kritiker schrieb damals: »An diesem Werk sieht man, wie das Thema des großen Krieges inzwischen reif geworden ist für ein Lied.« Wahrscheinlich wollte er damit einen ähnlichen Gedanken ausdrücken, wie ihn Friedrich von Schiller einmal in dem Vers geäußert hat:

»Was unsterblich im Gesang soll leben,
Muß im Leben untergehn.«

Für diejenigen, die den Ersten Weltkrieg auslösten, war der Krieg zumeist etwas Abstraktes oder auch das Resultat von Berechnungen, die man leidenschaftslos in ministeriellen Kabinetten und in den Büros der Generalstäbe anstellte. Von den Teilnehmern der vorhergegangenen, überwiegend nicht sehr großen Kriege innerhalb und außerhalb Europas hatte kaum einer entscheidenden Einfluß auf den Ausbruch des ersten großen Krieges. Als in einer der Residenzen des alten Kaisers Franz Joseph der sogenannte Kronrat tagte und Österreich Serbien den Krieg erklärte (im Prolog zu »Salz der Erde« habe ich diese Sitzung zu rekonstruieren versucht, wenngleich ich dem von mir geschilderten Geschehen keinerlei Authentizität beimaß), soll der vierundachtzigjährige Monarch von Österreich-Ungarn die kriegslüsternen Minister und Generäle, die seine Abneigung zu überwinden suchten, gefragt haben:
»Haben Sie einen Krieg mitgemacht? Ich einige!«
Selbst wenn diese Episode zu den Legenden gehören sollte, die die Person Franz Josephs umgeben, so legt sie doch beredtes Zeugnis von dem Verantwortungsbewußtsein und der Einsamkeit des Monarchen ab, der aus grausamen Erfahrungen, die er in jungen Jahren selbst gemacht hatte, wußte, was Krieg bedeutet.
Der erste große Krieg wurde demnach von Menschen ausgelöst, die sich über seine Aspekte und Folgen nicht im klaren waren, sowie von Zynikern, Karrieristen und leichtfertigen, wenn auch aufrichtigen Patrioten, die sich seiner ganzen harten Wahrheit erst bewußt wurden, als er im Gange war.
Aus der Sicht der heutigen Zeit betrachtet, die so voll ist von Haß und Feindseligkeit, mag der österreichische Krieg, der den Inhalt vom »Salz der Erde« bildet, zweifellos wie ein milder Wahn erscheinen. Zumindest an dem Frontabschnitt, den der Verfasser des Werkes kennengelernt hat. Er ist in diesem Krieg vom Herbst 1916 bis zum Herbst 1918

Soldat der österreichisch-ungarischen Infanterie gewesen. Er hat wie die Mehrheit seiner Kameraden keinen Haß gegen die Feinde empfunden, die er in den Russen, Italienern, Serben und Rumänen sehen sollte. Er hat sich vielmehr mit den russischen Kriegsgefangenen angefreundet, die in den österreichischen Lazaretten zum Teil voller Aufopferung die Dienste von Krankenpflegern versahen. Sie haben den verwundeten und kranken »Feinden« viel Liebe bewiesen. Dankbar erinnere ich mich der liebevollen Fürsorge, die mir in einem Lazarett – in der Baracke für Infektionskrankheiten – ein junger russischer Gefangener namens Zacharko angedeihen ließ. Den Nachnamen dieses Menschen habe ich nie erfahren, aber ich sehe noch immer sein gutes Gesicht vor mir – das Gesicht eines einfachen, treuherzigen Burschen, der gleichsam aus den Büchern Leo Tolstojs in die Realität des Jahres 1917 versetzt worden war. Bis an mein Lebensende werde ich auch der Freundschaft gedenken, die mir die italienischen Kriegsgefangenen zuteil werden ließen, bei denen ich eine Zeitlang als Dolmetscher fungierte. Trotz aller Greuel jenes Krieges: Der »Feind« hörte – zumindest meiner Kenntnis nach – außerhalb der Kampfgebiete, wenn er entwaffnet und in Gefangenschaft geraten war, auf, Feind zu sein, und war nur noch unser Kamerad, der sich gleich uns danach sehnte, daß dieser Krieg so rasch wie möglich enden möge.

Heute versteht man kaum noch, wofür die Soldaten jener Armee, in der ich diente – besonders die Soldaten aus slawischen Nationalitäten –, töteten und sich töten ließen. Hier war jener irrationale Mechanismus wirksam, den ich im »Salz der Erde« aufzuzeigen versuchte. Nach fünfunddreißig Jahren glaube ich, objektiv darüber sprechen zu können. Alle Gestalten dieses Buches sind – abgesehen von den historischen Persönlichkeiten – ganz und gar fiktiv, wenngleich sich in einigen von ihnen charakteristische Merkmale von Menschen, denen ich während meines Militärdienstes begegnet bin, verdichtet haben. Piotr Niewiadomski ist ein Produkt des Synkretismus. Menschen, die ihm mehr oder weniger ähneln, habe ich in den Landsturm-Verbänden des k. u. k. Heeres häufig angetroffen. Sie gehörten zu den ältesten Jahrgängen und stammten überwiegend aus den an Rußland beziehungsweise Rumänien grenzenden Gebieten Ostgaliziens.

Als Romanfigur erschien mir Piotr Niewiadomski aber erst einige Jahre nach dem Krieg, genauer: drei Jahre nach der Niederschrift des Prologs zu »Salz der Erde«. Ich erblickte ihn 1928 in Paris auf dem vom Regen schimmernden Asphalt der Place de la Concorde, über die eine Unzahl von Automobilen, die ebenso schimmerten wie der Asphalt, in alle Richtungen stob. Durch den krassen Gegensatz drängte sich das Bild eines Bauern aus der fernen und Paris so fremden Welt der primitiven Zivilisation in meine Vorstellung. Auf der Place de la Concorde war Piotr Niewiadomski noch kein Bahngepäckträger. Er war ein Hirte aus den Karpaten und schritt, eine Peitsche in der Hand, barfuß zwischen den hupenden und brausenden Autos hindurch, ein Gespann Huzulenpferdchen am Zügel führend, die einen Wagen zogen, der hoch mit Heu beladen war, das oben von einem Deichselbaum zusammengedrückt wurde. Während all meiner Pariser Jahre ließ mich diese Vision nicht los, bis sie den barfüßigen Hirten Piotr in den Gepäckträger auf der imaginären Bahnstation Topory-Czernielitza verwandelte.

Die zweitwichtigste Person im »Salz der Erde« ist der Stabsfeldwebel Bachmatiuk. Er ist in den dreißiger Jahren entstanden und war für mich eine Vorwegnahme jener Fanatiker, die später im Namen verschiedener Ideologien mit reinem Gewissen die Leiber und Seelen von Millionen von Menschen vernichteten.

Der Eisenbahnwaggon aus dem siebten Kapitel vom »Salz der Erde« kann als ein Samen aufgefaßt werden, aus dem in

den Jahren des Zweiten Weltkrieges vervielfacht jene schrecklichen plombierten Waggons hervorgingen, in denen unschuldige Menschen zusammengepfercht in die Vernichtung fuhren – nicht Soldaten, sondern Zivilpersonen: Greise, Frauen und Kinder.
Das Rekrutenlager von Andrásfalva, diese milde Gefangenschaft von Menschen, die Stabsfeldwebel Bachmatiuk zu Automaten für die Ermordung anderer Menschen abrichtete, hat sich nach Jahren als Keimzelle aller von Stacheldraht umgebenen Lager herausgestellt, in denen bewaffnete und satte Menschen mit wehrlosen Hungerleidern Schindluder trieben. Das milde Unrecht, das das Militär im »Salz der Erde« den frommen Juden zufügt, indem es sie zwingt, nicht koschere Speisen zu verzehren, oder ihnen zwangsweise den Bart abschert – dieses Unrecht führt geradewegs zu den Gewalttaten und Verbrechen, die in den Konzentrationslagern straflos an Millionen von Juden und nicht nur an Juden begangen wurden.

Doch zurück zu Piotr Niewiadomski. Ich teile seine Ansicht, daß nur derjenige ein Recht hat, dem Menschen das Leben zu nehmen, der ihm das Leben gegeben hat. Mein Freund Piotr Niewiadomski hat natürlich seinen Kaiser geliebt. In seiner Hierarchie kommt der Kaiser gleich nach dem Herrgott. Die Wiener Residenzen des Kaisers – die Hofburg und das Schloß in Schönbrunn – waren nach Piotrs Auffassung Vorhöfe des Himmels; zumindest besaßen diese Gebäude eine direkte Leitung zum Himmel, so etwas wie der heutige »heiße Draht«. Trotzdem war mein Freund nicht so naiv zu glauben, Kaiser Franz Joseph habe ihm das Leben geschenkt. Er wußte, daß der Schöpfer ihm das Leben gegeben hatte durch seine Mutter Wasylina, eine Huzulin, und einen unbekannten polnischen Vater. Hätte Piotr in den während des Krieges populären Schlagworten und Metaphern denken können, so hätte er vielleicht auch

Österreich seine Mutter genannt. Wir wissen jedoch, daß Piotr nicht in den Bildern dachte, die den Menschen durch Lesebücher und Zeitungen eingeprägt werden – und sei es auch nur, weil er nicht lesen konnte. Er schuf sich die teilweise von den Vorfahren ererbten Metaphern und Mythen selbst. Darin ähnelte er den Dichtern.

New York, im Juni 1970 Józef Wittlin

DER AUTOR

»Er ist einer der geistreichsten, witzigsten und charmantesten Menschen, denen ich begegnet bin. Wenn ich mir einen Poeten vorstelle, denke ich an ihn, obgleich er weder in Frisur noch Tracht oder Manier den Dichter markiert. Er ist der liebenswürdigste Freund«, schrieb Hermann Kesten 1969 über Józef Wittlin, dessen Roman »Das Salz der Erde« im selben Jahr (nach der ersten Ausgabe von 1937) wieder in deutscher Sprache erschien. »Joseph Wittlin ist ein Original« – fuhr Kesten fort – »unauffällig und unverwechselbar, wie die Figuren seines Romans. Er ist ein Bruder der einfachen Menschen, er selber ist keineswegs ein einfacher Mensch« (Der Monat, Mai 1969).
Wittlin wurde am 17. August 1896 auf dem Gut Dmytrów im galizischen Podolien unweit der damaligen russisch-österreichischen Grenze als Sohn eines jüdischen Gutspächters geboren. Seine Heimat, von Ukrainern, Juden, Polen und Deutschen bevölkert, entzog sich einer klaren nationalen und kulturellen Zuordnung. Wittlin selbst war der Ansicht, seine Vorfahren seien im 18. Jahrhundert aus der deutschsprachigen Schweiz nach Polen eingewandert.
Eine besondere Beziehung verband den späteren Emigranten mit der »polnischen Stadt« Lemberg, in der er mit Unterbrechung 14 Jahre lang lebte. Von 1906 bis 1914 besuchte er dort das altsprachliche Gymnasium, an dem er nicht nur eine humanistische Bildung genoß, sondern auch literarische Interessen entwickelte. Zeitlebens hielt Wittlins Vorliebe für die italienische Sprache und Literatur an, ebenso für die Antike: Bereits 1917 begann seine unermüdliche Arbeit an der Übertragung der »Odyssee« ins Polnische, von der drei Fassungen (1924, 1933, 1957) publiziert wurden. Zu Hause wirkte sich noch ein anderer Einfluß aus: Der Vater heiratete zum zweitenmal, eine deutsche Schauspielerin; Deutsch wurde damit für ihn zur »Stiefmut-

tersprache«. In einer Dankesrede anläßlich der Aufnahme in die Deutsche Akademie für Sprache und Dichtung schrieb er 1971: »Noch bevor ich die polnische Poesie kennengelernt habe, nährte ich mich mit Monologen aus ›Maria Stuart‹, ›Die Jungfrau von Orleans‹ und ›Don Carlos‹.« Das Interesse an der deutschen Literatur wirkte sich auch in seiner übersetzerischen Tätigkeit aus. Als Sechzehnjähriger korrespondierte er bereits mit Richard Dehmel, der ihn autorisiert hatte, seine Gedichte zu übersetzen. (Es folgten später Übersetzungen von Rainer Maria Rilke, Hermann Hesse, Joseph Roth.) Sein eigenes lyrisches Debüt erfolgte im gleichen Jahr, 1912, mit dem Gedicht »Prolog« in der Jugendzeitschrift »Wici« (Die Ranken).

Nach dem Ausbruch des Ersten Weltkriegs meldete sich Wittlin freiwillig für die »Polnische Legion«, die an der Seite der österreichischen Armee kämpfen und zu einer künftigen Wiedererstehung des polnischen Staates beitragen wollte. Die »Ostlegion«, in die er eingetreten war, wurde aber schon nach vier Wochen – Ende September 1914 – wieder aufgelöst; Wittlin ging zu seinem Onkel Maximilian Wittlin, einem Oberstabsarzt, nach Wien, wo er 1915 in einem polnischen Gymnasium das Abitur machte. Danach nahm er das Studium der Philosophie, Germanistik, Romanistik und Kunstgeschichte an der Wiener Universität auf, wo er den österreichischen Schriftsteller Joseph Roth kennenlernte, der aus Brody, unweit von Wittlins Geburtsort, stammte. Es entwickelte sich eine enge Freundschaft zwischen den beiden Schriftstellern, die bis zum Tode Roths 1939 andauerte.

Beide, Roth und Wittlin, hatten sich von dem damals berühmten Antikriegs-Publizisten Karl Kraus und seiner »Fackel« stark beeinflussen lassen. »Schon im ersten Kriegsjahr« – schrieb Wittlin 1944 – »waren wir beide Pazifisten und ein wenig auch Anarchisten. Der Krieg war für uns ein Verbrechen, ... von Kaisern, Ministern, Generälen ... an dem Menschen . . . ausgeübt.« Im Herbst 1916 beschlossen sie allerdings, selbst in den Krieg zu ziehen. Das eigentliche Motiv für diesen Schritt war ihnen selbst offensichtlich nicht ganz klar – sie waren der »Café-Aufstände« gegen den Krieg überdrüssig, und auch die *»ungesunde* literarische Neugierde« spielte dabei eine wesentliche Rolle. Die Erfahrungen mit der Subordination, die Wittlin im 21. Feldjägerbataillon machen mußte, die überall anzutreffende Stumpfheit und Vulgarität haben seine Neugierde bald befriedigt.

Im Herbst 1918 nach Lemberg zurückgekehrt, mußte er einen anderen Krieg kennenlernen, der sein pazifistisches Gewissen vor unlösbare Probleme stellte: Im polnisch-ukrainischen Bürgerkrieg um Lemberg konnte er nicht überparteiisch bleiben; seiner Überzeugung nach gehörte Lemberg zum wiedererstandenen polnischen Staat. 1929 schrieb er in den »Erinnerungen eines ehemaligen Pazifisten«: »Unsere widersprüchlichen Gefühle hielten sich absolut die Waage: Wir konnten weder unsere Bindung an das polnische Lemberg dem Pazifismus unterordnen, noch zugunsten des Polentums auf den Pazifismus verzichten. Wir fielen schließlich einer inneren Spaltung zum Opfer, aus der die Poesie den einzigen Ausweg bot.« Auch die damals geschriebenen und 1920 publizierten »Hymnen« zeigen den Zwiespalt dieser doppelten Kriegserfahrung, mit dem Ziel, ihn innerlich zu überwinden. In der »Hymne über einen Löffel Suppe« ist das Thema von »Das Salz der Erde« bereits vorgegeben: Der unbekannte Soldat, »Mensch und Bruder«, lebt weder sein eigenes Leben, noch stirbt er seinen eigenen Tod. Die Fähigkeit, »das Einfache zu adeln, das scheinbar Niedere zu erheben«, die ihm Roth später bescheinigte, machte sich hier bereits bemerkbar.

Wittlin gebrauchte in seinen »Hymnen« – der Stimmung entsprechend – expressionistische Stil- und Ausdrucksmittel, schöpfte aber auch noch aus der Erfahrung der modernistischen Dichtung des »Jungen Polen«. Bald löste er sich jedoch von den modischen Anflügen des pathetischen Symbolismus. Die Unbrauchbarkeit des Expressionismus begründete Wittlin 1928: das Leben lasse sich nicht mit abstrakten, ultraindividualistischen und realitätsfremden Mitteln reformieren. Die Wittlin eigene kritische Distanz zu seiner Umgebung und zu sich selbst ließ ihn letztlich den realistischen Stil bevorzugen, wobei er die »tiefere Bedeutung« der Realität durch meisterhaft eingesetzte Ironie und indirekte Selbstentlarvung der »Helden« erreichte. Eben diese Distanz machte den Demokraten und Liberalen allen Ideologien gegenüber, selbst wenn sie sich pazifistisch nannten, skeptisch, und er vermißte sie gerade in der polnischen, überwiegend patriotisch geprägten Kriegsliteratur. Dabei wird nicht selten der intime Umgang Wittlins mit dem Werk Homers erkennbar. Homer war ein Dichter, der »darüber, daß die Städte brennen«, »mit Ruhe« zu berichten verstand, (»Elegie an Homer«, 1921). »Er war« – schrieb Wittlin – »weder ein patriotischer Militarist noch ein Pazifist, deshalb ist er als Epiker des Krieges bis heute unübertroffen« (1928).

»Das Salz der Erde« ist eine Art Odyssee, in der allerdings nicht der König Odysseus, sondern der Schweinehirt Eumaios der Held ist (Zbigniew Kubiak).

Nachdem er im September 1918 aus der österreichischen Armee entlassen worden war, nahm Wittlin in Lemberg das Studium der Philosophie und Polonistik auf, das jedoch bald durch den polnisch-ukrainischen Krieg unterbrochen wurde. Ab 1919 arbeitete er als Lehrer an Gymnasien; zur gleichen Zeit publizierte er Gedichte, Übersetzungen, Essays und Rezensionen – zuerst in Lemberger Zeitungen, dann in der Posener expressionistischen Zeitschrift »Zdrój« (Quelle, bis 1920); danach näherte er sich der Warschauer Dichtergruppe »Skamander« und publizierte in ihren Zeitschriften. 1922 siedelte Wittlin nach Lodz über, wo er als

Dramaturg an das Stadttheater (Teatr Miejski) berufen wurde. Zusammen mit dem Theaterdirektor Henryk Barwiński gründete er eine Theaterschule, an der er zwei Jahre lang lehrte. Danach wurde er freier Schriftsteller. In seiner Bearbeitung erschienen in den zwanziger Jahren neue polnische Editionen von »Gilgamesch«, »Don Quichotte« und »Tausend und eine Nacht«. 1924 kam seine erste Übersetzung der »Odyssee« heraus; 1925, in demselben Jahr, in dem er mit der Arbeit an »Das Salz der Erde« begann, wurde unter dem Titel »Krieg, Frieden und die Dichterseele« eine Sammlung seiner Essays und Vorlesungen veröffentlicht. Der Titelessay macht deutlich, daß Wittlins Erfahrungen aus dem Ersten Weltkrieg seinen humanistischen und jüdisch-christlichen Glauben an das Gute im Menschen nicht zerstört hatten. Selbst in der negativsten Figur von »Das Salz der Erde«, in Bachmatiuk, ist ein Überrest von Menschlichkeit nicht zu übersehen. In seiner Interpretation der Ursachen des Krieges zehrte Wittlin auch von der »romantischen« Überzeugung, daß es nicht die Nationen (die »einfachen« Menschen), sondern die Staaten sind, die in Feindschaft zueinander leben und für die eigenen Ziele ganze Völker ins Unglück stürzen, um so wirksamer, je weiter die Zivilisation fortgeschritten ist. Wenn auch nach Hitlers Herrschaft, nach Stalins Säuberungen und dem Zweiten Weltkrieg der Glaube an das Gute im Menschen anachronistisch erschien, so hielt Wittlin mit Leonhard Frank dennoch daran fest, daß der Mensch »gut sein soll« und daß die Literatur ihm dabei helfen könnte.

1925 und 1926 bereiste Wittlin Italien. Sein wichtigstes Ziel war Assisi. Der heilige Franziskus hatte seit der Jahrhundertwende, nicht nur in Polen, eine Renaissance erlebt, und auch Wittlin leistete durch seine Essays einen Beitrag zur polnischen franziskanischen Bewegung in der Literatur (L. Staff, J. Kasprowicz, E. Zegadłowicz), wenn auch sein Buch über den heiligen Franziskus unvollendet blieb. Ein

»praktischer Heiliger und kein Theoretiker einer noch so hohen Idee«, der den Menschen mehr liebte als die Menschheit und Christus mehr als das Christentum, war ihm seelenverwandt und hinterließ auch in seinem literarischen Werk Spuren.

1924 heiratete Wittlin Halina Handelsmann, eine promovierte Polonistin und Germanistin; 1927 siedelte er nach Warschau über. In dieser Zeit unternahm er Reisen nach Jugoslawien und Frankreich, über die er in verschiedenen Zeitschriften berichtete. Diese Berichte sind unter dem Titel »Etappen« (Etapy) 1932 in Buchform erschienen. Der Europäer Wittlin lernte seine nähere und weitere kulturelle Heimat kennen. Die Grenzen – freilich nicht nur die territorialen und politischen – hatten für ihn etwas Anziehendes, Hypnotisierendes. Hier gewann er auch Distanz zu der polnischen Wirklichkeit, zum Leser, und ein neues Verhältnis zur polnischen Sprache. Die scherzhaft geäußerte Idee, man müsse im Interesse der polnischen Literatur Emigrationsgesellschaften für polnische Schriftsteller gründen, sollte sich jedoch bald als schmerzhafte Realität erweisen: Bei Ausbruch des Zweiten Weltkrieges hielt er sich in der Abbaye de Royaumont in der Nähe von Paris auf, sein Heimweg war abgeschnitten.

Noch 1935 erschien nach zehnjähriger Arbeit sein bedeutendstes Werk, der Roman »Das Salz der Erde«, aber nur auf Drängen des Verlegers Marian Kister (Verlag Roj), der dem von der Vollkommenheit seines Werkes nicht überzeugten Autor das Manuskript der zweiten Hälfte des Romans geradezu abringen mußte. Wittlin arbeitete an jedem Satz wie ein Dichter an jeder Zeile. So schuf er ein »episches Meisterwerk eines Poeten in Prosa« (H. Kesten). Bereits 1929 hatte S. Fischers »Neue Rundschau« den Prolog zu »Das Salz der Erde« in der von Joseph Roth redigierten Übersetzung von Izydor Berman herausgebracht. Da aber der Roman auf polnisch erst 1935 in Warschau erschien, konnte die deut-

sche Übersetzung nicht mehr bei S. Fischer, sondern nur in dem Amsterdamer Exil-Verlag Allert de Lange erscheinen. Kesten erzählt über die Arbeit an der Übersetzung in seinem Buch »Dichter im Café«: »Im Café Régence hat mir mein Freund Joseph Wittlin ... auf polnisch seinen schönen Roman ›Das Salz der Erde‹ vorgelesen ... Die Übersetzung von einem hochgebildeten polnischen Juden klang stellenweise mehr jiddisch als deutsch. Wittlin und ich wollten die Übersetzung verbessern. Wittlin, der viele Jahre seines Lebens an eine polnische Übersetzung der ›Odyssee‹ gewandt hatte, wußte, daß es auf den Rhythmus einer Prosa ankommt, und psalmodierte, ja sang die polnische Prosa seines Romans in halber Ekstase und schallend vor mir und den bewundernden Gästen des Café Régence, die soviel und sowenig wie ich von der polnischen Sprache verstanden, nämlich gar nichts.« Die poetische Kraft der Sprache macht diesen Roman unverkennbar im Kontext der postexpressionistischen Antikriegsliteratur (E. M. Remarque, A. Zweig, J. Roth u. a.), zu der er gehörte.
»Das Salz der Erde« war der erste Teil eines auf drei Bände angelegten Zyklus: »Die Geschichte vom geduldigen Infanteristen«. Vom zweiten Teil erschien 1972 in der Pariser Emigrantenzeitschrift »Kultura« nur ein Fragment: »Ein gesunder Tod«. Das Manuskript war im Juni 1940 in St. Jean de Luz verschollen. Der Schlußteil »Ein Loch im Himmel« wurde nie vollendet. Wittlin hat zwar auch daran gearbeitet, doch die Erfahrung des Zweiten Weltkrieges rückte die Erfahrungen des Ersten in den Hintergrund.
Von 1933 an sah Wittlin wieder einen Krieg heraufziehen. Auf seinen Reisen mied er Deutschland, wo ihn das Grauen des »organisierten Wahnsinns« erschreckte. Es war ein Deutschland, das sich seiner eigenen Kultur beraubt hatte. Er warnte aber auch Polen davor, die deutsche Kultur für die deutsche Politik bestrafen zu wollen. »Wenn wir große deutsche Schriftsteller boykottieren, tun wir eigentlich das

gleiche wie Hitler . . .« »Die deutsche Literatur« – schrieb er 1933 – »diejenige, die in ganz Europa und in der ganzen zivilisierten Welt zählt, ist heute überwiegend eine Literatur der Emigration.«

Ab 1939 teilte auch Wittlin das Emigrantenschicksal. Zunächst als Dramaturg in einem polnischen Soldatentheater in Paris tätig, wurde er im Mai 1940 nach Biarritz evakuiert und floh dann vor den Deutschen nach St. Jean de Luz, Lourdes und Nizza. Schließlich gelangte er durch die Hilfe von Hermann Kesten zusammen mit seiner Frau und Tochter im Januar 1941 über Spanien und Portugal nach New York. Dort blieb er bis zu seinem Tod am 28. Februar 1976. Der Gegner jeder Art von Diktatur wollte nicht wieder nach Polen zurück. Außerdem war seine eigentliche Heimat, Lemberg, dem Nachkriegspolen verlorengegangen. Seine 1947 in einem polnischen Exilverlag in New York erschienenen Erinnerungen »Mein Lemberg« (Mój Lwów) sind ein Nachruf auf eine nicht mehr existente Welt.

Seiner neuen Heimat gegenüber zeigte sich Wittlin dankbar, nie aber gab er das Emigrantenbewußtsein auf, das er allerdings grundsätzlicher, nicht nur politisch oder national, verstand: Jeder originale Künstler ist ein Fremdling im eigenen Land. »Niemand wird wohl bestreiten« – schrieb er 1957 – »daß nur Künstler, also Vertriebene, viele Dinge des irdischen Daseins im richtigen Licht sehen, daß nur Dichter die condition humaine aus der entsprechenden Distanz betrachten können. Der Verlust des Vaterlandes verschafft ihnen eine vorzügliche Perspektive« (»Glanz und Elend des Exils«, dt. in: Autoren im Exil, 1981). Wittlin veröffentlichte weiterhin Essays, Kritiken und einige Gedichte in Emigrantenzeitschriften; außerdem revidierte er seine »Odyssee«-Übersetzung. Vielleicht waren sein poetischer Perfektionismus und der hohe ethische Anspruch, »postume Schriften« schreiben zu wollen, mit dafür verantwortlich, daß er das große begonnene Werk nicht vollendet hat.

Das Pariser Institut Littéraire gab 1963 unter dem Titel »Orpheus in der Hölle des 20. Jahrhunderts« (Orfeusz w piekle XX wieku) einen 600 Seiten starken Auswahlband mit Essays und publizistischen Arbeiten Wittlins heraus. Er selbst sah darin rückblickend sein eigenes, unbeabsichtigtes Selbstbildnis, »eine Art Chronik der Illusionen«.
Wittlin erhielt eine Reihe von Preisen: 1935 den Preis des polnischen PEN-Clubs für die Übersetzung der »Odyssee«, 1936 den Preis der Zeitschrift »Wiadomości Literackie« (Literarische Nachrichten) für den Roman »Das Salz der Erde«, 1937 den Goldenen Lorbeer der Polnischen Akademie für Literatur (PAL) und 1943 den Preis der American Academy of Arts and Letters in New York für die englische Ausgabe des Romans. 1971 wählte ihn die Deutsche Akademie für Sprache und Dichtung in Darmstadt zu ihrem korrespondierenden Mitglied. Der schönste Preis aber, den er bekommen konnte, war gewiß die Tatsache, daß sein Roman in dreizehn Sprachen zu lesen ist.

Andreas Lawaty

ANMERKUNGEN

HYMNE ÜBER EINEN LÖFFEL SUPPE

»Hymn o łyżce zupy«, 1920/1921. Polnisch in: J. Wittlin, *Poezje*, Warszawa 1981, S. 41-42.

DAS SALZ DER ERDE

»Sól ziemi«, 1935.

S. 39 *Niewiadomski*: d. h. etwa »Unbekannter«. Die Endung -ski weist in den polnischen Namen auf adlige Herkunft hin. Deswegen »rechtfertigt« sich Wittlin mit dem Vermerk: »ohne die Herren vom Adel verletzen zu wollen«.

S. 39 *die »Sachsen«*: Vor dem Krieg pflegten galizische Bauern in Preußen, Westfalen und Sachsen Arbeit zu suchen. Das nannte man: nach »Sachsen« wandern.

S. 90 *Andreas-Hofer-Traditionen*: Andreas Hofer (1767-1810), Tiroler Freiheitskämpfer.

S. 111 *Der Kazap*: (ukrain.) Abwertende Bezeichnung eines groß-russ. Bauern bzw. eines Russen allgemein.

S. 111 *»Plen«*: (russ.) Gefangenschaft.

S. 131 *Non omnis moriar*: Nicht ganz werde ich sterben, d. h. der Vergessenheit anheimfallen.

S. 146 *Djaken*: (russ.) Diakone, Kirchendiener.

S. 146 *Panichiden*: (gr.) nächtl. Totenwache.

S. 148 *Graf Andrzej Potocki*: Der Statthalter von Galizien, Graf Potocki, wurde 1908 erschossen, nachdem drei Dorfgendarmen einen ukrainischen Bauern und Wahlhelfer umgebracht hatten. Dieses Ereignis hat die polnisch-ukrainischen Spannungen verschärft.

S. 183 *die Trombita*: Eine bis zu drei Meter lange, aus Fichtenholz geschnittene und mit Birkenrinde umwickelte Holzflöte der Huzulen-Hirten.

S. 246. *die Moira*: (gr.) Das Schicksal.

EIN GESUNDER TOD

»Zdrowa śmierć«, übersetzt aus: *Kultura*, Paris, Nr. 7/298-8/299, 1972.

S. 319 *in articulo mortis*: (lat.) Im Augenblick des Todes.

KRIEG, FRIEDEN UND DIE DICHTERSEELE

»Wojna, pokój i dusza poety«, 1923-1924. Übersetzt aus: J. Wittlin, *Orfeusz w piekle XX wieku*, Paris 1963, S. 19-43.

S. 328 *die Morgenröte des Genfer Protokolls*: Im September 1924 hat der britische Premierminister Ramsay MacDonald vor dem Völkerbund den Vorschlag einer totalen Abrüstung vorgebracht. Am 2. Oktober 1924 wurde das »Protokoll« beschlossen. Später erinnerte sich Wittlin daran, wie schnell dieser Traum ausgeträumt wurde: Im März 1925 hat die neue britische Regierung das Genfer Protokoll abgelehnt.

S. 332 *Honni soit qui mal y pense*: (franz.) Ein Schelm, wer Arges dabei denkt.

S. 348 *Ausführungen Sir Edward Greys*: (1826-1933). Britischer Außenminister zur Zeit des Ausbruchs des Ersten Weltkriegs. Von pazifistischer Grundeinstellung und auf Ausgleich bedacht, war er jedoch von der Notwendigkeit der militärischen Intervention an der Seite Frankreichs überzeugt.

S. 348 *Ausführungen ... Izwolskis*: Aleksander P. Izwolski (1856-1919) war 1910-1917 russischer Botschafter in Paris und setzte sich für eine enge Bindung Rußlands an Frankreich ein.

S. 348 *dunkelhäutige Gurkhas*: Nepalesen, die in der Britischen Armee gedient haben.

S. 348 *die polnischen Legionen*: Gemeint sind die im Aug. 1914 u. a. von Józef Piłsudski gebildeten polnischen Truppen, die an der Seite Österreichs kämpften, sich aber vor allem für die Wiederherstellung des polnischen Staates einsetzen wollten. (Vgl. dazu S. 361.) Wittlin selbst hat 1914 kurz in der Ostlegion gedient.

S. 358 *Vae victoribus!*: (lat.) Wehe den Siegern!

S. 360 *ultimae rationes*: (lat.) Die letzten Mittel.

S. 361 *die polnischen Unabhängigkeitskriege*: Der Kościuszko-Aufstand 1794/1795, der Novemberaufstand 1830/1831 und der Januaraufstand 1863/1864 waren alle gegen die Teilungsmacht Rußland gerichtet und hatten die Wiederherstellung der Unabhängigkeit Polens zum Ziel.

S. 362 *Friedrich von Preußen ...*: Die drei Monarchen, die Ende des 18. Jahrhunderts das geschwächte Polen unter sich aufgeteilt haben.

S. 362 *Ex ossibus ultor!*: (lat.) Der Rächer aus den Gebeinen.
S. 364 *Agnus Dei, qui tollis peccata mundi, dona nobis pacem!*: (lat.) Lamm Gottes, das du die Sünden der Welt trägst, gib uns Frieden.

POSTUME SCHRIFTEN

»Pisma pośmiertne«, 1962. Übersetzt aus: J. Wittlin, *Orfeusz w piekle XX wieku*, Paris 1963, S. 629-637.
S. 366 *Un homme seul est toujours dans la mauvaise compagnie*: (franz.) Allein ist der Mensch immer in schlechter Gesellschaft.
S. 367 *Non veder, non sentir m'é gran ventura*: (ital.) Nicht sehen, nicht hören ist ein großes Glück für mich.
S. 369 *Słowacki und Norwid*: Juliusz Słowacki (1809-1849) und Cyprian Norwid (1821-1883), große Dichter der polnischen Romantik, von den Zeitgenossen oft unverstanden, hatten beide, insbesondere aber Norwid, Schwierigkeiten mit der Publikation ihrer Werke.
S. 373 *»Ecrits des condamnés à mort sous l'occupation allemande«*: Zum Tode verurteilte Dichter unter der deutschen Besetzung.
S. 374 *Mickiewicz*: Adam Mickiewicz (1798-1855), der bedeutendste Dichter Polens.
S. 375 *»L'Espace littéraire«*: Der literarische Raum.
S. 376 *Mieczysław Jastrun . . .*: (1903-1983) Polnischer Dichter, Prosaist, Essayist und Übersetzer. Den »Mittelmeer-Mythos« schrieb er 1962.
S. 377 *in articulo mortis*: (lat.) Im Augenblick des Todes.
S. 378 *Nescio quid cygneum et solito dulcius vicina morte cecinit*: (lat.) Der vollständige Satz heißt bei Hieronymus: »Ad poetas venio Homerum, Hesiodum, Simonidem, Stesichorum, qui grandes natu cygneum nescio quid et solito dulcius vicina morte cecinerunt.« In Übersetzung von Ludwig Schade: »Unter den Dichtern haben Homer, Hesiod, Simonides und Stesichorus, die alle alt geworden sind, unmittelbar vor ihrem Tode bei ihrem Schwanengesang schöneres Können entfaltet, als man es bislang bei ihnen gewohnt war.«
S. 378 *Virtus de illo exibat . . .*: (lat.) Die Tugend verließ ihn . . .

LITANEI

»Litania«, 1937. Polnisch in: J. Wittlin, *Poezje*, Warszawa 1981, S. 122-123.

S. 380 *nach dem Tode des Marschalls*: Józef Piłsudski (1867-1935), Gründer der polnischen Legionen, langjähriger Marschall und Staatschef, dem sich auch Wittlin verbunden fühlte, hinterließ ein autoritäres und konservatives Regime, dem das für ihn so charakteristische Charisma fehlte.

S. 380 *Lager Bereza Kartuska*: Das Lager in der ostpolnischen Stadt Bereza Kartuska wurde 1934-1939 vor allem für politische Gefangene unterhalten.

S. 381 *Morgue von Madrid*: (franz.) Leichenschauhaus von Madrid. 1936 brach der Spanische Bürgerkrieg aus.

S. 381 *Moskauer Schauprozesse*: 1936 leitete Stalin die Endabrechnung mit seinen Gegnern aus den 20er Jahren ein. Höhepunkte der Verhaftungen und Verfolgungen waren die großen Schauprozesse.

POSTSCRIPTUM

»Postscriptum do ›Soli ziemi‹ po 35 latach«, 1970.
Übersetzt aus *Kultura*, Paris, Nr. 3/282, 1971, S. 138-141.

INHALT

POLNISCHE BIBLIOTHEK
SUHRKAMP

DIE DICHTER POLENS
Hundert Autoren vom Mittelalter bis heute

DAS JUNGE POLEN
Literatur der Jahrhundertwende

J. C. F. SCHULZ
Reise nach Warschau

LEON KRUCZKOWSKI
Rebell und Bauer

CZESŁAW MIŁOSZ
Gedichte

TADEUSZ RÓŻEWICZ
Gedichte. Stücke

DER MONARCH UND DER DICHTER
Polnische Märchen und Legenden

JAN SOBIESKI
Briefe an die Königin

STEFAN ŻEROMSKI
Vorfrühling

HOFFNUNG DER BESIEGTEN
Erzählungen des polnischen Realismus

JANUSZ KORCZAK
Das Kind lieben

POLNISCHE BIBLIOTHEK
SUHRKAMP

BEDENKE, BEVOR DU DENKST
Aphorismen, Sentenzen und Gedankensplitter

KAZIMIERZ BRANDYS
Warschauer Tagebuch

JERZY ANDRZEJEWSKI
Asche und Diamant

WACŁAW BERENT
Wintersaat

JAROSŁAW IWASZKIEWICZ
Die Fräulein von Wilko

STANISŁAW IGNACY WITKIEWICZ
Verrückte Lokomotive

JÓZEF WITTLIN
Die Geschichte vom geduldigen Infanteristen

WISŁAWA SZYMBORSKA
Hundert Freuden

HENRYK RZEWUSKI
Denkwürdigkeiten des Herrn Soplica